Karl Theodor Gaedertz

Das niederdeutsche Schauspiel

Karl Theodor Gaederk

Das niederdeutsche Schauspiel

Unveränderter Nachdruck der Originalausgabe von 1894.

1. Auflage 2022 | ISBN: 978-3-36826-728-5

Verlag: Outlook Verlag GmbH, Zeilweg 44, 60439 Frankfurt, Deutschland
Vertretungsberechtigt: E. Roepke, Zeilweg 44, 60439 Frankfurt, Deutschland
Druck: Books on Demand GmbH, In de Tarpen 42, 22848 Norderstedt, Deutschland

Das niederdeutsche Schauspiel.

Zum Kulturleben Hamburgs.

Von

Karl Theodor Gaedertz.

Erster Band.

Neue, um zwei Vorworte vermehrte Ausgabe.

Hamburg.

Verlagsanstalt und Druckerei A.-G. (vormals J. F. Richter)
Königl. Schwed.-Norweg. Hofdruckerei und Verlagshandlung.

1894.

Das niederdeutsche Drama

von den

Anfängen bis zur Franzosenzeit.

Von

Karl Theodor Gaedertz.

Die naive Bauernsprache — der platte
Dialekt — giebt Allem eine ganz eigene Würze.
Lessing, Hamburg. Dramaturgie I, 28.

Hamburg.
Verlagsanstalt und Druckerei A.-G. (vormals J. F. Richter)
Königl. Schwed.-Norweg. Hofdruckerei und Verlagshandlung.
1894.

Heinrich Kruse

in Bückeburg

gewidmet.

Vorwort.

Eine Darstellung des niederdeutschen Schauspiels ist
noch nie versucht worden. Dasselbe liegt bis auf den
heutigen Tag ganz im Dunkeln und verdient endlich ein=
mal ans Licht gezogen zu werden. Es umfaßt und enthält
ein Stück Kulturgeschichte von so hohem sprachlichen und
litterarhistorischen Werthe, von so charakteristischer Ur=
sprünglichkeit und von so unmittelbarem Reize, daß es unbe=
greiflich scheint, wie ein solcher Schatz nicht schon längst ge=
hoben ist.

Jetzt geschieht's durch mich. Ein mühsames Unter=
nehmen, denn ich hatte keine Vorgänger, mußte von Grund
aus das Material selber suchen und finden, ordnen und
gestalten. Aber auch ein dankbares Unternehmen, wenn
ich auf das Ergebniß meiner vieljährigen Forschungen und
Studien blicke, welches hier dem wohlwollenden Leser
überreicht wird.

Länger als ein Lustrum hindurch widmete ich meine
freie Zeit fast ausschließlich dieser Arbeit, verweilte eigens
deshalb ungefähr ein Jahr in Hamburg, das, wenn auch
nicht meine Vaterstadt, doch mir von Jugend auf heimisch,

durchstöberte Archive, Bibliotheken und Antiquariate und
ließ — ich darf mir's gestehen — es an Sorgfalt und Fleiß
nicht fehlen. Beseelten mich ja Begeisterung und Liebe für
den Gegenstand. Wie stolz war ich, als sich der ungeheure
Stoff, welchen ich gesammelt, mehr und mehr zu einem
stattlichen und einheitlichen Bau formte; wie glücklich über
die nicht geringe Ausbeute an bisher gänzlich unbekannten
litterarischen Erscheinungen und Beziehungen!

Nicht nur nach Hamburg, sondern auch nach ver=
schiedenen anderen Orten bin ich dieser Arbeit wegen gereist
und, mit Schätzen beladen, in mein stilles Studierstübchen
zurückgekehrt. Aber je genauer ich das gewonnene Material
übersah, desto deutlicher trat mir die Unmöglichkeit vor
Augen, Alles in einem Buche zu bewältigen. Bis zum
dreißigjährigen Kriege vertheilt sich die Produktivität auf
niederdeutschem dramatischen Gebiete ziemlich gleichmäßig
über Norddeutschland, von da ab konzentriert sich das nieder=
deutsche Schauspiel einzig und allein in Hamburg. Hier
blühte es namentlich seit Ekhof herrlich bis in die Gegen=
wart hinein, während anderwärts kaum eine lebenskräftige
Knospe des niedersächsischen Dialektes auf der Bühne sich
entfaltet hat.

So ergab sich naturgemäß ein Werk, wie es jetzt fertig
vorliegt. Was nicht speziell auf die ehrwürdige Reichs=
und Hansestadt Bezug hat, ist für eine zweite Schrift zurück=
gelegt. Einzelne Proben, deren bibliographischer und
wissenschaftlicher Apparat hier im Auszuge verwerthet und
deren Text, namentlich was die Schöpfungen von Johann
Rist betrifft, nur zum geringeren Theil wieder verwendet
worden ist, erschienen bereits im Jahrbuch des Vereins für

niederdeutſche Sprachforſchung (Band VII und VIII. 1881 und 1882), worauf der ſich dafür beſonders Intereſſierende verwieſen ſein mag. Die Aufnahme, welche dieſelben fanden, hat meine kühnſten Erwartungen übertroffen und mir gezeigt, daß ich den richtigen Weg eingeſchlagen.

Es ſchien mir geboten, die Schreibweiſe der verſchie= denen Autoren beizubehalten und ſie nicht über einen Kamm zu ſcheeren; denn die Orthographie alter und neuer Zeit in ihren Veränderungen und Schwankungen, Abſtufungen und Schattierungen repräſentiert ein Stück Geſchichte. Es würde ſich zudem gar wunderlich ausnehmen, wollte man die alten Sprachdenkmäler in moderner Rechtſchreibung drucken. Und wie ich jeden Ballaſt über Bord warf, ſo blieb auch das anfangs geplante Gloſſar fort. Durch Fritz Reuter hat das Plattdeutſche in unſerem Vaterlande, auch im Süden, ſich einen ausgedehnten Leſerkreis erworben, der nicht mehr durch Noten und Worterklärungen im Genuß der Lektüre ge= ſtört zu werden braucht. Für einen anderen Leſerkreis iſt mein Buch nicht beſtimmt.

Der Titel lautet kurz und bündig: Das nieder= deutſche Schauſpiel. — Dieſes ſelbſt und nicht blos eine Geſchichte desſelben wird dargeboten. Exempel ſind der beſte Spiegel. Ein nacktes Brettergerüſt von Titeln und Daten hätte ein gar trocken nüchternes Werk abgegeben, das allein den Gelehrten willkommen geweſen wäre. Nun ranken ſich darum freundlich, Herz und Gemüth erfriſchend und den Humor weckend, charakteriſtiſche Scenen, die, wie ich glaube und hoffe, meine Schrift lehrreich und unterhaltend zugleich und ſomit für ein größeres Publikum geeignet machen. Wie ja auch der Eichbaum ſich ſchöner und wahrhaft malerisch ausnimmt, wenn Epheu üppig an dessen Rinde emporwächst. Laßt uns den Bienen nach= ahmen, welche eine jede Blume zu ihrem Vortheile anzu= wenden wissen, sagt Seneca. So sind hier aus den nieder= deutschen Stücken alle Episoden von echter Poesie oder origineller Eigenthümlichkeit, von gesundem Ernst und Scherz, von historischer und sprachlicher Bedeutung heran= gezogen.

In keiner anderen Stadt unseres Vaterlandes hat das niederdeutsche Drama je solchen Boden gefunden, wie gerade im schaulustigen Hamburg. Alle Vorbedingungen dazu sind dort und nur dort vorhanden: die alten eigen= artigen Sitten, Gebräuche und Einrichtungen, die merk= würdigen Feste, die ausgeprägten Besonderheiten der Stände, die mannigfaltigen Trachten, das abwechselungs= reiche Straßen=, Markt= und Hafenleben — für den Beobachter eine unerschöpfliche Quelle der verschiedensten Stoffe, Momente und Charaktertypen. In dies buntbe= wegte Volkstreiben braucht der Dichter nur hineinzugreifen, um interessante Bilder zu erhalten; und was ist natürlicher, als daß seine nach der Wirklichkeit gezeichneten Personen auch auf den weltbedeutenden Brettern in derselben Zunge reden, wie im gewöhnlichen Leben, also in der ange= stammten Mundart? Die glückliche bürgerliche Freiheit und der berechtigte Nationalstolz gelangen darin am schönsten und treuesten zum Ausdruck: Dat heff wi ordiniert, datt schall so sin, dat is Hamborgs Kustüm. So spiegeln sich auch die ganzen politischen und polizeilichen, gewerblichen und sozialen Ereignisse und Umwandelungen, welche im Laufe der Jahrhunderte Platz griffen, im nieder=

sächsischen Drama ab, das dadurch für die Kultur= und
Zeitgeschichte einen außergewöhnlich interessanten Beitrag
liefert.

An geweihter Stätte, wo ein großer Geist gelebt und
unsterbliche Dichtungen geschaffen hat, in Fritz Reuters am
Fuße der alten Luther=Wartburg gelegenen Villa zu Eise=
nach, schreibe ich dieses Vorwort. In dem sogenannten
Wartburgzimmer ist mir ein gastlich Quartier bereitet. Ich
blicke zum offenen Fenster hinaus. Vor mir thront die
stolze Veste hoch oben, auf einem Blätter=Meere grüner
Eichen und Buchen sich schaukelnd und wiegend, von azur=
blauem Himmel umflossen. Das goldene Kreuz am Thurme
glänzt im hellen Sonnenscheine.

Schaaren von Reisenden wandern vorüber, den nahen
Pfad hinauf. Fritz Reuter — Martin Luther — diese
beiden Namen, wie oft sind sie mir heute schon ans Ohr
geklungen von fremden Lippen! — Seltsam! Der gewaltige
Reformator schuf dort in enger Klause seine welter=
schütternde Bibelübersetzung, machte durch dieselbe der
Zerfahrenheit der Einzeldialekte ein Ende und gab damit
zugleich — wenn auch nicht mit einem Schlage — der
plattdeutschen Sprache, wie es schien, den Todesstoß. Und
beinahe vier Jahrhunderte später erweckte unten am Fuße
der nämlichen Burg ein Herzenskündiger die abgestorbene
Mundart, das schlummernde Aschenbrödel, zu verjüngtem
Leben. Das ist eine That und Thatsache von historischer
Bedeutung.

Hier nun, an einem Orte, der tausend Erinnerungen
wachruft, welche den Geist befruchten und die Seele mit
Wonne erfüllen, ist es mir vergönnt, meine Jahre lang

treulich gehegte und gepflegte Arbeit zu vollenden. Hier
sind die letzten Abschnitte meines Werkes zum Abschluß ge=
bracht. Jetzt liegt es fertig vor mir, jetzt soll es hinaus=
flattern von diesem stillen, schönen Fleck Erde nach Nord
und Süd. Möge dasselbe — diesen Wunsch gebe ich dir,
mein Buch, mit auf den Weg — zeugen vom Genius
Reuters, der auch dem niederdeutschen Schauspiel einen
neuen frischen Lebensodem eingehaucht hat, möge es in
gleicher Weise Liebe und Verständniß für unsere herrliche
„Modersprak" verbreiten helfen, möge es den Patriotis=
mus, die Tüchtigkeit, Biederkeit und den Frohsinn der
Hamburger verkünden, deren theure Republik bis ans Ende
der Welt Deutschlands Zier und Krone bleiben wird!

Eisenach, Villa Reuter. Im Augustmonat 1883.

Dr. Gaedertz.

Vorwort zur zweiten Ausgabe.

> „Doch neue Bahnen sich zu brechen,
> heißt in ein Nest gelehrter Wespen stechen."

Gerade nach Ablauf eines Decenniums macht die
Verlagshandlung mir Mittheilung von dem nöthig ge=
wordenen Neudruck des vorliegenden Buches. Nun entstand
die Frage einer etwaigen Um= oder Ueberarbeitung. Ich
prüfte das von mir inzwischen gesammelte Material, die
in Betracht zu ziehenden Untersuchungen einzelner Mit=
forscher, sowie die Kritiken. Das Ergebniß war —
freilich zum Theil durch den Mangel an Muße be=
stimmt —, das Werk im Ganzen und Großen unverändert
abermals in die Welt zu schicken.

Dasselbe soll im besten Sinne des Wortes volksthümlich
bleiben; und ich weiß nicht, ob durch eine von wissenschaft=
licher Seite gewünschte mehr akademische Fassung der all=
gemein verständliche Charakter nicht beeinträchtigt würde.

„Allen zu gefallen ist unmöglich", lautet die Inschrift
der Schiffergesellschaft meiner Vaterstadt Lübeck. Dies
Motto wird mich trösten, wenn eine autokratische Ger=
manisten=Clique, die ihren Sitz in Berlin hat und von

hier aus faſt ſämmtliche Univerſitäts-Lehrſtühle für Litteraturgeſchichte zur Zeit beſetzt und beherrſcht, über mich herfällt oder, nach jüngſt beliebter Methode, mich todtſchweigt. Bezeichnend iſt die Art und Weiſe, wie der Chorführer und ſeine Korybanten nicht nur meine Arbeiten, ſondern auch meine Perſon angreifen und ver= unglimpfen. Nachdem Erſterer auf das Brutalſte gegen mich und meine Leiſtungen zu Felde gezogen war — man vergleiche die in der zweiten Auflage meiner Monographie „Goethes Minchen" (Bremen, 1889) ver= öffentlichte nothgedrungene Abwehr —, krochen ermuthigt die tributpflichtigen Kämpen aus dem Hinterhalt, ſuchten mich mit Nadelſtichen zu verwunden, ja ein beſonders keer Recke meinte einen Trumpf auszuſpielen, indem er mich in einem angeſehenen Blatte verächtlich „biblio= thekariſcher commis voyageur" betitelte. Allerdings bin ich ſeit vierzehn Jahren Beamter der Königlichen Bibliothek zu Berlin, allerdings ward durch Allerhöchſte Kabinets= ordre, auf Antrag des Herrn Kultusminiſters, mir ein mehrjähriger Urlaub zur Durchforſchung der Bibliotheken des In= und Auslandes nach unbekannten, merkwürdigen deutſchen Litteraturdenkmälern bewilligt. So war ich in der That „ein geſchickter reiſender Bibliothekar", der den unverzeihlichen Leichtſinn beging, nicht mit leeren Händen zurückzukehren. Da die aus Aerger und Neid abgeſchoſſenen Pfeile mich nicht trafen, ſondern ab= prallten, wurde das erprobte Mittel des Todtſchweigens angewandt.

Selbſt meine von unabhängigen Gelehrten mit größter Anerkennung begrüßten Schriften: „Zur Kenntniß der

altenglischen Bühne nebst anderen Beiträgen zur Shake=
speare=Litteratur", sowie „Archivalische Nachrichten über
die Theaterzustände von Hildesheim, Lübeck, Lüneburg
im 16. und 17. Jahrhundert" (beide: Bremen, 1888),
blieben in der „Deutschen Litteraturzeitung" unangezeigt.
Auf eine Anfrage gab der damalige Redakteur die ehr=
liche Antwort: „Die Ihnen zugedachte Besprechung ist
in Folge ungünstiger Umstände, auf die ich nicht ein=
zugehen vermag, zu meinem aufrichtigen Bedauern nicht
zu Stande gekommen." Sehr plausibel! Denn der ge=
sammten, äußerst günstigen wissenschaftlichen Kritik gegen=
über mochte der Berliner Matador sich, ohne eigene
Schädigung, nachdem er sich bereits die Finger verbrannt,
keine neue Blöße geben und ein vernichtendes Verdikt
fällen, bezw. fällen lassen: Eris schwieg.

Schopenhauer bemerkt: „Was den Gelehrten in philo=
sophischen Professuren nicht entspricht, und wäre es das
Wichtigste und Außerordentlichste in ihrem Fach, wird
entweder verurtheilt oder, wo das bedenklich erscheint,
durch einmüthiges Ignorieren erstickt. Ihr Verfahren
besteht dadurch im Sekretieren — nach Goethes malitiösem
Ausdruck, welcher eigentlich das Unterschlagen des Wich=
tigen und Bedeutenden besagt." Goethe selbst sprach
einmal mit Eckermann über seine Gegner, und daß dieses
Geschlecht nie aussterbe: „Meine Neider gönnen mir das
Glück und die ehrenvolle Stellung nicht, die ich durch
mein Talent mir erworben. Sie zerren an meinem
Ruhme und hätten mich gern vernichtet. Wäre ich un=
glücklich und elend, so würden sie aufhören." Wie
wahr!

Indeß damit begnügen sich diese Leute noch nicht. Sie benutzen z. B. die Resultate meiner Forschungen, ohne auch nur im Vorübergehen mich zu citieren, ja sie thun direkt so, als ob die doch von mir erst gemachten Entdeckungen längst bekannte Thatsachen seien. Man lese den Artikel über Johann Rist in der Allgemeinen Deutschen Biographie! Nicht einmal bei der üblichen Aufzählung der Quellen ist mein „Niederdeutsches Schau= spiel" erwähnt, geschweige denn im Text. Ich habe hier Johann Rist als niederdeutschen Dramatiker für unsere Litteraturgeschichte gewonnen, seinen verloren ge= glaubten „Perseus" aufgefunden, seine Autorschaft an der bisher Stapel zugeschriebenen „Irenaromachia" nachgewiesen, über sein Depositionsspiel neues Licht ver= breitet, seinen Einfluß auf spätere Stücke oder auf un= beachtete oder verschollene Dramatiker konstatiert, — dies ist mein Verdienst. Aber was scheert das einen — Professor?! Er pflügt höchst ungeniert mit meinem Kalbe, auf daß die Welt ihn als den Weisen salbe. — Auch von und über Fritz Reuter habe ich in vorliegendem Werke, sowie in drei Büchern „Reuter=Gallerie" (2. Auflage, München, 1885), „Reuter=Reliquien" (Wismar, 1884) und „Reuter=Studien" (Band I: Wismar, 1890; Band II in Vorbereitung) wohl das Meiste unter allen Zeitgenossen beigebracht. Und nun lese man den betreffenden Artikel in der Allgemeinen Deutschen Biographie! Nicht mit einer Silbe wird meiner gedacht, selbst nicht unter den Litteratur= nachweisen, auch nicht in den Nachträgen, worin eine kleine Skizze von anderer Hand, die sich auf mich stützt, registriert wird. Ja, es liegt Methode in solcher steten Negation.

Im Hinblick auf so traurige Machinationen in einem gewissen Ringe der Gelehrtenrepublik kommt der Verfasser zu der Ueberzeugung, daß als Kritikus schließlich allein das Publikum maßgebend ist. Dieses hat, zu meiner innigen Freude, an meinem ebenso ernsten wie begeisterten Schaffen ein unzweideutiges Wohlgefallen gefunden.

Von Schwächen ist meine Schrift gewiß nicht frei; und ich leugne keineswegs, daß einzelnen Stellen eine Ueberarbeitung zum Vortheile gereichen dürfte, wie mir denn interessanter Stoff zur Verfügung steht, wodurch noch Mancherlei aus dem bisherigen Dunkel gerückt werden kann. Dazu gehört Muße, die mir leider fehlt.

Ich ziehe es daher vor, beide Bände in unveränderter Gestalt abermals herauszugeben und sie nicht dem Leserkreise auf Jahr und Tag oder länger vorzuenthalten. Schon eine meiner Publikationen hat das leidig-liebe Loos betroffen, „vergriffen" zu sein: meine „Emanuel Geibel-Denkwürdigkeiten", und ich bin vorläufig nicht in der Lage, einen veränderten Neudruck bewerkstelligen zu können.

Vielleicht ist es meinem „Niederdeutschen Schauspiel" beschieden, Dank der Theilnahme von Freunden und Liebhabern unserer dramatischen Litteratur und speciell unserer alten Sassensprache, binnen Kurzem in dritter Auflage zu erscheinen. Hoffentlich gewährt inzwischen ein günstigeres Geschick mir Zeit und Gelegenheit zu einem weiteren, wünschenswerthen Ausbau meines Buches.

Keines ist mir so sehr wie dieses ans Herz gewachsen, keines so sehr gleichsam ein Stück von mir. Darum

möge der verständnißvolle Leser meine obige oratio pro
domo nachsichtig verzeihen, im Gedächtniß an Gutzkows
Worte: „Die herbste Prüfung des Charakters ist die, daß
man sich, eben als Charakter, nicht einmal soll umsehen
dürfen, wenn Gassenbuben nach uns mit Steinen werfen."

Berlin, Advent 1893.

Dr. Gaedertz.

I.

Von den Anfängen bis nach dem dreißig-
jährigen Kriege.

Die Niedersächsischen Possen=Spiele præsentiren sich besser als die Hochdeutschen. Und wer die Ursache wissen wil, der mag nur dieses bedencken. Die Nieder= Sachsen bleiben bey ihrer familiären pronunciation, damit ist alles lebendig und naturell: hingegen die Hochdeutschen reden offt, als wenn sie Worte aus der Postille lesen solten, damit werden dem Auctori die besten Inventiones verdorben. Soll das Sprüchwort wahr bleiben: Comœdia est vitæ humanæ speculum, so muß die Rede gewißlich dem Menschlichen Leben ähnlich seyn.

Christian Weisens Lust und Nutz 1690.

Vom Frieden oder Krieg, von Bauren und Soldaten.

H. J. Chr. v. Grimmelshausen, Dietwald und Amelinde 1670.

Von allen niedersächsischen Städten hat sich Lübeck im fünfzehnten und sechszehnten Jahrhundert durch die Pflege des Fastnachtspieles, einer Hauptbelustigung der patrizischen Zirkelgesellschaft, besonders hervorgethan. Die von dieser Korporation aufgeführten Stücke, von denen dreiundsiebenzig, wenigstens den Titeln nach, überliefert sind, — und zwar aus den Jahren 1430 bis 1515; als Schauplatz dienten de hovede unde de borch — hörten 1537 auf. Erhalten ist nur der Henselin oder das Spiel Van der Rechtferdicheit, das bald nach 1497 gedruckt und um 1500 dargestellt ward, ein schon vom reformatorischen Geist jener Zeit durchwehtes, in Erfindung wie Sprache gleich treffliches Denkmal, voll sittlichem Ernst, voll Poesie und dramatischem Leben. Mit Matthäus Forchhems Historie van dem Papyrio praetextato, gegeben am 27. September 1551, mit Nicolaus Mercatoris Vastelavendes Spil van dem Dode vnde van dem Leuende, gedruckt 1576, jedoch offenbar viel älteren Datums, und mit Johann Stricers „De Düdesche Schlömer, gedrücket in der Keyserliken fryen Rycks Stadt Lübeck, dörch Johann Balhorn. Anno M.D.LXXXIIII," fand dort das niederdeutsche Drama überhaupt sein frühes Ende.

Aus Bremen meldet eine Chronik vom Jahre 1563: „Den Mandag yn Vastelavende was bestellet tho ageren twee Comedias de filio prodigo un von Susanne up den Rathhuse." Es darf wohl angenommen werden, daß beide Stücke, im Gegensatze zu den späteren, eigens „hochteutschen" genannten, in niedersächsischer Sprache abgefaßt waren.

In Hamburg reichen die ersten Spuren von Darstell= ungen in der heimatlichen Mundart nicht so weit zurück, wie dieses in der Schwesterstadt Lübeck der Fall. Dafür ist aber die niederdeutsche Theaterbewegung nirgendswo auch nur an= nähernd eine gleich bedeutende, fruchtbare und nachhaltige, bis in die Gegenwart hinein fortwirkende gewesen, wie gerade hier.

Die Stadt wird zuerst geschichtlich genannt, als Karl der Große an dem transalbingischen Orte Hammaburg eine Kirche gründete. Mit dem Namen dieses mächtigen Herrschers ist also Hamburgs Ursprung eng verknüpft. Vor dessen Zuge suchen wir vergeblich am Ufer der Niederelbe nach einem Orte, der auf ein früheres Dasein Hamburgs, auch nur als Sachsen= oder Wendendorf, schließen läßt. Karl der Große darf somit als Erbauer der Stadt gelten.

Gern möchten wir mit dieser Heerfahrt des Kaisers nach dem Norden das älteste Vorkommen eines friesischen oder niedersächsischen Dramas in Verbindung bringen. Unsere Bühne könnte sich dann eines höheren Alters als selbst die französische rühmen. Wir würden dem stolzen Frankreich ein deutsches theatralisches Gedicht aus einem Jahrhundert vorzulegen haben, in welchem dasselbe, so zu sagen, noch nicht einmal eine Sprache besaß. Gottsched will sich darauf

berufen, in einem alten Chronikenschreiber gefunden zu haben,
es sei bereits Karl dem Großen ein altfriesisches d. i. deutsches
Schauspiel vorgestellt worden. Aber weil er sich nicht auf
den Namen und Ort des Schriftstellers besinnen kann, wo
er diese Nachricht gelesen, so läßt er sie so lange auf sich
beruhen, bis er oder ein anderer sie wieder entdeckt. Die
unbestimmte Kunde ist seitdem durch fast sämmtliche Werke
gegangen, welche sich mit dem Theater der Deutschen be-
fassen.[1] Doch Niemand hat sich einer redlichen Nachforschung
oder Erörterung unterzogen. Freiesleben in seiner Nach-
lese zu Gottscheds nöthigem Vorrath (Leipzig 1760) erinnert
sich gar wohl, etwas Aehnliches gelesen zu haben, sieht sich
aber eben so wenig im Stande, einen richtigen Gewährs-
mann anzuzeigen. Indessen glaubt er, der Mühe eines
weitläufigen Nachsuchens um desto eher enthoben sein zu
können, je weniger ohnedies die Lustspiele der Ganders-
heimischen Muse von den Karolingischen Zeiten entfernt sind.
Roswitha kommt jedoch hier gar nicht in Betracht, da sie
nicht in ihrer Muttersprache sondern lateinisch dichtete. Eduard
Devrient ist der erste, welcher als Verfasser dieses problemati-
schen altniedersächsischen Schauspiels den Abt Angilbert nennt.

Angilbert, Zögling der Hofschule und Vertrauter Karls
des Großen, in nahem Verhältniß zu dessen Tochter Bertha,

---

[1] In chronologischer Reihenfolge reproduzierten die ungewisse Be-
hauptung Gottscheds, zum Theil mit seltsamen Zusätzen und willkürlichen
Uebertreibungen, Johann Friedrich Löwen (Schriften. Hamburg 1766),
Taschenbuch für die Schaubühne (Gotha 1775—79 und 1783),
C. M. Plümicke (Theatergeschichte von Berlin. Berlin und Stettin
1781), Carl Friedrich Flögel (Gesch. der komischen Litteratur. Liegnitz
und Leipzig 1784—87 sowie in dessen Gesch. des Grotesk-Komischen.
Leipzig 1862), Joseph Kehrein (Dramatische Poesie der Deutschen.
Leipzig 1840), Eduard Devrient (Gesch. der deutschen Schauspielkunst.
Leipzig 1848) und Karl Hase (Das geistliche Schauspiel. Leipzig 1858).

seit 790 Dorsteher der Abtei St. Riquier (Centula) in der
Pikardie, gestorben den 18. Februar 814, hat manche Proben
seiner poetischen Begabung abgelegt. Er schrieb Inschriften,
Distichen, Eklogen und Epen und zwar durchweg in lateinischer Sprache. Sein Talent führte ihn besonders zur
epischen Dichtkunst, daher sein Beiname Homer. Bemerkens-
werth bleibt freilich, daß Alcuin es für nothwendig hielt,
ihn vor Schauspielen zu warnen.[1] Dies besagt aber nicht,
daß Angilbert solche verfaßte. Gewisse theatralische Vorstellungen fanden schon unter den Karolingern statt, wie
aus den unten citierten Briefen und aus einem Verbot erhellt, daß Niemand bei solcher Gelegenheit Priester- oder
Mönchskleidung anlegen sollte. So mag auch Angilbert
Freude und Vergnügen am Zuschauen scenischer Aufführungen
gehabt haben, mehr als dem frommen Alcuin, welcher dergleichen für Sünde hielt, lieb war. Es ließe sich noch erwähnen, daß Angilbert gegen die Dänen zog und sie besiegte,
wie berichtet wird,[2] und daß er auf diesem Kriegspfade
vielleicht eines friesischen Stückes habhaft wurde, welches er
an den Hof Karls des Großen mitbrachte. Allein es ist
nicht glaublich. Devrients Behauptung muß um so ent-
schiedener zurückgewiesen werden, als einerseits Angilberts

[1] Quamvis Angilbertus ob nimium spectaculorum amorem
etiam Alcuini vituperationem subiret. Dümmler, Vorwort zu
Angilbert in Poetae latini aevi Carolini. Berolini 1881. Pag. 355.
Auf Grund zweier Briefe Alcuins an Adalhard: 1. Vereor ne Homerus
(scilicet Angilbertus) irascatur contra cartam prohibentem spec-
tacula et diabolica figmenta. — 2. Quod de emendatis moribus
Homeri mei scripsisti satis placuit oculis meis. Unum fuit de
histrionibus, quorum vanitatibus sciebam non parvum animae suae
periculum inminere, quod mihi non placuit.

[2] Doch siehe W. Wattenbach, Deutschlands Geschichtsquellen im
Mittelalter (Berlin 1877. Erster Band. S. 144 Anm. 1.).

Talent blos ein lyrisch=episches war, und andererseits, da er, ein Franke von Geburt, gar nicht im Stande gewesen sein kann, in friesischer oder niedersächsischer Sprache zu schreiben, geschweige denn ein Drama darin zu verfertigen.

Gottsched wird seine Notiz in einer mittelalterlichen Chronik oder, was wahrscheinlicher, in einer noch weit jüngeren Quelle gefunden haben. Denn seine Angabe „in einem alten Chronikenschreiber" ist sehr wenig präcis und sehr dehnbar. In den gleichzeitigen Königs= oder Reichsannalen wird keine Spur eines derartigen dramatischen Vorkommnisses überliefert. Und diese sind einzig und allein authentisch und maßgebend. Damit fällt die ganze Sache in sich zusammen, und es ist endlich an der Zeit, sie ein für alle Mal abzuthun und zu begraben.

Doch eine andere Lösung des Räthsels wäre nicht unmöglich. Der nordische Sagenheld Starkard oder Sterk= ader trat in den Dienst des Dänenkönigs Frotho, kämpfte gegen die Sachsen und erschlug ihren Hauptheros Hama, nach welchem Hamburg benannt sein soll. Siegfried traf auf seinem Zuge nach Holstein an den Ufern der Eider den Starkard und schlug ihn schmählich in die Flucht. Diese dänisch=friesische oder richtiger altsächsische Sage offenbart uns, was man etwa im zehnten Jahrhundert den Landes= feinden gegenüber empfand, als die Kaiser unsere Grenzen noch zu schützen wußten; der ruhmvollste größte Kämpe des Nordens muß dem Helden des Südens schimpflich unter= liegen.[1] Die Erinnerung der Kämpfe Karls des Großen mit Dänen und Sachsen mag später Wahrheit und Dichtung mit einander verschmolzen und an die Stelle Siegfrieds Kaiser Karl gesetzt haben, der sich mit Starkard schlägt und

---

[1] Karl Müllenhoff, Ueber Siegfrieds Sachsen= und Dänenkriege (Nordalbingische Studien I, 191 ff.). Derselbe: Sagen, Märchen und Lieder der Herzogthümer Schleswig=Holstein und Lauenburg (Kiel 1845. S. XIV. und 7).

ihn überwältigt. Es existiert ein mittelalterliches Weihnachts=
spiel. [1] Darin treten auf der „römische Kaiser" Karl
der Große, fünf bekannte Helden des Alterthums Josua,
Hektor, David, Alexander und Judas Makka=
bäus, die sammt und sonders Könige heißen; dann der
nordische Riese Sterkader und als Diener und Narr
Klas Rugebart. Der deutsche Kaiser spielt die Haupt=
rolle. Er hat seinen Hofnarren Klas bei sich, welcher
nicht einmal die Namen richtig aussprechen kann und für
das liebe Publikum als Klown die Lachlust erwecken soll.
Der Einzige, der dem Kaiser als Feind und Heide ent=
gegentritt und mit ihm streitet, ist Starkard, während die
Heroen des Alterthums den Kampf mit Karl dem Großen
ablehnen und sich dann sogar mit ihm verbünden. So
werden die beiden gewaltigsten Helden Deutschlands und
des skandinavischen Nordens einander gegenübergestellt, und
der Däne wird natürlich besiegt. Einerseits kämpft hier
symbolisch Deutschland mit Dänemark und andererseits das
Christenthum mit dem Heidenthum.

Das alte Spiel ist zu wichtig und merkwürdig, um
nicht neu gedruckt zu werden.

Kaiser Karl.

De Romesche keiser bün ik genant,
Min is dat ganse düdesche land,
Un wol dat fechten wil proberen,
Den wil ik lik mi sülven eren.

Klas Rugebart,

Wol up de fart!

---

[1] Ernst Deecke, Hundert Lübsche Volksreime (Lübeck 1858. S. 4 ff.).
Heinrich Handelmann, Weihnachten in Schleswig-Holstein (Kiel 1866.
S. 28 ff.). Karl Müllenhoff, Schwerttanzspiel aus Lübeck (Zeitschrift für
deutsches Alterthum XX, 10 ff.). Zu dieser lehrreichen Spezialuntersuchung
vergl. Koppmanns gleichzeitige Mittheilung über den Schwerttanz
(Niederdeutsches Jahrbuch I. 1876).

Klas.

Erst müt it supen, erst müt it freten,
Süst ward mi alle ding vergeten.
Dat is den deuster sin bedefart!
Mi schurt de rügg, mi früst de bart.

Kaiser Karl.

Lat mal den könig Josua kam!

Klas.

Wol sal dat sin? wo is sin nam?

Kaiser Karl.

Olle Slukut, olle Fretup, rör de been,
It wil den könig Josua sehn.

Klas.

Wokeen? wokeen? noch en sluck un en stuten!
Her könig Josua, is he darbuten?

Josua.

Goden dag, her keiser, wat wil he mi?

Kaiser Karl.

Schön dank, du sast mal fechten mit mi.

Josua.

Got let vör mi de sünne stan,
Dre un dörtig forsten it overwan.
Nu is van fechten de hand mi lam:
Klas, lat den könig Hektor kam!

Klas.

Wokeen? wokeen? noch en sluck un en stuten!
Her könig Heddor, is he darbuten?

Hektor.

Goden dag, her keiser, wat sal't mit mi?

Kaiser Karl.

Schön dank, it much mal fechten mit di.

Hektor.

Ik hebbe fochten al mennigen strid,
Achilles slög mi, un dat was nid;
Nu mag ik nümmermehr striden un lopen.
Klas kan den könig David ropen.

Klas.

Wokeen? wokeen? noch en sluck un en stuten!
Her könig David, is he darbuten?

David.

Goden dag, her keiser, wat sal ik hi?

Kaiser Karl.

Schön dank, kum her un fecht mit mi.

David.

Ik slög den risen Goliat dot:
Du avers büst mi vel to grot.
Olle Fretup, olle Slukut, ga vör de dör,
Un rop mal könig Alexander her!

Klas.

Wat is't vör en? noch en sluck un en stuten!
Her könig Lexanner, is he darbuten?

Alexander.

Goden dag, wat het he mi to seggen?

Kaiser Karl.

Schön dank, ik much mal mit di fechten.

Alexander.

De ganße werlt al ümmelang
Mit minen szepter ik bedwang;
Nu is de frede min begehr.
Olle Suput, hal den könig Judas her!

Klas.

Man noch en sluck un en stuten!
Her könig Judas, is he darbuten?

Judas Makkabäus.

Goden dag, her keiser, wat wil he mi?

Kaiser Karl.

Schön dank, mal fechten fast du hi.

Judas Makkabäus.

Jk was to stride gans unvorsagt,
Mi het noch nüms utn feld vorjagt.
Min swert tobrak de keiser van Rom;
Wil he nu fechten, so mag he't don.

Kaiser Karl.

Olle Fretup, olle Slukut, nu is't nog.
Hal mal den Sterkader rin, du drog!

Klas.

Wo heet de kerl? dat is as'n knaken,
Hev ik mi bina den hals verslaken.

(Sterkader kümt: se fechten mit em; endlich kümt he in de mirr to stan, un all
steken up em in.)

Sterkader.

Hellige Wode, nu lehn mi din perd;
Lat mi henriden, ik bün't wol werd.

(He verswimelt.)

Klas.

Het em de düvel halt?! ut is dat spil:
Nu lat uns dansen, wat't tüg hollen wil!

Darauf folgt ein Rundtanz, an dem gewiß die Zuschauer Theil nahmen. Starkard wird, charakteristisch, allein
als Heide bezeichnet, indem er Wodan anruft, ihm sein
Pferd zum Ritt nach Walhalla zu leihen.

Niedersachsen ist der Schauplatz dieses Weihnachts-
stückes, das ins sechszehnte Jahrhundert gesetzt werden darf.
Dasselbe wurde in Schleswig-Holstein und Hamburg, den
Ruhmesstätten sowohl vom Kaiser Karl als auch von Starkard,
wie besonders in Lübeck und in der Umgegend offenbar

von herumziehenden Leuten zum Juelfest agiert. Möglicherweise mag Gottsched von der Existenz eines solchen
niedersächsischen Schauspiels, in welchem Kaiser Karl selbst
eine Hauptrolle inne hatte, irgendwo gelesen und später
aus ungenauer Erinnerung, wie es ganz den Anschein hat,
seine unsichere und ungeheuerliche Nachricht aufgeschrieben
haben. Nicht also, daß Karl dem Großen solch Schauspiel,
sondern daß Karl der Große in solchem Schauspiel vorgestellt worden. Wenngleich diese Kombination auf den ersten
Blick etwas kühn erscheint, unhaltbar ist sie nicht und würde
die Angelegenheit in Wohlgefallen auflösen.

Neben den Weihnachtsaufführungen waren die Oster-
und namentlich die Fastnachtspiele, wie überall, auch in
Hamburg mehrere Jahrhunderte hindurch bis gegen Ende
des siebenzehnten, zur Entrüstung vaterstädtischer orthodoxer
Geistlichen wie Schuppius und Reiser, im Schwange, und
es kann mit Bestimmtheit angenommen werden, daß sie
durchweg in niederdeutscher Sprache veranstaltet wurden.
Leider sind von dort keine Stücke den Titeln oder gar dem
Inhalte nach auf uns gekommen, wie dies aus Lübeck der
Fall, wo allerdings eine geschlossene adelige Korporation,
die Zirkelgesellschaft, sich dieser Lustbarkeit mit Eifer widmete.
Wenn wir von den Lübeckischen Fastnachtsdramen auf die
Hamburgischen schließen dürfen, so haben wir Ursache, auf
die heiteren Possenspiele, welche im Vergleich zu den meist
rohen und häufig unfläthigen süddeutschen keusch und künstlerisch genannt werden können und oft Neigung zum Morali-
sieren zeigen, [1] stolz zu sein.

[1] Davon legen die drei niederdeutschen Stücke Zeugniß ab, welche
Adelbert von Keller in seiner Sammlung „Fastnachtspiele aus dem
funfzehnten Jahrhundert" (Stuttgart 1853 und 1858) mittheilt, dafür
spricht vor Allem Christoph Walthers lichtvolle Abhandlung „Ueber
die Lübecker Fastnachtspiele" (Niederdeutsches Jahrbuch VI. 1881).

Die theatralischen Vergnügungen zum „Faſtelavend" blieben nicht nur Volksſitte, ſondern wurden auch durch profeſſionsmäßige Banden, die von Haus zu Haus, von Straße zu Straße zogen, zur Schau geſtellt. Sie entwickelten ſich urſprünglich aus den Mummereien und Maskeraden, den kurzweiligen Späßen und Intermezzos, den Scherzrei= mereien und allerhand Schwärmereien, aus dem Schwert= reigen und anderen Tänzen, worunter namentlich das Schodüvel lopen, welches dem oberdeutſchen „Schembart laufen" entſpricht, bei den Hamburgern von Alters her beliebt war, und das ebenfalls zu Weihnacht und Oſtern ſtattfand. Ferner galten die Heetweggen = Abſtäupungen, eine Art von dramatiſchem Spiele, als unerläßliches Attribut und Appetit reizender Tribut der tollen Faſtnacht unter dem Geſinde, aber auch für die junge Welt, ſelbſt in vornehmen Familien. Dieſer Brauch ſcheint ſich übrigens bis auf den heutigen Tag als Privilegium der Jugend bewahrt zu haben. Ich erinnere mich noch deutlich, mit welchem Jubel wir Kinder am Faſtnachtsmorgen früh, mit zierlichen Ruthen bewaffnet, vor das Bett der Eltern eilten, abwechſelnd und im Chor plattdeutſche Reime herſagten und ſo lange unter dem Refrain „Heetweggen her! Heetweggen her!" auf die Spredecken ſchlugen, bis uns von Vater und Mutter dieſe ſchmackhaften, mit Sukkade gewürzten, heißen Milchbröde — welche das Dienſtmädchen vorher friſch vom Bäcker geholt — verabreicht wurden, worauf wir, noch froher geſtimmt durch den zu Mittag verſprochenen Heetweggen= Schmaus mit ſüßer Vanillemilch, ſingend und tanzend uns entfernten.

Nicht blos zu Weihnacht, Oſtern, zur Karneval= oder Faſtenzeit zeigten ſich ſchon die alten Hamburger ſchauluſtig. Ihre vielen eigenthümlichen Volksfeſte und Jahrmärkte hatten mehr oder minder auch allerlei ſceniſche Aufführungen im Gefolge. Dahin gehören u. a. das Stakenstechen der Fischer und Ewerführer auf den Kanälen, den sogenannten Fleethen, und nachgeahmte Seeschlachten in Spieljachten auf der Alster. Hierbei flog gewiß manch kernige niederdeutsche Rede und Gegenrede hin- und herüber, ward manch niederdeutscher Scherzreim gemacht, manch niederdeutsches Lied gesungen, und es boten sich den auf den Straßendämmen oder auf dem Jungfernstieg versammelten Zuschauern in der That „lebende Bilder" dar.

Wie überhaupt in dem protestantischen Deutschland ging somit auch in Hamburg das Theaterwesen aus den Fastnachtspielen der katholischen Zeit hervor. Es bildeten sich allmälig Komödiantentruppen, die ihre leichten Bretterbuden auf dem Pferdemarkt, Schaarmarkt und besonders auf dem Großneumarkt aufschlugen und in der volkreichen See- und Handelsstadt genug Zulauf hatten. Namentlich übten die Marionetten- und Puppenspiele mit ihren derbkomischen niederdeutschen Gesprächen Anziehungskraft aus. Seit dem Beginn des siebenzehnten Jahrhunderts fanden die Vorstellungen meistens in einer geräumigen Bude in dem „Hof von Holland" statt. Dieses berühmte Wirthshaus lag in der Fuhlentwiete, den großen Bleichen gegenüber. Später wurden sie auch in dem „Holländischen Oxhoft" auf dem Großneumarkt veranstaltet. In Privathäusern, auf den weitläufigen Fluren oder Dielen, wurde in älterer Zeit ebenfalls „gemimt".

Von eigentlicher niederdeutscher dramatischer Poesie ist erst seit dem Jahr 1630 in Hamburg die Rede. Hier war die alte Sassensprache keineswegs gleich nach der Reformation in Abnahme gekommen. Man brauchte sie noch lange bei den Gerichten, behielt sie in Predigten und anderen öffentlichen Handlungen bei, wovon die Stadtrezesse und Bugenhagens Schulsatzungen des Hamburger Gymnasiums zeugen, und

schrieb darin einander Briefe zu. Auch in der Litteratur
schwand sie durchaus nicht mit einem Schlage. Selbst Luther
hielt es für unentbehrlich, für Niedersachsen die Bibel in
die niedersächsische Mundart übersetzen zu lassen. Sein
reformatorischer Mitarbeiter Johann Aepinus, erster Superin-
tendent in Hamburg, verfaßte darin christliche Bücher und
ließ sie drucken. Erst nach und nach machte sich dort der
Alles mit sich fortreißende Einfluß der oberdeutschen Sprache
geltend, der Uebergang war schlechterdings kein gewaltsamer
und schroffer. Speziell in der alten Reichsstadt trug dazu
der Abgang geschickter eingeborener Männer das Seinige
bei, worauf der Senat verschiedene lutherische Geistliche aus
Obersachsen berief und den Kirchen und Schulen als Seelsorger und Lehrer vorsetzte. Diese nun predigten, unter-
richteten und schrieben in ihrer Sprache, erklärten darin
die Heilige Schrift, sangen darin die Kirchenlieder. So
traten die heimischen Mutterlaute zurück, ja wurden bald
von den Standespersonen verachtet. Nur noch wenige
tüchtige Köpfe kümmerten sich um die Erhaltung und Verbesserung des angestammten Idioms, wie der berühmte
Theologe Pastor Raupach, der als Doktordissertation eine
Abhandlung de linguae saxoniae inferioris neglectu atque
contemtu injusto oder von der unbilligen Versäumung der
niedersächsischen Sprache zu Katheder brachte und selbst
verfertigte.

Solche Vernachlässigung und Verwahrlosung der eigenen
Muttersprache hat es denn auch mit verursacht, daß nur
vereinzelt niederdeutsche Poeten auftraten. Diese sind fast
ausschließlich unter den einheimischen Geistlichen zu suchen.
So dichtete gegen Ende des sechszehnten Säkulums der
Holsteinische und nachmalige Lübeckische Pfarrer Johann
Stricer ein werthvolles geistliches Spiel wider die Trunksucht
und Völlerei, „De Düdesche Schlömer", und beinahe fünfzig

Jahre später veröffentlichte sein Hamburgischer Amtsbruder
Johann Koch eine biblische Komödie wider Aberglauben
und Abgötterei: Elias. Eine Comoedia Darinne begrepen
werd dat Levendt, Prophetenampt, Wunderdade vnnd
Hemmelvart des Propheten Eliä. Beschreven dörch Johan
Kock. Hamborch, Gedrücket bey Hinrick Werner Anno
MDCXXXIII.

Dieses seltene Drama, das Gottsched nicht kannte, ist
schon 1630 vollendet worden, wie aus der Unterschrift der
Vorrede ersichtlich: „Gegeven tho Geesthachede Anno Christi
1630. am Dage Johannis des Döpers, de vor dem HEren
scholde hergahn im Geiste vnd in der Krafft Elia, tho be=
kerende de Herten der Veder tho den Kindern, vnde de
Vngelövigen tho der Klockheit der Rechtverdigen, tho be=
reidende dem HEren ein geschicket Volck".

Der Verfasser Johann Koch (niederdeutsch Kock) oder
wie er sich auf seinen lateinischen Werken nennt und auch
die formula concordiae unterzeichnete, Opsopaeus, war zu
Hamburg 1583 geboren, als Sohn des 1610 daselbst ver=
storbenen Bürgers Hinrich Koch. Er studierte zu Rostock,
wurde am 23. Mai 1608 von Hamburgischer Seite zum
Seelsorger des Hamburg und Lübeck damals gemeinschaft=
lich gehörigen Kirchdorfes Geesthacht berufen und am
26. Juni durch den Senior Bernhard Vagt eingeführt.
Noch in demselben Jahre, den eilften September, ver=
heirathete er sich mit seines Vorgängers Hinrich Holthoff
jüngster Tochter Anna, mit welcher er in langer, glücklicher
Ehe lebte. Nach seiner 1656 wegen Altersschwäche be=
willigten Pensionierung zog er wieder in seine Vaterstadt
und dann zu seinem Schwiegersohne, dem Hofbesitzer Martin
Ahrens, nach Marschacht, wo er 1666 starb. Er bezeichnete
sich selbst seit 1650 als kaiserlich gekrönten Poeten. Außer
seinen lateinischen Schriften ließ er mehrere niederdeutsche

Predigten, Betrachtungen und kleinere Gelegenheitsgedichte drucken.

Koch machte sich von der Kanzel herab seiner Gemeinde, seinen Geesthachter Bauern, noch in der alten Muttersprache verständlich. Von seiner Befähigung als niedersächsischer Dichter legt hauptsächlich die geistliche Komödie Elias Zeugniß ab. Dieselbe ist seinen hohen Patronats- und gebietenden Landesherren, den Bürgermeistern und Senatoren der beiden Schwesterstädte Lübeck und Hamburg, zugeeignet. Er spricht in der prosaischen Vorrede von dem goldenen Kalbe, das sich die Kinder Israel errichteten und anbeteten: „den levendigen Borne vorlaten se, vnde maken sick hyr vnde dar vthgehouwene Borne, de doch vul höle sint, vnd geven neen Water." Von dem götzendienerischen Leben der Juden habe man ein merkliches Beispiel in der Geschichte des Propheten Elias, der mit heiligem Eifer sich dieser Abgötterei entgegensetzte und sie strafte. Dieselbe käme auch heute noch, zumal unter den Juden und Baalspfaffen, vor; er aber wolle als Prediger und Lehrer sie bekämpfen und seine Gemeinde auf den rechten Weg führen. Darum habe er das Stück geschrieben: „So hebbe wy nu disse des Propheten Eliä Historye in disser Comœdia willen vor Ogen stellen, op dat daruth ein yderman, vnd sunderlick getrüwe Prediger vnd Lehrer, möchten ein Exempel nehmen, mit gantzem flite sick entgegen thosettende aller Affgöderye vnd valschen Gadesdenst vth egener Andacht vnd Vormetenheit van Minschen ervunden: Vnd dat se ock hyruth mochten nemen ein ogenschinlick Tücheniffe, dat GOdt de HERE in dissem erem Ampte stedes will jegenwardich by enen syn, vnd enen Hülpe ertögen, in aller Nodt vnd Gevar, darin se geraden van wegen der bestendigen Bekenteniffe des lutteren reinen Wordes Gades. Juwer Ehrenvesten, Hochgelerden Wißheit averst hebbe ick disse Comœdia willen dediciren vnd

thoegenen, dat ick dadörch jegen ydermennichlick möge betügen vnd römen derſülvigen grote Godtſalicheit, vnd gantz
milde Güdicheit jegen getrüwe Prediger vnd Lehrer, dar
J. Ehrnv. Hochg. Wißh. deſülvigen mit gelicker Godtſalicheit
vnde Güdicheit vpgenamen hefft, alſe domals de Wedewe
tho Zarpath den Propheten Eliam, welckes denn ick vor
myne egene Perſone nu etlickemal mit groten Fröwden hebbe
ervaren." [1]

Dieſer Endzweck, vor den Laſtern der Abgötterei und
Scheinheiligkeit zu warnen und zur Gottſeligkeit zu bekehren,
geht auch klar aus dem Prologus hervor. Beſonders
charakteriſtiſch lautet der Anfang:

> WZlkamen myne leven Heren,
> All de gy Godtſalicheit ehren,
> Vnd im Geloven warhafftich
> Ane Hüchelye namhafftich
> Erkennen den einigen GOdt,
> Ehn anropen in aller Nodt.
> Wente dyt Comödien Spil
> De Godtſalicheit leren wil,

[1] Trotz dieſer dankbaren und ſchmeichelhaften Widmung haben „De
Ehrenveſten, Hochachtbaren, Hoch- vnd Wolwiſen Heren, Borgemeiſtern
vnd Rath Heren der beyden Städe Lübeck vnnd Hamborch", Kochs „grot-
günſtige Gebedende Heren, vnd mechtige Bevorderer", dem Stadtarchiv
oder der Stadtbibliothek ein Exemplar der ihnen zugeeigneten „Komödie"
zu überweiſen außer Acht gelaſſen. Die Ruthe der Pflichtexemplare war
damals für Buchdrucker und Verleger noch nicht gebunden. Aber was
hier Hamburg und Lübeck geſündigt, hat Bremen wieder gut gemacht;
glücklicherweiſe fand ſich dort die koſtbare Rarität. Ueberhaupt ſind die
meiſten Stücke, welche in dieſer Schrift beſprochen werden, unter das alte
Eiſen gerathen und nur mit unſäglicher Mühe nach unermüdlichen An-
fragen bei faſt allen deutſchen Bibliotheksverwaltungen, Antiquariaten
und Privatſammlern aufzutreiben geweſen: viele Unica und lauter
Seltenheiten.

Vnde den früchten Gades even,
Düdet ock recht vth darbeneven
Mit Exempeln dat erste Gebodt,
Vördert waren geloven an Godt,
Vnd dat wy Gade denen recht,
Alse he in synem Worde secht,
Vormyden alle Affgöderye,
Valsch Gadesdenst vnd Hüchelye.
Wy bringen juw Eliam her,
Nicht mit der Handt, sunder veelmehr
Mit Gades Word, vnd willen nu
Vth der Schrifft präsenteren juw
Syn Levendt vnde Wunderwerck,
Vnd synen groten Jver sterck
Wedder de grote Affgöderye,
Valsch Gadesdenst vnd Hüchelye
Der Godtlosen Papen Baal,
Wo denn vns werden allthomal
Herlick beschreven disse Ding
Im Bocke der Köning.

Zum Beschluß heißt es:

Vnd dyt ys nu de Summa gar
Disser Comödie, de men dar
Itzundt vor Juw ageren wil,
Weset sachtmödich vnde stil,
Vnd höret ock gantz flytich tho,
Wat nu Elias bringen dho,
Dar kuempt he her, mercket vp recht,
Vnd höret flytich wat he secht.

Im Epilogus sagt der Verfasser selbst, daß seine Komödie „von guter Lehre sehr reich" sei. Die vornehmlichsten Lehren sind, nicht ein Haar vom Worte Gottes abzuweichen und nicht Götzen anzubeten, das könne der Vater im Himmel nicht leiden:

He wil dat wy einich allein
Ehn leuen vnd ehn früchten rein,
Ehn erkennen als vnsen GODt,
Ehn anropen in aller Nodt,
Ehm dehnen so vnd anders nicht,
Denn alse vns syn Wordt bericht . . .
Den nyen Gadesdenst vorwar
Hefft men getziret apenbar
Dörch söte Wordt, herlike Red,
Vele sint voruöred darmed
Van den valschen Propheten dar,
Dewyl ock dar was apenbar
Des Köninges Wordt vnd Beuehl,
Dardörch worden bedragen veel.
Doch nömet ydt Elias frye
Eine lutter Affgöderye,
Vnd GODt hefft dörch syne Prophetn
Dit steds Affgöderye gehetn,
Vnd it gestraffet nicht alleen
Mit Worden, sünder ock gemeen
Mit swaren Straffen stedichlick.
Des hebb wy Exempel gelick.

Wer aber Gott vertraue, den errette er auch aus aller
Noth. Das werde hier bewiesen an Elias, Obadja, an
der Wittwe zu Zarpath, an Naboth, Josaphat und Micha.
Darnach fährt der Dichter fort:

So deit de drüdde Höuetmann,
Mit den vösstich bewehrter Mann,
All Soldaten vnderrichten,
Dat se by lyue mit nichten
Den bösen Landsknechten volgen,
De dar sint stolt vnd vorbolgen,
Vulbringen vele böse Dadt,
Vnd neen gudt dohn, sunder men quadt
Den Denern Gades Spott vnd Hoen,

Vnde alle Herteleydt andohn
Den trüwen Predigern des HERN,
De den Minschen Gades Wordt lern,
Süs werdt se de rechtuerdige GOdt
Mit tydtliken vnd ewign Dodt
Henrichten ahn Barmhertichett,
Vnd se quelen in Ewicheit,
In dem Poel, de gantz vngehüer
Brennet van Sweuel vnde Vüer.

Dann wünscht er, daß Gott seiner Gemeinde stets treue
Lehrer gebe, die von des heiligen Geistes Gaben erfüllt
seien, damit sie alle Abgötterei, allen Götzendienst und Aberglauben strafen und eifrig mit den Worten der Schrift die
Lügen und falschen Lehren widerlegen. In die Fürbitte
schließt er die Obrigkeit ein, welche im Frieden regieren,
bösen Anschlägen widerstreben, diejenigen, so da Aergerniß
geben, bestrafen und die treuen Diener des Herrn beschützen
und ernähren möge. Das Ende lautet:

Dat he ock mit dem hilligen Geist
Vns wold regeren allermeist,
Dat wy wandern in syner Frucht,
Godtsalicheit vnd guder Tucht,
Getrüwlick anhören syn Wordt,
Datsülue ock beholden vort
In einem guden Herten syn,
Als gude Böhm vnd Plantelin,
Im Gelouen vnde Gedult
Gude Frucht bringen ane schult,
Vnse Lehrer vnd Auerhern
Leuen, vnde holden in ehrn,
Vnd ock vns vnder andern al
Van Herten leuen aueral,
Vnd na vnsem Vormögen gern
Armen Lüden Hülpe tho kehrn,
Den nottrofftigen mit der Dadt

Woldedich syn ahn vnderlath.
Vnd entlick, dat wy stedes dohn
JEsum Christum der Gnaden Thron
Jm Herten steds beholdn euen,
So lang wy hir vp Erdn leuen,
Vnd beth an vnsem lesten End,
Dar he all vnse Dröffnis wend,
Vör vns vth dissem Jamerdal
Jn den ewigen Fröwdensal,
Vnd in de ewign Hütten syn
Dar ewig Fröwd vnd Wunn wert syn.
Dat wold vns geuen allermeist
GOdt Vader Söhn vnd hillig Geist,
De dar regert in Herlicheit,
Van Ewicheit tho Ewicheit.

Wir sehen, es ist ein Kirchengebet, vielleicht dasselbe, welches der würdige Geistliche von der Kanzel herab seiner Gemeinde vorlas und ans Herz legte, nur mit dem Unterschiede, daß er es hier in Reimversen wiedergibt.

Die Personen des Stückes sind Elias de Prophete; Amaria und Hanania Baals Propheten; Ahab Köninck in Israel; Corydon und Menaleas Buren; Isebel Köninginne in Israel; Obadia Havemeister; Myriam de Wedewe tho Zarpath; Jonadab ein Godtfrüchtich Mann; Polymachoero Placides Overste Gesante des Köninges tho Syrien; Ruben und Simeon Oldesten des Landes; Zedekia ein valsch Prophete; Eunuchus ein Kamerer des Köninges Ahab; Micha ein Prophete des Heren; Jehu ein Prophete des Heren; Aude und Hermes Baden des Köninges Ahasia; Ahasia Köninck in Israel; Cornelius hövetman aver vöfftich; Sanga und Strato Kriegslüde; Elisa de Prophete.

Auffällig sind die griechischen Namen, da die griechische Sprache sowohl den Syrern als auch den Juden noch zur

Zeit ganz unbekannt war. Der römische Hauptmann Cornelius nimmt sich ebenfalls in dieser jüdischen Geschichte,
welche sich mehr als hundert Jahre vor Erbauung der
Stadt Rom zugetragen, wunderlich genug aus. Und mit
welcher genialen Unordnung die Personen im Register zu-
sammengewürfelt werden! Da muß sich die Königin Jsebel
es gefallen lassen, durch zwei Bauern von ihrem fürstlichen
Gemahl getrennt zu werden; da kommt Elias Schüler Elisa
zuletzt hinter den Kriegsknechten, während die übrigen Propheten in die Mitte gerückt sind; da stehen die Boten des
Königs Ahasia vor diesem selbst: eine herrliche Rangliste!

Die Komödie, oder richtiger Tragödie, an sich ist in fünf
Akte und jeder Akt in fünf bis acht Scenen eingetheilt.
Sie enthält die vollständige und umständliche Lebens- und
Leidensgeschichte des Propheten Elias, wie sie in den Büchern
der Könige beschrieben wird. Wir haben mehr eine poetische
Erzählung, ein Gespräch in Dialogform als ein wirkliches
Schauspiel vor uns. Wichtige Dinge gehen hinter der Bühne
vor und werden berichtet, oft in hundert Versen und darüber,
welche zu lesen, geschweige denn anzuhören, Geduld erfordert.
Von künstlerischer Gestaltung oder Charakteristik keine Spur.
Weder Zeit noch Ort sind nach den dramaturgischen Gesetzen
und Grenzen beobachtet.

Aber einzelne Stellen sind nicht ohne Kraft und merkwürdig der Auffassung wegen; poetische Körner finden sich
auch etliche unter der Spreu. Hier eine kleine Blüthenlese!

Elias klagt, wie gut es leider die Baalspriester haben
an Speise, Trank und Kleidern, an Ehren und jährlichen
Präbenden.

> Averst des Herren Prester al
> Werden vorachtet althomal,
> De hölt men nener ehren werdt,
> Und nemandt erer Lehr begert,

Men deyt se ock gar nicht fpysen,
De negste Döhr deyt men ehn wysen,
Men stelt ehn ock na Liff vnd Leven.
Scho'de darum de Erd nicht beven,
Ach Godt vam Hemmel süe darin,
Bescherm den armen Hupeken dyn!

Dieser Wehruf des Pastoren Koch läßt eine tiefere
Deutung zu, deren Sinn unschwer zu errathen.

Edel ist das Königswort:

Ein Köninck ghör schal geuen gern
Den Vnderdanen, darum wo
My jemandt nu wil sprecken tho,
Den late tho my herin gahn.

Wahr die Sentenz und Moral:

Alle Minschen sint Lögener,
Vnd dohn ock alle feylen sehr,
Ein Narr ys de vnd werdt bedragen,
Dem der Minschen vunde behagen,
Deyt sick vp Minschen Lehr vorlaten,
Gades Wordt allein schal men vaten.

Sehr treffend läßt der Dichter in Anspielung auf die
Verwüstungen und Diebstähle, welche die rohe Soldateska
im dreißigjährigen Kriege ausübte, den Bauern sprechen,
daß jede Hoffnung auf Ernte und auf Brot überhaupt
schwinde:

Wenn offtmals vnse Landt dermaten
Dörchstreiffen Rüter vnd Soldaten,
Dat dar weinich deit auerblyuen,
Dat se nu sehr vacken bedriuen.

Eine köstliche und tröstliche Zusage ist:

Godt vorleth de synen nicht,
Ehr mosten sick de Velsen slicht
Vpdohn, dat heruth konden fleten
De Waterstrom gantz vngemeten.

und kräftig das Sprichwort:

> Mit Wenen men nichts endern kan.
> Ein guder Moet, vnd ein gudt Rath
> Eins trüwen Fründes mit der dadt
> Hir ehr kan helpen.

In diesem Sinne unterstützt der eine Bauer den anderen

> Ey schold ick des hebben beschweer
> Dy mynen Nabar vnd besten Fründt
> In Nöden helpen wor ick kundt,
> So weer ick neuer Ehren werdt.

Der Zorn der Königin bei der Nachricht von der Er=
mordung ihres Baalspriesters gelangt in ergreifenden Tönen
zum Ausdruck:

> O böse Tydt, O böse Sed,
> Wat hör ick dat de Boue ded?
> Hefft he myn Propheten vmbracht,
> Sülck böse dadt an ehn vulnbracht,
> Se so vnschuldich latn döden
> Scholde he sick nicht darvuör höden?
> O Erd, Hemmel, Meer vnd Affgrundt,
> O alles wat tho aller Stundt
> Im Hemmel vnd vp Erden ys,
> Vnd in Affgrundt der Hell gewiß!
> Wat hör ick? hefft de lose droch
> Ock dit möten vthrichten noch!
> Ach ick bin so gantz vul Smerten,
> Vnd vul Grimmicheit van Herten,
> Van Torn weet ick nicht wor ick bin,
> Vnd bin nicht mechtich myner Sinn.

Was der König vom Kampf und Krieg sagt, ist sogar
echt dichterisch:

> Lath vns ock thom Krieg bereiden,
> Ehm wedderstahn vp gröner Heiden,
> Ydt snidet ja ock vnse Swerdt
> So wol als ehr, vnde men werdt

By ehn od vinden weke Huet,
Das dat rode Blodt geit heruth.

In Josaphats Worten endlich liegt der Kern des ganzen
Stückes enthalten:

Ahn Godt ys neen Gelück im spil,
Ahn em neen minschlick Anslach gelt,
Schöle wy beholden dat Velt,
So frag erst vm des HEren Wordt.

Manches was der Dichter von den Baalspfaffen und
von der Heuchelei erwähnt, ist wohl auf Rechnung des
Pastoren zu setzen.

In demselben Jahre und im gleichen Verlage erschien
die Komödie, der ganzen Materie nach unverändert, auch
in lateinischer Sprache.[1] Die Frage, ob das niedersächsische
oder lateinische Stück Original und welches die Ueberseßung,
beschäftigte schon 1751 den berühmten Hamburger Professor
Michael Richey im „Gesammelten Briefwechsel der Gelehrten". Richey war durch einen Aufsaß des Hamburger
Rechtsgelehrten Albrecht Dietrich Trekell in obiger von
Joh. Peter Kohl herausgegebenen Zeitschrift 1750 auf das
seltene Drama aufmerksam gemacht worden und gelangte,
entgegen der Ansicht Trekells, zu dem Schluß, daß die
lateinische Ausgabe die ursprüngliche und nachher ins Niederdeutsche übertragen wäre, der Gemeinde zu gefallen.
Indessen scheinen mir seine Gründe nach Vergleichung
beider Texte nicht stichhaltig; vielmehr muß der niedersächsische die Urschrift sein. Der Umstand, daß die lateinische
Version metrisch und poetisch gelungener ist, beweist doch nicht,
daß sie zuerst abgefaßt wurde, sondern nur, daß Koch ein

---

[1] Elias Comoedia Continens Vitam & res geſtas Prophetæ
Eliæ, ejusq, translationem in coelum conſcripta. à Johanne
Opsopæo Hamb: Hamburgi, Typis Heinrici Werneri, Anno
M.DC.XXXIII.

tüchtigerer lateinischer als deutscher Dichter war, worin
seine Zeitgenossen übereinstimmen. Wie sollte es ihm da
einfallen, ein von ihm in der zu poetischen Zwecken ge=
läufiger beherrschten Sprache verfertigtes Werk in eine
Mundart zu übersetzen, die er allerdings von Jugend auf
kannte, und worin er seinen Bauern predigte, aber noch
nie vorher seine Muse hatte singen lassen? Viel erklärlicher
ist, daß er sich auch darin einmal versuchen wollte und
zwar, nach dem Vorgange geistlicher Amtsbrüder, in einem
biblischen Schauspiele. Nach Vollendung desselben mochte
er wohl selbst fühlen, daß ihm die Arbeit nicht so geglückt
war, wie er gehofft hatte, daß er jedenfalls im Stande,
seine Gedanken auf Lateinisch besser und poetischer auszu=
drücken, und so machte er sich an die lateinische Bearbeitung.
Ja, ließe der niedersächsische Text irgendwie das Gefühl
einer Uebertragung aufkommen! Das ist aber nicht der Fall.
Trotz der Knittelverse liest er sich durchaus wie ein Original.
Die Gegenüberstellung der Episode, da die Wittwe von
Zarpath den jähen Tod ihres einzigen Sohnes beweint,
möge als Probe dienen.

> Alle myne Sinne sint bedröuet,
> Van dröffnis ys my kranck myn Höuet,
> Van groter Angst beuet myn Hert,
> Myn Ogen sint ock vuller Schmert,
> So grot Vnual hefft my gedrapen,
> Vnd weet gar nichtes mehr tho hapen.
> Wente de leue Söhne myn
> Wardt swarlick kranck, ledt grote Pyn,
> Vnd wardt de Kranckheit also grot,
> Dat darup genolget de Dodt,
> Vnd ys in em kein Atem mehr,
> Ach wo bin ick bedröuet sehr!
> Wat schal ick doch nu vangen an,
> Wol wil sick myner nemen an,

Vnd trösten my in disser Pyn!
Ach ick gar vngelücklick bin.
Worümme hefft doch Godt gespart
Myn Leuendt, vnd nicht vp de vart
My mitgenamen, do myn Man
Vorscheiden ded vnd voer daruan?
Were ydt my doch beter gewesen,
Als dat ick domals bin genesen,
So hedde ick nu gelegen still
By em int Graff: nu averst will
Myn Herte van Vnrow vorzagen,
Moth auer grote dröffenis klagen . . .
Ach myn Sön, ick moth noch einmal
In mynen Schoet dy leggen dal.

Dieses lautet im Lateinischen so:

Mens horret, atque oculi dolent, cor palpitat
Metu, gravisque territat mentem pavor,
Tam multiplex aerumna me infelicem habet
Exercitam gravissime nec ubi meas
Spes collocem, nunc habeo munitum locum.
Morbo gravissime unicus gnatus meus
Correptus, augescente mox durissimo
Languore, defecit modo, nec Spiritus
In eo remansit ullus. ah! quid nunc agam
Miserrima, et quis anxiam et tristem nimis
Inopemque me solatii solabitur?
Heu faeminam natam sinistro sidere!
Hanccine ego vitam misera parsi perdere,
Cum vir meus carissimus discederet
Ex hacce vita, et me dolentem linqueret
Viduam relictam in lacrimis maestissimis?
Quanto fuisset utile hoc magis mihi
Una mori, in tumuloque eo quiescere,
Quam vivere, aerumnisque tot sic obrui . . .
Omittere haud possum ipsa, quin adhuc semel
Mi nate, nunc gremium in meum te collocem.

Johann Koch wird, wie schon sein späterer Nachfolger im Pastorate, der um die Kirche und Geschichte von Geesthacht verdiente Hinrich Jobst Frank, in den Hamburgischen Gelehrten Neuigkeiten auf das Jahr 1750 vermuthet, das Leben des Propheten Elias erstlich pro concione erklärt, dann in niederdeutsche Reime gebracht und darauf auch lateinisch ediert haben. Denn er besaß die Gewohnheit, seine Sachen, die er Anfangs deutsch oder niederdeutsch ge= schrieben, hernach in lateinische heroische Verse zu übersetzen. Das beweist u. a. eine Schrift von ihm, die 1632 zu Ham= burg herauskam, historia passionis Jesu Christi, homiletice et metrice conscripta. Es sind dieses eigentlich sieben Paf= sionspredigten, die er aus der niedersächsischen Sprache, worin sie von ihm gehalten, ins Lateinische übertrug[1] und einem hochwürdigen Domkapitel seiner Vaterstadt dedicierte.

Richeys übrige Gründe hinken gleichfalls. Vielleicht spricht am überzeugendsten für meine Ansicht, daß nur die lateinische Ausgabe ein Gebet für das Wohlergehen Lübecks und Hamburgs (Precatio pro incolumi prosperitate ambarum civitatum Lubecae et Hamburgi) enthält. Als Koch sich an die poetische Einkleidung seines Stoffes machte, geschah dies

---

[1] Koch sagt selbst in der Widmung der lateinischen Ueberseßung, daß er die Passionspredigten vor zwölf Jahren in niederdeutscher Mundart (populari lingua) herausgegeben habe; nun aber, nachdem er sie öfters durchgelesen, sei ihm der Gedanke gekommen, sich der interessanten Auf= gabe zu unterziehen und dieselben Predigten in gebundener Rede ins Lateinische zu übertragen (coepi cogitare, non male me operam et tempus impensurum, si eas conciones ligata oratione in latinam linguam verterem). Wie nahe liegt es da, anzunehmen, daß er nach Verfertigung seines niederdeutschen Schauspiels auf den Einfall kam, dieses gleichfalls lateinisch zu bearbeiten! Daß diese Vermuthung richtig, bin ich in der glücklichen Lage, mit dem höchsten Grade der Gewißheit beweisen zu können.

in dem feinen Bauern verftändlichen Jdiom, denn für fie
lebte und webte er. So ging er in dem Originaldrama
direkt auf die Sache los, ohne eine weitläufige Huldigung
und Fürbitte voll fozialer, dogmatifcher und theologifcher
Erörterungen voranzuschicken. Da wäre ja der gemeine
Mann, der Dörfler und Ackerbürger, für den urfprünglich
das Stück gefchrieben war, von der Lektüre abgefchreckt
worden! Denn nicht nur, daß Koch über die Armuth feiner
Gemeinde darin klagt, fondern er befchwert fich auch über
die Sonderlinge und Sekten, welche damals die Nachbar=
fchaft anfüllten, auf reine evangelifche Prediger allerhand
Befchuldigungen wälzten und ihnen die gröbften Lafter an=
zuheften fuchten, fich felbft aber für große Heilige ausgaben.
Diefen Schwärmern und Heuchlern ftellt er ein aufrichtiges
Bekenntniß feiner eigenen menfchlichen Schwachheiten ent=
gegen. Die in Beziehung auf die derzeitigen kirchlichen
Zuftände höchft intereffante Zufchrift fügte er erft nachher
im Lateinifchen hinzu. Er vollendete, wie aus den Vorreden
beider Ausgaben erhellt, 1630 feine Komödie. Nun heißt
es in der precatio:

Tu vero hos patres nobis, Deus alme, dedisti,
Qui mihi nunc victum lustris his quinque dederunt
Largiter . . .

Er dankt alfo Gott, der ihm Patrone gegeben, welche
gerade feit fünf Luftren das Geefthachter Pfarramt ihm
anvertrauten. Da er im Juni 1608 eingeführt ward, fo
ergibt das die Jahreszahl 1633. Folglich ift der lateinifche
Text und fpeziell die precatio kurz vor dem Drucke abgefaßt,
welcher 1633 beforgt wurde. Demnach muß das nieder=
fächfifche Stück früher entftanden und das Original fein.
Er kann daffelbe doch unmöglich in ein paar Tagen gleichfam
aus den Aermeln gefchüttelt haben!

Der Lefer möge diefe eingehende Unterfuchung verzeihen,

zumal das Ergebniß sich klar zu Gunsten der alten Sassen=
sprache entschieden hat. Es ist ja nicht unwichtig, zu wissen,
ob wir hier eine niederdeutsche Uebersetzung vor uns haben
oder nicht. Fortan wird in unserer Litteratur das Drama
Elias von Johann Koch seinen Platz als Originalarbeit
einnehmen, und die Historiker werden dabei erwähnen, daß
der Verfasser dasselbe für die Gelehrten ins Lateinische
übertrug.

Ob diese geistliche Komödie aufgeführt wurde, ist weder
aus dem Titel noch aus der Vorrede ersichtlich. Dies
pflegten damals die Verfasser anzugeben, indem sie den
Vermerk „agieret" auf das Titelblatt setzten oder in der Ein=
leitung über die Genesis ihres Stückes nicht verfehlten, zu
berichten, daß ihre Schöpfung „fürgestellet" sei und nun in
offenem Druck erscheine. Wir dürfen schon daraus schließen,
daß eine Aufführung nicht stattfand. Koch, der das Vor=
wort 1630 schrieb und erst drei Jahre später den Druck
bewerkstelligte, hätte gewiß nicht darüber geschwiegen, um
so weniger, als er sein Stück eigens dazu bestimmt hatte.
Das zeigt deutlich genug der Prologus, worin das Publikum
willkommen geheißen und in üblicher Weise ermahnt wird,
still zu sein und aufmerksam zuzuhören. Ebenso lautet der
Anfang des Epilogs:

> Nu hebbe wy Juw, leue Heren,
> Disse Comoedie willen ageren.

Das Drama selbst schließt mit einer direkten Anrede
des Propheten Elisa an die Zuhörer:

> Vnd gy ock alle, leue Heren,
> So gy van Herten grundt begehrn
> Mit einem salign End euen
> Besluten dit korte Leuen,
> Vortruwet Godt dem Hern allein,
> Ehrt ehn na synem Worde rein,

Vnd entlick latet juw geualln
Disse Comoedie auer alln.

Der erste Akt veranschaulicht ein Gastmahl:

Synt gy den hyr nu allthomal?
Ja. So latet vns sitten dal
Tho Disch, vnd disse Gasterye
Mit Fröwden nu anheuen frie.

Elias begrüßt den Herrscher und seine Tafelrunde:

Godt gröte Juw, gy leuen Lüde,
De gy hir sint vorsammelt hüde.
Höret tho beyde groth vnd klein,
De gy hir syn all int gemein.

Der König hebt die Tafel auf mit den Worten:

Will nu van hir in myne Borch.
Lath vns gahn, volget gy ock syn
Gy Dravanten vnd Dener myn.

Hiernach ist an der Absicht, daß das Stück wirklich zur
Aufführung bestimmt war, nicht mehr zu zweifeln. Aber
dem Verfasser fehlte das Zeug zum Dramatiker; er lieferte
ein Buchdrama zur erbaulichen Lektüre.

Trotz der stattlichen Anzahl von fünfundzwanzig Personen, den Prolog und Epilog inbegriffen, ist sein „Elias"
blos eine Reihenfolge von dialogisierten Gesprächen. Dramatisches Leben pulsiert in keinem Akt, von Handlung ver-
spürt man nichts und wenig von Charakterzeichnung. Die
Bauern reden ebenso gelehrt wie die Propheten und hölzern
wie die Könige. Ein paar Mal nimmt der Dichter den
Anlauf zum Individualisieren. Er läßt sie über Gegenstände sich unterhalten, die ihrer Sphäre angemessen sind:
über das Wetter, die Trockenheit und Theurung, da seit
Jahren weder Thau noch Regen gefallen, über den Acker,
die Scheuern, das Gesinde, und wie schlecht das Korn in
der Stadt bezahlt werde; — aber immer und immer wieder

finkt er zurück in das stagnierende Fahrwasser doktrinärer Be=
trachtung. Seine Bauern sprechen klug wie ein Buch und
sind womöglich noch frömmer als die Heiligen. Nur zwei=
mal gelingt es ihm, Herzenstöne anzuschlagen, nämlich in
der Scene, wo die Wittwe von Sarpath um ihren todten
Sohn jammert und dieser durch Elias wieder zum Leben
erweckt wird, und in der Scene, wo die Königin über den
Verlust ihres Baalspriesters in Zorn geräth.

Solche Moralität, gleichsam ein didaktisch=religiöses Lehr=
gedicht in Reimversen und mit vertheilten Rollen, konnte
selbst zu jener Zeit, da die Schaubühne noch in den Windeln
lag, auf den Beifall der Menge nicht zählen. Denn wenn
das schaulustige Publikum auch nichts weniger als ver=
wöhnt war, so hatte es doch bereits durch die englischen
Komödianten, welche 1620 Hamburg besuchten, eine Idee
von theatralischer Wirkung bekommen. Letztere gewahrt
man im „Elias“ durchaus nicht und nur selten einen Funken
von Poesie. Flach, akademisch steif und entsetzlich breit ver=
läuft die ganze Komödie im Sande.

Johann Kochs Drama bleibt hauptsächlich als Sprach=
denkmal schätzenswerth. Sein Niederdeutsch ist rein und
korrekt, der Reim durchschnittlich genau und sehr mannigfach,
nirgends ein roher oder unanständiger Ausdruck (mit einer
Ausnahme), die Gesinnung edel und keusch, aber das Ganze
ohne Schwung in der Diktion, ohne Frische in der Dar=
stellung, ohne Fortschritt der Rede und Handlung. Koch
mag ein vortrefflicher Seelsorger, ein guter Prediger, ein
leidlicher Dichter gewesen sein, jedenfalls war er kein Dra=
matiker.[1] Indessen verdient es Beachtung, daß er mitten

[1] Johann Friedrich Schütze in seiner Hamburgischen Theater=
geschichte (Hamburg 1794) vindiciert ihm „eine Menge“ Komödien, was
Andere gedankenlos nachschrieben.

in der rauhen und schweren Kriegszeit, welche auch ihn in
seinem sonst so stillen Pfarrdorfe nicht verschonte sondern
hart mitnahm, sein Gemüth durch die Poesie zu erheben
und von dem Getümmel der damals argen Weltläufte ab-
zulenken wußte.

Wie grundverschieden von dem Geesthachter Pastor war
dessen Zeitgenosse und Amtsbruder im benachbarten Wedel!
Aus diesem Kirchflecken mit der Rolandsäule erschien für
Hamburg der dramatische Messias: Johann Rist. Seine
zum Theil niedersächsischen Stücke sind die ersten, nachweisbar in der altberühmten See- und Handelsstadt aufgeführten Schauspiele. Er hat seit 1630 länger als ein
viertel Jahrhundert hindurch als ungemein fruchtbarer hoch-
und niederdeutscher Tragödien- und Possendichter Bahn-
brechendes geleistet und in seinen letzten Arbeiten den Weg
zum Singspiele gezeigt und geebnet, das bald nach seinem
Tode in Hamburg blühte.

Johann Rist, geb. den 8. März 1607 zu Ottensen,
gest. den 31. August 1667 zu Wedel in Holstein, ist während
seines Lebens in gleichem Grade überschätzt worden, wie
man ihn schon im achtzehnten und noch mehr in unserem
Säkulum zu unterschätzen sich eifrigst bemüht hat. Er
figuriert in den Litteraturgeschichten als Liederdichter und
Verfasser von Kirchengesängen; nur vereinzelt wird seiner
als Dramatiker nebenbei Erwähnung gethan. Und doch
erscheint er als solcher nicht minder produktiv und weit
interessanter, weit bedeutender denn als Lyriker und dabei
von nachhaltigem Einfluß. Interessanter in Bezug auf die
Sprache, hier bedient er sich nämlich auch seiner heimischen
Mundart; bedeutender hinsichtlich Wahl und Durchführung
seiner Stoffe und von großer Einwirkung auf mehrere
Dramatiker.

Rist selbst sagt in seiner Aprilunterredung (Alleredelste

Beluſtigung. Hamburg 1666), er habe von ſeiner Kindheit
an zu ſceniſchen Uebungen Luſt gehabt, alſo auch viel Arbeit
darin verrichtet. „Denn ich nicht allein, wie ich noch ein
Knabe war, meine Perſon vielmahls auff den Schauplätzen
dargeſtellet, welches auch hernach, wie ich ſchon eine ge=
raume Zeit auff Univerſitäten oder hohen Schulen gelebet,
mehr denn einmahl geſchehen; ſondern ich habe auch die
Feder angeſetzet und ſowol in meinem itzigen, als da ich
noch im ledigen Stande geweſen, unterſchiedliche Komedien,
Tragedien und Auffzüge geſchrieben, daß, wenn ich dieſelben
alle behalten, und ſie mir nicht in den mir und vielen
tauſend Menſchen hochſchädlichen Kriegeszeiten hinweg ge=
raubet, auch ſonſten wunderlich von Händen kommen wären,
ich deren über die dreißig könte darlegen.“ Ueber dreißig!
Erhalten ſind davon wahrſcheinlich nur fünf, nämlich ein
„unter fremder Flagge ſegelndes“ Stück, Perſeus, das Friede=
wünſchende Teutſchland, das Friedejauchzende Teutſchland
und ein Depoſitionſpiel. Außerdem ſoll noch ſein Trauer=
ſpiel Herodes, welches er als das älteſte bezeichnet, gedruckt
ſein, doch findet ſich dies nirgends beſtätigt. Dagegen citiert
Jördens einen Wallenſtein, den Gräſſe geleſen haben will,
denn er urtheilt in ſeiner Litterärgeſchichte: „der verſchie=
denen Auffaſſung des Charakters des Helden halber mit
dem Schillerſchen zu vergleichen.“ Riſt nennt allerdings
den Wallenſtein neben Herodes und Guſtav als neu er=
fundene Tragödien, die er gelegentlich zu veröffentlichen
hofft. Daß dieſes geſchehen, erwähnt er mit keiner Silbe
in der kurz vor ſeinem Tode geſchriebenen Schrift „Die
Alleredelſte Beluſtigung“, trotzdem er ſich hier beſonders
eingehend über ſeine dramatiſchen Anſichten, Beſtrebungen
und Schöpfungen verbreitet. Das Friedewünſchende Teutſch=
land iſt ganz in hochdeutſcher Sprache abgefaßt. Somit
bleiben vier Schauſpiele übrig, welche für die niederdeutſche

Litteraturgeſchichte und Sprachforſchung ein reiches Füllhorn neuer und gar nicht unintereſſanter Beiträge ausſchütten und kulturhiſtoriſche Bedeutung beanſpruchen dürfen.

Die niederdeutſchen Beſtandtheile ſind in den komiſchen Schalthandlungen oder Zwiſchenſpielen enthalten, deren Einführung Riſtens Erfindung iſt. Hier nun wendet er in echt volksthümlicher Weiſe ſein Idiom an. Er äußert ſich ſelbſt darüber: „Man muß keine andere Art zu reden führen, als eben diejenige, welche bey ſolchen Perſonen, die auf dem Spielplatz erſcheinen, üblich. Zum Exempel: Wenn ein Niederſächſiſcher Baur mit der Hochteutſchen Sprache bey uns kähme aufgezogen, würde es fürwar leiden ſeltzam klingen, noch viel närriſcher aber würde ein ſolches Zwiſchen= ſpiel den Zuſchauern fürkommen, darinn man einen tollen, vollen Bauren und fluchenden Drewes als einen andächtigen betenden und recht gottſeligen Chriſten aufführete, dann, was ein ruchloſer Baur, wenn er zu Kriegeszeiten für ſeiner ordentlichen Landes Obrigkeit ſich nichts hat zu fürchten, ondern nach ſeinem eigenen Belieben mag hauſen, dafern er dem Feinde und deſſen Kriegesbedienten nur richtig die Contribution erleget, für eine wilde, Ehre= und Gottver= geſſene Creatur ſey, davon können wir, die wir auff dem Lande wohnen, und die Krieges Beſchwerligkeiten ſelber zimlich hart gefühlet haben, zum allerbeſten Zeugniſſe geben, alſo, daß der Bauren Gottloſigkeit in dieſen Zwiſchenſpielen noch gar zu gelinde iſt fürgebildet. Ja, ſolte man ihre Leichtfertigkeit, Morden, Rauben und andere grauſame Thaten, in welcher Verübung ſie in Zeiten des Unfriedens auch die Kriegsleute ſelber weit übertroffen haben, allhier recht abmahlen, es dörffte mancher darüber für Schrecken erſtaunen. Ja ſprichſtu: Deine Bauren gebrauchen ſich gleichwol gar unhöflicher Reden, für welchen ehrbare Leute etwas Scham und Abſcheu haben, könte man die nicht hin=

weg laſſen, oder ein wenig ſubtiler beſchneiden? Nein, vielgeliebter Leſer: Was hat man doch von einem übel= erzogenen, groben Tölpel und Baurflegel, von einer unflä= tigen und verſoffenen Sau für Höflichkeit zu erwarten? Kan man auch Trauben leſen von den Dörnern, oder Feigen von den Diſteln? der Vogel ſinget nicht anders, als wie ihm der Schnabel gewachſen."

Den Hauptgegenſtand von Riſtens Darſtellung bildet die troſtloſe Zeit des dreißigjährigen Krieges. Hier ſpricht er, ein wahrer Friedensdichter, prophetiſch und patriotiſch, zuerſt von einem ganzen, großen, einigen deutſchen Vater= lande und gibt zugleich ein treues und klares Bild der ſchrecklichen Zuſtände und Zerrüttungen, welche in allen Schichten des Volkes herrſchten. Und wie er mit Abſicht die Bauern niederdeutſch reden läßt, ſo bedient er ſich auch naturgemäß der Proſa. Er will ja in erſter Linie weder künſtleriſche noch äſthetiſche Wirkungen erzielen, ſondern ſeinen Zeitgenoſſen einen Spiegel vorhalten, in welchem ſie die politiſche und ſoziale moraliſche Verworrenheit und Verworfenheit ihrer Tage erblicken können. Er trifft da= bei ſtets den Nagel auf den Kopf und liefert, vornehmlich in den Zwiſchenſpielen, ein Stück Geſchichte aus der deutſchen Vergangenheit, ungeſchminkt, auf eigenen Beobachtungen und Erlebniſſen begründet, im Kleinen wie im Großen wahr, und deshalb werth unſeres Studiums.

Das älteſte Drama, welches von Riſt erhalten iſt, da= tiert aus dem Jahre 1630. Gervinus ſagt: „Unter den Stücken, die von ihm gedruckt worden ſind, nennt er die Jreneromachia, die wir nicht kennen." Anno 1630 erſchien zu Hamburg und wurde dort aufgeführt „Irenaromachia. Das iſt Eine Newe Tragicomœdia Von Fried vnd Krieg. Auctore Ernesto Stapelio, Lemg. Westph." Dieſes ſehr oft aufgelegte Stück iſt Riſtens Eigenthum. Aeußere und innere

Gründe sprechen dafür. Die letzteren ergeben sich durch Vergleichung des Inhalts und der Behandlung mit seinen übrigen Schauspielen, und namentlich fallen die nieder= deutschen Partien zu seinen Gunsten schwer in die Wag= schale. Aber, gesetzt auch, diese wären nicht so handgreiflich, so würde schon ein Umstand genügen, ihm das Werk zuzu= schreiben. Nicht als ob hier ein Anagramm sein neckisch Spiel treibe, obwohl solche oft auf Rist gemacht sind. Viel= mehr nimmt er selbst mit klaren Worten das Autorrecht für sich in Anspruch.

Im Vorwort zu seinem friedewünschenden Teutschland berichtet er über seine Stücke und betont, daß er etliche „unter verblühmten Namen hätte vorgebildet." Noch bestimmter drückt er sich in seiner Schrift „Die Alleredelste Beluſtigung" aus. Er zählt dort seine dramatischen Arbeiten auf, von denen die meisten in der Kriegszeit verloren gingen, und fährt buchstäblich fort: „Unterdeſſen iſt nur meine Ireneromachia oder Friede und Krieg, für welches Spiel ich gleichwol eines anderen Namen geſetzet, . . . durch offnen Druck herfür kommen." An der Wahrhaftig= keit dieser Behauptung ist nicht zu zweifeln. Rist fühlt, wie er wiederholt erklärt, sein Ende nahe (er starb ein Jahr darauf, 1667, nachdem man ihn unzählige Male vorher schon todt gesagt hatte), und es ist ganz natürlich, daß er, wo er seine Stellung zur Schaubühne ausführlich entwickelt und seine Schöpfungen resumierend zusammenfaßt, sich als den Verfasser seiner unter fremdem Namen publicierten Jugendarbeit offen bekennt.

Ernst Stapel aus Lemgo in Westfalen war sein Kommilitone auf der Universität Rostock, wohin Rist als Hofmeister des ihm gleichalterigen Sohnes eines Hamburger Patriziers Ende der zwanziger Jahre zog. Daſſelbe Studium, die Theologie, und gemeinsamer Sinn für Poesie brachte

beide Männer zusammen, und es bildete sich zwischen ihm
und Stapel, der bereits einen Ruf als Gelegenheitsdichter
genoß, ein enges Freundschaftsverhältniß. Sie theilten sich
gegenseitig ihre litterarischen Erzeugnisse mit, und Rist wird
nach Vollendung der Irenaromachia den Freund gebeten
haben, ihn als Urheber nennen zu dürfen: vielleicht aus
begreiflicher Schüchternheit des Anfängers, vielleicht in
Hoffnung eines um so größeren Erfolges, vielleicht aus
studentischem Uebermuth. Kurz, die Täuschung gelang vollständig, zumal Rist in naiver Selbstverleugnung dem Drama,
das 1630 erschien, ein Poem vorausschickt, in welchem er
seinen Ernst Stapel preist und zu neuen Dichtungen auf-
muntert. Vorher war unter ihrer Leitung die Aufführung
durch befreundete Studenten und Landsleute in Hamburg
erfolgt; ein vorgedrucktes lateinisches Carmen nennt einen
F. B., qui personatum agebat militem, der den Soldaten gab.
Die Vorstellung geschah höchst wahrscheinlich im Familien-
kreise, vielleicht in dem Elternhause seines vornehmen Zög-
lings, jedenfalls auf einem Privat- oder Liebhabertheater,
wenn wir diese moderne Bezeichnung anwenden dürfen.
An eine Schulkomödie, als ergötzlicher Schluß einer öffentlichen Prüfung, ist hier sicherlich nicht zu denken.

Durch die intime Verbindung mit Stapel lernte Rist
dessen Schwester Elisabeth kennen, welche er im Beginn
des Jahres 1635 nach seiner Wahl zum Pfarrer in Wedel
heirathete. Ein anderer Bruder, Dr. iur. Franz Stapel,
Dänischer Geheimer Rath und Oberamtmann zu Pinneberg,
dem er seine „Musa teutonica" und seinen „Poetischen Schauplatz" widmete, wird öfter von ihm erwähnt. Ernst starb
schon den dreizehnten Oktober 1635, und es läßt sich nach-
empfinden, warum Rist in dem „Klaag-Gedichte Uber gar
zu frühzeitiges Absterben Herren Ernst Stapelen, seines sehr
geliebten Schwagers vnd höchstvertrawten Freundes" den

Verstorbenen der Welt gegenüber Verfasser der Irenaromachia sein und bleiben läßt. Außerdem mochte er es gerade da= mals, wo er eben als Geistlicher angestellt worden und den gehässigsten Angriffen neidischer Amtsbrüder ausgesetzt war, nicht für angezeigt halten, jene Mystifikation aufzudecken, und ließ die Sache ihren Lauf gehen. So verflossen mehr als dreißig Jahre, bis Rist kurz vor seinem Tode die eigen= thümliche Bewandtniß enthüllte, um das Geheimniß nicht mit sich ins Grab nehmen zu müssen.

Des Stückes braucht er sich wahrlich nicht zu schämen. Nach den zahlreichen Neudrucken zu schließen, muß es seiner Zeit nicht nur sehr beliebt, sondern auch oft gegeben sein. Es fußt auf der damaligen Zeitgeschichte und enthält, namentlich in den Zwischenspielen, bunte und bewegte Bilder aus dem großen Kriege. Diese Scenen, in welchen die Feindseligkeit zwischen Soldaten und Bauern meisterhaft und mit treuester Naturwahrheit gezeichnet ist, sind zum größten Theil niederdeutsch abgefaßt und zwar im Holsteiner Dialekt, ein Umstand, der gleichfalls zu Gunsten von Ristens und nicht des Westfalen Stapel Autorschaft spricht. Diesen Scenen verdankte das Drama hauptsächlich den stetigen An= klang bei den wiederholten Aufführungen, ihnen die häufigen Auflagen, wie ein Breslauer Nachdruck beweist, wo die niederdeutsche Mundart in die Schlesische übertragen ist, ihnen endlich eine bisher allen Litterarhistorikern völlig unbe= kannte Uebersetzung in gebundener Rede: Pseudostratiotae, Ein Teutsches Spiel Vnartiger Lediggenger, denen das Sauffen von jhren Weibern vnd der Müssiggang auff Lands= knechts Art getrieben, von Bawren wol versaltzen wird. Von newen gedruckt Anno 1631.[1] Die Dedikation dieses

[1] Enthalten in der folgenden nirgends citierten Ausgabe des Sophokleischen Ajax: Sophoclis Ajax lorarius, seu Tragica comœdia

seltenen Stückes² ist an den Herzog Julius Ernst von Braunschweig-Lüneburg gerichtet und unterzeichnet: Erasmus
Pfeiffer.

Rist sowohl als Stapel hatten beide Berührungspunkte
mit dem Braunschweigischen Lande. Des Ersteren Mutter
Margaretha geb. Ringemuth stammte von Schloß Stein-
brügge im Braunschweigischen, und Letzterer hatte Anfangs
in Helmstädt studiert. Auch ist die zweite Ausgabe der
Jrenaromachia den vier Töchtern von Henricus Müller,
Probsten des Klosters S. Laurentii für Schöningen und Fürstl.
Braunschw. Oberamtmann Kalenbergischen Theils, zugeeignet.
Erasmus Pfeiffer, der jetzt zum ersten Male für die Litteraturgeschichte gewonnen wird und ein tüchtiger Gelehrter und
kein unebener Poet gewesen sein muß,³ gesteht, daß seine versificierte Arbeit anderswoher entlehnt und Uebertragung sei.

de Ajacis Telamonii (propter arma Achillis judicio Græcorum sibi
non addicta) furore, morte & dissensu super ejus sepultura, Ex-
ornata post Sophoclem, Scenis necessariis & septem cantionibus
inter actus decantandis, Olim a Josepho Scaligero Julij filio trans-
lata, & in Theatro Argentinensi exhibita, Anno 1587.

² Zwei Exemplare sind noch vorhanden und zwar in den Bibliotheken zu Rostock und Wolfenbüttel.

³ Ueber die Persönlichkeit und das Leben dieses bisher unbekannten
Dramatikers verdanke ich der Güte des Archivsekretairs Dr. Meinardus
aus den Akten des Königl. Staatsarchivs zu Hannover folgende Auf-
schlüsse: Erasmus Pfeiffer war 1618 Sekretair des Herzogs Julius Ernst.
Er erhielt in diesem Jahre die Exspectanz auf ein Kanonikat an den
Stiftern S. Alexandri oder beatae Mariae zu Einbeck. 1625 ist dort an
S. Alexandri ein solches erledigt, er bekommt es aber noch nicht, weil
die Kanoniker bitten, ihnen die Einkünfte für den Kirchenbau zu überlassen.
Der Herzog Julius Ernst verwendet sich lebhaft für Erasmus Pfeiffer,
der in diesem Jahre „alter gewesener Diener" genannt wird, beim Bischof
von Minden. Eine Antwort des Letzteren ist leider im Aktenstück nicht
vorhanden.

Die Quelle bezeichnet er nicht. Ich bin in der angenehmen Lage, als solche Riſtens Irenaromachia nachweiſen zu können. Die Gegenüberſtellung einer Scene aus beiden Stücken veranſchaulicht die Abhängigkeit und verſetzt uns in den Geiſt der Dichtung.

Die Bauern haben den Quartiermeiſter ergriffen und gebunden. Marten ſagt zu ihm:

(Riſtens Irenaromachia 1630)	(Pfeiffers Pſeudoſtratiotae 1631)
Harre du, ſin wy nu Heren, dat wy ſüß ſchelmiſche deviſche Buwren wehren.	Sint wy nu Herrn, Dorhen man ſchelmſche Buren wern.
Sivert.	**Sivert.**
Ay wat ſchnackeſtu veel? Aver in de Pannen, ſo komet dar nene Küken vth, wy willen in der Huet begrauen als einen Biſchop.	Dat ſchnackn is nichts: Jnd Pann geſchlagn De Eyr dat ſe neen Küken tragn, Ein dober Hund de bitt nicht mehr, He mut vns nu nich brüen mehr, Wy wolln en widelick hanthaven, Jn der Hut alsn Biſchop begravn.
Marten.	**Marten.**
Holt ſtille Mewes, wat doe wy, laeten leeuerſt vthein vn lopen laten.	Holt wenig ſtill: Mews lath geſchehn, Laet vns en lever nackt vth theen Vnd lopen latn.
Quartiermeiſter.	**Quartiermeiſter.**
Ach ja, ich bitte euch vmb tauſent Gottes willen.	Ja mein Herrn Vmb tauſent Gottes willn.
Mewes.	**Mewes.**
Ja, ja, wat ſchnackſt veel, ick wil deck noch lange bidden helpen, denck vp Jeſs, ſüe dar gah her ſitten, ick willt kort vn goedt mit deck maken.	Ja ſchnack noch mehr. Jck wil dy noch wol helpen bittn, Süe denck vp Jeſus, gah dar ſittn, Jck willt kort vnd got mit dy macn.
(Der Quartiermeiſter fellt nieder, vnd die Bawren ziehen ihn gantz aufs biss auffs Hembt.) Quartiermeiſter. Ach ihr Herrn, ich bitte euch vmb tauſent, tauſent Gottes willen, iſts Gottes müglich, ſchencket mir disſmahl das Leben.	Quartiermeiſter fallt nieder, ſie ziehn ihn aus biss auffs Hembde, er ſpricht: O noch vmb tauſnd Gottes willn ich bitt, Schenck mir dochs Leben ich bitt.
Mewes.	**Mewes.**
Wat doe wy Marten, willwen lopen laten, my dunckel, vdt ſy dat beſte, dat wy ehme den Kop inſchlaet, de Deeff	Wat do wy Martin? lath wy en lopn? He möchte ander Hülpe topn, Vnd faten vns denn erſt tho hyn,

möchte ybt nah seggen, vn vs darna
wat brühen, schol ock darna wol all de
Katen im Dorpe, Hütten mit der Mütten
in den Brandt stecken, denn ick kenne de
Galgen wol.

Quartiermeister.
Ach nein ihr Herren dessen wil ich
für euch allhie zu Gott vnd allen Heiligen einen thewren Eydt ablegen, daß
ich es gegen keinen Menschen weder gedencken noch reden wil, auch daßelbe
mein lebelang nicht rechen, weder ich
selbst oder durch einen anderen.

Mewes.
Wat düncket yuw Sivert, Marten,
schol he wol gelouen holen?

Marten.
Wat düncket deck Sivert? laten
schweren, vn laskn Deeff lopen laten.

Quartiermeister.
Ach ja.

Sivert.
So schwere nu vn segge my na.

Quartiermeister.
Von Hertzen gern.

Sivert.
Holt de Finger vp vn segge my na:
So geue Godt,
Vn möte Godt,
Vn wolle Godt,
Dat ick nümmer komme,
Dar veel tho dohn ys,
Ock hale my
De Düuel
Tho der ewigen Salicheit,
Dat ick alles,
Wat ick yuw hebb angelauet,
Wil faste holn.

He schöld vns wol mehr Vnglück flyn,
Steckent Dörp dat alles vpflög,
Vnd Hütt mitr Mütt inr Asch lege.
Ick kenn der Galgen rencke wol.

Quartiermeister.
Ach nein das solt ihr fürchten nicht,
Mein fromme Herrn, als ich bericht,
Ich wil ein thewren Eyd ablegn,
Daß ich wil gäntzlich seyn verschwegn,
Keinn Menschen es klagn auch gdencken nie,
Nicht rechn durch andre noch durch mich.

Mewes.
Wat dünckt dy Marten: meinstu wol
Sivert: dat he glouen holden sol?

Sivert.
Dat truw ick nicht.

Marten.
Ey wenn he schwert,
So lath en lopen vnversehrt.

Quartiermeister.
O ja, o ja.

Mewes.
So segg nu na,
Hef vp de fust vnd hieher stah.

Quartiermeister singula repetit.
So geve Gott
So möchte Gott
Vnd müsse Gott
Vnd wolde Gott
Dat ick nimmer queme
Dar veele tho bonde ys,
Ock hale mick
In schwarte Peck Helle
Thor ewigen Seligkeit,
Dat ick alles
Wat ick hiemit anlaue
Vnd dat nimmermehr do
faste holde.
Darup giff vns allen de Hand,

Dar giff vs de Handt vp, vn packe
dy nu vor den Düuel, ebber ick wil dick
vöte maken.

Quartiermeister.
Ach jhr Herrn, ich bitte euch vmb
Gottes willen, gebt mir doch ein par alte
Schu, vnd ein par alte Hosen wieder,
damit ich meine Scham bedecken mag.

Mewes.
Schemestu dy noch? wo du nich geyst,
ick wil deck rögen, schemestu deck nich,
wenn du vs Buwren wat brühen schast?

Quartiermeister (entlaufft vnd
spricht): Nun jhr Diebe, sey nur versichert, es sol euch eine sawre Beute werden.

Sivert.
Vor dusent Düuel, Marten, dat
dachte ick wol, hedde wy den Deeff men
dodt schlagen, pöt wehre dar wol by
bleuen, auerst nu wil pöt den Düuel
hebben, nu wil vs de Sücke röhren.

Mewes.
Wat? dat hefft neen nodt, wilt
leeuerst wat töuen mit der Deiling, wenn
he pöt wor morgen wedder hale, wo nich
so lasst by vsen Kröger Nickel Stabi
tho hope kamen, vnde pöt dar deeln,
vn darna einen goden Rusck tho hope
supen.

Vnd pack dick dar de Kuckuc want,
Ebber ick wil dy Vöte macken.

Quartiermeister.
Ach wie bin ich so leidn nacknd,
Ich bitt vmb ein par alte Schuh
Vnd Hosn, damit ich mich deck zu,
Ich geh sonst gar zu schamlos her.

Mewes.
Schemestu dy nun? pack dy nur,
Odr wil dy rögn: Do du vorhin
Vns bringen möchtst na dynem Sinn,
Do schemedest dy nicht ein Haar.

Quartiermeister entlaufft.
Nu jhr Diebe ich thus euch schwern,
Es sol euch thewr vergolten werdn.

Sivert.
Vor dusent Sück dat dacht ick wol.
De Schrobbers sind der Schelmstück voll,
Hedd wy en man geschlagen dodt,
Da wert wol by gebleven gudt,
Nu wil vns jo all Sücke rörn.

Mewes.
Jdt hefft nen Noth, ick magt nich hörn,
Doch latt be Plünde allthosamn,
Vnd lath be delung wat anstan,
Wenn het morgen wedder begehrt,
Wo nich so mut et syn verthert,
By vnserm Kröger Nickl Staby,
So supen wy gut Rüsch darby.

Der Quartiermeister rächt sich hart. Er schickt einen Spion aus und erscheint, wie die Bauern im fröhlichen Zechgelage einander zutrinken, selber, nimmt ihnen die Beute wieder ab, ihr Geld, und läßt sie durch den Leibschützen zum Profoß schleppen, der die Aermsten auf Befehl des Generals aufhängen soll. Das Alles ist mit realistisch plastischer Gestaltungskraft und mit solcher Naturwahrheit geschildert, daß wir die Personen zu sehen glauben; ein Cyclus sich eng aneinander fügender Genrebilder, welche an die gleichzeitigen Schöpfungen niederländischer Maler in manchen Motiven erinnern. Wer z. B. Adrian van Ostades verwandte Sujets behandelnde Kunstwerke mit dem richtigen Auge zu betrachten versteht, der wird auch Riftens Darstellung zu würdigen wissen.

Wie prächtig ist die Figur des Sivert, jenes unverschämten Trunkenboldes und schlauen, spitzbübischen Dörflers, angelegt und durchgeführt! Welch köstlicher Humor liegt über dem lebendigen Intermezzo zwischen ihm und seinem resoluten Weibe Plonni ausgegossen! Wie rührend klingt am Schlusse des Bauernknaben Jöstken Klageruf: O Gott, lathet my doch mynen Vader, ick hebbe yo man den einen Vader!

In der That, die niederdeutschen Zwischenspiele in den Dramen bis zum Ende des siebenzehnten Jahrhunderts verdienen es, wieder ans Licht gezogen zu werden. Sie eröffnen nicht allein dem Litterarhistoriker ein bisher unbebautes Feld für fruchtbringende Untersuchungen, sondern sind auch in Bezug auf die mundartliche Sprachforschung sowie für die Kultur- und Sittengeschichte durchaus nicht unwichtig. Daß speziell Riftens niedersächsische Schalthandlung seinen Zeitgenossen sehr gefiel, bezeugt Pfeiffers versificierte Bearbeitung; sowohl der unmittelbar aus dem Leben und Treiben im dreißigjährigen Kriege gegriffene Stoff wird ihn zu seiner Nachdichtung angeregt haben, als auch die zu einer metrischen Uebersetzung förmlich einladende Sprache. Für die Beliebtheit des Stückes spricht ferner die Uebertragung in den Schlesischen Dialekt, welche neun Jahre später in Breslau erschien.

Aber noch größeren Einfluß hat Rist ausgeübt. Seine Irenaromachia enthält im Anfange des zweiten Aktes ein merkwürdiges, theilweise niederdeutsches Gespräch zwischen der Friedensgöttin und einem Landmann. Dasselbe traf so gut den damaligen Ton und Geschmack, daß wir es in einem späteren Schauspiele nur ein wenig verändert wiederfinden. Anno 1668 kam nämlich heraus und wurde zweimal, 1669 und 1670, neu aufgelegt: „Ratio Status, Oder Der itziger Alamodesierender rechter Staats-Teufel." Der ungenannte Verfasser bietet lediglich ein mixtum compositum aus Ristens Jrenaromachia, Perseus, Friedewünschendem und Friedejauchzendem Teutschland; gewiß ein recht anständiges Plagiat und ein recht spekulatives und lukratives! Kaum hatte der alte hochgepriesene „Rüstige" 1667 die Augen für immer zugedrückt, als sich ein industrieller Litterat oder Buchhändler darüber hermachte, des Seligen Dramen zu plündern, hier eine Scene, dort eine Episode, da wieder eine einzelne Figur auszuschneiden und ein funkelnagelneues Stück auf den Markt zu bringen, welches innerhalb drei Jahren drei Auflagen erlebte!

Die Abfassung und Aufführung seines Erstlingswerkes hatte dem jungen Studenten eine angenehme Abwechselung gebracht, nach welcher er, wie es scheint, mit doppeltem Eifer der ernsten Berufsarbeit oblag. Bald darauf verließ er die Universität Rostock und zog nach Leiden und Utrecht; 1632 begegnen wir ihm in Leipzig, woselbst er seine theologischen Studien beendigte. Ein Jahr nachher trat er eine Hauslehrerstelle beim Landschreiber Sager in dem Norderditmarsischen Städtchen Heide an. Dort fand er Muße zur Schöpfung eines neuen Dramas, das am ersten Juni 1634 gespielt wurde. Dasselbe ist dem Stoffe und der Behandlung nach sehr interessant und erinnert wiederholt theils an Herzog Heinrich Julius von Braunschweig theils an Shakespeare, respektive an die englischen Komödianten.

Der Titel lautet: Johannis Ristii Perseus. Das ist: Eine newe Tragœdia, welche in Beschreibunge theils warhaffter Geschichten, theils lustiger vnd annmuhtiger Gedichten,

einen Sonnenklahren Welt= vnd Hoffspiegel jedermännig=
lichen præsentiret vnd vorstellet. Acta Heidæ Ditmarsorum,
Anno CIƆIƆCXXXIV. — Hamburg, Gedruckt bey Heinrich
Werner, In verlegung Heinrich Rosenbaums.

Gervinus sagt: „Den Perseus kennen wir nicht." Bis
jetzt war kein Exemplar nachgewiesen. Ich habe je eines
in Weimar und Wolfenbüttel gefunden.

In der Vorrede, unterzeichnet: Gegeben zur Heide in
Ditmarschen, den 1. Tag Junij Anno 1634, sagt der
Autor, er habe das Sujet aus Livius genommen, aber
Manches hinzugesetzt, und entschuldigt sich, daß er „den
Legibus Tragœdiarum zuwider fast gar zu viel lustiger Auff=
züge vnter ernsthaffte vnd traurige Sachen gemenget," weil
er „mit gegenwertigen Interfceniis dem gemeinen Manne
(als der mit solchen vnd dergleichen possirlichen Auffzügen
am allermeisten sich belustiget) vornehmlich habe gratificiren
vnd dienen, mit nichten aber dieses oder jenen Landes sitten,
gebräuche, sprache vnd geberde dadurch auffziehen oder
verspotten wollen, wie davon vnzeitige Richter vnd Momi
bisweilen vnbedachtsam genug vrtheilen, die doch so gar
nicht wissen noch verstehen, quod omnis Comœdia debeat esse
Satyra, vnd dannenhero einem Comico nicht so sonderlich zu
verdencken sey, wann er gleich lachent zu zeiten die war=
heit saget."

Die Personen in den niederdeutschen Aufzügen sind:

Hans Knapkäse, Capitain vnd Trummenschläger
zugleich.

Laban, ein junger Bawrenknecht. ⎫ Alle drey des
Cocles, hat nur ein Auge.   ⎬ Knapkäsen Sol=
Loripes, hat ein krumm Bein.   ⎭ daten.

Telsche, die Jungfraw.

Lurco, der Auffschneider.

Eine Werbescene führt uns recht gelungen in den

Charakter des Zwischenspieles ein, sowie in die Zeit und
Zustände; denn auch hier schildert Rist, obwohl das eigent=
liche Stück der alten Macedonischen Geschichte entlehnt ist,
„poetischer oder verdeckter Weise" den dreißigjährigen Krieg.

Hauptmann Hans Knapkäse tritt auf mit einer Trommel
am Halse, gar närrisch bekleidet, dazu mit fünf oder sechs
Degen behangen, schlägt frisch auf die Trommel und ruft:
Höret zu ihr rechtschaffene Cabbalers, Reuters vnd Sol=
daten zu Fuß und zu Pferde, alle diejenige, so dar lust,
liebe vnd Courage haben, dem greulichen, großen vnd er=
schrecklichen Könige, Don Philippo in Macedonia, vnter den
Parlament des hochadelichen, tapfferhafften vnd Gotts=
jämmerlichen Braten Obristen, Herren Quidritza Charlatan,
Freyherrn zu Baruthi, Erbgesessen zu Müggenburgk, Butt=
ram vnd Sandtkuhlen, vnter mir Monsieur Jean de Knap=
käse, wolbestalten Capitain über eine Compagnie Nüren=
bergische Tragoner zu Fuße, wie auch Regiments-Trommen=
tambour, zu dienen, zu fechten vnd die Leute todtzuschießen,
der verfüge sich über 8. tage, alsobald heute diesen Abendt
zu mir in meine Herberge, ich gebe jhm Pour dieu Geldt
auff die Handt daß es brummet.

Laban kommt heraus, bäurisch gekleidet und·halb be=
trunken, und fängt also an zu reden: Watme Düfel machter
nu echters ins toh doinde wesen, tiss jo neen Fastelauend,
dat de Jungens mit der Bunge ümher lopet, vnd dar sin
dick ock yo nene Saldaten, tiss jo free im Lanie, kwult likers
woll gerne wehten, wat dat ramenten mitter Bunge beduien
möchte, ick bin darauer ohtem Kroge vanier Beirkanne weg=
gelopen. (Nu sieht er Knapkäsen) Süe süe doch wat de
Düfel deit, wat steit dar vör en Skrubbert, de süht lien
dull oth, anners nich, alse wenn he Müse fangen wull,
kmut inss thom hen vnd hören tho, effte yot wohr ein
Rottenfänger ys: Goien Dach, goien Dach, Kumpahn.

Knapkäse sucht ihn anzuwerben, aber Laban will nichts davon wissen. Eine Einquartierung im Dorfe hat ihm gezeigt, wie roh und diebisch die Soldaten hausen. Man werde noch lange in seinem Kirchspiel mit Schrecken daran denken: Dse Nabers, de eene hader ein süluern Garfe van im Huse, de anner ein Lütlandt, de drüdde ein Carnettert, de verde einen Feldtwifeler, vnde de heten se vo althomahl Böuersten, de anieren de hadden man so schlichte Muscowiters vnd Pekelnerers. Myn Vaer hader ock vo ein Haluncken van im Huse, dat was löuick ein Hoppenführer, all du störten süke, wat jagede de Skabbehalss mit synen Gesinneken ein hupen junge Höner, Eyer, Dufen, Kalfesköppe, Lammerfötte, dat was man alle Dage: Horch Bauwr, schaffe auff, latz halen Wein, Sucker, Brazen, Conflex, vnde wat men erdencken kunne.

Doch drei harte Reichsthaler, die ihm der Hauptmann als Handgeld bietet, ändern seinen Sinn: Twehr by Gae woll ein fyn Gelleken, man ick weth woll, tiss likers so nicht, darna hefftner nichtes van, alse Hunger vnd Kummer, Lüse vnd Schläge, Frost vnde Dorst.

Hans: Ey mein Kerl, da darffstu nicht vor sorgen, du solt kein schlechter Musquetirer seyn, ich will dir alsobaldt eines Gefreieten Corporals Platz geben, dazu solt du nicht gegen dem Feinde zu Felde, besonderen das gantze Jahr durch bei einem reichen Bawren im Quartier liegen, dich mesten, fressen, sauffen, doppelen, spielen.

Laban: Wummen süke, wenn ick dat löuen dorste, ick wagede by dem Elemente ein tögeken mede.

Hans: Trawe du nur meinen adelichen Worten.

Laban: Nu, nu, skall dat wisse syn, so bink et tho freden, hey wo will ik nu de Buren brüden, up skölt se schaffen, all wat se man inner Katen hebbet.

Hans: Corpral, das ist braff, du bist mein rechter

Soldat, hette ich solcher Gsellen nur mehr. Aber lauff baldt, vnd hole deine Sachen, vnd kom alssdann zu mir in meine Herberge.

Laban: Ja ja Herr Böuerste, man wo het juwe Harbarge?

Hans: Ey ich liege dar zum blawen Jammer, nicht weit vom großen Ellende, gerade gegen der Hungergassen über.

Laban: Ja, ja, tyss godt Herr Hoffman, nu goien Dach so lange, ick will balle weer hier wesen.

Was für eine Mannschaft, Lahme vnd Blinde, Knap-käse anwirbt, vnd wie er seine Rekruten drillt vnd ein-exerciert, veranschaulicht eine zum größeren Theil im missingschen Soldatenjargon vorgeführte komische Episode. Daran schließt sich eine für die niederdeutsche Sprach-forschung weit werthvollere Scene, worin sich ein amüsanter Liebeshandel der tapferen Vaterlandsvertheidiger abspielt.

Jungfer Telsche hält dieselben arg zum Besten. Der Hauptmann hat ihr seine Liebe geschworen. Sie will ihn auf die Probe stellen: Nu nu Herr Böuerste, ick truwe juwen Worden, seht hier hebbick einen Sack, will jy darin krupen, vnde my toh willen vnde gefallen man eene Nacht darinne schlapen, so will ick et woll balde marcken, effte yot juw Ernst ys, vnde wer jy my van grundt juwes Harten leef hebbet.

Wohl oder übel versteht er sich dazu vnd kriecht in den Sack. Da kommt Prahlhans Curco. Er ist entzückt, Telsche zu sehen, vnd schwört, daß er für sie gern durchs Feuer laufen werde. Das begehrt sie nun zwar nicht, er solle blos eine Nacht bei jenem Sacke Schildwache stehen, damit ihn Niemand wegnehme; sie habe darin ein lebendig Thier, aber er dürfe den Sack nicht öffnen und kein Wort reden. Der Liebhaber verspricht's, vnd Telsche sagt lachend

bei Seite: Dat ſyn my ein pahr Narren auer alle Narren,
de eene let ſick dartho brüden, dat he in den Sack krupt,
vnd de ander Geck ſteit darby vnde holt de Schiltwacht,
dat ehn nemandt wegſtelen ſchal. Man ſühe dahr, föhret
nicht de Henger den Laban dar weeder her?

Ja, es iſt Laban, der Rekrut, welcher ſeinem Hauptmann entlief. Er betrachtet ſich als Bräutigam der wetter-
wendiſchen Schönen:

Süe dahr, ſüe dahr, Junfer, goen Dach genesk Gott,
ja ſinne ick juw hier noch?

Telſche: Ja Laban, noch bin ick hier. Man ſegget
my doch, wohr thom krancket bleue jy tohvören?

Laban: Wohr ſkullick bliuen? Dahr föhrede de grothe
Vhle den ſchmachtigen Skrubbert den Hans Knapkäſen her,
vnd de Narrenkop nam mik ins an vor ein gefrieter
Capperal, man had ick ſo wahrliken vpperſtede wat inner
Handt hatt, alſk nu hebbe, he ſkull vor Angſt de Brock
vull ſcheten hebben, dat wulkem likers wol lauet hebben.
Man höret doch min allerleueſte Telſche, wehte jy ock noch
wol wat jy ſeden, dat jy mick hebben wullen vnd jy mick
ock nenen langen Dach ſetten wullen?

Telſche: Ja Laban, datten weet ick noch jdel wol,
man my düncket, jy wilt my man ſo wat tho hien fahten,
dat iss doch yuw Ernſt nicht, dat kann ick ſachte dencken,
ick bin ſo dumm nicht.

Laban: J Junfer Telſche, wo thom Knüvel ſy jy ſo
vnlöuiſch, ick wul leuerſt dat my de Kranckt halede, wan
ickt nicht hartliken meene, löuet doch mynen worden, tiss
by gotte min ernſt.

Telſche: Nu Laban, ick wil yuw truwen, man einerley
möchte jy my tho willen dohn, dar will ick yuw flitigen
vmme beden hebben.

4*

Laban: Wo ja van harten geren wilket dohn all wat jy man hebben wilt, wenket man weht.

Telsche: Nu nu, dat is recht. Seht doch ins min gude Laban, dahr steit vp günnen Orde ein Kerel, de heft ein Kalff im Sacke, vnd dat wull ick wol gerne van ehm hebben, man he will et nicht missen, doht jy doch dat beste, datt jy yöt van ehm krieget, mit gude edder mit quade. Ick weth wol, jy sündt ein dullen Düfel, de dar nicht veel nah fraget, jy seht wol tho, wo jy yöt maket, dat jy my dat Kalff herbringet.

Laban: Wo dat schal neen noht hebben, dahr will ick sachte mede tho rechte kamen, he skal my dat Kalff dohn, edder ick schla my mit ehm herdör, datter dat rode Sap na geiht. Dat Kalff is all min.

Telsche ad spectatores: Help Godt, dahr hebb ick de Narren tho hope skünnet, dar wart wol ein herlick Leuendt vth wahren. (Schleichet heimlich vom Platze.)

Laban ad Lurconem: Goien Dach, goien Dach Fründt. (Curco winket mit dem Kopfe, spricht aber kein Wort.)

Laban: Goien Dach jy Mann, höre jy nicht? (Curco winket abermals vnd sieht gar böse aus.)

Laban zeucht Curco beym Aermel: Hört hier goie Fründt, wo dühr dat Kalff im Sacke? (Curco stößt ihn zornig zurück.)

Laban: Wo nu thom Düfel, wo ysset mit dy, wat schadt dick, bist du stumm, doh de Flabbe vp vnd sprick. (Curco stößt ihn abermals im Zorn zurück.)

Laban: Nu nu, schwieg du so lange als du wult minenthaluen, ick gah mittem Kalue dör. (Laban greift nach dem Sacke, Hans zittert vnd bebet darin.)

Curco: Du Berenheuter, laß mier hie den Sack liegen, oder wir werden vns so darümb zerkeilen, daß die Hunde das Bluht mit hauffen lecken.

Caban: Wo du wult mick likers wol jo nicht freten,
nu wilket likers hebben, vnd süe dat frage ick nah dy.
(Schlägt ein Schnippchen.)

Curco: Dier sol gleichwol der Hencker baldt auff die
Ohren fahren, wo du mich beginnest zu cujoniren.

Caban: Cujaneren hen, cujaneren her, ick gah mitten
Sacke dör!

Das Ende ist natürlich, zur Beluftigung der Zuschauer,
eine Prügelei.

So viel Inhalt und verhältnißmäßig so viel Handlung,
ein gleich munterer und spaßhafter Humor finden sich in
den niederdeutschen Zwischenspielen nicht häufig. Der Hauptmann Hans Knapkäse ist offenbar ein Nachkomme des als
Henker auftretenden gleichnamigen Klowns aus der in den
englischen Komödien und Tragödien abgedruckten Komödie
von der Königin Esther und hoffärtigem Haman. Daß
Rist Gelegenheit hatte, als Knabe den Vorstellungen der
englischen Schauspieler in Hamburg beizuwohnen, wissen
wir aus seinem eigenen Berichte. Was die Quelle dieses
Schwankes, wenn auch nicht die unmittelbare, betrifft, so
dürfte eine Novelle aus Boccaccios Dekamerone „Die
geäfften Freier" (Neunter Tag, erste Geschichte) zu Grunde
liegen, wo eine Wittwe den einen Werber als Todten zu
sich bestellt, den anderen als Träger desselben. Noch näher
steht eine Erzählung aus Paulis Schimpf und Ernst. [1]

[1] Manni glaubt, daß Boccaccios Novelle auf einem wahren Vor-
fall beruht, während Dunlop und Liebrecht eine englische Ballade und
eine niederländische Sage, als der Novelle sehr ähnlich, anführen. Dieselbe ist auch mit einer orientalischen Sage verwandt. Vergl. „Die Quellen
des Dekameron" (Stuttgart 1884. S. 332 f.) von Marcus Landau,
der es für wahrscheinlich hält, daß Boccaccio hier nur die sonderbaren
Abenteuer persiflieren wollte, welche die Helden mancher Ritterromane
bestehen mußten, um die Gunst ihrer Damen zu gewinnen. — Paulis

Speziell durch den niederdeutschen Theil wurde ein origineller Dichter angeregt, Hermann Heinrich Scher von Jever. Derselbe schrieb eine Waldkomödie: New-erbawte Schäferey Von der Liebe Daphnis vnd Chrysilla, Neben Einem anmutigen Auffzuge vom Schafe-Dieb. Hamburg, Gedruckt bei Jacob Rebenlein, Im Jahr 1638. Der niedersächsische Bauernaufzug vom Schafdiebe zeigt Aehn- lichkeiten mit einzelnen Episoden im Perseus, und auch später- hin sehen wir, daß Scher als Dialektdichter bei unserem Rist in die Schule gegangen ist. Lappenberg in seiner Aus- gabe des Lauremberg beschäftigt sich mit dem Stücke Scherens und weist dessen Abhängigkeit vom Ulenspiegel nach, ohne die noch auffälligere von Rist gewahr zu werden. Voll- ständige Scenen sind allerdings nicht herübergenommen, denn Scher erscheint als denkender Poet und nicht als Plagiator, wie der namenlose Fabrikant des Ratio Status. Dagegen hat er charakteristische Redensarten und Motive verwerthet, sowie mehrere Figuren den Ristischen Vorbildern nachgezeichnet. Den beiden Namen Asmus und Allheit be- gegnen wir auch hier. Letztere kann für Telsches Schwester gelten; sie nutzt auf gleiche Manier ihren Liebhaber d. h. dessen Geldbeutel aus und läßt ihn dann laufen. Der Fechtmeister Heine Unverzagt ist ein ergötzliches Pendant zu Hans Knapkäse.

In wie hohem Grade das Sujet dem damaligen

Schimpf und Ernst (herausgegeben von Oesterley) Nr. 220 beginnt: „Es was ein Burger der het drei Döchter." In Oesterleys Nachweisen (S. 498) ist zu lesen Wolff, Niederländische Sagen Nr. 429 und 490 (S. 590); hier ist die Frau, welche die Liebhaber foppt, zu einem Ge- spenst geworden. Die nach Steinhöwels Uebersetzung des Dekamerone gedichtete Komödie des Hans Sachs heißt „Die jung witfrau Francisca", 1560 verfaßt (Gedichte Bd. 5, Theil 2, Bl. 225). Hierauf hat mich Joh. Bolte gütigst aufmerksam gemacht.

theatralifchen Gefchmacke mundete, beweift auch eine dem
Brandenburgifchen Kurfürften Friedrich Wilhelm gewidmete
Tragödie, welche die biblifche Hiftorie Holofernes=Judith
darftellt. Der Verfaffer diefes „Holofernes" (Hamburg 1648),
Magifter Chriftian Rofe von Mittenwalde, hat fein Stück
ganz in Riftens Manier gehalten und deffen Perfeus weid=
lich und oft wörtlich abgefchrieben. Auch die drei nieder=
deutfchen Aufzüge finden fich hier inhaltlich wieder. Hans
Knapkäfe ift in Herr Urian, der Bauer Laban in Jäckel
Hebberecht umgetauft. Rofe will gern feinen Lefern
neben der ernften Haupthandlung auch etwas zum Lachen
bieten, und weil er felbft nicht das Zeug zum Grotesk=
Komifchen befitzt, fo muß der alte Rift wieder einmal aus=
helfen. [1]

Im Jahre 1635 war Johann Rift nach dem, Ham=
burg benachbarten, Holfteinifchen Pfarrdorfe Wedel als
Seelforger berufen worden und entwickelte als folcher eine
fegensreiche Thätigkeit in feiner Gemeinde. Die Schreck=
niffe des dreißigjährigen Krieges trafen auch ihn und die
Seinen dort hart, und es ift erftaunlich, wie in fo trüber
Zeit feine Freudigkeit am poetifchen Schaffen nicht erlahmte.
Seine Lieder und Kirchengefänge find außerordentlich zahl=
reich, nicht minder feine Gelegenheitsfchriften und feine
leider zum größten Theil abhanden gekommenen Schau=
fpiele. Die allgemeine Sehnfucht nach dem Frieden diktierte
ihm fein „Friedewünfchend Teutfchland" in die Feder. Es
erfchien 1647 und ward in Hamburg unter lebhaftem Bei=
fall aufgeführt. Eine Auflage jagte die andere. Als end=
lich die Verkündigung des Friedens zur Wahrheit geworden,
fchrieb Rift eine Fortfetzung „Das Friedejauchzende Teutfch=

<hr>

[1] Diefe Nachahmung konftatierte ich zuerft im Korrefpondenzblatt
des Vereins für niederdeutfche Sprachforfchung, Jahrgang VII, S. 69 f.
Hamburg 1882.

land" (Nürnberg 1653), welches um mehrerer nieder=
deutschen Scenen willen besonders interessiert. Es sollte
gleichfalls von der Gesellschaft des Andreas Gartner in
Hamburg dargestellt werden,[1] welche schon das erstgenannte
Stück daselbst agiert hatte. Gartner hat aber, wie es
scheint, durch irgend einen widrigen Zufall seinen damaligen
Aufenthaltsort Danzig nicht verlassen. Er kam nicht, und die
Beförderung zum Drucke wurde dadurch länger als ein
Jahr gehemmt.

Das neue Drama darf als Vorläufer der bald zur
Herrschaft gelangenden Opern oder Singspiele betrachtet
werden. Es enthält mit Notenbeilagen versehene Lieder,
unter denen sich die zwei niederdeutschen textlich und ryth=
misch auszeichnen. Das Freudenlied eines Bauern über
den Frieden nahm der Herausgeber „Der Vortrefflichsten
Teutschen Poeten verfertigte Meisterstücke" 1725 in seine

---

[1] Emil Riedel sagt in seinem Aufsatze „Die ersten Wander=
komödianten in Lüneburg" (Erica. Sonntagsblatt der Lüneburgschen An=
zeigen 1883. Nr. 34): „Johann Rists symbolisches Schauspiel Friede=
jauchzendes Teutschland fand hier auf dem Schultheater im Kalandt
1652 seine erste Aufführung." Desselben „Theatergeschichtliche Beiträge.
Die Schulkomödien in Lüneburg" (Deutsche Bühnen-Genossenschaft XII.
1883. Nr. 18—22) bringen die folgende genauere Mittheilung: Rists
Friedejauchzendes Teutschland bot Gelegenheit zur Wiederaufnahme der
Schulspiele des Johanneums. Besonders war es der Kantor Michael
Jakobi, der sich für die Fortführung der Schulspiele interessirte. Schon
im Januar 1652 wendete er sich an den Rath um die Erlaubniß, das
Stück von Rist, den der Rath sehr hoch schätzte, öffentlich aufführen zu
dürfen; wahrscheinlich verdankte er seiner persönlichen Bekanntschaft mit
dem Autor das Manuskript des Stückes, welches erst im folgenden Jahre
zu Nürnberg im Druck erschien. Der Rath genehmigte die Aufführung,
nach vorheriger Prüfung durch den Superintendenten, aber erst zu Michaeli.
Demnach geschah die erste Aufführung von Rists Friedejauchzendem
Teutschland in Lüneburg, Michaeli 1652.

Sammlung auf, weil er es zu Riftens besten Verfen zählt. Dasselbe leitet das Zwischenspiel ein, wie folgt: Hie kommen auf den Platz zween Bauren, der einer heißet Drewes Kikintlag, der andere Beneke Dudeldei, dieser spielt auf einer Sackpfeiffe oder Schalmey oder Leire, jener aber, nemlich Drewes Kikintlag, finget darein folgen= des Liedlein, wobey er zugleich tantzet vnd springet.

Juchhei, juchhei, juch, wat geit id luftig tho,
wann id so wat schlenter
hen nam Marcketenter,
Und verfupe Hot und Schoo,
dat füllt mi de Panffen,
So kan id braaf danfen, ja danfen, ja danfen.

Lüftig, lüftig, lüftig, Benke leve Broer,
laht din Ding ins klingen,
Kikintlag skal fingen,
wo he finen Fencker schoer,
als he Göbken Wife
Führig wul tho live, tho live, tho live.

Kikint, Kikint, Kikintlag schneet ehm ein Gatt,
Achter in den Köller,
Hei, reep unfe Möller:
Drewes, worüm deift du dat?
Wo wart he die hüden
Darvor wedder brüden? Ja brüden, ja brüden!

Ne du, ne du, ne du Deef, dat heft neen Noth,
Buren und Soldaten
dat fünt gote Maaten, dat fünd Kammeraten,
Wat? min Fencker is ein Bloht:
he skal mit mi fupen,
Edder fik verkrupen, verkrupen, verkrupen.

Es entwickelt sich nun zwischen Degenwerth und den beiden Bauern ein klassisch zu nennendes Gespräch über Krieg und Frieden. Degenwerth fragt zuerst, wer das schöne Lied gemacht habe, und empfängt von Drewes die Antwort: Wenn jy id jo gerne weten wilt, Junker, so hefft id düsse redlike Kerl, de min Naber und min Vadder is, Beneke Dudeldei, gemaket. Ja Herr Junker, wat dünket uk dar wol bi, kan id nich passeren?

Degenwerth: Ja freilich kan es wol passiren, es muß dieser Nachbar wol kein gemeiner Mann seyn, dieweil er solche treffliche schöne Lieder weiß zu dichten.

Drewes: Ja, wat skult nich ein braf Kerl wesen? dat lövet man, Junker, Darmen heft he im Koppe, he is in unserm Dorpe use bestellende Lülkenspeler, he is use Lyren= dreier, he is use Finckenfanger, he is use Putzenmacker, he is use Dördantzer, he is use Rimer, he is use Limer, he is use Ledermacker, und wenn de Stadtlüe herut kahmet und höret sinen künstigen und kortzwiligen Schnak an, und dat he so rimen und limen kan, so seggen se, dat he ook een Paut is. Dat verstah wi nu her im Dorpe so even nicht, wat dat vor Tüg is, man dat segge ick juw, Junker, wenn he und sin Mahte, Peter Loikam, tohope im Kroge sitten, so hebbet se vaken solken Jacht und drivet sülke Putzen, dat man sik dar tohandes dul mag aver lachen, ja id sind mi Gäste, Junker, sünderlik düsse Kumpan, Beneke, de kan Leeder maken, wenn he man will.

Diese köstliche Auseinandersetzung illustriert treffend eine Bemerkung, die Gustav Freytag in seinen Bildern aus der deutschen Vergangenheit macht: Der Bauer war, zur Zeit des großen Krieges, in Tracht, Sprache und Liedern nicht modisch, wie die Städter, er gebrauchte gern alte derbe Worte, welche der Bürger für unfläthig hielt. Doch des= halb war sein Leben nicht arm an Gemüth, an Sitte, selbst

nicht an Poesie. Noch hatte der verklingende deutsche Volks=
gesang einiges Leben, und der Landmann war der eifrigste
Bewahrer desselben.

Nun, meint Degenwerth, so viel Künste habe er bei
einem Bauern nicht vermuthet, auch wundere er sich, daß
man bei der schweren Kontribution und anderen harten
Kriegslasten so fröhlich und lustig sich im Dorfe mit Singen
und Springen erzeige; worauf Beneke entgegnet: Schnik,
schnak, wat hebben wi usk üm den Krieg toh schehren?
Krieg hen, Krieg her, wenn wi in uses Krögers, Peter
Langwammes, sinem Huse man frisk wat toh supen hebbet,
so mag id gahn als id geid, ein Sckelm, de dar nich alle
Dage lustig und goier Dinge mit ist.

Bei der Nachricht vom glücklich geschlossenen Frieden
erschrecken die Bauern, denn der Krieg hat, wie wir ver=
nehmen, ihnen großen Vortheil gebracht, vor Allem die
ungebundenste Freiheit, in der die Autorität der geistlichen
und weltlichen Obrigkeit (de Papen und Beamten) nicht mehr
existierte. Nu id Krieg is, erklärt Drewes dem erstaunten
Junker, und dat use Ovrigkeit usk nichts toh befehlen heft,
de Kriegers usk ook so rechte veel nich mehr toh brüen
und toh scheren fahtet, wenn wi man dem Böversten und
den anderen Affencerders unse Tribuergelder tideß genog
bethalen, so möge wi dohn allent, wat wi willt. Dar möge
wi so wol des Sondages und hillige Dages, als des
Warkeldages mit Wagen und Pagen, Ossen und Töten,
Jungens und Deerens warken und arbeiden, könt of alle
de Fyrdage ahne grohte Versümmisse hüpsken in den Krog
gahen un den heelen Dag lüstig herüm teeren. Tovören
müste wi vaken des Sondage Morgens twe heele Stünde
in der Karken sitten, dat eenen de Ribben im Live weh
deden, nu günne wi usem Kröger Peter Langwams dat
Geld unde supen dar erst een good Geselken Branwin vör

in de Panffe, dar kan man den ein Datt vul Spek und
Kohl up uht freten, dat eenen de Buk davan quäbbelt.
Use olde Overigkeit heft nu Gott lof so veel Macht nich,
dat se eenen lahmen Hund uht den Aven künne lokken, und
use Pape heft ook dat Harte nicht, dat he usk dat ringeste
wohrt tho wedderen segt, und, wat heft he ook veel tho
seggen? Maket he doch averlanck sülvest rechtschapen lüstig
mede, und plegt mannigen leven Dag mit dem Feneker,
Schreianten, Kapperahl, der Sülverngarfe, de in usem Dörpe
ligt, und wo de Skrubbers all mehr hehtet, bim Marke-
tenter edder ook bi usem Kröger Langwams tho sitten-
Junker, wat plegt id dar braf heer tho gahn, sünnerk, wenn
ick un Beneke mit siner Lyren so Dag und Nacht lüstig mit
herdör davet, singet und springet.

Ei, sagt Degenwerth, da führt ihr ja ein recht säuberlich
Leben. Aber woher nehmt ihr die Mittel zu solcher Ueppig-
keit?

Wo, jy sid wol ein rechten dummen Düvel, erwidert
Drewes, dat jy dat nicht wehtet! Staat dar nene Böme
nog im Holte, de wi daal hoven und naar Stadt föhren
köhnet? Jk hebbe vaken in eener Weke so veel Holt af-
hakket und verköft, dar ik een half Jahr die Contributie
van geven könen, tho deme skulle wi nicht so drade wat
stehlen könen als de Soldaten? Ja, ja Munför, wi hebbet
dat Musend jo so fix lehret, als de besten Musketerers, wi
drofet jo man aver lank uppem Passe, in der Buskasie,
efte ook im Grafen liggen unde luhren up, wenner so
vörnehme Affencerders, Kooplüde unde anner reisend Volk
vör aver thüt. Wanne du Kranckt, wo plegge wi dar
mankt tho hagelen, dat se hyr Sören edder bym Wagen
dahl ligget, als de Flegen edder Schniggen! Dar make wi
denn friske Bühte und lahtet ehnen nicht eenen Faden an
öhrem heelen Life, und seht, Hunne und Vösse möhtet ook

jo wat to frehten hebben, und welker Düvel wehtet denn,
efte id Buhren edder Soldaten dahn hebben? Tho dem
ook, staat dar nicht een hupen Herrenhüse, Amtstaven und
der gelifen Gebüwe leddig, dar men de Finster, Müersteene,
Hauensteene, Dehlen, Balken, Jserwark, und wat süß noch
nagelfast is, licht uhtbreken, na der Stadt föhren und dar=
sülvest vor half Geld kan vorköpen? O! dar hebbe wi
Huslüde manigen stolten Dahler von maket! In Summis
Summarium, wi möget dohn, wat wi wilt, wi möget
nehmen, wor wat tho krigen is, dar darf usk neen Düfel
een Wohrt van seggen, wenn wi man tho seet, dat de
Böversten eere Tribuergeld und wat tho freten und wat
tho supen kriget, so geid id im Krige dusendmahl behter
her, als do id noch Frede was. Neen, neen, Junker, wil
jy use Fründ wesen, so lask den nien Frede vanner Näsen.

So ging es während des dreißigjährigen Krieges in
in unserem deutschen Vaterlande zu, so wurde von einem
Theil der Bevölkerung der westphälische berühmte, unver=
letzliche und heilige Friede, dieses, wie Schiller sich aus=
drückt, mühsame, theure und dauernde Werk der Staatskunst,
mit Unlust aufgenommen. Ja, durch die endlosen An=
strengungen und Leiden war die Sittlichkeit, der Rechtssinn,
der Patriotismus gleich sehr gelockert und geschwunden, und
namentlich standen die Bauern der rohen und grausamen
Soldateska im Morden und Plündern, im Sengen und
Brennen nicht nach. Rist schildert uns hier keineswegs ein
Phantasiegemälde, sondern er bietet ein treues Spiegelbild
der schrecklichen Wirklichkeit. Der Historiker wird darum
aus seinen Dramen für die Kulturzustände Deutschlands
während des großen Krieges reiche Detailkenntniß schöpfen
können. Wenn Gustav Freytag sagt: „Allmälig begann der
Landmann zu stehlen und zu rauben wie der Soldat. Be=
waffnete Haufen rotteten sich zusammen. Sie lauerten den

Nachzüglern der Regimenter im dichten Walde auf," so
haben wir in Rist einen zeitgenössischen Zeugen für die
Wahrhaftigkeit dieser traurigen Verwilderung. Aber wir
sehen zugleich, daß die Bauern anfänglich blos aus Noth-
wehr so verfuhren, daß sie später allerdings nicht nur
Gleiches mit Gleichem ihrer Selbsterhaltung wegen ver-
galten, sondern Geschmack daran fanden.

Jedenfalls macht die Friedensverkündigung auf die
Dörfler, welche uns Rist in seinem Stücke vorführt, keinen
tieferen Eindruck. Sie lassen sich darum in ihrem ver-
gnüglichen Leben nicht stören, trinken einander aus einer
hölzernen Kanne zu, schmauchen ihren Tabak, herzen und
küssen um die Wette mit einem Korporal, der hinzukommt,
ihre Weiber, tanzen und springen und singen zum Beschluß:

So geid id frisk tho, so geid id frisk tho,
Versup it de Föite, so hold is de Schoo,
    Hei lüstig krassibi,
    De Bütte vul Tibi,
Dit moht it in mine Panssen begraven,
So kan it van Harten recht singen und daven.
    Krabandi!

Springt lüstig doch fort, springt lüstig doch fort,
Spring Jachim, spring Tonnies, spring Simen, spring Kohrt,
    Spring Mewes, spring Benke,
    Spring Göbke, spring Leenke,
Springt, dat jük de Buuk rechtschapen moch beven,
Krabandi, krabandi, so möchte wi leven!
    Krabandi!

Nu pipe dat Wif, nu pipe dat Wif,
Min fründlike Schwager, so krig it neen Kief,
    Lat flegen, lat ruschen,
    Jk moht einmahl tuschen,
    Krabandi, krabandi!

Dieses niederdeutsche Zwischenspiel erscheint als das
am meisten abgerundete, und die beiden originellen Lieder
am Anfange und Ende verleihen dem Ganzen einen für
den damaligen Stand der Bühnendichtung seltenen theatralischen Effekt. Ueberhaupt ist das friedejauchzende Teutschland Ristens reifste dramatische Schöpfung, die, wenn sie
unmittelbar nach dem heiß ersehnten Friedensschluß erschienen und sofort zur öffentlichen Aufführung — denn
die Lüneburger war immerhin nur eine private — gelangt
wäre, wie es der Verfasser gehofft hatte, den größten
Erfolg auf dem Schauplatze und viele Auflagen erlebt
haben würde.

Mit Ausnahme eines kleinen, eingeschalteten, mundartlichen Aufzuges vom Schafdiebe, zu welchem Scherens
Vorgang Anregung gegeben haben mag, bildet der dreißig-
jährige Krieg und speziell der Korpshaß zwischen den
Bauern und Soldaten das Grundthema sämmtlicher niederdeutschen Scenen. Die Art und Weise, wie der gleiche Stoff
behandelt und dramatisch gestaltet wird, ist überall im
Ganzen und Großen dieselbe. Die Personen aus der
Irenaromachia treffen wir im Perseus und im friedejauchzenden Teutschland wieder. Ihr Auftreten, ihr Charakter, ihre Gesinnung und Gesittung variieren wenig oder
fast gar nicht von einander. Unwillkürlich sagen wir uns,
daß sie die typischen Figuren eines und desselben Dichters
sein müssen und sind. Wir werden darin nur noch bestärkt
durch den Dialekt, welchen die Dorfbewohner wie Lands-
knechte sprechen, und durch die Redensarten, Kraftausdrücke
und Sprichwörter, welche sie im Munde führen.

Zahlreich sind die niederdeutschen Uebereinstimmungen.
Dazu finden sich manche in der Irenaromachia nur skizzierte
Episoden in den beiden späteren Stücken weiter ausgeführt.
Die äußeren wie inneren Gründe lassen demnach Ristens

Autorschaft über jeden Zweifel erhaben scheinen und ihn
mit Sicherheit als Verfertiger der Jrenaromachia erkennen.
Obendrein nennt er ja sich selbst kurz vor seinem Tode als
solchen, da er Rechenschaft ablegt von seinen dramatischen
Arbeiten und mit den Worten schließt: „Ich habe nun
meine Tragico Comœdien, oder Traur= und Freuden=Spiele
schon acht und fünftzig Jahre in dieser Welt gespielet, suche
nun nicht mehr, als nach Spielung so vieler Tragedien,
denselben eine fröliche Endschafft zu geben. Gott helffe
mit Gnaden."

Bevor wir von Johann Rist Abschied nehmen, erübrigt
es noch, seinen ferneren Einfluß auf Scher nachzuweisen.
Scher hat dessen niederdeutsche Zwischenspiele fleißig studiert
und vornehmlich der Jrenaromachia und dem Friede=
jauchzenden Teutschland charakteristische Partien für sein
niederdeutsches Gedicht „Hans Hohn" entnommen. Dasselbe
findet sich in Lappenbergs Ausgabe der Scherzgedichte von
Lauremberg mitgetheilt mit der Notiz: vor 1700. In einer
Anmerkung heißt es: „Daß H. H. Scher von Jever der
Verfasser sei, ist wenig wahrscheinlich." Hätte Lappenberg
Scherens Verhältniß zu Ristens niederdeutschen Bühnenstücken
gekannt, er würde ihm unbedenklich „Hans Hohn" zuge=
schrieben haben trotz der „reineren niedersächsischen Mund=
art." Der Aufzug vom Schafdiebe und die Satyre vom
Hühnerdiebe haben nahe Verwandtschaft zu einander und
weit mehr dialektische individuelle Formen und Wendungen
gemeinsam, als Lappenberg konstatiert; und beide zeigen im
gleichen Grade Abhängigkeit von Rist.

Fast alle Namen und manche Attribute sind aus der
Jrenaromachia, dem Perseus und Friedejauchzenden Teutsch=
land entlehnt. Dort wie hier stoßen wir auf einen Hans
Hohn, Lammert, Lütke, Bucks, Matz, Mewes, Marten,
Möller, Simen, Jost oder Jösken, Henke Dudendop resp.

Beneke Dudeldei, auf eine Aleke oder Talke, Adelheid, auf Leenke, Wöbbeke, auf Lirendreier, Skrubber u. f. w. Hans Hohn, sprichwörtlich von räuberischen Kriegern, heißt im friedejauchzenden Teutschland der Soldat oder Korporal, welcher Wöbbeke herzet und küffet. Auch Erasmus Pfeiffer führt selbstständig den Landsknecht unter dieser typischen Bezeichnung ein.[1] Arend Platfoet (Arnold Plattfuß) kommt schon im Perseus vor. Und schließlich ist das Sujet, die energische Rache, welche die Bauern an den diebischen Soldaten nehmen, dasselbe wie bei Rist, nur mit dem Unterschiede der satyrischen Einkleidung.

Ein dem Inhalt nach verwandtes niederdeutsches Lied „Als die Trömlingschen Bawern auff die Soldaten begunten zuzuschlagen, Anno 1646“ scheint ebenfalls seine Quelle aus Ristens Zwischenspielen abgeleitet zu haben.

Vielleicht darf folgender Zusammenhang angenommen werden. Die Irenaromachia war durch Pfeiffers Uebersetzung 1631 in den Landen Braunschweig-Lüneburg sehr bekannt geworden und gab dort Anregung zu dem Volksliede von den Trömlingschen Bauern 1646. Dasselbe kam unserem Rist zur Kenntniß, und er nahm den originellen Bullerbroeck als Vorbild zu der Figur des gleichnamigen, überklugen und närrischen Dieners im friedejauchzenden Teutschland vor 1653. Scher hinwiederum schuf nach allen vier Mustern seine Satyre vom Hühnerdiebe nach 1653,

---

[1] Rist nennt ebenfalls schon in seinem hochdeutschen Gedichte „Holsteins Erbärmliches Klag- und Jammer-Lied“, das er unter dem Pseudonym Friedelieb von Sanſleben 1644 in Hamburg herausgab, den Soldaten allgemein Hans Huhn, der sogar die Kirchengüter nicht verschone. Daß derselbe Ausdruck sich noch früher in der dramatischen Litteratur findet, hat Bolte mitgetheilt im Korrespondenzblatt des Vereins für niederdeutsche Sprachforschung, Jahrgang VIII, S. 13. Hamburg 1883.

während er bereits früher, 1638, für seinen Aufzug vom
Schafdiebe die niederdeutschen Scenen im Perseus benutzt
hatte. Schwerlich aber ist, wie Cappenberg meint, der Ver=
fasser des Trömlingschen Bauernliedes und des Gedichtes
Hans Hohn ein und dieselbe Persönlichkeit.

Damit sagen wir vorläufig dem alten Holsteinisch=
Hamburgischen Dramatiker Lebewohl. Später wird er uns
noch einmal als Verfasser eines Lust= und Freudenspieles
beschäftigen, das die segensreiche Erfindung einer herrlichen
Kulturerrungenschaft, der Buchdruckerkunst, preist. Sein
Hauptverdienst als niederdeutscher Poet beruht auf seinen
drei den großen Krieg schildernden Stücken; durch sie übte
er einen nicht zu unterschätzenden Einfluß auf andere Dialekt=
dichter aus. Wahr, volksthümlich, aus dem vollen Menschen=
leben gegriffen ist jede Scene, jede Figur, jede Aeußerung.
Wer die Sassensprache jener Zeit kennen lernen will, dem
bieten sich diese Bauern von der Niederelbe als passende
Lehrmeister, die sich, so zu sagen, in puris naturalibus prä=
sentieren. Für die Nervösen, deren Zahl im steten Wachsen
begriffen ist, dürfte der alte Rist unverdaulich sein. Es gilt
aber noch heute, daß wer, im Gebiete des Plattdeutschen
lebend, derartige Ausdrücke nicht im Volksmunde verträgt,
besser thut auszuwandern. Unsittliche Ausdrücke sind jeden=
falls etwas ganz Anderes.

Mitten in den Kriegswirren fand ein ungenannter
Schriftsteller Muße, ein niedersächsisches Familiendrama, das
sich im tiefsten Frieden abspielt und die Erlebnisse eines
heirathslustigen Bauernjungen höchst drastisch behandelt, zu
schreiben. Diese sehr populär gewordene Dorfgeschichte in
fünf Aufzügen „Teweschen Hochtydt" ist, wie auf dem
Titelblatte steht, kortwilig tho lesen, lustig tho hören un
leeslichen tho ageren. Sie kam zu Hamburg bei Heinrich
Werner im Jahre 1640 heraus (eine ältere Ausgabe, die

man annehmen muß, scheint verschollen), wurde 1661 neu
aufgelegt und 1687 in dem Utrechter Druck des Westfälschen
Speelthuyn, einer Sammlung von fünf niederdeutschen
Bauernkomödien, wiederholt. Hermann Jellinghaus hat
einen Neudruck besorgt (Stuttgarter Litterarischer Verein.
CXLVII. Tübingen 1880).

Der Inhalt ist kurz folgender. Tewesken, dem Sohne
des Bauern Mewes, wächst der Bart. Er soll Wummel,
des Nachbaren Drewes Tochter, ehelichen; so will es Hilcke,
die alte Bäurin. Der Vater ist dagegen, aber Schelte und
Drohungen seines Weibes bringen ihn zu Raison. Noch
fehlt des Junkers Einwilligung. In der Stadt, auf dem
Dreckwall, wohnt ein Prokurator, der die nöthige Suppli=
kation ausstellen wird. Zu ihm wird Tewesken mit einem
Hahn als Geschenk geschickt. Dort stößt er auf Blasius,
den Schreiber, welcher ein Kauderwelsch redet und gegen
Auslieferung des Hahns das Bittgesuch aufsetzt. Zu Hause
erzählt er von seinen Abenteuern. Eine Magd hat ihm
übel mitgespielt und auf die Frage nach dem Namen der
Straße geantwortet: Buer stah! Da glaubte er, man wolle
ihm zu Leibe, bis er erfuhr, daß die Straße Burstah und
der Thurm dabei Sunter Klaus heiße. Mittlerweile erhält
Mewes den Heirathskonsens gegen ein fettes Schwein,
während Tewes, der Bräutigam, nochmals in die Stadt
ziehen muß, um Einkäufe zu machen und sich etwas zu
bilden. Bei seiner Rückkunft zeigt er, daß er allerlei gelernt
hat. Er spricht das städtische Platt, das Missingsch. Er
sah einen Affen in eines reichen Mannes Hause und wun=
derte sich, daß reiche Leute auch wahnschaffene Kinder hätten.
In der Kirche staunte er die Schüler vom „Spinasium" an,
welche desto lauter sangen, je mehr der Mann mit dem
Stocke ihnen drohte und abwinkte, und die Orgel, welche
wie hundert Sackpfeifen tönte. Es war wohl der kleine

Himmel. Auf der Straße traf er des Dorfvogtes Sohn, der ihn mit zu einem tollen Gelage nahm. Endlich wird Hochzeit gemacht, und das junge Paar beginnt sich zu zanken und zu vertragen.

Das mit Ausnahme des gereimten Duetts der Eheleute prosaische Stück ist wohl das roheste, welches je in nieder= deutscher Mundart verfaßt sein mag, und trotzdem oder vielleicht just darum sehr beliebt und verbreitet gewesen. Wer gar nicht prüde, der lese den Neudruck von Jelling= haus. Eine im gewissen Sinne poetische und jedenfalls die am wenigsten anstößige Episode, wo Tewes seine grenzenlose Liebe zu Wummel gesteht, möge als einzige Probe genügen.

Seine Mutter Hilcke wirbt für ihn um die Hand der Nachbarstochter. Der heirathslustige Bauernbursche erwartet voll Sehnsucht die Antwort und macht inzwischen seinem gepreßten Herzen durch folgende Liebesschwüre Luft:

„Och er söte Gestalt, er blouwe Rock, er wit Hembd leevet my im Harten wol, och dat knyp int Hartcken, ick dencke se mach er Harte upschluten un my darin nehmen. De Leeve moth noch en selsen Dinck wesen, dat se enen so kan vervören, dat ment na alle erem Koppe maken moeth. Myn Hart hebck myner Wummel gantz mit Huet un Haer hen sent, och lath my Gnae erlangen, myn leuefte Leeff, myn Küeckelhoen, myn bruse muse: Woet syn mach, kwyl dy upn Hannen dregen, in myne Arm wil ick dy schluten, ja int Harte henin, och wo rasen leef wil ick dy hebben, wo syn füverlyck weuwe wy tho hope schlapen, kmoet starreuen rechter reine halff doht, wock dyne Hulle nicht erlange. Ick dencke dy licht yo noch wol im Sinne woeck im lesten in viefsstreen yuwe deel konde affstrien, do ick mick balle splettet haer, dat gevel dy yo wol, dat du my tho lachedeft do de anren Junges nicht nah dohn konden; och lath my Gnae erlangen, Wummel, ick wil dy all myn Lyuesche leeuedage

nich du heten, ick wil dy veel froude upn Stock doen, wenck
dy hebbe so fragk nichts na anern Schminckbüssen, wo du
auerst my vorschmaest, so wurd sick myn Panse im Lieve
vorkeren, dat Bloet wurde my in mynen Darm torunnen.
Och my ys lien bange, de Teenen schweten my vor Droeff=
heit im Munne. Wumme Kiwit, Möme kame gy ree weer,
wat secht se, wilfenck habben?!"

Der Schauplatz dieses von Realismus strotzenden Genre=
bildes ist theils Hamburg, theils die Nachbarschaft, Stadt
und Land. Es kommen viele Anspielungen auf Hamburgische
Oertlichkeiten vor. Außer dem Dreckwall, Burstah und
Sünterklaus=Torn (Thurm der St. Nikolaikirche) werden die
Roelsmarie (Rosenstraße), der Hoppenmarked (Hopfenmarkt,
ein bekannter Marktplatz) und das Fleet (schiffbarer Kanal)
erwähnt. Auch auf den sogenannten „Dom", den Weih=
nachtsmarkt, wird angespielt, das Einbecker Bier gelobt,
der berühmte Ausruf (Witt Sand, krydewitt Sand!) nicht
vergessen. Kurz, Alles ist dazu angethan, uns muthmaßen
zu lassen, daß der Verfasser ein Hamburger sei.

Wenn nur die Sprache ebenso lokal und echt Ham=
burgisch wäre! Das ist blos theilweise der Fall. Sie deutet
vielmehr im Ganzen und Großen auf Magdeburg hin.
Und seltsam! Eines der beliebtesten und merkwürdigsten
Dramen jener Zeit, des Magdeburgers Gabriel Rollen=
hagen „Amantes amentes. Das ist Ein sehr anmuhtiges
Spiel von der blinden Liebe" (1609 und öfter) ward von
dem Dichter der Teweschen Hochtydt vielfach benutzt, der
eine stattliche Reihe niederdeutscher Wörter und Wendungen
herübernahm und einzelne Charaktertypen und Situationen
nachahmte.[1] Ferner scheint ihm des Güstrower Schul=

<hr>

[1] Diese interessante Abhängigkeit habe ich zuerst nachgewiesen in
meiner Monographie: Gabriel Rollenhagen. Sein Leben und seine
Werke. (Leipzig 1881. S. 74—77.)

meisters Omichius Comoedia von Dyonysii, Damonis und Pythiae Brüderschaft (Rostock 1578) zu Gesichte gekommen zu sein.

Wir haben also einen litterarisch bewanderten und gewiß auch studierten Autor vor uns. Aber was für ein Landsmann war er? Ein Hamburger oder Magdeburger? Zwischen beiden bleibt die Wahl. Ich glaube das erstere. Möglicherweise haben wir als Verfasser von Tewesche̅n Hochtyd denselben Anonymus zu suchen, der folgende zu Magdeburg oder Rostock gedruckte Schrift 1617 veröffentlichte: „Abgedrungene Antwort vnd Ehrenrettung. Des wunderlichen Ebenthewres zu Magdeburgk . . . Gestelt Durch einen Discipel des Sackpfeiffers zu Magdeburgk". Dieser Anonymus citiert nämlich Gabriel Rollenhagens Lustspiel: wie in der Comœdia amantes amentes Hans zu seiner Lucretia sagt:

Hört Lackreitze wil ghy meck habben,
So pipet meck recht ob de Flabben.

Der Schreiber, ein junger Rostocker Student, ist überhaupt belesen. So kennt er den Vincentius Ladislaus des Herzogs Heinrich Julius von Braunschweig, den Froschmeuseler, die Floïa. Und, was den Ausschlag gibt, er berichtet selbst, daß er von Geburt ein Hamburger und drei Jahre auf der Magdeburger Schule gewesen sei: „von meinem lieben Præceptore drey gantze Jahr allhier zu Magdeburgk zu allen guten vnterrichtet . . . Sintemahl post hanc peregrinationem meam ich doch sonsten diesen Jahrmarckt vber zu Magdeburgk still liegen, vnd auff bequemlichkeit warten muß, daß ich nach Hamburg zu meinen lieben Eltern, vnd dann ferner nach Rostock zu meinen Musis glücklich mit Göttlicher Hülffe gelangen möge."

Wie leicht konnte er da die Dialekte beider Städte vermengen, zumal er von Haus aus schwerlich dem niederen

Stande, wo das platte Idiom wirklich rein und unverfälscht
gesprochen wird, angehörte, sondern offenbar in Kreisen
verkehrte, wo viel gemischtes Hoch- und Plattdeutsch geredet
wurde! Auch die Zeit stimmt, selbst wenn die erste Auflage von Teweschen Hochtydt nicht viel früher als 1640
erschien; denn 1617 war der muthmaßliche Verfasser noch
ein Jüngling, der erst in reiferen Jahren das Stück geschrieben haben mag. Bevor dies Bauernspiel im Druck
herauskam, war es schon aufgeführt worden. Die zum
Schluß direkt an das Publikum gerichtete Ansprache lautet:·
„Nu myn leefe lüeckkens ick danke yuw, dat gy noch tho
vüer un tho lucht hebbet sehn hulpen, wenn gy hir nich
seten hadden, so hanck my de Vaer all doht schlagen, kwil
dankbahr wesen, woeck tho kam Jahre ein Kind krege,
asseck hape, so welck yuw tho Faddern bidden, thom
Kindelbehr, wo gy dar nich tho kamet, so wilcke Fatt beer
vor yuck uth dohn, süß schalt ümme Par Swine un Klütken
darup un Behr nich mangeln, unnerdes siht fram un ehtet
vaken wat, dat gy lange starreck blyfet."

Somit erübrigt es nur noch zu fragen: wie heißt dieser
Anonymus? Seinen Namen habe ich noch nicht entdeckt.

Die verheißene Fortsetzung folgte unter dem Titel:
„Teweschen Kindelbehr." Der erste bisher bekannte
Druck datiert vom Jahre 1650; auch die Bearbeiter der neuen
Ausgabe von Goedekes Grundriß wissen von keinem früheren.
Ich vermag aber die Existenz eines solchen nachzuweisen:
Hamborch, gedrückt by Volrad Gaubisch, 1642. Das „Kindel-
bier" ist also, wie ich schon in der ersten Auflage des vorliegenden Buches voraussetzte, bald nach der „Hochzeit" verfertigt. Es führt den Nebentitel: „Deß Kramhers Teweschen
wunderlyke ynde seltzame Eventhüer." Das erinnert unwillkürlich an die Aufschrift des anonymen Werkes: „Ehrenrettung des wunderlichen Ebenthewres." Das Stück selbst

bietet keine neuen Anknüpfungspunkte. Es wird urſprünglich als Faſtnachtſpiel gegeben ſein, wie dies bei dem erſten geſchah, wo die Handlung auf Faſtelavend gelegt und auf Faſtnachtsbräuche hingewieſen iſt.

Wenden wir uns jetzt noch einmal zu Johann Riſt! Derſelbe hatte die edle Buchdruckerkunſt wiederholt in ſeinen Schriften geprieſen und beſonders die berühmten Drucker Gebrüder Stern, Elzevir und Merian, mit denen er perſön= lich bekannt geworden, in ſeinem Neuen Teutſchen Parnaß mit Lob überſchüttet. Sein Huldigungsgedicht auf den römiſchen Kaiſer Ferdinand den Dritten (Hamburg 1647) enthält mehrere Verſe zum Ruhme der vor zweihundert Jahren gemachten ſegensreichen Erfindung. Sie hat eine Fackel entzündet, welche mit nie verlöſchendem Flammen= lichte den Erdkreis erleuchtet, ſie hat die Gedanken entfeſſelt, die Pforten der Forſchung geöffnet, die Wiſſenſchaft aus der düſteren Kloſterzelle auf den Markt der Oeffentlichkeit hervorgehoben, jede großartige Idee, die früher als Eigen= thum des Einzelmenſchen mit dieſem unterging oder nur in den Köpfen weniger Schüler fortlebte, zum Gemeingute Aller gemacht, mit einem Worte: eine Wiedergeburt des geiſtigen Daſeins geſchaffen, welche die ganze gebildete Welt in eine wunderbare Wechſelwirkung ſetzt. Selbſt während des dreißigjährigen Krieges ſtand ſie nicht ſtill. Bei dieſen unruhigen elenden Kriegszeiten, ſagt Riſt, haben wir den= noch etliche treffliche Buchtrukkereien in Teutſchland, als hie in Nieder=Sachſen der weitberühmten Herren Gebrüdere der Sterne, zu Lüneburg, welche der groſſen auff dieſelbe gewendeten unkoſten wie auch der herlichen, reinen und deswegen lobeswürdigen arbeit halber ſehr wohl zu ſehen iſt. So konnte es denn nicht fehlen, daß dieſe damals be= deutenden Drucker ihn um Abfaſſung eines Feſtſpieles baten, welches in ihrer Offizin zur Geſellenweihe eines aus=

gelernten Lehrlings aufgeführt werden sollte. Rist leistete
dem freundlichen Ansuchen und „sonderbahren" Begehren
Folge und verfertigte im Jahre 1654 ein Lust- oder
Freudenspiel „Depositio Cornuti", das 1655 im Sternschen
Verlage erschien und bis in die Mitte des achtzehnten
Säkulums zahllose Auflagen erlebte.[1]

Die alte Studentensitte des Deponieren war zu jener
Zeit recht im Schwange. Nun ist dieser Zopf längst gefallen.

Der Ritus hatte sich namentlich auch in den Kreisen
der Buchdrucker eingebürgert. Dort scheint es aber etwas
anständiger zugegangen zu sein. Dafür spricht zum Mindesten Ristens Schauspiel, welches um so mehr als maßgebend angesehen werden darf, als es über ein Jahrhundert
hindurch bei solcher Gelegenheit allerorten vorgestellt wurde.
Eine Hauptrolle ist darin dem Knechte zugetheilt, welcher
dem Depositor zur Seite steht, den zu deponierenden Cornuten
herbeischleppt, mit ihm die üblichen Manipulationen vor-

---

[1] Von diesem höchst merkwürdigen Drama ist in demselben Verlage, in welchem s. Z. das Original erschien, in der noch heutigen
Tages blühenden von Sternschen Buchdruckerei zu Lüneburg, ein Neudruck durch mich besorgt worden unter dem Titel: „Gebrüder Stern und
Ristens Depositionsspiel" (1886). Nach einer Schilderung der persönlichen und litterarischen Beziehungen des Dichters zu seinem Verleger
weise ich die bislang unbekannte Quelle nach, aus der Johann Rist
schöpfte, nämlich: DEPOSITIO CORNUTI, Zu Lob vnd Ehren Der
Edlen, Hochlöblichen vnd Weitberhümbten Freyen Kunst Buchdruckerey,
Jn kurtze Reimen verfasset Durch Paulum de Vise Gedanensem
Typothetam. Eine Gegenüberstellung etlicher Scenen, speciell der
plattdeutschen, veranschaulicht die Abhängigkeit. Darauf folgt, typo-
graphisch genau, der Neudruck. Als Zugabe biete ich Abbildung der
Postulatsgeräthe, welche, ein Geschenk des Herrn Georg von Stern, im
Lüneburger Museum aufbewahrt werden.

nimmt und zu jeder einzelnen Handlung oft recht ergötzliche
Bemerkungen in niederdeutschen Reimversen zum Besten
gibt. Er hat jedenfalls die Lacher immer auf seiner Seite.
Nachdem er Alles wohl ausgerichtet, empfiehlt er sich mit
den Worten:

> Nun, ufe Brüderei is uht,
>> Jk moht man dem Præceptor ropen,
>> De mag ook bruken sine Schnuht.
>> Hört, gojen Dach, ik moht weg lopen.

Ueberhaupt scheinen schon damals in den Kreisen der
Handwerker dramatische Vorstellungen sehr gebräuchlich ge=
wesen zu sein, besonders zur Fastnacht. Das beweist ein
bisher unbeachtet gebliebenes Stück: „Der Tischeler Gesellen
lustiges Fastelabend=Spiel, wie sie sich in Hamburg 1696 im
Februar auffgeführet haben." Hier bedienen sich vier Per=
sonen, der Bauer, das Bauer=Weib, des Bauern Sohn und
das Licht=Weib, der niedersächsischen Sprache. Es sind
lebenswahre Gestalten, welche in ihren Redensarten oft an
Ristens Poesie mahnen. Fast möchten wir glauben, daß
uns ein posthumes Werk von ihm vorliegt. Der harmlose
Charakter des unterhaltenden Schwankes tritt in der
folgenden kleinen Episode zu Tage.

Das Bauerweib.

> Hänselein, leve Hänselein mien,
>> Wy will gahn in de Stadt henin,
> Denn drey Dütz Eyer will wy verköpen,
> Dat Geld will wy in Wien und Beer versupen.

Der Bauer.

> Ja Gretge dat ys wahr,
>> Wy leven doch keen hundert Jahr.

Das Bauerweib.

Ja Hans dar haſtu de Kiepe,
Wy willen in de Stadt ſchlicken.

Des Bauren Sohn.

Och Vader leve Vader myn,
Gelöve doch nicht der Moder myn,
Gaht doch nicht thor Stadt hinin,
Denn ick heb van unſe Dorpjungens vernahmen,
Dat de Schnitker-Geſellen hebben eenen armen Buren bekahmen,
Se hebben den armen Düvel ſo thoricht,
Dat he kenen Buren mehr gelick ſicht,
Darumb myn rath iſt, blive uth der Stadt,
Oder du kriegſt ock wat vor dyn Gatt.

Der Bauer.

Hör Gretge, ick darff dat nicht wagen,
De Jung deith my hier wat klagen.

Das Bauerweib.

O Hans, löveſtu den Jungen,
De ys lyden wys mit der Tungen,
    Löve du my,
    Du weeſt dat ick't goth meen mit dy.

Der Bauer.

Ja Gretge du magſt my nicht verleyen,
Denn krieg ick wat in de Stadt tho kleyen.

Der Bauer mit dem Beilmeiſter.

Goden Dag Juncker Meiſter, koppje keine Eyer?

Das Bauerweib.

O Hänſele, du kanſt nicht mit de Lüde handeln,
Gif her de Kipe, ick wil damit na den Meiſter wandeln.

Der Bauer.

Ja Gretge, loop hen mit bedacht,
Averst seh tho dat du nicht warst uthgelacht.

Das Bauerweib.

Goden Dag Meister van hogen Sinn,
Hier bring ick mynen Mann tho juw herin,
He ist my so ungeschickt in synen Saken,
Ick bidde gy wollen ehm doch eenen lütken betgen tho rechte
maken.

Auf Befehl des Meisters wird der Bauer von den
Knechten ergriffen und „gehobelt"; darnach meint sein
Peiniger, nun sehe er zum Vortheil verändert aus und
werde seiner Frau schon gefallen. Dieser Scherz erinnert an
eine gleiche Scene in Ristens Depositionsspiel. Das Bauer=
weib ist mit dem „polierten" Aussehen ihres Mannes zu=
frieden:

Ach Hänselein, leve Hänselein myn,
Wat dünckestu my lyden hübs tho syn,
Vorhin köntestu weder pipen noch singen,
Nu kanstu wohl dantzen und springen,
Ick will dy schencken een Kränselein,
Und doh mit my ene Tänselein.

So lernen wir wenigstens aus dieser Zeit niederdeutsche
Fastnachtspiele in Hamburg kennen, während die älteren, in
früheren Jahrhunderten gegebenen, nicht durch den Druck
vervielfältigt, nicht in Chroniken namhaft gemacht und uns
daher unbekannt geblieben sind. Es ist also ein umgekehrtes
Verhältniß wie mit den Fastnachtspielen in Lübeck. Und
während dort die patrizischen Zirkelbrüder auf der „Borch"
dieser dramatischen Belustigung oblagen, wurde sie in Ham=
burg durch einfache Handwerker in der Herberge gepflegt.

II.

Die Hamburgischen Opern.

Bey den Oper-Spielen üben sich teutsche Leute,
man gebraucht die teutsche Mutter-Sprache, teutschen
Umgang und Wandel . . . Und dieses gehöret mit
zum Zweck der Operen, nemlich daß sie gehalten werden zu geziemender Ergeßlichkeit der Gemühter.
Hinrich Elmenhorst, Dramatologia 1688.

So viele unansehnliche, ja, ich dürffte fast sagen,
unwürdige Charteken werden in den gelehrten Journalen oder Tag-Registern angeführet, recensirt, und
mit Lob-Sprüchen erhoben; ohne daß ich mich zu erinnern wüste, ob jemahls eine rechte Oper wäre unter-
sucht, oder in ihr wahres Licht gestellet worden. Ge-
schähe dieses, so bliebe offt viel garstiges Zeug zu
Hause; und würde mancher geschickter Kopff, zur Aus-
arbeitung Tugend- und Lehrreicher Schauspiele, angefrischet. Aber da ist eine allgemeine Pause: nicht
anders, als gehörte die Sache gar nicht, weder zur
Gelehrsamkeit, noch zum gemeinen Wesen.
Mattheson. Der Musicalische Patriot 1728.

Hamburg genießt den Ruhm, die erste stehende deutsche
Oper besessen zu haben. Eine Gesellschaft angesehener
Männer, an ihrer Spitze der Organist zu St. Katharinen
Reinicke, der Licentiat Lütgens und vornehmlich der
Rechtsgelehrte und nachmalige Rathsherr Gerhard Schott,
ein mit Glücksgütern reich gesegneter und wirklich eifriger
Freund und Beförderer von Kunst und Wissenschaft, trat
unter der Aegide des Herzogs von Holstein 1677 zusammen
und erbaute auf dem Hinterplatze des Gänsemarktes an der
Alsterseite ein eigenes Theater. Barthold Feind nennt das-
selbe das „weitläufigste" seiner Zeit, da es die „mehresten
Repræsentationes" zeigte und die Kulissen neununddreißig
Mal verändert werden konnten.

Die Eröffnung geschah am zweiten Januar 1678 mit einem biblischen Singspiele: „Der erschaffene, gefallene und aufgerichtete Mensch." Diese geistliche Materie ward augen= scheinlich gewählt, um die Hamburgischen Pastoren zu be= ruhigen und zu versöhnen, denn nur mit dem größten Widerstreben hatten dieselben sich dem Beschlusse des Se= nates gefügt. Eine litterarisch und musikalisch fruchtbare, äußerlich glanzvolle Periode brach an und dauerte fast bis zur Mitte des achtzehnten Säkulums. Mattheson sagt in seinem auch heute noch verdienstlichen Buche „Der Musi= calische Patriot" (Hamburg 1728) sehr rationell: „Opern zu halten, und mit Beifall heraus zu bringen, ist mehr eines großen Herrn, oder einer gantzen Societät, als eines Privat= Mannes Werck; ob er gleich 2. oder 3. zum Beistand hätte. Wenn aber Republicken, wegen der Menge und des Zu= flusses von allerhand Leuten, viele Requisita scenica bequem= lich an die Hand geben, so ist eine geschlossene zahlreiche Gesellschafft das beste Mittel, der Sache auffzuhelffen. Die gute Ordnung und Einrichtung einer solchen Societät bringen dem gemeinen Wesen viel Nutzen: weil durch berühmte Vorstellungen offt große Fürsten und Herren bewogen wer= den, ihren und ihrer Hoffstatt Auffenthalt in einer Stadt zu suchen, und derselben häuffige Nahrung zuzuwenden. Wissenschafften, Künste und Handwercker fahren wol da= bey, und der Ort macht sich so ausnehmend mit guten Opern, als mit guten Bancken: denn diese nützen, und jene ergetzen. Die letzten dienen zur Sicherheit, die ersten zur Lehre. Es trifft auch fast ein, daß, wo die besten Bancken, auch die besten Opern sind. Man frage alle Compositeurs vom ersten Rang, was sie gewust haben, ehe sie mit Opern zu thun gehabt? Derohalben ist es in großen Städten ein dem gemeinen Wesen an sich selbst nützliches, löbliches, herrliches Werk."

Geffcken, Lindner, Chrysander u. a. haben mehr oder
minder angelegentlich Eschenburgs in Lessings Kollektaneen
ausgesprochene Mahnung befolgt: „Diese unsere älteren
Singspiele, besonders von Seiten der Subjekte, verdienen
mehr Aufmerksamkeit, als man bisher darauf verwandt hat.
Selbst das, was Hr. Wieland in seinen Briefen über die
Alceste hierüber sagte, scheint diese Aufmerksamkeit nicht
sehr angeregt zu haben." Niemand hat sich jedoch bis
jetzt der Mühe unterzogen, die gewaltige Zahl der Opern,
nahezu dreihundert, auf ihre niederdeutschen Bestandtheile
hin zu prüfen. Ich hoffe keinen Undank zu ernten, wenn
ich in dieser Betrachtung das Eis breche und mit patrioti=
schem Herzen zeige, welchen Einfluß die alte Sassensprache
sich hier nach und nach zu verschaffen wußte. Daß dabei
manch Neues zu Tage kommt, liegt auf der Hand. Mein
Bestreben zielte darauf, ein möglichst zusammenhängendes
und anschauliches Bild zu entwerfen, welches dem Kenner
und Freunde der Hamburgischen Geschichte und der nieder=
deutschen Sprachforschung einiges Interesse gewähren dürfte.

Nach sieben mageren Jahren (1678—1684) begannen
für das epochemachende Unternehmen die fetten Jahre.
Die Oper ruhte 1685 und wurde 1686 wieder eröffnet mit
einem Stücke, das sich die Gunst des Publikums im Sturm
eroberte. Es ist zugleich das erste, welches dem Dialekte
hier den Weg über die Bretter bahnte, nämlich: „Der Un=
glückliche Cara Mustapha. Anderer Theil. Nebenst Dem
erfreulichen Entsatze der Käyserlichen Residentz=Stadt Wien."[1]

[1] Dies merkwürdige Stück sollte aus Anlaß der zweiten Säcular=
feier der Belagerung Wiens durch die Türken unseren Zeitgenossen wieder
in Erinnerung gebracht und als Heft 9 der Wiener Neudrucke verviel=
fältigt werden. Leider ist diese Absicht nicht verwirklicht worden. — Der
zwölfte September 1683 gilt als bedeutungsvoller Tag in der Geschichte
der österreichischen Monarchie. Groß war die Zahl der Poesieen, Hymnen

Johann Mattheson, geb. den 28. Sept. 1681 zu Hamburg, gest. den 17. April 1764 daselbst, setzt dieses Stück in das Jahr 1686. Offenbar mit Recht, denn unter den früher aufgeführten Singspielen steht es nicht verzeichnet, und Anno 1687, als von den Fakultäten zu Wittenberg und Rostock responsa pro legitimatione der Opern eingeholt wurden, fand Kara Mustapha Widerspruch in puncto pii et honesti. Auch der erste, ganz hochdeutsche Theil ist nicht datiert; von beiden erschienen drei Ausgaben ohne Ort, Drucker und Jahr. Die Musik schrieb der Komponist Franck, die Poesie der damalige Advokat Dr. iur. Lucas von Bostel geb. den 11. Oktober 1649 zu Hamburg, gest. den 14. Juli 1716 daselbst, welcher bereits mehrere Texte verfaßt hatte. Nach seiner 1687 erfolgten Wahl zum Syndikus widmete er seine Mußestunden nicht ferner dem Theater; aber sowohl in dieser einflußreichen Stellung als auch später nach seiner Ernennung zum Bürgermeister (1709) trug er der vaterstädtischen Bühne stets dasselbe warme Interesse entgegen und erneuerte und verbesserte seinen „Crösus" noch 1711. Ihm gebührt das Verdienst, zuerst die nieder-

auf die erfolgte Befreiung, Loblieder auf den König Sobieski, auf den Herzog von Lothringen, den Grafen von Starhemberg; eben so groß die Zahl der Spottgedichte auf die Barbaren und ihren Kara Mustapha. Selbst die dramatische Muse wurde in Kontribution gesetzt, um das Ereigniß zu feiern, von dem „lustigen Gespräch zwischen Jodel und Hänsel" angefangen bis zu wirklichen Dramen, ja Opern. So hat sich aus dem Jahre 1684 erhalten: „Die erbärmliche Belagerung und der erfreuliche Entsatz der kayserl. Residenzstadt Wien, in einem Trauer-Freuden-Spiel entworffen". Dazu kommt Bostels Libretto in zwei Theilen. Noch viel zahlreicher als in deutscher Sprache sind jedoch die Freuden- und Spottgedichte, Dramen und Singspiele in italienischer und lateinischer Sprache. Vergl. Victor von Renners Jubelschrift: Wien im Jahre 1683 (Wien 1883).

deutſche Sprache in einer Hamburgiſchen Oper gepflegt zu
haben. Seine Liebe zur heimiſchen Mundart bezeugt auch
der Umſtand, daß er Boileaus Satyren ins Niederdeutſche
übertrug; indeß iſt dieſe Ueberſetzung nie gedruckt worden.

Als luſtige Perſon tritt Barac, des Großveziers kurz=
weiliger Diener, auf. Boſtel vertheidigt in ſeinem Vorbe=
richte das Vorhandenſein dieſes Narren, den Splitterrichtern
gegenüber, welche an deſſen Späßen den ſchwerſten Anſtoß
nehmen möchten. Er habe die Abſicht gehabt, „weil Lehr=
und Denckſprüche denen Dienern und geringen Leuten in
Schau=Spielen nicht anſtändig, dennoch ſothane Perſonen,
deren man nicht entbehren kan, durch Satyriſche Schertz=
reden zu einiger Nutzbarkeit fähig zu machen, und die heim=
lichen Laſter, oder ſonſt in der Welt im ſchwange gehende
Mißbräuche, durch höniſche Auffziehung zu Verbeſſerung der
Sitten, zu entdecken und durchzuhecheln." Uebrigens unter=
ſcheidet ſich Barac von dem altbeliebten Pickelhäring in
nichts. Er iſt ebenſo dreiſt und wenig gottesfürchtig, ebenſo
witzig und unmoraliſch wie jener gemeiniglich; aber aus
ſeinem Munde hören wir das erſte niederdeutſche Lied,
welches in einer Hamburgiſchen Oper vorkommt, das
erſte niederdeutſche Kuplet überhaupt mit charakteriſtiſchem
Refrain.

Des „Andern Theils Andere Abhandlung" zeigt den
Zuſchauern das türkiſche Lager, vorn Jbrahims Zelt. Es
bleibt Nacht. Kara Muſtapha begibt ſich auf die Buhl=
ſchaft zur ſchönen Baſchalari, des Sultans Schweſter und
Jbrahims Ehgemahlin. Barac hält für ſeinen Herrn Wache:

> ES ſcheinet, Selim kennt das Kraut,
> Und weiß, daß man nicht nur zu Burtehud' allein
> An der Erfahrung ſchaut,
> Wie Weiber offt der Männer Meiſter ſeyn,
> Nun, dem ſey wie ihm woll',

Ich soll hie jetzund wachen,
Da ich bin müd' und Schlaffes voll.
Ich weiß nichts besseres zu machen,
Als daß ich mich hieher ein wenig niedersetze,
Mit Singen meinen Schlaff vertreib' und mich ergetze.

ARIA.

1.

Wer sick up dat Water gifft
    Und nich versteit den Wind,
Wen de Lust tho freyen drifft,
    Ehr he sick recht besint,
De ward gar bald, doch veel tho laet,
Berouen sine dumme Daet
    Und jammerliken klagen:
    Och, wo bin ick bedragen!

2.

Is et nich genoeg bekant
    Wat öfters vor Vordreet
Mit sick bringt de Echte-Stand,
    Wo mennig Mann drin schweet,
Dat he de kolde Pisse krigt,
Wenn ein Xantippe plaegt so dicht,
    Dat he sick mut beklagen:
    Och, wo bin ick bedragen!

3.

Wenn de Frauw tho jedertydt
    Sick na der mode kleyt,
Immer uth dem Finster süth,
    Offt uth-schlickfegen geyt,
Dartho ook Hoet und Büxen drigt,
De Mann nich gnoeg tho eten krigt,
    Wo ward Jan Gatt denn klagen:
    Och, wo bin ick bedragen!

4.

Wenn de Frauw, da woer een Fründ
Bym Mann tho Gaste kummt,
Em dat dröge Brodt nich günt,
Den gantzen Dag drum brummt,
Und wil de Mann sülffst gahn tho Beer,
Verschlut de Doer, dat Geld, de Kleer,
Wo mut Maß-Pump denn — — —
schläfet ein.

Diese vier Strophen sind die ersten, welche auf dem
Schauplatze am Gänsemarkt in niedersächsischer Sprache ge=
sungen wurden. Schon deshalb hat der Türke Barac die
Unsterblichkeit verdient. Seit länger als dreißig Jahren
hatten die Hamburger ihre Mutterlaute nicht mehr von der
Bühne vernommen. Nach dem Tode von Johann Rist,
dem Vater des Hamburgischen Singspiels, der, wie wir
sahen, in seiner Tragödie „Das friedejauchzende Teutsch=
land" den Dialekt im Liede mit Glück kultivierte, war das
Niederdeutsche hier verstummt. Lucas von Bostel trat in
dessen Fußstapfen, und ihm folgte darin Christian Heinrich
Postel, ein für die damalige Zeit bedeutender Dichter,
dessen Sprachgenie und die Leichtigkeit, mit welcher er den
Stoff theatralisch wirksam gestaltete, bewundernswürdig ist.
Unter seinen zahlreichen Opern kommt für uns in Betracht:
„Der Mächtige Monarch Der Perser Xerxes, in Abidus."

Postel, geb. den 11. Oktober 1658 zu Freiberg im Lande
Hadeln, gest. den 22. März 1705 in Hamburg, der Ver=
fasser des von Förtsch komponierten, 1689 gedruckten und
1692 wieder aufgelegten Textes, war, wie Bostel, Jurist
und hatte sich in Hamburg als Licentiat beider Rechte zur
advokatorischen Praxis niedergelassen. Das urwüchsige Talent
dieses gelehrten Poeten hat im „Xerxes" ein italiänisches
Sujet äußerst geschickt verwerthet, allein „nicht allemahl sich
an die Worte, damit es nicht gezwungen heraus käme,

sondern nur an die Erfindung gebunden, auch nach dem genio loci ein und andere honnétes plaisanterien hinzu ge= füget." Das |bezieht sich hauptsächlich auf die theilweise niederdeutschen Scenen.

Amestris, Tochter des Ottanes, Königs von Susa, zu= letzt Xerxes' Gemahlin, hat in Mannskleidern sich nach Abidus begeben, wo sie von der Leidenschaft des Xerxes zur Tochter des Fürsten Ariodates, Romilda, hört. Letztere jedoch, wie auch ihre jüngere Schwester Adelanta, sind in Xerxes' Bruder Arsamenes verliebt, der seinerseits um Romildas Hand wirbt. Um mit ihr heimlich zusammenzu= treffen, läßt er seinen Diener Elvirus sich verkleiden und schickt ihn als Liebesboten ab.

Der „Andren Handlung Erster Aufftritt" zaubert uns den Königlichen Saal vor Augen. Amestris hat eben eine Arie gesungen, da tritt Elvirus auf, „verkleidet in ein Gärtner=Mädgen, das Bluhmen feil hat." Die dralle Vier= länderin preist ihre duftige Waare allerliebst an:

> Köep ji nich Blohmen un Rückelbüsch?
> Ey kamet und köepet, se rückt so schön,
> Ji könt se tosamen ümsünst besehn.
> Ick heb se erst plücket, se sünt noch frisch,
> Köep ji nich Blohmen un Rückelbüsch?

Aria.

1.

> Wat maket doch de Friery
> In düsser Welt vor Töge,
> Den jungen ist een Leffely,
> Den ohlen ist een Höge.
> De Amm friet gern, de Lütke=Magd
> Dat Fryen ock nich quat behagt,
> De Fruw mag noch so kleven,
> De Köcksche let't nich blieven.

2.

Vor düſſen wort de Jögd vermahnt
    In Tüchten un in Ehren,
Nu wät't ſe all wor David wahnt,
    Man dröſt jem nich mehr lehren.
Se ſünt ſo kloock, man ſchult nich löſn,
Jüm growt ſe möet to lange tövn.
    Se lat't an allen Warcken
    Sick Näſe-wies vermarcken.

3.

Dat junge Volck is nu ſo ſchlim,
    Se könt de Kunſt to ſamen,
Se dröfft bie miner Trüw darüm
    Nich in de Opern kamen.
Jüm deent de Hoff, de Trummel-Saal,
Un woll kan even op eenmahl
    Vertellen wat ſe ſpählen,
    Wenn ſe ſick dar weg ſtählen.

4.

Se ſtaht des Avens vör der Döhr,
    Se ſchlentern na der Böhrſe,
(O bleven ſe to Huuss darwöhr
    Un ſeten up dem — — —)
Wat ſchall man dohn, ſe will nich hörn,
De Ohlen mögt vermahnen, lehrn;
    Se latet doch nich blieven,
    Wiel't andre mehr ſo drieven.

Wenn dieſen Brief, der hierin iſt verborgen,
Der König ſolte ſehn, dürfft ich nicht ſorgen
Vor einen Fiſt zum Boten-Lohn.

Bei dem Worte „König" wird Ameſtris aufmerkſam.
Ja, vernimmt ſie, Arſamen, dem guten Kerl, mag nur der
Appetit vergehn; der König nimmt ſie doch zur Frau. Er-
ſchrocken ruft ſie aus:

Der König? Zur Fraue? O weh! was muß ich hören?
Verräther!

Darüber geräth Elvirus in Bestürzung. Er glaubt sich
entdeckt und will sich aus dem Staube machen; doch um=
sonst! Schnell gefaßt weiß er sich wieder in seine Rolle
zu finden:

Köep ji nich Blohmen un Rückelbüsck,
Ick heb se erst plücket, se sünt noch frisck.
Wat is dat em beleefft?
Moussu! gefalt em düt, wo nich, so tösst,
Hier heb ick mehrerley.

Aber Amestris wünscht nur zu erfahren, wer des Königs
Braut sei.

Ey mit Verlöff! wat geit doch juw dat an?

Es ist pure Neugier eines Fremdlings.

Ja so! So hört: De Herr van düsser Stadt
Is Xerxes Knecht, doch nich van sülcker Arth,
De em de Schoo putzt un, wenn he uhtfahrt,
Vör up der Kutschen staht. De hett mit Ehren
En Dochter, de Romilde heet, en Deeren,
De so geschickt, so schmuck, so glat,
Dat ick't nich noch beschrieven kan.
Mit düsser wult de König wol ins wagen.
Köep ji nich Blohmen un Rückelbüsck?

Kaum ist Amestris in leidenschaftlicher Erregung ge=
gangen, so erscheint Romildas Edelknabe, ein loser Schelm
vorzüglich in Liebeständeleien, Klitus mit Namen. Elvirus
fürchtet abermals erkannt zu werden, denn dem jungen
Pagen ist ja des Kammerdieners Gesicht bekannt. Ent=
weichen kann er nicht mehr, und fast wie ein Schmerzens=
schrei klingt jetzt seine Litanei:

Köep ji nich Blohmen un Rückelbüsck?

Zum Glück läßt der kecke Adonis sich täuschen. Liebe macht ja blind. Er schaut die reizende Vierländerintracht, er hofft, ein galantes Abenteuer zu bestehen, und hält die vermeintliche Dorfschöne fest:

> Sieh da, ein artigs Bauer-Mädgen?
> Hör Annchen, Liesgen, Gretgen, Kätgen!
> Wie du auch heist, steh still. Was hastu da?
> Wie theuer ein hübsches Sträusschen?

Elvirus weiß sich trefflich zu verstellen:

> Wat is dat? En Sträusschen kenn' ick nich. Ne, dat is
> En Rückelbusck. Den wil ick juw verehren.

Der liebegirrende Junker wird nun kühn: wie wär's mit einem Kuß?

> Weg, kamt mie nich tho nah,
> Vorwahr ick doet nich. De Wörde sünd wol glat,
> Doch is't juw lang nie Ernst. Ne, ne, ick gah.
> Wenn dat de Lüde segen,
> Wat wuln se seggen? —
> Nähmt düsse Ros', nu gaht!

Und wirklich, Klitus gibt sich mit dieser Errungenschaft zufrieden. Es war auch die höchste Zeit, daß er sich entfernte, denn plötzlich naht die Schwester seiner Gebieterin, Prinzessin Adelanta.

> Köep ji nich Blohmen un Rückelbüsck,
> Ick heb se erst plücket, se sünd noch frisck.

Dies freundliche Angebot erweckt Kauflust.

> Kom hier, laß sehn, was hastu denn vor Sachen,
> Vielleicht kan eine Blum mir Freude machen.

Mit zuvorkommender Höflichkeit wird ihr die Antwort:

> Se söek, wat ehr beleeft.

Nicht nur Rosen, auch Jasmin, Laurir und Myrthen sind im Körbchen.

Ja Junffer fehl, recht frifch un gröhn.
Ey hört doch ins, (Jhr kan ich mich vertrauen)
Kenn ji mie wol?

Ja, die Prinzeffin erkennt nun Elvir und nimmt das
Papier für Romilda in Empfang. Die Pfeudo-Vierländerin
athmet erleichtert auf und empfiehlt fich mit ihrem Ausruf:

Köep ji nich Blohmen un Rückelbüsck?!

Der Charakter und die Individualität eines Vierlander
Blumenmädchens ift in diefen munteren Scenen fehr gut
durchgeführt. Das niederdeutfche Lied „Wat maket doch
de Friery in düffer Welt vor Töge" muß vielen Beifall
erlangt haben, wie auch das übrige Beiwerk. Aber je mehr
Beifall — fo äußert fich Chryfander in der Allgemeinen
Mufikalifchen Zeitung vom Jahre 1878 — diefe billigen
Scherze fanden, um fo fchlimmer war es für die heimifche
Bühne, weil fie dabei niemals auf einen reinen Grund
kommen konnte. Nun, der gelehrte Mufikkritiker und Händel-
biograph mag von feinem Standpunkte aus Recht haben;
anders urtheilt der Sprachforfcher und Litterarhiftoriker.
Jhm erfcheint fpeziell die Figur des Elvirus voll hübfcher
Züge, die Wiederholung der Frage „Köep ji nich Blohmen
un Rückelbüsck" glücklich und dramatifch, wie denn die
niederdeutfche Einlage zur Belebung der Handlung nicht
wenig beiträgt. Geradezu falfch und lächerlich aber klingt
das, was Ernft Otto Lindner in feinem Büchlein über die
erfte ftehende deutfche Oper (Berlin 1855) behauptet: „Poftel
ging noch einen Schritt weiter und brachte zum erften Male
auch Lieder in Hamburger Mundart hinein, wie fie auf die
Gaffen und in die Kneipe, nicht aber auf die Bühne ge-
hörten. Aber man vertrug eine Portion Derbheit und Gemeinheit, die in Staunen fetzen." Noch mehr muß diefes
Urtheil in Staunen fetzen. Lindner weiß nicht, daß Lucas

von Bostel hier zuerst die niederdeutsche Sprache einführte,
und daß in Elvirus' niederdeutschen Liedern und Reden auch
nicht ein ernstlich anstößiges Wort vorkommt. Oder rechnet
er etwa die Gedankenstriche in der vierten Strophe dazu?
Vielmehr findet sich manch poetische Wendung, die gleichsam
einen Wohlgeruch ausströmt wie der Gärtnermaid „Rückel=
büsck." Daß sonst viel Grobes und Rohes gerade in den
niederdeutschen Scenen der Hamburgischen Singspiele uns
entgegentritt, läugne ich durchaus nicht; ja ich freue mich,
daß dies der Fall: nicht aus innerem Behagen, sondern aus
sprachlichem und kulturgeschichtlichem Interesse.

Die nächste Oper, welche sich dem Dialekt nicht gänz=
lich verschließt, stammt aus dem Jahre 1694 und betitelt
sich: „Pyramus Und Thisbe, Getreue und fest=verbundene
Liebe. Entworffen von C. S. CP."

Der Text dieses von Joh. Sigmund Kusser in Musik
gesetzten Stückes rührt von „Jhro Excellenz dem weitbe=
rühmten Herrn Raht Schröder," einem reichen und an=
gesehenen Mäcen, her, wie Barthold Feind in seiner an
Feustking gerichteten Trostschrift 1705 meldet. Auf die wun=
derbare Behandlung der alten berühmten Ovidischen Fabel
kann hier nicht eingegangen werden. Nur so viel sei er=
wähnt, daß die Himmelfahrt des Babylonischen Liebes=
paares einzig in ihrer Art ist und wohl geeignet, dem Zwecke
des Dichters, alle Jünglinge und Jungfrauen vor unzu=
lässiger Liebe zu warnen, ein Schnippchen zu schlagen. Der
sogenannte Raht Schröder verfaßte die Historie, damit sie
„auff dem Hamburgischen Schau=Theatro fürgestellet werde."
Eine Aufführung scheint nicht statt gefunden zu haben;
„doch kann ich mich irren", setzt Mattheson hinzu.

Kolbo, die lustige Person des Spiels und Pyramus'
Diener, ist natürlich von Geburt ein Niedersachse. Er singt:

1.

Wat is in der Welt up Erden
    Soeter as de Leffeley,
Awerst man hört aller Oerden,
    Dat dat (Lefflen) is as Brey.
            (Leven)
Heet as Fuer, Herr, lövet my,
Dar sunt dusend Sorgen by.

2.

Erstlick mut men sick sin bögen,
    Gahn hen na der söten Brut,
Und den Stert allmodisch rögen,
    Sprecken: harten wacker Trut!
Un wenn man dat hefft gedahn,
Let se en denn noch wol stahn.

3.

Endlich denn na langen Tieden,
    Wenn man jym ins wedder fragt,
Hefft man nich mehr so veel Brüden.
    Wenn id jym denn sülffst behagt,
Krigt man se veel ehr darby,
By de soete Courtesy.

4.

Jy ward by juw sülffst erfahren,
    Wenn man se so lefflick strackt,
Laten se sick endlick paaren.
    Wet jy awerst wat dat mackt?
Dat se holt so hoch den Stert,
Hefft se van der Moder lehrt.

Meda, das schöne „Kammer-Mäuschen", hat's dem lockeren Gesellen besonders angethan. Er ist rein vernarrt in ihre hübsche Larve, küßt sie und jauchzt:

1.

Ey dat ſchmeďt ſo ſoet as Zuďer,
Ja iď byn en Cotisan,
De dat Schnabeln ardig ďan,
Un darby en goden Schluďer,
Lövet my by miner Tröu,
Jď hol veel van Löffelee.

2.

Jď mut et noch en mal wagen,
Denn et ſchmeďt ferwahr ſo ſöet
Als gebraden Lämmer föet,
Twart by ſülffſt oď wol behagen.
Drum holt my dien Mündken ſtill,
Wenn iď by ins pipen will.

Das erinnert lebhaft an die Epiſode in des Magde=
burgers Gabriel Rollenhagen deutſchem Luſtſpiele Amantes
amentes,[1] wo Hans, während er ſeine Aleke herzet, ausruft:

Ha ha dat ſchmeďet ſo rechte ſolte
Alſe ďlümpe vnd ſchwinesvoite.

Man ſieht, der Geſchmaď von 1694 war noch juſt der=
ſelbe wie Anno 1609.

Zehn Jahre verſtrichen, bis das Hamburger Platt in
einem neuen Stüďe auf dem Theater am Gänſemarkte wie=
der in ſein Recht trat. In dieſe Zeit fällt nämlich eine
bürgerliche und kirchliche Unruhe, welche bald nach been=
digtem Kampf um den Religionseid in Hamburg ausbrach
und alle Gemüther in die furchtbarſte Aufregung verſetzte.
Der Anſtifter dieſes berüchtigten Streites, welcher in der
deutſchen Kirchengeſchichte ſeines Gleichen ſucht, war der

---

[1] Vergl. meine Monographie: Gabriel Rollenhagen. Sein Leben
und ſeine Werke. (Leipzig 1881. S. 67).

bekannte, gelehrte und sophistische Professor Dr. Johann Friedrich Mayer, Pastor zu St. Jakobi, der seinen Amts= bruder an St. Nikolai, Johann Heinrich Horbius, wegen Irrlehre in Predigten und Schmähschriften auf das Wüthendste angriff und auf das Bitterste verhöhnte. Nicht nur das geistliche Ministerium und die beiden Gemeinden, sondern die gesammte Bürgerschaft, alle Stände, hohe und niedere, wurden in Mitleidenschaft gezogen und nahmen, je nach ihrem Glauben, für Mayer oder Horbius Partei. Das öffentliche Leben Hamburgs ging ganz in dieser Sache auf, täglich erschienen Pasquille und Flugblätter in Prosa und Versen; Spottlieder, Satyren, gedruckt und geschrieben, kur= sierten von Hand zu Hand. Durch ein Dekret des Kaisers Leopold wurde den greulichen Zuständen 1694 vorläufig ein Ende gemacht und durch Senatsbeschluß eine Amnestie für alle Friedensstörer erlassen. Allein der treffliche, aber schwache Horbius, welchen die fanatischen Anhänger Mayers, namentlich Handwerker und der süße Pöbel, verjagt hatten, ward nicht restituiert. Mayer stand nach wie vor mit Hülfe der Aemter und Innungen als lutherischer Papst in Hamburg da. Mit Johann Wincklers Ernennung zum Senior kam ein anderer Geist ins Ministerium. Mayer nahm 1700 einen Ruf nach Greifswald als Generalsuperin= tendent über Vorpommern und Rügen an und wurde dort 1701 als Präses des Konsistoriums eingeführt.

Aber bald loderte der alte Streit von Neuem auf. Die Gemeinde von St. Jakobi wollte ihren Seelsorger wieder haben und verlangte, daß Mayer ehrenvoll zurückberufen werde. Sein Pastorat blieb inzwischen vakant. Das bürger= liche Gemeinwesen wurde mehr denn je durch den Trotz und das Toben der Aufrührer völlig zerrüttet. Im Jahre 1703 folgte eine tumultuarische Bürgerschaft auf die an= dere. Zu sonstigen Stadtsachen konnte es fast gar nicht

kommen. Balthaſar Stielcke und ſeine Genoſſen ſchrieen,
Mayers Dokation müſſe erneuert werden, der Rath und
das Miniſterium ſollten einwilligen. Als einmal die Bürger=
ſchaft durch ordentlichen Schluß in drei Kirchſpielen die
Dokation verwarf, mußte die nächſte Bürgerſchaft dieſe
Entſcheidung wieder umſtoßen. Gegen die, welche anders
zu ſtimmen wagten, regnete es Prügel, man riß ihnen die
Perücke ab, ſchlug ſie blutig und jagte ſie vom Rathhaus
fort. Wenn die Rotte nicht die Oberhand zu haben glaubte,
rief ſie: „Na Hus, na Hus!" und die Bürgerſchaft mußte
ſich auflöſen. Ausgang 1703 kam der widerwärtige Skandal
zum Abſchluß. Das Miniſterium, wiederholt vom Senat
befragt, blieb dabei, daß eine Renovatio vocationis wider
alles Recht und alle Ordnung ſei. Demgemäß lehnte der
Rath das an ihn geſtellte Anſinnen definitiv ab. Stielcke
und Konſorten, worunter Lutze und der Schulmeiſter Tode,
wütheten und ſuchten dennoch ihren Willen durchzuſetzen.
Es gelang ihnen. Der Senat gab nach, ſchickte die Rädels=
führer als Deputation mit reichen Geſchenken an Mayer
und richtete an den König von Schweden, Karl den Zwölften,
die Bitte, Mayer gnädigſt entlaſſen zu wollen.

Dieſe Demüthigung des Rathes hatte der ſtolze Mayer
nur abgewartet. Auf das Uebermüthigſte und Höhniſchſte
dankte er für die Ehre; er freue ſich, von dem Hamburgiſchen
Dienſt erlöſt zu ſein. Die Geſandten kehrten unverrichteter
Dinge zurück und wurden mit Spott begrüßt. Der Licentiat
Barthold Feind hat dieſe merkwürdige und ſchmachvolle
Streitſache in einem ſatyriſchen Drama parodiert: „Das
verwirrte Haus Jacob, Oder Das Geſicht der beſtrafften
Rebellion an Stilcke und Lütze. Schau=Spiel, Auf dem
Naumburgiſchen Theatro in der Petri=Paul=Meſſe 1703
aufgeführet." Das ſeltene Stück, welches ſelbſt Geffcken in
ſeiner Monographie über Johann Winckler und die Ham=

burgiſche Kirche in ſeiner Zeit nicht erwähnt, erlebte 1708 eine zweite Auflage.

Mayer fungiert hier als Schaarwächter, Chriſtian Tode wird als eingepfarrter Informant des Kohl-Kirſpels und Klippſchulmeiſter durchhechelt, Stielcke und Lutze werden als gemeine Handwerksterle arg mitgenommen. Ihre Frauen Beecke und Geescke ſowie der luſtige Knecht Jocoso Veracio reden theilweiſe niederdeutſch. Letzterer ſagt als Narr lachenden Mundes die Wahrheit. Früher, ſo erzählt er den Zuſchauern, hieß es: „Wy willen D. Mayer wedder hebben, tredt int Karſpel, ſchlat tho, ſchlat tho, tho Huß, tho Huß! — Nun treibet jedermann ſeinen Spott mit den dummen, albernen Jakobiten, inſonderheit mit Stielcken, denn die kleinen Straſſen-Jungen ſehen ſein Unglück vorher und ruffen auff allen Gaſſen:

Biſt du Schnörmacker Old, keck wat dien Junge mack,
Lat Rahthus Rahthus ſien, ſüß kumſt du an den Kack.“

Nachdem endlich nach einem Decennium die Ruhe des „Hauſes Jacob“ in Hamburg wiederhergeſtellt und der Anſchlag der Rebellen zu Spott und Schanden gemacht worden war, zog der innere Friede wieder ein. Auch das Theaterweſen begann jetzt von Neuem zu blühen. Allerdings hatte es einen ſchweren, faſt unerſetzlichen Verluſt zu beklagen, denn inzwiſchen war Schott, „der große Pan“, 1702 geſtorben. Am zwanzigſten Oktober 1704 ging zur Eröffnung der Bühne Mattheſons vierte Oper in Scene: „Die betrogene Staats-Liebe, Oder Die Unglückſelige Cleopatra Königin von Egypten. Hamburg, Gedruckt bey ſeel. Nicolaus Spierings nachgelaſſene Wittwe, 1704.“ Die Poeſie iſt von Friedrich Chriſtian Feuſtking, geb. um 1678 zu Stellau bei Itzehoe, geſt. den 3. Februar 1739 als Paſtor zu Tolk in Schleswig, der namentlich in Dercetaeus, einem freigelaſſenen Knechte des Antonius, eine charakteriſtiſche Figur ſchuf. Seine Beobachtung, daß im Eheſtand ſich die Weiber gar nicht ſchämen, die Herrſchaft alſobald durch Schmeicheln oder mit Gewalt den Männern wegzunehmen, kleidet der Schelm in folgende Arie ein:

1.

Wat ſtellt ſic doch en Deren
   Vertwiſelt hillig an?
   Un kumt ſe eerſt tum Mann,
So will ſe ſtracks regeren:
   Da heet et bald: Du arme Blot,
   Nimm du de Schört, gyff my den Hot,
Ick will in allen Saken
Et uht der Wyſe maken.

2.

Da geit et an tum mäkeln,
   Da is bald dit, bald dat,
   De Krancket weht nich wat,
Daräver ſe mut kekeln!
   Da is dat Aas ſo Super-klok,
   Dat ok des Mannes Prük un Brok
Vor eren Schnack un Kiwen
Nich unverert kan bliven.

3.

Se gifft up ſine Gänge
   Mit Argus-Ogen acht,
   Und kriggt ſe man Verdacht,
So is dat Huss tho enge.
   Da luhnt, da brummt dat Murmeldeert,
   Und prühnt de Näſ un dreit den Steert,
Fangt entlick an tho bellen,
Dat em de Ohren gellen.

4.

Darüm so ist am besten,
Dat man so deit als ick,
Un sick sin süverlick
Enthollt van sulken Gästen.
Erst sünt se aller Framheit vull,
Herna so warrt se spletterdull,
Un willt den Mann wat brüden.
Dat mug de Velten liden.

Von größerer Bedeutung für die niederdeutsche Sprache
ist eine andere Oper, welche Lessing in seinen Kollektaneen
gerade deswegen hervorhebt, nämlich: „Der Angenehme
Betrug, Oder: Der Carneval Von Venedig." Dieses Sing=
spiel erschien 1707 und ist 1711, 1716, 1723 und 1731 wieder
aufgelegt worden, jedes Mal in Hamburg. Gottsched citiert
eine Ausgabe Leipzig Ostermesse 1709 und fügt hinzu:
wurde bey solenner Begehung des dritten Jubel-Festes der
weltberühmten Universität Leipzig auf dem daselbst befind=
lichen Theatro vorgestellet in einer Opera. Ferner besagt
der Katalog der Königlichen Bibliothek zu Berlin: zuerst
gedruckt 1705; doch geht aus der Vorrede von 1707 nicht
hervor, daß schon ein früherer Druck veranstaltet ward.
Noch 1731 wurde das Stück in Hamburg gespielt, ein Be=
weis für dessen Beliebtheit und Unverwüstlichkeit. Dieser
Erfolg ist unstreitig in erster Linie den originellen nieder=
deutschen Episoden zuzuschreiben. Lessing bemerkt eigens:
kommt auch eine Trintje, ein niedersächsisches Dienstmädchen,
vor, welches in diesem Dialekte verschiedene Scenen hat,
und Lieder singt.

Die Musik rührt von Keiser und Graupner her, die
Verse sind nach Matthesons Ansicht von Meister und Cuno.
Letzterer, „Mauritz" mit Vornamen, starb als Kassirer bei
der Hamburgischen Bank den ersten Mai 1712; über Meisters

Lebenslauf ist nichts überliefert. Vielfach gilt Barthold Feind als Verfasser, allein mit Unrecht. Denn er äußert sich in seinen Gedanken von der Oper (Deutsche Gedichte 1708) sehr entschieden gegen die sogenannte lustige Person: „In Hamburg ist die üble Gewonheit eingerissen, daß man ohne Arlechin keine Opera auf dem Schauplatz führet, welches warlich die größeste basselse eines mauvais goût und schlechten Esprit des Auditorii an den Tag leget. Was bey der gantzen politen Welt für abgeschmackt und ridicul passiret, findet daselbst die größeste Approbation: Wie man denn erst neulich im verwichenen Jahr, eine Opera, le Carneval de Venise benahmt, præsentiret, von so absurden Zeug und abge= schmackten Fratzen, daß sie fast eine Peter-Squentz-Opera kan genannt werden. Man könte auch nichts einfältigeres er= sinnen. Dennoch hat das Sujet eine so allgemeine Approbation und Zulauff gehabt, daß es fast unglaublich. Die Brauer= Knechte selber mußten ihr Geld dahin tragen, darüm kan man wol gedencken, daß dieses Venedische Carnevall nicht le Carneval de Venise sey, so in Franckreich præsentiret worden." Hieraus erhellt einerseits, daß Feind unmöglich der Autor sein kann, und andererseits, daß erst 1707 das Stück an die Oeffentlichkeit trat, und nicht schon 1705.

Die vier Dialektrollen sind:

Trintje, ein Nieder-Sächsisches Mädgen.

Severin, ein alter Nieder-Sächsischer Jubilirer.

Jan, ein Ostindien-Fahrer.

Anna, Severins Schwester.

Trintje eröffnet den achten Auftritt der dritten Hand= lung mit einer Arie, in welcher sie nach dem Vorbilde von Johann Lauremberg, dem Schöpfer der berühmten nieder= deutschen Scherzgedichte, den Luxus und die Kleiderpracht durchhechelt, sich über den geringen Dienstlohn beklagt und die Einfachheit und Ehrbarkeit der „guten alten Zeit" lobt.

1.

Wat ward uns armen Deerens suer,
Um Kost und Kleer to winnen,
Gewiß man drillt uns up de Duer
Mit schüren, neyen, spinnen.
Dat Lohn is höchstens dörtich Marck,
Forwahr dat is een groten Quarck,
Doch 't best is, dat darneven
Noch Accedentzen geven.

2.

Dat Winachts, Brutstück, Umhangs-Gelt
Dat mut uns noch wat bringen,
Wär dat nich, so wärt schlicht bestellt,
Wie wörren kahl upspringen.
De Fruens süsst sünt Dorheit full,
Un krigt upstä so dulle Schrull,
Wie schölt so gaen in Kleeren,
Als off wi Jungfern weeren.

3.

Ick segg dat Lohn is man een Quarck,
Nu wi möt Huven drägen
Van twintig, ja van dörtig Marck.
Sünt wi nich angeflegen,
So füet uns nich een Slüngel an,
Wenn wi by unsen Jungfern gaen,
De Fruw segt sülfst: wat Farcken
Gelt by my her tor Karcken.

4.

Wo glücklich was de olde Tidt
Do man drog wesde Kanten,
Nu geit dat gode Geldken quit
Um knüppelt' Angaschanten.
Ick fürcht, de Staat wart alto groot,
Deels wenn se freit hebt kuhm dat Broot,

Se feht mit Hartens Kummer,
Wo eer Tüch flücht nam Lummer.

5.

Do man noch freefen Röcke ¹ droog,
Nics wuft van Wems to snören,
Dat Lohn was achtein Marck genog,
Man quam do doch to Ehren.
Nu äverft is et alto dull,
Deel Deerens fünt von Hoffart full,
Tom Rock dregt fe Scharlacken,
Un flickt Hembt up de Knaken.

Jan. Wel liewe Trintje kan heet syn,
    Dat ick üw lief kan wesen?
Trin. Nee, Jan, löft my, ick hef gewiß
    Min Deel all lang utlefen.

Sie hält's nämlich mit einem Handwerker — Handwerk hat
goldenen Boden —; von den Seeleuten, die ihre Weiber
oft Monatelang nicht fehen, ift fie keine Freundin.

    Ick leef een goden Handwarcks-Mann,
    Dat Lewen fteit my beter an.
    Jy laet de Fruwens fahren
    Oft veele Maent in Jahren.

Wir lernen ihren Auserwählten, den reichen alten
Wittwer Severin, gleich kennen. Sein Auftrittslied enthält
fein Glaubensdogma.

---

¹ Schütze in feinem Holfteinifchen Idiotikon (Hamburg und Altona
1800—1806) erklärt: Freefenrock=Weiberrock (Fries, grobes Wollzeug),
die ehmalige Tracht der Hamburger Dienftmädchen. Klag der Hambörger
Deerens bemerkt fchon den fteigenden Luxus. Und izt 1800 (etwa 80 Jahr
fpäter) ift das Scharlachtuch zu Seide und Atlas geworden, und die
18 Mk. Lohn zu 18 Thaler und drüber! — — Und „izt" 1884?! —
Tempora mutantur. . . .

Cen heßlik Wief un Slachterblock wart nümer nich weg-
ftahlen,
Sett man fe Dag un Nacht vor Döhr keen Minsk wart
fe weghalen.
Man by een schöne, dat is war,
Dar lopt dat Olber oft Gefahr,
Dat man wat kricht to dreegen,
Wat uns nich is gelegen.
Gewiß det is een flimme Tydt
Upfteh een From to nehmen,
De Staat is groot, dat Bruetschatt lütt,
Hernögft gifft wat to grämen.
Dat Leewen wart uns gantz verfolt,
Dee Jungfern fünt nu veel to ftolt,
Deels nährt fick mit de Nadel
Un kleedt fick als van Adel.
Jck nehm denn mine Trin, de is noch twiffen
beyden,
Jck meen, de will ick recht na mynen Willen leiden.

Da gewahrt er feine Zukünftige, winkt ihr und fragt
eiferfüchtig:

Wat machftu by Jan in de Maft?
Höb by för düffe Gäfte.
Düt is keen Mann de vör by paßt,
Löf my, ick föck din befte,
Du weeft ick hebb min Fruw up unfe Reis verlahren,
Wat dünckt by? wulftu wol mit my by wedder pahren?
Twar fchien ick wol wat olt,
Doch finn ick my tom freyen noch nich kolt.

Diefer Antrag überrafcht Trintje nicht, fie hat ja
längft ein Auge auf Severin geworfen; aber als echte
Tochter Evas hält fie es für gut, ein wenig fich zu ver-
ftellen.

Sinjor ey mit Verlöf, wil jy my wat fexeren?
Jy weet jo wat ick bin, ick bin een arme Deren,
Darto im Dorp gebahren,
Jck hef min Oeldern nich ins kennt,
Jck hef se fröh verlahren.
Wo kun ick my dyt grote Glück inbillen.

Doch Severin hat sich nach ihrer Herkunft erkundigt:

Hör, Trin, richt dy na minen Willen,
Segg Ja, ick wet wovan du byst gebahren,
Din Vader het vor Coppitain tor See gefahren,
He is mit Schip und Boot versuncken,
Du harst een Broer, de is ock mit verdruncken.
Dyn Vader heet Hans Stolt,
Du weerst kuhm twee Jahr olt,
Do sturf din Moder vull Bedröfniß nah.

Jan, der sich bescheiden im Hintergrunde gehalten,
horcht hoch auf: Myn Heer, kan ick dit glouuen? Auf
ein bekräftigendes „Ja" gibt er sich dem Mädchen, zu
welchem ihn von vorn herein Sympathie und Neigung zog,
als Bruder zu erkennen.

Wel, Trin, ick bin Hans Stolten Söhn,
Myn Vader de is doot,
Maer ick quam met wat Goodt noch uyt de Noot.
Sal ick ii den als Brour nou hier entmoeten
En ii myn Heer als mynen Swager groeten?

Trintje liegt bald ihrem verloren geglaubten Bruder,
bald ihrem Bräutigam in den Armen und jubelt:

Wat is van Daag doch vor een glücklich Dag,
Worin ick eenen Broer un Leefsten sinnen mag,
Jck bin vor Freud half doet, Sinjor da is min Hand,
Un ja, tom wahren Unterpandt.
Nu bin ick recht vergnögt.

Jawohl, setzt der Alte fromm hinzu, „dewil det soo de
Himmel fögt," und abgewandt spricht er:

> 't is nu keen Mode mehr sik sülfst to dode grämen,
> Starft eene Fruw, mut man tom Trost de ander nehmen.

O diese Männer! Aber so sind sie, und Severin bildet
keine Ausnahme. Bei ihm hat sich der Johannistrieb ein=
gestellt, er liebt noch Wein, Weib und Gesang, er hat die
Mittel dazu, und so macht er denn den praktischen Vor=
schlag, die Verlobung in Venedig, wo sie sich just zur
Karnevalzeit getroffen, zu feiern.

> Wi hebbt nu nich van hier to ylen,
> Wi köhnt nu in Venedig wat verwilen,
> Wi witt in unse Dracht hier Carneval mit holen.

Natürlich ist Trintje damit einverstanden: wird das ein
Leben! Ach, flüstert sie zur Seite,

> Wo glücklich warr ick sien by minen rieken Oolen!

O diese Frauen! Sollte man's für möglich halten?
Die Scheinheilige, die Selbstlose zu spielen, und in Wahr=
heit das Gegentheil zu sein!

> Wo will ick em strakeln, wo will ick em plegen,
> Ick will em den Mantel (un Büdel) utfegen,
> Heb ick erst sin Geldken, so mag he man starven,
> So kan ick bym Olden een Jungen erwarven.

> Seht wo sick myn Oole kan strüwen un bögen,
> Doch haap ick nich dat ick by em will verdrögen,
> Dat Marck is verschwunden, ick krig man de Knaken,
> Doch meen ick, ick will dar noch Dahlers uthstaken.

Ein Glück, daß Severin dies nicht hört. Trintje wird
gewiß nicht nur a parte sondern auch mezza voce gesungen
haben. Und ihr Bruder? Er ist zu sehr mit sich selbst

beſchäftigt: Hier ſteh' ich, ein entlaubter Stamm, oder wie er ſich ausdrückt:

> Hier stah ick nou en kyck alleen.

Indeſſen Severin beſitzt ein braves Herz und eine — Schweſter.

> Ne, Swager Jan, jy ſchölt ook ſehn,
> Dat ick for juw wil ſorgen,
> Töft man bet morgen.
> Ick hebb een Süſter,
> 't is wahr,
> Se is ümtrent by negenfertig Jahr,
> Eer Mann — —

Da bemerkt er, wie der junge Burſche eine höhniſche Miene macht.

> Wo, Jan,
> Treck jy de Nüſter?
> Se hett van eeren Mann, wat wünſcht de gantze Welt.

Jan. Wel hu, wat heft see dann?
Sev. Se hett veel Gold un Geldt.
Jan. A ha, Goudt, Gelt, dat bennen schone Saaken,
Dat sou een ouden Aap wel jonck weer macken.

Der „alte Affe" weilt nicht fern. Sü dahr, ruft Severin, ſee kümt too rechter Tydt! und Trintje meint in ſchweſterlicher Freude:

> Nu is, Broer Jan, ju Glück nich wyt.

Wittib Anna iſt wie aus den Wolken gefallen, als ſie ihres Bruders Verlobung erfährt.

> Wäſt willkam, Süſter Ann.
> Wät jy dar ook all van,
> Dat ick mit unſe Trin
> (Sü wo ſe ſmuſtert! Ey lett eer nich recht ſin?)
> Nu denk im echten Stand to leven?

Wie kann sie das ahnen, geschweige denn wissen?

> Ick stah als half verstört,
> Wat segstu Broer? dat hebb ick noch nich hört.

und mühsam stottert sie ihren Glückwunsch:

> Nu, nu, de He=He=Hemmel wil darto sin Se=Se=Segen geven!

Severin will nicht allein glücklich sein, auch seine Schwester soll wieder unter die Haube kommen; daher die diplomatische Frage an Jan:

> Wat dünkt ju denn van mine Süster, Swager?

Der gibt die richtige und vernünftige Antwort:

> Ick glov haer Kass is fett, maer Sy wat oudt en mager.

Jetzt faßt Severin den Handel beim rechten Ende:

> Hör, Süster Ann,
> Ey wys doch ins an Jan
> All wat du hest
> Upt lest
> Van dinen Mann bekamen.

Ja, ja, brüstet sich jene,

> Ick hebb so veel
> Dant leewe Witt un Geel,
> Dat ick mi nich daför dörff schämen.

Dabei öffnet sie das Wamms, zieht zwei gute Beutel mit Geld aus dem Busen, zeigt ihm selbige, beide Hände auf der Brust haltend, und Jan, entzückt über solch unver= muthete Augenweide, spricht lachenden Mundes die große Wahrheit aus:

> Wat maekt dat Gelt al wonderlyke Saaken,
> Het kan de ouden jonck, en als daer niet van is
> Heel seeker en gewis,
> Dee Schoonen leelyck maeken.
> Wel Swager, is dit myn? So is de Koop all klahr.

So wird denn im Handumdrehen das Geschäft abgeschlossen. Der junge Seemann nimmt die beiden Beutel
und als Zugabe die holde Wittib, welche auf Severins
Frage: „Wat segstu, Süster Ann?“ gar nicht schnell genug
antworten kann:

> Ja, Broer, sla toh, ick will hem hebben vor minen
> lewen Mann.

Letzterer vereint das ungleiche Paar unter dem Segens-
wunsch:

> Nu Glück damit, un left bet hundert Jahr!

Jans Aeußerung von der Macht des Geldes begeistert
darauf alle Vier zu der Arie:

> Dat Gelt spricht nich, un is doch wahr,
> Et makt de meisten Freyen klahr,
> Det Gelt schlicht alle Saaken.

> Een Deeren } is See } dwatsch un dumm
> Een Keerel } Hee

> See mag } sin bös, half lahm un krumm,
> Hee mag }

> Gelt kan See } leslik maken.
> Hem }

Zur Bestätigung dessen tanzen sie einen alten Hamburger Tanz, bis Trintje, welche sich schon als Hausfrau
fühlt, auffordert:

> Nu, Kinder, kamt too hoop mit mi tom Thee.

Damit ist Severin im Prinzip ganz einverstanden. Aber
eine Tasse Thee?

> Ne, Trin, dee Quark makt swacke Knee,
> Gah, maeck en Bract-warm-Beerken,
> Dat starckt Rügg, Lenn un Neerken.

So schließt der niederdeutsche Auftritt. Es läßt sich
denken, daß derselbe lebhaften Beifall fand wegen der glück-

lichen Schilderung der vaterstädtischen Sitten und Moden
und der heimischen Sprache zu Liebe. Zumal das von Trintje
gesungene Lied erlangte eine lokale Berühmtheit. Es ging
in den Volksmund über, und Manches daraus mag noch
lange als geflügeltes Wort gezündet haben. Wiederholt ist
es auf sogenannten fliegenden Blättern reproduciert worden.
Karl F. A. Scheller verzeichnet in seiner saffischen Bücher-
kunde einen Nachdruck, den er in das Jahr 1747 resp. 1748
setzt: De Hambörger-Uthroop, Sing-Wiese vörgestellet.
Beneffenst truhartige Klage van de Hambörger
Deerens. Dieser Druck und vier sehr ähnliche Quart-
ausgaben, aus dem Anfang, der Mitte und dem Ende des
vorigen Jahrhunderts, sind auf der Hamburger Stadtbibliothek vorhanden. Noch eine andere Auflage befindet
sich in Wolfenbüttel. Einen davon verschiedenen Druck besitzt die Königl. Bibliothek zu Berlin: Der Hamburger Jahrmarckt; Oder: 1) Das Hamburger Ochsen-Fest, 2) Eene
Truhartige Klage van de Hambörger lütgen
Deerens, 3) Dee bekannte Hambörger Uthroop, besungen
van eenen oolden Dütschen Deegenknoop. Die „truhartige
Klage" ist mit wenigen textlichen Veränderungen das durch
Trintje zuerst 1707 populär gewordene Lied: Wat ward uns
armen Deerens suer.

Eine Art Fortsetzung dieses Stückes, und darum schon
hier zu erwähnen, ist: „Der Beschluß Des Carnevals. Opera
Comique, auf dem Hamburgischen Schau-Platze vorgestellet,
Im Monat Februarii Anno 1724." Die ersten beiden Handlungen sind in französischen Versen nach der Oper „Europe
galante" und der Komödie „La fille Capitaine" abgefaßt,
während die dritte ein theilweise mundartliches Intermezzo
darbietet, im burlesk-komischen Charakter, zwischen Pantalon,
Columbina und Harlekin. Die Farce gefiel und wurde
im März 1726 abermals aufgeführt, ja sogar ein Neu-

druck beforgt, worin die kleine niederdeutsche Einlage
nicht fehlt.

Immer mehr steigerte sich der Anklang, welchen die
alte saffische Muttersprache beim großen Publikum fand, so
daß die Direktion der Hamburgischen Oper unter Johann
Heinrich Saurbrey, an den Frau Wittwe Schott 1707 ihr
Unternehmen verpachtet hatte, den Versuch machen konnte,
ein vollständig im Idiom geschriebenes Singspiel zu geben:
„Die lustige Hochzeit, Und dabey angestellte Bauren-Mas-
querade." Dasselbe erschien 1708 und ward 1728 wieder
aufgelegt. Scheller besaß einen späteren Nachdruck: Hamburg 1774. Indeß datiert diese, obendrein ohne Ortsan-
gabe gedruckte Ausgabe schon ein Jahr früher, wie Rein-
hards Taschenbuch für die Schaubühne 1776 und dessen
Theater-Kalender 1777 besagen. Auch der Leipziger Almanach
der deutschen Musen 1774 enthält unter der Notiz poetischer
Neuigkeiten des verflossenen Jahres obiges komische Nachspiel in niedersächsischer Sprache, mit der lakonischen Empfehlung: „Für die, die diesen Dialekt lieben! Es ist gar
in Versen, mit eingestreuten Arien, abgefaßt."

Drei Komponisten streiten sich um die Ehre, dies
Stückchen in Musik gesetzt zu haben, und zwar nach der
Hamburger Textsammlung Keiser und Graupner, nach
Mattheson kein geringerer als der berühmte Händel. Die
Autorschaft der Dichtung ist mit ziemlicher Bestimmtheit
nachweisbar. Ein handschriftlicher Vermerk in dem auf der
Hamburger Stadtbibliothek befindlichen Exemplare von 1708
lautet: „Intermezzo im Hamburgischen Dialeckt, vom Bank-
Kassirer Cuno. Vorgestellt in der Oper Daphne." Dieselbe
ist freilich von Hinrich Hinsch, der sich indessen in seinen
Poesieen nie der Mundart bedient hat, wohl aber Cuno,
wie wir bereits sahen. Er wird höchst wahrscheinlich der
Urheber des Nebenspiels sein.

Gewisses Interesse beansprucht die Besetzung der Rollen.

Liske Gern-Manns, die Braut-Magd, nach-
    mahls selbst die Braut.   Madll. Käyserinn.
Klas Licht-Trost, Bräutigam, und kurtz vor-
    her gewordener Wittwer.   Monsr. Riemschneider Jun.
Gretje, Braut Mutter.   Monsr. Buchhöfer.
Heyn, Braut Bruder.   Monsr. Westenholtz.
Hans Schnack-Verdan, Sermon-Meister.   Monsr. Möhring.
Allerhand Masquen.

Der Schauplatz ist in Hamburg.

Erster Auftritt.

Der Schau-Platz stellet vor die Börse und das Raht-Haus, nebst
umstehenden Gebäuden.
Klas, ein Wittwer und Gärtner, Liske die Braut-Magd.

Liske. Tüs Mussü Klas, ey lat my gahn,
    Jk mut sam Brägam wat vor unse Brudt her halen,
    Tis nu keen Tydt mit jow upsted to dwalen,
    Jk kan verwiß nu hir nich länger stahn;
    Denkt doch ins um, jow Frou fündt kuhm de Föte kohlt,
    Un jy — — —

Klas. Nu, Liske, de is dodt, wes du man nich so stolt,
    Hör doch man noch een Wort, wat hestu doch ver Hast,
    Jk hef hier by twe Stund ver dyner Deur uppast,
    Dyn Jungfer is de Brudt? folg du er ok nu na
    Un schuf nich länger up dat lese söte Ja.

Aria.

    Schal ik noch in Hapnung stahn?
    Baldt mut ik ahn Trost vergahn.
    Half harck dy myn Hart al geven
    Noch by myner Olsken Leven,
    Un du segst noch jümmer nee,
    Dat deyt my im Harten wee.
Jk meen, ik heb um dy all redlik wat geleden.

Liske. Myn leve Klas, if bös, lat my upstä mit freden!
Dat Leven makt my oft den Kop recht dull,
Un nu is hee darto van andern Saaken full.

Aria.

Wo wart en Brudtmagd doch geplagt!
Se wart um alle Ding befragt,
Doch dat maackt noch all gröter Pyn,
Wem lest un doch nich Brudt kan syn.

Wat kost dat Freyen doch all Gelt?
If har myt nich so dür färstelt,
De Brudschat is offt half vertährt,
Ehr noch ins is een Kind beschert.

Bald steit de Snider vor de Dähr,
Denn kumt dar ok de Kramer her
Mit gantzen Packen up de Kahr,
Dar geyt, mäht af, de Koop is klahr.

Bald lopk nam Linn un Kanten Krahm.
Kuhm dat if denn to Huus ins kam,
So heet: loop Lisk, hal Rlnsken Wyn,
Denn möter Suckerpletjen syn.

Denn kumt en Jud, en Schacherer,
Mit Parlen un Demanten her,
De wil dar ok en Toch van then,
För half Cristal, half Demant-Steen.

Denn geyt de Brägams-Avent an,
Dar heet: schaff up, loop wol dar kan,
Het mut upt best tracteeret syn
Mit Wild, Tam un Schampanje Wyn.

Denn kumt dar erst en Schottel her,
De gröter offt is as de Deur,
Mit eenen grooten Miskmask an,
Te kuhm een Kutzker dregen kan.

In düffer Schottel kumpt to hoop
All wat upt Marckt man is to koop,
Van Flesk, Kohl, Kreft un Fagelwark,
Mit Eyer, Backwarck un mehr Quark.

Do man noch Brägams-Avent heel
Mit Rijs ful Sucker un Caneel,
En braden Hohn, en Schottel Fisk,
Darby een goden Fründ to Disk.

Denn ging herum de fülvern Kann
Mit Beer ful Moht, denn quam heran
Een Glas mit Fransk of Rynsken Wyn,
Do kun man noch ins lustig syn.

Nu averst is de Staat to groot,
Fam Löft-Dag an bet an den Doot,
Darum geyt ook so mennig Paar
Oft all to krimp im Leffel-Jahr.

Myn Herr sit oft up sin Canthor
Un set de Hand bedröfft ant Ohr,
Wenn ropt de Frow: Kind! Geldt herdahl,
Denckt he: dat dy Süntfelten hahl.

Nu Klas, Adiu,
En andermahl so wil wi mehr fan schnacken,
Ik mut man gahn un maaken korte Hacken.
(Klas nimmt mit freundlichen Mienen Abschied und gehet ab.)

Anderer Auftritt.
Liske, Heyn und hernach seine Mutter.

Heyn. Ehem! Ehem! pist! pist! ey Jungfer töft en bäten!
Wät jy nich, wo myn Süster deent, half hef ick Huss vergäten.
Liske. Wat snackstu Buhr, wo kumstu her?
Heyn. Fan Osdorp. Liske. Wat is dyn Begehr?
Heyn. Ik wül myn Süster wol ins spreken,
Ik hef se wol nich sehn im half Stieg Jahr und dörtein
Wecken.

Liske. Wo heet dyn Süster denn? Heyn. Lisk Gern-Manns mit
    Namen.

Liske. Un du? Heyn. Heyn, Heyn hept se my nömmt, do ik up
    de Welt bin kamen.

Liske. Wat hör ik? büstu Heyn, myn Bror?

Heyn. Ne Junfer, wennk dat löfd, so weer ik wol en Dohr;
    Jk löf, jy wilt mick hier en beljen brüden,
    Myn Süster is en Deern¹ un nich san jow Art Lüden;
    Seht dar kumt myne Möm, de wart wol beter weten.

Liske. Wo Heyn, kenstu my nich, hestu my ganz vergeten?
    Wäst willkahm Moder, wat wil jy hier maken?

Gretje. Jk bring en Kalff to Mardt un noch wat ander Saaken.

Heyn. Möm, is dat unse Lisk? Gretje. Ja! ja! se is't, Heyn, ja!

Heyn Ha! ha! ha! ha!
lacht. Dat sünt jo dulle Saaken,
    Wo, kam hier in de Stadt van Buhrdeerns Jungfern maken?

Aria.

    Wol dacht dat do du höödst de Swyn,
    Dat du noch ins schust Junfer sijn?
    Kant sick so in de Stadt verkehren,
    Wilt ook dat Junkern Handwarck lehren:
    Man Liske seg, wo büstu doch so gley un glat,
    Verdeenstu in der Stadt so'n grooten Schadt?

¹ In Hamburg war ehemals und bis in die Mitte des achtzehnten
Jahrhunderts der Name Jungfer ehrenwerth und bezeichnete die Töchter
angesehener Häuser; die des mittlern und niedern Standes hörten sich
ohne Bedenken Dirne nennen. Auch unterschied man ohne Unterschied
des Standes und meist ironisch ein geputztes Mädchen von einem simpel
gekleideten durch den Namen Jungfer. In einem 1728 auf dem Hamburger Oper-Schauplatze aufgeführten scherzhaften Intermezzo, betitelt:
„die lustige Hochzeit", trifft ein Bruder vom Lande seine in der Stadt
Hamburg in einem angesehenen Hause dienende Schwester, elegant gekleidet,
und will sie deshalb nicht anerkennen. (Hamburg und Altona. Ein
Journal zur Geschichte der Zeit, der Sitten und des Geschmacks. 1805).

Aria.

De Haar fünt dy fo glat un blanck,
As wenn fe de Bull har lickt,
Du geift een rechten Junfern-Gang,
Mit Scho umher wit stickt,
De Haafen fünt fo wit als Kryt,
De Rock wol een stieg Folen wyt,
Mit fief reeg fieden Schnören
Kanftu den Staat utföhren.

Dat Wams is gar fan fieden Stoff,
Doch tis dy för to kleen,
Ne Lisk, du makft gewis to groff,
Men kant all liggen fehn;
De Mauen ful van Kluterey,
De Hals is deckt, de Buffem frey,
Ne, ne, de Art to lefen,
Kan dy keen Ehre gefen.

Seg, wenn du freyft, wat makftu mit den Kleeren?
Ik lof, fe mät darna noch ins Ebreisk lehren.

Liske.. Nu Jung, wat fnakftu, hol de Snuht,
Gah du na dinem Dorp hennuth,
Komftu herin, um my to reformeeren,
Swig ftil, of ik war dy hier bal wat anders lehren.

Heyn. Nu Talk van Osdorp war nich dul,
Krigftu fan Hoffart dulle Schrull,
Wo büftu fo verbeten?
Wer unfe Möm nich hier, un ik alleen,
So fchuftu fehn,
Wo ik dat fieden Wams mit düffer Ehl wul meten.

Liske. Du Schlüngel, wuftu my wol as dyn Süfter fchlan?
So fchuftu bald mit eener dicken Schnut
Tohr Stadt hennuht
Un fo na Osdorp wedder gahn.

Gretj. Schwig, Liske, schwig, de Jung het Recht,
Du krigst doch kuhm en Handtwarks-Knecht,
Wat schal denn al de Plunder
Van baven un van under?
Hestu nu wat, so hold to rade,
Im Older is het fehl to spade.

Heyn. Kahmt, Möm, laht uns na Osdorp wedder gahn,
Un laht de grote Deern sul Pracher-Hoffart stahn!
(Gehn beyde zornig ab.)

Liske. Wat if noch dreg, dat wet if to betahlen,
If wil san jow sam Dorp hier nix to halen.
Unse Sinior is myn gode Fründ, de wart my nich verlaten,
He schmit uht Kortzwihl mennig mahl,
Wenn he kumt sam Canthor herdahl,
En Marck of twe my offt in mynen Platen.

Aria.

Wo gern spaard wi unse Geld,
Wi meut et suhr verdehnen,
Tis recht en Plag up düsser Welt,
Oft meut wi Kleder lehnen,
Dels Frowens will, wi schölt so gahn,
Wenn se tohr Kost of Fadder stahn,
Tschüt al de Frow to Ehren,
Wat wi uhtgest vor Klehren.

Gewiß wi wehren wol to fred
Mit Kirsey of grof Laken,
Doch har if ins en Frow, de sed:
Deern, wat schalk mit dy maken?
Hestu nich vehr of sif Pack Klehr,
So hef if van dy schlichte Ehr;
Gah, deen by ringen Lüden,
Dart nix het to bedüden.

Lost my, ik nehm nich hundert Marck,
Dat myne Frow düt hörde,

8*

Se holt up groten Staat od̊ ſtarď,
Se is, de myt recht lerde.¹ (Hier wird gerufen.)
Lisď, Lisď, dar geit al wedder an,
Jď mut man lopen wat iď ďan,
Jď wünſch jow goden Aven,
Dar nedden un dar baven.
(Neiget ſich und läuft davon.)

Dritter Auftritt.

Gretje und Heyn mit einer Eyer-Küpe.

Gretj. WAt mehnſtu, Heyn, unſe Lisď is Brudt.

Heyn. Möm, is dat ſo, ſo ſünt er goden Dage uht.

Gretj. Na aller Lüden Sage,
So wil er Junfer noch Morgen ef van Dage
En groten Balen un darby
Er eene frye Hochtyd geven.

Heyn. J! J!
Wat wart ſe dar in Luſt un Freuden leven.
Ey Möm, wo maď wi dat? wi möt dar oď hen gahn,
Wi ďönt wol in en Ort en betjen up de Luhre ſtahn,
Jď har wol Luſt de Putzen antoſehn,
Kahmt, laht uns gahn, dar ďumpt ſe her alleen.

Aria.

Lisďe. Gewiß de Minsď is wol daran,
De up der Welt niz weht noch ďan,
De nich ſehl lehrt, darf oď niz dohn,
De Doht gifft doch geliďen Lohn.

Man een, de ſiď let warren ſuhr,
Den drilt en jeder up de duhr,

¹ Schütze a. a. O. ſagt: Die Herrſchaften ſind ſelbſt ſchuld, daß
der Luxus ihrer Dienſtboten und deren närriſcher und übertriebener
Kleiderſtaat, eine Folge herrſchaftlicher Indolenz oder Konnivenz, im
Steigen iſt. So war es ſchon vor Alters in Hamburger Arie einer alten
Oper, wo eine Magd ſingt: Dels Froens wölt, wi ſchöli ſo gahn.

Un oft het hee noch Stanck vor Danck,
Vor alle Men syn Levenlang.

Doch lohnt myn Junfer nich up solke Art,
Och ne, se wart nu bald dorch myne Hülpe ock gepart,
Un nu wils up myn Hochtydt-Dag
Jns lustig leven,
Un wenn wi trouwet sünt, en groten Balen geven.
Derwihl it nu um alles weht beschet,
So mak it ok upt Best hierto gereet.
(Geht ab. Alhier wird ein Tisch zurecht gesetzt.)

Vierter Auftritt.

Ein Bauer mit einem Spies mit Bänder bebunden; hernach folgen
Braut und Bräutigam, nebst allen Hochzeit-Leuten, mehrentheils mas-
quiret; worauff der Bauer, nach gemachter Bauren-Reverence, anfängt:

Wäst wilkam all
Jn düssen Saal,
Un set jow baldt to Disk,
By Würste, Flesk (un Schincken,) o ne, Fisk wil ick seggen.
Jy wardt hier goodt Bursk tractert,
Doch is unse Junfer sülfst hier Weert;
De Brudt un Brägam lesenslang
De segt darwör doch groten Danck,
Un bidt dat jy mägt lustig leven, ne lustig syn,
By goden Behr, doch keenen Wyn,
Un wünskt, dat jy mägt lange leven
Vor dat, wat jy tohr Hochtyd-Gase ward gesen.

Heyn. Möm, sünt dat Minsken edder Apen?
      Jk kan nich lösen, dat se so sünt schapen.

Gretj. Ne, Heyn, 't sünt Minsken, man se hebt Cibilken vör,
      Dar kiekt se mit den rechten Ogen deur.

Heyn. Hört, Möm, wi wilt darna de Kerels ok wat brüden,
      Jk löf, se mehnt wi sünt denn ok van eren Lüden.
      (Wie man sich zu Tische gesetzet, schleicht Heyn und seine
        Mutter auf die Gallerie, und halten sich verborgen.

Nachdem wird das Essen auffgetragen, zwey Harlequinen
tragen auf den Achseln eine kleine Bahre mit einer sehr
großen Potage Schüssel. Wie sie bald bey der Tafel
sind, strauchelt der hinterste und fällt, der forderste hält
noch die Bahre, und ruft; Einer so hinter demselben
eine Schüssel mit Würste trägt, lässet selbe fallen, indem
er die Potage retten wil.)
Hier sinck en bätjen Kahl, makt ju darmit en Baart.

Gretj. Heyn, hett dat ok wol Art?

Heyn. Ey ja, gäft my jow Mütz un Wams, nehmt jy myn Rock
un Hoot.

Gretj. Jk löf gewiß, nu geyt et rechte goot.

Heyn. Kun ik nu doch up Städsk en betjen schnacken.

Gretj. Dat wilk di lehren, ehr, als gode Klütjen backen:
Wat up dem Dorp heet Broor, heet in de Stadt Herr
Broder,
Un wat by uns heet Möm, heet in de Stadt Frow Moder,
De Esels fünt upt Land un in de Stadt geliek;
Wat up dem Dorp heet Pool, heet in de Stadt en Dyk,
Wat in de Stadt heet Mest, dat nöm wi oft en Knyf,
Wat hier en Frow heet, dat heet by uns en Wyf,
Wat by uns Deerens heet, heet in de Stadt stracks Jungfer,
Wat hier — — —
(Hier komt ein Harlequin, und nachdem die Gesellschafft
eine Zeitlang (wie selbige von der Tafel aufgestanden)
getantzet hat, und macht gegen Heyn und seine Mutter
ein Reverence, und nöthiget sie auch zum Tanz. Gretje
meinet, er begehrt ein Almosen.)
Gaht wieder, gode fründ, wi hept hier nix to gefen.

Heyn. Möm, gefft em doch en Ey of twe, so het he wat to leven.
(Wie Heyn ihm die Eyer hinreicht, schlägt Harlequin ihm
selbige in der Hand mit seinem Pritschholtz in Stücken.)
Dat schal dy swarte Deef de Kranckt för halen,
De schaftu my wol dür betahlen.
(Gehet mit seinem Stock auf den Harlequin loss, die

gantze Geſellſchafft komt in Unordnung daher geloffen,
und bringen ſie auseinander.)

Klas. Wat is dat för en Keerl?

Liske. Wat krandt, dat is myn Broer.

Klas. Wol is de ander denn?
My dünckt, dat ick hem kenn.

Heyn. O ſcheert man all torüg, de ander is myn Moer.
(Sie wollen beyde davon lauffen.)

Liske. Nu, Moder, blieft man hier, wi willt uns nu nich ſlan,
Un, Heyn, du ſchaſt van Avend noch mit uns tom Danſſe
gahn.

Heyn. Menſtu dat recht, ſo blief ick hier wol noch en bäten,
Man töf, du ſwarte Galg, ik wil dyt nich vergeten.
Wat hev jy doch tom beſten dar up juwen Disk.

Liske. Ät, wat ju lüſt, hier ſteit noch Klütjen, Flesk un Fiſk.
(Heyn und ſeine Mutter ſetzen ſich an die Tafel, und
eſſen wacker, indeſſen tantzen die Masquen. Die Braut
ſetzet ſich hernach wieder allein oben an die Tafel, und
werden ihr Geſchencke gebracht, ſo alle auf die Tafel
gelegt werden. Heyn komt auch mit der Mutter.)

Gretj. Hör, Lisk, up de Koſt-Gaſ hef ik nich gedacht ſo äſen,
Sü dar, ick wil dy düſſen Korf mit veer ſtieg Eyer gäſen.

Heyn. Nee, Möm, twee ſünt darwan, de het de bunte Düfel haalt,
Lisk, hool em faſt, bet dat hee de betahlt.
(Tantzen alle noch einmahl und gehen ab.)

Dies erſte durchweg niederdeutſche Singſpiel ſteht —
mit Ausnahme der Harlekinade am Schluſſe — ſchon auf
modernem Boden und darf als Vorläufer der zwanzig Jahre
ſpäter blühenden Lokalpoſſen angeſehen werden. Hinſichtlich
der Erfindung des Stoffes und in Zeichnung der Charaktere
weiſt es übrigens mit den mundartlichen Scenen im „Carneval von Venedig“ verwandte Züge auf. Das unvermuthete
Wiederſehen und Erkennen der Geſchwiſter, Trintje und Jan
einerſeits, Liske und Heyn andererſeits, trägt Spuren großer

Aehnlichkeit. Trintje und Liske unterscheiden sich kaum von einander. Ihre Arien behandeln mehr oder minder dasselbe Thema: Lob der guten alten Zeit und Sitten sowie Klage über den Aufwand und Luxus der dienenden Klasse; ja einzelne Wendungen stimmen fast wörtlich überein. Auf den ersten Blick erkennt man, daß beide Texte von demselben Verfasser herrühren. Wenn bis jetzt die Autorschaft Cunos nur auf einer Konjektur von mir beruhte, so sprechen vollends die inneren Gründe auf das Schlagendste zu seinen Gunsten, denn Cuno ist auch der Dichter des „Carneval von Venedig."

Trotz des außerordentlichen und nachhaltigen Anklanges, dessen sich „die lustige Hochzeit" zu erfreuen hatte, wovon die Wiederholungen und Neudrucke zeugen, ging in den nächsten Decennien keine im Hamburger Platt geschriebene Novität auf dem Theater am Gänsemarkt in Scene; gewiß zum Vortheil einer edleren musikalischen Richtung, nicht aber zum Nutzen der deutschen Muttersprache. Zu ihrer Förderung und Pflege sollte in erster Linie die Hamburger Oper dienen, dies Versprechen hatte Schott bei Begründung seines Unternehmens abgelegt und nach Kräften erfüllt. Von seiner Wittwe wurde die Direktion in ewigem Wechsel verschiedenen Personen übertragen, so dem Komponisten Reinhard Keiser, dem Litteraten Drüsike, Herrn J. H. Saurbrey, dem Mecklenburgischen Hofrath Gumprecht, Schotts Schwiegersohne, den Excellenzen Graf von Callenberg, Envoyé von Wich, Konferenzrath von Ahlefeld, Envoyé von Wedderkopp, Herrn Desmercieres. Später fanden sich hundert Subscribenten, welche die Bühne pachteten; 1729 übernahm die berühmte Sängerin, Madame Kayser, die Leitung, 1737 eine andere Primadonna, Maria Monza, Tochter eines welschen Schneiders, der die Kasse führte: ein Chaos von Direktoren männlichen und weiblichen Geschlechtes, welche mehr und

mehr italienische und französische Texte oder doch mindestens
Arien dem deutschen Publikum von Hamburg boten. Und
doch ließ sich hier allein von einer volksthümlichen Oper in
deutscher Sprache der dem Privatunternehmen so nöthige
Erfolg hoffen. Nur mitunter lacht wie der helle Sonnen=
schein, wie der glitzernde Demant uns aus dieser Babylonischen
Sprachverwirrung ein niederdeutsches Lied entgegen. In
dem Zeitraum von 1709 bis 1724 enthalten drei Opern
je eines. Dann aber bricht für die alte Sassensprache das
Morgenroth an, oder ist's die Abendröthe? denn nur zu
bald verschwindet sie wieder vom Schauplatze und hat die
Herrlichkeit der Hamburgischen Oper überhaupt ihr Ende
erreicht.

Die beiden nächstfolgenden niedersächsischen Arien
kommen in den Singspielen eines Schwaben vor. Johann
Ulrich von König, geb. den achten Oktober 1688 zu Eß=
lingen, gest. als Hofrath und Ceremonienmeister zu Dresden
am vierzehnten März 1744, kam um 1715 nach Hamburg,
wo er mit Brockes, Richey u. a. die deutschübende Gesell=
schaft stiftete, auch mit dem Bürgermeister Lucas von Bostel,
den wir als Verfasser des Kara Mustapha kennen gelernt,
Freundschaft schloß und beinahe zehn Jahre verweilte;
1730 hielt er sich wieder daselbst auf und wurde Mitglied
der Patriotischen Gesellschaft. Von seinen dramatischen
Schöpfungen gehört hierher: „Die Römische Großmuth,
Oder Calpurnia. In einem Musicalischen Schau=Spiele. Im
Monath Februar. 1716. Auf dem Hamburgischen Theatro
aufgeführet."

Der nach dem Italienischen bearbeitete Text, welchen
Heinichen in Musik setzte, interessiert uns um einer kleinen
Arie willen. Poltrio, ein flotter Unteroffizier, brüstet sich
damit, daß die Mädchen ihn fast zu Tode karessieren; er
glaube nicht, daß die „Löffeley" vor diesem so im Schwang

gewesen sei, wenigstens habe seine Mutter davon nicht viel
gesprochen. Und nun singt er ihr Leiblied.

Als ic noch Jumfer was, vårwahr,
Do hebelt ic dat hele Jahr,
Ic trock de Nüstern in de Höh
Un sede nicks as Ja un Ne.

Doch as ic kam im Fruen-Stand,
Wur de Bocks-Büdel [1] mi bekant,
Do mug ic ock so gern als een
De Lüde dor de Hehckel theen

Man als ic eene Witwe was,
Do war min Trost een Branwyns-Glas,
Do sind ic mi recht wohl daby
Un doh wat in de Hebely.

Noch jetzt bekannt ist die niederdeutsche Einlage in der
folgenden, ihrer Zeit gern gesehenen Königschen Oper:
„Heinrich der Vogler, Hertzog zu Braunschweig, Nachmahls
Erwehlter Teutscher Kayser, In einem Singe-Spiele Auf

---

[1] Schütze a. a. O. sagt: Ein Beutel, den die vorzeitigen Ham-
burgerinnen an ihrer Seite hängend trugen, wohinein sie ihr Gesang-
buch u. a. Dinge steckten, und bei ihren Schwatzparthien auf Promenaden
und in Zimmern anbehielten. Metonymisch: ein vorgeschriebener oder
herkömmlicher Schlendrian in gewissen sonst willkürlichen Handlungen,
welchen die Hamburger Frauen im Kopfe hatten und bei Vorfällen im
bürgerlichen Leben und Umgange sehr genau befolgten. Von der Schnur
dieses Beutels haben sich in den Hamburger Familien die mehrsten, obwohl nicht alle Fäden abgetrennt: Ein ächt hamburgisch Sitten- und
Familiengemälde für die Bühne, der Bookesbeutel, von einem Hamburger Buchhalter (Bookholler) Borkenstein verfertigt und mit Beifall
gespielt, persiflirte diesen Beutel und verewigte ihn. — Ueber dieses am
16. August 1741 zuerst aufgeführte Lustspiel vergl. den dritten Abschnitt
des vorliegenden Werkes.

dem Hamburgiſchen Schau=Platze Vorgeſtellet Im Jahr 1719."
Ein Neudruck kam 1735 heraus. Vor den Aufführungen
in Hamburg hatte das Stück bereits im fürſtlichen Theater
zu Braunſchweig zuerſt im Sommer 1718 Triumphe gefeiert.
Drei Wolfenbütteler Ausgaben exiſtieren aus den Jahren
1718, 1719 und 1730.

„Brönſewick du leiſe Stadt", ſo beginnt das nieder=
deutſche Lied, welches Rudel, Heinrichs luſtiger Vogelſteller,
ſingt. Das paßte natürlich nicht auf Hamburg und ebenſo
wenig das Lob der Mumme und Schlackwurſt. Hamburg,
die Stadt des gut Eſſen und Trinken, der ſaftigen Braten
und vortrefflichen Weine, 1 mußte anders geprieſen werden.
Eine Gegenüberſtellung beider Texte veranſchaulicht die
Metamorphoſe am Beſten.

Wolfenbüttel 1718.	Hamburg 1719.
Zweyte Handlung. Dreyzehender Auftritt.	Zweyte Handlung. Zwölfter Auftritt.
Rudel in der einen Hand eine Braun-ſchweigiſche Wurſt, in der andern ein Glas Braunſchweigis. Mumme, kommt ganz betruncken aus einer Schencke, mit einem Jungen, der eine große Bier-Kanne trägt.	Rudel, in der Hand ein Stücke Schweins-Braten haltend, mit einem Jungen, der ihm eine Flaſche Wein nachträgt.
1.	1.
BRönſewick du leiſe Stadt Vor vel duſend Städten,	O du goode leeve Stadt Vor veel duſend Städten,

1 In Auguſt Lewalds anmuthiger Liederpoſſe „Hamburger in
Wien" (1832) ſingt ein alter Hamburger zum Lobe ſeiner Vaterſtadt:
  Man ißt gutes Fleiſch dort und trinkt guten Wein!
während ſein Diener Hinrich klagt:
  O närriſches Land Oeſterreich! Statt Wein haben ſie Eſſig — und
von Auſtern und Beefſteaks, ſaftigen Ochſenrippen und Portwein, wiſſen
ſie gar nichts, und wollen doch Menſchen ſein.
    Ja nur in Hamburg iſt's prächtig! dort möcht' ich zurück.
    In Hamburg allein blüht ein dauerhaftes Glück!

Dei fau schöne Mumme hat,
Da ick Worst kan freten,
Mumme schmeckt nochmal fau fien
Ass' Tockay un Mosoler Wien,
Schlackworst füllt den Magen;
Mumme settet Neiren-Talg,
Kann dei Winne uht den Balg
Ass' ein Schnaps verjagen.

2.

Wenn ick gnurre, kyfe, brumm',
Schlepe mick mit Sorgen,
Ey so geft my gude Mumm'
Bet taun lechten Morgen.
Mumme un en Stümpel Worst
Kann den Hunger un den Dorst,
Ock de Venus-Grillen,
Kulck, Podal un Tähne-Pien,
Sup ick tain Halfstöscken in,
Ogenblicklich stillen.

3.

Hinric mag dei Döggel fangen,
Drosseln, Arthschen, Fincken,
Lopen mit der Liemen-Stangen,
Ick wil Mumme drincken.
Vor de Schlackworst lat ick stahn
Sienen besten Uer-Hahn:
Kann ick Worst geneiten,
Seih ick my nah nist mehr um,
Lat darup fief Stösten Mumm'
Dör de Kehle sleiten.

Da ick my kan dick un satt
In Swins-Braaden freeten,
By dem besten Rhynschen Wien:
O dat haget ja recht fien
Mynen schlappen Magen.
Braaden de fett Neeren-Talg,
Wien kan uth den Kopp un Balg
Alle Sorgen jagen.

2.

Wenn ick gnurre, kyfe, brumm,
Weet my nich tho laaten,
Is de Kopp my düss un dumm,
Cet ick Swine-Braaden.
Ock towieln een Stümpel Worst.
Külde, Hunger un den Dorst,
Ock de Venus-Grillen,
De Kolick un Tähne-Pien,
Kan Swins-Braaden un Rhynsche Wien
Ogenblicklich stillen.

3.

Hinrich mag de Vagels fangen,
Drossein, Artschen, Fincken,
Loopen mit de Liemen-Stangen,
Ick will Rhyn-Wien drincken:
Synen besten Uerhahn
Lat ick vor Swins-Braaden stahn,
Kan ick den geneeten,
Mag dat andre alles syn,
Lat darup fief Stävgen Wien
Dorch de Gorgel fleeten.

Die Vorreden der verschiedenen Ausgaben sind rein historisch und enthalten über dies Lied keinerlei Angaben. Desto ausführlichere Notizen gibt Philipp Christian Ribbentrop in seiner Beschreibung der Stadt Braunschweig (Braunschweig 1789).[1] Nahe am alten Petrithore steht das

[1] Ribbentrop hat nicht nur den Text, sondern auch die Noten wieder abgedruckt. Karl Julius Webers Deutschland oder Briefe eines in Deutschland reisenden Deutschen (Zweite Auflage. Stuttgart 1834) sowie Theodor Gaßmanns Festchronik (Braunschweig 1861) enthalten blos die Worte des alten Volkssanges.

Haus Nr. 846, welches Christian Mumme bewohnte, der das nach ihm genannte Getränk 1498 zum ersten Mal gebraut hat. Er versellte sein Gebräu und hatte zum Schilde das Stück eines Rückgrades von einem Fische an einer Kette an der Ecke seines Hauses hangen, um dadurch anzuzeigen, daß das von ihm erfundene Bier übers Meer versandt würde. Dieses statt des Schildes dienende Stück des Rückgrades hängt noch an seiner Stelle, und in dem darunter befindlichen Ständer ist ein Mann mit einem großen Trinkglase, Paßglase, gehauen. Die Brauerei der Mumme, welche nach Ostindien verfahren werden konnte, trug zum Wohlstande und Reichthume Braunschweigs Großes bei. Man schätzte daher vorzüglich dieses Produkt und besang es gemeinschaftlich mit der berühmten Wurst: das charakteristische niederdeutsche Lied wurde durch Hinübernahme in die beliebte Oper „Heinrich der Vogler" noch bekannter, ja zum Volksliede, das Ça ira der Braunschweiger. Zweifelsohne hat es König nicht selbst gedichtet, sondern als eine schon damals verbreitete Verherrlichung von Mumme und Wurst gehört und seinem Singspiel einverleibt. Daß das Lied noch heutigen Tages im Volke gangbar sei, wie Koberstein in seiner Geschichte der deutschen Nationallitteratur behauptet, wird man kaum sagen dürfen[1]; wohl aber ist es schwerlich einem guten Braunschweiger Bürger unbekannt. Im Jahre 1861 hat es bei der tausendjährigen Jubelfeier der Stadt seine Anziehungskraft noch einmal er-

---

[1] R. Sprenger in Quedlinburg (Litteraturblatt für germanische und romanische Philologie 1883. S. 140) behauptet: „ist wirklich, wie ich bestätigen kann, in Braunschweig noch gangbar." Die von mir eingezogenen Erkundigungen widersprechen dem. Ein Beispiel für viele: Zum Stiftungsfeste des Vereins für niederdeutsche Sprachforschung 1875 hatte Bibliothekar O. Matsen in Hamburg „Vif schöne nye Leeder"

probt. Da strömte im Festzuge der Brauer aus großen
Fäßern der edle Saft, da führte das Hauptbanner der
Gassenschlächter, welches statt der Quasten mit Würsten be=
hängt war, die selbstbewußte Inschrift:

Vor de Slackworst lat ick stahn
Schier den besten Uerhahn,

da ertönten in das Gaudeamus igitur der Kollegianer die
gravitätischen Klänge des immer wieder angestimmten
Mummeliedes. Der Text desselben wurde in Tausenden
von Golddruck=Exemplaren ausgestreut. Auch die Melodie
ist noch erhalten. Sie stammt übrigens nicht, wie man bis=
her annahm, von dem Komponisten der Oper, dem Herzogl.
Kapellmeister zu Wolfenbüttel Georg Caspar Schürmann,
sondern, mündlicher Mittheilung resp. Tradition zufolge, von
dem Bürgermeister Schrader. Unser Gehör, unsere Empfin=
dung, unser Geschmack in Ansehung des Gesangs und Klangs
sind feiner geworden; unsere Ohren haben also gewonnen.
Sollte aber dieses auch wohl in Ansehung unserer Magen,
folglich der Festigkeit und Stärke unserer Körper der Fall
sein? Man lese nur noch einmal den Gesang, sehe in unserem
Zeughause die schweren Schlachtschwerter unserer Vor=
fahren, hebe sie auf — denke nach!

Die dritte Oper aus der Zeit von 1709 bis 1724,
worin sich ein wenn auch nur äußerst geringes nieder=
sächsisches Bruchstück findet, ist betitelt: „Das Ende der

<hr>

drucken lassen, darunter „Dat velberömte Mummeleed" mit folgender
Anmerkung: „Dütt leed heft my in Brunswyck nich singen kunnt, na
de noten; mach wesen, dat hier sick een sind't de dat kann, ane de
noten." Hieraus erhellt zur Genüge, daß man nicht eigentlich sagen
darf, das Lied sei noch im Volke gangbar und sangbar. Aber man
kennt's noch; und wenn ein taktfester Sänger die Melodie anstimmt,
vermag der Chor einzufallen, zumal in der Begeisterung, welche eine
tausendjährige Jubelfeier im Gefolge hat.

Babylonischen Monarchie, oder Belsazer, in einem Singe-
Spiele auf dem Hamburgischen Schau-Platze aufgeführet
1723." Den von Telemann komponierten Text schrieb
Joachim Beccau, geb. zu Burg auf Fehmarn 169., gest.
1755 als Archidiakonus in Neumünster, dessen 1720 zu
Hamburg herausgegebene Sammlung „Ehren-Gedichte"
Verschiedenes in niederdeutscher Mundart aufweist. Die
kleine Arie lautet:

> Verleefter is nix in der Welt,
>   As de verföhrschen Frouwen,
> So kühm un blöd as se sid stellt,
>   Sind se doch nich tho trouwen.
> Se seggen Zipp! un prühnt de Mund
> Un denken doch im Hartens-Grund:
>   It klopp dy gern de Baken,
>   Hadd id dy man tho paken.

Natürlich ist es wieder die lustige Person, welche dies
Liedchen zu singen hat, und zwar der Hofdiener Nabal.

Den Höhepunkt für die Pflege der Sassensprache auf
dem Theater am Gänsemarkte bildet das Jahr 1725, welches
zwei merkwürdige Stücke zeitigte, die damals viel Staub
aufwirbelten. Es sind die ersten und ältesten niederdeutschen
Lokalpossen voll echt volksthümlicher Elemente: „Der
Hamburger Jahrmarkt" und „Die Hamburger Schlachtzeit."
Ihr Verfasser heißt Johann Philipp Praetorius, geb. zu
Elmshorn in Holstein 1696, gest. als Hof- und Regierungsrath in Trier 1766; die Musik schuf Keiser. „Der Hamburger Jahr-Markt, Oder der Glückliche Betrug" wurde im
Juni 1725 zum ersten Mal vorgestellt.

Sehr bezeichnend ist gleich das Vorwort. „Diejenigen,
so sich nur an hohen Ausdrücken und weitläuftigen Verwickelungen belustigen, dürfften ihre Rechnung hier schwerlich finden, weil derer Persohnen Character das erstere, und

derselben Menge das andere nicht erlauben wollen. Noch
weniger können sich diejenige, welche sich auf andere Un=
kosten zu ergötzen, und fremde, nicht aber ihre eigene
Schwachheiten zu belachen, gewohnet sind, eine ausnehmende
Ergötzlichkeit versprechen, weil der Verfasser seine Absicht
bloß auf die Laster, nicht aber auf besondere Persohnen
gerichtet. Sollte aber wider Vermuthen sich jemand ge=
troffen befinden, dem giebet der Verfasser die aufrichtige
Versicherung, daß er niemand zu nahe zu treten gesinnet
sey, und vielleicht gleiches Schicksal mit denen Mahlern ge=
habt, die bey Entwerffung einer Geschichte nicht selten ein,
diesem oder jenem gleichendes Angesichte auf die Tafel
bilden, ohngeachtet sie entweder nicht darauf gedacht, oder
auch wohl gar die Persohnen, so abgeschildert zu seyn ver=
meinen, nicht einmal gekennet haben. Das gantze Werck
gründet sich auf einen erlaubten Schertz, der doch allemahl
die Laster, durch Vorstellung ihrer Heßlichkeit, stillschweigend
bestrafet. Der Verfasser, so zwar ein Nieder=Sachse, aber
der Hamburgischen Mund=Arth nicht recht kundig ist, ver=
spricht sich ein geneigtes Nachsehen derer in dem Nieder=
teutschen und sonst mit eingeschlichenen Fehlern; den dritten
Auftritt der vierten Handlung hat eine fremde Hand ver=
fertiget und mit eingerücket." Das ist eine ehrliche Sprache.
Der Autor gesteht, daß es seine Absicht sei, durch Lachen
die Thorheiten und Verirrungen seiner Zeit zu geißeln und
zu bessern, daß ihm dagegen Angriffe auf bestimmte In=
dividuen durchaus fern lagen. Trotzdem behauptet Schütze
in seiner Theatergeschichte: Praetorius half zur Ver=
schlimmerung des Geschmacks und der Sitten nicht wenig
bei; und J. Geffcken urtheilt im dritten Jahrgange der
Zeitschrift des Vereins für Hamburgische Geschichte: Die
Oper war dazu herabgesunken, den Hamburger Jahrmarkt
darzustellen.

Greift nur hinein ins volle Menschenleben, denn wo
ihrs packt, da ist's interessant, das Dichterwort sollten die
ästhetischen Tadler und Richter nicht ganz vergessen. Solche
Stücke, wie sie Praetorius schrieb, sind mehr werth, als ein
Dutzend jener Opern, deren Stoffe aus der Bibel oder dem
Alterthum genommen sind, und wobei man sich tödtlich ge=
langweilt haben würde, hätte nicht die verschwenderische
Pracht der Ausstattung, Maschinen und Dekorationen und
die Melodieenfülle der Kompositionen die Armuth des In=
halts und den Schwulst der Diktion verdeckt. Was vollends
die Moralität anlangt, so boten gerade die „klassischen"
Librettos unglaublich viele Nuditäten und Unanständigkeiten;
solche finden sich auch im Hamburger Jahrmarkt und in
der Hamburger Schlachtzeit, gewiß, aber sie haben hier
gleichsam eine Berechtigung. Das niedere Volk duftet nun
einmal nicht nach Eau de Cologne, und dem Kleinbürger=
thum haftet manche Derbheit und Rohheit an. Und die
platte Mundart, die Vulgärsprache? Sie sagt Alles geradezu
und oft grob, trifft den Nagel stets auf den Kopf und
überrascht durch die Natürlichkeit ihrer Worte und Rede=
wendungen. Da ist von raffinierter und blasierter Lüstern=
heit nichts zu spüren, der begegnen wir nur in den ge=
priesenen „großen" Hamburgischen Opern; hier ertönt von
den Lippen vornehmer Damen und Herren eine Musterkarte
polizeiwidriger Ausdrücke. Der Kontrast zwischen dem bis=
her Gesagten und Gesungenen und dem, was das Volk in
Praetorius' Lokalpossen spricht, ist ein greller. Das alte
Geleise war ausgefahren, die alte Operneinrichtung hatte
sich überlebt, als ein glücklicher Fortschritt darf das Hinab=
steigen in die vaterstädtischen, spießbürgerlichen Zustände
und Verhältnisse betrachtet werden. Der echte, einfache und
biedere Hanseat freute sich darob, lachte herzlich über den
Spiegel, den man ihm plötzlich auf der Bühne vorhielt,

nahm sich Manches ad notam. Die höhere Gesellschaft wußte
aber bald dies unschuldige und in gewisser Hinsicht auch
veredelnde Vergnügen zu hintertreiben. Wir werden sehen,
wie es der „Hamburger Schlachtzeit" erging, wie das
Theaterschiff wieder mit vollen Segeln in das frühere Fahrwasser hineinsteuerte, um zu zerschellen.

Der Komödienzettel, welcher dem „Hamburger Jahrmarkt" vorgedruckt ist, nennt als Vertreter der niederdeutschen Rollen Madame Kayser (Gesche, die Lütje Maid),
Mr. Westenholtz (Lucas, Hausknecht), Mr. Scheffel (Porcius,
Plakatenanschläger des Marionettenspiels, und später Koffer-
träger Nickel) sowie einen Chor von Ausrufern.

Ungemein drastisch und lebendig führt uns der Chor
in die Handlung ein. Der Schauplatz ist der Jungfernstieg
mit dem blauen Thurm.

> Haalt frische Musseln van de Kaarn,
> Wey Linnen-Hasen, Seegel-Gaarn?
> Haalt Sand, haalt Sand! He is kritwit!
> Anchowies, Heering, Rigsche-Bütt!
> Kreeft, Kreeft! Wey Mardsche Röwen?
> Wey Läpel, Botter-Spohn un Schleesen?
> Koopt Gläse, koopt Wullen un Linnen,
> Un laat uns ook een Dreeling winnen.

Mutius, Risibilis und Porcius kommen mit Leitern, steigen
darauf, und jeder will sein Plakat an den Pulverthurm oben
anschlagen.

Mut. } Herab, der Platz gehört mir zu!
Ris. }

Porc. Wo nu, wo nu!
> Gewt ju to Saad, ik raad et ju!

Mut. Ich lobe mir der Opern Zier.

Ris. Nein! Die Comædie geht ihnen für.

Porc. Still! Still!
> 't kumt nich byt Marjonetten Spill.

Mut. Wie ſchön iſt die Music, und was für Pracht
Läſt in Machinen, Tänßen, Tracht
Sich nicht im Ueberfluſſe ſehen!

Ris. Wenn Harlequin beliebte Poſſen macht,
Möcht ich für Lachen faſt vergehen.

Porc. Myn Kilijan is ood keen Farden.

Mut. Die Opera iſt ja der Spiele Königin,
Und weil ich von derſelben bin,
So ſchlag ich mein Placat, wie billig, oben an.

Ris. Zurück! du biſt noch nicht der Mann,
Mir dieſes weis zu machen! (Stoßen ſich hin und wieder.)

Porc. Wat kriegt de Keerels vär een Schrull?
Ick löw, ſe ſyn mißmödig, dull un vull.

Mut. Was mach ich mit dem Lumpen-Pack?

Porc. Dat is jo'n dull Stück Schnack.
De Keerels hewt een fuule Schnuut.

Mut. Gebt mir den Vorzug, oder Blut!

Porc. Dat is een vfrich Häſebäſen,
Ick ſegd' ju, blyvt my van der Näſen.

Mut.)
Ris.) Herab, der Plaß gehört mir zu!

Porc. Wo nu, wo nu!
Gewt ju to Saad, ick raad et ju!

Mut. Sonſt muß ich die Läppiſche Blätter zerreißen.

Ris. Und ich dir den ſchelmiſchen Schedel zerſchmeißen.

Porc. O Bloot!
Et geyt by myner Trü nich goot. (Fallen über einander.)

Da treten Tadelgern und Unparteiiſch auf. Erſterer
begreift nicht, daß ſich die Leute um einen Quark faſt zu
Tode ſchlagen. Leßterer ſtimmt dem bei und ſagt, daß
Komödien und Puppenſpiel recht abgeſchmackt ſeien, eine
Bemerkung, die zwiſchen Beiden zu einer Analyſe der Oper
Anlaß gibt. Alles rügt Tadelgern, den aus der Geſchichte
und Mythologie entlehnten Stoff, die aus dem franzöſiſchen
und Italieniſchen bearbeiteten Ueberſetzungen, die Poeſie,

9*

die Muſik; ja, wenn's doch noch was zum Lachen gäbe!
Darauf erwidert Unparteiiſch:

> Verlangſtu grobe Poſſen,
> So wirſt du hier nicht deine Rechnung finden,
> Ein kluger Scherk muß ſich
> Auf Ehrbarkeit und Sitten-Lehre gründen.
> Man zieht die Laſter durch, die Tugend wird erhöht;
> Wo deine Abſicht nun auf ſolche Sachen geht,
> So kann dir dieſer Marckt auch nicht entgegen ſeyn.
> Ich lade dich, ihn anzuſehen, ein.

Das koſtet indeß Eintrittsgeld, weshalb Tadelgern ſich
zu entfernen vorzieht. Unparteiiſch beruhigt ſich bei der
Erkenntniß, daß Hamburg ja noch manche Kenner auf-
weiſe. Auch das Trifolium der Plakatanſchläger kommt
allmälig zur Einſicht. Porcius ſingt als Vermittler:

> Wat ſchält de Putzen ſyn?
> O laht ju doch bethämen!
> Et lohnt ſik nich der Möid.
> Ick ſchwickert ins in Schlyckuth[1] rin
> Un wull vor myne Flauigkeit
> Een Schlückſchen nehmen.
> O Bloot! wat was da vör een Kyf!
> De eene ſäd, de Opera
> Weer noch een gaadlich Tydverdrief;
> Man hörde vaacken
> Music un kloocke Saacken;
> Man unſe Krahm, de dögte gar nicks mehr.
> De Praat verdroot my ſehr;
> Wat ſchull ick avers macken?
> 't was noch een Drooſt vör my,
> Dat Opera un Comedi
> Eer deel ock kreegen;
> Dee Lüde ſäden yverich:

---

[1] Sliekuth (Schleichweg), Gaſſenname in Hamburg, hier: Kneipe.

Dee Putzen dögt den Krambeck nich.
Ick dachte by my fülvst: Weer unse Speel en Kroog,
Wy hadden jümmer Lüde noog.

Dies die Einleitung, welche nicht mißzuverstehende
Schlaglichter auf die verbesserungsbedürftige Lage der
Oper wirft.

Die zweite Handlung (Scenarium: Rathhaus, Börse
und Kaiserhof) macht uns bekannt mit dem Gastwirth
Gleichviel, seiner Frau Marille, beider Töchtern Capriciosa und Laurette, dem Hausknechte Lucas sowie
mit Herrn Bravo und Kavalier Reinhold. Bravo kann
seine Hôtelrechnung nicht bezahlen und soll unsanft an die
Luft gesetzt werden. Lucas warnt gütlich:

Befinnt ju, Schoor (Herr)! Wat schölt de Putzen?

Auch Capriciosa legt zu Gunsten des Gastes Fürsprache
ein, was den Hausknecht argwöhnisch macht:

De Deeren is een böse Süster,
Seeht! Wo treckt se de Nüster!

Die kluge Mutter merkt, daß sich ihr Töchterlein verliebt hat, und das Ende vom Liede ist, daß der Alte nach-
geben muß.

Bald darauf (Scene 2) erscheint Gernegroß mit dem
Dienstmanne Nickel, welcher dessen Koffer und andere Sachen
auf einem Schubkarren fährt.

Nickel. Muschü! Hier waard dat Weerds-Huuss weesen.
Belevt Em in to treeden?
De Herr sy doch gebeeden,
Un geeve my myn Geld!

Gerng. Es sollen Compagnie und Wein
Hier angenehm und wohlfeil seyn.

Nickel. Hüm, hüm! Wat sitt ju vör de Ooren?

Gerng. Ey laßt mich ungeschoren!

Nickel. Geevt my myn Geld un laat my ungebrüdt!

Gerng. Hier sind 3 Groschen denn!

Nickel. Dat Post-Huuss is to wyt,
Twee Maarck is dee Geböhr.

Gerng. Ihr fordert ausverschämt.

Nickel. Wat Schnack! wy nehmt,
Wo wy et kriegen könd.

Gerng. Es ist doch allzuviel.

Nickel. Hew jy nich uthgedöhnd? (Lucas kömmt.)
Wo Slapperment will dat henut?
Giff my myn Geld un hool de Schnuth!

Lucas. Myn Herr! 't is so Maneer, see möt de Deenste koopen.

Nicke. Schal'ck myne Cameraden roopen?

Gerng. Hier ist das Geld, diß wird das Wirths-Haus seyn,
Hört Hauss-Knecht! Traget mir die Sachen nur herein!
(Geht ab.)

Lucas. De Keerl is jung, he mut wat lehren.

Nickel. De goode Kappetheen mut bal to Dode hungern,
Ick wedd, he weet den Dumrian
De Dreelings astholungern.

Lucas. 't is doch nich wohl gedahn.

Nickel. O dat kan my nicks raacken,
De gäle Penje syn vertwyfelt goode Saacken.

Lucas. Ick kenn een schnüggre Deeren,
De will ick Em up syne Kaamer föhren.

Aria.

Dat kuppeln mut by düssen Tyden
Dat allerlewste Handwarck syn.
De Uthgaav is by dusend Maarck,
Un de Verdeenst is man een Quarck.

De nich een beiten meer versteiht
Un flytig na de Naarung geiht,
Waard manchen Middag Hunger lyden,
Un supt dat Nöster-Beer vör Wyn.

Reinhold klagt (Sc. 3) über des Wirthes Ungestüm
und das Ausbleiben seines Wechsels; wenn nur Rosalinda

ihm ihre Gegenliebe schenke, so werde sich sein Verdruß in Fröhlichkeit verkehren.

Die folgende Scene zeigt Capriciosa und Bravo im Zwiegespräch. Erstere erklärt dem Gaste unverhohlen ihre Leidenschaft und überläßt ihn dann philosophischen Betrachtungen über die Weiberherzen. Was thun? Das Geld sei ihm knapp geworden, durch das Spiel verdiene er nichts mehr, da die Leute den Betrug merkten, er liebe eigentlich Rosalinda, doch Capriciosas Vermögen mache Alles gut und sei ausschlaggebend.

Jetzt treten Lucas und Gesche, die Lütje-Maid, auf.

Lucas. De Eddelmann het syn Logeer
Up Nummer veer.

Gesche. Wol is't?

Lucas. 't is jo een Cavaleer.

Gesche. He süth my so verschaaren ut.

Lucas. Geesch, hool de Schnuut!
De Keerl het Geld, du bist een gaadlich Deeren,
He is verlewt, du must en beiten hafelleren.
Ick schulle meenen,
't weer noch by Em een Daler to verdeenen.

Gesche. Myn goode Lucs, du sühst dat et my nödig deit.
Wy Deerens hewt een Hupen Möyd,
Man 't Lohn is klein; wi kriegt jo vaaken
Int Jahr nich ins een Röckschen up de Knaaken.
Dat Umhangs-Geld kümmt af;
Dat Bruut-Stück het by düssen Tyden
Nich veel mehr to bedüden.
Wo willt henut? Wi schölt jo upgeslieget syn,
Sünst segd de Lüd: de Deeren is een Schwien.

Aria.

Wo nich de Hävely un Leeve
Towylen Accedentzkens gewe,
So mücht de krankt een Lütmaid syn.

De Kaamern to fegen, dat Bedde to maaken,
De Deele to schüren, sind daglike Saaken,
Man Bloot! se bringt uns nich veel yn.

In dieser Klage unterbricht sie Piccolo (Sc. 6), gleichfalls ein im Gasthof logierender Fremder, und beschwert sich, daß Kammer und Bett nicht bei Zeiten rein gemacht seien. Da kehrt Gesche die unverfälschte, schnippische Hamburger Dienstmädchen-Natur heraus, und Lucas sekundiert tapfer. Der Höllenspektakel lockt Marille herbei (Sc. 7), welche den Gast in Schutz nimmt. Und mit gutem Grund. Nicht nur als Wirthin thut sie's, sondern auch als Verliebte. Ihr Mann fange an eifersüchtig zu werden; um ihn zu kurieren, möge Piccolo zu ihr ins Schlafgemach kommen, wo ihr Mann auf ihre Veranlassung sich versteckt halte, und dann sich verstellen. Er wisse ja!

Bravo hat in seiner Geldkalamität mittlerweile seinen Ring beim Juden Schmul versetzt, glaubt sich aber übervortheilt und tritt zankend mit dem Händler auf (Sc. 8). Nickel kommt herbei:

    Herr Bravo, 't is een Minsch gekaamen,
    De het syn Kaamer in ju Weerds-Huus naamen;
    Ryck is he; man he schynt een Schaap to weesen.
    Künn jy Em nich de Wull aflesen?
Bravo. Parbleu! Das Ding geht an;
    Ihr seid ein guter Mann.
Nickel. He ward düss'n Middag met ju spysen;
    Lucs seed et my!

Angenehmere Nachricht hätte dem Falschspieler kaum gebracht werden können. Er verabredet mit Schmul, Gernegroß einzuladen, zu betrügen und den Gewinnst gemeinschaftlich zu theilen. Ein Chor von Krämern, Raritätenkasten-Männern und Zeitungs-Sängerinnen beschließt den Akt: der größte Jahrmarkt ist die Welt.

Im dritten Aufzuge sehen wir Rosalinda in ihrem Zimmer. Sie erwartet voll Liebesqual Reinhold, aber, als er erscheint, hält sie es für wohlanständig, ihre Leidenschaft ihm zu verbergen. So dreht sich ihr Gespräch denn um Tausenderlei, pour passer le temps, und endet mit einer Verabredung zum Stelldichein im Garten.

Am Jungfernstieg (Sc. 2) lernen wir Nickels Frau, Ursel, kennen, welche sich als geriebene Kupplerin ent- puppt. Marille fordert (Sc. 3) das alte Weib auf, alle Künste anzuwenden und ihr den Reinhold zum Eidam zu verschaffen, weil sie ihr Kind dem Bravo nicht gönne. Dieser jedoch belauscht die Unterredung und ersucht (Sc. 4) die Ursel, sie möge Rosalinda für ihn günstig stimmen, denn Carpriciosa werde von ihm nur zum Schein geliebt. Der Zufall will, daß Letztere des Weges kommt und Alles hört. Ein Zankduett ist die natürliche Folge.

Inzwischen hat Gernegroß sich in Gesche verliebt (Sc. 6). Dieselbe thut sehr verwundert:

<blockquote>
Süh wat de Krandt nich deyt.
</blockquote>

Gerng. Erlaubet mir zu wissen,
Ob ihr mich lieben könnt?

Gesche. O dat is mis!

Gerng. Und euren Mund zu küssen.

Gesche. Ham tüss! ham tüss!

Gerng. Seid nicht so bös, ich hab euch nichts gethan!
(Will sie umfassen.)

Gesche. Ham tüss! ham tüss! (Stößet ihn von sich.)
Ey Jung-Mann, laat een gahn!

Gerng. (Ich muß mein Lieben
Bis auf ein ander mahl verschieben.)
Lebt wohl, mein Schatz!
Und gebet meiner Liebe Platz! (Gehet ab.)

Gesche. De Minsch weet nich to leeven;
Wanck jo nich sprecken kun, so wull ick Daalers gewen.

De Deerens mögt by düffen Tyden
Dat Geld un't Leewen geerne lyden.

Aria.

De Deerens könd ook femoleeren,
  Se fchriet: Ham tüff! un denkt: kum! kum!
De fick an eeren Schnack wull kehren,
  De weer by myner Trü man dum.

Lucas. Süh da, myn leewe Gefch! heft du den Keerl gefpraacken?
Gefche. O ja! he feede my veel van verleewten Saacken.
        Man Bloot! et is een Lamm.
Lucas. He waard noch wol dyn Brödigam.
Gefche. Ick bin Em veel to fchlicht!
Lucas. Ick weet een gooden Raad,
        Du fchalft een Baroneffe fyn.
Gefche. Dat Dinck geyt quaad. —
        Ick weet my teemlick up to fliegen.
Lucas. Du waarft fyn Bruut; man wat fchall ick af kriegen?
Gefche. Wi fprekt daraf, wenn wi alleene weefen.
Lucas. De gantze wyde Welt lewt doch dat Häfebäfen.

Aria.

De Baaff, de fruw, Præfepter, Deeren,
  De Jung un Köckfche courtefeeren,
    De Huuss-Knecht lewt de lütje Meid.
  Un be dat Häweln nich verfteit,
De mut tum Huufe ruut marcheeren.

Unterdeffen fitzt das Opfer diefer Liebesintrigue ahnungs-
los beim Spiel (Sc. 8) und wird von Bravo und Schmul
weidlich gerupft. Beim Verlangen von Revanche weigert
fich der Erftere, während der Andere entläuft, um bald
darauf mit verfchiedenen Juden und Jüdinnen wieder zu
erfcheinen und ein Lied über Schachern und Betrügen an-
zuftimmen (Sc. 9).
    Zu Beginn des vierten Aufzuges, welcher das Gras-

broof und die Stadt im Profpeft zeigt, hat Bravo die Be=
fanntfchaft einer Franzöfin, Madame Sans façon, gemacht;
fie verfchwinden, indem fie fich gegenfeitig Artigfeiten fagen.
Urfel überredet (Sc. 2) die durch Bravos Unbeftändigfeit
erbofte Capriciofa zu einem abendlichen Rendezvous mit
Reinhold. Gefche ift in ihren fchönen Kleidern (Sc. 3)
gar nicht wieder zu erfennen:

> Jd bin by myne Moder weft,
> De het my upgefliebt;
> Nu gah id nah den Gaarden,
> 't is naa gerade Tyd,
> Se mücht fonft allto lange waarden.

Aria.

1.

> Wenn Deerens fin von achtein Jaaren,
> So hewt de Moders utgeleert;
> Denn fchall man fid op Echt verpaaren,
> De Leeren fin wol Löfen weert:
> In alle Welt plegt unfe Oolen
> Daröver ood mit Flyt to hoolen.

2.

> De Jaaren hew id all erfüllt,
> Doch mangelt my de Brögam noch;
> To frien wär id ood gewillt,
> Segt, wo friegt man den Brögam doch?
> Dat maad den Awend un den Morgen,
> Ood Nachts un Dages my veel Sorgen.

3.

> Wi Minfchen fchält alleen nich blyven,
> Dat leert uns de Natur eer Bood;
> Mit Löffelie de Tyd verdrieven,
> Dat fan een yder Quaffe=Brood:
> Veel fönnet wol de Welt vermeeren,
> Doch Wyf un Kinner nich ernehren.

4.

Wi ſchulle billig äverleggen,
    Dat een ohlt Deeren un ohlt Peerd,
As unſe Sprick-Wort plegt to ſeggen,
    Sünd beede nich een Heller weerd.
Myn Meenung will ick nich verheelen,
Een Kloſter mag ick nich erweelen.

5.

Ick ſegge dat ick gern will frien,
    Ook fünn ſick wol een Frier an;
Doch will de Fruu et gans nich lien,
    Dat ick my eens anſehen kan:
Wat ſchall denn wol, by ſolken Saacken,
Een plummenriepe Deeren maaken?

6.

Uns Deerens mag vör Fruens gruen,
    Heft ſe de Bucks-Büd'l in de Hand;
Ick kan nich ſolken Fruens truen,
    De Bucks-Büd'ls Kraft is my bekannt:
Wat mag doch unſe Fru wol meenen,
Se het een Mann, ick avers keenen.

7.

Ick bin in mynen Doon doch willig,
    Verrichte wat ſe man begeert;
Ick bin ook noch tor Tyd gedüllig,
    Of ſe my glieck myn Glücke ſtöhrt:
Myn Brögam weerd mit my erſinnen,
Wo wy uns könt to hope ſinnen.

Sie begibt ſich in den Garten bei Hamm. Dort
ſpazieren ſchon Roſalinda und Reinhold (Sc. 4). Auch
Bravo promeniert mit Madame Sans façon vorbei (Sc. 5).
Laurette, des Wirthes jüngſte Tochter, ſucht einen Freier
(Sc. 6). Gernegroß taumelt angetrunken einher und fällt

schläfrig zu Boden, worauf sein Begleiter Schmul ihm Uhr und Geld abnimmt und davon eilt (Sc. 7). Inzwischen hat Gesche, als La Baronne d'Albicrac, mit Lucas sich eingefunden (Sc. 8). Gernegroß wird geweckt, und die Vorstellung geschieht.

't is eene Baronessen,
Dat is een anner Schnack,

versichert Lucas, und der verschlafene Kavalier geräth in die Falle. Gärtner und Gärtnerinnen, Milchmädchen und Erdbeerbauern beglückwünschen im Chor das junge Brautpaar.

Damit hat das Stück eigentlich sein Ende erreicht. Ein fünfter Akt löst noch die kleinen Verwickelungen und Intriguen der Nebenfiguren, stiftet zwei andere Verlöbnisse, zeigt Gernegroß aufgebracht über den Betrug, welchen man mit ihm gespielt, doch zuletzt versöhnt mit dem Gedanken, Gesches Mann zu werden — „O Bloot, neemt doch de Deern, se is jo schnüggr un good", lautet des Hausknechts Empfehlung — und schließt mit der Aufforderung zum Hochzeitsmahl:

O Kinner! sett ju doch to Disch,
Hier hew jy Fleesch un Fisch.

Gegenwärtige Opera Comique ist, wie der Verfasser selbst in der Vorrede sagt, nichts anders als ein bloßes Gedichte, so auf Befehl in kurzer Zeit verfertiget worden, und nunmehro seiner Unvollkommenheit ohngeachtet, an das Licht tritt, durch das zuversichtliche Vertrauen einer gütigsten Aufnahme angefrischet. Eine solche wurde dieser Lokalposse mit Gesang und Tanz, denn so können wir füglich den „Jahrmarkt" bezeichnen, in vollem Maaße zu Theil, und Autor wie Komponist durften zufrieden sein. Lindner beschäftigt sich eingehend mit dem Stücke, welches er vieleher

eine Poſſe mit Muſik, als eine komiſche Oper nennen möchte,
konſtatiert den großen Beifall und fügt hinzu: „es brach
gewiſſermaßen Bahn für eine günſtige Umgeſtaltung." Der
Haupterfolg iſt den derben, naturwahren, lebendigen nieder=
deutſchen Scenen und Arien voll Realismus und haus=
backenem Humor zuzuſchreiben. Lindner, der bei Poſtels
Xerxes mit blindem Eifer gegen die eingeſtreuten Lieder in
Hamburger Mundart zu Felde zog, ſcheint anderer und ver=
ſtändigerer Sinnesart geworden zu ſein. Was nun hier
den Dialekt ſpeziell betrifft, ſo räumt Praetorius offenherzig
ein, daß er als Holſteiner des Hamburgiſchen Jdioms nicht
recht mächtig ſei. Er hat aber daſſelbe ſehr glücklich und
geſchickt erfaßt und grobe Sprachfehler nicht begangen.
Beſonders verräth ſich ein ſorgfältiges Studium von Cunos
niederdeutſcher Poeſie, und die Geſche ruft mancherlei Re=
miniscenzen wach an Trintje im „Carneval von Venedig".
Hier wie dort heißt es von den Dienſtmädchen, wenn ſie
nicht genug geputzt gehen, „de Deeren is een Schwien, een
Farcken", hier wie dort wird „dat Umhangs=Geld un Bruut=
Stück" erwähnt, das „Accedentzen geven" geprieſen u. ſ. w.
Wer den durchweg niederdeutſchen dritten Auftritt der
vierten Handlung, welcher, wie Praetorius eigens betont,
nicht von ihm herrührt, verfertigt haben mag, wage ich
nicht zu entſcheiden: ein Vergleich mit den bisher einge=
ſchobenen Dialektproben gewährt keinen feſten Anhalt. Schade,
daß der Name des Dichters nicht genannt iſt! Jm Uebrigen
verdient Praetorius' freimuth alles Lob. Wie viel ehrlicher
verfuhr er doch als Johann Ulrich von König, der uns in dem
Wahn läßt, daß er, der Schwabe, die in Calpurnia und Hein=
rich der Vogler eingeflochtenen niederdeutſchen Arien verfaßt
habe! Wenn er auch eine Reihe von Jahren in Hamburg lebte,
ſolche den Volkston auf das Treueſte anſchlagenden und
treffenden Lieder kann nur ein „tagen un baren plattdütſch

Kind", nur eine mit dem Wesen und der Eigenthümlichkeit unserer alten Sassensprache aufs Innigste vertraute Person schaffen.

Ermuntert durch den Anklang brachte Praetorius noch in demselben Jahr ein neues Lokalstück von ähnlichem Charakter auf die Bühne. „Die geneigte Aufnahme des Hamburger Jahr-Marcktes hat mich angefrischet, durch eine abermahlige Comique Piece zu probieren, wie weit die unverdiente Wolgewogenheit des geneigten Lesers gegen meine Poetische Mißgeburten gehe. Obgleich dieses Stücke mit unzählbaren Mängeln angefüllet ist, so wird doch eine gute Absicht, die Laster zu bestraffen, den Verfasser einiger Maaßen entschuldigen. Diejenige welche in jeder Zeile eine Histoire scandaleuse oder gewisse Persohn entdecken wollen, dürfften sich ungemein vergehen, weil die Laster der einige Augenmerck des Autoris gewesen. Ich habe dieses deswegen zu erinnern für nöthig befunden, weil man in dem Hamburger Jahr-Marckte eine und die andere Passage auf sichere Persohnen, gegen den Willen und die Meinung des Verfassers gezogen. Ich betheure, daß mein Endzweck bloß auf die Laster, nicht aber auf einigen Menschen, insbesondere gerichtet sey." Der Titel lautet: „Die Hamburger Schlacht-Zeit, Oder Der Mißlungene Betrug."

Das Personenregister und die Beschreibung der Scenerie füllt zwei Quartblätter und stimmt mit dem Komödienzettel überein, den Karl Lebrün im Jahrbuch für Theater und Theaterfreunde (Hamburg und Leipzig 1846) und Ludwig Wollrabe in seiner Chronologie sämmtlicher Hamburger Bühnen (Hamburg 1847) mittheilen. Ich verweise darauf. Nur so viel sei hier bemerkt, daß die niederdeutschen Rollen besetzt gewesen sind, wie folgt:

Gretje, eine Lütje-Maid,	Madame Kayserin.
Martin, der Haus-Knecht,	Mr. Westenholtz.

Neelff, ein Ochsen-Händler,   Mr. Scheffel.
Peter, ein Bedienter auf dem Rahts-Keller, Mr. Vogel.

Dazu kommen ein Chor und Klas, ein Fisch-Händler, dessen Aufzählung vergessen worden. Die Musik ist wiederum von Keiser, und zwar dessen hundertundsiebente Oper. Die erste und einzige Aufführung fand statt am sechsund= zwanzigsten Oktober (Anfang 5½ Uhr) 1725, nicht 1712, wie Wollrabe irrthümlich angibt.

Die Schlachtzeit bildet eine Art Fortsetzung vom Jahr= markt, und beide ähneln sich im Sujet sehr. Da zudem sich die Charaktertypen wiederholen und die Tendenz dieselbe ist, so brauchen wir nur in sofern die Handlung zu streifen, als dies zum Verständniß der mundartlich gehaltenen Auf= züge erforderlich. Das weiland solenne und populäre Schlachtfest[1] wird auch auf der Bühne verherrlicht: das die Quintessenz.

[1] Der Tag, welcher zum Einschlachten bestimmt war, kündigte der ganzen Familie einen Festtag an. Man brachte viel gemästetes Vieh, der Wein ward im Ueberflusse zugetragen, und ein solcher Tag hat wohl zweimal so viel als der ganze Ochse gekostet. Sobald das Thier am Baume hing, ward es von der Hausfrau aufs Prächtigste ausgeschmückt. Der würde ihr geschworener Feind sein, welcher nicht erschien, ihr zu diesem sogenannten Todten Glück zu wünschen. Damals war es noch gute Zeit. Man trank auf das Wohlergehen der Stadt die größten Gläser aus, und ein jeder meinte es mit seinem Vaterlande recht auf= richtig, wenn er nicht eher nach Hause ging, als bis er taumelte. Bei dieser Gelegenheit wurden Bündnisse aufgerichtet und beschworen, Heirathen gestiftet, Streitigkeiten unter Verwandten beigelegt und oft die wichtigsten Sachen mit lachendem Munde ausgemacht. — Die althamburgische Schlachtzeit war ein Nationalfest und ward von den Vorvorderen ge= radezu, man darf sagen, heilig gehalten. Nun ist diese einst hoch gefeierte Sitte längst abgeschafft und geschwunden, und wie viele andere alten Gebräuche und Gewohnheiten! „The merry old Hamburgh" zeigt in Folge der politischen und polizeilichen, gewerblichen und sozialen Ver=

Der Zuschauer erblickt den Pferdemarkt „mit ver=
schiedenem Rind=Vieh angefüllet." Dem kauflustigen Ehren=
hold empfiehlt Martin einen Ochsen:

Schoor, seeht doch heer!
Dat is een gaadlich Deer.

Ehrenh. Ich werde sehn, ob ich ihn nicht erhandeln kann.
Glück zu, mein Freund!

Neelff. Fromsyss!

Ehrenh. Was fordert ihr
für dieses Thier?

Neelff. Man veertig Koopmans Daaler, Schoor!

Ehrenh. (Der Kerl ist wohl ein Thor.)
Stehn euch die Zwanßig an?

Neelff. Met eenen Woord!
De Acht un Dörtig.

Ehrenh. Nein, ich gehe fort.

Martin. Wat will jy wyder loopen?
Jy möt ju doch een Jüten koopen.

Ehrenh. Ihr fodert allzustarck.

Neelff. Schoor! söß un föstig Marck
Syn twee un dörtig Koopmans=Daaler,
Dat is keen Geld vör ju.

Ehrenh. Soll es bey dreißig bleiben?

Neelff. 't geiht myner Trü nich an, geewt my de een un dörtig!

Ehrenh. Nicht einen Schilling mehr, als dreißig; wolt ihr nicht,
So gebt mir also fort Bericht!

Neelff. Nu Glück darmet!

Ehrenh. So ist der Handel fertig;
Laßt ihn nur gleich auf meinen Nahmen schreiben.
Brauch ich denselben auch zu nennen?

Neelff. O nee! wo schuld den Heern nich kennen?

änderungen eine wesentlich andere Physiognomie. — Wer sich genauer
über das ehemalige Schlachtfest unterrichten will, nehme Lamprechts
Menschenfreund (Hamburg 1749) zur Hand. Das achtundzwanzigste Blatt
enthält eine sehr instruktive Schilderung.

Ehrenh. (Der Preiß geht an, und wenn das Talg mich nicht betriegt,
Bin ich vergnügt.)

Neelss. Schoor, syd gebeeden,
Hier in düt Wyn-Huus in to treeden!
Een Schlückschen Bitter-Wyn bekümmt ju, up den Neewel,
Nich öwel. (Gehen ab.)

Der junge Amoroso liebt Fräulein Jucunda. Gretje
ist seine Fürsprecherin (Sc. 4):

De gode Minsch leewt ju van Harten.

Juc. Er ist noch allzu jung.

Gretje. So is he to to leeren,

Juc. Und kann sein Glück erwarten.

Gretje. Jy kaamt dorch jym to Ehren.

Juc. Gut; Gut! Es wird sich alles weisen,
Er mag erst nach dem Doctor-Hute reisen. (Gehet ab.)

Gretje. De Fruens mögd, by düssen Tyden,
De groote Titels geerne lyden.
Unt steit my sülver an, de Wahrheit to gestahn,
Se köönd tor rechten Syden gahn;
Se dörfft nich vör de Köcke sorgen
Un schlaapt den heelen Morgen.
Klock teine staht se up, Klock elffe drinckt se Thee,
Klock twölffe sin se upgefleegen,
Un wenn se afgespyst, kümmt de Caffee;
Klock fywe fahrt se na de Opera,
Klock neegen
To Gast, un na de Assemblée
Um Middernacht, wennt Speelen uth,
Fahrt se to Huus un legt sick up de Schnuth.

Aria.

Veel Geld un veel Vergnöglichkeit,
Een Ehren-Titel un kleine Möyd,
Maackt Fruens nüdlich, kloock un groot.
Wenn se vör eere Döre staht,
Un de Muschüs vöröwer gaht,

So grypt se yfrich na den Hoot.
Madame, Madame! dat klingt, bym Krambeck, goot.

In Gretje ist der Hausknecht Martin bis über beide Ohren verschossen (Sc. 7):

De Leewe mut een dulle Saacke wesen,
Se föhrt de Klöckften by der Näsen.
Ick hebbe my geftrüwt; et was my nich gelegen,
Man Gretj het my darby gekreegen.
De Deeren is in eerer Jögd
So vull van Nüdlichkeit un Dögd,
Dat et nich uut to spreecken steiht.
Wi mögd uns beyde wol verdreegen,
Man 't is de Krandt, dat se een beyten extra geiht.
Dit kann my avers nich veel raacken,
Als se man wull, schull wi bald Koste maacken.

Aria.

My wätert de Schnute, my sangert de Rügge,
De Leewe maackt im Harten Larm.
De Deeren is nüdlich, schnügger un flügge,
Hadd' ick se doch man eerft in Arm!

Aus diesem verliebten Herzenserguß reißt ihn unsanft der Ruf: Haltet ihn! Haltet ihn! Er sieht, wie Neelff den Juden Abraham verfolgt.

    Hoolt, hoolt ym, syd gebeden,
    Dat is de Schelm, de my den Büdel afgeschneeden.
Martin. Du Deef, den Büdel heer!
Abrah.   O mein! ich hob ihn nicht.
Ehrenh. Ihr seyd der Dieb, ich sag euchs ins Gesicht!
Martin. Den Büdel heer, ick schlaa dy süft den Kop in Stücken!
Abrah. Ich hob ihn nicht, mein Eyd!
Martin. Hier is de Büdel all.
Ehrenh. Fort! schlagt ihm Arm und Bein entzwey,
    Daß er hinkünfftig nicht mehr stehle.

10*

Abrah. O weih! oh weih!

Martin. Nee, Schoor! he schall met na de Herren Deele.

Aus Gnade und Barmherzigkeit läßt man diesmal den
Juden noch laufen. Jhm begegnet (II, 7) Gretje.

'␣t syn allto schlichte Tyden,
Wi deent uns oolt un gries by Lüden,
Eer wi to Ehren kaamt, keen Brögam gifft sick an,
Un wenn se sick sum tyts so meldt,
So fragt se: Hett de Deeren Geld?
Hadd ick man eerst mit Ehren eenen Mann!
Myn goode Abraham, wo kam jy heer?

Abrah. (O Pschite! wie ist doch der Schicks so hübsch!)
Wolt ihr mit mir nach meinem Bajer (Hause) gehen?

Gretje. Ju Fruu is allto kripsch.

Abrah. Mein Jisch' ist nicht derheem, lost mich nur rothen.

Gretje. Wo blyfft de gröne Stoff?

Abrah. Ich geb ihn euch und zwei Ducoten.

Gretje. Ji möt myt ock gewißlich gewen;
Ick kahme Klocke söwen.

Aria.

Wat deit man nich umt leewe Geld?
Et lehrt uns alle Spracken
Met lichter Möyd verstahn,
Un kann een krummen Bavian
Geraad un leeslick maacken.
Dat Geld regeert de wyde Welt,
Wat deit man nich umt leewe Geld?

Abrah. O Krie! was seyd ihr schön?
(Wil sie küssen, Martin kömmt mit einem Beile.)

Gretje. Tüß, Abram, laht my gahn!

Martin. Wo Krambeck schall ick et verstahn?
Du leege Deef, wat maackstu da?
Ick raade dy, gah, gah!

Gretje. Nee, Marten, 't ward oock allto dull,
Wat krygstu vör een Schrull?

Ehrenhold und Wohlgemuth, seine Frau, kommen darüber
zu und schlichten den Streit.

Die dritte Handlung geht im Rathskeller vor sich. Der
Marquis von Carrabas wird Anfangs von dem Kellner
Peter wenig devot empfangen:

Et is nich Tyd.
Jy heßt my all to vaaden brüdt.

Carrab. Hier sind acht Crohnen,
Bringt ihr mir guten Wein, wil ich euch stets belohnen.

Peter. Ick bin jym obligeert. Et sall geschehn!

Kurz darauf (Sc. 2) erscheint Ehrenhold mit seiner
Familie und fragt, ob noch ein Zimmer leer.

Peter. O ja, myn Heer!
Ehrenh. Sind sonst noch Fremde hier?
Peter. De Cavalleer met den frantzösschen Naamen
Is allewyle eerst gekahmen.
Wohlge. Heist er nicht Carrabas?
Peter. Me Juffruu ja!
Wohlge. Wer ist bei ihm?
Peter. Een schnüggte Deeren.
De wil he jo tracteeren.
Hier ward de Kaamer weesen.

Was Gretje im Rathsweinkeller zu suchen hat, ist nicht
recht ersichtlich, aber sie ist da (Sc. 4) und bald hernach
auch Martin.

Gretje. De goode Abraham het doch syn Woord gehoolen,
He gaff my Geld un Stoff; ick blywe by de Oolen,
De man een beiten fründlick deit,
De lohnt se ryclich vör de Moyd.

Aria.

Een Deeren, de sick weet to schicken,
Ward vaaken suer sehn un vaaken fründlich doon.

By Jungmanns mut se eerbar wesen
Un met de Oolen häsebäsen,
So föhrt se beide by der Näsen
Un kriegt van beiden goden Lohn.

Martin. Myn leewe Gret!

Gretje.   Myn goode Marten!

Martin. Du weetst, ick leewe dy van Harten,
Mant steiht my gar nich an.

Gretje.   Wat hestu weer to kyfen?

Martin. Laat doch de Putzen blywen!

Gretje. Wo nu!

Martin.   De Jud —

Gretje.   He is een ehrlick Mann.

Martin. De Deef wil dy verföhren.

Gretje. O, dat is miss!

Martin.   De Lüde schnackt daraf.

Gretje. 't kann my nicks raacken,
Se schludert ook van grote Fruens vaacken.

Martin. Se segt —

Gretje.   Laat se betähmen!

Martin. Du hest —

Gretje.   Ick kann jym nich de Fryheet nehmen.

Martin. Den Juden leef.

Gretje.   Du Schelm! ick bin een ehrlick Deeren,
Ick wil dy Osse schimpen lehren!
Gah, gah! de Leew is uth!

Der vierte Aufzug schildert ein lebhaftes Treiben auf dem Hopfenmarkt[1] und reiht sich mit seiner derbdrastischen Volksthümlichkeit der vorhergehenden Scene ebenbürtig an.

---

[1] Das hier von Alters her sich täglich erneuernde bunte Volksleben vergleicht Der Patriot (Hamburg 1726. Nr. 145) nicht übel mit einer theatralischen Vorstellung. „Unser berühmter Hopffen-Marckt zeiget uns würcklich fast jeden Tag ein so vollkommenes Schau-Spiel, das fast alle Fremde und selbst die Regenten auswärtiger Länder es mit Vergnügen

Gretje, Klas, ein Fisch-Händler.

Gretje. De Oss is dood, he was nich allto klein,
Se maackt upsteds de Pantzen rein,
Vörn Awend kaamt de Gäst un willt den Dooden sehn;
'k schall naa den Hoppen-Marckte loopen
Un lemöge Karpen koopen.
Glück too! wo dür dit Stück?

Klas.   Een Marck.

Gretje.   Dat is to veel,
Acht Schilling weeren noog.

Klas.   Laat my de Karpen stahn!

Gretje. Ick geewe ju de tein.

Klas.   Jy könnt man wyder gahn!

Gretje. Staht ju de elve an?

Klas.   Hebb' jy ock Geld by ju?

Gretje. Wo nu tom Krambeck! myne Fru
Kunn ju met Huut un Haar betalen.

Klas. (De Deeren premesert!) Hier steiht de Bessem-Stehl,
Wo jy noch wyder prahlen.

Gretje. Jy sind een graawen Oss!

Klas.   Gah! dwalsche Deeren!
Ick wil dy kywen lehren.

                               (Martin kömmt.)

Martin. Wo Kranckt! dat synd jo dulle Töge.

Gretje. De Deef wil my myn Doon verwieten.

Martin. O laat de Putzen blywen!
Wat schall dat Kywen?

Gretje. He föddert allto veel!

Klas. Se büdd my allto schlicht!

Gretje. Wat geew ick ju vör düt Gericht?

Klas. Twee Marck!

Gretje.   Een Marck un nögen.

Klas. Et het se noch keen Minsch davör gekreegen.

anzusehen reizet, indem wir selbst mit der kaltsinnigsten Unachtsamkeit
dazu still sitzen."

Gretje.   Ick geew nich mehr.

Klas.   So neemt se vör dat Geld,
Ick weet et, dat ju Schoor veel van de Lütjen höllt.

Martin.   Myn leewe Gret! bist du noch bös up my?

Gretje.   Wat schall de Häwely?
Du bist to groff.

Martin.   De Jud het my verföhrt,
Man ick wil geerne klöcker weesen.

Gretje.   Nee! blyf my van der Näsen!

Martin.   Ick hebbe dy all söwen Jahre leef.

Gretje.   Et loont sick nich der Moyd, met eenen dummen Schleef.

Martin.   Myn Hart is gantz benaut, et is met my gedahn.

Gretje.   Wo schall ick dat verstahn?

Aria.

Martin.   O wult du my denn nich een Schnütercken geewen?
        Myn Zucker-Popp, myn Hoon, myn Lamm!
  Ick leewe dy, so hartlick als myn Leewen,
       O nimm my doch tom Brödigam!
              (Will sie küssen.)

Gretje.   Tüss! Tüss! de Lüde seehnt, wy spreeckt uns ins alleen.

Martin.   Wonnehr?

Gretje.   't kann düsse Nacht geschehn.

Martin.   Adee, myn leewe Popp!   (Gehet ab.)

Gretje.   De Keerl is good genoog,
Man vaacken krigt heen Schrull,
Un geiht to Waarck, als wenn he raasend dull,
He mach nich lyden,
Dat my to tyden
Een goode Fründ besöcht. De Krantz wart my to schweer,
De Huuw is myn Begeer;
He mut my eerst tor Fruen nehmen,
Darna schall he sick bol na myner Aart bequämen.

Aria.

Deerens, as se Junfern heeten,
    Stellt sick fraam un eerbaar an.

fründlich spreecken, höfflich gröten,
Laat se sick nich licht verdreeten,
    Awers hefft se eerst een Mann,
O! da könnt se anners pypen,
Un jym na den Koppe grypen,
    Dat he sick nich redden kann.

Was übrigens die Grobheiten anlangt, so erklingen
solche auch von den Lippen der Vornehmen, deren Ton
keineswegs fein genannt werden darf, wozu Martin richtig
bemerkt:

't is allto wiß,
Spreeckt se met jyms, de nich van eerer fründschopp is,
So geiht keen anner Wort ut eeren Mund
Us Keerl un naackte Hund.

Ein Chor von Marktleuten singt zum Schluß:

Kreeft, Taschen Kreeft! Witten Kohl! Wey Flaschen?
Wey Appel, söt Mählen Appel?
Nöt, Wallnöt, wey Lampertsche Nöte to naschen?
    Wey dróg Krut, Knofflock, Timian?
    Wey Ehrenprys? Wey Mayeran?
Wey gröne Aal? Wey groote Kücken?
Göß, fette Göß, se hebbt nich eeres glycken,
O, laht uns doch nich wyder gahn! [1]

[1] Dies, wie auch das im Anfange des Stückes „Der Jahrmarkt"
vom Chor Gesungene, sind nur Bruchtheile aus dem berühmten „Hambörger Uthroop." Vergl. die bei Besprechung des „Carneval von Venedig"
genannten fliegenden Blätter. Wohl keine deutsche Stadt kennt einen so
reichen Ausruf, ja überhaupt einen solchen. Man muß erst bis Amsterdam,
London, Paris und Venedig reisen, um ihn wieder zu finden. Jetzt
freilich scheint er seinem Untergang entgegenzueilen. Walther hat daher, um seinen Landsleuten das alte fröhliche Getriebe des Hamburger
Markt- und Straßenlebens wieder vorzuzaubern, einen Neudruck 1882
besorgt: „Gedrücket to Hamborch in düssem Jaar, Dat is jo wiß un

Das eigentliche Schlachtfest findet im letzten Akte statt. Der Schauplatz ist eine Diele, auf welcher zwei Ochsen hangen, in Ehrenholds Hause. Die verschiedenen Liebespaare werden bei der feierlichen Gelegenheit glücklich gemacht, auch Martin und Gretje.

Gretje.　Me Juffru!

Martin.　　　　Schoor! Veel Glücks to eeren Dooden!

Gretje.　He is so groot.

Martin.　He is so fett un groot.

Gretje.　't kann wol een Wyn-Oß weesen.

Wohlge.　Mein Mann hat ihn recht glücklich ausgelesen.

Gretje.　He bringt eer allemahl een gooden.

Martin.　Veel Glücks nochmahl to eeren Dooden!

Fedele.　Wünscht uns vielmehr zu unsrer Liebe Glück,
　　　　　Die heute, mit erhelltem Blick,
　　　　　Sechs Herzen angeschienen.

Gretje, Martin. Veel Glücks darto!

Martin.　Myn leewe Gret! will wy nich ood ins Köste maaken?
　　　　　Ick spreeck daraf so vaaken,
　　　　　Man Bloodt! du wult my nich verstahn.

waraftich waar." Bildlich dargestellt sind die Ausrufe mehrmals. Dahin gehören die, nach der Tracht zu urtheilen, bereits aus dem vorigen Jahrhunderte stammenden Holzschnittbilderbögen mit der Ueberschrift „Kommet ihr Kinder und thut euch kauffen, Seht wie sie in der Stadt herumlauffen" und mit den entsprechenden niederdeutschen Unterschriften. Auch auf Steingut findet man den Ausruf sammt modernen Illustrationen, sowie in einem noch gangbaren Kinderspiele. Dieselben sind reproduciert nach den S u h r schen Zeichnungen. Verwiesen sei hier auf das interessante Buch vom Pastor H ü b b e: Der Ausruf in Hamburg vorgestellt in einhundert und zwanzig colorierten Blättern, gezeichnet von Professor Suhr. (Hamburg 1808). Auch F. J. L. Meyers Skizzen zu einem Gemälde von Hamburg (1801) sowie Der Deutsche Gilblas, eingeführt von G o e t h e (Stuttgart und Tübingen 1822), enthalten lesenswerthe Notizen über diese Sitte.

Gretje. O Marten, laat een gahn!

Martin. Ick weet ook nich, worna wi töft.

Gretje. Wennt Schoor un Juffru man beleeft,
         So wil ick dy myn Ja-Wort geewen.

Wohlge.
Ehrenh. } Ich gebe meinen Willen drein.

Fedele. Ihr sollt bey mir versorget seyn.

Martin. O! wat is dat vörn herlick Leewen!

Aria.

Martin. Gretje.

    Ick wil dy Hart un Hand verschryven,
    Du schast myn Zucker-Popp! Du schast myn Schnuut-Haan
                                                  blywen,
        Ick bin dy recht van Harten goot!
        Wy wilt uns wol verdreegen!

Gretje.   Ick wil dat Bedde maacken,
        Ick wil de Kaamern feegen,
            Ick wil dat Eeten kaacken,

Martin. Ick awers sörg vör Huur un Brood.

Abends soll Ochsenschmaus sein. Gretje wünscht ihrer
Herrschaft:

            Dat se eeren Dooden
        Ook mit Gesundheit möögt vertähren.

Martin. Nu Gretje! will wi uns nich ook ins lustig maacken?

Gretje. Ick folge dy in allen Saacken.

So endet dies Hamburgische Zeit- und Sittengemälde.
Dasselbe rief einen Sturm des Unwillens und der Begeiste-
ung hervor: hie Senat! hie Volk! „Als aber dieses Stück,“
so berichtet Mattheson, „zum andern mahl gespielet werden
sollte, lief ein Verbot von der Obrigkeit ein, und ein Ge-
richts-Unter-Diener riß die angeschlagene Zettul wieder ab.“
Was mögen die Gründe gewesen sein? Saßen im Hohen

Rathe lauter Gottschedianer? Gottsched, der erbittertste
Gegner aller Opern, fällt folgendes Verdammungsurtheil:
„Dieß ist ein recht edler Gegenstand einer Oper. Man
kaufet im Singen Ochsen, schlachtet und verzehrt sie auch.
So sehr waren um diese Zeit alle Geschichte und Fabeln
bereits verbrauchet und erschöpfet: so daß die Opermacher
in dieß tiefe Fach der Haushaltung verfallen mußten.“
Mattheson sagt: „Die Hamburger Schlacht-Zeit verunehrte
die Scene und Music, ja den Staat selbst, darum wurden
die Affiches durch Gerichts-Diener abgerissen,“ doch fügt er
hinzu: „Das ist nur eins. Wie viele sind, die nicht ge-
strafet noch bemercket worden.“ Diese Strenge hätte in der
That mit gleichem Rechte verschiedene frühere Opern treffen
müssen. Nun wurden plötzlich die Schäden der Gegenwart
aufgedeckt, die heimischen, vaterstädtschen Gebrechen unter
die Lupe genommen, der Hamburgischen Unmoralität die
Maske der Ehrbarkeit abgestreift: das durfte nicht geduldet
werden, das verletzte die bessere und höhere Gesellschaft,
deren Geschmack, deren Schamgefühl, da konnte das Patri-
zierthum ja keinen Schritt mehr ins Theater setzen! Es half
nichts, daß der Verfasser sich dagegen verwahrt hatte, bestimmte Persönlichkeiten persifliert oder gezeichnet zu haben.
„Alle möglichen Gemeinheiten hatte man viele Jahre lang
nicht nur ertragen, sondern mit Wohlgefallen angesehen,“
betont Lindner, „als aber die Komik anfing Ernst zu machen,
war es aus. Damit war es nicht allein mit dem Stücke,
sondern auch mit allen ähnlichen Versuchen vorbei. Durch
die neue Richtung hätte vielleicht ein günstiger Wechsel
eintreten können.“ Eine Diele mit ausgeschlachteten Ochsen
darzustellen, ist gewiß nicht ästhetisch und die Liste plattdeutscher Schimpfwörter für zartere Ohren ohne Zweifel
beleidigend. Um des letzteren Umstandes willen hätte der
Senat auch den Hamburger Jahrmarkt verbieten sollen, ja

viele andere Opern mit unglaublich rohen hochdeutschen Ausdrücken und Obscönitäten.

So wurde damals die lebenskräftige Knospe der Hamburgischen niederdeutschen Lokalposse im Keim erstickt, um ein Jahrhundert später frische Blüthen zu treiben. Wie nun überhaupt die alte sogenannte Oper mit Riesenschritten ihrem Untergang entgegeneilte, so wagten sich auch nur noch vereinzelt Stücke mit niederdeutschen Bestandtheilen hervor.

Praetorius ermüdete nicht troß der gemachten unliebsamen Erfahrung. Aus seiner Feder stammt: „Buchhöfer der Stumme Prinß Atis." Dieser musikalische Schwank, im Februar 1726 zum ersten Mal gegeben, ist eine Parodie auf Lucas von Bostels berühmte Oper „Cröſus", die, zuerst 1684 in Hamburg aufgeführt, 1692 abermals gedruckt, 1711 ganz erneuert und noch 1730 aufgelegt, hier nicht berücksichtigt werden kann, da sie nur drei Verse im Idiom enthält:

> Wey jy nich dat neye Leet
> Vam olden künstlichen Secret,
> Tho macken Gold uth Buuren-Schweet?

Des Cröſus stummer Sohn Atis war eine so glückliche Charakterrolle, daß Praetorius sie für den Komiker und mimischen Tänzer Buchhöfer zu einem spaßhaften Zwischenspiele ausbildete. Elmire, prætendirte Medische Prinzessin (Madame Kayser), redet theilweise Platt und verräth sich dadurch als — Gesche. Der Page Nerillo entpuppt sich als Schmul, Atis als „Springer aus der Opera." Elmire will sich nicht täuschen lassen: O dat syn schware Pußen.

Aria.

> Naht Fleet met ju! jy dumme Schleefe!
> Jy kaamt by klooke Deerens blind.

De Baas un Maat fünd naackte Deewe
Un maaken anners nicks as Wind.

Ihre Drohung „'k will dy de Oogen ut den Koppe
kleihn" verleiht dem Prinzen die Sprache wieder und be=
wirkt, daß der Page sich als Schmul zu erkennen gibt:

Wo nu tom kranckt! Schmul, syn jy wedder da?
Kenn ick den Prinsen nich?

Nerill.   O ja!
Es ist der Springer aus der Opera.
Wie aber heißet ihr? es fällt mir eben ein,
Ihr werdet Besche seyn.

Elmire. Jo wiß! Herr Berne Broot is van my afgeloopen,
Drüm legg ick my upt Wind=Verkoopen.

Atis. Kommt, lasset uns hier niedersetzen
Und bei dem guten Wein, anstatt der Lieb, ergetzen.

Elmire. Et mag drüm weesen.

Aria.

Söte Drank!
O! ick weet dy veelen Danck!
Myne dorstige Lung to laawen,
Leew ick dyne söte Baawen.

Irgend welche Bedeutung hat die kleine Posse nicht,
aber in ihrer Eigenschaft als Parodie ist sie immerhin
merkwürdig, und die Anklänge aus zwei so beliebten Opern
wie Cröfus und Hamburger Jahrmarkt sicherten einen
Lacherfolg.

Die Opera ist todt! O Schmerzen, die uns rühren!
Kommt, laßt uns, Thränen voll, ihr Grab mit Bluhmen zieren!

Mit solchem Klagerufe beginnt „Prologus", welcher bei
Gelegenheit einer neuen Einrichtung des Opernwesens im
Jahre 1727 auf dem Hamburgischen Schauplatze vorgestellt

ward. Georg Philipp Telemann, geb. den 14. März
1681 zu Magdeburg, gest. den 25. Juli 1767 in Hamburg,
verfaßte die Musik und die Worte zu dieser Danksagung.
Es hatten sich hundert Subscribenten gefunden, welche;
unter Oberaufsicht des Envoyé von Wich, im März 1727
das Theater auf vier Jahre pachteten, mittelst Erlegung
von fünfundzwanzig Reichsthalern jährlichen Zuschusses die
Person. Alle Genien und Grazien stellen sich wieder zur
Verfügung, auch der niederdeutsche Humor, wovon der
sechste Auftritt Zeugniß ablegt.

(Mr. Buchhöfer kommt aus des Zusagers Kluft hervor.)

Du oole Musen=Vad'r, hier bin ick ool.

Ick weet et sylvest nich, ob ick recht klook.

Dat weet ick, dat ick springen kann,

As op een Schock von solken kleenen Derten,

De lange Ohren heft, in mine ,flöt hanteerten.

Allegro! Nu, so geit et an! (Er tanzet à la Burlesque.)

In demselben Jahre schwang sich Praetorius zu einer
pomphaften, von Telemann komponierten Huldigung auf:
„Das Jauchzende Groß-Brittannien, An dem Höchst=feyer=
lichst begangenen Hohen Crönungs = Feste Jhr. Königl.
Königl. Majest. Majest. Georgii, des II. Und Wilhelminæ
Carolinæ, Königs und Königin Von Groß=Brittannien, :c. :c. :c.
Auf gnädigen Befehl Sr. Excellentz Hn. Cyrilli von Wich,
Sr. Groß=Brittannischen Majest. an die Printzen und Hansee=
Städte des Nieder=Sächsischen Cräyses Hoch=betrauten Envoyé
Extraordinaire &c. In einem Musicalischen Divertissement
Und einer vierfachen Prächtigen Illumination, Am 21. Octobr.
Ao. 1727. Auf dem Hamburgischen Schau=Platze Zur unter=
thänigsten Freudens=Bezeugung vorgestellet.“ Man sollte hier
kaum eine so herzliche und einfach gemüthvolle Scene ver=
muthen, wie der andern Abtheilung vierter Auftritt dar=
bietet.

Ein Bauer und eine Bäurin aus dem Lüneburgischen.

Bauer. Kumm, Trine! laat us luftig weefen!

Bäurin. Wo nu! ick weet nich, wat dat Häfebeefen
Bedüden mag!

Bauer. 't is ufe Königs Crönungs Dag,
Wi hebt dörch jym jo Gott un Gnögen;
Dat wi in Freede fyn biem Plögen,
Dat kummt, negft Gott, van Jym; Hee waackt vör deck
Un meck.
Un wat noch mehr! hee is det Vaderlands Verforger.
Schul'ck nu mißmödig weefen,
So weer ick nich en deegen Lüneborger.

Aria.

Ufe leewe Landes Vader
Möt noch veele Jahre lewen
Un in rycken Seegen ftahn!
Synen beeden Söhns darnewen
Möt et jymmer glücklich gahn!

Bäurin. De Königin nich ut to fchleeten,
Et fchull my füft verdreeten!
See het an Schönheid, Gnad, an Kloogheid un an Dögd
Nich Ceter glycken:
Un Cere Döchderckens hebt in der Jögd
Nich nödig Jüms an Küdlichkeid to wycken.

Aria.

Ufe leewe Landes Mooder
Möt noch veele Jahre lewen
Un in rycken Seegen ftahn!
Cere Döchterckens darnewen
Möt et jymmer glücklich gahn!

Ein neuer Textdichter erftand in C. W. Hak oder
Hake(n), über deffen Leben wir nichts wiffen. Er fchuf
ein damals, auch in Berlin, viel beklatfchtes, von Telemann

in Mufik gefeßtes und im Juni 1727 zuerft aufgeführtes
Nachfpiel: „Die Amours Der Vespetta, Oder Der Galan in
der Kifte." Die Poefie ift zu nicht geringem Theil niederdeutfch. Madame Kayfer, die unverwüftliche und erfte
„Soubrette", welche fich fchon lange als in Gefang, Sprache
und Spiel gleich vollkommene Interpretin echt Hamburgifcher
Lokalfiguren bewährt hatte, glänzte hier als Kammermädchen
Margo, und Mr. Scheffel wird als grober Sänftenträger
fein Beftes geleiftet haben. Aber das Stück felbft, fein Stoff
und deffen Behandlung, bekundet einen dramatifchen Rück-
fchritt zum alten Faftnachtfpiel und zur Harlekinade.

Margo.   Wo doch de Lew' de Lüde plagt,
           Wat kuhm een Wyf van tachtig Jahren
           För düffen het erfahren,
           Dat kan nu all een Lütje Magd
           Van achteyn Jahr verrichten.
           Et fchall de Fru noch wol gerüen,
           Dat fe, üm ehr de Courtifans tho fryen,
           My tho 'ner Kupl'rin bruckt, un dat fe my
           Van erer lewes Schlyckery
           So vel vertrut, un hartlich wullen bichten.
           Doch is de gode Pierrot,
           An den ick düffen Bref fchall bringen,
           En arm Blot.
           Wehr ick in miner Fruen ehre Stell,
           Et fchull en ryckerer Gefell
           My en gantz ander Ledken fingen.

Aria.

    Ick hef't all mit em befpracken,
    Myne Fru de krigt de Knacken,
    Wat fe em gift, dat gift he my.
    Ick bin Brut up düffer Köfte,
    Un genet dat aller befte,
    Glöft my, glöft my, by miner Trü.

Vespetta. Bist du schon da gewesen?
Ich kann es dir fast aus den Augen lesen,
Daß ihm mein Brief höchst angenehm muß seyn.
Margo. Ist Fragens wehrt?
Wer nich so dumm is als en Perdt,
De kan't jo licht begriepen,
Dat he up sohnen Wett-Steen will
Sehr geren schliepen.

Aria.

He grient als wie ene Katte,
    De man Speck gebaden het.
Fründlich was de gode Schlucker,
Als en Ape de vam Zucker
    Un van Marcipanen fret.

He het my wedder Antwort gewen,
Seht wat he het geschrewen.   (Vespetta lieset.)
Vespetta. Das Ding hat einen schönen Styl.
Margo. Ick wil den Schrubbert enen andern Kiel
Up siner Flabbe geben.
Mehnt he, dat ick een Schnuff-Katt bin,
Kuhm greep he my mahls an den Kinn,
So sing he an tho beben.
Ick dacht, dat he in sine Köck wull griepen,
For my en Drinck-Geld af tho tellen,
Un sünsten sick mannerlich an tho stellen,
Alleen dat Ding fehl anners uht,
He ging mit siner schrubben Schnut
Hen pipen.
Fru, heb jy nich vertrackte Schrullen,
De Kerl döcht jo den Hencker nich?
Doch dat hehl noch woll Stich,
Dat averst uck de Fendrich,
De kahle Juncker,
De Straten-Pruncker,
De mit so velem Gold un Geld beschmeten

As (doch dat Glydniß war jy ſelbſten weten)
Sid lüſten laten ſchull,
Dat he by ju,
Myn lewe Fru,
De Hahn im Korff ſyn wull,
Dat weer tho dull.
(vor ſich ſelbſt.) Id weet beſcheed,
Wo et mit my un Pierrot ſteit.
Dat Dind ſchall ſid woll ſinnen,
Id will't de Fru nich up de Näſe binnen.
(Von innen wird angeklopfft.)
Woll is darför?

Pierrot, Margos Galan, tritt ein zur Buhlſchaft mit
Veſpetta. Erſtere ſingt voll Eiferſucht:

Myn Hartken puſt my in dat Lyf
By allen düſſen Saaden,
Denn er Bedryff
Will my de Mund ud watrig maden.
De Leew is doof un blindt,
Se könt my nich ens kyken,
Darum ſo war id trutens Kind
Hen fleuten gahn un heemlich my weg ſchliken.
— Da kumt de Fendrich her,
He is al för de Döhr.
(Man hört ein großes Gepolter an der Thür.)
O Fru! O Fru!
Wat dündt ju nu?
He wart den gantzen Bry verhudeln.

Der Liebhaber muß in eine Kiſte kriechen. Der Fähndrich
Braccomente erſcheint, im Streite mit einem der Sänften=
träger.

Myn Heer, bethalt uns hier!
Man fret nich ſehr vehl van de Ehr,
Et wart ud myne Katt davan nich fet,

11*

Wo nu de Heer man fo vehl Geld as Ehre het,
So bid ick fehr,
Dat he ahn vehl to prahlen
My mag betahlen.

Schimpfworte find die Antwort darauf.

Wat? Kerl, ick glöw dat ju de Guckguck plagt,
Un dat de föfte Haas by ju den föften jagt.
Geft my hier ogenblicklich mynen Lohn,
Wo nich, wil ick ju fo de Lenden kiehlen,
Dat jy fchäln as en Kater hülen
Un ju för Angft bedohn.

Das genügt. Da der Kavalier keine kleine Münze bei
fich hat, leiht Vefpetta acht Schilling. Braccomente ift ein
rechter miles gloriosus. Plötzlich kehrt der Ehegatte Pim=
pimone heim. Margo ruft:

Ick flögk by mynen beeden Ohren,
Et is uns Schor.

Diefer wird indeß gründlich betrogen, auf ähnliche
Manier, wie es in gar vielen älteren Faftnachtfpielen ge=
fchieht. Das Dienftmädchen foll fchließlich Braten, Wein
und Auftern holen.

Ick, Schor? By Lief un Leben nich!
Et kun de Fenderich
My up de Strat betrecken
Un my den Pudel decken,
Ne, ne, dät ick fo dumm nich bin.

Da geht der Alte felbft. Vefpetta und der aus der
Kifte fteigende Pierrot find überglücklich. Letzterer fingt
eine Arie:

Schau wie mir das Hertze fchläget,
Wie die ungeftühme See.

Margo.   Un icf ſind bald in de Knee. —
               Drücf mich, ſchlag mich, doch mit Schlägen,
               Welche man kaum fühlen kan.

Margo.   Icf beklag den goden Mann. —
               Nein, nein, ich verlaß dich nie.

Margo.   Itzund kumt de Reg an my.

Die letzte Oper, worin eine niederdeutſche Rolle vorkommt, betitelt ſich: „Die verkehrte Welt, In einer Opera
comique auf dem Hamburgiſchen Schau-Platze vorgeſtellet.
Im Jahr 1728." Librettiſt und Komponiſt ſind Praetorius
und Telemann. Der Text, eine beißende Satyre auf die
damaligen Hamburgiſchen Sitten, nach „le Monde renversé"
von Le Sage und Dorneval bearbeitet und lokaliſiert, gefiel
ausnehmend. Die erſte Aufführung fand am zehnten Februar 1728 ſtatt, an dem Tage, da der ehemals präſi-
dierende Bürgermeiſter Wieſe in die Gruft geſenkt wurde.
Das war in der That: verkehrte Welt! Die Ueberſetzung
machte Praetorius und nicht Johann Ulrich von König,
wie Plümicke in ſeiner Theatergeſchichte von Berlin meint.
Wohl aber lehnt ſich dieſe Oper an das Königſche Luſtſpiel gleichen Namens an, das ſchon 1725 erſchien, und
welches Gottſched in ſeinen „vernünftigen Tadlerinnen" ſehr
lobt. König wird hier ſogar in lächerlicher Uebertreibung
„der teutſche Molière am Dreßdeniſchen Hofe" genannt.
Gottſched verzeichnet noch einen Hamburger Druck von
1746, während mir einer von 1764, Erfurt und Leipzig,
bekannt iſt. Mattheſon urtheilt: „Die verkehrte Welt gibt
eine gute ſinnreiche Comödie ab, dazu ſie auch gemacht iſt;
aber eine verkehrte böſe Opera. Wenn man ſolche Dinge
mit Melodien zieret, kommt es eben ſo heraus, als wenn
man Schlangen und Canarien-Vögel, Tieger und Lämmer
zuſammen paaret: wie Horatius redet. Und das iſt nicht
erlaubet. Die größeſte Stadtkündige Aergerniß, ſo dieſe

verkehrte Opern-Welt hier in Hamburg gegeben hat, be-
stehet darin, daß an dem Tage, da der Wolseelige, ehmals
präsidirende Bürgermeister Wiese, der brave, aufrichtige
Mann, in die Grufft gesencket wurde, nehmlich den 10. Febr.
dieses Jahrs, man sich nicht entsehen hat, solches ärgerliche
Zeug auf öffentlichem Theatro vorzustellen: da denn eben
diejenigen, so wol Meister als Gesellen, welche den Tod
eines Vaters des Vaterlandes zum Schein beweinet hatten,
etwa ein Stündgen hernach, auf eine rechte Pickelherings-
Weise, vom lachen, tantzen, springen, vom lieben Neben-
Mann, von drey und vier Galans, und dergleichen mehr,
um die Wette sungen. Das ist ein schöner Respect für die
Obrigkeit! Herrliche Novendinales sind es! Ich glaube nicht,
daß solche Dinge in einer eintzigen Republick unter der
Sonnen geduldet werden; wenigstens findet sich bey den
ärgsten Heiden kein Exempel davon."

Und nun zum Stücke! Die niederdeutsche Einlage ist
besonders munter und originell. Wir begrüßen hier eine
alte gute Bekannte, die Lütje-Maid Gesche (Madame Kayser);
aber sie hat sich sehr verändert, sie weiß nur von Tugend
und Sittsamkeit, sie lebt eben auch in der — verkehrten
Welt! Sie singt und spricht platt; erzählt, daß sie fleißig
ist, sich nicht um die Geheimnisse ihrer Herrschaften be-
kümmert, nicht, wenn diese außer Hause, diebischerweise
ihre Galane mit der Herrschaft Wein traktiert, nicht Lieb-
schaften hat, sondern warten will, bis Schoor und
Fruw ihr einen Mann aussuchen, nicht Extragelder nimmt
noch darum wirbt, nicht auf den Straßen stundenlang stehn
und plaudern will, und daher die Herren Pierrot und
Scaramuz, die sie zum Gegentheil anleiten wollen, —
stehen läßt.

'T is doch keen vergnögder Leewen
Us dat eene Lüt-Maid föhrt,

Wann se flytig, neiht un kaackt,

Deel' un Kamers reine maackt,

Ock süst deit, wat eer gehört,

Un darnewen

Goot met Schoor un Jffruw steiht,

Ward eer wol so veel gegeewen,

As umtrent eer nödig deit.

Pierrot.   Glück zu, mein Kind! sind Herr und Frau zu Hause?

Gesche.   O nee!

Scaramouche.   Befinden sie sich etwann auf dem Schmause?

Gesche.   Dar weet ick nicks van af.

Scar.   Jhr könnt es mir schon sagen.

Gesche.   Dat is jon bullen Schnack!

Wi Deerens schludert nich darvan,

Wat unse Herrschopp deit; et geiht uns ock nicks an.

Pier.   Um euch die Sache zu erklähren!

Jch meine wenn sie nicht zu Hause wären,

So könnten wir, bei einem Gläschen Wein,

Zusammen lustig seyn.

Gesche.   Wo nu tum krancki! schulck gar een Deef-Sack wesen?

Dat deit keen reedlick Moder Kind.

Jck bin myn Schoor un myner Fruw

Met Hart un Hand getruw.

Pier.   Last mich euch einmahl küssen; (Will sie umfassen.)

Es sieht es doch kein Mensch, weil wir alleine sind.

Gesche.   Tüß, Jungmann, tüß! wat schall dat heesebesen?

Wi fragt hier nicks na hävely.

Scar.   Jhr werdet desto mehr vom Freyen wissen.

Gesche.   Wi denckt nich an de Fryery

Un töft,

Bet Schoor un Jffruw sülwst belewt.

Pier.   So müst ihr lange Jungfern bleiben.

Gesche.   O nee! de Herrschopp het daraf gespraacken,

't schall met een goden Handwarcks-Mann,

De Kleer un Brod erwarwen kann,

Jn veertein Daagen Köste maaden.

Aria.

Nee, nee, ick mag süst nümms verdregen,
  As mynen leewen Brödigam.
He strackelt my, he will my pleegen,
He heet my syne söte Deeren,
Un segt to my in allen Eeren:
  Myn Sucker-Popp, myn Hoon, myn Lamm!

Pier. Habt ihr im Dienste nicht ein Stückgen Geld gemacht?
Scar. Das Braut-Stück, Umhangs-Geld,
    Und was sonst extra fällt,
    Hat doch ein ehrlichs eingebracht?
Gesche. Ick hebbe nümms um wat gebeeden,
    Wat my myn Herrschopp gifft, da bün ick met to freeden.
    't is allhand Tyt na Huss to gahn.
    En Lütj-Maid mut nich up de Straaten
    Dree heele Stünnen stahn
    Un praaten.   (Geht ab.)
Scar. Hast du das Mädchen angehört?
Pier. In Warheit hier ist alles gantz verkehrt.

Eine köstliche Persiflage auf die Wirklichkeit! Diejenigen
Zuschauer, welche die Gesche aus dem „Jahrmarkt" noch
im Gedächtnisse hatten, werden an der gänzlich umge-
wandelten Person ihre helle Freude gehabt und jede Hamburger Hausfrau wird sich solch musterhaftes Kleinmädchen
gewünscht haben. Das Stück machte großes Glück, nicht nur
in Hamburg, sondern auch in Berlin, wo man von Alters
her den Dialekt auf der Bühne von Zeit zu Zeit gern hörte.
Der zelotische Berliner Kantor Martin Heinrich Fuhrmann
klagt in seinem Diskurs „Die an der Kirchen Gottes ge-
bauete Satans-Capelle", daß 1729 die in Hamburg edierten
beliebten Opern Die verkehrte Welt und der Galan in der
Kiste ungemein berühmt gewesen und auch in Kölln an der
Spree nicht wenig Beifall gefunden.

Wir stehen am Ende unserer Betrachtung. Fortan ist keine Oper mit niederdeutschem Inhalte mehr verfaßt worden. Es fanden nur noch Wiederholungen der volks= thümlichsten Singspiele auf dem Hamburgischen Schauplatze statt. Zumal der „Carneval von Venedig" und „Heinrich der Vogler" übten bis zum Schlusse immer neue An= ziehungskraft aus, wie die Drucke von 1731 und 1735 be= weisen. Ein halbes Jahrhundert hindurch, von 1685 bis 1735, ertönte „de oole plattdütsch Mooderspraak" auf dem Theater am Gänsemarkte. Nicht alle einen vaterstädtischen Stoff behandelnden Stücke bieten niederdeutsche Bestand= theile, während solche mehrfach da vorkommen, wo man sie kaum vermuthet. So ist in Hotters „Störtebeker und Jödge Michaels" (Hamburg 1701 und 1707) blos Springinsfelds Ausruf „Hebb jy wat tau binnen?" zu erwähnen. Wie prächtig hätte sich hier das alte wohlbekannte, nur in schlechter hochdeutscher Ueberlieferung auf uns gekommene „Störtebekerleit" — dasselbe hat Walther „tor Wisbüefaart" der Hanseaten 1881 rekonstruiert — einschieben lassen! Samuel Müllers „Mistevojus" (Hamburg 1726) birgt, trotz seines lokalgeschichtlichen Hintergrundes, nur einen einzigen niedersächsischen Ausdruck: de Windverkoper.

Von beinahe dreihundert Opern sind siebenzehn ganz oder zum Theil niederdeutsch: eine verschwindend kleine Zahl, indeß immerhin bedeutend genug, um daraus ein kultur= und litterarhistorisch werthvolles Bild der damaligen Hamburgischen Volkssprache, Sitten und Gebräuche zu ge= winnen. Manche der mundartlichen Arien sind zu Volks= liedern geworden, haben sich fortgeerbt von Geschlecht zu Geschlecht und Nachklänge wachgerufen. Wer etwa zweifelt und meint: Dat beleeft Se man so to seggen! (mit dat Mündken in Pündken), der sei an Rudels „Brunsewyk, du leiwe stat" — noch 1873 aufgelegt mit Noten und einem

bunten Titelbildniß des Knappen, Braunschweig. Hof-Buch-
druckerei von Julius Krampe und 1875 Hamborch. Gedruckt
in düssem jar dorch Karl Reese — sowie an die fliegenden
Blätter erinnert, welche Trintjes truhartige Klage weit und
breit bekannt machten, und darauf hingewiesen, daß 1829
„Saffische uttöge ut Hamborger sangspelen" durch Neudruck
vervielfältigt wurden. Da treffen wir Lieder und Scenen
aus Cara Mustapha, dem Hamburger Jahrmarkt, der
Hamburger Schlachtzeit, dem Galan in der Kiste, dem
jauchzenden Großbrittannien, der verkehrten Welt und die
lustige Hochzeit vollständig.

Wie sehr auch die Geistlichkeit ihrer Zeit wider die
Opern eiferte, von den Kanzeln herab davor warnte und
ihre Gemeinden an Davids Psalm mahnte: Ich will dem
Herrn singen mein Lebenlang, und meinen Gott loben, so
lange ich bin, — der gesunde Sinn der Hamburgischen Bevölkerung legte mit dem reformierten Lehrer van Til den
Spruch so aus: Singen, is een Lof-Gesang singen, met
vrolyker herte. If sal mynen God Psalmsingen, dat is:
met de Keele en Snaren-tuygen, en getuyge van de uyterste
Vrolykheyd. Den frohen, munteren Weisen der Hopfen-
marktweiber und Karrenschieber, der Dienstmädchen und
Hausknechte lauschte man daher mit Vergnügen. Auch wir
begrüßen freudig dies heitere, bunte Spiegelbild des täg-
lichen Lebens und Betriebs in der freien Reichs- und
Hansestadt an der Scheide des siebenzehnten und bis gegen
die Mitte des achtzehnten Jahrhunderts. Uns summt wohl
beim Lesen der rythmisch bewegten Lieder eine frische Melodie
im Ohr; es ist uns, als trügen die heimisch vertrauten
Mutterlaute uns auf Flügeln des Gesanges zurück in jene
längst dahingerauschte Epoche der ersten stehenden deutschen
Oper Hamburgs.

III.

Von Ekhof bis zur Franzosenzeit.

Es fehlt uns noch gänzlich an Schriftstellern, die Scenen aus dem gemeinen Leben malen. Die Ursache, warum viele Schriftsteller so langweilig sind, steckt gewiß unter andern auch darinnen, weil sie ihre Charaktere mehr aus den vornehmen Ständen des Lebens, als aus den niedrigen heben. Viele derer Höflinge sind fast nach einem Schnitte gebildet. Nachahmer der französischen Sitten, süße Schmeichler, Wetterhahnen der Mode, gepudert und bedüftet; Tanz, Spiel, Jagd, Feste; Kenntniß und Urtheil von der Glasur des Schönen; flüchtige Belesenheit in den Modebüchelchen; — Alles diß muß man so oft sagen, als man von Hofcharakteren spricht. Aber kommt und schaut den Menschen im niedren Stande! Hier, wo die Leidenschaft frey vom Damme des Zwangs ausströmt und fortbraust; hier, wo man nicht französisch denkt und deutsch spricht, oder umgekehrt; hier, wo die Accente der Natur wie Lerchensang in der Heitre ertönen; hier, wo man nicht selten die ersten Laute unsrer starken Sprache hört: — hier, Schriftsteller, mußt du lernen, wenn du willst neu und originell seyn.

Christ. Friedr. Dan. Schubart, Deutsche Chronik 1774.

„Une paysanne?" fragt Mademoiselle Reinhold ihren Bruder den Hofrath in Ifflands Hagestolzen, als er Margrethe, die Schwägerin seines Pachters, heimführen will. Eine Bäuerin? fragt die Aesthetik. Für den Kulturhistoriker aber ist diese Thatsache erfreulich und interessant. Nicht mehr blos episodenhaft und als Staffage, nicht mehr blos nach der verächtlichen und lächerlichen Seite hin werden jetzt Menschen aus dem Bauernstande dargestellt, sie sind hinauf- und hineingerückt in die Rollenfächer, die sonst kaum ein hoher Bürgerlicher einnehmen konnte, sie sind geliebte, ehrliche Bräute von hohen Herren geworden und zukünftige rechtmäßige Schwägerinnen von leibhaftigen Mademoisellen. Ist das alles auch noch gar rührend und äußerlich dargestellt, die Zeit folgt nach, die ins Innere und in die Tiefe dringt und mit ihr der Poet, der so zu gestalten, zu reden, handeln zu lassen vermag, daß Niemand mehr fragt: „Une paysanne?"

Jos. Lautenbacher, Der Bauer im deutschen Drama (Wochenblatt der Frankfurter Zeitung 1884).

Nirgends ist das niederdeutsche Drama so eifrig gehegt und gepflegt worden, wie dies von jeher in Hamburg geschah. Selbst in den traurigsten Zeiten, die über unser Vaterland hereinbrachen, während des dreißigjährigen

Krieges und während der Franzosenherrschaft, verstummte die theure Sassensprache dort nicht auf der Schaubühne. Da der große Krieg rings umher wüthete, schrieb Johann Rist, der geistliche Liederdichter und martialische Dramatiker, seine kraftvollen Aktionen in heimischer Mundart und ließ dieselben, wie wir gesehen haben, in Hamburg aufführen, und als der Marschall Davoust Prinz von Eckmühl die alte Reichs- und Hansestadt tyrannisierte, zeigte sich auf den weltbedeutenden Brettern Siegfried von Lindenberg, ein Niedersasse von Kopf bis zu Fuß, und hob noch mehr den Patriotismus.

Wenn wir das niederdeutsche Schauspiel kennen lernen wollen, wie dasselbe von Ekhof bis zur Franzosenzeit beschaffen war, so haben wir uns gleichfalls nach Hamburg zu wenden. Hier fand es auch damals den günstigsten Boden zum Gedeihen, von hier aus eilten seine Sendboten zu Gastspielen nach Berlin, Braunschweig, Celle, Hannover, Lübeck, Lüneburg, Mecklenburg, Schleswig-Holstein und anderwärts.

Die letzten niederdeutschen Arien und Gesänge der ersten stehenden deutschen Oper waren eben verklungen, darunter „dat veelberömde Mummeleed" und „de truhartige Klage van de lütjen Hambörger Deerens." Jetzt nahm die Hamburger Gelehrtenschule sich des heimischen Dialekts an. Damals waren nämlich die Schulkomödien und dramatischen Redeübungen unter dem Rektor Joh. Samuel Müller (1732—1773) zur Blüthe gelangt. Derselbe veranstaltete jährlich ein bis zwei Male einen Cyclus größten Theils deutscher Aufführungen, wobei er der Schaulust und dem Geschmacke des Publikums möglichst Rechnung zu tragen suchte, so daß zahlreicher Zuspruch, allgemeiner Beifall und eine hübsche Einnahme nicht ausblieben. Einen besonderen Reiz gab Müller seinen Vorstellungen durch Einführung

von Jnstrumental= und Vokalmusik, für welche der Kantor
und Musikdirektor Georg Philipp Telemann ihm die beste
Unterstützung bieten konnte, sowie einiger burlesker Figuren.
Einen bedeutenden Fortschritt zur Ausbildung des komischen
Elementes machte er 1738 in dem Schulspiele vom Tode
des Sokrates; hierin kommen drei belustigende Rollen vor
und darunter sogar zwei niederdeutsche. In der zweiten
Handlung erscheint als hochdeutscher Narr „Mischmasch",
und in der dritten treten „Sebald" und „Lorenz" als nieder=
deutsche Komiker auf. Dies Ereigniß ist zu wichtig, als
daß es nicht näher ins Auge gefaßt zu werden verdient.
Am sechsten und siebenten Februar 1738 wurde von zwei=
undfünfzig Schülern ein Actus oratorio-dramaticus de morte
Socratis in drei „Handlungen" mit Jnstrumental= und Vokal=
musik aufgeführt. Ein lateinisches Programm in Folio von
sechsundzwanzig Seiten lud die Freunde und Gönner hierzu
ein. Auf dem letzten Blatte ist der „Jnhalt der Red=Uebung"
in deutscher Sprache angegeben. In der dritten Handlung,
welche den Tod des Sokrates veranschaulicht, werden auch
zwei komische niedersächsische Gespräche vermerkt. Das erste
bildet den fünften Auftritt:

„Rudolf und Sebald (Jacob Heinrich Lüders
und Wilhelm Friedrich Lütjens, aus Neversdorf in
Holstein) urteilen von gegenwärtiger Red=Uebung. Der letzte
redet Plattdeutsch."

Nachdem Sokrates den Giftbecher geleert hat und seine
Großmuth noch in einer besonderen Rede gerühmt worden
ist, folgt als letzter Auftritt der zweite mundartliche Dialog:

„Ludewig und Lorenz (Lüder Mencke und Johann
Philipp Holzen) halten ein Gespräch von der Red=Uebung,
welche in vorigem Jahre gehalten worden. Der letzte redet
Plattdeutsch."

Den Beschluß machten eine Arie mit Jnstrumentalmusik

und der unentbehrliche „Nachredner." Die Aufführung be=
gann um vier Uhr und endete gegen acht Uhr Abends.
Der Text der (drei) Arien wurde auf einem Folioblatte am
Eingang verabfolgt.

Da Müller wegen seiner dramatischen Redeübungen
vielfach angegriffen ward, so läßt sich leicht denken, daß
diese niederdeutschen Zwischengespräche, welche gar keinen
Bezug zur Handlung hatten, wohl aber wahrscheinlich manche
satyrische Bemerkung über die Feinde derartiger Aufführungen
enthielten, den Gegnern einigen gerechten Anlaß zur Be=
schwerde bieten konnten. Thatsächlich verschwinden Sebald
und Lorenz, und fortan erscheinen in den historischen Hand=
lungen nur römische Jünglinge, Soldaten, Diener u. f. w.
als komische Personen.[1]

---

[1] Nachdem der Konrektor Richertz 1753 in seiner Klageschrift über
des Rektors Müller Thorheiten und Aergernisse auch dessen dramatische
Redeübungen einer scharfen Kritik unterzogen und namentlich an den
komischen Figuren Anstoß genommen hatte, scheint Letzterer noch vor=
sichtiger geworden zu sein; denn in den späteren Aufführungen sind keine
besonderen Repräsentanten des komischen Elementes mehr genannt. —
Die Hamburgischen Schulspiele enden 1781. Die erste Nachricht über die=
selben findet sich in den ältesten Gesetzen des Johanneums vom Jahre 1529,
welche in der niedersächsischen Kirchenordnung enthalten und von Bugen=
hagen verfaßt worden sind. Bugenhagen empfiehlt hier für die oberste
Klasse die dramatischen Darstellungen mit folgenden Worten: „Item idt
is oock eene gode Oevinge, wen man se Komödien spelen leth, edder etlicke
Colloquia Erasmi." Unter dem Rektor Matth. Delius wurde 1537 eine
neue Schulordnung erlassen, worin bestimmt wird, daß jährlich von den
beiden obersten Klassen einmal Komödien aufgeführt werden sollen und
zwar von „alten und neueren Dichtern." Ueber die Hamburgischen Schul=
spiele des sechszehnten und siebenzehnten Jahrhunderts sind nur wenige
Nachrichten vorhanden, Programme und die Stücke selbst dem Anscheine
nach verloren gegangen. Calmberg erwähnt in seiner Geschichte des
Johanneums, daß der Rektor Johannes Schultze (1682—1708) bisweilen

Unmittelbar darauf, im Jahre 1740, halfen Holländische Komödianten den Uebergang von den niederdeutschen Opern und melodramatischen Redeübungen zum regelrechten Schauspiele vermitteln. Es war nicht das erste Mal, daß solche in ihrer dem Niedersächsischen eng verwandten und darum leicht verständlichen Sprache in Hamburg auftraten. „Vornemlich seyn sie" — heißt es in der Vorrede ihres Vorspiels zur Eröffnung des Holländischen Schauplatzes — „durch die Fußstapfen ihrer Vorfahren hierzu angemüthiget worden, als welche über ein große dreißig Jahr her, in dieser Stadt und noch höher nach Norden zu liegenden Oertern, mit Zujauchzung und Nutzen lange gespielet haben. Niemand

eine Tragödie des Seneca agieren ließ; ebenso veranstaltete der Magister Paul Georg Krüsicke oder Krüske mit den Schülern der zweiten Klasse einige Vorstellungen Terenzischer Lustspiele. Im achtzehnten Jahrhundert wurden zunächst unter dem Rektor Joh. Alb. Fabricius nur lateinische Redeübungen abgehalten. Der Dichter-Pädagog Johannes Hübner (1711—1731), Schüler und Freund von Christian Weise, ließ zuerst 1714 auf dem neuen „Schauplatz der Beredsamkeit" einen deutschen dramatischen Actus oratorius von den christlichen Tugenden aufführen und wechselte später mit deutschen, griechischen und lateinischen Redeübungen ab. Unter Joh. Samuel Müller florierte, wie wir oben gesehen, diese Richtung am meisten. Besondere komische Figuren enthält zuerst Actus oratorio-dramaticus de vetustioribus Hamburgensium rebus, der im Januar 1737 gegeben ward. Hier erscheint ein Mönch „Sebald" (dargestellt von W. F. Lütjens), der einem Bruder seine Reise nach dem gelobten Lande im Mönchslatein schildert; ferner treten noch zwei scherzhafte Personen auf, die mit der eigentlichen Handlung nichts zu schaffen haben, „Ludewig" und „Lorenz" in einem Gespräche über Kinderzucht. — Diese kurzgefaßte Geschichte der Hamburgischen Schulspiele (im Auszuge) verdanke ich dem Fleiße von Emil Riedel, welcher alle auf der Stadtbibliothek befindlichen Programme einer gründlichen Prüfung unterzogen hat. Das Niederdeutsche ist hier nicht weiter gepflegt worden, Müllers Experiment steht vereinzelt da, verdient aber gerade darum desto mehr Beachtung.

hat zu derſelben Zeit geklagt, daß das Holländiſche ſchwer
zu verſtehen wäre: Und ſo man die Gutheit und Gedult
beliebt zu haben, um ſolches nur etwan zwey oder dreymahl
zu probiren, ſo wird die Erfahrung lehren, daß dieſe zwey
Sprachen ſo viel nicht unterſchieden ſeyn, als man ſich vor=
geſtellt." Der Holländiſche Reſident Mauritius verfaßte die
Huldigung an den Senat. Momus und Merkur disputieren
über das Verhältniß und die Aehnlichkeit beider Völker und
Zungen. Erſterer befürchtet, daß die Künſtler keinen Bei=
fall finden würden.

Waarom? 't is Nederduitsch, dat hier geen mensch verstaat.
Merkuur.
Geen mensch verstaat! Gy spreekt van't Nederduitsch zo smaâlyk?
Neen, Momus, neen, gy oordeelt quaalyk.
Het Neêr en Plat-Duitsch is de Moedertaal en grond,
Van't hooge Duitsch, dat hier gesprooken vvord in't rond.
Ten minsten kan en moet men in de beide taalen
Meest al de vvorden van dezelfde vvortels haalen,
En die de stukken van voorledene Eeuvven leest,
Vind, dat ze beide zyn een zelfde taal gevveest.
'K beken het, de uitspraak en de klank is nu verscheiden,
Doch Momus, Momus, kan't u onbekend zyn, vvat
Verbintenis altyd gevveest is tuschen beiden
Met Nederland en deeze Stad?
Ik kan't best betuigen, hoe't aloude Hanzebond
Dees Groote Stad van ouds met Amsterdam verbond,
En Middelburg, en Briel, Schiedam en't oude Staveren,
En tvveeenseventig onzachelyke Steen,
Dat Hanzebond, dat, als't de handen sloeg in een,
De Vorsten op hun troon deed sidderen en daveren.

Ja, führt Merkur weiter aus, derſelbe Geiſt beherrſcht
Hamburg und die Niederlande, dieſelbe Tüchtigkeit in Handel
und Wandel, dieſelbe Aufrichtigkeit der Gemüther, Freiheit
der Regierung. Und da ſollte man uns nicht verſtehen,
deren Väter ſchon die Ehre gehabt,

Te speelen in dees eigen Stadt,
Te Dantzik, Lubek, Kiel?

Auch diesmal standen Verständniß und Anklang auf gleicher Höhe. Der Schauplatz war in der Neustädter Fuhlen= twiete in der „bekannten Comödien=Bude." Ueber Höhe der Eintrittspreise belehren uns noch erhaltene Zettel: „gibt die Person auf den ersten Platz 1 Marck Lübisch, auf den andern 8 Schilling, und auf den dritten 4 Schilling. Der Anfang ist präcise um 5 Uhr. NB. Es wird denen Dames und Herren, wie auch sonsten respectiven Liebhabern bekannt gemacht, daß die Person in den Logen 2 Marckl. zahlet." Das Repertoire war sehr reichhaltig; ein buntes Durcheinander von Dramen und lustigen Possen. Besonders interessiert Gramsbergens Kluch= tighe Tragoedie: Piramus en Thisbe of de bedrooge Hartog van Pierlepon, merkwürdig wegen der oft wörtlichen Ueberein= stimmung mit dem Peter Squenz von Andreas Gryphius. Beide Stücke, das Holländische und Deutsche, weisen auf ein gemein= sames Original hin, das eine Entstellung von Shakespeares Interlude im Mittsommernachtstraum gewesen sein muß.

Am siebenten Juni 1741 trat die Schönemannische Ge= sellschaft zuerst in Hamburg auf und zwar im alten Opern= hause am Gänsemarkte. Johann Friedrich Schönemann war als Hannoveraner mit dem niedersächsischen Dialekt vertraut, und wenn er gleich selbst nicht derartige Rollen übernahm, so gab er doch wiederholt Stücke, in denen ein= zelne seiner Mitglieder sich als richtige Niederdeutsche be= währen konnten. Unter ihnen ragt ein Mann hervor, welchen als den ersten durchaus der Natur getreuen Dar= steller des Lebens die Nachwelt in verdienter Würdigung mit dem Ehrennamen „Vater der deutschen Schauspielkunst" ausgezeichnet hat, Hans Konrad Dietrich Ekhof,[1] geb.

---

[1] Nicht Eckhof oder Eckhoff, wie sich meistens gedruckt findet. Wie

den zwölften August 1720, geft. den fechszehnten Juni 1778.
Derfelbe war Hamburger von Geburt und eines Stadt-
foldaten Sohn. Diefer in der Socke wie im Kothurn, im
Erhabenen wie im Komifchen gleich große Künftler, der
weder vor noch neben fich ein Mufter hatte, nach welchem
er fich bildete, fondern Alles aus und durch fich felbft ward,
ift auch als niederdeutfcher Interpret bahnbrechend geworden und hat fich daneben als niederdeutfcher Dramatiker
nicht unrühmlich hervorgethan. Ein unberechenbarer Gewinn für die Entwickelung des niederdeutfchen Schaufpiels.
Mit Ekhof datiert eine neue Aera. Ohne ihn kein Borchers,
ohne Borchers kein Coftenoble, ohne Coftenoble kein Vorsmann, ohne Vorsmann kein Karl Schultze — diefe Skala
muftergiltiger niederdeutfcher Theatertypen!

Zu Konrad Ekhofs Zeit galt es noch für keine Schande,
„platt" zu fprechen und zu fchreiben, im Gegentheil! Damals waren fpeziell die Hamburger noch fo plattdeutfch,
daß felbft in der Regel die Vornehmen fich diefer Mundart in ihren Kreifen bedienten, daß fie allgemeine Gefchäfts-
fprache war, daß ein Hochdeutfcher Mühe hatte, fich dem
gewöhnlichen Manne verftändlich zu machen; ja man haßte
und verachtete das Hochdeutfche gewiffermaßen und ließ
diefe Abneigung gegen daffelbe oft den „Butenlüden", die
es redeten, empfinden. Ekhof hatte von Klein auf diefe
Mutterlaute gehört und gefprochen, er beherrfchte fie vollkommen in feiner Kunft wie im Leben. So erzählt Pro-
feffor Friedrich Ludwig Wilhelm Meyer in feiner Biographie

das von dem Altmeifter felbft geführte Gagenquittungsbuch von 1775
und die von ihm handfchriftlich erhaltenen Komödien auf der Herzogl.
Bibliothek zu Gotha ergeben, hat er fich Ekhof gefchrieben; fo fteht auch
richtig auf feinem Grabftein, falfch dagegen vorn an der Front des
Hoftheaters Eckhof und nahe bei auf dem Straßenfchild Eckhofplatz. Es
dürfte wohl angezeigt fein, die korrekte Orthographie hier einzuführen.

Schröders (Hamburg 1819), wie Ekhof einmal eine halbe Stunde lang mit einem Fuhrmann plattdeutsch zankte.

Die erste Rolle, worin Ekhof sein Idiom zur Geltung bringen konnte, wird der „Rentenierer" Grobian im „Boofes-beutel" gewesen sein, den er nach Schröders Urtheil „sehr gemein", also dem ordinären Habitus des Spießbürgers konform, darstellte. Das am 16. August 1741 zuerst aufge-führte Lustspiel in drei Aufzügen vom Buchhalter Heinrich Borkenstein (1705—77) fand unglaublichen Zulauf und hielt sich lange auf dem Repertoire; gegen neunzig Wiederholungen lassen sich nachweisen. Es ist das erste einheimische Lofal-stück und als Sittenschilderung der damaligen Zeit nicht ohne Werth. Die lächerlichen Gewohnheiten verschiedener Familien und Einwohner werden hier auf komische Weise durchhechelt. Das ganze Sujet, eine derbe und gelungene Persiflage auf alte tief eingewurzelte vaterstädtische Miß-bräuche und Vorurtheile, auf den Schlendrian im gesell-schaftlichen Leben und in der Verwaltung, den sogenannten „Booksbüdel" (Buchbeutel), ist so durchtränkt von lokalem Geiste, daß wir uns die Personen schlechterdings nicht an-ders als platt oder missingsch redend denken können. Ob-gleich in der Buchausgabe, die 1742 zu Frankfurt und Leipzig und 1746 in Hamburg bei J. A. Martini besorgt ward, sich nur vereinzelt rein niederdeutsche Wörter und Wendungen finden, so wird doch unzweifelhaft von den Akteuren das Hamburger Platt zu Gehör gebracht sein.

Noch im Jahre 1764 ist das Stück zu Lüneburg ge-geben worden, wie der folgende interessante Komödien-zettel[1] zeigt, der eines Abdrucks in mehr als einer Hinsicht werth erscheint.

---

[1] Diesen seltenen Komödienzettel, der meine Behauptung, daß im niederdeutschen Dialekt mehrere Rollen gespielt wurden, vollgültig be-weist, erhielt ich nachträglich durch die Gefälligkeit Emil Riedels.

Mit Bewilligung einer hohen Oberkeit,

wird heute,

von der allhier anwesenden Gesellschaft

Deutscher Schauspieler,

aufgeführet:

Der Bookesbeutel,

oder:

Der Hamburger Schlendrian.

Ein in Hamburg verfertigtes Lustspiel, in 3 Handlungen.

Personen:

Herr Grobian, ein Rentenirer.
Frau Agnete, seine Frau.
Herr Sittenreich, ⎫ ihre Kinder.
Jungfer Susanna, ⎭
Herr Gutherz, der Agnete Bruder.

Herr Ehrenwerth, ein Fremder aus Leipzig.
Jungfer Caroline, seine Schwester.
Jungfer Charlotte, der Susanna Freundinn.
Zwo Mägde.

Nachricht:

Dieses Stück wurde ehmals in Hamburg zuerst aufgeführet; und man hatte in demselben hauptsächlich die Hamburger Sitten zum Augenmerke genommen. Man bemerkte damals mit Verwunderung, daß man dem ongeachtet dieses Stück, inerhalb eines Vierteljares, vierzehnmal mit Vergnügen daselbst aufführen sahe. Es ist in demselben insbesondere die Schändlichkeit des Geizes, der Grobheit und des Aberglaubens, vorgestellt, wenn wolhabende Leute davon beherrscht werden, und wie sehr dadurch die wichtigste Pflicht gegen die menschliche Gesellschaft, nemlich eine gute Erziehung ihrer Kinder, verabsäumet wird. Die tugendhaften Personen, welche in diesem Lustspiele vorkommen, machen die Lasterhaften verabscheuungswürdiger. Die Ausländer werden an den Hamburgern mit Vergnügen gewahr, daß es jezo schwerer halten würde, die lasterhaften Originale zu diesem Stücke in Hamburg aufzusuchen, als es vielleicht damals seyn mogte. Ein Beweis, daß der Schauplatz den Lastern eben keine Verstärkung oder Fortgang verschafft. Da es nicht unmöglich ist, auch in andern Städten Leute zu finden, welche ihre Kinder schlecht erzihen; so hoffet man, die Sittenlehre dieses Stücks werde auch hier den Beifall erhalten, den es sich an allen Orten, wo es vorgestellet worden ist, mit so vielem Rechte erworben hat.

In diesem Stücke werden drei Rollen in plattdeutscher Sprache gespielt.

NB. Auch wird sich ein neuer Acteur in der Person des Sittenreichs zeigen.

Den Beschluß macht,

ein lustiges Nachspiel:

Arlekin, der Bräutigam ohne Braut.

Der Schauplatz ist in der Grapengiesserstrasse, in dem Brauergildehause. Der Anfang ist um halb 7 Uhr. Die Person zalet, im ersten Platze auf den Stühlen 12 Groschen, und auf den Bänken 8 Groschen, auf den zweiten Platz 4 Groschen, und auf den dritten 2 Groschen.
Wer sich beim Eingange nicht aufhalten will, kann bei dem Directeur in der Grapengiesserstrasse, in Hrn. Mackenthuns Hause, Billette abhohlen lassen.

Die Bedienten können nicht frei eingelassen werden.

Lüneburg,
1764.   **Johann Ludwig Meyer.**

Triumphe feierte Ekhof als Lehrburſche Heinrich in Ludwig Holbergs politiſchem Kannengießer. Dies erſte und berühmteſte däniſche Luſtſpiel, welches auf dem Drama von Barthold Feind „Das verwirrte Haus Jacob" beruht,[1]

---

[1] Chriſtoph Walther hat mir dieſe von ihm gemachte Entdeckung brieflich mitgetheilt. Seine Motivierung erſcheint mir ſo trefflich, daß ich nicht anſtehe, ſie hier wiederzugeben. Walther ſchreibt: Meine Anſicht über das Verhältniß des Barthold Feindſchen und des Holbergſchen Stückes iſt folgende. Das verwirrte Haus Jacob iſt früher (1703) erſchienen, als der Politiſche Kannengießer (1722). Jenes wie dieſes geißelt die Ueber-hebung gewöhnlicher Bürger und Handwerker in Reichsſtädten, welche die Obrigkeit kritiſieren und mit regieren wollen. Solche Städte gab es in Dänemark nicht. Und in Juſt Juſteſens Betænkning over Comedier (älteſte Ausgabe der Holbergſchen Komödien) ſagt Holberg geradezu: „thi Satiren ſigter allene paa viſſe Pralere blandt gemene Folk udi Friſtæder, der ſidde paa Vertshuſe og criticere over Borgemeſter og Raad, vide alting og dog intet." Darum gibt er den Perſonen niederdeutſche Vor-namen, der Hauptperſon einen deutſchen Zunamen. Aus der Sitzung des Collegium politicum geht gleichfalls deutlich hervor, daß das Stück in einer deutſchen See- und Handelsſtadt ſpielt. Nun hatte ſich, wie bekannt, im ſiebenzehnten und Anfange des achtzehnten Jahrhunderts in keiner Stadt Deutſchlands die Neigung der Handwerker, am Regimente Antheil zu haben, ſo heftig und tumultuos geäußert, wie gerade in Hamburg. Und eben gegen dieſe weltbekannte Luſt ſeiner Mitbürger zum Aufruhr hatte Feind ſein Stück gerichtet. Daß Holberg von der Exiſtenz dieſes Dramas keine Kunde hätte haben ſollen, ſcheint mir nicht glaublich. Lieſt man die beiden Dramen hinter einander, ſo fällt die Aehnlichkeit auf. Die Verſchiedenheiten reſultieren vor allem daraus, daß das eine ein Tendenzſtück, ein Pasquill, das andere eine moraliſche, eine Charakter-komödie iſt. Daß Holbergs überlegener Geiſt ganz etwas anderes aus dem Vorwurf geſtaltete, als Feind vermochte, verſteht ſich von ſelbſt. Für meine Vermuthung, daß Holberg das Stück von Feind kannte und durch daſſelbe angeregt worden iſt, ſpricht auch die Thatſache, daß er Sujet, einzelne Züge u. ſ. w. für andere ſeiner Dramen aus anderen früheren Dramatikern, beſonders aus dem Molière, entlehnte. — Vergl. hierzu S. 95 f.

erſchien auch in niederdeutſcher Faſſung: De Politſche
Kannengehter uut Holbergs Däniſchem Schuu-Platz bii
Winter Aavends-Tiid äverſett in ſine eegene Fruu-Mooder
Spraak. Hamburg und Leipzig 1743. — Das durchweg
Hamburgiſche Gepräge tritt in dieſer Uebertragung ganz
beſonders hervor. Gewiſſe Vorfälle, die ſich in Hamburg
ereignet haben, bilden den hiſtoriſchen Hintergrund. Die
bürgerlichen Unruhen hatten 1708 einen ſo bedrohlichen
Charakter angenommen, daß endlich eine Kaiſerliche Kom-
miſſion mit einem Exekutionsheere unter dem Befehl des
Grafen von Schönborn erſchien, welche nach vierjährigen
Verhandlungen den ſogenannten Haupttreceß von 1712 zu
Stande brachte, wodurch bis auf die jüngſten einſchneiden-
den Reformen von 1859 das Fundament zur Hamburgiſchen
Staatsverfaſſung gelegt wurde. In dieſen Zeitabſchnitt hat
Holberg die Handlung verlegt. Die Ordnung war eben
zur Noth wieder hergeſtellt, aber die erhitzten Gemüther
beruhigten ſich noch lange nicht. Unter ſolchen Verhält-
niſſen konnte der ſonſt achtbare und vernünftige, indeß
politiſch unreife und jeder wiſſenſchaftlichen Bildung baare
Handwerker Hermann von Bremen ſich wohl zum Orakel
ſeiner Zunftgenoſſen und zum Reformator des Gemeinweſens
berufen glauben. Der Dichter denkt ſich die Stadt von den
Exekutionstruppen noch beſetzt. Heinrich meldet der Meiſterin,
daß beim Wirthe Jens Bierzapfer Kollegium gehalten würde,
wo über zwölf Mann zuſammenkämen und von Staats-
ſachen ſchwatzten, und daß der Meiſter obenan ſäße. „Man
höhrſt du nich, wat ſe ſähden?‟ fragt ſie mit weiblicher
Neugier. „Ja, ik höhrd et wul‟, lautet die Antwort, „man
ik kun der nich fähl fan verſtahn. So fähl höhrde ik dog,
dat ſe Kayſer un Könge af- un andre in äre Städ ſedden.
Denn ſprooken ſe en mahl fam Toll, denn en mahl fan
Acciſe un Conſumtion; ſo fan undügtgen Lüden, de im

Raad weeren; so kan Hamborgs Upkomst un det Handels
Ferbetering." „Man sprikt min Mann of mid?" forscht sie
beunruhigt weiter. „Nich fähl", erwidert der Bursche, „he
sit man un grubeld, un nimt Schnuv-Tobak, wiil de andern
spräken; man wenn se denn uutspraaken hebt, so decidert
he", und, fügt er wichtig hinzu: „he har en Mine, as en
Kriis-Oberst, ja as de üpperste Borgemester." Da jammert
die Alte: „Ach! if arme Minsch! de Mann bringt uns wis
nog in Unglück, wo Borgemester un Raad so wat tho
wehten krigt, dat he sit un den Staat reformered. De
gooden Männer wild hiir in Hamborg fan keen reformered
wehten. Seht man tho, of wi nich de Wagt for de Dähr
kriigt, ehr wi en Wohrd dahrfan wehten, un dat se so mid
minen gooden Hermann van Bremen nah en Gefangen-
Huus tho trekken." „Dat kun recht wol schehn", meint
schadenfroh der Lehrjunge, „denn de Raad het nimmer
mehr tho seggen hart, as nu, sider de Thiid, dat de Kriis-
Troppen in Hamborg leegen." Wie übrigens der politische
Horizont des ehrsamen Zinngießers und seine Ansicht über
Kommunalverwaltung beschaffen ist, zeigt recht ergötzlich ein
Vorschlag, den er dem Kollegium unterbreitet: „If dagde
düsse Nagd dahrup, as if nich schlaapen kun, wo de Regering in Hamborg am besten kun inrichtet warren, so dat
gewisse Familien, wohrin tho düsser Thiid de Borgemesters
un Raads-Herren, so tho seggen, gebahren warden, fan sülke
höchste Oevrigheeds Werdigheed kunnen uutgeschlaaten, un
en fulkahmen Friheed ingeföhrt warren. If dagde, man
schul Werfel-wiis, un fan een, so fan en ander Ampt, de
Borgemesters nehmen, so wurde de ganze Borgerschop de
Regering dehlhaftig, un alle Stände wurden anfangen tho
floreren; denn thom Exempel: wenn en Gold-Schmid Borgemester wur, so seeg he up de Gold-Schmäde er Interesse;
En Schnider, up de Schniders Upkomst; En Kannengehter,

up de Kannengehters: kehn schul länger Borgemeister siin,
as een Maand, darmid dat eene Ampt nich mehr florerde,
as dat andere. Wenn so de Regering inricht wurde, so kun
wi recht en fri Folk hehten."

Ein kulturgeschichtlich interessantes Gemälde von der
Lebensweise der Frauen von Stande aus jener Zeit entwirft
uns in kräftigen Strichen der glücklich zum Bürgermeister
kreierte Weltverbesserer, da er seine Ehehälfte Gesche be-
lehrt, wie sie sich von nun an als erste Dame der Stadt
zu benehmen habe. „Man höhr, Leefste! Du moost strax
wad Coffe tho recht maaken, dat du wat hest, de Raats-
Herren-Fruens mit tho tracteeren, wenn se kahmen. Un
nahdüssen ward uuse Reputation dahrin bestahn, dat man
seggen kan: Der Herr Bürgermeister von Bremen-
feld gibt guten Raht, und die Frau Bürgermei-
sterin guten Caffee. Ach! ik bin so bange, miin Engel,
dat du di in wad versüst, ehr du in den Stande, dahrin
du kahmen bist, wahnt warst. Hinnerk! spring du hen nah
en Thee-Disch un welke Tassen un laht de Dehrn hen
loopen, un hahlen för veer Schillink Coffe: man kan hernah altiid mehr koepen. Dat schal nu, bet wiider, di en
Reegel siin, Leefste! dat du nich fähl sprikst, bet du ehrst
lehrst en honneten Discours tho föhren. Du moost ok nich
al tho demodig siin, man up dinen Respect stahn, un för
allen Dingen di dahrhen besträven, dat ohle Kannengehter
Wäsen uut den Kop tho krigen. Bil di in, dat du in
fählen Jahren bist en Borgemesters-Fruu wäsen. Des
Morgens schal der en Thee-Disch dekt stahn, for de Fremde,
de der kahmen; un des Nahmiddaages en Coffee-Disch:
un dahrup moht der denn Kahrte spählt warren. Dahr
is en wis Spill, dat heht (lat mi sehn) Allumber. Ik wul
der hundert Mark um gäven, dat du un uuse Dogter,
Fräuln Engelke, dat Spil verstundst. Jü mäten dahrför

flitig acht gäven, wenn jü andere spählen feht, dat jü of lehren. Des morgens moost du liggen, bet de Klokke Nägen, half Tein: denn dat sind man gemeene Lüde, de des Sommers upstahn wenn de Sonne upsteidt. Dog des Sündags moost du der wat fröher herud, wiil if up de Daage tho mediceneeren denke. En schmuk Schnuuf= tobaks=Doofe moost du die tho leggen, un de moost du upn Disch bi di liggen lahten, wenn du Kahrten spählst. Wenn een diine Gesundheit drinkt, so moost du nich seggen: grooten Dank, man: treshumble Servitör. Un wenn du hohjaanst, schast du nich de Hand för den Mund hohlen; dat is nich mehr bruuklik under fährnehmen Lüden. Endelk, wenn du in en Compagnie kumst, schast du nich al tho sip siin, man de Honnettetet so wat an de Siit setten. Man höhr! if hebb noch wat vergäten: Du moost di of en Schoot=Hund tho legen, un den, as diine eegen Dogter, leeven: dat is of förnehm. Uufe Naaberfche, Arianke, het en schmukken Hund, den se di wul so lange lehnt, bet wi sülvst eenen krügen kähnt. Den Hund must du en franschen Nahmen gäven, un wil if wul eenen upfinnen, wenn if nu man ehrst Tiid krige, mi um tho denken. He moot immer in dinen Schoot liggen, un du moost em int mindste en half Stüge mahl küssen, wenn der Fremde sind. Ey! kehnen Schnak! wult du en förnähme Fru siin, so must du of förnähme Fruens Nükken hebben. So en Hund kan di faaken thom Discours Anleedning gäfen; denn wenn du füs kehne Materje heft, so kanst du fan dienes Hundes Qualiteten un Dägde förtellen. Doh du man so, as if di segge, miin Engel. If verstah mi bäter up de förnehme Weld, as du. Speegel di man in mi; du schast sehn, dat der nich de minsten ohlen Sträke bi mi nah siin schälen."

Das Hamburgische Kolorit tritt auch in Einzelheiten zu Tage. „Du kannst mit der Tiid Riiden=Dehner warren",

diese verlockende Aussicht eröffnet der neugebackene Bürgermeister seinem Burschen und ruft damit dem Publikum die
seltsame und auffällige Erscheinung der ehemaligen berittenen Senatsdiener, der sogenannten „reitenden Diener",
vor Augen. Wie prächtig nahmen sie sich aus in ihrer
spanischen Alkalden-Tracht aus dem sechszehnten Jahrhundert,
den langen schwarzen Mänteln, runden gestreiften Kragen,
Pumphosen und Bratspießen zur Seite! Das barocke Kostüm
der Gerichtsboten im „Don Juan" erinnert etwas daran.
„Jk war Riiden-Dehner. Dat is recht so en Bedeening,
dahr ik Naturel un Lust tho hebbe; denn ik hebbe mi, san
Kinds-Behnen an, dahrbi kähnen freien, wenn ik Lüde in
Arrest schläpen sehde. Dat is ok en goode Bedeening, för
eenen, de sik en Bäten darin tho thummeln weedt. Ehrst
mood ik mi stellen, as wenn ik en huupen biim Borgemester
tho seggen hebbe; un wenn so de Lüde ehrst düssen Gloofens-
Artikel in den Kop krigen, so wind Hinnerk jahrlk ind
mindste en hundert Mark edder twee dahrbi: de ik dog gantz
nich uut Giitz verlange, man alleene, um tho wüsen, dat ik
miin Ambt un Riiden-Dehnerart verstah." Ja, der Kamm
schwillt ihm mächtig. Sein Herr und Altermann der Zinn-
gießer-Gilde heißt jetzt regierender Bürgermeister und Magni-
ficenz, sollte da für ihn nicht auch eine Standeserhöhung zu
erreichen sein? So rückt er denn mit der Bitte heraus:
„Wend de Heer nich wul öwel nehmen, so wul ik wul um
een Dink demohdigst bäden hebben, nämlk: dat ik mi na-
düssen von Hinnerk nöhmen mögde. Jk doht", so entschuldigt er sich, wie er des Bürgermeisters Zorn gewahrt,
„parol nich uut eengen Ehrgiiz, man blod um nahdüssen
en bäten Respect bi dat ander Folk im Huuse tho hebben."
Noch nähere Bekanntschaft machen wir mit Heinrich, daß
uns vor ihm graut. Der Hamburger Ausruf nämlich stört
seinen Gebieter beim Arbeiten: „Gaa uut un seg de Wiiver,

de hür up de Straat mid Oesters roopen, dat see nich
roopen möht in de Straat, wohr if wahne; dat verstöhrt
mi in mine politsche Ferrichtningen." Und nun werden aus
der Thür die Worte geschrieen: „Hört, jü Oester-Wiivers!
jü Canaljen! jü Coronjen! jü ünverschahmte Taschen! jü
Aegtemanns-Hohren! is der kehn Schahm in ju, dat jü so
int Borgemesters Straate roopt un verstöhret em in sine
Ferrichtningen?" — Genug der Proben! Der politische
Kannengehter erscheint als echt Hamburgisches und echt
niederdeutsches Stück. [1]

[1] Hier ist der Platz, ein merkwürdiges Drama wegen einer mundartlichen Rolle anzumerken, ob es gleich nur indirekt mit Hamburg zu
schaffen hat, worauf mich Herr Dr. Schlenther aufmerksam machte.
Louise Adelgunde Viktoria Gottsched geborene Kulmus, die litterarisch
hochgebildete Gattin des viel gepriesenen und geschmähten Gelehrten,
schrieb nämlich als ersten dramatischen Versuch ein Lustspiel: Die
Pietisterey im Fischbein-Rocke; Oder die Doctormäßige Frau. Dasselbe
erschien auf Kosten guter Freunde 1736 zu Rostock in Buchform. Es ist
eine freie Bearbeitung und Nachahmung der Tendenzkomödie: La
femme docteur ou la théologie tombée en quenouille, welche der
französische Jesuit Guillaume Hyacinthe Bougeant gegen den schwär-
merischen Jansenismus im Jahre 1730 verfaßte. Die pietistischen Unruhen
und die Scheinheiligkeit werden darin mit vielem Geist und großer
Schärfe gegeißelt. Die deutsche Posse übte nicht nur in Danzig, wo
die anonyme Uebersetzerin damals lebte, große Wirkung aus, sondern
erregte auch namentlich in Königsberg, wohin die Pietisterei von Halle
übergesiedelt war, einen Sturm der Entrüstung in den Kreisen der
schleichenden Mucker und heuchlerischen Frömmler; ja in ganz Deutschland machte das Stück gewaltiges Aufsehen. Speziell in Hamburg
glaubte man den bekannten freisinnigen Pastor an der St. Jakobi-Kirche
Erdmann Neumeister zu ehren, indem man ihn für den Erfinder aus-
gab. Gottsched sagt in dem zum Andenken seiner seligen Frau ge-
stifteten „Ehrenmaale und ihrem Leben" (Leipzig 1763), daß diese Arbeit

Noch größeren Erfolg erzielte Konrad Ekhof als Jürge im „Bauer mit der Erbschaft." Der Komödienzettel vom siebenzehnten Juli 1747 besagt: „Mit Bewilligung einer Hohen Obrigkeit wird heute auf der Schönemannischen Schaubühne in dem Opernhause am Gänsemarkte allhier vorgestellet werden: ein aus dem Französischen des Hrn. von Marivaux übersetztes Lustspiel in einem Aufzuge: L'heritier de village, der Bauer mit der Erbschaft. In diesem Stücke

ihr so gut gelang, daß eine Menge von Lesern, die das Buch in Hamburg gedruckt erblickten, es keinem unberühmtern Schriftsteller, als dem berühmten Pastor Neumeister, zueignete, dessen Eifer wider die Pietisten sich sonst schon auf mehr als eine Art beißend genug erwiesen hatte. Es wurde in Königsberg verboten, für unehrlich erklärt, und erst, als man nach einer Korrespondenz mit Danzig und Hamburg die Ueberzeugung gewonnen, daß das Stück wirklich in Rostock gedruckt sei, ließ man vom inquisitorischen Eifer ab (A. Hagen über die Gottschedin: Neue Preußische Provinzial-Blätter. Band III. Königsberg 1847). Ein gemeines Bürgerweib, Ehrlichen mit Namen, spricht plattdeutsch und sagt dem Magister Scheinfromm, der ihre Tochter zur Gottseligkeit unterrichten sollte, in der That sie aber zu verführen suchte, in derben Worten ihre Meinung: „Ja! du böst de rechte Keerel tor Seeligkeit; du sullst myne Dochter wohl föhren en den Himmel, wo de Engel met Külen dantzen. Wat meent se wohl, Frau Nabern! Eck schak em myne Dochter en't Huuß, dat he se sall en de Reelgon enfermeeren; denn eck wöll se op Ostern tom heilgen Avendmaal nehmen. On de verflookte Keerl es dem Meeken allerly gottloß Tüg anmoden. Eck seh! se sitt ut! se grient; eck frag er: Endlich kömmt't herrut, wat Herr Scheinfromm vor een schöner Herr es. Da sall em de Düvel der veer halen! Eck wöll'm vor't Constorien kriegen; da sall he my en een Loch kruupe, wor em nich Sonn nich Maand beschienen sall." — Es ist nicht uninteressant zu sehen, wie die gelehrteste Frau ihres Jahrhunderts, welcher selbst die Kaiserin Maria Theresia Bewunderung zollte, ihre einfache, bescheidene plattdeutsche Muttersprache, den Danziger Dialekt, genau kannte und am passenden Orte anzuwenden nicht verschmähte.

werden vier Rollen in der niedersächsischen Sprache gespielet werden. Gedruckt zu bekommen."

Der Uebersetzer ist der von Lessing namentlich wegen seines Talentes zum niedrig Komischen geschätzte Schauspieler und Schauspieldichter Johann Christian Krüger, geb. 1722 zu Berlin, gest. am 23. August 1750 zu Hamburg. Die Bearbeitung wurde im ersten Theile seiner Sammlung einiger Lustspiele (Hannover 1747) und auch selbstständig ohne Jahr und Ort gedruckt. Durch Ekhofs naturgetreue Auffassung des bäurischen Helden setzte sich die muntere Posse mit einem Schlage in der Gunst des Hamburger Publikums fest. Er war ganz der Mann des Charakters, den er darstellte; er spielte diesen nicht, er lebte ihn, darin bestand vor Allem seine Größe. Am zwanzigsten Juli desselben Jahres wurde damit Schönemanns Bühne geschlossen. Zahlreiche Wiederholungen fanden statt von 1747 bis 1751 und im neuerbauten Theater an der linken Seite des Dragonerstalles von 1752 bis 1756 sowie 1762 auf 1763, 1765 und öfter.

Den Inhalt kennt jeder Gebildete durch die kurze Analyse in Lessings Dramaturgie. Lessing schreibt nach dem 33. Abend, Freitags den 12. Junius 1767: „Dieses kleine Stück ist hier Waare für den Platz, und macht daher allezeit viel Vergnügen. Jürge kömmt aus der Stadt zurück, wo er einen reichen Bruder begraben lassen, von dem er hundert tausend Mark geerbt. Glück ändert Stand und Sitten; nun will er leben, wie vornehme Leute leben, erhebt seine Liese zur Madame, findet geschwind für seinen Hans und für seine Grete eine ansehnliche Partie, Alles ist richtig, aber der hinkende Bote kömmt nach. Der Makler, bei dem die hundert tausend Mark gestanden, hat Bankerott gemacht, Jürge ist wieder nichts, wie Jürge, Hans bekömmt den Korb, Grete bleibt sitzen, und der Schluß würde traurig genug sein, wenn das Glück mehr nehmen könnte, als es

gegeben hat; gesund und vergnügt waren sie, gesund und
vergnügt bleiben sie. Diese Fabel hätte jeder erfinden
können; aber Wenige würden sie so unterhaltend zu machen
gewußt haben als Marivaux. Die drolligste Laune, der
schnurrigste Witz, die schalkischste Satyre, lassen uns vor
Lachen kaum zu uns selbst kommen; und die naive Bauernsprache gibt Allem eine ganz eigene Würze. Die Uebersetzung ist von Krieger (so!), der das französische Patois in
den hiesigen platten Dialekt meisterhaft zu übertragen gewußt hat." Mit Stolz darf diese Anerkennung aus solcher
Feder jeden Freund der niederdeutschen Sprache erfüllen.
Ihr hat Lessing, der große Kritiker, einen Denkstein aere
perennius damit gesetzt, und wir können darob vergessen, daß
Karl Gutzkow alle Liebhaber niederdeutscher Schrift für
Hausknechte erklärte.

Das Stückchen ist nun aber auch allerliebst, und das
Idiom frisch, echt und natürlich. Am gelungensten und
liebenswürdigsten scheint der Charakter des Jürge vom
Dichter angelegt und durchgeführt. Der Uebersetzer hat
den Ton und die Sprechweise eines niedersächsischen Dörflers
außerordentlich glücklich getroffen, wenn sich gleich einige
Fehler eingeschlichen haben, die schon Lessing zum Theil
ausmerzt und Wilhelm Cosack in seinen Materialien zur
Hamburgischen Dramaturgie (Paderborn 1876) des Weiteren
berichtigt. Es lohnt sich wohl, diesen bäurischen Helden
näher kennen zu lernen. Nachdem er die Erbschaft gemacht, ist er wie umgewandelt. Kein Städter kann stolzer
und eingebildeter sein. Aber Jürge hat auch Ursache,
wird er doch zwiefacher Schwiegervater von Sprößlingen
aus einem zwar verarmten aber altadeligen Geschlechte.
„'t is richtig" — meditiert er — „ik will mie den Adel
köpen. He ward twar ganz funkel nee sien, man he ward
desto länger holen un ward ehren unterstütten, de all een

beitjen afbrukt is. Da if med ünner de vornehmen Lüde hör, fo mut if oof groote Øverlegung över miene groote Arbeit anstellen. If mut't een beitjen överdenken, un op un dahl gahn. Een Hußvader hed veel Sorge op sienen Halse, un Kinner fünd een schlimm Hußrath, so bald fe grot ward, so kriegt see freens Schrullen. Uennerdessen is man doch so in eenen gewissen Rank, de een Hupen Ambrasche maakt, man an uns un unsen Kram is ümmer wat to flikken, un de Lakayen freeten eenen dat Brod förn Muhle weg; un doch kan man öhne düssen Wirrwar nich leven. De gemeene Lüde sind veel beeter dran. Alleen man hed oof eenen allerleysten Bruk in düssen Stück, man borgt by den Koplüden un betahlt se nich, dat holt eene Hushollung tosamen. Uennerdessen löv if doch, dat wie vornehmen Lüde recht narrsch to Wark gat. Doch da kummt unse Amtschriver, if bün ehm noch Geld schullig, man he ward niks kriegen, if weet, wat de vörnehme Bruk is."

Nun werden wir Zeuge von einem Auftritt, der mit drastischem Humor dem Leben abgelauscht ist.

Der Amtschreiber. Guten Tag! Vater Jürge.

Jürge. Grooten Dank, mien leeve Amtschriver, man segt to mie gnädige Herr Jürge, dat kummt mie to.

Der Amtschreiber (lachend). He, he, he, ich verstehe es, ihr Glück hat ihre Eigenschaften erhöhet. Es sey darum. Gnädiger Herr Jürge! ich freue mich über ihre Begebenheiten; ihre Kinder haben mir eben Nachricht davon gegeben; ich gratulire ihnen dazu und bitte sie zugleich, sie wollen so gut seyn und mir die funfzig Mark geben, die sie mir seit einem Monat schuldig sind.

Jürge. Et is wahr; de Schuld gestah if, man't is mie nich möglik, dat if see betahlen kan, denn da wür if för möten recht över de Tungen springen.

Der Amtschreiber. Wie, ist es ihnen nicht möglich mir zu bezahlen, und warum?

Jürge. Wiel't eenen so vörnehmen Minschen as ik bin nich lät; dat wür een Schimp för mie syn.

Der Amtschreiber. Was nennen sie Schimpf? Habe ich ihnen nicht mein Geld baar gegeben?

Jürge. J ja doch! ik bün jo ook nich to wedder, jy hev't mie richtig geven, ik hev't kregen! ik bün jo schullig, ik hev jo miene Handschrift dröver geven, de dörf jy man verwahren; kahmt hüt oder morgen eens wedder un mahnt mie um de Schuld, dat war ik jo nich wehren, man ik war jo wedder avwiesen. Un so veel mal, as jy wedder kamen ward, so veel mal war ik jo wedder avwiesen; un op de Wiese ward de Tiet van Dag to Dag ehrlik un redlik verstrieken. Seht so is de ganse Kram.

Der Amtschreiber. Aber scherzen sie mit mir?

Jürge. Oeverst tom Düvel! sett jy jo eenmal in meene Sted, will jy denn, dat ik um söstig lustige Maark miene Reputaschon verleehren sall? is dat wohl de Möhe wehrt, dat ik mie för ik weet nich wat sall ansehen laten, wenn ik see betahle? Gift Element! man mut doch Resoon annehmen. Wenn mien Stand nich drünner lede, so wull ik't van Harten gern dohn; ik hevve Geld, seht, da is wat, wat uttoleehnen is mie wohl verlöst, dat lät sik wohl dohn; man darvan to betahlen dat is mie nich möglik.

Der Amtschreiber (beyseite). Ha, ha, nun weiß ich schon, was ich zu thun habe. (laut.) Es ist ihnen erlaubt, etwas davon wegzuleihen, sagen sie?

Jürge. Vullenkamen.

Der Amtschreiber. In der That, das ist ein edel Privilegium; und überdem schickt es sich für sie auch viel besser, als für jemand anders; denn ich habe immer bemerkt, daß sie von Natur großmüthig sind.

Jürge (lachend und sich brüstend). He he, ja dat is so slimm nich, he weet sine Saaken good antobringen. Wie groote Herren mögt gern smeichelt syn; wie hevt, förwahr! grote Verdeenste, un

13*

sehr cummode Verdeenste, denn see kost uns niks; man givt see uns, un denn hev wie see, ahn dat wie see dörst sehen laten, dat sünd de Ceremonjen alle.

Der Amtschreiber. Ich muthmaße, daß sie sehr viel von diesen Tugenden haben werden, gnädiger Herr Jürge!

Jürge (schlägt ihn sachte auf die Schulter). 't is wahr, Herr Amtschriver, 't is wahr; sapperment! jy staht mie an.

Der Amtschreiber. Das ist viel Ehre für mich.

Jürge. Dat kan wohl syn!

Der Amtschreiber. Ich werde mit ihnen nicht mehr von demjenigen reden, was sie mir schuldig sind.

Jürge. Ja doch, ik will hevven, dat jy med mie darwan snaffen salt; mot ik jo denn nich tom Narren hevven?

Der Amtschreiber. Wie es ihnen beliebt, ich werde hierinnen der Würde ihres neuen Standes genug zu thun wissen, und sie mögen mich bezahlen, wenn es ihnen gefällig seyn wird.

Jürge. Ja; in eenige Stiege Jahre.

Der Amtschreiber. Gut! wenn es auch erst in hundert Jahren geschiehet; wir wollen davon nicht mehr sprechen! Allein, sie haben eine edle Seele, und ich habe sie um eine Gnade zu ersuchen, nemlich: daß sie so gut seyn und mir 50 Mark leihen wollen.

Jürge. Da! Herr Amtschriver; 't is mie lev, dat ik jo deenen kan, da hev jy!

Der Amtschreiber. Ich bin ehrlich, seht, da ist eure Handschrift: ich zerreiße sie; nun bin ich bezahlt.

Jürge. Jy sünd betahlt, Herr Amtschriver? de Düvel! dat is nich ehrlik van jo gehannelt. Potz bliks! dat is nich man so, dat man Lüde van miene Art um ehre Ehre bedrügt. Dat is een Schimp! Gift Element! he hed mie gottlos beluert, man ik will ehm nich so hengahn laten.

Diesen Bauern gab Ekhof nach der Meinung von Friedrich Ludwig Schröder, welcher sonst gern an seinen Leistungen Aussetzungen machte, „unübertrefflich in der plattdeutschen Sprache", und Johann Christian Brandes versichert in seiner Lebensgeschichte (Berlin 1800), daß Jürge, unter vielen anderen Meisterrollen, das non plus ultra von Ekhofs Kunst war. Man sah in ihm nicht den Akteur, sondern die Person selbst, welche er so gelungen darstellte. Ja er täuschte durch sein Spiel und durch die köstliche Wie* dergabe des Jargon die Zuschauer und Hörer derart, daß einmal ein Bäuerlein, welches eben in der Komödie war, wie es so die liebe, einfältige und wahre Natur ersah, an seinen Nachbaren in ungeheuchelter Bewunderung die treu- herzige und für den Künstler ehrenvolle Frage that: „Wo in alle Welt hebben de Lüde den Buren hernahmen?"

Madame Schönemann und später Madame Boeck repräsentierten die Liese mit ländlicher Naivetät und Unge= zwungenheit und rechtfertigten den Beifall, der dieser Dar= stellung und dem Stücke überall und nach manchem Jahr= zehnt noch zu Theil ward. In Reichards Taschenbuch für die Schaubühne auf das Jahr 1776 ist Ekhof zusammen mit Madame Boeck als Jürge und Liese abgebildet. Die beiden Künstler dieser in Kupfer gestochenen Skizze, G. A. Liebe und G. M. Krause, sollen Aehnlichkeit, sogar der Gesichtszüge, in die Zeichnung gebracht haben. Die Episode wird veranschaulicht, wie Jürge aus der Stadt mit der Nachricht von der reichen Erbschaft lachend ins Dorf zu= rückkehrt und von seiner Frau für den Burschen, der ihm sein Gepäck getragen, kleine Münze fordert:

       He, he, he! Giv mi doch sief Schillink kleen Geld, if hev niks, as Gullen un Dahlers.

Liese. He, he, he! Segge doch, hest du Schrullen med dienen fief Schillink kleen Geld? wat wist du damed maken?

Jürge. He, he, he! Giv mi fief Schillink kleen Geld, seg it die.

Liese. Woto denn, Hans Narr?

Jürge. För düssen Jungen, de mie mienen Bündel op de Reise bed in unse Dörp dragen hed.

Den Bauern mit der Erbschaft nennt W. Hennings (Deutscher Ehren-Tempel. Gotha 1825) als eine derjenigen Rollen, welche Ekhof im Lustspiele gern gab, und die man mit besonderem Vergnügen von ihm sah. Der bekannte Dramaturg Johann Friedrich Schink, welcher im zweiten Bande seiner Hamburgischen Theaterzeitung (Hamburg 1792) auf Ekhofs komische Charaktere zu sprechen kommt, sagt geradezu, daß sich sein Jürge unsterblich gemacht habe. Wie sehr diese Figur ihm in Fleisch und Blut übergegangen war, bezeugt aber auf das Schlagendste Friedrich Nicolai, der in Ifflands Almanach für Theater und Theaterfreunde auf das Jahr 1807 einen mit Musäus und Mylius ge= meinsam im Mai 1773 bei Ekhof abgestatteten Morgenbesuch in Weimar erzählt: „Wir fanden ihn in Schlafrock und Nachtmütze. Er setzte seine Brille auf, und in dieser äußer= lich so ungünstigen Lage las er aus Cronegks Trauerspiele Codrus den Monolog Medons mit einer so naturvollen Würde und mit so edlem Ausdrucke vor, daß man den edlen jungen Prinzen zu hören glaubte und Brille, Nacht= mütze und Schlafrock vergaß. Dann wählte er aus Voltaires Zaire die berühmte Scene Lusignans mit seinen beiden Kindern. Wir waren so gerührt, daß uns während seines affektvollen Lesens die hellen Thränen über die Wangen liefen. Sobald die Scene geendigt war, sprang Ekhof vom Stuhle auf, wie ein junger Bursche, schnalzte mit den Fingern beider Hände, warf seinen Schlafrock auf die Erde, und nun sagte er augenblicklich aus dem plattdeutschen Nach= spiele: Der Bauer mit der Erbschaft, eine Scene auswendig her, so originell drollig, daß wir alle einmal übers andere laut auflachen mußten. Es war gar nichts mehr an ihm von der vorigen Würde und von der vorigen innigen Em= pfindung. Bis auf die ausgebogenen Knie, bis auf die heraufgezogenen Schultern, bis auf jede Muskel des Gesichts

war der Bauer da, bis auf die geringſte Bewegung der
Hand war alles komiſch. Ich erinnere mich noch, daß er
die beiden mittlern Finger emporhob; aber die ganze
poſſierliche Bewegung des Handgelenks und des Arms kann
ich nicht beſchreiben." Nicolai ſchied von Ekhof als deſſen
enthuſiaſtiſcher Bewunderer; ein Briefwechſel folgte. Rührend
beſcheiden bat der Künſtler, der Reiſende möge doch ja, ja
nichts drucken laſſen über den bewußten Morgenbeſuch! Daß
es ihm gelungen, ohne „die Requiſiten ſeines Metiers"
in des Beſuchers Augen Thränen zu locken und dieſe
nachher durch Lächeln zu verdrängen, ſei ihm der ſchönſte
Lohn.

Krüger verfertigte bald darauf 1750 für Ekhof eine
zweite Glanzrolle, Herzog Michel, den Helden in dem gleichnamigen Luſtſpiel von einer Handlung in Verſen, nach dem
„ausgerechneten Glück" von Johann Adolf Schlegel in den
Bremer Beiträgen; zuerſt gedruckt im fünften Bande der
vom Direktor Schönemann beſorgten Sammlung „Schauſpiele, welche auf der von Sr. Königl. Majeſtät in Preußen
und von Jhro Hochfürſtl. Durchl. zu Braunſchweig und
Lüneburg privilegirten Schönemanniſchen Schaubühne aufgeführet werden. Braunſchweig und Leipzig 1751." Einzel-
ausgaben erſchienen ohne Ort 1757 (nach Gottſched Frankfurt 1757), 1763 und 1769, ferner in Krügers „Poetiſchen
und Theatraliſchen Schriften", herausgegeben von Johann
Friedrich Löwen (Leipzig 1763). Auch dieſe Bluette, die
voller naiven Gemälde und feiner ſatyriſchen Züge ſteckt,
und worin die bäuriſchen Sitten ſehr draſtiſch zu Tage treten,
fand großen nachhaltigen Beifall. Leſſing in der Hamburgiſchen Dramaturgie, 83. Stück, fragt: „Auf welchem
Theater wird Herzog Michel nicht geſpielt, und wer hat ihn
nicht geſehen oder geleſen?" Uebrigens iſt der Text urſprünglich hochdeutſch; aber Ekhof, um größere Wirkung

zu erzielen und die Wahrscheinlichkeit zu steigern, gab in
richtiger Erkenntniß der Sachlage den sich zum Herzog
träumenden Bauern in der von ihm meisterhaft beherrschten
platten Sprache.

Nach Krügers Tode sah sich Ekhof vergebens nach
einem Dramatiker um, welcher ihm einige neue Dialektrollen schrieb. So schuf er denn selbst nach der seit 1704
in Paris beliebten Komödie Le galant jardinier von D'Ancourt
ein Stück unter dem Titel „Das Blindekuhspiel." Mathurin,
der Gärtner des Herrn Robinot, die niedrigkomische Person,
spricht hier ein handfestes Plattdeutsch. Warum der Bearbeiter die Handlung nicht aus Frankreich weg verlegt und
deutsche Namen gewählt hat, ist unerfindlich. Einem Gärtner
Matthies trauen wir zu, daß er im niederdeutschen Idiom
bewandert ist, einem Mathurin nicht. Abgesehen von dieser
Aeußerlichkeit ist die Figur höchst gelungen, und Ekhof beweist nicht nur Kenntniß von der niederdeutschen Grammatik,
sondern verfügt auch über einen Sprachschatz, der durch
die Fülle echt volksthümlicher Wörter und Sentenzen in Erstaunen setzt.

Mathurin ist der Träger des lustigen Schwankes. Er
geht anfangs für seinen alten Herrn durchs Feuer, unterstützt dessen projektierte zweite Heirath mit dem Mündel
Angelika, der Geliebten des Hauptmanns Erast, und entdeckt einen Fluchtversuch der jungen Leute. Aber bald zeigt
sich's, daß er doch gegen eins nicht unempfänglich ist, nämlich: Geld! Für Geld und gute Worte würde er zum Verräther an seinem Herrn geworden sein. Höre, mein Freund!
redet der Offizier den Horcher an, allein diese intime Benennung macht wenig Eindruck. „Ne, tom Düvel, ick bün
nich jo fründ, dat led een hupen schlicht van eenen ehrligen
Affzeder als jy, Gladschnackers by sick tho hevven, de in
de Hüser fischen kamt, um de lichtlövge Lüde to verföhren."

Der Offiziersbursche Lepine sucht ihn zu beschwichtigen:
„Cammerad!“

Mathurin.   Wat Camrad? ne myn Seel, wie krieg jy nich, ik lat
mie nich verföhren.

Lepine.   Das glaub ich, aber wenn du so widerspenstig bist, sieh
da meinen Herrn, den Herrn Hauptmann, der gemeiniglich
ein wenig grob ist, und ich bin es meines Handwerks
nach auch.

Mathurin.   Dat du den Schwulst krigst! bün ik denn dat nich ook
van Natur? Grov tegen grov, so bliev wie uns nix
schullig.

Lepine.   Ja, aber wir sind zwey Grobe gegen einen. Nimm dich
in Acht, daß du nicht hundert Prügel davon trägst.

Mathurin.   Hunnert Prügels?

Lepine.   Ja, hundert wenigstens von meinem Herrn, und eben so
viel von mir.

Mathurin.   Van jo ook? dat makte twee hunnert, nich wahr?

Erast.   Richtig.

Lepine.   Rechnen kann er wenigstens gut, mein Herr.

Mathurin.   Un jy schnackt een hupen dum. So krigt'n mie nich up
sine Siet. Ju äver so'ne Wies. Hübsch ehrbahr, hübsch
sanftmödig; mit Sanftmödigket krigt'n alls van my, ik
mag geern beden syn.

Erast.   O, wenn es nur daran liegt, dich zu bitten.

Mathurin.   Ja, äverst bidden un bidden is tweerle.

Erast.   Widersetze dich den günstigen Entschließungen nicht, wozu
wir Angeliken bereden wollen, ich beschwöre dich darum.

Mathurin.   Dat is rechte good; man womit mack jy joue Beschwörung,
wenn't ju nich so to wedder is?

Erast.   Mit allem ersinnlichen Eifer, mit aller Begierde zur Er-
kenntlichkeit, die mir ein so guter Dienst nur einflößen kann.

Lepine.   Besser kann man auch gewiß nicht bitten, mein guter
Landsmann.

Mathurin.   Oh de Hagel, ja man kan noch beter bidden. Man hed
mie woll äver hunnertmal in dergliken Saken beden,
äverst man mut't ganz anners angripen.

Lepine. Wie denn?

Mathurin. Oh, welke Lüde sprett veel manerlicher as anre. Tum
Exempel, man trock glik Anfangs eenen Büdel Geld ut
de Fick, dat lehrde mie up't Word passen, dat knöp mie
de Ogen up, verstah jy dat wull nich?

Lepine. O ja, vortrefflich; aber —

Mathurin. Man vertelt mie de Saak, ick hör to; man matt den
Büdel apen, ick steck der de Hand n'inn, ahn dat man't
mie heeten hed; denn ick begrip licht wat, un mie dünkt,
dat jy't nich so licht begript, Herr Hoptmann.

Lepine. Ja, ja, wir begreifens wohl; aber es ist eine kleine
Schwürigkeit dabey, nemlich: wir tragen niemals Geld-
Beutels bey uns.

Mathurin. De Düvel, dat is nich god; dat is doch sünst Husrath,
dat en jümmer brutt.

Lepine. Ihr habt recht; aber in Ermangelung des Geld-Beutels
werden wir euch eine Handschrift geben, wenn ihr
wollt, hm?

Mathurin. Ene Handschript? ne, de Affzerders ehre Handschripten
dögt nich veel.

Lepine. Aber —

Mathurin. Ne, jy seht woll, ick lat mie nich bestecken.

Lepine. Lieber Landsmann —

Mathurin. 't is nicks to dohn. As't een annern geiht, kön't mie
ock gahn. Ick lev Claudine even so stark as Herr
Robinot de Angelika levt, un wenn man mie de weg-
nehm, so kreg ick vör Arger den Schlag. De Blix, ne
hohl die as een Kerdel, de Garner mut nich Orsack syn,
dat sien Herr crepeert, dat wär all to schelmsch.

Lepine. Aber höre doch.

Mathurin. Ick hör nich, miene Ohren fünd dov.

Erast. Ich muß indessen durchaus —

Mathurin. Wart nich grov, Muschü! jy hevt fründlick beden, ick
slah't jo fründlick af. Bed op't weddersehnt, Herr Hoptmann.

Lepine. Warte, warte, man wird Gewalt brauchen.

Mathurin. Oh, ju, tra trara, kamt man damid, ick töv dar all up. Dat ward ju lehren, ichtsmal eenen Geldbüdel by jo to steđen.

Dafür wird ihm arg mitgespielt. Denn auf den Rath des Dieners, den Bauern in Ermangelung des Geldes mit der Einbildung zu bezahlen, stellt sich der Hauptmann zum Schein in Claudine, Mathurins Braut, verliebt. Diese, ent= zückt über die Aussicht, einen so schmucken und vornehmen Soldaten, der ihr obendrein goldene Luftschlösser aufbaut, zu bekommen, will von ihrem Verlobten nichts mehr wissen. Mathurin geräth in die Falle und wird gegen das Ver= sprechen, daß sich der Hauptmann, obgleich in das kleine Dorf= mädchen sterblich verliebt, doch mit Angelika begnügen wolle, wenn er zur Entweichung behülflich sei, dessen gefügiges Werkzeug. Was scheert ihn sein Herr und dessen Glück, wenn er nur seine angebetete Claudine behält, der er gern Alles verzeiht! „Sühst du, so is't verby, ick vergev't die. Man nu kanst du sehn, wo 't wur gahn hevven, wenn wie all Man un Fru west wären. Du wärst all heel in ehm vernaart, un he brukde mien Seel wieder nix, unse Hus= hollung in Wirrwar to bringen. Sühst du, Claudine, 't is god, dat du 't weest. Denn versteihst du, de Hushollung is as een Ploog, wo Mann un Fru vörspant sünd; so lang as se beyd frisch foorttrecken, geiht de Ploog good; man wenn de Fru sick Grillen in Kopp sett, so argert sick de Mann, un hernögst treckt de ene hodde un de annere ho, de Ploog geiht verdwer un verdwas, un de Hushollung geiht nahn Düvel." So macht er denn sich und das junge Paar glücklich. Das letztere entflieht, während er auf be= lustigende Weise seinen Herrn und Gebieter in des Wortes wahrster Bedeutung Blindekuh spielen und als Geprellten stehen läßt.

Die Buchausgabe dieser Ekhofschen Uebersetzung, die,

wie gesagt, den einzigen Fehler hat, daß die Personen= und
Ortsnamen nicht germanisiert sind, erschien in Berlin 1760.
Zuerst gegeben wurde das heitere Stück schon 1757 und
gefiel überall, wo der Künstler in seiner unvergleich=
lichen Meisterschaft den plattdeutsch redenden Gärtner dar=
stellte.

Großes Ergötzen rief Ekhof ferner als Bruder des ge=
adelten Wucherers in „Der Wucherer ein Edelmann" her=
vor. Diese einaktige Farce, von ihm übertragen nach
Le Grand's auf dem Théatre français seit 1713 gern ge=
sehenen L'usurier gentilhomme, ist das Gemälde eines Gelder
für hohe Zinse ausleihenden und dadurch reich gewordenen
Landmannes, welches zeigt, daß Glück nicht die Fehler der
Erziehung verbessert. In scharfem Kontrast zu dem gespreizt
und wichtig thuenden Halsabschneider Herrn von Stadtdörfer
und dessen Gattin, von der man nicht recht weiß, ob sie
mehr ungebildet, herzlos oder spleenig ist, steht der biedere,
einfach und bäurisch gebliebene Bruder Klas. Er hat von
der nah bevorstehenden Verbindung seines Neffen Matz mit
Henriette, Tochter des Edelmannes Fontaubin, gehört und
sich auf die Beine gemacht, um bei diesem Familienereignisse
zugegen zu sein.

> Gon Dag, Trine, Gon Dag, Matz, Gon Dag — de
> Blicks un de Hagel, wat is ut so worren in de dree Jahr,
> dat ick so nich sehn hev?! — Nu tum Henger, so seht mie
> doch recht an, ick bün't sülwst! Ick hev hört, dat Matz freen
> schall, un darum kam ick mit tor Hochtyt; dat is wenig noog,
> will ick ehm meist so groot trocken hev as he is, un will ick
> ehm ahne Lögen so wenig Verstand biebracht hev, as ick har.

Madame von Stadtdörfer. Wie vertellt ihr uns, mein Freund?
ich kenne ju nich.

Klas. Wat? Trine kennt eeren Swager nich? De Blicks, ick bün
doch nich so groot un bret worren as jy. No, no, glieck
veel drum, ick will mit tor Hochtyt gan.

Madame von Stadtdörfer. Ein Bauer auf eine adliche Hochzeit, welche Kühnheit!

Der Sohn. Ja, das ist unverschämt, Klas Ohm!

Klas. Dat dat blaue Weder drin schlah! jy sünt grave Ossen. Man het wohl recht, dat keen Meß is, dat scharper scheert, as wenn de Bur een Edelmann werd. Ick löv, ick hör mien Broor siene Spraack, de werd ju den Kopp waschen, wenn he hört, wie jy mie opnahm hevt.

Herr von Stadtdörfer. Ha, sieh da, wieder was neues! was willst du hier, mein Freund?

Klas. De Blicks, alle segt hier to mie: mein Freund! de vornehmen Lüde möt dat hier recht vull Frundschop hebben.

Herr von Stadtdörfer. Rede doch, he? Schlingel! was suchst du hier im Hause?

Klas. De Hagel, ick kam her, op Kesien Matz siene Hochtyt to danzen. Gah ick denn unrecht un seh woll anners vor mienen Broor an? Ne de Hagel, he is't, he kennt sick sülvst nich.

Herr von Stadtdörfer. Wo du nicht gehst —

Klas. Ne de Blicks, ick war nich weggahn. De is ja mien Swägrin Trine, de is ja mien Kesien Matz, un du bist mien Broor Jacob.

Herr von Stadtdörfer. Was? du darfst —

Klas. Ja de Blicks ick darf. Hör doch, Jacob, mack die nich so groot, denn ick kan die wol noch knullen, as ick to de Tyt deh, as ick noch dien öllste Broor was.

Herr von Stadtdörfer. Er wird nicht davon ablassen, ich sehe es wohl, ich muß auf andere Art mit ihm reden. Mein Bruder, ich will euch wohl erkennen, aber ihr macht mich unglücklich. In der Zeit, da ich mich mit Personen vom ersten Range verbinde, wollt ihr, daß man euch hier im Bauernkleide sehen soll?

Klas. He de Blicks, gief mie en anners. Man segt, dat du noch noog darvon ovrig hest, de die vör de Intressen torüg bleven sind, as du op Pand utlehnt hest. Ick war miene Saken wol maken, lat die man unbekümmert. — Dat die dat

Weder, wat is dat för'n grooten Hartenstoot, förn Minschen
van sienen Handwark!

Herr von Stadtdörfer. Sprecht so wenig, als ihr könnt, vor der
Gesellschaft und vor allem kommt mit keinem de Blicks und
dat die dat Weder angestiegen.

Klas. Oh de Blicks un dat Weder, nee!

Madame von Stadtdörfer. Macht es nur so as ich, ich war ju
alle Worte einem nach dem andern toslistern.

Man kann sich hieraus schon ungefähr denken, wie das
derbe bäurische Gebahren des Klas, den sein Bruder als
Schiffskapitän vorstellt, um damit dessen unpoliertes Wesen
zu motivieren, den Argwohn des Aristokraten Fontaubin
über Herrn von Stadtdörfers niedrige Herkunft bestärkt und
zur Gewißheit macht. Nachdem er sogar Kenntniß erhalten,
wodurch jener zu Geld und Adel gekommen, wird die geplante Verbindung aufgehoben und ein anderer als Matz,
der junge vornehme Licast, mit Henriettens Hand beglückt.
Klas thut uns am meisten leid. Er mußte die gemeine Ge-
sinnungsart seiner Verwandten erfahren; seine Reise war
eine verfehlte. Aber er freut sich, wieder in sein stilles Dorf
zurückzukehren: Oh de Blicks, ick, ick gah wedder na Hus!

Mit Verkörperung dieses prächtigen Charakters legte
Ekhof Ehre ein, und auch hier soll er durch reine Natur-
darstellung, durch glückliche Mischung des Gemüthlichen,
Komischen und Burlesken und durch unnachahmliche Wieder-
gabe der platten Mundart eine Musterleistung geboten haben.
Was speziell die Uebersetzung betrifft, so wirkt es befremdend,
daß die Handlung in Paris spielt, daß der Wucherer aus
Garonne stammt, daß der Aristokrat Fontaubin heißt u. s. w.
Eben so wie beim „Blindekuhspiel" vermissen wir in dieser
Komödie völlige Germanisierung, die um so nothwendiger,
als durch den Hamburgischen Dialekt das Stück durchaus
auf deutschen Boden verpflanzt ist. Mit wie geringer Mühe

hätte Ekhof seine Arbeit von diesem Zwitterzustande befreien können! Das häufig aufgeführte Lustspiel ist Manuskript geblieben. Joh. Wilhelm Dumpf schreibt in einem für die Herzogin Friederike Louise von Mecklenburg-Schwerin bestimmten und an ihren Oberhofmeister, den Wirklichen Geheimen Rath Baron von Forstner gerichteten Briefe aus Gotha unterm 11. Juli 1778 über Ekhofs Testament und Ordnung seiner Hinterlassenschaft; es heißt darin: „Die Theaterdirektion hieselbst wird dessen Bücher und Manuskripte kaufen." Das ist geschehen und der Schatz später an die Herzogliche Bibliothek in Gotha überantwortet worden. Das Exemplar von „Der Wucherer ein Edelmann" trägt auf dem Titelblatte seinen Namen und im Text verschiedene eigenhändige Zusätze.

In diese Zeit, 1760, fällt das fünfaktige Sittenspiel in Versen: „Die Freundschaft. Aus dem Holländischen. Hamburg, gedruckt und zu bekommen bey Diet. Ant. Harmsen." Hier hat die ehrliche Dienstmagd Kathrin eine artige niederdeutsche Rolle.

Im Jahre 1764 verließ Konrad Ekhof Hamburg und ging zu Ackermann nach Hannover. Doch 1767 erntete er wieder reiche Triumphe in der ihm durch Lessing unbedingt gezollten Anerkennung seiner Leistungen am Nationaltheater. Als dieses zu Grabe getragen war, begab er sich zur Seylerschen Truppe und später, 1771, nach Gotha als Hofschauspieler und Direktor. Auch im Thüringischen Lande wurde der Künstler seiner alten Muttersprache nicht untreu. Wie das von ihm geschriebene „Taegliche Verzeichniß der Schauspiele, welche auf dem (so!) Weimarischen und Gothaischen Hof-Theaters aufgeführet worden von Anno 1772 den 22. Juny" lehrt, stand namentlich der „Bauer mit der Erbschaft" häufig auf dem Repertoire. Ob nun das dortige Publikum Geschmack an dem Niedersächsischen fand oder

die traute Hamburger Volkssprache unserem Ekhof in der
Fremde doppelt ans Herz wuchs, kurzum, den 17. November 1777 ward ein neues und das letzte Stück mit einer
niederdeutschen Partie gegeben: „Der verliebte Werber."
Dies Lustspiel in einem Aufzuge rührt wahrscheinlich gleichfalls aus seiner Feder, und der Knecht Lucas wird in ihm
einen trefflichen Repräsentanten gehabt haben. Lucas hält's
mit der Mutter, der Pachterswittwe Thomsen, aber auch
mit der Tochter Lieschen, er wirbt um die eine wie um
die andere, ist jedoch schließlich mit der Alten zufrieden und
überläßt die Junge dem Lieutenant Valer. Wie er sich
mit seiner Herrin verlobt, zeigt sehr ergötzlich der dritte
Auftritt.

Lucas. Ick weet nich, wat Jy willt, Fro; Jy bruckt nüms um
Rath to fragen, as jo sylvst, tomal in de Saak.

Frau Thomsen. Wie so, Lucas? in was für einer Sache? weißt du
denn, wovon wir redeten?

Lucas. Ey, de Blix; ick bün keen Grütkop; sall ick Jo seggen,
Jy snackten, seht Jy, he! he! he!

Frau Thomsen. Nun wovon denn? Was lachst du?

Lucas. Je nu, 't is ja wohl keene Heemlichket mehr. Jy willt
gern wedder enen Mann hebben, un de sall umtrennt so
utsehn as Lucas — nich wahr? Hev ick den Vagel nich
op den Kop drapen?

Frau Thomsen (verliebt). O ja wirklich, du hast's getroffen.

Lucas. Dat kann man jo wohl denken; dat is licht to drapen.

Frau Thomsen. Du bist aber ein recht durchtriebener Galgenvogel, wie
du so gescheit seyn kannst, du Schelm.

Lucas. Gescheidt, Fro, gescheidt, da hev Jy recht. Et givt 'er
averst noch mehr Lüde, de ok gescheidt sünd, dat könn jy
löven.

Frau Thomsen. Wer sind denn die Leute?

Lucas. De groote Hans, Stoffel de Weerdt, un Klas de

Halvkäthner. Güstern leegen see da achtern Tune un verteloen sick wat un unner andern recht naarsch Tüg.

Frau Thomsen. Nun was sagten sie denn?

Lucas. Ick har mie ganz nah henan sleken, ahn dat se mie witt wurren. De Hagel, de schwögten — de schwögten —

Frau Thomsen. Nun, was schwögten sie denn?

Lucas. Nu, dat mut wahr syn, seden se, de Thomsen putzt sick all recht wedder herut. Wat de Fro vor Staat makt, wo se sick opklastert! Jy, sede de groote Hans, et gaat nich veer Weeken int Land, so hed se wedder enen byn Kanthaken. Segt, dat ick't segt hev, sede de Weerdt; weet jy denn nich, dat se op eren Grotknecht Luks all lange een Oge hed? Nu by miener armen Seel, fung de Halvkäthner an, de beyden kennt sick von buten un von binnen, wenn se den nimmt, da löft se, de Düvel hahl mie, de Kat nich im Sack.

Frau Thomsen. Nun, was das für Lästermäuler sind; aber ich weiß schon ein Mittel, ihnen die Mäuler zu stopfen.

Lucas. Un ick ock, fro, dato bruck wie jo wohl nüms anners as den Hochtytbidder un unsen Paster.

Dies mag als Probe genügen. Lucas, dieser pfiffige und verliebte Großknecht Holsteinischen Schlages ist Ekhofs letzte Dialektrolle gewesen. Das Handexemplar aus seinem Nachlaß bewahrt die Herzogliche Bibliothek zu Gotha. Uebrigens wurde das Stück gedruckt bei Dyk in Leipzig ohne Angabe des Jahres.

Am sechszehnten Juni, zwischen sieben und acht Uhr Morgens, 1778 entschlief der einzige Konrad Ekhof. [1]

---

[1] Eine von tüchtigem Studium und von hingebender Liebe zeugende Biographie des großen Künstlers hat der leider zu früh verstorbene Theaterhistoriker Hermann Uhde verfaßt. Seine Arbeit erschien im vierten Bande des „Neuen Plutarch" (Leipzig 1876). Der Herausgeber, Rudolf von Gottschall, sagt im Vorwort: Uhde hat zum ersten male, aus den Quellen schöpfend, ein sorgfältig ausgeführtes Lebensbild ge-

Die noch am Alten und Hergebrachten, also auch an
der von den Vorvorderen ererbten Saffensprache festhalten=
den Hamburger beklagten 1764 den Abgang des von ihnen
nahezu vergötterten Ekhof, der seine kraftvollsten Jahre fast
ausschließlich der Bühne seiner Vaterstadt gewidmet und
den Ton der Natur und Wahrheit eingeführt hatte, auf
das Tiefste. Seltsamerweise nahm jedoch die dortige Presse
von dem Hinscheiden des einst so sehr gefeierten Lieblings
kaum Notiz. Ueber drei Lustren trauerte die niederdeutsche
Muse, bis 1779 in der Person von David Borchers,
geb. 1744, gest. 1796 zu Karlsruh in Schlesien, einem
Hamburger, eines Predigers Sohne, ein würdiger Nach=
folger auftrat. Er ist nun in der That derjenige, welcher
den Verlust Ekhofs einigermaßen ersetzte.

Gänzlich war inzwischen das niederdeutsche Schauspiel
doch nicht verwaist. Wie die Alten sungen, so zwitschern
auch die Jungen! Johann Friedrich Röding, dieser liebens=
würdige Jugendfreund, Lehrer an der Jakobsschule, geb.
den 20. November 1732 zu Hamburg, gest. den 28. De=
cember 1800 daselbst, gab zu gleicher Zeit wie sein, be=
rühmterer Kollege Christian Felix Weiße ein Wochenblatt
für Kinder heraus (Sechs Bändchen 1775—1777). In
Hülle und Fülle wird darin der kleinen Welt Dramatisches
geboten, so recht geeignet zur bescheidenen Vorstellung im
häuslichen Kreise, Gespräche, naive Intriguen, sogar Possen
mit Liederchen, hoch und platt, för jeden wat; und wie

stallet, welches diesen Meister darstellender Kunst, dessen Name bekannter
ist als seine Leistungen, der Theilnahme der Jetztzeit näher bringt. — Da
hier die plattdeutschen Rollen und Stücke Ekhofs nur flüchtig berührt
werden, so bietet meine Charakteristik eine vielleicht nicht ganz unwichtige
Ergänzung, die um so willkommener sein dürfte, als mir verschiedene
bisher unbenutzte handschriftliche Quellen zur Verfügung standen.

energisch, wie mutterwitzig, derb und doch wie süß klingt's
aus dem Munde der Knaben und Mädchen! Wilhelm und
Hans auf dem Billwärder Teich; Jürge; Amalia, Friedrich
und Hein; Ernst und Hein; Peter in der dramatischen Unter=
haltung „Die Zufriedenheit ist ein kostbarer Schatz", vor
Allem de lütje Veerlander Buerjung un syn Süster Trienke,
ja Dialoge über die Bienen, über mythologische Gemälde,
über die goldene, silberne, erzene und eiserne Zeit wechseln
mit einander ab. Und meist im Hamburger Platt. Paulchen
plappert in einem Weihnachtsstückchen sogar missingsch. Wie
reizend es sich ausnimmt und anhört! Und die eingestreuten
Kinderreime und Lieder wie herzig und frisch!

Süh da! — jubelt Peter — Nu blöht myn Glück!
Schilling in de Graspel! Schilling in de Graspel!

> Lustig, Heyfa! Hopp! Hopp! Hopp!
> Herrschaft, doht den Büdel opp;
> Seht wy dünn fünd myne Ficken,
> Kaamt, o kaamt, jy mät se spicken,
> Wyt doht juen Büdel opp,
> Lustig! Heyfa! Hopp! Hopp! Hopp!

Wer erinnert sich nicht mit Vergnügen dieses „Schilling
in de Graspel" aus seinem eigenen Jungsparadies?

Einen der kleinen Erzschelme, Jürge, müssen wir näher
kennen lernen; auch schon deshalb, um uns einen Begriff
davon zu machen, in welchem Sinn und Geist Röding schrieb.
Ah! dar is myn lütje Speel=Cammerad! — ruft der ein=
tretende Bauernbursche seinem Stadtfreunde Heinrich zu, dem
eingebildeten Kranken, der sich an Leckerbissen den Magen
verdorben. He lustig, Muschü! wat 's dat, sitt he dar nich
als eene Pypgoos? He lustig!

> Wrum full ick nich hüppen un springen
> Un daven un lachen un singen,

14*

Dat sall my de Prester nich wehrn.
Noch hev ick nich nödig to sorgen,
Am Abend un Middag un Morgen
Will my wol de Vader ernehrn!

De himmlische Vader dar baven,
Spiest he doch dat Veh un de Raben,
So let he ock my nich in Noth;
Noch hev ick keen'n Hunger geleden,
Un wen'ck war fründlich to'n beden,
So givt he my Stuten un Brod.

Ah! Stuten! de eth ick so geeren,
Un Gretje de nürcke Deeren,
Dat lütje pußbackichte Gär,
De sull sick dar woll um toryten,
Fast kann se dar Zucker ut byten,
Husch! is he tom Halse herdär.

Ick günn em ehr, laat ehr man ethen —
Letzt het se inn't Gras by my seten,
Do steck se een Blom an myn'n Hot;
Wo maack se do fründliche Mienen,
Potz dusend! do ded ick mal schienen,
Myn Süschen, wat bün ick dy got.

Madame N, Heinrichs Mutter. Nun, Jürge, wie so ausgelassen? siehst du nicht hier das kranke Kind?

Jürge. Een krank Kind? Och Madame, wokeen is krank, ehr lütje Goldfänken? Wat fehlt ehm denn, lütje Mann, seg he my doch, wat fehlt ehm? is he hungrig? Ja gewiß he is hungrig, he süth my vehl to blecknäßt ut; van de Krankheit will ick ehm bald av helpen. Klütjen mut he ethen; ja Klütjen mät et syn, dar krigt he rode Backen nah. Sall ick ehm een Stück hahlen? Ick kam in eenen Ogenblick wedder torück.

Heinrich. Bleibe hier, Jürge, ich esse keine Klöße.

213

Jürge. Klöſſe? woreen ſegt wat van Klöſſe, het he Bonſchlu in de Ohren? ick ſäd: Klütjen, Klütjen hev ick ſegt, hört he't nu?

Heinrich. Ich verſtehe deine Sprache. Aber, bleibe hier, ich eſſe die Dinger nicht, ich verderbe mir den Magen damit.

Jürge. Den Magen verdarvt he darmit? fuy! wat's dat vär'n Schnack, 't is ja Gottes Gave, un darmit ſull man den Magen verdarven känen? hm! Klütjen ſchmeckt in't drüdde Hart. Had he ſe man, myn gode Leckerteen, he ſull de Finger darna licken. Ha! lick he ins her, bün't nich recht flink darnah? (er hüpft auf und nieder.)

Heinrich (zur Mutter). Wie der Jürge ſpringt. Geben Sie ihm die Torte, liebe Mama.

Jürge. Torten? wat's dat vär Tüg, wat ſal't darmit don?

Heinrich. Eſſen ſollſt du ſie.

Jürge. Eten? och Muſchü, gah he mit ſyne Torten; itt he ſo wat?

Heinrich. Warum nicht? wenn ich geſund bin, ſchmecken ſie mir gut.

Jürge. O ho, nu rück ick den Braden, is't denn Wunder, dat he krank is? Ick bidd ehm, lat he hübſch op'n andermal de giftigen Korten ut'n Liev.

Heinrich. Ha! Ha! Ha! Korten? Torten willſt du ſagen.

Madame N. Du lachſt ſchon wieder? Wäre Jürge nur eher gekommen! Wie gut bin ich dir, kleiner Bauer, deine Gegenwart iſt eine gute Arzeney vor meines Sohnes Krankheit. — Aber, was haſt du mit deinem Hut gemacht? der iſt ja ſo naß, als wenn er aus dem Waſſer gezogen wäre.

Jürge. Ick hev d'r ins ut drunken.

Madame N. Daraus getrunken?

Jürge. Kann't denn ut de Füſte drinken?

Madame N. Ha, ha, ha!

Heinrich. Kaltes Waſſer trinkſt du, Jürge, und verkälteſt dich nicht?

Jürge. Verkälten? hm! wat's dat värn Schnack? Sprek he dütſch mit my: Kramer Latin verſtah'k nich.

Heinrich. So muß ich deine Sprache reden: verkölſt du dy nich?

Jürge. Verkölen? Putzen! wrum ock man nich verkölen, ick hef my pudel ſatt drunken, un't het my nich ins in de Tähn kiddelt.

Heinrich. Warum trinkſt du nicht lieber Kaffee oder Thee?

Jürge. Weg mit dat Tüg, Water un Melk glitt beter därn Hals.

Madame N. Was der Bauer nicht kennt, das mag er nicht. Aber
wart, ich muß doch einmal sehen, ob ich nicht mit einer Torte
oder einem andern Leckerbissen deine Begierde reizen kann.
(geht ab.)

Jürge. Wo löpt syne Mama so ylig hen? (geht auf Heinrich zu
und will ihn umfassen.)

Heinrich. Au! Ach! Du bist ja der zweite Hercules. — Geh, du drückst
mich zu Tode.

Jürge. Wat een Knäckendirk! Ha! Ha! den kun't wol to Papp
drücken.

Madame N. (im Hereintreten.) Warum schreyet mein kleiner Heinrich?

Jürge. Och Madame, dat is ja een Pappmöschen van Jung, den
se dar het, den kann't mit eene Hand dwingen.

Heinrich. Ach Mama, der Jürge ist ein rechter Eisenbrecher. Sehen
Sie einmal, wie roth meine Hände von seinem Anfassen sind,
und —

Jürge. Klaff ut de School! Nu war't an de Köst kam — (will
weggehen.)

Madame N. (hält ihn zurück.) Hier, Jürge, bleibe, hier hast du etwas
für deine Mühle. Da, nimm hin!

Jürge. Wie hevt keene Mähl by't Hus. Myn Vader is keen Möller;
een ehrlick Buhr is he; un dat will't ock warrn.

Madame N. Kleiner Narr, da hast du was zu essen!

Jürge. Ah, ha! Gebackels; dat mut myne Moder hebben. So wat
broch ehr letzt de Pastörsche eere Trien, als se krank weer,
un se wurd gesund darnah.

Die Moral: die Verzärtelung der Jugend hat oft
schädliche Folgen. Werde Jeder so gesund und vergnügt
wie der kleine Bauer![1]

Es liegt ein tiefer Sinn im kindischen Spiel. Fast
scheint's, als ob dies plattdeutsche Theatergetriebe en
miniature die Eltern aufs Neue mahnte an den herben

[1] Auf der Hamburger Stadttheater-Bibliothek befindet sich unter

Verlust, welcher sie auf der Schaubühne betroffen, und als
ob sie sich aufs Neue sehnten, in dem großen Komödien-
hause am Gänsemarkt wieder einmal ihr lang entbehrtes
Hamburger Platt zu hören.

Wirklich überraschte die Erwachsenen Friedrich Ludwig
Schröder mit Wiederhervorholung des „Bauer mit der Erbschaft." Am 23. November 1779 wurde die Posse durch
Borchers hier glücklich auf die weltbedeutenden Bretter zu-
rückgeführt, ebenfalls am dritten December 1780. Meyer
versichert in seiner Biographie Schröders, Ekhof selbst habe
diese Rolle nicht meisterhafter gespielt. Kein geringes Lob!
Wie sehr übrigens noch damals auch in weiteren Kreisen
dies unverwüstliche Stück beliebt war, davon legt Johann
Gottwerth Müller, der Meister von Itzehoe, von Geburt
ein Hamburger, (1743—1828) ein ergötzliches Zeugniß ab
in seinem vielgepriesenen Roman aus dem achtzehnten Jahrhundert „Siegfried von Lindenberg." Dieses mit originellem
Humor durchwürzte Sittengemälde erschien zuerst 1779 in
Hamburg und erlebte zahllose Auflagen, Uebersetzungen,

Schröders Büchern ein Band dramatisierter Sprichwörter und als zehntes
die Komödie „Der kleine dreiste Bauer" mit der Notiz: „Dieses
Sprüchwort ist bey der Besitznehmung der Herrschaft von Saint Just
von den drey Kindern des Herrn vorgestellet worden." Lukas, ein
junger Bauernbursche von zwölf Jahren, redet plattdeutsch. Ich habe
leider nicht in Erfahrung ziehen können, ob und wann dies nirgends
verzeichnete Stückchen in Hamburg aufgeführt worden und wer dessen
Verfasser ist. Denn diese Sammlung dramatischer Sprichwörter ist nicht
identisch mit der gleichlautenden des Braunschweigischen Majors von
Mauvillon, die zuerst 1785 erschien und 1790 unter dem veränderten
Titel „Gesellschafts-Theater" bei Dyk in Leipzig neu herausgegeben
wurde. Die Jahrgänge der Hamburger Komödienzettel von 1785 bis
1795 wissen von keiner Aufführung des Sprichwortes „Der kleine dreiste
Bauer."

Nachahmungen, Nach- und Neudrucke. „Der gute Junker",
heißt es an einer Stelle, „hatte seine neueste Laune: ein
Privattheater. Sein rechtes Favoritstück war der Bauer
mit der Erbschaft, und er beschloß, in eigner hoher Person
den Jürge zu spielen. Alles gieng auch recht gut, bis man
an die zwote Scene kam, wo Jürge seine Frau unterrichten
will, wie sie sich nun, da sie reiche, mithin vornehme Leute
geworden, aufzuführen habe. Hier will Jürge seine Lise
in der Galanterie unterweisen, setzt den Fall, er wäre nicht
ihr Mann, sondern ihr Liebhaber, und fragt, wie sie sich
bey einer Liebeserklärung nehmen würde? Dann sagt er
ihr nach seiner Art Douceurs, wirft sich vor ihr auf die
Knie und fragt: Wat wullt du woll darop seggen?

Lise. Wat ick darop seggen wull, Jüren? Ih! wiß
un wahrhaftig, füh! erst stöht ick die vör de Panß.

Sie begleitete diese Worte mit einer so heftigen Aktion,
daß Seine Hochwohlgebohrne Gnaden beynahe rücklings
übergeschlagen wären."

Den Junker selbst lernen wir später noch näher kennen.
Hier darf vielleicht erwähnt werden, daß schon vor Johann
Gottwerth Müller ein anderer namhafter Poet, Matthias
Claudius, einen ähnlichen wahlverwandten Charakter
gezeichnet hat, nämlich den ergötzlichen, halb plattdeutsch
sprechenden Präsidenten Lars. Dieser originelle Schieds-
richter und Siegfried von Lindenberg lassen sich wohl mit
einander vergleichen. Man lese das Flugblatt von Claudius
„Eine Disputation zwischen den Herren W. und X. und
einem Fremden über Herrn Pastor Alberti ... und Goeze ...
unter Vorsitz des Herrn Lars Hochedeln. 1772 (im Wandsbecker Boten I und II wieder abgedruckt), sowie die Scenen
von der Historischen Societät im Müllerschen Roman! Noch
auf ein anderes, theilweise niederdeutsches Gespräch sei an
dieser Stelle verwiesen, ob es gleich mehrere Decennien

früher datiert. Im Jahre 1737 gab Jakob Friedrich
Lamprecht, Redakteur der Staats= und Gelehrten=Zeitung
des Hamburgischen unpartheiischen Korrespondent, seinen
„Menschenfreund" heraus. Das dritte Blatt dieser Wochen=
schrift enthält einen Dialog zwischen zwei Freundinnen über
Nutzen oder Schädlichkeit von Journalen im Allgemeinen
und speziell über Lamprechts neues Unternehmen. Henriette,
die Anfangs sehr dagegen eifert, redet ein ganz vortreffliches
Hamburger Platt, und ihre Auslassungen, die studiert zu
werden verdienen, sind von hohem sprachlichen und kultur=
geschichtlichen Interesse.

Noch immer bildete das kräftig=treuherzige Plattdeutsch
die Umgangssprache in der freien Reichs= und Hansestadt
nicht nur unter den geringeren Ständen, sondern eben so
gut in den vornehmeren Klassen. Der Hamburger Bürger=
eid zum Beispiel ward noch fast bis zur Mitte des jetzigen
Jahrhunderts in niederdeutscher Sprache geschworen. Auch
zahlreiche auf das Theater bezügliche Anekdoten aus jener
Zeit bekunden die nicht unterdrückte Herrschaft des heimischen
Idioms. So liefert Hermann Uhde in den von ihm nach
hinterlassenen Entwürfen zusammengestellten und heraus=
gegebenen Denkwürdigkeiten des Schauspielers, Schauspiel=
dichters und Schauspieldirektors Friedrich Ludwig Schmidt
(Hamburg 1875) verschiedene zur Beurtheilung des Ham=
burgischen Kunstsinns gar nicht unwichtige Beiträge. Schröder
schätzte ein gesundes Volksurtheil, wie es die Besucher der
Gallerie, während die des ersten Ranges Nicolinis Zauber=
pantomimen im Jahre 1773 über alle Beschreibung reizend
fanden, kopfschüttelnd gefällt hatten, indem sie sagten: „Wat
schall de Kram? Dat is doch keine Gunst der Fürsten!" —
welches die Geschichte vom Grafen Essex behandelnde Trauer=
spiel Schröder kurz zuvor gegeben hatte. Höchst ergötzlich
war auch das Scheidewort dieser Galleriebesucher, als

Schröder vor seinem Abgange nach Wien noch einmal die größten Triumphe durch Wiederholung seiner besten Rollen feierte. „He speelt wahrhaftig god!" hörte man die alten Hamburger kritisieren. „Aberst nu geiht he weg, de undankbore Keerl! Wy hefft em bild't!" Am meisten aber freute sich Schröder über die Naivetät eines reichen Hamburgers, der ihm einst begegnet war und ihn gefragt hatte: „Wat speelt se hüte?" — „Ein Trauerspiel", antwortete der Direktor. „Speelt He ook mit?" fragte Jener weiter. „Nein!" — „Och", bat nun der alte Herr, „kam He man immer 'n bitten mit 'rut. Jk heo Oem gar to geern!"

Drollig ist auch eine Unterredung Schröders mit dem Generalfeldmarschall Fr. Aug. von Spörken, der sich mit Vorliebe der niedersächsischen Mundart bediente. Die kleine dramatische Episode voll drastischer Komik findet sich in Schmidts Denkwürdigkeiten mitgetheilt.

Des bekannten Dichters und Schauspielers Johann Christian Brandes Selbstbiographie (Berlin 1799—1800) birgt ebenfalls eine Reihe charakteristischer Aeußerungen Hamburgischer Theaterbesucher. So hörte Brandes, welcher sich nebst seiner Frau, einer vorzüglichen Tragödin, und seiner als Sängerin gefeierten Tochter von der dortigen Bühne verabschiedete, eines Tages bei einem Spaziergange auf dem Walle von ein Paar Zuckerbäckern, welche vor ihm her gingen und sich — ohne ihn zu bemerken — über diesen Gegenstand unterhielten, folgendes Gespräch:

A. Is et denn gewiß, dat Brandessens wedder vom Theater afgahn?

B. Je frylich! Dreyer hett se jo afdankt.

A. Hm! Dreyer makt doch ok luter dumm Tüg! Et sünd jo gode Lüde! Dat Mäten is 'ne schmucke Deern un singt beter als de grootmülige Benda un de pipige Keilholzsche; de Vader is'n brav Mann un schrift ok Komödgen,

de Hand un Foot hebben, un de Brandesſche ſpeelt de
dicke Seylern ut un in'n Sack, wenn ſe man Rullen kriegt.

B. Ja, dat geiht nu nich anners! Hebben wi ok een=
mal gode Aktörs, ſo ſitt de Düwelskabale glik hinner drin!
Ging't uns mit Brockmannen beter? De wurr hier erſt tum
groten Aktör makt, un as he et was, da fing de Lizentſchat
Wittemberg an, em vör un hinner to kritiſeren, un as nu
vullens de Ackermannſche noch an ſiene Gage knickern wull,
ſchnaps fiſchten em uns de Wiener weg!

A. Schlimm nog! Mit Schrödern gingt uns jo even
ſo! Hadden wi den nich ok bildt? Ōewerſt, kuhm föhlt he
ſick, dat he wat verſtund, ſo ging he fleuten. (nämlich 1781
nach Wien.)

Dieſe gutherzigen und für das Schöne, ungeachtet ihres
Mangels an Kenntniſſen, doch gefühlvollen Menſchen
glauben, fügt Brandes hinzu, daß ſie die Schauſpieler durch
ihr Applaudieren (welches, nach dem Eindruck, den ihr Spiel
oder auch manche intereſſante Situation im Stück auf ſie
macht, ziemlich richtig erfolgt) zu Künſtlern bilden; auch
haben ſie eine beſonders komiſche Art, ihren Urtheilen über
Kunſtſachen eine gewiſſe Richtung zu geben. Ich war —
nicht ſowohl wegen meines Spiels, welches nur ſelten über
das Mittelmäßige hinausging, als wegen meines Umganges
und meiner wenigen Einſichten — im Publikum beliebt,
und man ſetzte in mein Urtheil ein beſonderes Vertrauen.
Wenn ein neues Stück aufgeführt wurde und ich mich im
Parterre blicken ließ, ſo näherte ſich mir gewöhnlich Einer
oder der Andere und begann die Unterhaltung ungefähr
folgendermaßen: C. Goden Abend, Herr Brandes! Seg
He mi doch, wat is denn dat för'n nü Stück, dat hüt ſpeelt
ward? Ich. Der argwöhniſche Liebhaber, von Bretzner.
C. Ja, dat hebb' ick all up den Zettel leſen; öwerſt is ok
wat dran? Denn de Titel will ewen nich veel bedüden.

Jch. Der ist freilich nur einfach; aber das Stück selbst enthält viel Gutes, besonders einige ächt komische Charaktere
und Situationen, welche Gelächter erregen. C. So? (sich
zu seinem Nachbar wendend) Du, Broder! Hüt hebben wi
een god Stück von Bretznern; et gift wat to lachen drinn.
Schnell lief nun dies Urtheil unter mehreren Zuschauern
im Parterre herum. D. (sich mir nähernd) Goden Abend,
Herr Brandes! Na, wo geiht et? Hüt hebben wi een god
Stück von Bretznern, wo et brav wat to lachen gift.
Oewerst seg He mi doch, wat dat för'n fremd Aktör is, de
mitspeelen ward? Jch. Er kömmt von Petersburg und
geht nach Berlin. Dem Ruf nach ist er ein sehr guter
Schauspieler; es wird darauf ankommen, wie er hier gefällt. D. (zu E.) De nüe Aktör kümmt ut Petersburg un
geiht nah Berlin, Broder! He sall god syn; wullen doch
sehn.

Oben an der Decke im Parterre sind die Brustbilder
des Sophokles, Euripides und Aristoteles gemalt. Einer
von den Zuschauern fragte einstmals einen neben ihm
stehenden Schauspieler: wen diese Gemälde eigentlich vor-
stellen sollten? „Ei, wissen Sie das nicht?" erwiderte Jener,
der ein witziger Kopf und eben jetzt mit der Direktion un-
zufrieden war; „es sind unsre drei Direkteurs." Der Fragende,
welcher wegen seines blöden Gesichts und der etwas schwachen
Erleuchtung die Malerei nicht genau erkennen konnte,
schüttelte den Kopf und murmelte vor sich hin: „Doch
schnurrig Tüg! Wat kümmern uns eere Gesichter? Sullen
uns man gode Komödgen gewen, dat wär beter, as sick da
groot un breet afpinseln to laten!"

An mehrere dieser überlieferten naiven Aussprüche knüpft
Friedrich Gottlieb Zimmermann in seinen neuen dramaturgischen Blättern eine Bemerkung über Empfänglichkeit
des Publikums im Allgemeinen und wagt in Bezug auf das

Hamburgische die freudige, auch von Uhde in seiner Geschichte des Stadttheaters mitgetheilte Behauptung, daß,
wenn irgend ein Ort, so vorzüglich Hamburg, geeignet sei,
eine Volksbühne sich zu bilden im reinsten und edelsten
Sinne des Wortes. Gewiß! Wenn auch die Späße kräftig
und deutlich sein mußten und dann der Akteur „en ver-
fluchten Keerl" hieß, wenn auch der Inhalt der Stücke nicht
gar zu viel Nachdenken erfordern durfte und sie sonst leicht
mit der kurzen Kritik „Dat is Klöönkraam" abgefertigt
wurden, wenn man auch anstatt feiner psychologischer Entwickelung und Durchführung einer großen Idee lieber Pracht-
entfaltung und Schlachtgetümmel, Feuerregen, Tempel- und
Burgeneinsturz hatte — „Dat Ding weer all good, wenn
man mehr Wirrwarr drin weer" —, so war doch keineswegs der Kunstgeschmack so verdorben, wie Uhde uns
glauben machen will, und wie folgendes Beispiel widerlegt.
Des Hofrath Müllner Tragödie „Die Albaneserin", 1815
unter Schmidt zuerst aufgeführt, fiel durch. Das Stück spielte
von halb sieben bis gegen eilf Uhr. Als es zu Ende war,
fragte ein ehrlicher Zuschauer seinen Nachbaren: „Wat hefft
de Lüde wöllt?" — „Ick will starben, wenn ick een Woord
verstahn heff", war die Antwort. Das allgemeine Urtheil
lautete nicht anders.

Doch wir wollen der Zeit nicht vorauseilen. All diese
Weisheit wurde, wie gesagt, im derben Plattdeutsch, das
damals noch Jedermann, die Frauen nicht ausgeschlossen,
im Munde führte, vorgetragen. Was Wunder, wenn man
daher Komödien, in denen die heimische Sprache zu Gehör
kam, warm begrüßte!

So brachte denn auch Schröder, als er den glücklichen
Erfolg des Bauern mit der Erbschaft sah, am 22. Ja-
nuar 1781 ein Lustspiel in fünf Aufzügen „Glück bessert
Thorheit" auf die Bühne. Dasselbe ist von ihm nach dem

Chapter of accidents der Miß Lee verfaßt und erschien zu=
erst 1781 in Wien, zu finden beym Logenmeister. Es ward
fast gleichzeitig auf dem Wiener Nationaltheater, in Ham=
burg und Leipzig gegeben. Gegen einen zweiten Druck, [1]
welcher unter dem veränderten Titel herauskam: „Die Zu=
fälle. Ein Lustspiel in fünf Aufzügen. Aus dem Englischen
der Miß Lee übersetzt, von Leonhardi, neubearbeitet von
Schröder so wie solches auf dem Hamburger= und Berliner=
Theater aufgeführt worden. Berlin 1782. Bey Christian
Ludewig Stahlbaum, Buchhändler auf der Stechbahn", hat
Schröder in so fern protestiert, als er im Hamburger
Korrespondent (1782. Nr. 39) in der Beilage von ge=
lehrten Sachen erklärt: „Nicht neubearbeitet, sondern nur
die Namen der darin vorkommenden Personen germanisiert."
Nach dem Personenregister sprechen Barbara und Peter in
der gemeinsten Bauernsprache. Schröder übertrug deren
Text und den des Dieners Philipp ins kernigste und un=
gezwungenste Platt. Barbara ist in Ilsabe umgetauft,
Peter heißt Tobies.

In Berlin hatte das Stück 1781 das Schicksal, sehr zu
mißfallen und zwar wegen der ungenügenden Aufführung.
„Auch möchte wohl der niedersächsische Dialekt in den Rollen
des Tobies und der Ilsabe, den man hier nicht gut ver=
tragen kann, etwas Schuld daran seyn", schrieb die Berliner

---

[1] Nach Christian Gottlieb Kayser (Vollständiges Bücher=Lexikon.
Sechster Theil. Leipzig 1836) erschien auch in Hamburg 1782 eine Aus=
gabe unter dem Titel: „Glück bessert Thorheit. Ein Lustspiel nach dem
Englischen der Miß Lee für die deutsche Bühne eingerichtet von Fr. Ldw.
Schröder." Uebrigens ist Kaysers Verzeichniß der Schauspiele nicht
durchweg zuverlässig. So nennt er als Verleger der Berliner Edition
Schöne statt Stahlbaum, und den ersten Druck von Brandes' Hans von
Zanow setzt er ins Jahr 1783 statt 1785.

Litteratur- und Theater-Zeitung. Nicht gut vertragen? Von
jeher hat der richtige Berliner und Märker für das Niederdeutsche großes Verständniß gehabt und auf der Bühne
niederdeutsche Partien gern gesehen, schon in der Zeit, als
unser Schauspiel noch in den Windeln lag, man denke an
Pfund, Burmester, Gabriel Rollenhagen, an die Hamburger
Opern wie der Galan in der Kiste und die verkehrte Welt,
an Ekhof als Bauer mit der Erbschaft und im Blindekuhspiel und so fort. Noch heutigen Tages werden gerade in
Berlin plattdeutsche Dramen und Künstler mit Enthusiasmus
aufgenommen und bewundert. [1] Erklärlich ist es dagegen,
daß in Dresden, wo die Zufälle unter dem Titel „Marie
und Marieliese oder mehr Glück als Verstand" gegeben
wurden, die Magd, welche lange für die entführte Tochter
gehalten wird, mit ihrem unrichtigen, platten Sprechen Anstoß erregte. „Dergleichen kecke Versuche, die so leicht in
die wahre Gemeinheit verfallen", betont Ludwig Tieck in
seinen dramaturgischen Blättern (Breslau 1826), „müssen
vom Autor mit großer Kunst und Geschicklichkeit, und von
den Recitierenden mit Sicherheit, ja ich mag wohl sagen,
mit edler Feinheit gehandhabt werden. Schrödern kam
hierbei vieles zu Statten, was dem neuen Bearbeiter ab-
gegangen ist. Er fügte dem unerzogenen Mädchen noch
einen plattsprechenden Bauernburschen hinzu, der in jene

---

[1] Das bewies u. a. mein kleiner Schwank mit Gesang in einem
Akt: „Eine Komödie" (Berlin, Otto Drewitz 1880. Zweite Auflage 1881), worin die ihrer Kunst zu früh entrissene Ernestine
Wegner als Hamburger Dienstmädchen und Vierländer Blumenver-
käuferin glänzte und das Berliner Publikum besonders durch ihre plattdeutschen Lieder zu lebhaftem Beifall hinriß. Diese von Gustav Lehn-
hardt komponierten Gesänge sind als Musikbeilagen der Buchausgabe
meines Stückes angehängt.

Perſon verliebt iſt. Dadurch wird das Widerwärtige, wenn
es durch Mißgriffe entſtehen ſollte, ſchon gemildert, indem
zwei Figuren daran zu tragen haben. Die Sprache ſelbſt
und alle Rohheiten rechtfertigen ſich auch mehr durch dieſe
Vertheilung. Schröder fand in Wien eine bekannte, längſt
autoriſierte Bauernſprache vor, die ſchon ſeit vielen Jahren
komiſch auf der Bühne verarbeitet war, und die mit ihrem
Jargon zugleich launig und witzig iſt. Als er das Stück
auf dem Hamburger Theater gab, fand er es dort in dieſer
Hinſicht noch bequemer, denn alles Geſinde, die Bauern und
zum Theil die Bürger, ſprachen ein anderes Deutſch, als
die gebildeten Stände, ja es war nichts Seltenes, daß
die Herrſchaften mit den Dienſtboten ſich nur im Plattdeutſchen verſtändigten. Das Stück ſelbſt war gleichſam
ſchon für Holſtein und Dänemark berechnet, wohin die
Hauptperſon als Gouverneur von St. Croix (einer
Däniſchen Inſel in Amerika) zurückkehrt. Jeder Zuſchauer
verſtand den platten Dialekt, und niemals kam der Spaß
in Gefahr, eigentlich gemein zu werden. Schon Ekhof
ſpielte vor Jahren den Bauer mit der Erbſchaft plattdeutſch, weil er in dieſem Dialekte Meiſter war; ſpäterhin
verſuchte Brandes ein Stück in dieſer Mundart; manche
Romane, wie Siegfried von Lindenberg, laſſen ſie auch oftmals ſprechen, und in unſern Tagen hat wiederum ein
Hamburger Dichter mit Glück dieſe Bahn betreten.“

So drängt uns Tieck ſelber unaufhaltſam vorwärts,
indem er auf Brandes, Siegfried von Lindenberg und auf
einen neueren Hamburger Poeten, nämlich Bärmann, hin-
weiſt. Doch zuvor noch über Schröders „Glück beſſert
Thorheit“ einige Worte! Seine Bearbeitung, u. a. den
erſten April 1782 wiederholt, hielt ſich in Hamburg lange;
wir begegnen ihr noch während der Franzoſenzeit auf den
Komödienzetteln. Ein hochdeutſcher Neudruck ward 1802

bei Wallershaufer in Wien besorgt, und diesen benutzte der Herausgeber von Schröders dramatischen Werken, Eduard von Bülow, als Textunterlage (Berlin 1831). Das Niederdeutsche ist leider darin unterdrückt, sehr zum Schaden des Ganzen. Denn der Dialekt ist in diesem Stücke zur Erhöhung der Glaubwürdigkeit der Fabel unerläßlich; ganz abgesehen davon, daß gerade die niedersächsische Sprache der Dienstboten der Handlung Kolorit und Schattierung verleiht.

Philipp, als Bauer gekleidet, mit einem Korbe unterm Arm. Hernach Peter.

Philipp. He! wet He nich, wo de Koptein Hammerschlag wahnt?

Peter. Wat Döwel! Du gemeene Buur! wat löppst Du hier so grad to herin?

Philipp. Wahnt hier nich de Koptein Hammerschlag?

Peter. Ne, ik wahn hier, un Ilschen, un unse Mamsell.

Philipp. Potz Wetter! büst Du nich? — ja wiß un waraftig, Du büst Peter.

Peter. Jawoll bün ik Peter, un wat büst denn Du för een?

Philipp. Wat? kennst Du Filipp nich mehr? Kennst Du Schneller syn Söhn nich mehr?

Peter. Dat Di de Düster! Büst Du Filpp Schneller, den ollen Schneller syn Söhn? Herrje, Jung, wat büst Du groot worren!

Philipp. Un wat büst Du galant worren. Wat maakst Du hier in dat schöne Huus?

Peter. Ik wahn hier.

Philipp. Du ganz alleen?

Peter. Ne, wi sünd unse dree.

Philipp. Wakeen is denn Din Herr?

Peter. Et is keen Herr, et is en Mamsell.

Philipp. En Mamsell?

Peter. Ja en Mamsell, aber se hett en Herrn, en schönen Herrn, un de wart bald Hochtied mit ehr maaken.

Philipp.　Wo is denn de Mamsell her?

Peter.　Dat weet ick nich.

Philipp.　Wo lang sünd Jy denn all hier?

Peter.　Hm! umtrent en paar Wäken, denk ick.

Philipp.　Wo büst Du denn to de Mamsell kamen?

Peter.　Dat will'ck Di vertellen. De Herr un de Mamsell sünd in
　　　　unf' Dörp kam, un da hebben se int Weerthshuus wahnt,
　　　　wo ick un Jlsche deenen däden, un da het de Herr Be-
　　　　deentes hebben wullt för sien Mamsell, un da bün ick un
　　　　Jlsche mitfahren.

Philipp.　Un de Herr un de Mamsell willt sick heiraten?

Peter.　Ja, de Herr is'n Graf.

Philipp.　Wenehr wart denn de Hochtied syn?

Peter.　Bald, denn de Mamsell kann't gar nich mehr aflöben; se
　　　　weent jümmers in een Tuur los, ick seg Di, de hett'n Hitt.
　　　　— Na hör mal, Du mußt ock mit op de Köst kam, dat
　　　　schall'n Küür warren, da war't lustig hergahn, Du kannst
　　　　glöben.

Philipp.　Dat versteiht sick.

Peter.　Wullt Du herkamen?

Philipp.　Ganz gewiß.

Peter.　Bruckst man na Musche Peter to fragen.

Philipp.　Na adjüs, Musche Peter! ick mutt sehn, wo ick den Koptein
　　　　Hammerschlag finn'.

Peter.　Adjüs, Musche Filpp, gröt Din Grotmoder un besöök
　　　　my ook bald wedder.

Philipp.　Sobald as ick kann. Adjüs, Musche Peter! (ab.)

Peter (allein).　Dunner Hagel, wo et doch in de Welt hergeiht! De
　　　　het jümmers in de Schol beter lehrt as ick, un is doch
　　　　man en Buur; un ick hev jümmers all Dag Tagels kregen
　　　　un hev nix lehrt un bün en Musche Peter, en Bedeenter,
　　　　un hev en Rock mit Tressen an.

Obgemeldete Jlsabe oder Jlsche zeigt ihren putz- und
gefallsüchtigen Charakter recht klar in folgendem kleinen
Monolog. Sie hat ein Kleid ihres gnädigen Fräulein an-

gezogen und betrachtet sich nun im Spiegel. „Na", sagt
das eitle Geschöpf zu sich selber, „hev ick dat nich jümmers
segt, dat ick eben so schön as myn Mamsell bün, wenn ick
man so'n schön Tüch an harr?! Wat fehlt my nu? nix as
en jungen Grafen, de sick in my verleevt. Myn Mamsell
is över alle Barg un hett ehre ganze Kledasche t'rüglaten.
Ach! wenn my de Herr Graf man dat eene Kleed laten
wull, denn maack ick gewiß myn Glück. Ick mutt man
nich vergeeten, den witten Taschendook in de Hand weihn
to laten. (geht auf und ab.) So — nu in de anner Hand
den Rehfüsl; na, nu ward de Lüüd mal Oogen maacken,
wenn se my in de Kist seht. — Ne, utgahn dröff ick noch
nich, ick schall ja den Herrn Grafen Mamsell ehr Tüüg
wedder t'rüg geben, sünst künn Peter dat man inpacken un
damit sleiten gahn. To'n Finster kann ick aber hinuut-
kieken — ja, dat kann ick! Ach! wenn my man de Herr
Graf dat Kleed schenkt — man dat eenzige Kleed! Na,
wer weet, wat my noch todacht is — villicht verleevt he
sick woll sülfst in my, denn ick bün doch in dat Kleed för-
waar schöner as de pewrige Mamsell. Ick danz ook, oh,
ick kann fix een afpetten; ick fahr ook geern in de Kutsch
— ick kann ook Kaarten speelen — dree Kart, dree Sösling
— besten Buuren — myn leevstes Spill is Bruusbaart."

Peter und Ilsabe gaben 1781 Herr Borchers und Madame Stegmann, 1792 derselbe und Madame Eule. Schink
urtheilt in seiner Hamburgischen Theaterzeitung: „Ilsabe
wird von Madame Eule recht brav gespielt. Sie spricht
sehr gut Plattdeutsch und vermeidet sehr glücklich das zu
Gemeine, wodurch diese Rolle leicht um alle Anziehung gebracht werden kann. In der Rolle des Peter sitzt Herr Borchers
wahrhaft auf seinem Pferde." Auch Karl Ludwig Costenoble
und Sophie Löhrs haben durch gelungene Kopie dieser
beiden drastisch gezeichneten Individuen Beifall geerntet.

Coftenoble bewährte fich ferner als fähige niederdeutfche Kraft in dem freitag den 24. Mai 1811 zum erften
Mal aufgeführten und öfters wiederholten vieraktigen Schaufpiel aus dem Englifchen „Die Erzählung", worin er die
wirkfame figur des jungen, dumm-gutmüthigen Mündels
Gabriel Bufeck repräfentierte, der trotz aller Mahnungen
feines reichen Ohms feine „Moderfprak" nicht verleugnet.

Das Stück von Johann Chriftian Brandes, worauf
Tieck hindeutet, heißt „Hans von Zanow oder der Landjunker in Berlin. Originalluftfpiel in fünf Aufzügen." Es
wurde, wie der Verfaffer in feiner Lebensgefchichte erzählt,
in Hamburg vollendet und gedruckt. [1] Unter der Direktion
Brandes-Klos fand am fechsten April 1785 auf dem Hamburger Stadttheater die Première ftatt, indeffen fcheint die
Novität damals wenig Glück gemacht zu haben. An dem
Stücke felbft lag das nicht, denn es hat fpäter im St. Georg-
Theater und auf der Bühne in der Steinftraße fowie auswärts fehr angefprochen. Karl friedrich flögel widmet in
feiner Gefchichte des Burlesken (Leipzig 1794) dem Idiom
fein Augenmerk und betont eigens, daß der Pommerfche
Dialekt in dem Schaufpiel Junker Hans von Zanow das
Burleske außerordentlich erhebe. In der That hat Brandes,
ein Stettiner von Geburt, deffen Göttin die komifche Mufe
war, und dem in manchen heiteren dramatifchen Gaben
Thalia gelächelt, auf die beiden niederdeutfch redenden Per-

---

[1] Hamburg 1785 bei Campe. Eine zweite Auflage erfchien unter
dem veränderten Titel: „Der Landjunker in Berlin, oder: Die Ueber-
läftigen. Komödie in fünf Aufzügen. Verfertigt im Jahr 1785. Leipzig
1791. Dykfche Buchhandlung." Hier ift unterm Strich eine hochdeutfche Ueberfetzung des niederdeutfchen Textes hinzugefügt. (Sämmtliche dramatifche Schriften von Joh. Chrift. Brandes. Hamburg und
Leipzig 1790 und 1791 bei Dyk.)

fonen, den Herrn Lieutenant und seinen Burschen Gürge
Speck, viel Fleiß verwendet.

Der alte originelle Rittergutsbesitzer und Haudegen,
welcher einst als Fähndrich den zweiten schlesischen Krieg
mitmachte, ist mit Familie und Dienerschaft nach Berlin
gereist, um einen Proceß zu gewinnen, seinen Sohn Fritz in
die Kadettenanstalt zu bringen und für seine Tochter Wilhelmine einen Mann zu finden. Alles drei glückt ihm nach
mancherlei ergötzlichen Verwickelungen. Sein Advokat hat
ihm als Schwiegersohn einen Baron Link empfohlen, der
sich als Schwindler entpuppt, seine Schwester Gräfin Saalheim einen Chevalier de la Meau, der als eitler, auf-
geblasener französischer Geck einen Korb bekommt, während
ein wackerer Rittmeister Graf von Erlenstein, den die junge
Dame schon in Pommern kennen und lieben gelernt, der
Rechte ist. Diese Liebesintrige dient der Handlung als
Folie. Abenteuer über Abenteuer erleben die Provinzialen
in der Residenz. Namentlich hat der biedere Gürge genug
Neckerei und Fährlichkeit auszustehen. Nachdem seine gnädige
Herrschaft im Gasthofe abgestiegen, erhält er den Auftrag,
die Berliner Verwandten und Bekannten von der Ankunft
in Kenntniß zu setzen. Ueber den Erfolg dieser Mission er-
stattet er seinem Gebieter Rapport, der sich mit ihm mit
Vorliebe Platt unterhält und froh ist, das gespreizte, mit
französischen Brocken gespickte Hochdeutsch nicht zu hören.
Gürge kommt zurück: Na, da bün ik!

Hans.   Awer, tum Düwel, wo steikst Du denn?
Gürge.   Ik bün henwest un hew segt, dat wi ankamen weren.
Hans.   Wohen denn?
Gürge.   Je, tum ⸱ ⸱ ⸱ (den Zettel lesend.) tum Avkat Balk; de wer
          nich to Hus. Herna tum Baron Link; de segt, Se hedden all
          miteenander spraken, un he wür upn Middag tum Eten kamen.
Hans.   Dat künn he man bliwen laten!

Gürge. Un denn wer it up'n grooten, grooten Markt un frog na den
Schwalge (buchstabierend.) La — me — au —

Hans. La Moo heet dat — T'is Franzöfisch.

Gürge. So? Na! Us it so frog, so kemen da een Hupen Afzeers
in Stevel un Sporn un mit groote Fedderbüsch up de Höd
üm my herüm un frogen my, wat it wull. It segt, dat it
Gürge Speck het, un dat mien Vader 'n Buer ut Hinner-
pommern wer. Da lachten se my grade in de Schnut un
frogen na miene Herrschapt; it segt — dat wer de Junker
Hans von Zanow ut Lasbek • • •

Hans. Dumme Peter! It bün jo Leutnant!

Gürge. So? Ja — dat had it vergeten. Na! It segt — Se
weren de Junker Hans von Zanow ut Lasbek, un wullen
Eeren Söhn int Kadettenhus un Frölen Mienken hier in
Berlin an'n Mann bringen. Upn'mal kem da een groote
schmucke Afzeer, mit'n Krüz up de Bost, up my to sprungen,
trekt my an de Sied un frog, wo wi wahnten, un of dat
gnäd'ge Frölen noch gesund wer? It segt em, ja — un da
segt he wedder, he weer de Graf van Parl un Steen, he
weer hüt Middag bym Guwernör to Tisch; aber, wenn he
geten had, so wull he glik siene Upwarung maken — un
da drükt he my de Hand un schuppt my weg un ging
wedder to de annern Afzeers — un as it de Hand upped,
da weer da dat geele Stück Geld drinn.

Hans (es besehend). De Blitz! 'N Dukaten! Dat is gewiß de Graf
Erlensteen, wovan my Mienken hüt segt! (sich an die linke
Achsel greifend.) Dat Schullerblatt deiht my immer noch
weh — un de Dokter kümmt nich! (in einer alten Brieftasche
nachsuchend.) Da hew it noch'n ohl Recept van unsem
Schmidt, as de Schimmel dat Been braken had, da kann it
my derwiel de Schuller mit schmeeren • • • Da, Gürge, is'n
Recept, gah stracks damit in de Aptek un lat dat maken.

Gürge. Maken? Dat Papeer?

Hans. Dumme Hans! Wat drup schrewen steiht, saft präpareeren
laten! It will my unner de Tyd 'n Betgen hier achter den
Scheerm upt Bed schmieten; it bün möd! Hew de ganze

utgeſchlagne Nacht keen Oog todahn, yn hier is den Morgen
öwer ſo'n Wirwarr weſt, dat ik ganz dumm un döſig im
Kop bün! Schlut de Döhr unner de Tied af, dat Nüms in
de Stuw' kann — un wennt Eten farig un Mienken wedder
van miene Süſter torüg is, ſo weck my. Verſteihſt?

Gürge. Ja, Herr Leutnant! — Nu will ik ſtraks gahn un my de
Suldaten noch 'n mal bekiken. De Düwel! Dat is'ne Luſt!
Sehn ſe nich ut, as wenn ſe all ut Zucker un Meſſing gaten
weeren?!

Die Schweſter unſeres ehrlichen deutſchen Junkers, eine
verwittwete Gräfin von Saalheim, lebt in Berlin als alte
Kokette, deren ganzes Sein und Denken ſich um franzöſiſche
Etikette, Toilette, Komödie, Sprache u. ſ. w. dreht. Hans
erkennt ſie gar nicht wieder, ſo hat ſie ſich gepudert und
geſchminkt. Er meint von ihr: „Miene Süſter het riklich
eere ſös un föftig up'n Puckel un ſüht ut, as'n Deern van
veer un twintig! Liſe ſegt hüt, dat ſe keene ſös Haar up'n
Kop häd un ſo geel utſeg, as'n Pummeranze — un nu het
ſe 'n grooten Barg Haar un ſüht ut, als Lil'gen un Roſen.
De Hoflüd möten doch narſche Salwen hebben, womit ſe
ſik ſo jung un ſchnicker maken!" Aber trotzdem behält er
dieſer franzöſiſchen Modedame gegenüber ſeine deutſche
Gradheit bei, wie folgende Epiſode draſtiſch genug zeigt.

Gräfin. Nun, mon Frère! Bekömmt man Dich endlich einmal zu
ſehen? Schon über eine Stunde bin ich hier und erwarte Dich!

Hans. Dat deyht my leed! Se hebben miene graue Liſe tor Ader
laten, un da mußt' ik daby ſyn.

Gräfin. Ich wünſchte wegen der Heirath meiner Nieçe mit dem
Chevalier nähere Abrede mit Dir zu nehmen • • •

Hans. Dy miene dröge Meenung to ſeggen, Süſter • • •

Gräfin. So ſprich doch Hochdeutſch, mon Frère, oder franzöſiſch! —
Süſter! Welch plumpes barbariſches Wort! Ma Soeur! mon
Frère! ma Tante — kurz — alle Familienbenennungen
tönen im franzöſiſchen viel angenehmer, viel ſanfter! Ueber-

haupt bin ich mit der Sprache, so wie sie in Pommern gesprochen wird, gänzlich broulliert!

Hans. T'is jo Diene eg'ne Modersprak!

Gräfin. Man kann sie aber verfeinern.

Hans. Ach wat, verfinern! Ik sprek, as my de Schnabel wussen is!

Gräfin. Aber Deiner Schwester zu gefallen!

Hans. Je! Wenn Di denn so gar veel dran liegt, so kann ik de
paar Dag uk noch woll Hochdütsch spreken; aber länger hull
ik't hier nich ut!

Inzwischen stößt unterwegs, beim Weidendamm, dem
Diener Gürge oder vielmehr seinem Begleiter, Fritzens Hofmeister Wutzkofius, ein Unglück zu; man schleppt sie zur
Wache. „Up de Wach weer", so erzählt er seinem Herrn,
„'n Affzeer, de exameneerd us — un as dat vorby weer,
so segt' he, dat wy man na Hus' gahn künnen; aber de
Hofmeester müßt bliwen un unner de Pritsch krupen, wiel
he sik an de Wach vergrepen had! De Hofmeester segt', dat
ging' nich an, denn he weer 'n Gestudeerter ut Hinner-
pommern un wull in Berlin Garnsonprester waren; aber
de Affzeer lacht' em grad in de Schnut un reep twee Korprals,
de schlogen mit eeren Stöcken so lang up em to, bet he ja
segt' un unner de Pritsch krop.

Hans. De versopne Schwienegel, de! Nu kann he't hebben! Nu —
wo heft dat Recept?

Gürge. Dat Recept? Ja, de Apteker segt', dat weer fär dat Veeh,
aber fär keenen Minschen; ik sull erst tofragen.

Hans. Na, eben so god! De Wehdag het sik all temlik legt. Ja —
ik hew öwer dat Geschwög ganz up uns' kranke Lise vergeten; kik doch 'n betgen in den Stall, Gürge, un frag to,
wat se makt.

Gürge. Got! (geht ab.)

Hans. Un Du, Fritz! Rop my de Lise — Mienken eer Kammer-
meken, versteihst sik — ik hew eer wat to seggen. — De
graue Lise geiht tum Schinner! De Hofmeester sitt up de

Wach! Mien' Dochter eere Fryers fünd Windbüdels! Jt
war noch dumm un twatich im Kop, wenn dat fo fortgeiht!

Auch Gürge hat manche perfönliche Unbill zu dulden,
wie er feinem Junker flagt: „Dörhen foppt my uk de Deener
van dem Herrn, de hier weer, un fegt: Jk würr wull man
fo quanzwies Kammerdeener fyn; upn Dörp würr ik
wull de Gös höden un de Schwien in de Maft driewen;
aver ik nehm dat Ding krumm un gew em Ens up fienen
Timper, dat de roode Supp darna leep!" Ein charakteriftifcher
Ausdruck „de roode Supp" oder auch „de roode Saft"
d. h. Blut, ein Ausdruck, den fchon Johann Rift in feinen
niederdeutfchen Zwifchenfpielen oft angewendet hat. Uebrigens
ift dies nur ein Beifpiel aus dem reichen Schatze fprich-
wörtlicher Redensarten, der in den meiften niederfächfifchen
Dramen aufgefpeichert liegt.

Brandes' Junker Hans von Zanow darf als Vorläufer
feines volksthümlich gewordenen Candsmannes Siegfried
von Lindenberg betrachtet werden. Beide zeigen viel Ueber-
einftimmung im Charakter und in der originellen Sprech-
weife. Ueber die letztere äußert fich Johann Gottwerth
Müller in der Vorrede zu feinem berühmten komifchen
Roman folgendermaßen: „Junker Siegfried ift ein Pommer,
und fpricht ungefähr Deutfch, wie ein ehrlicher Handwerks-
mann hier zu Lande zu thun pflegt, wenn er glaubt, daß
man feine niederfächfifche Sprache nicht verftehe. Das ift
nicht lokal, ich geftehe es. Jch hätte den Junker eben fo
leicht den Pommerfchen Dialekt, der mir geläufig genug ift,
können reden laffen, und ich würde es thun, wenn ich in
Pommern fchriebe und der Tummelplatz meines Helden in
irgend einer andern Provinz läge. Aber ich lebe in Holftein,
werde hier am meiften gelefen, wünfche ohne viele Noten
verftanden zu werden, und glaube, billigen Kritikern hiermit
genug gefagt zu haben." So treffen wir denn hier zum

erſten Mal in ausgeprägter Form jenes halb hoch⸗, halb
plattdeutſche Sprachgemengſel, das ſogenannte Miſſingſch
oder Meſſingſch, welches in unſerem Jahrhundert durch
Fritz Reuters genialſte Figur, Onkel Bräſig, klaſſiſch geworden.

Siegfrieds Individualität iſt weit großartiger angelegt
und durchgeführt, als Hans von Zanow, und erſchien den
unterm Joche des Marſchalls Davouſt ſeufzenden Hamburgern
faſt als Nationalheld. In der That, wenn irgend Jemand,
ſo war Siegfried von Lindenberg ein Franzoſenfreſſer. Im
Drama allerdings fehlen wohlweislich deſſen derbe Seiten⸗
hiebe auf la grande nation, allein der litterariſch gebildete
Theil des Publikums kannte ja den Roman, erinnerte ſich,
wie Se. Gnaden, als ſein „Maniſter und Prätendenter
Lectoris Ornari“ ihm die Aviſen vorlieſt, ausruft: „Nee,
lauter Franzoſen? Da muß ſchlimme Zeit ſeyn! Schlag das
man über, mag das Volk nicht leiden! — Halt da, Blix
noch mal, halt da, da war ja all wider was franſches!
Paris iſt ja 'n franſch Land, wie die alte Jungfer mit dem
einen Auge ſagt. Schlag das man über! Mag von der
franſchen Majeſtät nix hören, ſo mag ich. Will lieber von
Türken und Mammedaner hören; ſind auch wohl Blut⸗
hunde, aber doch nicht ſo arg als das franſche Volk; bleiben
doch in ihrem Lande.“ Und ein ander Mal: „Was die
Preußchen Soldaten alle für Uneform anhaben, und die
Gardskohr, und vons Franſche Land — — Aberſt nee!
Gott bewohr! ins Franſche Land will ich nicht hinein, ver⸗
ſteht Er, lieber ins Teufels ſeine Heimath und zu Ruſſen
und Moſchewitern. Mit Seinem Franſchen! Kann Er das
nicht auf Deutſch ſagen? Wenn Er mir ſein Lebstage noch
Ein franſch Wörtchen ſagt, ſieht Er, ſo ſoll Er mir nole⸗
folenz die alte franſche Mamſell heyrathen.“ Der Autor
ſelbſt bemerkt über ſeinen Helden: „einmal mit einer tüchtigen
Flotte nach Frankreich zu ſegeln, den Franzoſenkönig zu⸗

fammenzuhauen wie altes Eifen, und ihn Einszweydrey mit
all feinen Parlemihs zur Welt hinauszujagen, das hatte er
unverfchworen."

Das Abbild eines folchen echt deutfchen Mannes wurde,
wie fich denken läßt, zu folcher Zeit mit enthufiaftifcher
Begeifterung auf den weltbedeutenden Brettern begrüßt.
Schon 1790 war Müllers fozialer Roman von P. L. Bunfen,
Regierungsrath und Bibliothekar in Arolfen, welcher fich
auch durch das Schaufpiel „Der Emigrant" bekannt machte,
als Luftfpiel in fünf Aufzügen dramatifiert und veröffentlicht worden (Frankfurt am Main und Amfterdam). Nachdem deffen zu drei Akten verkürzte Bearbeitung die fran-
zöfifche Cenfur paffiert hatte (Auf dem Souffleurbuche ift
noch zu lefen: vu et approuvé Nick censeur, Hambourg
8 Mars 1813), ftand an den Straßenecken der guten alten
deutfchen Reichs- und Hanfeftadt angefchlagen: Théatre du
Gaensemarkt. Samedi, 13 Mars 1813. Une première repré-
sentation de: Sigefroi de Lindenberg. Alfo kurz vor der Befreiung Hammonias und vor Errichtung der Hanfeaten-
legion! Es war Friedrich Ludwig Schmidts Benefiz. Diefer
treffliche Künftler verkörperte die prächtige Geftalt des
patriotifchen Pommerfchen Junkers von altem Schrot und
Korn mit feiner klaffifchen Diktion und wiederholte die Rolle
Dienftag den 16. März fowie Sonntag den 21. März 1813
nach dem Abmarfch der franzöfifchen Truppen und dem
Einzuge der Ruffen. Als im Sommer, am 30. Mai 1813,
die Unterdrücker zurückkehrten, jedoch ein Jahr darauf, im
Maimonat 1814, endgiltig die Erlöfungsftunde fchlug, da
ertönte in dem Schwank in drei Akten von G. H—s,
„Politifches Quodlibet, oder Muficalifche Probecharte" betitelt, die Frage: „Ob fe all wiet weg fünd?!" und als
Antwort nach der Melodie vom Kehraus: „Da gaht fe mit
em hen", nämlich mit Napoleon; da ward am 31. Mai,

am Tage des Einrückens der Verbündeten, ein Festspiel von Schmidt „Der Tag der Erlösung" aufgeführt, worin Schmidt selber einen alten Hamburgischen Bürger gab, worin die letzte Scene den Hamburger Hafen vorstellte, die Schiffsmasten mit dem Hanseatenkreuze geschmückt: tausend plattdeutsche Herzen pulsierten schneller und frischer, manch Kernwort des Greises, des Gardisten, der Matrosen mag auf lange innigen Nachklang geweckt haben, denn, wie der Holländische Jan Maat zum Schluß jubelt:

De algemeene Vreed' is nu het groote woord.

Nachlese.

Die Irenaromachia von Rist (S. 37 f.). Diese Entdeckung, welche ich zuerst im niederdeutschen Jahrbuch (VII,
1881) veröffentlichte, bestätigt Christoph Walther im Korrespondenzblatt des Vereins für niederdeutsche Sprachforschung (VIII, 1883) durch folgende Mittheilung: In
seinem Aufsatze über Rist hat Gaedertz aufs bündigste nachgewiesen, daß die „Irenaromachia, das ist eine neue Tragi-
comoedia von Fried und Krieg", welches Drama 1630 in
Hamburg gedruckt ward, nicht von Ristens Freunde Ernst
Stapel, der im Titel als Verfasser angegeben war und
seitdem immer dafür gegolten hat, sondern von dem bekannten Dichter Johann Rist verfaßt ist. „Vorher (vor
dem Druck) war unter Ristens und Stapels Leitung die
Aufführung durch befreundete Studenten und Landsleute
in Hamburg erfolgt"; s. Gaedertz a. a. O. Ich kann zufällig angeben, wo diese Aufführung stattgefunden hat.
Ein in meinem Besitze befindliches Manuscript, Abschrift
und Fortsetzung der Hamburgischen Chronik des Adam
Tratziger, hat unter dem Jahr 1630 zwischen einer Schil-

derung des Winters zu Anfang des Jahres und der Angabe, daß König Gustav Adolf von Schweden in Stralsund
gelandet sei (im Juni), folgende Notiz:

„In Ostmanns Hause in S. Johansstrassen waren
schöne Comedien agiret, insonderheit v. Friede und Krieg.
Autores waren Ristius und Stapel."

Dieses Ostmannsche Haus ist vielleicht das des 1625
verstorbenen Rathsherren Albert Ostmann. Sein 1614 geborener Sohn Dietrich oder Theodor war damals sechszehn
Jahr alt und starb als Licentiat bereits 1654.

Die Autorschaft Ristens wird bestätigt durch die Angabe, Beide, Rist und Stapel, seien Verfasser des Stückes.
Mag nun Stapel einen Antheil an der Abfassung gehabt
haben, oder der Chronist nur auf diese Weise den Widerspruch zwischen seiner Kunde von der Autorschaft Ristens
und dem gedruckten Autornamen Stapels lösen zu können
gedacht haben, auf jeden Fall ersehen wir daraus, daß das
Hamburger Publikum über den eigentlichen Verfasser sehr
wohl unterrichtet war.

Niederdeutsche Scenen in Schulkomödien (S.
174 f.). Vereinzelt steht doch nicht das Experiment des
Operndichters und Rektors Joh. Samuel Müller da, in
den dramatischen Redeübungen die heimische Mundart zur
Geltung zu bringen. Nicht nur auf dem Johanneum,
sondern auch, wie mir Emil Riedel schreibt, in der
Michaelisschule ist sie einmal gepflegt worden. Am
siebenten und achten December 1741 wurde dort nämlich um ein Uhr Nachmittags ein Actus oratorio-dramaticus
in drei Handlungen „De Friderico I, imperatore augusto"
von dreiundzwanzig Schülern aufgeführt. Der Verfasser heißt Albert Basilius Müller, ein Bruder des
oben Genannten, geb. in Braunschweig, von 1739 bis zu

seinem Tode 1769 erster Lehrer der Anstalt. In dem sechszehn Quartseiten starken, lateinischen Programm sind die Personen und der Inhalt des Gesprächsspieles in deutscher Sprache angegeben.

In der ersten Handlung findet sich als achtes Gespräch folgender Auftritt verzeichnet:

"Albernardus und Homobonus

(zwei Bürger aus Lodi, J. H. von Hagen und F. D. Streckenbach) unterreden sich mit einander, daß sie die Mailänder bei dem Kaiser verklagen wollen. Sie reden Plattdeutsch."

Im zehnten Gespräche derselben Handlung erscheinen die beiden Bürger wirklich vor dem Monarchen und erhalten das Versprechen, daß ihnen geholfen werden solle Allein Friedrich Barbarossa scheint seine Zusage vergessen zu haben; denn im vierzehnten Gespräche der zweiten Handlung legen die Bittsteller das gleiche Gesuch ihm nochmals ans Herz.

Niederdeutsche Rollen in Kinderspielen (S. 210 f.). Die verwittwete Frau Neumann ließ am 21. und 22. Oktober 1777 in ihrem Hause von jungen Schülern und Schülerinnen eilf dramatische "Redeübungen" aufführen, welche theils aus einzelnen Scenen (Gespräche zwischen zwei und drei Personen, besonders über Sprichwörter), theils aus kleinen Lustspielen mit den unvermeidlichen Gesangseinlagen bestanden. Sie wurden noch in demselben Jahre in Hamburg bei Johann Philipp Christian Reuß gedruckt. Die drei größeren Gespräche erschienen separat, die übrigen acht gemeinschaftlich.

Als Nummer sechs ward bei den Vorstellungen "Der großmüthige Bauernknabe" gegeben, von vier Mädchen und vier Knaben, und kam einzeln heraus unter dem Titel:

„Der großmüthige Bauernknabe. Ein Lustspiel für Kinder.
Hamburg, gedruckt bey Joh. Phil. Christ. Reuß. 1777."
Ueber dem Personenregister wird das Stückchen als Lust=
spiel bezeichnet und in zwölf Auftritte getheilt. Der Inhalt
ist kurz folgender: Reich, ein angesehener Kaufmann, will
zum Gespielen und als tugendhaftes Vorbild für seine
Kinder Gertrud, Amalie und Karl auf Wunsch ihres In=
formators „Lehrreich" den aufgeweckten und gutherzigen
Bauernjungen Jürgen in sein Haus nehmen. Aber trotz=
dem er dem Burschen gute Pflege und schöne Kleider ver=
heißt, läßt sich derselbe nicht bewegen, seine alte Mutter
Ilsabe im Dorfe zu verlassen. Diese Zwei bedienen sich
des plattdeutschen Idioms.

Jürgen singt im ersten Auftritt auch eine Arie, worin
er Stadt und Land vergleicht und natürlich seiner heimat=
lichen Scholle den Vorzug gibt.

> Ick scher my'n Hamer um de Stadt,
> Dar sull'ck in kuckuluhren?
> 'Tis wahr, dar fünd de Lüde glatt
> Un fiener as de Buhren.
> Man fünd see glücklicher darby,
> Un ät see fatter sick as wy?
>
> Womit tracteert se ehre Gäst?
> Ut ehre lütjen Pütjens?
> Un wat gevt see jem vär dat Meßt?
> 'Tfünd idel Snibbelbitjens,
> De glyd twars good tom Hals hendähr,
> Man't gift jem keen Gedeen noch Knär.
>
> Y, weg! wy wet fär unse Gäst
> Vehl beter to to kaaken,
> Wy hoolt et mid de Buhrenköst,
> De gift uns Maark in'n Knaaken;
> Denn Speck un Kees un Fleesch un Brood,
> Smeckt schön un maakt de Backen rood.

Ick fcher my'n Hamer um de Stadt,
Ick bün un blyv een Buer,
Hier fprect wy, wy't uns is um't Hart,
Wy Lüde fünd vehl truer
Als Städer-Gären in't Geheel —
Ick fwieg — man glövt, ick denk mien Deel.

Nicks kann man van de gooden Lüd
Als Cumplimenten lehren,
Van fulken Saaken hev'ck de Brüd,
Grad to, fo hev ick't geeren,
Grad to, dat is dat allerbeft,
Un fo fünd unfe Ohlen weft.

Wy Buhren blievt fo as wy fünd,
De Börgers fünd van Flandern,
Hüt hoolt fee et mid düffen Fründ,
Un Morgen mid den andern,
My fünd de gooden Lüd to platt,
Ick fcher my'n Hamer um de Stadt.

Das kleine Drama, welches die thörichte Verachtung
der Bauernkinder von Seiten der reichen und vornehmen
Stadtkinder geißelt, ist im Uebrigen von keiner besonderen
litterarischen Bedeutung. Die Darstellerin der Mutter
Ilsabe war eine Demoiselle Niemand. Die Titelrolle
des Jürgen gab Peter Friedrich Röding, ein Sohn des
beliebten Lehrers und Jugendfreundes.

Das Lob des ländlichen Lebens wird in den Kinder=
spielen oft verkündigt und zwar im Kontrast zum städtischen
Treiben: hier Einfachheit, Natürlichkeit, Gesundheit, dort
Luxus, Ziererei, krankhafte Blasiertheit. Besonders schön
gelangt diese soziale Frage zum Ausdruck in dem Sprich=
worte „Der kleine dreiste Bauer" (S. 215). Der junge
Herr von Audicur und dessen Schwester, deren Eltern
ein Gut gekauft haben, unterhalten sich mit dem Bauern=
knaben Lukas. Sie sind mit dem Vorsatze hinaus gezogen,

sich bei den Bewohnern beliebt zu machen, und gewinnen durch echte Leutseligkeit das Herz des naiven Dörflers.

Lukas. O wat Hagel nich eenmal! Se fangen et god an, man kann't nich beter maken. Wat is dat för en schmuck Frölen?

Herr v. Audicur. Das ist die erste Schäferin unseres Dorfes, meine Schwester.

Lukas. Je mehr Se davon seggen, je mehr ward ick roth. Aehre Schwester, dat ehrst Schäpermäken im Dörp? Wenn dat is, so bin ick ähr ehrst Hamel. O! wat sin dat för gode Herrn, de wi hebben. Gnädge Frölen, Se warden mie mien Grofheit vergäven. Aehr Broder het daran schuld. He redt mie so vehl godes von allen, dat ick nich mehr weit, wat ick schall hören. Wiel ick nu nich mehr Tiet hebbe, dit alles na to denken, so verlösen Se mie, weg to gahn, dat ick all unse Schäpermäkens grat- leeren kann, dat se ene so allerlewste Camradsche kriegen warden, as Se sind.

Fräulein v. Audicur. Ich danke Dir für Dein Compliment; es gefällt mir um so viel mehr, da es natürlich ist.

Herr v. Audicur. O! meine Schwester, Du kennst noch nicht die ländlichen Vergnügungen, Du sollst sie aber kennen lernen, wenn wir sie mit diesen ehrlichen und guten Einwohnern dieses Dorfes theilen werden. Die Jagd, der Fischfang, der Tanz unter den Ulmen, bald nach dem Schall des Hautbois, bald nach einem Chor, der auf eine lustige Art gesungen und wiederholet wird; Du wirst sehen, daß diese Vergnügungen mehr werth sind, als uns die Stadt mit aller Kunst und Pracht, aber nicht mit Wahrheit und Aufrichtigkeit genießen läßt.

Entzückt ruft der kleine Bauer: „Wat! Se willen ok mit uns unner de Linden danzen?" — und ein gemeinsames Band umschließt Dorf und Stadt, Hoch und Platt.

———— ❦ ————

Verzeichniß

der

vorkommenden Stücke.

Verzeichniß
der
Eigennamen.

Ueberſicht des Inhalts.

Erſter Abſchnitt.

Nachfuge.

Das niederdeutsche Schauspiel.

Zum Kulturleben Hamburgs.

Von

Karl Theodor Gaedertz.

Zweiter Band.

Neue, um zwei Vorworte vermehrte Ausgabe.

Hamburg.
Verlagsanstalt und Druckerei A.-G. (vormals J. F. Richter)
Königl. Schwed.-Norweg. Hofdruckerei und Verlagshandlung.
1894.

Die plattdeutsche Komödie

im

neunzehnten Jahrhundert.

Von

Karl Theodor Gaedertz.

Man möge im Luftspiel Hochdeutsch und Plattdeutsch
anwenden, wenn die Personen sich dazu eignen; die Abwechselung dieser beiden Idiome bringt zuweilen sehr
drastische Wirkungen hervor.

Fritz Reuter, in einem Briefe v. 28. Sept. 1855.

Hamburg.

Verlagsanstalt und Druckerei A.-G. (vormals J. F. Richter)
Königl Schwed.-Norweg. Hofdruckerei und Verlagshandlung.

1894.

Theodor Souchay

in Cannstatt

gewidmet.

Vorwort.

Es war an einem Wintertage, Weihnachten 1878, als ich in Hamburg am Pferdemarkt stand, ein schmuckloses und einfaches Eckhaus — das berühmte Thaliatheater — mir von Außen ansah und dann die Stufen hinaufstieg, um einen längst gehegten, für mich kühnen Entschluß, der mich eigens von Berlin dorthin getrieben hatte, auszuführen. Ich hatte das Glück, sogleich vom Herrn Direktor Chéri Maurice empfangen zu werden und ihm einige Empfehlungsschreiben zu überreichen. Diese mußten derart beschaffen sein, daß sie den gestrengen Theaterchef günstig stimmten, denn derselbe nahm mich in liebenswürdigster Weise auf.

„Sie möchten, wie ich aus den Briefen ersehe, meine Bibliothek durchstöbern? und zwar auf plattdeutsche Stücke hin?" — und der kleine, freundliche Mann legte mit seiner französisch accentuierten Sprache auf das Adjektiv „plattdeutsch" einen Nachdruck, worin Zweifel und Staunen sich mischten. „Ja, solche sind, als meine Bühne noch in der Steinstraße herbergte, gegeben, aber wo sie geblieben, das mag der Himmel wissen! Verkramt, verloren, indeß meines Wissens nicht aufbewahrt."

Eine Durchsicht des Katalogs bestätigte leider diese

mich niederschmetternde Antwort. Also umsonst! Enttäuscht
empfahl ich mich und befand mich schon wieder auf der=
selben Treppe, welche ich vor Kurzem hoffnungsfroh
hinaufstieg, als plötzlich aus dem Hintergrunde eine Gestalt
auftauchte, wie der Geist des Hamlet, und mich von Kopf
bis zu Fuß musterte.

„Herr, Se sünd woll of so'n jungen Dichter, de den
Herrn Direkter en Stück brächt hett un is afwiest worden?"

Die Erscheinung war, wie ich später erfuhr, Klas,
das langjährige Faktotum im Steinstraßen= und Thalia=
theater. Hätte ich das gleich gewußt und all das, was
mir durch diesen Hausgenius bescheert werden sollte, ich
hätte den Alten wahrhaftig umarmen können.

So begnügte ich mich, ihm zu erwidern: „„Mit en Stück
afwiest? Ne, dat nich. Ik bün keen Kummedjenschriwer.
Awer, ha hebben Se Recht in, afwiest bün ik likers.""

Meine plattdeutsche Gegenrede schien ihn zu freuen.

„Je, wat sünd Se denn? Denn sünd Se woll en
Schauspieler? Na, Se sehn mi ok nich darnah ut, as
wenn Se för uns passen dehn." Dabei betonte er das
Wörtchen uns so gewichtig, als ob er mit apodiktischer
Bestimmtheit sagen wollte: Herr Maurice un ik sünd eins!

Ich mußte doch lachen. „„Ne, en Schauspieler bün
ik ok nich.""

Nun stand Klasen schier der Verstand still. Er kratzte
sich das ergraute Haar und schob dann aus einer silbernen
Tabatière, die ihm offenbar zu seinem Hausdienerjubiläum
einst als unerläßliches Inventarstück verehrt worden
war, bedächtig eine Prise in die stark entwickelte Nase.
Eingeweiht in alle Verhältnisse und Ereignisse „seines"

Inſtitutes, ſuchte er auch dieſer Sache auf den Grund zu kommen.

Ich beobachtete unterdeſſen den Alten. Er hätte ein prächtig Bild abgegeben für einen Defregger oder Menzel; ich glaube, ich könnte ihn noch jetzt mit ein paar Strichen zeichnen.

Die Pauſe währte nicht lange. Klas hatte zwar nicht den Stein der Weiſen gefunden, aber er war doch auf der Fährte zu einer Entdeckung: es ſchien ihm eine Ahnung zu dämmern, daß in dieſem Falle noch ein Drittes und damit etwas ganz Beſonderes vorliegen könnte. Darin ſollte er ſich denn auch nicht getäuſcht ſehen. Es wäre grauſam geweſen, ſeine ſo verzeihliche Neugier noch länger auf die Folter zu ſpannen.

„„Olle plattdütſche Stücke ſöt ik, de anner Lüd ſchrewen hebben, un wo as Biſpill Vorsmann ſo'n grote Rull in ſpelen deh.““

„Wat? Herr! — De oll Vorsmann? min lüttje, lewe, gode Fründ Vorsmann, de ut de Steenſtrat? Hebben Se den noch kennt? — Ach ne, dat könt Se ja nich, denn möten Se ja ok wenigſtens en halv Jahrhunnert up den Buckel hebben."

„„Je, up den heff ik dat afſehn un ok noch up annere!““

„Ja, Herr, dar hebben wi noch en ganzen Barg Böker vun liggen in en grote Kiſt, baben up den böver= ſten Bö'n."

„„Wat?““ — und ich jauchzte förmlich auf. „„Un Se Ehr Herr Direkter ſä mi, dar weer niks.““

„Ach wat, wenn ik dat ſeggen doh, denn is dar wat. Wi weeten Beſcheed! Wi hebben den Umtog dirigeert,

Anno achteinhunnertdreeunveertig, weeten Se! Je, if bün
of 'n Direkter in min Ort, da, wo min Herr Maurice dat
nich is. Un if segg Jhnen, düsse ollen verqualmten Böker
ut dat fröhere Hoftheater in de Steenstrat, de möten dar
noch liggen. Kamen S'man mit, wi warden dat woll mit
unsen Direkter in de Reeg bringen!"

Damit ergriff er mich beim Arm, und in einer Minute
stand ich wieder vor Herrn Maurice.

„Ja, wenn Klas das meint, wird's wohl so seine
richtige Bewandtniß haben."

Die Erlaubniß zur Durchforschung der Kiste blieb nicht
aus. Wohlgemuth stiegen wir Beide, Klas und ich, bald
darauf von Stockwerk zu Stockwerk, bis wir ganz oben
ankamen und mein Führer, der sich eilends mit Stalllaterne
und Schlüsselbund versehen hatte, dicht unterm Dachboden
bei einer Kammerthüre Halt machte.

Sesam, öffne dich!

Wirklich, da ruhte mitten unter anderen Charteken
die besagte Truhe, ein wahres Monstrum an Umfang und
Konstruktion aus der guten, alten Zeit, bedeckt mit finger=
dickem Staube und von Spinngeweben eingehüllt, hart
unter dem schräg zulaufenden Dachbalken.

„Na, veel Vergnögen!" Mit diesem frommen Wunsche
setzte der Alte die Laterne auf den Fußboden und schob
mir einen großen, umgestülpten Blumentopf als Sessel hin.

Klas ging. Ich war allein in dem dumpfen und
niedrigen Raume. Doch plötzlich kehrte er zurück und
sprach, meinen Anzug prüfend, mit väterlicher Fürsorge:
„Herr, in düsse Tojelett mit de witten Manschetten un den
geelen Slips könt Se doch unmöglich sik hier afmarachen?"

Er hatte wieder Recht. In der Garderobe vollzog sich meine Metamorphose in einen mittelalterlichen Bettel- mönch. Die Kapuze bis über die Ohren gezogen, hockte ich nieder, und meine Arbeit begann.

Ich that einen glücklichen Griff. Bei der Laterne trübem Scheine rekognoscierte ich Bärmanns „Freud up un Truwr dahl". Dann fielen mir lauter für meinen Zweck unbrauchbare Stücke und ausgeschriebene Rollen in die Hände. Meine Spannung ließ nach, meine Hoffnung wurde heruntergestimmt. Fast glaubte ich, meine Mühe nicht belohnt zu sehen. Die Kiste leerte sich sichtlich vor meinen Augen. Ich fühlte beinahe schon den Boden. Da aber lagerte Schatz auf Schatz.

Mit dieser Beschäftigung verstrichen Tage, Wochen im strengsten Winter. Die eisige Kälte, ich spürte sie nicht; das Feuer der Aufregung und Erwartung loderte in mir und erfüllte mich mit heißer Gluth. So muß den Nord- polfahrern ums Herz sein beim glücklichen Vordringen in neue Breitengrade. — Nie schluckte ich mehr Staub, allein ich achtete dessen nicht. Allerdings, meine Umwandelung in einen modernen, „sauberen" Menschen des neunzehnten Säkulums verursachte jedesmal mehr Mühe und Arbeit, als wenn mein Gesicht stark geschminkt gewesen wäre.

Wie ich zum letzten Male den mir bekannt und ge- wissermaßen lieb gewordenen Weg über die Gallerie nach der Garderobe — vor mir und unten zur Seite lagen Zuschauerraum und Bühne — einschlug in dem grauen Mönchshabit, unterm Arme die jüngsten Funde, die leuch- tende Laterne in der Hand, da ertönte plötzlich aus der Tiefe herauf der Ruf: Seht dort den Geist! —

Nach der Berichterstattung über die Ergebnisse meiner „Sitzungen" im Bureau des Herrn Maurice erzählte ich von der räthselhaften Stimme. Mein freundlicher Gönner lächelte: „Es fand Probe statt. Nehmen Sie den Ruf als günstiges Omen! Möge Ihr Geist Licht verbreiten über die Geschichte, die Sie zu schreiben vorhaben! Behalten Sie in Gottes Namen die ausgegrabenen Schätze! Adieu! Beaucoup de succès, Sie plattdeutscher Schliemann!" — —

War eine solche Anerkennung auch gewiß eine unver= diente, so sind mir doch diese Abschiedsworte unvergeßlich geblieben. Zur wahren Freude gereichte es mir, als ich dem trefflichen Maurice zu seinem fünfzigjährigen Direktions= jubiläum 1881 die ersten Blüten von dem, was ich in der dunkelen Dachkammer aus Staub und Schutt hervor= geholt, im Hamburger Korrespondent zu einem frischen Kranze winden durfte. Vieles habe ich seitdem noch ge= sammelt, zumal auf Hamburgs Stadtbibliothek und Stadt= theater, sowie bei Karl Schultze in St. Pauli. Freunde und Förderer schickten mir seltene Komödienzettel und beachtens= werthe Zeitungsausschnitte, die meinem Buche zu gute gekommen sind. Mit Dankbarkeit erinnere ich mich der herzlichen Aufnahme und Unterstützung, welche mir all die Jahre hindurch erwiesen ist um meiner „plattdeutschen Dramaturgie" willen.

Möge diese nun den Erwartungen einigermaßen ent= sprechen, die man in sie setzt! Möge namentlich auch der hochdeutsche Leser daraus die schlichte Schönheit schätzen lernen, welche im platten Idiom liegt, und nicht die Nase

rümpfen, selbst wenn's für den Einen oder Anderen viel=
leicht bisweilen ein wenig nach Stall und Dünger riechen
sollte! Das Leben spiegelt sich am klarsten und treuesten ab
im Volksschauspiel, und damit befaßt sich mein Buch, das
hoffentlich an seinem Theile beitragen wird zur richtigen
Würdigung der norddeutschen Art, Sitte, Sprache.

Berlin, Ostern 1884.

Dr. **Gaedertz**.

Vorwort zur zweiten Ausgabe.

Auch bei diesem Bande habe ich lange geschwankt, ob ich ihn so lassen sollte, wie er ursprünglich aus meiner Feder gekommen ist. Die Kritik bekundete eine verschiedene Ansicht. Jakob Minor wünschte „die störende gewürzte Zugabe aus dem Theaterjargon und das Schauspielerlatein" fort. Otto von Leixner erklärte: „Gaedertz begnügte sich nicht, ein nur für Stockgelehrte verständliches Werk zu schreiben — was leicht gewesen wäre, wo er so viel des Neuen bringt —, sondern er hat den Stoff belebt. Zu loben ist der frische Stil, welcher sich aller Wendungen des Feuilletons enthält und nach vornehmer Einfachheit strebt."

Zahlreiche Zuschriften aus dem Leserkreise pflichteten letzterem Urtheile bei. Ich drucke, auf die Gefahr hin, des Eigenlobs geziehen zu werden, den Brief einer mir unbekannten Dame aus Elsaß-Lothringen ab: „Durch Ihr „Niederdeutsches Schauspiel" ist mir erst recht klar geworden, was eine herzige Muttersprache Alles vermag, und was Sie darin uns für Schätze erschlossen haben;

ich vermag Ihnen nicht genug zu danken für all' den
würzigen Genuß, welchen ich auf jedem Blatte immer
wieder in frischen Zügen in mich aufnahm. Ich wünsche
von ganzem Herzen, daß dies Werk, welches gewiß unter
unsäglichen Mühen zusammengestellt werden mußte,
tausende Leser findet und es mit allem Wünschenswerthen
gekrönt wird. Durch Ihre reine, einfache Sprache und
Ihr klares Urtheil ist alles Schöne so sehr hervorgehoben,
daß gewiß dies Stiefkind der Jetztzeit einmal wieder ein
rechtes Nestküken wird; wie stolz können Sie dann sein!
— Vergebung! ich wollte Ihnen ja nur danken für Ihren
frohen Sorgenbrecher. Denn immer wieder greife ich
nach Ihrem Buche, wenn häßlicher Mißmuth mich
beschleicht, und gestärkt und heiter lege ich es hin,
versöhnt mit Gott und mir selbst geh' ich wieder an die
Arbeit."

Einzelne Männer der Wissenschaft mögen mich aufs
Neue tadeln oder gar verdammen; jedoch der unbeeinfluß-
ten, unverfälschten Stimme aus dem Volke kann und darf
ich mein Ohr nicht verschließen.

Zusätze und Ergänzungen in den Text einzuschalten,
lag in meiner Absicht. Aber gleich bei dem wackeren
Jürgen Niklaas Bärmann, dem inzwischen Dr. Cropp
ein Gedenkblatt in den Mittheilungen des Vereins für
Hamburgische Geschichte (Jahrgang VII, Nr. 5) widmete,
gerieth ich in einige Verlegenheit. Ich fand nachträglich
im „Almanach dramatischer Spiele zur geselligen Unterhaltung auf dem Lande. Begründet von Aug. von Kotzebue,
herausgegeben von Karl Lebrun. 25. Jahrgang. Hamburg
1827" einen Einakter von Bärmann „Des Bildes

Urbild". Bärmann bezeichnet sich als Verfasser der Lust=
spiele „Der Oberrock", „Quatern" 2c. Sein Stück dürfte
chronologisch vor „Stadtminschen un Buurenlüüd" zu
setzen sein. Hier, S. 27, wollte ich dasselbe einreihen.
Aber, ist es überhaupt in Hamburg öffentlich aufgeführt
worden? Um dies zu konstatieren, wären erneute Nach=
forschungen an Ort und Stelle nöthig. Dazu fehlen mir
Muße und Möglichkeit. Ein dort ansässiger Gelehrter
greift mir vielleicht unter die Arme. Einstweilen muß ich
mich damit begnügen, aus dem kleinen Schwank Folgendes
mitzutheilen.

Die Handlung ereignet sich in einer mittleren Stadt
Norddeutschlands, heißt es; richtiger: in der größten,
nämlich Hamburg, wie aus einer lokalen Erwähnung zu
entnehmen. Auch suchen wir im Rollenverzeichniß um=
sonst die einzige plattdeutsch redende Person, den Dorf=
boten.

Der ideal veranlagte Buchhändler Dorn ist unver=
schuldet dem Ruin nahe, da ein Gläubiger hart auf
seinen Forderungen besteht. Doch in höchster Noth findet
er Hülfe, durch das Erscheinen desjenigen Mädchens,
dessen Bild er lange bewundernd verehrt hat, das ihn
rettet und zum glücklichsten Mann und Menschen macht.
In seinem Faktotum Brummer besitzt er zudem einen
Schatz. Als Dorn den Laden verlassen hat, um bei
Freunden eine Geldanleihe zu versuchen, ist sein alter
Diener allein; er fühlt die seinem Herrn drohende Gefahr
tief mit und glaubt selbst aus den Büchern Gespenster
aufsteigen zu sehen. Da tritt ein Dorfbote herein und
fragt:

Vokladen hyr?

   Brummer (für sich):

Kein Geist! (laut) Nun freilich.

   Dorfbote (der sich bäurisch räuspert):

Ha! Dat is schön. Na! Mit Verlöw —

   Brummer (zur Arbeit zurückkehrend):

Was soll's denn sein? Ich hab's hier eilig.

   Dorfbote (bei Seite):

Ha! Meist glöv'ck doch, ick seil hyr scheev.

Potz Wäder! Wenn de oolde Spöker

My lyks 'nem dwadschen Jung betaald',

Dee dummerhaftig by'm Ap'theker

Sick bruun-un blauwen Slaad'rup hahlt!

Na! knippt et hyr, schall my't nich knypen,

Ick maak myn Woord un drück my gauw.

Kann'ck ook myn'n Updrag nich begrypen,

Föhr'ck äm doch uut, un leeg un flauw.

(laut) Schön gröten schall'ck von unsem Paster —

   Brummer:

Bedankt! Bedankt!

   Dorfbote:

     Nich Oorsaak — ha!

De Herr de hett doch frischen Knaster

Mank dem Papiergemussel da?

   Brummer:

Ist Er bei Troste? Geh' und schäm' Er

Sich Seiner Einfalt —

   Dorfbote:

     Ha! Wat Snack!

   Brummer:

Hier wird nur Geist verkauft. Bei'm Krämer

Drei Häuser links giebt's Rauchtaback.

   Dorfbote:

Ha! Uns' Pastor will't doch woll wäten!

Wollehrwürd'n Wulf is't, dee my schickt,

Uut Ulendorp — 'ck hev nicks vergäten.

Ofwoll de Herr my drüm bemickt.
„Geh hin, mein Sohn, zum Bökerladen
Und hole den Langknaster mir;
Der Weg gereicht Dich nich to'm Schaden,
Zwei Groschenstücke schenk' ich Dir."
   Brummer:
Was soll Er holen?
    Dorfbote:
     Ha! Langknaster,
Langknaster naa der besten Mood:
Dat fünd de Wörd' von unsem Paster —
   Brummer (lachend):
Haha! Lancastersche Method',
Und zwar das beste Werk darüber;
Ha! So wird's sein (reicht ihm ein Buch).
    Da, nehm' Er hin!
   Dorfbote:
Ha! Is't Toback?
    Brummer:
    Geh' Er, mein Lieber!
   Dorfbote:
Herr Paster köhm bald fülvst herin,
De lütje Räken'g aftomaken.
   Brummer (halblaut):
Die große — ja!
   Dorfbote (das Empfangene musternd, für sich):
    Dat is en Book,
Un keen Toback. Wat snurr'ge Saken!
— Un dee dar grynt, as weer'ck nich klook.
Ha! Still! Heel leeg fünd de Studeerten,
Smökt woll de Bläder gar uut't Book,
Un as se smökt, de Herrn Gelehrten,
Treckt in de Brägen jüm de Rook;
Dee dampt denn uut, in Woord un Böker,
Dat bringt denn frischen Rooktoback:
So ward denn Een von'n Annern klöker,

Dat jümmers kruser ward ähr Snack. —
Paß up! ick ryt en halv Styg Bläder
To'm Book 'ruut — stopp — un Swammfüür drup;
Denn defftig smökt, so gäv'ck — potz Wäder!
Wollehrwürd'n noch to raden up.

(Stülpt den Hut auf und geht ab.)

Brummer (allein):

Der kam mir, wahrlich! sehr gelegen,
Bracht' in die Cass' er gleich kein Geld.
Tritt uns so derb Natur entgegen,
Denkt man an keine Geisterwelt.

Der kleine Auftritt ist mit folgender Anmerkung ver=
sehen: „Den süddeutschen Bühnen hier keine Lücke zu lassen,
findet man am Schlusse des Lustspiels eine Umschreibung
dieser in niedersächsischer Mundart abgefaßten Scene."
S. 185—88 enthält die „Erklärung" in hochdeutschen
Versen.

Nach Bärmann nahm Jacob Heinrich David den
ersten Platz unter den Hamburger Dramatikern ein. Sein
bekanntes, z. Th. plattdeutsches „Nummernstück" (S. 72 ff.)
erlebte 1853 die zweite, durch einige bisher un=
gedruckte Arbeiten vermehrte Auflage. Davon ist eine
im Dialekt: „Einlage der Demoiselle Schlomka als Fee
Milifort, verkleidet als Vierländerin in „Kabale und
Liebe", Parodie und Zauberspiel von Bäuerle, gewidmet
von David, am 13. November 1835":

Maal sneed mi soo'n Neeswieß de Flechten vun Kopp,
Dee deit dat sin Leben nich wedder,
He muß hen na't Stadthuus in vullen Galopp,
Da kreegen's em ünner de Fedder.

Veerlanners sünd lustige muntere Lüüd,
Se maakt sik nich Sorgen un Kummer,

Un wenn f' uns oof mannigmal hänfelt un brüüd,
So krieg wi doch felten en' Brummer.

Gar oftmals verleeft fick in uns foo'n Hans Laff,
Doch laat wi em feufzen un zappeln.
Wi hannelt un wannelt Straat op un Straat aff
Mit Blomen, Johannsbeer'n un Appeln.

Woll ward wi von Jedermann hänfelt un brüüd,
Wi armen, bedrängten Veerlanners,
Un doch fünd wi nüdliche luftige Lüüd
Un ward, all unf' Leev, oof nich anners.

Der Dritte im Bunde war Johann Peter Theodor
Lyfer, der unvergeßliche Autor der Dinorah=Parodie.
Im Katalog des Britifh Mufeum zu London fand ich
als feinen eigentlichen Namen eingetragen: Burmeifter.
Mehring glaubt, den von mir S. 103 muthmaßlich an=
gegebenen Zeitpunkt feines Ablebens, Anfang der fechs=
ziger Jahre, näher beftimmen zu können. Das Sterbe=
regifter des Altonaer Krankenhaufes meldet, dafelbft fei
am 29. Januar 1870 der Maler Ludwig Peter Auguft
Lyfer, als Sohn des fpäteren Dresdener Hoffchaufpielers
Friedrich Burmeifter in Flensburg am 2. Oktober 1804
(wohl 1805) geboren, im Alter von 75 Jahren ge=
ftorben. Lyfer hieß er nach feinem Pflegevater. Die
Vornamen ftimmen freilich nicht überein, auch nicht die
Lebensjahre. „Im jämmerlichften Zuftande" endete der
einft gefchätzte Dichter und Zeichner. Und David erfchoß
fich, Bärmann verhungerte beinahe, er, der unter fein
Porträt das Diftichon fchrieb:

„Hamburg, ob ich Dich liebte? Richte mich deß, o Allew'ger!
Ob mich Hamburg geliebt? Sage mir's, o Du mein Grab!"

Nicht nur die namhaftesten neueren plattdeutschen Dramatiker hat ein düsteres Schicksal aus dieser Zeitlichkeit abgerufen, auch die hervorragendste Darstellerin ist, fast unbemerkt, der mütterlichen Erde übergeben worden, sie, die noch vor Kurzem viele Tausende entzückt hatte, sie, der Johann Meyer von Kiel Lieder in heimathlichen Lauten weihte, die ehemals fernhin ein Echo fanden: Lotte Mende verschied am Krebs, einsam im Kranken= hause. „Leider ist es wahr," schreibt mir ein Hamburger Schriftsteller, „daß diese in ihrem Fache unersetzbare Künstlerin sang= und klanglos zur Gruft getragen wurde. Dem Begräbnisse wohnten nur Karl Schultze, Heinrich Kinder, Borchers und wenige Kollegen, außer den Ver= wandten, bei. Ihre letzte Rolle in diesem Leben war Frau Waldeck im „Hôtel Hammonia" von Schreyer und Hirschel, die sie trotz ihres Leidens meisterhaft spielte." Lotte Mende-Müller, die plattdeutsche Frieb-Blumauer, ist eine der originellsten und genialsten Bühnenerscheinungen gewesen. Ich lernte sie vor Jahren im Karl Schultze= Theater persönlich kennen; ihr Gemüth und Humor er= griffen mich tief. In einigen äußerst heiteren Scenen mußte ich — vorn im Parquet sitzend — herzlich und überlaut lachen, und es schien, als ob mein Beispiel das Publikum ansteckte: der Beifall war ein ungeheurer. Beim Verlassen des Theaters, im Korridor, trat eine Dame auf mich zu, die ich nicht gleich erkannte: es war Frau Mende. „Verzeihung," sagte sie, „Sie sind der Herr, welcher mich heute Abend einen Triumph feiern ließ. Meine Laune wurde durch Ihr silberhelles Lachen so übermüthig, daß ich mich selber übertraf." Ein fröh=

liches Beisammensein war die angenehme Folge. Lotte
Mende ist am 12. Oktober 1834 zu Hamburg geboren,
am 9. December 1892 daselbst gestorben. Die ver=
kehrtesten Nachrichten über diese gottbegnadete Künstlerin
und über die plattdeutsche Komödie brachten bei ihrem
Heimgange speciell Berliner Zeitungen, so daß sich das
Hamburger Fremdenblatt zu einem berichtigenden Artikel
veranlaßt sah mit der Aufforderung: man solle doch ein
wenig im „Gaedertz" nachlesen.

Leider ist auch der bedeutendste plattdeutsche Dar=
steller unserer Zeit, Theodor Schelper, plötzlich vom
irdischen Schauplatz abgetreten. Seine vollkommene
Beherrschung der mecklenburgischen Mundart, seine wahre
Erfassung und lebendige Verkörperung der Figuren Fritz
Reuters, seine Naturtreue in der Mimik waren und
bleiben musterhaft; besser und echter hat selbst Ekhof in
Dialekt=Rollen kaum spielen können. Schelper starb in
Stettin, den 11. December 1884, unerwartet, am Schlag=
flusse.

Doch auch frohe Begebenheiten auf dem Gebiete der
plattdeutschen Bühne sind zu verzeichnen. Karl Schultze
feierte am 5. Mai 1885 das fünfundzwanzigjährige Be=
stehen des nach ihm genannten Theaters. Die Vorstellung,
eine pietätvolle Wiederaufführung der Faust=Parodie von
Schöbel, mit dem Jubilar als Reitendiener, gestaltete sich
zu einem Volksfeste. Dr. Arnold Weisse widmete dem
Ereignisse zwei Essays. Das erste, dramaturgische,
schließt mit den Worten: „Eine großartige Monographie
des Karl Schultze=Theaters hat Gaedertz in seinem „Nieder=
deutschen Schauspiel" gegeben. Dieselbe füllt die Hälfte

des zweiten Bandes, und sie mußte, entsprechend dem, was wir bisher bewiesen, zu gleicher Zeit eine Biographie Karl Schultzes sein. Wir verweisen also Diejenigen, welche gelegentlich des Jubiläums Ausführliches und Erschöpfendes über das abgelaufene erste Viertel=Säkulum lesen wollen, auf dieses vortreffliche Werk, welches in keinem Hamburgischen Hause fehlen sollte." Im zweiten Aufsatze schildert Weisse den Festabend. Mit Recht nennt er Schöbels Bearbeitung des Faust eine gelungene humorvolle und geistreiche Parodie. „Die Nutzbar= machung der damaligen Hamburger Verhältnisse (1862) zu diesem Zwecke trägt sogar den Stempel der Genialität. Der Einfall, Faust als gewerbefreiheitsfreundlichen Bar= bier, Mephistopheles als zunftzwanganhänglichen, zopfigen und verzopften Reitendiener Deubel, Gretchen als Lütt= maid, die durch die leichte Civilehe Faust wieder der Gewerbefreiheit zuführt und ihn dann Deubel entreißt, fungieren zu lassen, ist ebenso köstlich ersonnen, als sorg= sam in jeder parodistischen Wendung durchgeführt. Diese scharfe Parallelisierung verleiht der Parodie als solcher ein wahrhaft klassisches Gepräge, und so gefällt sie noch heute, wo die politischen und kommunalen Zustände von 1862 tempi passati sind. Es waren Jubelstürme, die Karl Schultze für seinen Reitendiener zu Theil wurden, den ihm im trockenen, darum hochkomischen Ernst, wie in seiner unerschütterlichen Würde Niemand nachspielt. Schultze wurde, als er in dem Kostüm der selig ver= blichenen Reitendiener zuerst erschien, mit lang anhaltendem Applaus empfangen. Zum Schluß, als im lebenden Bilde der Apotheose sämmtliche Personen aus den Haupt=

stücken dieser Bühne seit fünfundzwanzig Jahren zur Gruppe vereinigt erschienen (Gädchens aus „Hamburger Leiden", Klas Melkmann u. s. w.), da wollte der Beifall kein Ende nehmen, und die Jubelvorstellung schloß in der That als solche — mit endlosem Jubel."

Ein noch selteneres Jubiläum, das fünfzigjährige, beging am 9. November 1893 unter Chéri Maurice das Thalia=Theater, welches ehedem als „Steinstraßen=Theater", bereits bald nach der Franzosenzeit, eine Pflanzstätte für die plattdeutsche Komödie gewesen war. Die von Alfred Schönwald verfaßte Festschrift: „Das Thalia=Theater in Hamburg von 1843—93" (Hamburg, 1893) streift die leider immer weniger gepflegte Lokalposse naturgemäß nur kurz. Hervorgehoben sei die Notiz: „Das Jahr 1849 wurde mit dem Stück „Hamburg. Bilder aus der vaterstädtischen Chronik" eröffnet. Merkwürdigerweise ist dasselbe, nachdem es sieben gut besuchte Vorstellungen erlebte, ad acta gelegt worden. Besonders sprach das letzte Bild an „Die gute alte Zeit", in welchem Marr, Müller und Vorsmann plattdeutsche Rollen spielten." Auch einiger, zum Theil im Dialekt geschriebener und gegebener Schwänke gedenkt Schönwald, z. B. Krügers „Ein alter Seemann" (in dieser Rolle verabschiedete sich Wilke am 29. April 1854), sowie Davids „Nacht auf Wache" und „Nummer 23" in der prächtigen Besetzung durch Holtz, Baum, Reichenbach und Marr. Ersterer trat am 27. Mai 1884 als Hannes Himmelblau von seiner Künstlerlaufbahn ab, mit ihm verschwand die Lokalposse vom Thalia=Theater, ja das

Plattdeutsche überhaupt, um nur noch Dramatisierungen
Fritz Reuter'scher Werke Gastrecht zu gewähren.

Gänzlich ist glücklicherweise unsere niedersächsische
Muttersprache auch auf den weltbedeutenden Brettern
nicht verstummt, wenngleich sich ihr ein eigenes Heim
bisher nicht wieder geöffnet hat. Dann und wann erschlossen
sich ihr die Bühnen von Hamburg-Altona, mitunter für
längere Zeit. Von Kiel, wo Johann Meyers hübsche
Stücke sehr gefielen, muß ich hier absehen. Den nach=
haltigsten Erfolg errang J. Schölermann mit seiner
„Familie Eggers", hauptsächlich wohl Dank der gut
beobachteten und gezeichneten Figur des Helden Tedje
Eggers, eines „Gelegenheitsarbeiters", der sich mit den
„goden Utsichten" auf Arbeit begnügt. Neuerdings wurde
„Tedje Eggers in Chicago" viel belacht. Auch Schöler=
manns „En Hamborger Brodfroo" fand Anklang.

„En mekelnborgsche Revolution", nach Reuters
„Kein Hüsung" und „Ut mine Stromtid", von Fritz
Corleis ward theilnahmsvoll aufgenommen. Heinrich
Kinder, die letzte Säule aus der alten plattdeutschen
Schauspielschule, gab den Kommissionär Brandt (Bräsig).
Großes und wohlverdientes Glück hatten die dramatischen
Dioskuren, Otto Schreyer und Hermann Hirschel,
deren unerschöpfliches Erfindungstalent sich schon häufig
glänzend bethätigte, mit neuen Bildern aus dem Ham=
burgischen Leben. „Hamburg an der Bille", „Hôtel
Hammonia", „Hamburger Fahrten" und „Die Platt=
deutschen im Salon" erzielten zahlreiche Wiederholungen
und sind auch in veränderter Bearbeitung und Benennung
auf mitteldeutschen und österreichischen Bühnen sehr oft

aufgeführt worden. Ihr Ausgangspunkt war Hamburg,
hier wirkten darin Lotte Mende, Ottilie Eckermann, Karl
Schultze und Arnold Mansfeldt. Der erfrischende Hauch
des heimathlichen Idioms machte sich aufs Neue geltend;
auch da, wo nur Episoden in demselben gespielt wurden,
wie kürzlich erst die Rolle eines alten treuen Dieners in
Skowronnecks Lustspiel „Der Erste seines Stammes", mit
der Heinrich Kinder am Hamburger Stadttheater ungemein
ansprach.

Ich schließe mit einer Betrachtung, indem ich die
Frage aufwerfe: wie sieht es mit der Zukunft des Volks=
stückes, speciell des plattdeutschen? In Berlin ist jüngst
ein Preis für ein Berliner Volksstück ausgesetzt worden.
Die Reichshauptstadt ist aber wohl ein unfruchtbarer
Boden für dieses intime Genre, sonst wäre es auch ohne
Preisausschreiben dort gediehen. Die Vorbedingungen
fehlen. In schnellem Wachsthum und rastlosem Hasten
sind die Eigenarten des echten Berliners, welcher übrigens
in der aus allen Provinzen zusammengeströmten Ein=
wohnerschaft die Minorität bildet, fast bis zur Unkenntlich=
keit verwischt. Die früher beliebten Typen aus den Zeiten
eines Glaßbrenner und Kalisch sind längst verschwunden
und neue in dem Alles nivellierenden Weltstadtgewimmel
immer nur sporadisch aufgetaucht. Wien, München,
Hamburg scheinen geeignetere Stätten für ein Aufblühen
des Volksdramas. Dort mangelt es auch der Bevölkerung
neben dem herzerquickenden Humor (sehr verschieden von
dem schlagfertigen Berliner Verstandeswitz!) und einer
volksthümlichen Derbheit nicht an einem zart empfindenden
Sinn, einem für das wirkliche Volksstück unentbehrlichen

gewiſſen poetiſchen Zug und einer demgemäßen Ausdrucks=
kraft in heimiſcher Sprache. Dieſes Ausdrucks iſt der
Berliner Jargon nicht fähig; er hat daher auch keine
Litteratur gezeitigt außer ſpärlichen ſatiriſchen Schriften.
Der öſterreichiſche, bayriſche, plattdeutſche Dialekt hin=
gegen hat hervorragende Lyriker aufzuweiſen, ebenſo
Vertreter faſt aller anderen Dichtungsgattungen.

In Hamburg ſieht man leider mehr und mehr auf
die urſprüngliche niederſächſiſche Mundart von oben herab,
wenigſtens in den ſogenannten beſſeren Ständen. Aus=
nahmen beſtätigen nur die Regel. In Wien redet man
ungezwungen im Dialekt, man iſt alſo auch gewöhnt,
darin zu d e n k e n , er gehört zum dortigen Leben. Wer
dasſelbe alſo auf der Bühne zeichnen will, m u ß ſich
ſeiner bedienen. Sollte dieſer Umſtand dazu beigetragen
haben, den Oeſterreichern in Raimund und Anzengruber
echte Bühnen d i c h t e r erſtehen zu laſſen?

Ich verzweifle nicht daran, daß unſerer alten Mutter=
ſprache ein dramatiſcher Meſſias erſcheinen wird. Dieſe
Erwartung, dieſe Zuverſicht hat ſehr von einander ab=
weichende Beurtheilung erfahren. Etliche kritiſche Stimmen
ſeien hier wiedergegeben. Reinhold Bechſtein erklärt ſie
für „ſeltſame“ Zukunftsgedanken. „Unbeirrt in ſeiner
Hoffnung ſieht Gaedertz im Hinblick auf die Bedeutung
und die Erfolge Reuters auch einen niederdeutſchen
Shakeſpeare im Geiſte voraus, mögen auch Jahrzehnte
darüber vergehen. Wir wollen nur bemerken, daß nach
dem Gange unſerer neudeutſchen Sprach= und Litteratur=
entwickelung eine plattdeutſche Tragödie höheren Stils
gar nicht möglich und denkbar iſt, daß wir aber auch

ihre Entstehung gar nicht wünschen, nachdem wir es glücklich zu einer einheitlichen Nationalsprache gebracht haben." Karl Biltz schreibt: „Wir stimmen von Herzen in den Wunsch von Gaedertz ein, daß der plattdeutschen Komödie bald wieder eine bleibende Stätte bereitet werden möge. Ob die geäußerten Hoffnungen des Ver= fassers auch auf einen inneren Aufschwung des nieder= deutschen Schauspiels, auf die Fortentwickelung desselben zu einer Tragödie höheren Stils, auf die Erstehung des niederdeutschen Shakespeare sich verwirklichen werden, möchten wir freilich dahingestellt sein lassen. Vorläufig ist noch nicht einmal die Aussicht auf einen hochdeutschen vorhanden." Dagegen meint Robert Proelß: „Der enthusiastische Vertreter des niederdeutschen Schauspiels hält nicht die wehmüthige Ahnung zurück, daß es mit der plattdeutschen Bühne zu Ende sei. Ich glaube das nicht. Auch die niederdeutsche Komödie wird wieder aufleben, sobald sie die echten Dichter und Darsteller findet. Erscheinungen wie Anzengruber und das Mün= chener Gärtnertheater beweisen, daß auch jetzt noch ein volksthümliches Drama möglich ist." Paul Schütze be= merkt: „Welche Zukunft das Plattdeutsche auf der Bühne hat, ist nicht zu sagen. Mit Recht wird von Gaedertz betont, daß dasselbe sich nicht blos für das Humoristische eigne, daß sehr wohl eine plattdeutsche Tragödie denkbar sei. Wie uns in Groth ein plattdeutscher Lyriker, in Reuter ein plattdeutscher Epiker erstanden ist, die beide tieftragische und das Menschenherz bis ins Innerste er= schütternde Töne angeschlagen haben, so mögen uns viel= leicht künftige Jahrzehnte einen großen plattdeutschen

Dramatiker bescheeren." Ferner der Recensent in der Ostsee=Zeitung: „Die plattdeutsche Komödie hat in Gaedertz einen trefflichen Historiker gefunden; wird sie für immer der Geschichte angehören, oder wird auch ihr noch ein Erwecker erstehen? Der niedersächsische Volks= stamm besitzt in seinem Wesen noch Ursprünglichkeit ge= nug, er birgt noch genug originellen Lebens in sich, das für die Bühne fruchtbar gemacht werden könnte, wie es die Münchener mit glücklichem Erfolge für das bayrische Hochland durchgeführt haben. Die Frage ist nur: wird uns ein Mann von der dichterischen Urkraft eines Reuter auch auf dramatischem Gebiet erwachsen? und nicht minder: werden sich für die bühnenmäßige Belebung plattdeutscher Stücke ähnlich günstige Umstände bieten, wie sie sie die am Gärtnerplatz in München besitzen?" Und Heinrich Kruse: „Es ist nicht daran zu verzweifeln, daß auch das niederdeutsche Schauspiel noch einmal seinen Fritz Reuter finden werde." Ferner Friedrich Zarncke: „Auch wir halten mit Gaedertz das Wieder= aufblühen des niederdeutschen Schauspiels keineswegs für unmöglich." Endlich äußert Georg Hoffmann in der Allgemeinen Zeitung u. a.: „Ein so tiefgreifendes Stück wie „Ein Hamburger Nestküken" ist wohl dazu an= gethan, die Fähigkeit des Plattdeutschen auch zur Dar= stellung großer Handlungen zu beweisen und die Hoff= nung zu erwecken, daß es uns dereinst auch ein dem Realismus unserer Zeit Rechnung tragendes Drama höheren Stils zu bescheeren im Stande sein wird."

Ich füge diesen Ansichten und Urtheilen nichts hinzu. Doch erinnern darf ich an die Mahnung von dem genialen

Dichter Schubart, Schillers unglücklichem Landsmann, in seiner deutschen Chronik: „Kommt und schaut den Menschen im niedern Stande! Hier, wo die Leidenschaft frey vom Damme des Zwanges ausströmt und fortbraust; hier, wo die Accente der Natur wie Lerchensang in der Heitre tönen; hier, wo man nicht selten die ersten Laute unserer starken Sprache hört: — hier, Schriftsteller, mußt Du lernen, wenn Du willst neu und originell seyn."

Erst unser Jahrhundert hat in Novelle und Drama die von Schubart vorgezeichnete Bahn betreten. Der Bauer wurde bisher fast ausschließlich als komische Figur verwerthet. „Der Bauer ist kein Spielzeug, da sei uns Gott davor." Auch nicht der Bürger. In beiden Ständen empfindet man eben so stark und echt, ja vielleicht stärker und echter, als in den höheren. Und erstere bedienen sich noch durchweg der Mundart; ich denke hier hauptsächlich an die niederdeutsche.

Die Zukunft wird lehren, wer Recht hat.

Berlin, Advent 1893.

Dr. Gaedertz.

I.

Steinstraßen- und Thaliatheater.

Die dramatische Kunst oder „Kemedi“ war ein reiches Feld für unser Interesse. Die erste Bühne, welche ich in meinem Leben gesehen habe, war in dem Thorwege aufgeschlagen. Neugierig versammelten wir uns, wir hörten drinnen klopfen und hämmern und wußten nicht was; wir sprangen zurück, wenn der Thorflügel aufging und ein Mann in auffallender Kleidung heraustrat. — „Korl, dat is Cin von ehr.“ — „Dat is woll de Herr?“ — „Ne, de Herr is't nich, den heww ick gistern all bi minen Vattern sehn.“ — Und ein anderer kommt herangesprungen: „Ick hewm't sehn! Ick hewm't sehn!“ — „Wat hest sehn?“ — „Sei hewwen drei Sag'bück henstellt un dor hewwen s' Bred äwerleggt un bawen hewwen s' luter Biller mit Böm un mit Hüser henstellt.“ — Auf eine Stavenhäger Seele haben die Darstellungen unauslöschlichen Eindruck gemacht. Kläre Saalfeld, die Tochter des alten Schusters, ging unter die Schauspieler. Der Alte donnerte ihr die väterlichsten Flüche nach. Kläre wurde trotzdem erste Liebhaberin; dunkele Gerüchte von ungeheuren Erfolgen gelangten nach Stavenhagen. Da wagte sie den kühnen Schritt, nach anderthalb Jahren in ihrer Vaterstadt in demselben Thorwege aufzutreten. Die guten Freunde des alten Saalfeld erreichen, daß er ins Theater gehen und seine Tochter spielen sehen will. Es geschieht. Kläre spielt wie ein leibhafter Engel. — „Kläre Saalfeld 'raus!“ — Der alte Meister trocknet sich die Augen. — Da benußt Kläre eine Stelle ihrer Rolle zum großartigsten Effekt; sie kniet nieder und ruft: „Vater, vergib mir!“ — Meister Saalfeld hält's nicht länger aus; er steht auf: „Min Döchting, wat heww ick Di tau vergeben; ick erlew' jo nicks as Ihr un Freud' an Di!“

Reuter, Schurr=Murr: Meine Vaterstadt Stavenhagen. 1861.

Während der Franzosenzeit hatte im Jahre 1809 ein Kaufmann Wiese, Kurator einer verwittweten Frau Handje, von den französischen Behörden eine förmliche Schauspielkoncession ausgewirkt. Im Hôtel de Rome auf dem Valentinskamp wurden die Vorstellungen gegeben, unter denen eine am zwanzigsten April 1812 zum ersten Mal auf=

geführte Feenoper „Die Zaubercither" Kaffenstück blieb.
Zwei Jahre darauf verpflanzte Frau Handje ihre Anstalt
nach dem verwaisten „Franschen Theater" auf der großen
Drehbahn, und schon 1818 ließ sie eine eigene Bühne in
der Steinstraße bauen, einerseits weil das französische Theater
1817 von einem gewissen Bernhard Meyer zur Errichtung
des Apollo-Saales in Anspruch genommen wurde, andererseits weil inzwischen das Verlangen nach einem zweiten ge-
regelteren Theater ein lauteres geworden war. Dieser un-
scheinbare Musentempel sollte in Kurzem dadurch aus
seiner anfänglichen Verborgenheit gerissen werden, daß er
der plattdeutschen Sprache und Dichtung ein Heim bereitete.

Klein und düster im engen Hintergrunde eines langen,
schmalen Hofes der Steinstraße Nr. 50 lag das Gebäude,
„Steinstraßentheater" benannt. Das Haus faßte nur
im Parterre und in zwei Logenreihen höchstens siebenhundert
Personen. Ein Platz im Parterre kostete zehn Schillinge,
in den Logen 1 Mark. Besitzerin war die Frau Handje.
Die Eröffnung fand am sechszehnten December 1818 statt
mit einem Prologe „Hamburgs Schutzgötter und Andromeda",
welcher pantomimisch von Kindern dargestellt wurde. Kinder-
pantomimen wechselten in bunter Reihenfolge ab mit den
damals beliebten und gern gesehenen Ritter- und Spektakel-
stücken von Kotzebue, Weißenthurn, Zschokke, Spieß und
Arresto. Ein Hamburger Blatt konnte schon am 26. Februar 1819 seinen Lesern den Besuch empfehlen. Dieser
kleine Erholungsort, heißt es, hat sich seit seiner kurzen
Entstehung bereits so weit vervollkommnet, daß er der Aufmerksamkeit nicht unwerth ist, und die Mitglieder verdienen
für ihren anhaltenden Fleiß, dieses Theater aus seiner ersten
Dunkelheit so weit gehoben zu haben, volle Anerkennung.
Bald darauf, den sechszehnten März desselben Jahres, findet

sich eine zweite öffentliche Erwähnung, welche sich häuften, je mehr die Bühne Pflanzstätte Hamburgischer Lokalstücke bald in Poesie, bald in Prosa und meist in plattdeutscher Mundart wurde. Lediglich dieser Richtung hat sie ihr Blühen und ihren Ruf zu verdanken.

Zu jener Zeit lebte in Hamburg der fruchtbare dramatische Schriftsteller und viel zu wenig gewürdigte plattdeutsche Poet Georg Nicolaus Bärmann oder, wie er sich auf seinen Dialektschriften nannte, Jürgen Niklaas Bärmann, Docter un Magister. Ihm gesellte sich später vor allen Anderen ein meteorähnlich auftretendes, leider zu früh verloschenes Talent in der frischen Persönlichkeit von Jacob Heinrich David hinzu. An tüchtigen Darstellern plattdeutscher Typen war kein Mangel: in erster Linie glänzte unter ihnen der vortreffliche Vorsmann. Die Urwüchsigkeit und Deutschheit der alten Sassensprache war nach der französischen Herrschaft, welche in den Köpfen und Herzen der Hamburger den Patriotismus erwachen ließ, doppelt fühlbar und werth geworden. Nicht nur das Volk, Schiffer, Arbeiter und Handwerker, nicht nur der solide Bürgerstand, selbst in den Patrizierfamilien und Senatorenhäusern der ehrwürdigen freien Reichs und Hansestadt, die bis vor Kurzem noch la bonne ville hieß, pflegte man mit Liebe die heimischen, kernigen und gesunden Laute als ausschließliche Umgangssprache. Was Wunder, wenn da eine Bühne, von der das trauliche Plattdeutsch voll Ernst und Scherz plötzlich aufs Neue ertönte, die Aufmerksamkeit aller, sogar der höheren Klassen auf sich zog, wie es weiland der Fall gewesen bei den Hamburgischen Opern und bei Ekhofs Glanzleistungen, während unter Schröder und Schmidt so zu sagen blos Brosamen des kräftigen, schmackhaften Roggenbrotes dargeboten wurden?! In der That datiert die Epoche des Steinstraßentheaters, welches sich bis dahin unter ver

schiedenen Direktionen nur kümmerlich gehalten hatte, von
der Pflege und Kultivierung des niederdeutschen Schau=
spieles an.

Bereits im Beginne des Jahres 1819 hatte man damit
schüchterne Versuche gemacht. Am 21. März war angekündigt
„Hans von Zanow oder der Pommersche Landjunker in
Berlin. Originallustspiel in vier Aufzügen von J. C.
Brandes." Dieses ältere, ursprünglich fünfaktige Stück
war schon am sechsten April 1785 auf dem Stadttheater
unter Brandes und Klos zum ersten Male gegeben worden,
hatte indessen keinen rechten Erfolg erzielt. Jetzt, nach vier=
unddreißig Jahren, gefiel es nicht übel und erlebte bis 1823
manche Wiederholung. Für den Niederdeutschen sind die
Rollen des Dieners Gürge Speck (Herr Hechner) sowie seines
Herrn, welche trotz aller Mahnungen, doch französisch oder
mindestens hochdeutsch zu reden, da man ja das zehnte
Wort nicht verstehe, sich ihres von Jugend auf gewohnten
Platt nicht entäußern, gemüthlich und gemüthvoll. So
dachte auch das Publikum des Steinstraßentheaters und
fand sich gern ein. Hier ging ebenfalls eine andere Reprise
Mittwoch den vierten März 1819 über die Bretter, nämlich
das fünfaktige Lustspiel „Glück bessert Thorheit", welches
schon unter Schröder sehr angeheimelt hatte. Die platt=
deutschen Scenen sind die nicht am wenigsten gelungenen;
und das ist zumeist der geschickten Bearbeitung des Dialekt=
kundigen Schröder zu danken. Die derbe und gesunde Kost
verhalf dem unterhaltenden Stücke auch auf der Bühne in
der Steinstraße zu einem Erfolge. Es steht noch am
13. Februar und 26. Mai 1821 auf dem Komödienzettel.

Aus dem Jahre 1822 findet sich die Notiz: „23. August
1822. Einem hochgeschätzten Publiko habe ich die Ehre
anzuzeigen, daß am Mittewochen, den 28sten d. M. die
Vorstellungen auf dem Theater in der Steinstraße ihren

Anfang nehmen. F. Ritter, Unternehmer." Dieser Ritter, ehemaliges Mitglied eines Liebhabertheaters auf dem Pferde= markt, war bereits der fünfte Direktor. Die früheren hießen Becker, Müller, Schriftsteller und „Professor" Kruse und Maschinenmeister Susky. Eigenthümerin war und blieb die Wittwe Handje.

Ein Jahr später erscheint hier zum ersten Male Ma= gister Dr. Jürgen Niklaas Bärmann mit einem werth= vollen Schwank oder, wie er seine im Dialekt geschriebenen Stücke selbst taufte, „Burenspill." Bärmann, dessen Werke weit über dreihundert Bände heranwuchsen, ist den 19. Mai 1785 zu Hamburg geboren und daselbst den ersten März 1850 gestorben. Friedrich Wagener, ein Sohn von dem Universitätsfreunde Goethes, nennt ihn in seiner Brochüre „Ueber den gegenwärtigen Zustand der drama= tischen Kunst in Deutschland" (Magdeburg 1833) einen würdigen Dichter und Dramatiker, an dem die Kunst einen wahren Freund und kenntnißreichen Beurtheiler hat, kom= mandiert in einer Handelsstadt, wo man sich die Mühe, Last und Sorge des Tages lieber aus dem Leibe lacht, als denkt.

Bärmann trat 1821 als plattdeutscher Dichter an die Oeffentlichkeit, und ihm gebührt als solcher mehr Beachtung, als sie ihm zu Theil geworden ist. Sein „Höög= un Häwel= Book" hätte schon die Ehre der plattdeutschen Sprache, die ja damals von Wienbarg und Konsorten arg angegriffen wurde, retten können, wäre es nur in verdientem Maße verbreitet worden. Wer sich für das spezielle Volksleben der Hansestadt interessiert, wird auch heute noch die Ge= dichte Bärmanns mit Vergnügen lesen, weil sie ein getreues Bild davon geben, sagt Karl Braun-Wiesbaden in einem Aufsatze über deutsche Dialekte und Dialektdichter (Unsere Zeit 1883. S. 373), aber, fügt er hinzu, darüber hinaus=

gehenden dichterischen Werth haben sie schwerlich. Schwer=
lich? Ich wüßte vor und neben ihm Keinen, der sein platt=
deutsches Sprachinstrument besser und klangvoller zu spielen
verstanden hätte. Und steckt zum Beispiel in folgenden Versen
nicht wirkliche Poesie?

> Lütj Pyppvagels kaamt doch,
> O kaamt doch un hört,
> Wo söt wacker Lena
> Dat Singen Ju lehrt!
>
> Kaamt, hört van ähr'n Lippen,
> As Honnig so söt,
> As Rosen so hoogrood,
> Dat klingende Leed;
> Wo't uuthahlt — trisiri!
> Wo't slüt un wo't rullt
> Fröh Morgens, ehr de Sünn noch
> Den Hewen vergullöt!
>
> Doht apen 't lütj Snüütjen
> Un singt my mal so,
> So klar un naa'm Takt so,
> So häw'lig, so froh,
> So'n lustigen Wippup,
> So'n slanken Slaadahl,
> De deep 'nin in't Hart geiht,
> O singt my den mal.
>
> O, künn ik't beschryven
> Mit Wörden Ju klar,
> Wo herrlich ähr Stimm is,
> Ähr Salmsang wo rar!
> Man nich doch, ik kann't nich;
> Kaamt sülvst her un hört.
> Hyr hevt Jy to lehren;
> Geschickt wäst un lehrt!

Kaamt, Pypvagels, kaamt doch,
Jüst Tyd is't darvan,
Myn söt wacker Lena
Fangt eben frisch an.

Fleegt 'rööwer un 'nööwer;
Wo hell Jy ook fingt,
Dat Leed myner Lena
Doch nüw'rer noch klingt.

Lütj Pypvagels kaamt doch,
O kaamt doch un hört,
Wo söt wacker Lena
Dat Singen Ju lehrt.

Ja, Bärmanns Muse ist innig und herzlich, vielseitig
und originell, und vor allen Dingen echt plattdeutsch.

Die Hamburger Nachrichten vom zwanzigsten December
1821 enthalten die Anzeige: „Rymels un Dichtels, en Höög=
un Häwel-Book up't Jahr 1822, för all de brawen, truw=
hartigen Hamborgers, dee ähre so defftige as sniggre platt=
düüdsche Spraak in Ehren hoolden dohn, van Bärmann, Dr.;
kost' nürig inbunden man 'n halwen Daler by Nestler up'n
groten Bleeken Nr. 323 un by Dem, dee't schrywen däd,
achter Sanct Peter Nr. 84." Ein zweiter Jahrgang er=
schien in gleichem Verlage 1822 „up't Jahr 1823." Fünf
Jahre darnach kam die umfangreiche Sammlung: „Dat
grote Höög= un Häwel-Book. Dat sünd Dichtels, Rymels
un Burenspillen in Hamborger plattdüüdscher Mundart"
bei Hoffmann und Campe heraus sowie 1846 up Heruut=
gäwers Kosten: „Dat sülvern Book. Plattdüüdsche Schrioden
mit twee Musikblädern un enem Ünnerlöper, dee uns lehrt
uns Hamborger Plattdüütsch to läsen un to schryven." Wie
trostlos: auf Herausgebers Kosten! und doch war es dem
Büchlein beschieden, eine zweite Auflage zu erleben, freilich
erst 1859 nach dem Tode des Verfassers. Als dramatischer

Dichter hat Bärmann die niedersächsische Litteratur um fünf
anmuthige Stücke bereichert. Seine Burenspillen in Rymeln
sind: „Kwatern!" (zuerst gedruckt 1821 im Hoög= un
Häwel=Book up't Jahr 1822 und aufgenommen ins große
Hoög= un Häwel=Book 1827); „Windmööl un Water=
mööl" (1823 und 1827); „De drüdde Fyrdag" (in „Dat
sülvern Book" 1846); „Stadtminschen un Buren=
lüüd" (Manuscript) und „Freud up un Truwr dahl"
(ebenfalls handschriftlich). Durch dieselben ist Bärmanns
Name nicht ganz verschollen. Sie sind sämmtlich bühnen=
wirksam und sehr oft zur Aufführung gebracht, ja Stadt=
minschen un Burenlüüd bis in die Gegenwart hinein gern
gesehen. Seine Art, plattdeutsch zu dichten, bäurische Figuren
und idyllisch=ländliche Verhältnisse in urwüchsiger Frische und
sympathischer Natürlichkeit zu schildern, ist mit großem Glück
auf die noch jetzt wirkenden Heinrich Volgemann und
Arnold Mansfeldt übergegangen. Das beliebte Singspiel
des Letzteren „De Leev in Veerlann" ist ganz und gar im
Geiste und Style, in der Auffassung und Stimmung des
alten Doctor und Magister geschrieben: die schönsten, naivesten
und gemüthvollsten Züge sind ihm abgelauscht. Ja, ein in
Mansfeldts Schwanke „Um de Utstüür" enthaltenes reizendes
Lied entpuppt sich als Nachahmung jener Bärmannschen
Romanze, die oben mitgetheilt worden ist. Schließlich haben
beide Epigonen auch die Bezeichnung Burenspill adoptiert.

„Hupenmal up'm Theater in Hamborg spält", berichtet
Bärmann selber von seinem ersten Burenspill in Rymeln
un een Optog, „Kwatern!" betitelt. Dasselbe hatte, be=
vor es über die Bretter der Bühne in der Steinstraße seinen
Siegeslauf hielt, schon am vierten Februar 1821 auf dem
Stadttheater das Licht erblickt (nach Schmidts Denkwürdig=
keiten, herausgegeben von Uhde, irrthümlich erst am fünften
März). Ludwig Wollrabe urtheilt in seiner Chronologie:

„Mit diesem in plattdeutscher Mundart ausgeführten Stücke
hatte unser vaterländischer Dichter einen glücklichen Wurf
gethan. Schade, daß unsere zu Herzen dringende Muttersprache dem gänzlichen Verfall so nahe ist, was auch wohl
Herrn Bärmann bewegen mag, dieses reiche Feld nicht viel
mehr zu bebauen"; Uhde setzt hinzu: „er hatte dadurch gezeigt, wie viele Schönheiten in jenem Dialekte stecken." Auf
dem Steinstraßentheater erlebte „Kwatern!" die erste Aufführung Sonntag den fünften Januar 1823 und erntete
solch stürmischen Applaus, daß die Wiederholungen sich
förmlich jagten. Oft trugen die Zettel den Vermerk „auf
Verlangen." Es existiert absolut keine Bühne in Hamburg,
welche dies Burenspill nicht hätte über ihre Bretter gehen
lassen: das Stadt- und Thaliatheater, die Musentempel in
St. Georg und St. Pauli, die zahllosen Sommerbühnen, sie
alle, alle lockten mit „Kwatern" das Publikum herbei.

Einen derartig glänzenden Erfolg hat das Stück wohl
verdient. Personen sind: De ryke Pachtbuur **Harm Joost**;
Anngretjen, syne Dochder; Spinnmoder **Trynilf' Röhrs**;
Hans Peter, ähr Söön; **Nawer Jür'n Flick**; **En
Schacherjud.** — De Saak geiht vöör sick up'm Dörpen,
nich heel wyd van ener groten Stad, van Morgens tydig
bet Middags. — Dat Theater wyst linker Hand Harm
Joost syn Huus. Sydwards darvan is bet naa achterntoo
en groten blöhenden Hov. In dem Hovtuun is ene Heck.
Rechtsch en lütjen Kathen, vöör äm en hogen Ellernboom,
ünner dem Ellernboom ene Grasbank.

Der erste Auftritt führt uns sehr gelungen in die
Handlung ein, und die Verse sind besonders schön und poetisch.

Hans Peter (ene Hark up'm Puckel, kummt uut dem Kathen).

    De Sünn stigt up an'm blauwen Häwen,
    De Singvagel pypt syn Morgenleed.
    De oolde God mütt doch noch läwen,

Wyl hee de Sünn noch wedder kaam' heet't.
Un wat dar lävt up Feld un Wischen
In Huus un Kathen kickt up to'm Strahl,
Sick hart un Ogen uuttofrischen,
Un hahlt sick Läwensmood herdahl.
Man my will see nich fründlich schynen,
My is, as weer en Flohr darvöör,
Dörch Mark un Been will et my schrynen,
Un weenen müggd ick lyks en'm Göör.
Ja, weenen woll; 't is woll to klagen!
Dar steiht de Kathen lütj un small,
Un Armood d'rin syd langen Dagen.
Wenn't Unglück kummt, kummt't Knall un Fall.
Wo't henkaam' schall, hett't jümmers wäten,
Un kummt un sett sick pickfast dahl;
Man't Weggahn hett't meist Tyd vergäten
Un bringt nicks mit as ydel Kwaal,
Günt 'nööwer — 't Huus mit breedem Gaar'en,
Van binnen un buten lykwys ryk,
Mit myllang Feld vull koppswarer Aren,
Mit dubbelder Schüün un Damm un Dyk!
Un doch schull all dat my nich raken,
För all de Rykdaag harr'ck woll Trost,
Künn ick Anngretj to'r Fruw man maken,
Weer man ähr Vader nich Harm Joost;
De ryke Joost — — O arme Peter!
Anngretjen so söt, so nürig, glauw!
Un Joost so basch — O wat en Geweter!
För Truur un Leev ward my heel flauw.

Seinen Monolog unterbricht die Ankunft von Anngretjen. Sie sucht ihn voll Herzlichkeit zu trösten, will nur
ihn zum Mann; er aber meint, daß der alte Harm Joost
einen vornehmen Schwiegersohn aus der Stadt wünscht,
wo es mit dem Eheglück und der Ehrbarkeit übel steht.
Die Thränen laufen dem guten Jungen über die Backen,

bis auf Weinen Lachen folgt und Hans Peter auf des
Mädchens Worte „Uns schall de Dood vaneen erst scheden"
selig ausruft: Anngretjen, küß my un swyg still!

In diesem Augenblicke kommt der reiche Bauer aus
seinem Hause und treibt das sich umarmende Liebespärchen
auseinander; nie wird er, so schwört er, seine Tochter dem
armen Knechte geben. Der geht betrübt von dannen. Inzwischen ist des Letzteren Mutter Trynils' Röhrs mit dem
Spinnrad aus ihrem Kathen getreten, hat sich auf die Grasbank gesetzt und spinnt emsig. Harm Joost, der sich in
Zorn geredet, wird sie gewahr und fährt sie heftig an, daß
ihr Sohn es gewagt, nach der Hand seines Kindes zu
trachten, denn: Hee het nicks, as hee geiht un steiht.

Trynils'.

Was ick doch ook vöör säwen Jahren
In Wollstand, hadd vullup myn Brod,
Un all syn' Daag noch nich erfahren,
Wo dem to Mood is, dee in Nood.
Dar köhm de Krieg: Myn Huus un Schünen
Mit all' wat d'rin was, brennden my af.
Twee Maanden d'rup — (See wischt sick de Ogen)
        dar drogen see mynen
Versorger, myn' saalgen Mann in't Grav.
God foogd' my't too, ick müt't nu drägen:
Man darüm gäv ick Nüms wat naa.
Myn Söön geit nich up kwaden Wegen
Un is so good as Syn Dochder da.

Das reizt den Stolz des Bauern nur noch mehr; er
will zur Stadt ziehen, nicht lange soll's dauern, dann macht
dort seine Tochter ihr Glück, ihr Gatte muß mindestens ein
Pastor sein, und er selbst wird bald Senator, denn „er hat's
ja", das Geld nämlich, das beim Wechsler Schult gut aufgehoben ist. Zu diesen Prahlereien kontrastiert angenehm

eine kurze Unterhaltung zwischen Trynilf' und Anngretjen, bis ein Jude zu ihnen tritt, Loose zur Zahlenlotterie anzubieten. Er habe gute Nummern: Een un Dree un Acht un Twolv un Nägenunveertig. An Harm Joost, der schon ein Loos hat, und Trynilf' findet er keine Käufer, wohl aber an Anngretjen, welcher ihr Vater auf ihr Bitten Erlaubniß und einen „Drüddel" gibt. Das Loos will sie Trynilf' schenken, als beide allein sind, doch diese spricht: Nich doch, myn Deeren.

Anngretjen.

Is't denn all wiß, dat See wat winnt?

.Trynilf' (dee in dat Loff kyken däd).

De Nummers fünd woll uuttoleggen
Un künnen woll inslaan, wacker Kind.
Süh ins: Een Huus heb ick verlaren,
Acht fette Swyn, dree bunte Köh,
As hyr de Feend vöör säwen Jahren
Dat Dörp in Nood brogd un in Weh.
Un nägenunveertig — 't kost my Thranen —
Un nägenunveertig vulle Jahr
Was myn saal'g Mann, as naa twee Maan'en
Hee affcheed — (See weent un hett dat Loff in der Hand.)

Anngretjen.

Moder, nu is't klar!

Nu mütt See't behoolden un good verhägen!
Ick seh, wo't Glück all för Ähr spinnt.
God schickt dörch my Ähr Füll un Segen,
Un säker is't, dat Loff dat winnt.

Doch die brave Alte bleibt dabei, das Loos gehöre nicht Anngretjen, sondern ihrem Vater, der ihr das Geld gegeben, aber nicht zum Verschenken. Den edlen Wettstreit unterbricht Hans Peter: der Vogt habe ihn des Diebstahls bezichtigt wegen mehrerer silberner Spangen, die ab-

handen gekommen, und aus dem Dienste gejagt. Die arme
Mutter hat das Loos auf die Grasbank gelegt und still
zugehört. Nun schluchzt sie: Myn arme Söön! und Anngretjen: Unglückliche Peter! Unschuldig to'm Deev maakt —
o, Du myn God! — Peter will in den Krieg ziehen. Plötzlich ruft Harm Joost aus der Zaunhecke:

Anngretjen, heſt Du van dem Juden
Dat Loſſ mit den fyw Nummern köfft?

   Anngretjen (verſchreckt).

Ja, Vader —

   Harm Jooſt.

 Wo ſee denn woll luden,
Un wat för'n Inſatt up de Tern ſee hevt?

   Anngretjen (häſebäſig).

Dat Loſſ — (ſachten to Hans Peter) Hans Peter, laat my
      nich ſtäken,
Nimm gauw dat Loſſ dar van der Bank.

   Harm Jooſt.

Na, repp Dy man! Wat heſt to ſöken?
Giv her, my ward de Tyd hyr lang.

Hans Peter (däd dat Loſſ van der Bank nehmen un ſnackd ſachten
    mit Trynilſ).

   Anngretjen (heel in der Fluchd).

O, Vader! — Weet't God, ick kann nich legen!
Dat Loſſ — ick hev't — ick hev't verſchenkt.
Unſ' Nawerſch hyr — ſee is ſo arm!
Dee gäwen hett, ſchall nich we'r nehmen;
Wy ſitten jo ſäker, week un warm!
Wat ſchält et uns, en Bätjen to winnen?
Wi hebben jo Geld as Heuw in der Stad.
De arme Nawerſch mütt Dag un Nacht ſpinnen
Un it ſick vaken woll halv man ſatt.
Dartoo hett ähr en Schickſal drapen,
Ähr Söön, Hans Peter . . .

Harm Joost (dee sick all en bätjen gäwen hadd, ward nu heel bös).

Hohoh! Juſt recht!
Nu Du den noch nöhmſt, heſt Du nicks to hapen.
Du denkſt noch an ſo 'nen deevſchen Knechd?

Hans Peter (haſtig up äm too).

Kann Hee 'nen Deevſtal my betügen?

Harm Joost (en bätjen verſchreckt, nimmt ſick averſt gauw tohoop).

Nu — nu! Mit Äm ward hyr nich ſnackt.

Hans Peter (giftig).

Syn Gretjen kann'ck nu ſo nich krygen,
Dat hett myn Schickſal nu ſo backt;
Hee awerſt ſchall my nich ſchimpfeeren —

Harm Joost (patzig).

Harr Hee ſick ſülvſt man nich ſchimpfeert!

Hans Peter (ook patzig).

Hee ſchall in Rechdbohn my nicks lehren,
Rechdbohn hev'ck van myn' Moder lehrt.

Anngretjen.

Hans Peter!

Trynilſ'.

Söön —

Hans Peter (to jüm Beiden).

Laat my betämen!
Myn Hart is vull; ick japp naa Luchd!
(to Jooſt) Kann Hee't, deiht Hee't vam Altar nehmen,
Dee hoogboſtig up ſyn Rykdaag pucht.
Dee möögt woll ſülvſt (Hee ſleit en Knippken)
nich ſo väl döögen,
De wrämelmödig to'm Deev my maakt,
En Schraffel mag ſo wat verdrägen,
En brawen Manns Kind ward dadörch raakt.
Tweemal laat ick nich dumm my maken,
Wat ſchellt Hee frech my hyr för'n Deev?
Ick ſeh woll, wo ſ'hyr ſtahn, de Saken:

Dat Loff, dat Syn' Dochder myn' Moder geev —
Nu krigt Hee't nich!
Dar liggt en Drüddel,
Un somit is Syn Loff betahlt.

Wie nun Anngretjen und Trynils' den Alten versichern,
man klage Hans Peter unschuldig an, da kommt endlich
der edle Kern zum Vorschein. Er sieht ein, daß er sich
übereilt, und reicht dem Knechte seine Hand, welche dieser
nimmt:

Hee schellt my nich? Let my by Ehren?
Woll denn! Ick stah Äm nich mehr naa.
Ick gelld' myn'n Prys? Dat let sick hören;
Dar, Nawer, is Syn Loff ook — da!

Aber davon will jetzt der Bauer nichts mehr wissen,
bis Hans Peter einen Vergleich vorschlägt:

Doch will'd, wenn Hee will, woll mit Äm spälen
Un trecken ööwer't Loff dat Loss.

Harm Joost.

Wat's dat?

Hans Peter.

Dat will ick Äm verklaren:
Hee hett ook Nummers — Säd Hee't nich?

Harm Joost.

Wiß woll! (för sick) Wat? Schall'd't äm apenbaren?
(luud) Hoog, in de Sößtig un Tachentig.

Hans Peter.

Nu, düt Loss hyr hett lütje Tallen,
Wy rullen't up, un Syn dartoo,
Tehn ünner'm Hood 'ruut — will't God gefallen,
Winnt Een van uns — so oder so!

Harm Joost (gifft syn Loss her).

Na! Spill is Spill — ick bün't tofräden —

Da kommt Jürgen Flick haftig dazwischen mit der frohen Botschaft, daß sich die Silberspangen gefunden und Hans Peters Unschuld herausgestellt habe. Die jungen Liebenden, namenlos glücklich, bitten um der Eltern Segen, aber auch jetzt verweigert noch der reiche Bauer sein Jawort. Er will zur Stadt ziehen. Doch das Unglück schreitet schnell. Denn eine zweite Nachricht, welche Nachbar Flick in Petto hat, ist die, daß der Wechsler Schult Bankerott gemacht. Harm Jooft weiß sich kaum zu fassen. Verzweiflungsvoll fragt er: un heel bankruut? Endlich setzt er alle Hoffnung auf das Loos:

> Holld't still! (to Jürgen Flick) Deiht Hee de Nummers wäten,
> Dee hüüt fünd troden?

Jürgen Flick.

> Dat Hee my mahnt!
> Woll hev'd fee, schall'd fee 'm Vagd doch bringen,
> Dee schrivt mit Kryd fee ööwer de Döör —

Harm Jooft.

> Töv noch! (Hee rönnt to'm Disch un treckt een van den Loffen
> ünner'm Hood heruut.)

Anngretjen (nimmt dat ann're Loff un givt et an Trynilf, dee mit
ähr un Hans Peter heninkickt).
> God laat et nich mißlingen!

Harm Jooft.

> Na, Nawer Flick, nu läf' Hee her.

Jürgen Flick (hett een lütje Büff uut der Fickstroden un en lüürlütj
Zätel hennutkrägen).
> Hm! Will dat Glück nich hören, so hört't nich,
> Un wenn'd ook as en Kwackfalver schree.
> De Nummers van hüüt fünd nägenunveertig,
> Een, fäw'nunföftig, acht un dree.

Harm Jooft (lett heel verblüfft fyn Loff fallen).

Anngretjen, Hans Peter un ool Trynils' (roopen to lyker Tyd).
Kwatern! Kwatern!

Der Schluß läßt sich leicht errathen: ein glückliches Brautpaar, dem der Eltern Segen nicht fehlt.

Noch eine belustigende Episode des wiederauftretenden Juden („Als See 't nich will behoolden dat Loff van hüüt, is hyr Ahr Geld"). Das Stück endet mit der Moral:

> Wat bruukt dee noch, dee stilltofräden
> Van Arbeid to Gebäd sick kehrt?

Jürgen Flick.

> Dee arbeiden kann un wät to bäden,
> Dem is dat grötste Glück beschärt.

Anngretjen.

> Dee hett dat Hemd van Syd sick spunnen;
> Is ryker woll as de grötsten Hern —

Hans Peter.

> Un hadd hee syn' Daag keen Nummers wunnen,
> Winnt hee doch Dag för Dag —

Alltohoop.

> Kwatern!
> (Se hoolden sick ümfaat'd.)

Der Beifall, den diese erste dramatische Arbeit in platt-deutscher Mundart von Bärmann fand, war ein nachhaltiger. Darum ist hier in ausführlicherer Weise, als sonst geschehen wäre, das „Burenspill" behandelt, weil dasselbe als Vater zahlreicher späterer Stücke betrachtet werden kann, weil der Dichter selbst in gleicher Manier auch seine übrigen schrieb, weil hier zum ersten Male das Holsteinische Landvolk treu und anschaulich in Sprache und Sitte, Charakter und Leiden-schaften geschildert wird, zumal die Figur des geldstolzen, trotzigen Bauern, eine Figur, welche typisch geworden ist. An der Darstellung seiner plattdeutschen Personen scheint der

2*

Verfaſſer viele Freude erlebt zu haben, wie aus dem Jahre
1826 ein Triolett auf die nicht namhaft gemachte Schau-
ſpielerin der Anngretjen beweiſt:

> So leevlich deihſt Du as Anngretj Dy wyſen,
> Dat ſick't in Wörd' nich ſaten let.
> Segg my, wol Dy de Buurdeer'n bybrocht hett,
> Dat Du ſo leevlich Dy deihſt wyſen?
> Dyn' Kunſt is nich in Rymeln noog to pryſen,
> So glauw, ſo drall, ſo dräplich, ſöt un nett,
> So leevlich deihſt Du as Anngretj Dy wyſen,
> Dat ſick't in Wörd' nich ſaten let.

Wahrſcheinlich gab Madame Hechner die Rolle, wie
dieſelbe eine ähnliche, „Tryndoortjen" in Bärmanns
„Windmööl un Watermööl", übernahm. Den alten
Harm Jooſt verkörperte Vorsmann, damals der tüchtigſte
plattdeutſche Interpret in Hamburg; gleichfalls ſpielte er in
dem eben genannten Stücke den Wulfgang Wilk. Die Partie
des Amtmannes lag in Händen des Herrn Behncke, den
Hans Jürgen Sommer repräſentierte Karl Hechner. Das
vollſtändige Perſonenregiſter lautet: Wulfgang Wilk, in
Oolddorp; Tryndoortjen, ſyne Dochder; Hans Jürgen
Sommer, in Nydtdorp; Klaasharm, ſyn Söön; de
Amtmann van Oold- un Nydtdorp; En Nachtgeeſt. —
De Saak geiht vöör ſick up der Schedung van den Dörpen
Oolddorp un Nydtdorp, van Schummeravends bet in de
Nacht.

Bärmann erzählt ſelbſt den Entſtehungsgrund ſowie
die Tendenz ſeiner zweiten plattdeutſchen Komödie kurz und
bündig:

> Wyl „Kwatern!" dat Burenſpill Byfall finnen däd by Lüden,
> Leet in Oold- un Nydtdorp he „Wind- un Watermööl"
> ſick brüden.

Auch hier ist der Grundzug ernst, und einige Scenen
sind ergreifend und tragisch. Bärmann verfällt nirgends
ins Possenhafte, wozu der niedersächsische Dialekt so leicht
verführt. Er liebt seine Muttersprache zu sehr, um sie
lediglich als Werkzeug zu betrachten, welches die Lach-
muskeln in Bewegung setzt; er fühlt und weiß, daß sie einer
Aeolsharfe gleich rührende und schmeichelnde Töne voll
Wehmuth, voll Liebe und Innigkeit hervorbringen kann,
versteht man nur recht, in die Saiten zu greifen. Aber
auch kräftige, volle, tiefe Akkorde anzuschlagen ist er fähig,
wie vor ihm in dem Grade kein plattdeutscher Schauspieldichter erreicht hat. Einfach und schlicht ist die Handlung
all seiner mundartlichen Stücke, ohne große Konflikte und
Verwickelungen; solche sind jedoch vorhanden, so weit sie
hineinpassen in die Gesinnungen und Gesittungen des Land-
volkes, in den Unterschied zwischen Dorf und Stadt. Markige,
vierschrötige Gestalten mit ihrem Bauernstolze, ihrem Trotz-
und Hitzkopfe, frische, jugendliche mit ihrer Natürlichkeit,
Kindeseinfalt und Liebe; Leidenschaft und Vorurtheil, Ent-
sagung und Frömmigkeit, Gemüth und Herzensneigung kon-
trastieren und mischen sich. Das sind Menschen von Fleisch
und Blut, und wie frischer Ostwind weht uns die alte
Sassensprache gesund und heimisch entgegen.

Das Alles läßt sich auch von dem zweiten Burenspill
„Windmööl un Watermööl" sagen. Hochmuth und Aber-
glaube sind die Kennzeichen Sommers, des Besitzers der unten
gelegenen, in gutem Betriebe befindlichen Wassermühle,
Biederkeit und Gottvertrauen zieren Wilk, den Eigenthümer
der auf dem Hügel sich erhebenden, seit langer Zeit still
stehenden Windmühle. Beider Kinder, des Ersteren Sohn
Klaasharm, des Letzteren Tochter Tryndoortjen, lieben sich.
Doch zwischen dies Paar tritt des Wassermüllers Furcht vor
Gespenstern, da es in der Windmühle spuken soll.

En Geest? Wiß woll! En Klaggeest pedd't
'S Nachts dörch myn' Mööl, dat't Hart my bäwert!
Man God de weet et: Nich de Böse hett
Den trur'gen Spook in't Huus my läwert.
— Hoh, Nawer Sommer, glöv Hee't man,
Ick stah so woll as Hee up fasten Föten,
Un doh my bald den Nachtgeest so in'n Bann,
Dat Nüms an myner Mööl sick schall mehr stöten.
— De Ypernboom — dat Bild — man mit Bedacht!
Pleggt doch de Amtmann 's Awends hertowanken
Un hyr to sitten, laat, bet Middernacht,
Heel vull van Sorgen un Gedanken.
Ick luur äm't af, un as sick't ichtens dröpt,
Un helpt de Nachtgeest — ih; so mütt et drapen,
Un denn — ick seh't, wo all myn Mööl we'r löpt,
Un myn Tryndoortjen kann dat Beste hapen.
So is't, so wäf't, wiß woll, so kann't geschehn;
So kann't, will't God, my düsse Nacht noch lingen —
En Wark der Leev to Stand to bringen,
Bruukt wy nich jümmers hellen Dag to sehn.
(Hee geiht to'r Höhgd naa der Windmööl henin.)

Die jungen Liebenden halten indessen treu zu einander.
Wilk begünstigt sie und hofft, daß auch Sommer seine Ein=
willigung gibt, sobald er erst den Nachtgeist geschaut. Dazu
sollen Klaasharm und Tryndoortjen ihm behülflich sein, im
Düstern auf den Amtmann warten und, wenn er wieder
gehen will, ihn um seine Fürsprache bitten, daß er sofort
mit beiden Vätern rede; dann auf ein verabredetes Zeichen
eine alte Romanze singen und sich durch den Nachtgeist,
der erscheinen werde, nicht aus der Fassung bringen lassen.
Und so geschieht's. Der Amtmann pflegt allabendlich nach
dem Cypressenbaum zu wandern und hier an sein Schwester=
kind Marie zu denken, das er verflucht hat und doch heiß
liebt: er hatte die Waise adoptiert, und sie war entflohen,

verführt. Sein Herz ist weich geworden und hält dem An-
sturm des Pärchens nicht Widerstand. Er legt ein gut Wort
für sie ein bei dem auftretenden Wilk, der sich aber scheinbar nicht bedeuten läßt. Der Herr Amtmann habe ja seiner
eigenen Nichte auch die Einwilligung versagt, warum solle
er es nun nicht bei seiner Tochter eben so machen? Und
doch sei die Marie just ein so prächtiges Mädchen, Liebe,
nichts als Liebe ihr Verbrechen, der französische Offizier
habe um des Oheims Segen für sie und ihn gebeten, —
allein da saß statt des Herzens ein Stein in der Brust des
gestrengen Herrn. Später sei ein rührender Brief von ihr
eingetroffen aus Polen, indeß unbeantwortet geblieben, im
Feldzuge gegen Rußland sei ihr tapferer Gatte im Schnee
begraben und —

De Amtmann
(hastig up äm too, leggt äm beide Hannden up de Schuldern).
Wilk, swyg Hee still!

Wilk.

Ick swyg.

De Amtmann.

Mügd myn Exempel Äm lehren —
O Wulfgang Wilk! verwahr Hee sick!
Wat truw sick leevt, doh Hee't nich stören,
Wat sünst d'rup folgt — ick weet et, ick!

Wilk.

Groots is van bawen her to hapen,
Naa Wehdaag schickt uns' Herrgod Freud.
Is doch myn Hart so vull, so apen —
De Kinnder schöölt sick hebben; Beid!
Ook Äm kehrt naa bedrövden Dagen
Woll noch up't laatst dat Glück torüg,
Un so mit schall myn Dochder 't wagen —
(Sick afwendend, heel fort.)
Man Hansjürn Sommer dee will nich.

De Amtmann.

Will nich?

Wilk.

Äm deiht vöör'm Nachtgeeſt bangen.

Des Amtmannes Vorſtellungen vermögen Sommers Aber=
glauben nicht zu beſiegen; noch kürzlich habe ſein Knecht
das Geſpenſt geſehen oben in der Mühlenthüre. Da will
ihn Wilk bekehren. Unter den Baum muß ſich der wider=
ſtrebende Müller ſetzen und hinauf nach der Windmühle
blicken. Es iſt Nacht, der Amtmann zugegen. Plötzlich
treten Klaasharm und Tryndoortjen hervor und ſingen ab=
wechſelnd die Strophen einer alten Romanze mit dem Schluß:

> Man Bruunhild, ach! kann nich rauwen:
> 'S Nachts, wenn't Maandlichd fluckernd bävt,
> Deiht ähr Geeſt mit Wingern ſeggen:
> „Doht 'nen annern Grundſteen leggen
> In der Mööl — dörch dee —

Tryndoortjen (luud upſchree'nd).

See ſwävt!"

Sie ſchaut ſeitwärts, weiſt aber mit der Hand nach der
Windmühle, wo auf der Höhe der Nachtgeiſt ſich zeigt in
weißem Gewande und langem zurückgeſchlagenen Schleier.
Mit der einen Hand deutet er nach dem Cypreſſenbaum,
die andere ruht auf dem Herzen. Im Dorfe ſchlägt's zwölf
vom Thurm.

Sommer (ſchrutert).

Brr! God ſy by uns!

Wilk.

Allerwegen!

Sommer.

Hev ick't nich ſeggt? Hev ick't nich ſeggt?

De Amtmann (heel luud, starr naa dem Nachtgeest kykend).

Marie!

Wilk (dee vöör dem Amtmann steiht).

Gäv uns God syn'n Segen!

Sommer (jümmer vull Angst).

Hett nich myn Knechd, myn Jochen, Rechd?

De Amtmann.

Sie ist's! Marie!

Wilk (to'm Amtmann).

Kann Hee vergäwen?

De Amtmann.

Sie lebt! O Alles! — Theures Kind!

Die gespenstische Erscheinung schwebt von der Wind=
mühle herab und fällt vor dem Amtmann auf die Knie.
Sie halten sich umfaßt. Man sollte meinen, nun sei der
alte Müller überzeugt.

Nicks! Nee! Düt is de Geest van buten,
Dee, seh'd nu woll, hett Fleesch un Been;
De recht' is binnen — dörch de Finsterruten
Dücht my, doh'ck äm all düüdlich sehn.

Da kommt dem im Besitze des wiedergefundenen
Schwesterkindes seligen Amtmann ein rettender Gedanke.

Wat däd't Romanzenleed uns seggen?
Wat will Bruunhild? Wat schall geschehn?

Sommer (schrutert).

Der Mööl 'nen annern Grundsteen leggen —

De Amtmann.

Woll denn, so legg ick ähr so'n Steen!

Er wirft das Windlicht in die Mühle, daß die Flammen
herausschlagen.

Dar kyk Hee hen, de Mööl deiht brennen;
Bruunhild schall rauw'n —

Wilt, Klaasharm un Tryndoortjen (tohoop).

Herr Amtmann!

De Amtmann.

Still!

(to Sommer) Wat hett Hee nu noch intowennen?
Is noch Syn Will nich unse Will?

Sommer.

Hee is't! (to den Kinndern) God gäv Ju Glück un Segen!

Tryndoortjen.

Klaasharm!

Klaasharm.

Tryndoortjen!

Wilt (dee dem Amtmann de Hannden drückt).

Alltoväl!

De Amtmann (dee Sommer un Wilt tohoop bringt).

Mag, wat sick feend was, sick verdrägen,
De Windmööl un de Watermööl!
Up Öswergloov deiht düsse düden,
Un dee dar düüd't up de Romanz.
(To den Bruudlüden) Däd Ju de Öswergloov wat brüden,
Brogd de Romanz Ju'n Hoogtydskrans.
(To'm Publikum) Woll mag so'n Schruterleed wat döögen,
Denn halv is't Eernst un halv is't Spill.
Däd Ju nu't Een un't Ann're höögen,
So seggt et luud un swygt nich still.

Die Windmühle brennt lichterloh und dreht ihre Flügel.
Weit hin im Dorfe ertönen Rufe: „De Mööl de brennt,
füür, füür in'm Dörpen!"

Dieses zweite Bärmannsche „Burenspill in Rymeln un
een Optog" ging auf dem Steinstraßentheater zum ersten
Male Donnerstag den 13. März 1823 in Scene, zum zweiten
Male den 16. und zum dritten den 18. März zu Karl
Hechners Benefiz, welcher den Hans Jürgen Sommer dar=

stellte. An Beifall fehlte es nicht, jedoch erlebte das Stück
bei Weitem nicht so häufige Wiederholungen wie „Kwatern!"

Den Amtmann hat der Dichter Hochdeutsch redend eingeführt, denn: „Elker Minsch, dee weet, dat twee mal twee
veer sünd, ward et vullup recht finnen, dat en Mann, as
so'n Amtmann, dee mit Försten un Herren to verkehren hett,
sick hoogdüüdsch uutdrücken deiht, assonnerlich dar, wo't
äm dörchuut nich vannöden is, plattdüüdsch to snacken."
Dagegen in der Unterhaltung mit den Müllersleuten bedient er sich ihrer Sprache und sagt, als Wilk sich abmüht,
Hochdeutsch zu radebrechen, die beherzigenswerthen, wahren
Worte:

> Man plattdüüdsch weg; ick kann't nich lyden,
> Wenn de Buur syn' defftige Spraak verkennt.
> Up frömd to spräken, hett de Gelehrte
> Alleen dat Vörrecht; un förwiß!
> De Annern all sünd man Verkehrte,
> De nich snackt, as de Snawel jüm wussen is..

Eines besonders nachhaltigen Erfolges hat sich eine
dritte, zehn Jahre später zuerst gegebene dramatische Arbeit
in drei Aufzügen zu erfreuen gehabt, welche zur Hälfte von
dem einst hochgefeierten August von Kotzebue, zur Hälfte
von Jürgen Niklaas Bärmann herrührt, nämlich, wie die
erste Anzeige buchstäblich meldet: „Stadtminschen un
Buurenlüüd, oder: Die Verwandtschaften, halb hochdeutsch, von Kotzebue, halv plattdüüdsch för't Tivoli-Theater
torechd schräven." Bärmann hüllt sich hier noch in den
Schleier der Anonymität. Die Première fand statt den
vierten Juli 1833 auf dem Tivoli-Theater in St. Georg,
wohin die Mitglieder der Bühne aus der Steinstraße seit
Maurices Direktion jeden Sommer übersiedelten. Meistens
wurden daselbst die zugkräftigen Stücke vom Winter aufgeführt, selten Novitäten wie „Stadtminschen un Buuren-

lüüd" dargeboten. Der Anklang, welcher ihnen zu Theil
ward, war beinah enthusiastisch. Und mit Recht! Man
kann ohne Umschweife sagen, daß die plattdeutsche Kopie
mehr werth ist als das hochdeutsche Original. Sie hat
nämlich die Vorzüge des weiland russischen Staatsrathes
bewahrt und dessen Fehler vermieden. Kotzebues Vorzüge
sind eine vollendete konstruktive Technik sowie scharf um-
rissene und leicht durchführbare Charaktere, welche sich stets
als lohnend für die Schauspieler erweisen. Die Fehler bestehen darin, daß in der Regel die Personen des Stückes
entweder sentimentale Tugendphrasen - Helden oder ganz
ordinäre Leute sind. Die Figuren des Bauern Hans Dull-
mood und seines Weibes Anntrina, bei Kotzebue sehr wenig
sympathisch für uns, werden hier verschönert und uns
menschlich näher gerückt durch die plattdeutsche Sprache.
Die ersten beiden Akte sind mit geringen Kürzungen geblieben, und speziell der so ungemein originelle erste ist fast
ganz ohne Änderung. Der dritte ist mit einem anderen
Schlusse versehen, da das Original fünf Aufzüge hat. Die
beiden letzten sind einfach amputiert, was leicht zu bewerkstelligen war, weil sie nichts Wichtiges enthalten und der
zurückkehrende Onkel aus Indien nur die Verwandten noch
etwas zappeln läßt. Sogar die Namen der Personen —
mit Ausnahme der Bauerfrau Marthe, die in Anntrina
umgetauft worden — sind unverändert. Es ist gewiß eine
gute Idee, dem an und für sich äußerst bühnengerechten
Stücke durch die Uebersetzung der Bauernscenen die richtige
Schattierung und Farbe zu geben. Der dörfliche Schwärmer
für politische Zeitungsnachrichten und seine derb realistische
Ehehälfte sind in Wahrheit dem Leben abgelauscht und
sehen den Bauern der Charlotte Birch-Pfeiffer zum Glück
gar nicht ähnlich; im Gegentheil hat Beider Charakter
schwere Schatten neben hellem Licht, aber um so mehr

stimmen sie mit der Wirklichkeit überein. Die plattdeutsche Sprache ist, wie überall bei Bärmann, kernig und echt wie Gotteswort, der Witz durchweg keusch und herzlich. Die Bewohner des Landes und der Großstadt werden nicht in einen schielenden Vergleich gebracht, sondern mit Recht findet der Verfasser zwischen den Heuschobern und in der Spinnstube die Unverdorbenheit der Sitten, in den Palästen das Laster in Gestalt von Lüderlichkeit und Verschwendung. Am schwächsten wird — und dies ist auf Kotzebues Rechnung zu setzen — die Moral des Stückes, daß in der Regel ein Mensch, je ärmer er ist, desto weniger auf die Hülfe gerade seiner wohlhabenden Verwandten zählen könne, im zweiten Akt in recht nüchternen Worten des Langen und Breiten erörtert. Zacharias Werner hat sie knapper und deutlicher in seinem schicksalstragischen „24. Februar" dahin ausgesprochen:

Ein Blutsverwandter heißt,
Der Dir am letzten hilft
Und Dich am ersten beißt.

Vorzüglich charakteristisch und derb drückt sich Anntrina aus. So sagt sie zu ihrem Mündel Gretjen: „Kyk doch! So as de Höhner to Wymen fleegt, fallt de Jungfer de Oogen too. Fuulheid is't. Fuulheid verkruupt sick vör Sünn un Maand un Steerns. Ryke Lüüd köönen slaapen, dartoo sünd se up de Weld, denn uns' Herrgod, wenn nich de Düwel, het't jüm kummood maakt, un wull God, de ryken Lüüd däden nicks Leeg'res as slaapen! Awerst'n arme Buerdeern mutt kasch un rögsam wäsen, as de klooken Junfern im Evangeljenbook." Minder philosophisch ist der Anfang ihres Monologes in der zweiten Scene des ersten Aktes. „Süh een ins dat wysnuutige Dings! Is bädelarm un snackt in den Dag rin, as wenn se Huupen Golds

harr. — Krumme Been — krapproode Haar — wat heet
dat? Schillings hett se, un för'n halve Tüüt vull maakt
unf' Schoolmester Rymels för dull up Stina Vagdsch — un
wat för Rymels! — hoogdüüdsche un plattdüüdsche, un
in unterwendschen Snack baven in, denn de Keerl hett up'm
Düwel studeert." Auf ihren vornehmen Schwager, den
Königlichen Rath Vullmood, einen aufgeblasenen Geck, der
seinen Namen in den städtischer klingenden Vollmuth umgewandelt hat, ist sie bös zu sprechen. „Kickelkakel! Dyn
fine Broder Gottlieb schärt sick nich so veel um uns. God
wahr my vör vöörnehmer Fründschop! Ick hev vullup
noog an Dynen Broder! En hoogböstigen Verdohner is he,
de sick styw maakt, mit de Näs in den Wind stüürt un
syne nägste Fründschop mit den achtersten Oogen ansüht.
Syn Dag vergät ick't nich, as ick verleeden Jahr in der
Stadt up'm Pingstmarkt weer. Hev ick em dar nich sülwst
herüm stäweln sehn, syn leev Söönken, den langen Slööks,
achter sick? Sehg he nich uut as'n kalkutsche Hahn, de en
junge Aantj uutsäten hadd? Ick meend', ick müßd' em
grööten. Ick treck myn drädooren Rock to beyden Syden
breed uut un vernyg my deep un segg gar up hoogdüüdsch:
Schön guden Morgen, Herr Bruder! — Wat seggt he?
Dörch de Näs snufft he: Liebe Frau — bun jur! un somit
dreiht' he sick rum un sehg de Aapen danzen un nöhm'n
Prischen darto. Ick bün keen „Frau bun jur!" Mag 't
God wäten, wat för Fruenslüüd in de Stadt dee sünd, de
bun jur heeten, un för de de Mannslüüd 'n Prischen nehmt
un jüm den Rüggen todreiht, wenn se noog von jüm hevt.
— Ja, ja, to'r Nasommertyd, wenn de Grootvadersbeern
ryp sünd un de Wyndruuven, denn kann de fyne Fründschop 'ruutfinden, un „die liebe Frau Anntrina" kann denn
upwiren! Achterna averst wischt se sick den Bart un kennt
nüms mehr."

So zeigt sich die resolute Bauerfrau mit ihrem gesunden Mutterwitze als eine in allen Nüancen aus dem Leben gegriffene Charafterstudie. Das tritt auch in ihrem Verhalten dem Liebespaare gegenüber — ihrem einzigen Sohne Anton und ihrer Nichte Grete — zu Tage. Wie sie zufällig ein zärtliches Rendezvous der jungen Leute entdeckt, da begehrt sie auf: Wat is denn hyr vör'n Rascheln? Ach du lebendige Herrgod! Jy Düwelskinner! Wat maakt Jy hyr tohop?

Anton.	Wy snacken en bätjen.
Anntrina.	Jy snackt? Prr! My löppt en Gooshuud öwer't heele Lyv. Worvon snackt Jy denn?
Anton.	't is just paßlich, Moder, dat See kummt; dar ward ic't foorts los vom Harten. Ic hev Gretjen fragt, ob se myn' Fruu warden wull.
Anntrina.	Kyk doch! Süh ins! Un wat hett Gretjen drup antwoord?
Anton.	Se hett Ja seggt.
Anntrina.	Süh mal an! Dat is jo nüdig.
Anton.	Se is jung, snigger, flitig, good, se hett my leev — un nu frag ic Ehr, Moder, wat See darto seggen deiht?
Anntrina.	Nu meenst Du woll, ic schull ook Ja seggen?
Anton.	Gewiß, Moder.
Anntrina.	Ic segg awerst Nee — Nee! Nee!
Anton.	Ic weet woll, wat ic doh. Ic gah to myn' Vader, de schall mal Trumpf uutspälen.
Anntrina.	Wat? Dyn Vader? Hee Trumpf uut! Dat wull ic em raaden, dat schull doch to'm eerstenmal wäsen, dat he sik so wat bykamen leet.
Anton.	So loop ic in de wyde Weld 'nin.
Anntrina.	Glück up de Reis'!
Anton.	Ic spring in't Water.
Anntrina.	Man jümmers to! Upstäds is't Water köhlig. Un Du, unverschamte Deeren, is dat myn Dank? (se geiht up Gretjen los.)
Anton (dartwüschen).	Holld still, Moder, Moder!

Anntrina. Hev ick Di nich to Bedd schickt?

Gretjen (de vör Angst bävt). He klopp an myn Döör.

Anntrina. Wat schält Dy dat? As ick so'n Deeren was, hevt woll allerhand Jungens by my ankloppt, hevt woll huult un blarrt, ick schull jüm inlaaten. Dar wahr Dy vöör! De nüms inleet, was ick. Kloppt Jy bet Pingsten, meend ick, un —

Gretjen. As Anton kloppen däd, was he jo noch myn Vader-brodersöön.

Anntrina. Un ward et ook blywen, so lang as he levt.

Bei diesem harten Verdikt bleibt Anntrina und weiß auch ihren Mann zu bestimmen. In Folge dessen hat Anton den Plan ersonnen, mit Grete in die Stadt zu ihrem beider-seitigen Onkel, dem Königlichen Rath Gottlieb Vollmuth, zu gehen, denn „wenn de 'n König raaden kann, ward he ja woll för uns ook Raad wäten." Wir treffen sie in seiner Wohnung.

Anton. Hyr is Nüms.

Gretjen. Ach, Anton! My is heel angst.

Anton. Wo so denn?

Gretjen. Wi hebben en dwadschen Weg inslahn.

Anton. Kunnen wi uns denn anners helpen?

Gretjen. Hyr, in mynen Harten, seggt myn Gewäten: de schall sick lever gar nich helpen, wenn he sick nich anners as up 'n slechte Art helpen kann.

Anton. Dat Gewäten is schoo, as en Duv, de den Duffer ver-laaren hett. Gretjen, Du heßt my noch! Un wat hebben wi denn dahn? Du büst van eenen Ohm to'm annern gahn, dat is Allens.

Gretjen. Ick hev undankbar dahn an den Mann, de my so lange Jahren Vader wäsen is.

Anton. Anners rüm, Gretj, Du büst dankbar. Wullt Du 't nich an synen Söön good maken, wat syn Vader an Dy dahn hett? Wullt Du nich myn Fruu warden?

Gretjen.   Nee, Anton, fyn Dag nich, wenn Dyn Oellern nich Ja
un Amen darto feggen.
Anton.   Wat? Hev ik nich Dyn Jawort?
Gretjen.   Ach! güftern Abend! Ik was verbaast — ik wußd nich,
dat ik Dy fo leev harr, un fomit gungen my Hart un
Ogen up — dar harr ik God weet wat för'n Wort
geeven. Averft hüt Nacht, as ik nich flapen kunn —
Anton.   Du heft nich flapen? Dat is fnaakfch, ik ook nich.
Gretjen.   Dar meend ik fo: Du heft woll mannig Klaps van
Dyn Muttjen krägen, awerft doch mehr Goods as Klapfen,
un wenn Du ehr nu dat Schickfal andeihft un geihft mit
ehren Anton in de wyde Weld, dat ward ehr duller
pynigen, as Dy de Klapfen pynigen däden.
Anton.   Nu wäf' man geruhig! Ohm Detlev is en Mann, de
fyn Wort to maaken weet, ik glöv, he kann Dy franfch!
Wenn de myn Moder fründlich tofprickt, fo — Awerft
hyr rögt fik jo nich Kott nich Muus im Huus, dat et
een vöörkummt, as weeren fe hyr all to'r Heumad gahn.
(He kikt fik herüm.) Flikerment! wat för blanke Saaken
hyr! Kyk ins, heel van Gold un fo duftig — rück ins,
as ydel Lavendel un Balfamin! Dat Dy dee! Ohm
Detlev mutt Dy nich wenig ryk wäfen. Kyk, kyk, Gretj,
den boomlangen Spägel —
Gretjen.   Weg! Ik mag nich heninfehn; ik mag nich wys warden,
wo my de Backen bleuftern.
Anton (de vöör'n Spägel fteiht un Bofelmanns maakt). Hahaha!
Kumm doch ins her, Gretj!
Gretjen.   Wat fchall ik denn?
Anton.   Doh my de Leev un kumm hyr her — hyr up düffe
Städ — un vernyg dy mal — eenmal, tweemal, dreemal.
Gretjen.   Nu denn! Hahaha! (Se vernygt fik vöör'n Spägel
un lacht hellup. Anton fteiht achter ehr, maakt een
Bofelmann öswer'n annern un lacht ook hellup.)

Auf diefe Weife hat Bärmann die verblaßten Figuren
der Kotzebuefchen Verwandten mit frifchen Farben retouchiert,

Gaedertz, Das niederdeutfche Schaufpiel.   3

und wie sehr das urwüchsige und gewandte Platt auch dem Liebespärchen zu Gute kommt, werden die mitgetheilten Episoden bezeugen.

Eine so durchaus tüchtige Leistung verdiente die begeisterte Aufnahme, welche das Publikum des Hamburger Tivoli den „Stadtminschen un Buurenlüüd" am vierten Juli 1833 schenkte. Fünf Wiederholungen auf der bescheidenen Sommerbühne fanden statt, dann machten sich's die „Vullmoods" auf dem Altonaer Stadttheater den 12. und 16. September bequem (nach dem Komödienzettel: im Plattdeutschen neu bearbeitet von Dr. Bärmann), bis, nachdem die Eröffnung der Winterbühne in der Steinstraße am zweiten Oktober 1833 geschehen, das unverwüstliche Lustspiel den achtzehnten jenes Monats seine Siegesbahn dort antrat, um für lange Zug- und Kassenstück zu bleiben. Auch bei den kleineren Musentempeln stand es bald dauernd in Gunst. Noch heutigen Tages ist es eins der wenigen plattdeutschen Dramen, welche man, gute Darstellung vorausgesetzt, gern sieht. Wie ein Irrlicht tauchte das Stück bald auf dieser, bald auf jener Hamburgischen Bühne mit jedem neuen Jahre wieder auf und hat endlich am Karl Schultze-Theater in den letzten Decennien eine bleibende Stätte gefunden. Jetzt spielt die Partie der Anntrina Lotte Mende; die erste Vertreterin dieser Rolle war Madame Behncke, Mitglied des Steinstraßentheaters, dann eine Frau Möller.

Bärmanns Stadtminschen un Buurenlüüd sind nicht im Druck erschienen, ebenfalls nicht sein Burenspill in eenem Uptog: „Freud up un Truwr dahl." Beide Arbeiten liegen nur im Manuscript vor. Den 19. November 1835 ging die letztere Novität, welche in Prosa und ganz plattdeutsch geschrieben ist, zum ersten Male in der Steinstraße über die Bretter. Wiederholungen gab's nur wenige. Damals beherrschte schon der jugendliche Jacob Heinrich David

mit seinen humoristischen Lokalstücken und witzigen Opern-
parodieen, wie wir weiter unten sehen werden, das Repertoire, so daß dem heiteren Schwank wohl Achtung, aber
minder Beachtung und Zulauf bescheert war. Den Bauern
Kilian Stipp repräsentierte Herr Vorsmann: eine Figur,
welche vor beinahe hundert Jahren unter ungeheurem Beifall kein Geringerer verkörpert hatte als — Ekhof! Eine
seltsame Entdeckung: „Freud up un Truwr dahl" ist lediglich eine Neubearbeitung des „Bauer mit der Erbschaft."
Der alte Bärmann hat die Krüger-Marivauxsche Quelle
verschwiegen und sich als den Verfasser bezeichnet, während
er bei dem Kotzebueschen Werke sich selbst anfangs bescheiden
versteckt hielt. Das Schicksal hat ihn genugsam bestraft,
denn die einst an der Tagesordnung stehende Posse wollte
nicht mehr „ziehen." Und Vorsmann war gewiß kein übler
Kilian, der im Original Jürge heißt. Interessant wird
ein Vergleich zwischen Krüger und Bärmann sein und hier
durchaus erforderlich, um das von mir behauptete Plagiat
zu beweisen. Einige Proben werden genügen.

Bauer mit der Erbschaft.

Arlequin. Freilich! Ich bin acht Jahre bey Hofe gewesen.

Jürge. By Have? Dat is een Fräten för uns; ick will ehn
tom Havemeſter över miene Dochter ſetten, he ſall eene
Havdame drut maaken.

Lieſe. Heſt du de hunnert duſend Maark all ſehn?

Jürge. Ik hev faſt med jüm ſpraken. Ik bün by den Makler
weſt, de ſe van mienen Broder had hed, un de ſe op
unſen Profit ſo herum rulleren led; denn med ſiener Be-
drögere, de he damed drivt, brengt he wedder annere
Dahlers in, un düſſe annere Dahlers, de van de Putzen-
makere herkamt, bröden annere kleene Geldklumpen ut,
de ward he too den grooten Klumpen ſmieten, un de
ward op düſſe Wieſe noch gröter waren; ſüh, ick breng

3*

dat Pappier oof med, da steiht't drup, dat de kleene
Hupe un de groote Hupe miene sünd, un dat he mie
nah mienen Gefallen so wohl den Hövtstohl, as de In-
dreffen van allen düffen herrut gewen ward, wat he op
düt Pappier opschreven hed; dat hed he mie toseggen
möten, in Bysyn mienet Procratersch, de mie bystahn
hed, miene Saaken in't siene to brengen.

Jürge. Man if spreef nich van de Gewetensehre; denn wat de
        anlangt, so must du tofreeden syn, dat du se heemlik im
        Harten hest; du kannst veel hevven, man du must die so
        veel nich marken laten.

Liefe. Wat? if mut mie so veel nich marken laten? if sall mie
        miene Ehr nich marken laten?

Jürge. J tum Düvel, du versteihst mie nich, if will man seggen,
        dat du die nich stellen must, as wenn du nich veel wärst,
        du must eene free Opföhrung an die nehmen, du must
        eene slampige Döget hevven, du must kummode Gebehren
        bruken, de nich unehrbar un nich ehrbar sünd; du must
        dohn, as wenn du alles verstündst, must op alles ant-
        worden, över alles haseleeren.

Liefe. Wenn man med mie haseleeren ward to verstahn.

Jürge. Still! wie willt den Fall setten, dat if nich dien Mann
        wäre, un dat du eenes annern siene Fro wärst; if kenn
        die, if komm to die; if seg die, dat du hubsch büst, dat
        if in die verlevt bün, dat if die bidde, dat du mie lev
        hevven sast, dat et eene Lust is, dat et de Mode is.
        Mardam, wie ist deff? Mardam, wie ist das? See is
        sehr schön; was will See damed machen? See must
        wiffen, daß mie ehre Augen veel to schaffen machen; if
        seg das ehr, was wird draus waren? was soll if an-
        fangen? Un hernah noch so enige kleene verlevte Wör-
        derkens, klooke Infälle, schelmische Ogen, un een posserlif
        Gesichte, un eene Hitte tom dull waren. Un hernah!
        Mardam, if kan es sörn Düvel nich länger ausstahn,
        mach See en Ende darvan. Un hernah kom if nöger to

die, un hernah plant it miene Ogen op dien Gesicht,
it krieg diene Hand to faten, vaaken ook alle beede!
it drük die; it fall för die op de Knee —.

Freud up un Truwr dahl.

Hans Wurst.   Wat schulld it nich? Ick bün by Haav wäsen.

Kilian Stipp.   Hörst Du, Trina? By Haav is he wäsen — mant
de Vöörnehmen — dat paßt my — it will äm to'm
Haavmester öswer uns' Lyschen setten; he schall 'ne
Haavdam drut maken.

Trina.   Wat hest Du arvt?

Kilian Stipp.   De Staatspapyren hev'ck arvt; grote Dinger, dee för
Hupen blank Geld inköfft warden un denn 'rümloopt
von Hand to Hand, dat up't laatst de Geldhupen
darvöör noch väl gröter ward — dat nömt see
„rulleeren." De Prokrater in der Stadt lett jüm för
my rulleeren, dat myn Geldhupen noch jümmers gröter
warden schall. De Prokrater hett myn' Vullmacht, as
se't nöhmen, un it hev't hyr schräwen, dat de Pa-
pyren myn sünd — nägen un nägentigdusend Mark.

Trina.   Nich de hunnertdusend vull?

Kilian Stipp.   Et wulld sik nich dohn laten, Trina, un up 'ner Hand-
vull Schillings un Drüddels kummt et uns nu nich mehr
an. Hyr steiht et schräwen, dat it nägen un nägentigdusend ryk bün — swart up witt.

Kilian Stipp.   Ick snack awerst nich van der Gewätensehr, Trine-
moder; et is noog, wenn Du dee still in'm Harten
hest, un't is nich up't minst vörnehm, wenn Du Dy
heel väl van ähr avmarken lettst.

Trina.   Wat? nich avmarken laten?

Kilian Stipp.   Nee, Goldsch; up't minst mußt Du so dohn, as wenn
Dy nich väl an ähr lägen weer. Du mußt'n bätjen
freche Upföhrung annehmen — so wat see up engelsch-
hoogdüütsch „dschentyl" nöhmt; mußt ene slampige
Döögd — mußt Maneeren hebben, dee nich ehrbar un

nich unehrbar fünd — mußt dohn as harrst Du
Salomons Wysheid alleen fräten — mußt dat Muul
Dyn' Daag nich still stahn laten — mußt Allens
bäter wäten un slunkerslankern so vullup as't sick
dohn lett.

Trina. Wo kann ick damit to Gang kamen!

Kilian Stipp. Paß up! Laat uns annehmen, ick weer nich Dyn
Mann, un Du weerst eenem Annern syne Fruw —

Trina. Du büst jo doch myn Mann.

Kilian Stipp. Ick segg Dy, laat et uns annehmen; ryke Lüüd köönt
annehmen, wat se wöölt, un wegsmyten, wat jüm
ünner de Füüst kummt.

Trina. Also dat ick nich Dyn Fruw weer?

Kilian Stipp. Ick awerst weer de vöörnehme Herr Stipp, de ick nu
bün — kyk, Trina, denn haseleerd' ick Dy — „Nüdliche Madam" säd ick denn — „ähr Mann is" —
na, swygen wy darvan — „See künnden bäter dohn" —

Trina. Wat?

Kilian Stipp. Dat sinnd't sick later. Denn kaam ick Dy näger — ick
beglup Dy dörch myn Kykglass, dat Du de Oogen
in'm Kopp nich to laaten weetst — ick maak nich väl
Wöörd, denn up't Herut kummt et nich an, awerst up
dat Uem un An my kummt et an — ick faat Dy by
der eenen Hand — denn by allen beiden Händen —
ick drück se — ick laat de Een los un faat Dy üm —
ick knyp Dy — ick küss Dy —.

So hat Bärmann das ganze Stück modernisiert; allein
unstreitig ist die alte Krügersche Uebersetzung werthvoller
und weniger gesucht, wenngleich manche Episoden durch
geschickte Kürzungen und zeitgemäße Aenderungen unserem
jetzigen Geschmacke besser runden. Der Titel „Freud up
un Truwr dahl" paßt sehr wohl zu dem wechselnden Loose
des Bauern, der am Morgen durch eine Erbschaft reich
geworden und schon Abends durch Fallissement des Banquier
sich in seine frühere Armuth zurückversetzt sieht. Treffend

heißt es zum Beschluß: „Hee deiht my leed, Herr Stipp!
Lehr Hee sick in'n Weldloop finden, de van Adam her heel
nicks anners wys't hett as Freud up un Truwr dahl!"
Diese wahre Sentenz läßt sich nun aber auch auf Jürgen
Niklaas Bärmann anwenden. Nachdem er mit Stadtminschen
un Buurenlüüd einen Glückstreffer gethan, ruhte auf seinem
litterarischen Diebstahl kein Segen.

Bevor die übrigen plattdeutschen Stücke, welche in der
Zwischenzeit auf dem Steinstraßentheater zur Aufführung
gelangten, und namentlich der im Beginn der dreißiger
Jahre an die Oeffentlichkeit tretende junge, bald volks-
thümliche Lustspiel- und Parodieendichter David — ein glänzendes und lichtvolles Pendant zum alten Burenspillen-Ver-
fasser — hier näher gewürdigt werden, sei es mir vergönnt,
der letzten 1837 zuerst gegebenen dramatischen Arbeit in
Hamburger Mundart von Bärmann schon hier zu gedenken,
einerseits um sein eben etwas getrübtes Bild wieder in
wohlverdienter Klarheit schauen zu lassen, andererseits um
einen abgerundeten Totaleindruck von den Leistungen des
wackeren Verfechters der theuren Sassensprache zu empfangen.
Unter vielem Applaus ging am 27. December 1837 auf der
Steinstraßenbühne zum ersten Mal in Scene „De drüdde
Fyrdag, en Burenspill in eenem Akt un in Rymeln."
Hier schwimmt der würdige Magister wieder im richtigen
Fahrwasser, und fast gleichwerthig stellt sich diese Gabe
„Kwatern" an die Seite. Zum Jahreswechsel und öfter
bis Ende April ward die Novität wiederholt, worauf sie
am fünften Juni im Tivoli ihren Einzug hielt.

Personen sind Klaasjochen Meyn, en ryke Vullbuur;
Stynlena, syn Fruw; Anmyken, syn Dochder; Hans
Vullraad, syn Grootknecht; Nawer Slichd; Buurknechden
un Buurdeerens. De Saak geiht vöör sick up'm Dörpen
am drüdden Wyhnachtdag im Jahr 1837, Morgens tydig.

Die Handlung kann kaum einfacher, ja unbedeutender
sein, dafür aber auch Charakterschilderung, Gesinnung und
Sprache kaum frischer, herzlicher und natürlicher. Anmykens
und Hansens Hochzeit ist auf den dritten Weihnachtstag
festgesetzt, alle Vorbereitungen zur Feier sind getroffen. Allein
die Stiefmutter der Braut, welche dem Bräutigam als dem
Feinde ihres bösartigen Schwestersohnes grollt, verweigert
ihre Theilnahme und ihren Segen. Ihr Schwestersohn ist
Schreiber auf dem Amte. Von ihm erfährt sie die Ab=
setzung des dritten Feiertages und erzählt diese Neuigkeit
mit höhnischem Triumphieren:

De Weld — ick wußd't vööruut — ward klöker
Van Dag to Dag un leggt sick uut
Un smitt, trotz Terz un Salmsangböker,
Wat ähr nich paßt to'r Weld henuut.
(To Hans) In Syne Köst geev'ck my tofräden
To'm drüdden Wyhnachtdag, dat's wiß;
Man dat'ck Äm Woord hoold? daför's bäden,
Wyl — gar keen drüdde Dag mehr is!
Avsettd sünd see mit aller Mann
To Wyhnacht un to Paasch un Pingsten,
Maree'n= un Micheldag un Jan.
De Weld kloppt up — datt Dy de Hamer! —
Luud kloppt see, dat et bungt un dröönt!
Keen Lood verschenken dröv de Kramer
To Wyhnacht mehr, wat All' ook klöönt.
Dat Oole stört't, dat Nye mütt stygen —

Meyn.

Wenn sick't man nich too hoog verstiggt!
Deiht ook de Mitweld darvan swygen,
De Naaweld säkerlich nich swiggt.

Stynlena.

My schall't nich raken un nich schälen;
My kummt de Kehruut fix to Paß.

Hee, kloke Hans — hyr is't Plakaat!
Avsett'd de Dag — myn Woord is nichdig!
Keen drüdden Dag — keen Hoogtydsdag! —
Eerst schaff't Plakaat to'r Weld henuut,
So foog ik my — so mütt'k my fogen;
Eh'r all myn' Daag nich —

eine Wandlung, welche der auftretende Nachbar Slichd
vollbringt: wenn das Amt auch den dritten Feiertag absetze,
sie alle würden doch an ihm festhalten.

Stynlena (heel verblüffd).
Avsettung weer för uns nich dar?

Slichd.
Nee! nich för uns. För See nu, glöv See,
Geldt vullup düsse drüdde Dag.
Up äm Ähr Woord as Moder geev See,
Dat t'rügg to nehmen keen Amt vermag.
Gott hett et hörd, as See däd lawen,
Un Anlaavwoord is halwe Daad;
Ähr „Ja" steiht hoog in'm Häwen bawen,
Ähr „Nee" steiht nich hyr in'm Plakaat.
Dee driggt 'nen Düwelsspook in'm Harten,
Dee mit dem Häwen Kykuut spält.
Wahr Dy vöör'm Lösgengeest, dem swarten,
Dat Dy Gewätensangst nich kwält.

Die Worte rühren Stynlenas Herz. Versöhnt reicht sie
den Brautleuten die Hand. Frohsinn greift in die Ge-
müthern Aller Platz, und während sich Alt und Jung zum
Hochzeitszuge aufstellt, spricht der Nachbar:

In uns mütt sic de Fyrdag rögen,
Uut uns heruut kriggt äm de Weld;
Drüm kann't nich dregen uns noch bögen,
Wenn ook de Weld äm avbestellt.
„Gävt God, wat Gods is," seggt de Bywel,

„Dem Kaiſer, wat des Kaiſers is" —
Un ſchryvt 'nen Spröök hüüt in Juw Fywel,
Dee düüdlich ſteiht un ſtramm un wiß:
Dar wo mank kriſtlich framen Lüden
Up hüüslich Glück de Harten ſtüürt,
Ward trotz Plakaat un Nyrungstyden
All' Dag de drüdde Fyrdag fyrd.
Lacht ööwerklooke Weld ook drööwer,
Ward doch van framen vaſt d'ran glövd.
— Un nu in'n Saal by'm Vaagd henööwer,
Wo Preeſter all un Tügen tövt!
Muſ'kanten ſpäält! Laat't wyd hen klingen!
To'r Truwung mit der Bruud in'm Krans!
Eerſt is: „Nu dankt All God!" to ſingen,
Un denn — juchhei! to'm Häweldans!

Den Nachbaren verkörperte der in plattdeutſchen Rollen
neben Vorsmann ausgezeichnete Charakterſpieler Herr Landt;
Vorsmann ſelbſt gab den Vollbauern Klaasjochen Meyn,
Madame Behncke-Vorsmann die Stynlena, Demoiſelle Vorsmann Annyken, den Hans Vullraad ſtellte Karl Hechner dar.
Noch ſei auf einen in „Dat ſülwern Book" mitgetheilten
Polterabendſcherz hingewieſen ſowie auf die verſchiedenen
Geſpräche, welche dem „Höög- un Häwel-Book" einverleibt
ſind. Hier findet ſich gleichfalls eine plattdeutſche Ueberſetzung
aus Shakeſpeare, wohl die erſte in ihrer Art, und zwar „De
Herengeſäng in dem Truurſpill Macbeth." Indem der eng-
liſche Originaltext gegenüber gedruckt ſteht, kann man ſich
durch den Augenſchein von der nahen Verwandtſchaft beider
Sprachen überzeugen. Bärmanns intereſſanter Verſuch hat in
neueſter Zeit mehrfach Nachfolger gehabt, namentlich Robert
Dorrs gelungene Verplattdeutſchung „De loſtgen Wiewer von
Windſor" (Liegnitz 1877). Wenn es dort aber im Vorworte
heißt: „Bärmann gev all vör veertig Jahr en Aewerſettung
von Hamlets Monolog to be or not to be", ſo iſt das falſch.

Kehren wir jetzt in der Geschichte des Steinstraßentheaters
um ein Decennium zurück! Inzwischen war Bärmanns Ge-
stirn von einem blendenden Kometen überstrahlt worden, von
Jacob Heinrich David, der sich zu ihm verhält wie lachender,
goldener Sonnenschein zum ernsten, milden Mondlichte. Inzwischen waren auch andere, wennschon bescheidenere Talente
aufgetaucht mit heiteren Stücken im Hamburger Dialekte,
die wohl gefielen — aber meistens der plattdeutschen Sprache
zu Liebe, minder um ihres oft geringen poetischen und
dramatischen Gehaltes und Werthes willen.

Laut Anzeige hatte C. Hoch am ersten März 1826 die
Direktion übernommen. Inhaberin der Koncession blieb
nach wie vor die Wittwe Handje. Hochs Nachfolger in
der Bühnenleitung, der treffliche Vorsmann, hegte und
pflegte die ihm besonders naheliegende Hamburgische Lokal-
dichtung.

Wichtig und verhängnißvoll, jedoch glücklicherweise im
guten Sinne, gestaltete sich der Monat Oktober des Jahres
1829 und 1831. Wiederholt zeigte sich die Existenz des
Theaters der häufig kleinen Einnahmen wegen gefährdet,
und der ewige Direktorenwechsel — schon 1828 stand
Stiegmann, bald darauf Caßmann an der Spitze —
trug nicht gerade zu einer einheitlichen, verständigen Leitung
nach innen wie nach außen bei. Bärmanns „Kwatern"
erwies sich zwar immer noch als Treffer. Da endlich, den
30. Oktober 1829, wurde das große Loos gezogen: „Das
Fest der Handwerker", nach dem Französischen von
L. Angely. Natürlich waren die Berliner Lokalanspielungen
und Verhältnisse in Hamburgische umgesetzt, und die Handwerker, vor Allen der Schlosser Puff (Herr Schönberg)
redeten in reinstem Platt zum Ergötzen des Publikums,
welches den amüsanten Einakter nicht oft genug sehen
konnte. Das heißersehnte Kassenstück, dessen die Direktion

mehr denn je bedürftig war, hatte sich gefunden, volle
Häuser allabendlich; das Theater war gerettet!

Noch weit folgenreicher sollte der Oktober 1831 werden
als Wendepunkt für die zukünftige Entwickelung des heiteren
Musentempels. Am ersten dieses Monates, am Tage der
Eröffnung der Wintersaison, trat nämlich Chéri Maurice
in die Direktion ein, welche er, Anfangs gemeinsam mit
Frau Handjes Schwiegersohne Caßmann, dem bewährten
ehemaligen Maschinisten und Theatermeister im großen
Hause der Dammthorstraße, unter immer steigendem Glücke
zwei Lustren hindurch in Händen hielt, bis es ihm beschieden
war, den Schauplatz in neuer, würdigerer Gestalt als
Thalia-Theater zu erweitern und unsterblich zu machen.

Chéri oder eigentlich Charles Schwartzenberger,
genannt Maurice,[1] Franzose von Geburt (geb. den
29. Mai 1805 zu Agen, der Hauptstadt des Departements
Lot und Garonne), von Gesinnung Deutscher, hatte bereits
Proben seinen Verständnisses für die Schauspielkunst und
einer geschickten Bühnenleitung abgelegt. Sein Vater hatte
1826 Frankreich verlassen und war nach Hamburg über=
gesiedelt, wo er ein Fabrikgeschäft gründete. Ein Jahr
darauf pachtete er das wundervoll gelegene, mit großen
und schönen Gartenanlagen gezierte, heute nur noch zum
kleinsten Bruchtheil erhaltene Tivoli am Besenbinderhof in
der Vorstadt St. Georg. Dasselbe schwang sich bald zum
beliebtesten Erholungsorte für die Bevölkerung während

---

[1] Vergl. die mit Maurices Portrait geschmückte Jubiläumsschrift
„Fünfzig Jahre eines deutschen Theater-Direktors. Erinnerungen, Skizzen
und Biographien aus der Geschichte des Hamburger Thalia-Theaters
von Reinhold Ortmann" (Hamburg 1881). Eine fleißige, verdienst=
volle Arbeit, zu der ich mit Vergnügen eine Reihe von Notizen über
das Steinstraßentheater beigesteuert habe.

der Sommermonate auf. Die herrliche Fernsicht, welche
man von der hohen Terrasse genoß, die hübsche Beleuchtung
Abends durch bunte Campions, die Volksbelustigungen wie
Rutschbahn, Mastbaumklettern, Sacklaufen, akrobatische
Künste, Hahnenkämpfe, Carrousel, bal champêtre übten
mehrere Jahre hindurch Anziehungskraft aus. Da kam, in
dem Bestreben, immer Neues zu bieten, der ältere Maurice,
damals noch Pächter, später Eigenthümer, auf den glück=
lichen Gedanken, ein Sommertheater zu errichten, wie solches
der reiche Haartuchweber Bierbaum aus der Böhmken=
straße besaß. Dieser hatte auf seinem Landsitze in Bill=
wärder an der Bille zur Unterhaltung seiner Familie und
Freunde eine kleine Bühne im Freien herstellen lassen. Hier
spielten einzelne Schauspieler aus der Steinstraße, Vorsmann,
Melcher und Querfeldt, öfters zur Freude der ganzen Nach=
barschaft, die der kunstsinnige Mäcen nicht nur eigens dazu
einlud sondern auch, indem er seinem Namen Ehre machte,
mit köstlichem Hamburger Bier unter Bäumen unentgeltlich
traktierte. Im Jahre 1829 erstand nun auf Tivoli eine
ähnliche Bühne. Ihre ursprüngliche Form war sehr primitiv;
sie war unbedeckt und aus Bäumen und Laubwerk im=
provisiert. Bärmanns naiv-drolliges ländliches Gemälde
„Kwatern!" eröffnete den Reigen der Vorstellungen, deren
Regie der alte Maurice seinem Sohne anvertraute. Er
traf damit eine so gute Wahl, und das Publikum strömte
immer mehr in Schaaren hinaus, um die meistens platt=
deutschen Stückchen anzuhören, daß 1831 Caßmann seinem
jungen Kollegen die Mitdirektion an dem schon zu einigem
Ansehen gelangten Steinstraßentheater anbot. Dasselbe nannte
sich seit Oktober 1834 „Zweites Theater". Man spielte
nun hier während des Winters und auf Tivoli im Sommer,
eine Fusion, die sich als äußerst vortheilhaft erwies.

Jetzt begann die Blüthezeit des plattdeutschen Lustspiels

und der Hamburger Lokalposse. Bärmann schüttete, wie
wir sahen, sein Füllhorn gemüthvoller Burenspillen aus.
Ihm reihten sich David, Wollheim, Volgemann und Andere
an. Eine den 18. Juli 1832 zum Benefiz Karl Hechners
am Tivoli gegebene und wahrscheinlich von ihm selbst ver=
faßte Novität „Deenst=Deerns=Driefwark, een Ko=
mödienspill in een Uptog“ wurde beklatscht. In dieselbe
Zeit fällt August Lewalds anmuthige Liederposse in einem
Akt „Hamburger in Wien“, der gegenüber sich sogar die
Pforten des Stadttheaters nicht verschlossen. Holteis Singspiel
„Wiener in Berlin“ brachte den Dichter auf den Einfall,
ein ähnliches auf die hiesige Bühne zu bringen, welches
Hamburgische oder überhaupt norddeutsche Lebensweise im
Kontrast mit Wienerischer auf belustigende Art den Zu=
schauern vorführte. Der alte Spaß, daß zwei Liebende sich
nach dreißig Jahren, voll der früheren Gefühle für ein=
ander, wiedersehen und sich in ihrer veränderten Gestalt
nicht erkennen wollen, findet sich in Le Grands Triomphe
du temps passé und ist von dem Lustspieldichter Ayrenhoff
unter dem Titel „Alte Liebe rostet wohl“, später von Wetter=
strand und zuletzt von einem Berliner Dramatiker als „Dreißig
Jahre aus dem Leben zweier Verliebten“ bearbeitet worden.
Namentlich der Diener Hinrich, den am Stadttheater der
berühmte Gloy darstellte, bildet mit seinem ausgeprägten
Hamburger Idiom einen interessanten Gegensatz zum Wiener
Kellner Muki. Das kleine flotte Stück hat auf dem Stein=
straßentheater und auf den Bühnen in St. Pauli viele Jahr=
zehnde hindurch Anklang gefunden. Gedruckt ist es in
Kotzebues Almanach dramatischer Spiele zur geselligen Unter=
haltung auf dem Lande (Hamburg 1832).

Geradezu sensationellen Erfolg trug der Komiker
August Meyer davon, der sehr richtig auf die Neigung
des Publikums für Travestieen spekulierte, indem er das

Lokalstück in ein parodistisches Gewand kleidete. Seine an plattdeutschen Charakteren und Scenen reiche Zauber= parodie „Der arme Teufel oder Des Pasteten= bäckers Robert Leben, Thaten und Höllenfahrt" in drei Abtheilungen, nach der bekannten Meyerbeerschen Oper, ward am 23. Januar 1833 zum ersten Male auf= geführt und erlebte schon am 13. April zum Besten der Armen die fünfzigste Vorstellung. Auf den Zetteln stand oft zu lesen: „Der ganze Rang ist besetzt", „Sämmtliche Seitenlogen rechts und links besetzt." Von künstlerischem oder ästhetischem Werthe läßt sich hier Nichts sagen, allein die Posse durchzieht ein so gesunder Humor, sie steckt so voll von burlesken Episoden und niedersächsischen Kernsprüchen, daß sie, aus dem Leben und Treiben des Hamburgischen Volkes gegriffen, diesem mundete. Lange blieb sie neben Bärmanns „Kwatern" und „Stadtminschen un Buurenlüüd" Repertoirestück und ging auch auf dem Altonaer Stadttheater in Scene (12. Februar 1834), bis endlich im Februar 1835 eine andere, in ihrer Art gediegenere und witzigere Parodie von Jacob Heinrich David in den Vordergrund trat.

Dieser jugendliche Dramatiker wurde für Maurice die Quelle bisher beispielloser Erfolge und Einnahmen. Den 19. August 1812 geboren, endete ein gewaltsamer Tod sein hoffnungsvolles Dasein am 6. Februar 1839. Durch Intriguen und Kabalen hetzten neidische Hamburger Litte= raten ihn in ein frühzeitiges Grab. So starb Hamburgs größter und geistreichster Humorist, der scharfe und witzige Beobachter, der eigentliche Schöpfer Hamburgischer Parodieen und Lokalpossen als Selbstmörder im blühenden Mannes= alter, während der greise Bärmann, der Vater der Buren= spillen, fast verhungerte. Schon 1833, siebenzehn Jahre vor seinem Ableben, ging es dem beinahe fünfzigjährigen Autor gar kümmerlich. Ein trauriges und wehmüthiges Zeugniß

legt dafür ein Brief ab, worin er zur Subscription auf
den hundertsten Band seiner Werke einlud, mit der Bitte,
den kleinen Betrag im Voraus zu zahlen, damit er sich
während dieses streng hereingebrochenen Winters die
Finger wärmen könne, mit denen er nunmehr seit länger
als fünfundzwanzig Jahren die Dichterlaute spiele. „Ich
grüße dich herzlich", schließt der vom „Freischütz"
1833 mitgetheilte Aufruf, „obwohl nur in Prosa; aber
glaub's, mir ist's vor der Hand zu kalt zum Singen;
nimm also vorlieb und behalte lieb Deinen Subscribenten
suchenden Freund." Die volksthümlichen Dichtungen
Beider sind heute halb vergessen und nur noch des
Ersteren „Nacht auf Wache", des Letzteren „Stadtminschen
un Buurenlüüd" sowie „Kwatern" der jetzigen Generation
bekannt. Und doch hat weder der Eine noch der Andere
dies Schicksal verdient. Das lehrte uns die Betrachtung
von Bärmanns Schöpfungen, davon werden uns auch die
näher ins Auge zu fassenden Leistungen Davids überzeugen.
Sehr wahr urtheilt über ihn J. S. Meyer: „Einen witzigeren
dramatischen Volksdichter hat Hamburg bis heute nicht gehabt; keiner konnte sich der Erfolge rühmen, welche seine
Productionen auf der Bühne gehabt haben. Unsere Vaterstadt, das ist nicht zu läugnen, verdankt seinen Lustspielen
die Abschaffung mancher kleinstädtischen, ja widerlichen Gebräuche — um nicht zu sagen Mißbräuche —, gegen welche
die in der Regel nur Trauerspiele zur Darstellung bringende
„Polizei" völlig ohnmächtig ist. David besaß Muth und
Talent — ridendo castigare mores — durch Lachen die
Thorheiten zu geißeln."

In den Rahmen unserer Schilderung können natürlich nur diejenigen Arbeiten Davids hineingezogen werden,
welche vorwiegend im Dialekte geschrieben sind; das aber
ist bei der Mehrzahl der Fall. Bereits am 18. April 1830

war auf dem Steinstraßentheater aufgeführt worden
„Burdeerens Trü, Possenspeel in plattdütschen Riemels
un een Uptog von Komedienmaker David." Obgleich
dies Erstlingswerk nicht sonderlich ansprach, ließ sich
doch glücklicherweise der junge Autor nicht verblüffen
und brachte nach fünf Jahren seinen im Fluge Aller
Herzen gewinnenden „Gustav" auf die Bühne. Diese selbst
war kurz vorher, gleichsam als ahnte die Direktion,
welchen goldenen Segen „Gustav" ihr in den Schooß
schütten würde, verschönert: das Haus von innen neu aus-
gebaut, vergrößert, auch sehr geschmackvoll verziert. „Alles
äußerst sauber gehalten und sowohl die Erleuchtung als
auch die Besetzung des Orchesters sehr gut," — wie die
Hamburger Nachrichten vom fünften December 1834 mel-
den — „und stets zahlreicher Besuch, im ersten Range Zuschauer aus den angesehensten Familien der Stadt."

Vor ihnen zeigte sich am 16. Februar 1835 zum ersten
Male „Gustav, oder: Der Maskenball" und gefiel
so ausnehmend und andauernd, daß es sich verlohnt, dieser
besten Hamburgischen Parodie eingehendere Würdigung zu
schenken und dem Leser ungefähr ein Bild zu entwerfen
von der liebenswürdigen Davidschen Technik und „Mache",
denn von wirklicher Poesie kann bei einem derartigen Erzeugnisse nicht im Ernst die Rede sein, auch nicht bei dem
vorzüglichsten. Das fühlte offenbar der Verfasser und hielt
sich Anfangs hinterm Schleier der Anonymität versteckt, den
er erst dann lüftete, als er den ungeahnten Erfolg und
sich selbst durch weitere dramatische Schöpfungen anerkannt
sah. Mit welch lustigem Humor er übrigens ans Werk
gegangen, beweist allein schon der Theaterzettel, der eben
so merkwürdig und komisch ist, wie er selten geworden, und
darum einen Abdruck verdient. In meinem Besitze befindet
sich ein Exemplar vom 19. Februar 1835. Es lautet wörtlich:

Zweites Theater.

Mit aufgehobenem Abonnement.

Heute, Donnerstag, den 19. Februar 1835.

Zum Drittenmale:

Gustav,

oder:

Der Maskenball.

Parodie in drei Abtheilungen, mit Gesang, Masken, militairischen Evolutionen, Ballet, gelindem Spektakel ꝛc. ꝛc.

Erste Abtheilung: Wahl, Liebesqual und Feuerscandal.

Personen:

Gustav, Wirth im König von Schweden, und Inhaber des Gasthofes: Hotel de Norwegen. Ein Mensch ohne Vorzüge und Anzüge, lebt eingezogen ist unerzogen, wird aufgezogen, ist unglücklich verliebt und bleibt aus Gram darüber am Leben . . . Herr Meyer.

Ankertau, sein Vertrauter für Geld und gute Worte, spricht fast immer in Reimen, ein höchst ungereimter Mensch . . . . . . Herr Landt.

Melone, seine beständige Ehehälfte, leidet an zurückgetretener Liebe, und hat Ueberfluß an Geldmangel . . . . . Mad. Behncke.

Rippenstoß, Steinbrügger, ein niedrig denkender Mensch . . Herr Dorsmann.

Waldhorn, Droschkenkutscher, Gefahr scheut er nicht, denn er kennt alle Lebenswege . . Herr Schönberg.

Mimili Nebel, Kunstreiterin aus Paris Dem. Schlomka.

Oschkar, Markör bei Gustav, sehr naseweis, spricht überall mit, dabei patzig mit Gefühl . . . . * * *

Cameradskumm, Tambour, privilegirter Spektakelmacher . . . Herr Dührkoop.

Eine alte Frau, ist früher jung gewesen Mad. Haase.

Matrosen, wässerige Menschen.

Schlachtergesellen, haben Schlachten mitgemacht.

Zuckerbäckerknechte, süße Leute.

Krahnzieher, anziehende Jünglinge.

Kornträger, von der Last des Schicksals gebeugt.

Tische, } stumme Mobilien.
Bänke, }

Weinflaschen, } geistvolle Untergebene
Rumbouteillen, } Gustav's.

Die Handlung geht theils in der Vorstadt St. Pauli, theils in Ankertau's Wohnung: rothe Soodstrasse, No. 597 in der Nähe des Hotel de Norwegen, vor.

Zweite Abtheilung: Das Rendez-vous im Mondschein.

Personen:

Gustav . . . . Herr Meyer.
Ankertau . . . . Herr Landt.
Melone . . . . Mad. Behncke.
Rippenstoß . . . . . . Herr Vorsmann.
Waldhorn . . . . Herr Schönberg.
Ochskar . . . .   *   *   *
Aversion, Kartenlegerin,
 sehr weise, wohnt zur
 Miethe. . . . . Mad. Landt.
Gras, Großknecht, grob
 zum Küssen . . . . . Herr Dührkoop.

Heu, ein alter Bauer,
 sehr trocken . . . . . Herr Reinhardt.
Bauern, } alle geputzt, als wenn's
Bäuerinnen, } seyn müßte.
Matrosen,
Schlachtergesellen,
Zuckerbäckerknechte, } noch immer die
Krahnzieher, } Alten.
Kornträger,

Die Handlung geht theils in Aversion's Zauber-Fabrik, theils auf einer bekannten Promenade, zuletzt in Ankertau's Wohnung, vor.

Dritte Abtheilung: Der Maskenball.

Personen:

Gustav . . . . Herr Meyer.
Ankertau . . . . Herr Landt.
Melone . . . . Mad. Behncke.
Rippenstoß . . . . Herr Vorsmann.
Waldhorn . . . . Herr Schönberg.

Ochskar . . . .   *   *   *
Masken, so viel wie Platz haben.
Ballgäste, für Freibillette.
Kapuziner, Schornsteinfeger, Homöopathen.
Schnellläufer, Kronleuchter 2c. 2c. 2c.

Die Scene spielt zuerst in einem Zimmer, so kurz als möglich, dann im Tanz-Salon des Hotel de Norwegen.

*   *   * Herr Gödemann: Ochskar.

Sämmtliche Decorationen mit Ausnahme des vierten Akts, sind neu.

Die Gesänge sind an der Casse für 4 Schill. zu haben.

(Freibillette sind heute nicht gültig.)

Anfang und Preise wie gewöhnlich.

4*

Eine förmliche Aufregung und Spannung herrschte im Publikum. Nach dieser ganz ungewöhnlichen Affiche hatte dasselbe die Berechtigung, ein außerordentlich launiges Stück zu erwarten, und wurde hierin nicht getäuscht. Obschon für die damalige Zeit berechnet und unserer Generation minder verständlich, indem David stadtbekannte Persönlichkeiten aus den dreißiger Jahren abkonterfeite, hat mir die Lektüre des einzig erhaltenen Soufflierbuches doch so vergnügte Stunden bereitet, daß ich durch Mittheilung einer ergötzlichen Episode auf den Dank des Lesers zählen zu dürfen glaube.

Erste Abtheilung. Zehnte Scene.
Verwandlung: Zimmer bei Ankertau.

Ankertau. Wo hangt min Kittel un min Hoot? Geschwind, Melone, da is Füer!

Melone (seine Frau, in Gustav verliebt). Draußen im Schrank hängt Alles; mach nur rasch, damit Du nicht zu spät kommst!

Ankertau. Den Deubel ok, wi wöölt de ersten sin, ik bün hüt tom eerstenmal dabi, un nu will ik ok tom eerstenmal de eerste sin. (rasch ab.)

Melone (allein). Das Feuer scheint stark zu werden. Die Glocken gehen in Einem fort. (am Fenster.) O mein Himmel, wie bist du roth! Und wie die Menschen laufen! Wenn nur Keiner fällt, es ist so glatt auf der Straße.

Kamradkum (mit der Trommel auf dem Rücken, tritt auf). Is Naaber Ankertau all weg?

Melone. Soeben geht er. Das ist brav von Ihnen, Herr Nachbar, daß Sie Bescheid sagen.

Kamradkum. Schuldigkeit, Fro Nachbarn, dat is jo dat eerste Füer, wo Ankertau bi is, da wull ik lever Bescheed seggen, damit he nix versümt.

Melone. Das ist dankenswerth. Wo ist denn aber eigentlich das Feuer?

Kamradkum. Dat weet noch keen Minsch! Nu will ik flink henlopen

un min Koptein Bescheed seggen; wenn dat Füer in
mine Strat is, kann ik nich kamen! (ab.)

Melone. Schrecklich! Sollte dies Feuer selbst nicht wissen, wo es
ist? Am Ende ist das ganze Feuer ein Geheimniß.

Ankertau kehrt zurück im vollständigen Spritzenmann-
Anzuge: weißer Rock, vorn auf der Brust die Nummer der
Spritze, große Stiefel, in der Hand eine brennende Laterne.
Verdrießlich setzt er sich an den Tisch.

Melone. Da bist Du endlich wieder! Nun, wie ist es Dir ergangen?

Ankertau. Ach, lat mi tofreden!

Melone. Du hast doch nicht etwa Streit gehabt? oder etwas in
Deinem Dienste versehen?

Ankertau. Ach wat sull ik man nich! Du weest ja, dat ik hüt toeerst
mitwesen bün. Wie ik henkahmen dehd, da hänseln se mi,
da heff ik acht Schilling am Buddel utgeben mußt.

Melone. Also das ist die Ursache? Dacht' ich doch Wunder was
es wäre; dieser Schaden ist ja noch zu ersetzen. Aber
jetzt erzähle mir, wie es Dir ergangen. Seid ihr die
Ersten auf dem Platze gewesen?

Ankertau. Jawoll sünd wi de Eersten wesen, un dat en bitten
düchdig; de tein Dahler heff wi weg. Ik freu mi ungeheuer, dat ik de Stell kregen heff, et is doch ümmer
en Baantje an de Stadt.

Melone. Mich freut es ebenfalls, lieber Mann. Bei wem war denn
aber eigentlich das Feuer?

Ankertau (gleichgültig). Ach, dat Füer weer bi'n gooden Fründ von
mi, bi Gustav.

Melone (aufschreiend). Allmächtiger Gott! Bei Gustav! (holt sich einen
Stuhl, stellt ihn in die Mitte der Bühne und fällt ohnmächtig mit einem Schrei darauf nieder.)

Ankertau (nimmt die Laterne, hält sie gegen Melone, sieht dieselbe an
und steht ganz verblüfft und verwundert). Kannst dat
alleen af? — „Allmächtiger Gott! Bei Gustav!“ — Wat
geht denn ehr dat an? — Da — da — mutt ik mal

tweemal veeruntwintig Stunn över nahdenken. (setzt sich
sinnend an den Tisch.)

Rippenstoß (tritt ein). Verzeihung, Ankertau, daß ich noch so spät
komme. Sag mal, weißt Du schon —

Ankertau. Wat denn?

Rippenstoß. Daß das Feuer bei Gustav war?

Ankertau. Jawoll, dat heff ik ja selber mit utmakt.

Rippenstoß. Na denn ist's gut. (wendet sich zu Melone.) Guten Abend,
Madame! — Was ist denn das? Deine Frau ist ja ohnmächtig — so hilf ihr doch!

Ankertau. Ik sall ehr helpen? Dat deiht gar nich nödig, da kann
se alleen mit fardig warn.

Rippenstoß. Um Gotteswillen, ich glaube, sie ist todt!

Ankertau. Ne, min Jung, dat is se nich; da is se veel to schwach
to, dat hollt se gar nich ut.

Rippenstoß. Aber sag mir doch, worüber ist sie in Ohnmacht gefallen?

Ankertau. Woröver? över den Stohl is se fullen.

Rippenstoß. Dummes Zeug! Ich meine: weshalb?

Ankertau. Ja, dat weet ik ok nich. Ik heff ehr vertellt, dat dat
Füer bi Gustav wesen wär, da full se mit eens hen, un
nu liggt se da.

Rippenstoß. Aha! Jetzt geht mir ein Licht auf! — Ankertau, sage
mir, ahndest Du nichts?

Ankertau (sieht ihn dumm an). Wat wullt Du?

Rippenstoß. Ich frage Dich, Ankertau, ahndest Du nichts?

Ankertau (aufstehend). Na, wat hest Du denn?

Rippenstoß. Ich frage Dich nochmals, ahndest Du nichts?

Ankertau. Mein Gott, Minschenkind, wat fallt Di denn in?

Rippenstoß. Ankertau! Armer Ankertau! Ich bedaure Dich! (ab.)

Ankertau (sieht ihm verwundert nach, nimmt dann die Laterne, hält
sie seiner Frau vor's Gesicht, schlägt sich mit der anderen
Hand vor den Kopf und sagt:) Wenn ik doch nu man
'ne Ahnung kreeg! — Holt still! Ik will mal de Hus-
postill herkriegen. (nimmt den Kalender von der Wand,
blättert darin und liest:) „Den 25sten Juli fangen die
Hundstage an.“ Aha! (denkt nach.) Hüt schrief wi den

dreeuntwintigsten, et is richdig, de Beiden makt den Anfang
von de Hundsdag!

Solch köstlicher Humor durchweht das ganze Stück.
Welche Anziehungskraft die eigenartige Parodie ausübte,
erhellt aus den sehr häufigen Wiederholungen. Den zwölften
Februar 1839 fand die hundertundfünfzigste Aufführung
statt; doch hat sich eine Neueinstudierung am Karl Schultze=
Theater im Jahre 1864 (zum ersten Male den 4. September,
zum 13. Male den 19. Oktober) nicht als zeitgemäß er=
wiesen. „Ankertau (rectius Ankarström, Name eines Ham=
burger Bürgers), ahndest Du nichts?" wurde zum geflügelten
Worte. Wenn Landt mit dem Ausdruck unnachahmlichster
Unschuld und Einfalt „Ne, wat wullt Du?" rief, brach
jedesmal ein Jubel los, und von Scene zu Scene wuchsen
die Beifallsstürme. Man zerbrach sich den Kopf, welche
Mitbürger der Dichter kopiert haben mochte; man erriet
den einen und anderen, und die Getroffenen machten gute
Miene zum bösen Spiel. Anno 1835 bildete „Gustav" das
Tagesgespräch in Hamburg. Unter den vielen Gewährs=
männern will ich keinen Geringeren reden lassen, als David
selbst. Er schreibt in einem vor mir liegenden Briefe an
seinen im Auslande weilenden Bruder: „Zu Anfang des
vergangenen Winters kam im Stadttheater Aubers Oper
„Gustav oder der Maskenball" zur Aufführung und erntete
allgemeine Anerkennung. Ich benützte die Intrige. Meine
Parodie ist jetzt bereits 35 Mal bei vollen Häusern ge=
geben sowie in den Originalien, im Freischütz, im Berliner
Figaro, in der Leipziger Theater=Chronik und in allen
hiesigen Fachschriften aufs Beste recensiert. In der letzten
Zeit sind fast immer schon acht Tage vor der angesetzten
Vorstellung sämmtliche Ranglogen bestellt gewesen. Fast
die ganze Honoratiorenwelt Hamburgs, worunter Parish,
Heine, L. Behrens und Söhne, meine Prinzipalitäten, Di=

plomaten, Bürgermeister, Senatoren u. f. w., die das Zweite
Theater fonft nie befucht haben, haben fammt ihren Familien
das Stück gefehen. So fehr mich das auch gefreut hat, fo
hätte ich doch alle vierundzwanzig Senatoren und noch
hundert andere Hamburger Thoren darum gegeben, wenn
Du hier gewefen und gefehen hätteft, wie die Menfchen
über mein fchlichtes Gefchreibfel Thränen gelacht haben!
Bei den Aktfchlüffen war immer ein förmliches Hurrah.
Bei der erften Vorftellung wurde der Verfaffer gerufen;
da der wohllöbliche Verfaffer aber natürlich als Privat
nicht kommen konnte, fo trat ein Schaufpieler Namens Candt,
der die dankbarfte Rolle hatte und ein perfönlicher Freund
von mir ift, vor und ftattete dem Publikum herzlichen Dank
ab. Der letzte Akt fchließt mit einem Maskenball, und um
das Theater recht voll und brillant zu machen, tanzten
mehrere meiner Kollegen und Freunde und ich felbft mit;
daher kam es denn, daß, als Candt vortrat und dem Publikum mit dem innigften Bedauern verficherte, daß der
Verfaffer nicht anwefend fei, ich felber (natürlich en masque)
dicht hinter ihm ftand und ihm fein Sprüchlein aus dem
Stegreife foufflierte. — Ich habe fchon ein neues einaktiges
Luftfpiel fertig „Alldagduhn oder Eine Stunde vor Gericht“,
welches jetzt einftudiert wird.“

Wie tief die Parodie ins Volk gedrungen, davon liefert
Peter Klookfnuut in feiner Schrift „Hamburg wie es
ift — trinkt und fchläft“ (Hamburg 1835) ein fo charak-
teriftifches und untrügliches Zeugniß, daß es im Auszuge mitgetheilt zu werden verlohnt. Die Scene geht vor fich vorm
Schaufpielhaufe in der Dammthorftraße. Wir poftieren uns
vor die Kaffe der Gallerie und hören folgende Unterhaltung
mit an:

Ein Komptoir-Lehrling (zu einem andern). Haft Du fchon in dem
Zweiten Theater Guftav gefehen? Das ift außerordentlich

witzig; allein der Theaterzettel ist das Geld werth, der steht so voll Witz, daß es eine ordentliche Freude ist, ihn zu lesen.

Zweiter Lehrling. Gesehen habe ich das Stück noch nicht; aber ich habe schon viel davon gehört.

Erster Lehrling. O, das mußt Du sehen, ich geh' jetzt gar nicht mehr hierher; ich geh' immer nach dem Zweiten Theater, da kann man sich noch amüsieren. Was kriegst Du hier zu sehen? Höchstens Nibelungenhorst oder Nathan der Weise oder auch 'ne Oper, das ist Alles. — Uebermorgen geben sie wieder Gustav, willst Du denn mitgehen?

Zweiter Lehrling. Ja, Du, ich geh' mit; sonst bleibt man ja ganz in der Kultur zurück. Wenn es so ist, als der Pastetenbäcker, denn ist das gewiß hübsch.

Erster Lehrling. Dieses ist noch besser. Ich mag nun die Travestieen verdammt gerne, die führen einen so recht in das gemeine Leben hinein.

Ein Hausknecht (zu einem andern). Wat de Knecht da vun Gustav snackt! Hier up'n Stadttheater laat ik dat gellen, dat is en Stück, dat kann ik in eenen Abend dreemal sehen; aber dat, wat se in de Steenstraat namaakt hevt, dat hett mi gar nich gefallen, da kummt de Keerl, de Heymann Levy, wedder in vöör, un dat paßt doch in keen Truerspill. Aberst hier sust Du dat sehen, da sünd gewiß an dusend Masken, de ganz stiev un still sitt't, ohne noch de annern de danzen doht.

Kinder und Narren reden die Wahrheit! Uebrigens steckt das Büchlein, dem diese Episode entnommen ist, sowie eine unter dem Titel „Hamburg wie es ist und — trinkt" 1843 erschienene Schrift von Klooksnuut so voller drastischer plattdeutscher Scenen aus dem Hamburger Volksleben, oft nicht ohne Reiz und dramatische Beweglichkeit und reich an sprichwörtlichen Dialektformen, daß beiden Studien schon deshalb hier ein Plätzchen gebührt.

Auch auf der Sommerbühne des Tivoli machte „Gustav"
in den Monaten August und September 1835 neue Er=
oberungen. Hier ging Davids nächste, gleichfalls anonyme
Arbeit zum ersten Male am 26. August zum Benefiz von
Herrn und Frau Landt über die Bretter. Sie heißt, wie
bereits erwähnt, „Alldagduhn. Schwank in einem Auf=
zuge, vom Verfasser der Parodie Gustav oder der Masken=
ball." Die gelungene Rolle des Plattdeutsch sprechenden
Eckenstehers, eines Pendant zu Beckmanns Berliner „Nante
im Verhör", war dem bewährten Chargenspieler Landt
„auf den Leib geschrieben." Trotzdem verschwand das
allerdings ziemlich harmlose Stückchen nach einer Wieder=
holung am Sonntag den 30. August bald, eine Scharte,
welche David kurz darauf glänzend auswetzte. Nachdem
am ersten Oktober 1835 das Wintertheater in der Stein=
straße wieder geöffnet, Bärmanns „Freud up un Truwr
dahl" gegeben, „Gustav" begeistert willkommen geheißen,
auch daneben „Alldagduhn" am 20. und 28. December
dem Stadtpublikum gezeigt worden war, fand am 30. De=
cember „Eine Nacht auf Wache. Vaudeville in einem
Aufzuge, nach dem französischen" jubelnde Aufnahme.
Durch diese Schöpfung, die zwar kein Original, aber ganz
vorzüglich lokalisiert ist, hat sich Jacob Heinrich David
einen Ehrenplatz unter den größten deutschen Possendichtern
neben Raimund, Nestroy, Kaiser, Angely, Holtei und Malß
gesichert.

Die Kultivierung so gesunder, frischer Volksstücke wie
„Eine Nacht auf Wache" sollte stets und mehr, als dies
heute geschieht, gepflegt werden. Leider zieht man ihnen
Machwerke vor, in denen statt des natürlichen Humors die
Zweideutigkeit, statt volksthümlicher Charaktere der Bummler
herrscht. Das Lokalstück verlangt realen Boden. So gehört
auch „Eine Nacht auf Wache", dem Inhalte nach, der rein

materiellen Wirklichkeit an, bei deren Abschilderung die
dichterische Phantasie sich willig jedes eigenen Rechtes be=
gibt, indem sie das zu liefernde Genrebild für desto ge=
lungener erachtet, je getreuer sie dasselbe in all seinen
einzelnen Zügen und Umrissen aufgefaßt und, frei von jeder
höheren poetischen Zuthat, aufs Neue verwirklicht hat.
Die Zeichnung ist korrekt, die Farbengebung einfach und
natürlich. Man bemerkt das nächtliche Thun und Treiben
in einer Wachtstube versammelter Bürgergardisten, bei
welchen die Beobachtung der Subordination gleichsam nur
auf freundschaftlichem Vertrage beruht, und von denen
jeder von dem humanen, blutjungen Offizier per Sie an=
geredet wird. Die plattdeutsche Mundart, deren sie sich
bedienen, um über die verschiedenartigsten Gegenstände
bald traulich zu schwatzen, bald gelegentliche Witze zu
reißen, verleiht der ganzen Unterhaltung etwas Gemüth=
liches, das einem Hamburger Ohre nicht wenig zusagt.
Aber außerdem fehlt es nicht an Auftritten, die von der
ergötzlichsten Wirkung sind; zum Beispiel die mit großer
Naturwahrheit dargestellte Unruhe des jüdischen Patrioten,
der bei entstehendem heftigeren Wortwechsel auf den Tisch
springt, um sich den Rücken zu decken, einem zu eskortierenden
Gefangenen die von der eigenen Herzensangst diktierte
tröstliche Versicherung ertheilt, ihm nichts zu Leide thun zu
wollen, und beim unvermutheten Lautwerden der großen
Trommel vor Schreck von der Bank fällt. Nicht minder
drollig ist der Einfall, einen soeben als Arrestanten einge=
brachten Gauner mit vereinten Kräften aus der Wachtstube
wieder nach der Straße hinauszuwerfen, weil er sich insolent
beträgt und vom Kalfaktor sogleich ein Halbes zu drei
Schillingen fordert; sowie die Doppelsorge des bewaffneten
Familienvaters, welcher unter der geheimnißvollen An=
deutung, „daß seine Frau nicht gut sei“, von der Nachbarin

haftig nach Hause geholt wird und bei der Rückkehr dem
Lieutenant schwer athmend meldet, daß sie den Umständen
nach sich ganz leidlich befinde. Zur Illustrierung des Ge=
sagten werden ein paar Auszüge hinreichen.

Swebel. Ick frey my, dat ick nich mehr op'n Posten stahn
mutt, dat Weder ward bös vör Nacht.

Heitmann. Woso? reg'nt dat noch?

Swebel. O weh, Heitmann, dat blitzt — wi kriegt en Ge=
witter, un dabi is dat bitter koold!

Heitmann. Ick much doch woll wäten, wo eegentlich de Ge=
witters herkaamt.

Snaakenkopp. Dat weet ick, Heitmann, dat weet ick ganz genau.

Swebel und Heitmann. Du, Snaakenkopp?

Snaakenkopp. Jawoll. Fröher hett man glövt, de Gewitters keemen
ut de Luft, dat is aber nich wahr — de Gewitters
kaamt ut myn Mutter ähr Knaaken.

Heitmann. Wat is dat för'n Snack! ut Dyn Mutter ähr
Knaaken?

Snaakenkopp. Wat ick Dy segg! dat kann gar nich anners angahn,
denn wenn en Gewitter kummt, seggt myn Mutter
ümmer: Dat Gewitter hett my all öber veertein
Daag in de Knaaken steken.[1] Na, sühst Du
woll!

Fru Annermann (tritt ein). Gooden Abend! Is Herr Swebel
nich to Huus?

Snaakenkopp. Ne, to Huus is he nich, he is hier in de Wacht.

Swebel. Jawoll hier! wat is denn? Sieh da, gooden Abend,
Fru Annermann; na, wat wölln Se denn hier?

[1] Dieser Scherz ist übrigens recht alt. Schon H. J. Chr. von
Grimmelshausens berühmter Roman „Der Abenteuerliche Simpli=
cissimus“ (1669) enthält folgenden Passus: „Sey unversehens ein starker
Platzregen mit großem Donner und Sturmwind kommen; zuletzt kam
ein altes Weib ganz tropffnaß daher, die sagte: Ja, ich habe diß
Wetter schon wol 14 Tage in meinem Rucken stecken gehabt!“

Frau Annermann. Köönt Se nich en'n Oogenblick to Huus kamen? Ihr Fro is nich god.

Swebel. Dat weet ick woll, — un darüm kamen Se den wieden Weg her, Fro Nachbarn? Dat weet ick all lang, dat myn Fro nich god is; ick bün to god gegen ähr, darüm is se so.

Frau Annermann. Dat meen ick ja nich, Herr Swebel. Ihr Fro is nich god to Mood worrn.

Swebel. So?!

Frau Annermann. Hören Se — (sie sagt ihm leise und wichtig etwas ins Ohr.)

Heitmann (für sich). Na, wat is denn dat nu all wedder?

Swebel (erschrocken). Harri Jesus! nu all?! Dat kummt davun, dat se vun Abend nich to Huus bleben is, nu hett se sick verköhlt. (Eilig, seinen Tschako suchend.) Herr Müller, ick mutt'n Oogenblick weg! (ab.)

Snaakenkopp. Segg mal, Heitmann, wat mag Swebel syn Fro eegentlich fehlen?

Heitmann (lächelnd). Un dat weeßt Du nich?

Snaakenkopp. Ne, beste Jung, he deiht ja so geheem damit.

Heitmann. Graade darüm. „Ankertau, aahnst Du denn nicks?"

Snaakenkopp. Na so! Aha, nu weet ick all.

Mit welchem Enthusiasmus „Eine Nacht auf Wache" begrüßt wurde, davon zeugen die Recensionen unparteiischer Kritiker sowie die zahllosen Wiederholungen. Die hundertunddreißigste fand schon im December 1837 statt. Gegen tausend Aufführungen dieses Stückes sind in Hamburg selbst statistisch nachweisbar. Auf den Stadttheatern zu Altona, Bremen, Lübeck und anderwärts ward es ebenfalls gern gesehen. Ueber ganz Norddeutschland verbreitete sich sein Ruf. Sogar im fernen Süden erregte es Interesse, namentlich in Frankfurt am Main, wo durch Karl Malß' Bürgerkapitain und durch Hassels und Hallensteins

Hampelmanniaden ein für Lokalpossen empfängliches Publikum herangebildet war. Eine Buchausgabe erschien 1838 bei Hoffmann und Campe. Der Verfasser sagt in der Vorrede: „Die freundliche Aufnahme, die mein erster Versuch, die Parodie Gustav oder der Maskenball, allgemein gefunden, war die Veranlassung, dem Publikum mit diesem Vaudeville ein zweites möglichst getreues Lokal-Charakterbild vorzuführen. Die zahlreichen Wiederholungen, die dieses Stück bisher auf hiesiger Bühne erlebt, und der ungetheilte Beifall, den sich die lustige Wachtmannschaft auch im Auslande erworben, lassen es auch ein günstiges Urtheil vor dem Richterstuhl der Lesewelt hoffen. Der Anklang beweist, daß mir das Bestreben geglückt ist, durch zwanglose Schilderung den originellen Habitus des Hamburgers möglichst getreu darzustellen. Das Gerade, Biedere, Gutmüthige des ächten Hamburgers von altem Schrot und Korn ist nicht leicht durch seine ungezwungene Denk- und Handlungsweise zu schildern, wenn diese biedere Geradheit nicht mit der charakteristischen platten Sprache bezeichnet wird; aber damit ist es schwer, Maaß und Ziel zu halten. Einzelne Redensarten und Worte, selbst die arglosesten, klingen in Hamburgischem Plattdeutsch richtig betont wie ausgemachte Grobheiten. Den freundlichen Leser, den biederen Landsmann bitte ich zu entscheiden, ob ich Grenze gehalten habe, und diese Arbeit, die nur den Zweck haben soll, ihn zum Lachen zu bewegen, nicht mit strengem Ernst aufzunehmen." David hat in jeder Hinsicht, was er bezweckte, erreicht und ein kleines Meisterstück geschaffen. Jeder Fremde, welcher damals nach Hamburg kam, besuchte „Eine Nacht auf Wache" als eine der interessantesten Sehenswürdigkeiten. So enthalten in Oettingers Argus 1838 abgedruckte „Vertraute Briefe aus Hamburg über Hamburg" die Mittheilung: „Eine Droschke führte uns ins

Zweite Theater. Gegeben wurde die kleine Posse des kleinen, sentimental dreinschauenden und dennoch lebensfrohen David „Eine Nacht auf Wache." Wer nicht über diese recht unterhaltenden Späße und über Gödemanns berühmtes Spiel als Markus lachen kann, ist ein unverbesserlicher Misanthrop." Der beliebte Komiker Gödemann wählte dies Stück zu seinem Abschiedsbenefiz, das ihm, als er am 15. April 1837 zum letzten Male auf der Steinstraßenbühne auftrat, bewilligt wurde. Wie kurz vorher die Lieder, welche er als Heymann Levy in „Paris in Pommern" sang, bei J. G. Schencke gedruckt und für einen Schilling verkauft wurden, so fanden auch seine zündenden Gesangseinlagen in „Eine Nacht auf Wache", als sie im gleichen Verlage erschienen, reißenden Absatz. Die ursprüngliche Besetzung des Vaudevilles war folgende:

Der Lieutenant	Herr	Rottmayer.
Müller, Korporal . . .	»	Hechner.
Heitmannn, Gefreiter . .	»	Landt.
Swebel,		» L'Arronge.
Snaakenkopp,		» Vorsmann.
Markus,		» Gödemann.
Krüsel,	Gardisten	» Herrmann.
Grantmeier,		» Redlich.
Tachel,		» Friedrichs.
Wokein,		» Adolph.
Poduck,		» Berg.
Slaadropp, Tambour . .	Mad.	Vorsmann.
Ernst Treumann	Herr	Müller.
Louise, dessen Frau . . .	Dem.	Breyther.
Frau Annermann . . .	»	Vorsmann.
Kööben, Kalfaktor . . .	Herr	Kläger.
Ein Arrestant	»	Meyer.

Eine Fortsetzung unter dem Titel „Ein Abend nach der Wache." Lokalposse mit Gesang in einem Akt von

J. Michaelis" ward im Zweiten Theater zum ersten Male den 18. Februar 1836 gegeben und am 21. und 25. Februar wiederholt; ein höchst dürftiges Produkt, das lediglich durch die bekannte Figur Snaakenkopps einiges Interesse zu wecken vermochte. Recht hübsch war dagegen die Idee Heinrich Volgemanns, zum dreißigjährigen Geburtstage jener unverwüstlichen Posse eine Umarbeitung „Das Jubelfest in der Wache" zu schreiben. Da treffen wir all die lieben vertrauten Gesichter, die am 15. Januar 1865 auf dem St. Georg-Theater warm begrüßt wurden. Hier ist auch zu erwähnen der am 20. Mai 1836 auf der Sommerbühne des Tivoli dargestellte, durchweg mundartliche „Cämmerabend", Schwank in einem Aufzuge von einem Anonymus, welcher sich an den immer noch beliebten „Gustav" anlehnt und gute Einfälle daraus entlehnt, um seine Marktscenen lebendiger zu gestalten; selbst die Namen der Hauptträger des dramatischen Scherzes Ankertau und Melone sind herübergenommen. Ein anderes, ganz plattdeutsches Stückchen ist völlig im Charakter von Bärmanns Burenspillen gehalten und so auch getauft: „De Loosung von 1836. Burenspill mit Leedern in een Optog" von Karl Hechner; zuerst aufgeführt den siebenten August im Tivoli. Vorzüglich gelungen erscheint Styngeesch, den Windmöller syn tweete Fro. Sämmtliche Personen, Klaasjochen, Styndortj, Hansmichel u. s. w. erinnern sehr an Bärmann, auch die Sprache und der Schatz echt plattdeutscher Ausdrücke und Wendungen. Trotzdem erregte das ländliche Singspiel nur vorübergehende Sympathie. Nicht besser ging es einem einaktigen mit einer Dialektrolle ausgestatteten Lustspiele von August Meyer, obschon es verlockend genug heißt „Neues Mittel, seine Schulden zu bezahlen." Dieser seiner Zeit geschätzte Komiker hat eine Unmasse von Gelegenheitsstücken geschrieben oder richtiger zusammenge-

stoppelt, besonders aus den Schriften von Adolf Glas-
brenner: „Berlin wie es ist und — trinkt." Sie wurden
meistens zu seinem Benefiz gegeben, das vorliegende, worin
die Wäscherin Rieke Wohl (Dem. Cludius) platt spricht,
am 31. Juli 1836. Eine ähnliche spätere Arbeit Meyers
„Neues Mittel, seine Miethe nicht zu bezahlen
oder der Gewürzkrämer aus Peine", zum ersten Male
dargestellt am 12. März 1840, enthält zwei Dialektpartien:
Zopp (Herr Vorsmann) und das Dienstmädchen Doris
Wachtel (abwechselnd Dem. Vorsmann und Kroll). Häufigere
Aufführungen erlebte ein phantastisch komisches Zeitgemälde
in drei Abtheilungen „Hamburgs Vergangenheit,
Gegenwart und Zukunft oder die Reise durch drei
Jahrhunderte. Dies Lokalstück ist von J. Christ'l,
einem Mitgliede des Steinstraßentheaters, zu seinem am
29. Oktober 1836 stattgehabten Vortheilsabend verfaßt
worden. Natürlich steht der litterarische Werth unter Null.
Allein es läßt sich doch nicht läugnen, daß sich überall
die plattdeutschen Figuren durch Wahrheit und Witz auszeichnen.

David, dessen „Nacht auf Wache" und mehr noch
„Gustav" volle Häuser machten, hatte inzwischen auf seinen
Lorbeeren nicht geruht. Er überraschte am 14. Januar 1837
das Steinstraßenpublikum aufs Angenehmste mit „Heute!
Zur Erinnerung für meine Freunde und Gönner.
Lokalposse in einem Aufzuge vom Verfasser der Parodie:
Gustav oder der Maskenball." Dieser durch eine zwar
lockere, leichtgewebte Intrige zusammengehaltene Schwank
bietet ein wohlgetroffenes Bild des in Abwesenheit der
Herrschaft den Herrn spielenden Bedientenvolkes dar, ein
high life below stairs, eine lustige Illustration des Sprichwortes „Wenn die Katze spazieren geht, tanzen die Mäuse
auf dem Tische." Die Sitte des Saals tritt hier in ihrem

höchften Glanze in den gebildeten Salon, jedoch ohne zuvor den charakteriftifchen Schmuck des derben Dialekts abgelegt zu haben. Das Vaudeville, eine freie, gefchickt
lokalifierte Bearbeitung des franzöfifchen „Bedientenballes"
verfetzte die Zufchauer in die heiterfte Stimmung. „Es ift
nicht zu bezweifeln", fagt Oettinger im Argus 1837, „daß
diefes Heute! auch morgen gefallen und funfzig bis fechszig
Wiederholungen erleben wird." Und er hat Recht gehabt.
Der große Erfolg bewies die Gunft, welche fich die Poffe
durch ihren harmlofen Humor zu verfchaffen gewußt hat.
Frifch und lebhaft fpielt fich Scene für Scene ab. Man
höre nur die kleine Epifode, wie die Lüttmaid Betty, nachdem ihre Herrfchaft, Mutter und Tochter, ausgefahren, fich
äußert: „Gottloff, dat fe weg fünd! Na, de Olfch hett ok
fo veel optopaffen, as ick weet nich wie, un de Deern de
ward all eben fo. Eegentlich mööt wi uns hüüt Abend
noch fcheneeren; wat dat nu för'n Snack is, wi föllt de
Oebertöög nich vun de Stööl nehmen — en grooten
Ball mit Oebertöög! Ne, da worrn uns de Lüüd fchön
uutlachen. Dat wöölt nu fine Lüüd fin, de hebbt een'n
fchönen Begriff vun'n Ball. — Nu will ick mi man gau
antrecken, de Klock is all halbig nägen. Eerft wull ick
Mamfell ehr witt geftickdes Atlaskleed antrecken, dat hett fe
aber felber an, nu will ick dat roode nehmen, dat is ok
fehr fin. Dat ward en Küür — ick frei mi dood!" Mitten
im Fefttrubel erfcheint ein fremder Gaft, Herr Flüchtig aus
Mecklenburg, der Held der kleinen Liebesgefchichte, und
überreicht dem vermeintlichen Hausherrn, Bettys Vater
Kafpar Buttje, ein Empfehlungsfchreiben.

Buttje (bei Seite). O weh, de Hand kann ick nich lefen!
Flüchtig. Um Vergebung, Sie halten ja den Brief verkehrt.
Buttje. Ja, dat is fo fin fchreben, un wenn ick min Brill nich heff
— wëeten Se wat — lefen Se em mi mal vör.

Flüchtig. „Lieber Bruder! Dieser Brief wird Dir durch Deinen zu-
künftigen Schwiegersohn überbracht —"

Buttje. Swiegersöhn? Donnerwetter! wie kam ick darto?

Flüchtig. „Du wirst wahrscheinlich schon in Erfahrung gebracht haben,
daß ich dieses Heirathsprojekt mit Deiner Frau durch Korrespondenz abmachte —"

Buttje. Un da hett min Froo mi doch noch gar nicks vun seggt; de
sorgt doch vör Alles.

Flüchtig. „Herr Flüchtig machte eine Erbschaft von 50,000 Mark —"

Buttje. Foftig dusend Mark?! (bei Seite.) Ick krieg'n Slag!

Flüchtig. Was haben Sie, lieber Schwiegervater?

Buttje. Ick? Nicks, gar nicks! Gott bewahre, im Gegendeel — komm
an mein Herz, mein treuer Sohn! Da in de anner Stuv is
min Dochter, Du sast se glick sehn!

Während das Publikum dieser durchaus liebenswürdigen
Arbeit den lautesten Beifall zollte, ließen mehrere neidische
und gehässige Litteraten in ihren Kritiken kein gutes Haar
an dem Autor, dessen Persönlichkeit, dessen Privatverhält-
nisse, dessen Konfession sie in den Staub zogen, so daß ihn
die unausgesetzten Angriffe und Schmähungen schließlich zum
Selbstmord verleiteten. Am sechsten Februar 1839 schoß er
sich eine Kugel durchs Herz. Es hat vielleicht nie ein be-
scheidenerer Dichter existiert, indem er, der das Repertoire
damals beherrschte, nicht einmal sich genannt wissen wollte.
Am 14. Mai 1837 prangte sein Name zum ersten Male auf den
Zetteln. Nur die kleine Posse „Burdeerens Trü" war nicht
anonym erschienen. Im Jahre 1860 kam „Heute!", herausgegeben von W. Breitung, bei J. S. Meyer in den Buchhandel.

Zum Glück übten jene Kabalen mißgünstiger Recensenten
vorläufig noch keinen Einfluß auf die Schaffenslust des
jungen Dramatikers, im Gegentheil! Witzig und komisch ist
folgender Komödienzettel eines neuen Stückes, der als Pendant
zu dem mitgetheilten von „Gustav" nach dem in meinem
Besitze befindlichen Exemplar abgedruckt zu werden verdient.

5*

Zweites Theater.

Mit aufgehobenem Abonnement.

Heute, Mittewoch, den 8. März 1837.

Zum Benefiz des Herrn **Vorsmann:**

Zum Viertenmale:

Die Jüdin,

Parodie mit Gesang, Tanz u. s. w. in 2 Abtheilungen,
vom Verfasser der Parodie: Gustav, oder der Maskenball.

Erste Abtheilung:

Zug, Wind, Donnerwetter, Entführung.

Zweite Abtheilung:

Die Katastrophe, oder: Is aal nich wahr!

Personen:

Carl Borgnie, Bierbrauer, ein verdrießlicher
Mensch, er kommt leicht in Gährung so
daß er schäumt; er ist aus Grundsatz
bitter und hat einen schlechten Geschmack, seine Ansichten sind nicht klar,
an ihm ist Hopfen und Malz verloren Herr Kläger.

Siegmund Kayser, Schlossermeister, (stumme
Person) ein nichtssagender Mensch . . Herr Schönberg.

Doris Eule, dessen Nichte, ein verlobtes
Frauenzimmer voll Naseweisheit, Ca-
bale und Liebe, Menschenhaß und Reue,
sie hat sprechende Aehnlichkeit mit ihrem
stummen Onkel . . . . Mad Behncke.

Leopold Fürst, Schlossergeselle, ein ver-
schlossener Mensch, weiß sich aber doch
überall Eingang zu verschaffen, er weiß
über vieles Aufschluß zu geben, mit der
Welt hat er abgeschlossen . . . . . Herr Meyer.

Elias Zart, Pettschierstecher und Stempel-

schneider, sein Geſicht trägt den Stempel
der Gutmüthigkeit, er ſtichelt aber
immer, auch hat ſein Blick etwas
ſtechendes, er iſt gravirt durch ſeinen
Eigenſinn und hat ſchon manchem ehrlichen Mann einen ſchlechten Namen gemacht . . . . Herr Gödemann.

Rache, ſeine Tochter (???) eine Jüdin (???)
durch wunderbare Schickſale wechſelt ſie
einigemale ihren Glauben und ihre Väter   Dem. Spahn.

Führdich, Bleidecker und Intriguenmacher,
ein Mordkerl, er hat viel gedacht, und will
daher immer höher ſtehen als andere,
er iſt oftmals hochtrabend und ſetzt ſich
über alles weg . . . .   Herr Vorsmann.

Albern, Oberknecht in Borgniens Brauerei,
läßt nichts anbrennen, befaßt ſich oft
mit Anzapfungen und klärt Manches
auf, läßt ſich's aber nicht ſauer werden   Herr Reinhardt.

Ein Nachtwächterkorporal, (ſtumme Perſon)
ſehr vernünftig von ihm.

Ein Schauſpieler vom zweiten Stadttheater,
Hamburger Bürger, wohnhaft Vorſtadt
St. Georg, Hühnerpoſten Nr. 59, wo
ſein Charakter näher zu erfragen . .   Herr Landt.

Froo Paalmeyern, Marketenderin, macht
viel Platzgeſchäfte, iſt oft im Lager
und bringt ihre Waare immer an den
Mann, daher iſt ſie immer aufgeräumt.   Dem. Vorsmann.

S t u m m e   P e r ſ o n e n:

Der Souffleur.
Hofbewohner und Bewohnerinnen.
Schloſſergeſellen.
Bürger nebſt Familie.
Marketenderinnen mit Würſten, Biſchof und Cardinal.

T a u b e   P e r ſ o n:

Ein Arbeiter bei der Donnerpauke.

Ort der Handlung: ſehr klein und beſchränkt.
Zeit: Wenn der Souffleur klingelt.

Die Geſänge ſind an der Caſſe für 4 Schilling zu haben.

Anfang und Preiſe wie gewöhnlich.

Die an lokalen Anspielungen und plattdeutschen Episoden reiche Travestie war veranlaßt durch die Darstellung der F. Halévyschen Oper am Stadttheater und erlebte am vierten März 1837 die erste Aufführung, der eine stattliche Reihe von Wiederholungen sowohl auf der Winter- als auch auf der Sommerbühne folgte. Auf letzterer ging am ersten Pfingsttage, 14. Mai 1837, ein neuer dramatischer Scher von David „Buhmann oder die Intrigue auf offener Straße" in Scene und gefiel. Diese aus dem Französischen entnommene Lokalposse in einem Akt wirkte durch die ergötzliche Figur des reichen Zuckerbäckers Candies und durch dessen vortreffliches Hamburger Platt außerordentlich. Vorsmann wußte die stereotype Redensart „So is min Karakter, un da heff ick Vergnögen vun" so drastisch zu modulieren, daß das Auditorium in fortwährendem Lachen blieb. Die Herren Kläger und Landt als Buhmann und Schneider Tafft erhielten ebenfalls großen Applaus. Bei Ankündigung dieser Novität stand Davids Name auf den Zetteln.

Bald darauf, am 30. Juli, ward ein Gelegenheitsschwank in einem Aufzuge „Wettrennen-Fatalitäten" von Heinrich Volgemann gegeben, worin Madame Behncke eine Dialektrolle, das Dienstmädchen Marie, spielte. Dies Erstlingswerk des jugendlichen Verfassers ließ noch nicht ahnen, daß in ihm, wie wir später sehen werden, kein unbedeutender niederdeutscher Poet steckte.

Es schien, als wenn die bereits populären Stücke Davids in den Hintergrund gedrängt werden sollten, als das Zweite Theater den 18. Oktober 1837 das musikalische Quodlibet „Fröhlich" von Dr. A. E. Wollheim da Fonseca und Louis Schneider zur Aufführung brachte und mit dem auch einzelne gelungene mundartliche Partien enthaltenden Stücke bis 1840 über hundert volle Häuser erzielte. Gödemann und Vorsmann glänzten hier besonders,

Letzterer als Lüttjahn, auch in Wollheims am 22. December 1838 zuerst dargestellten Fortsetzungen „Fröhlichs Hochzeit, Eheftand und Alter". Doch verschwanden dieselben
schnell wieder, nachdem „Fröhlichs Alter" durchgefallen war.
In diesen Zeitraum fällt auch der tolle Mummenschanz der
„verkehrten Besetzung", ein Manöver, welches am Fast-
nachtsabend 1837 Angelys Fest der Handwerker und am
10. Februar 1839 Davids Nacht auf Wache über sich er
gehen lassen mußten. Die Männerrollen wurden von Frauen,
die Frauenrollen von Männern gespielt! Das Publikum kam
aus dem Lachen nicht heraus, das Haus war bis auf den
letzten Platz gefüllt, die Kritik legte kein Veto ein: Maurice
als Geschäftsmann und Direktor stand somit tadelfrei da,
indessen schwerlich vor seinem künstlerischen Gewissen. Was
aber soll man dazu sagen, wenn dies lukrative Experiment
einer Volksbühne fast Nachahmung auf den vornehmen
Brettern des Hamburger Stadttheaters unter Leitung eines
Friedrich Ludwig Schmidt auf Betreiben von Emil Devrient
gefunden hätte?! Maurice fing eben an ein gefährlicher
Konkurrent dem Kollegen in der Dammthorstraße zu werden.
Schmidt besuchte einmal eine Vorstellung in der Steinstraße,
fand, daß „die Leute eine recht decente Komödie spielten",
und äußerte halb im Scherz, halb im Ernst: „Der Knabe
Karl fängt an, mir fürchterlich zu werden." Oettinger
sagt in seinem Argus 1838: „Es ist jetzt die Zeit gekommen, wo das Zweite Theater mit unserem Stadttheater, was Schau- und Lustspiel anlangt, kühn in die
Schranken treten darf; es nimmt jetzt in der deutschen
Theaterwelt eine solche Stellung ein, daß kein Künstler von
Ruf sich schämen darf, ihm als Mitglied anzugehören." In
der That brachte das Stadttheater viele Nieten, während
die Steinstraßenbühne mehrere große Treffer hatte.

Zu diesen zählt eine neue Parodie in drei Abtheilungen

von David „Hugo Notten oder Was Bartholomäus
macht", Mittwoch den 20. Dezember 1837 zum ersten
Male aufgeführt, witzig und launig vom Komödienzettel
an bis zum Schluß, vorzüglich die plattdeutschen Partien
der Bleicherin Margareth Vallnich (Mad. Vorsmann), des
Bürstenbinders Oessé (Herr Landt), des Schornsteinfegers
Beer de Gris (Herr Vorsmann, der den Refrain „Da bün
ick veel to egen in" köstlich variierte) und des Tapezierers
Narré (Herr L'Arronge) mit seiner überall angebrachten
Wendung: „Höört mal, wiel Ji grad davun snacken doht,
da will ick Jo mal 'ne Geschicht vun vertellen, de mi Anno
so un so passiert is, nämlich —." Zu diesen zählt ferner
Bärmanns bereits früher eingehend besprochenes Burenspill „De drüdde Fyrdag", am 27. December 1837 zuerst vorgestellt, sowie ein Jahr darauf Davids letzte be-
deutsame Schöpfung „Nummer 23, oder: 9, 12, 47.
Lokal-Vaudeville in einem Aufzuge." Hatte man den beliebten Dichter über „Fröhlich" eine Weile vernachlässigt,
so zeigte namentlich der Erfolg des sogenannten Nummern-
stückes, eines burlesken Pendants zu „Eine Nacht auf
Wache", wie fest er in der Gunst des Hamburger Publikums
stand. Sonntag den vierten November 1838 war die
Première, und fast allabendlich wurde es für eine geraume
Zeit wiederholt.

Das Motiv nahm David abermals aus dem französischen, jedoch bearbeitete er dasselbe so geschickt, daß
Jeder es für Original hielt. Die amüsante Handlung geht
in einem Reklamationsbureau vor sich, und die vier dienst-
pflichtigen Helden Nr. 23, 9, 12 und 47 suchen, indem sie
verschiedene körperliche Gebrechen fingieren, von der Re-
krutierungskommission als dienstunfähig erklärt zu werden,
um freizukommen. Daraus entspringen so heitere Verwickelungen, und die Persiflage ist hier so gut und gelungen

angewandt, daß man gern einige für die Galleriebesucher berechnete Plattitüden in den Kauf nimmt. Der
Mundart bedienen sich die Tambours Fell und Wirbel,
sowie Nr. 12, dessen Bekanntschaft uns die eilfte Scene
vermittelt.

Kapitain. Nummer 12. Hannes! rectius: Hannes Heinrich Herrmann Hannibal Himmelblau!
Fell (ruft). Hannes, Nummer twolf!
Himmelblau (noch draußen). Hannes Nummer twolf? Hier! Dat
nenn ick aber braf! (Erscheint an der Seitenthür und
tappt langsam und vorsichtig mit vorgestreckten Händen
herein, dann stößt er sich an einem Stuhl, wirft ihn
um und stolpert. Sich an den Stuhl wendend:) Bitt'
dusendmal um Verzeihung, Herr Major! ick heff Jhnen
gewiß weh dahn! — Aber dat is mi man leef, denn —
Kapitain. Drehen Sie sich doch nach dieser Seite!
Himmelblau. Mit wem hoob' ich das Vergnügen? (Er geht auf
den Kapitain zu und stößt mit ihm zusammen.) Au,
da stööt ick mi an dem oolen Disch! Dat de ver-
dammte Optikus mi noch ümmer nich min Brill in de
Reeg maakt hett!
Kapitain (stellt ihn vor das Bureau). Stehen Sie da still und bewegen Sie sich nicht!
Himmelblau. Dank ok veelmals! (Kehrt der Kommission den Rücken
zu und setzt sich vor derselben auf den Tisch.) So!
nu kann't losgahn.
Kapitain. Grobian, ist das Manier? (Stößt ihn hinab.)
Himmelblau. Na, na, man keen slechten Witz! Mit'n Kröpel mutt
man keen Spaß maaken, is trurig noog, dat ick dat
Schicksal heff.
Kapitain (nimmt ihn am Arm). Kommen Sie hierher (Stellt ihn vor
den Kommissair.) und antworten diesem Herrn!
Himmelblau (sieht den Kommissair). Herr Jees, süh da, Tiedje
Baad! (Freudig zutraulich.) Oole Snöörmaaker, büst
Du dat? nu segg mi mal, oole vergnögte Broder,

wie kümmſt Du hier in den Wald? Hebbt ſe Di ok
faatkregen?

Kapitain. Donnerwetter! Das iſt ja der Herr Kommiſſair.

Himmelblau. Oh, is ja woll nich möglich! Dat is aber merkwürdig,
wie de denn Tiedje Baad ähnlich ſüht.

Kapitain. Still! — Wie heißen Sie?

Himmelblau. Hannes, rectius Nummer twolf. Heinrich Herrmann
Hannibal Himmelblau rectius Hannes, nochmal Nummer
twolf! aber ſchoin!

Kapitain. Wie alt?

Himmelblau. Noch nich vull tweeuntwintig. Aber dat is mi
man leef.

Kapitain. Was fehlt Jhnen?

Himmelblau. Sehn Se denn nich, dat ik nicks ſehn kann? Jck bün
kurzſichtig.

Kapitain. Jhr Gewerbe.

Himmelblau. Jck bün beeidigter Utkiker bin Telegroof.

Kapitain (nimmt ihm den Hut aus der Hand und ſetzt ihm eine
Brille auf). Sie müſſen durch dieſe Brille leſen.

Himmelblau (bei Seite). O weh! — dat ward mi all gröön un
geel vör de Oogen. (Geht zur rechten Seite des
Theaters.)

Kapitain (gibt ihm ein Buch). Leſen Sie dies Gedicht: „Lob der
Redlichkeit.“

Himmelblau (bei Seite). Gottlof, ick bün rett! Dat weet ick noch
vun de Abendſchol utwendig, do hebbt ſe nu wedder
gar keen Arg ut. (Thut, als ob er leſe:)

Ueb' immer Trei und Redlichkeit
Von Gottes Wegen ab,
Und weiche keinen Finger breit
Bis an Dein kühles Grab.

Kapitain. Schon gut, ſchon gut! Geben Sie her! (Nimmt ihm
Buch und Brille ab.) Nehmen Sie Jhren Hut und
gehen Sie!

Himmelblau. Sall'n Woort ſin, Herr Laitnant. — (Bei Seite.)
Junge, dat gung aber'n bitten fein, ha, ha, ha! Nu

doh ik veertein Daag nicks wie lachen, he, he, he, aber dat is mi man leef! (Tappt längs des Tisches hin, nimmt den dreieckigen Hut des Kommissairs und will sich entfernen.)

Kommissair. Heda, Sie! Sie irren sich. Sie nehmen ja meinen Hut!

Himmelblau. O, bidde um Entschuldigung; ik dacht, dat weer min Deckel! (Legt den Hut hin und nimmt den Tschako des Kapitains.)

Kapitain. Sapperment! Das ist ja mein Tschako! — da — da ist Ihr Hut. Marsch! (Schlägt ihm den Hut bis tief über die Augen ins Gesicht.)

Himmelblau. Dank ok veelmals för de Güte! (Bei Seite.) Slaa man to, min Junge, Du büst doch de Buur! (Laut.) Wünsch' vergnoigte Fyrdag, mine Herren! (Im Abgehen vor sich hinträllernd.) He, he, he! Ueb' immer Trei und Redlichkeit!

Diese drastische Figur aus dem Volke gab Herr Vorsmann, nach ihm Herr Holtz. Das Stück selbst kam 1847 bei J. S. Meyer zu Hamburg in Buchform heraus.

Damit nehmen wir Abschied von Jacob Heinrich David, der es so gut wie kein Anderer verstanden hat, plattdeutsche Charaktere in realistischer Lebenswahrheit von der humoristischen Seite zu schildern und auf die Bretter zu bringen, der noch heutigen Tages unerreicht dasteht als Schöpfer Hamburgischer Parodieen und Possen, der ein Decennium das Repertoire des Zweiten Theaters beherrschte als auserkorener Liebling des Publikums und noch lange Kassenmagnet blieb für Maurice und andere Direktoren. Was David geschrieben, ist keineswegs original, aber durch und durch originell. Es gebrach ihm zwar an hervorragenderem Talent zum Erfinden eigener Stoffe, allein vorhandene Muster umzuformen, entlehnte Situationen wirksam zu einem neuen Ganzen zu verschmelzen, mit dem launigsten und frischesten Dialoge zu würzen, zeitgemäße Anspielungen einzuflechten, glänzende Lokalfarben aufzutragen, darin hat ihn selbst Nestroy nicht übertroffen. Vielleicht wäre er einer der namhafteren deutschen Lustspieldichter geworden, hätte nicht ein neidisches Geschick ihn so früh im besten, schönsten, vollsten Schaffen der Welt entrissen. Wer weiß, wie wenig es bedurft hätte, ihn seiner Muse, seinen Freunden, dem lachlustigen Publikum zu erhalten! Vielleicht nur eines Sonnenstrahles der Anerkennung, des Verstandenseins, eines Thautropfens der Liebe, eines Wortes der Aufmunterung mehr, als ihm geworden! Seine Produktivität ist geradezu erstaunlich. Außer den betrachteten plattdeutschen Arbeiten flossen während der kurzen Spanne Zeit aus seiner Feder zahlreiche, zum Theil scenische Prologe sowie mehrere nach dem Französischen verfaßte, häufig aufgeführte hochdeutsche Stücke.

Wir stehen jetzt am Ende eines wichtigen Abschnittes für die Entwickelung des niederdeutschen Schauspiels in Hamburg. Dasselbe in seiner doppelten Gestalt als Ernst und Scherz sollte mit Bärmann und David noch einmal kräftig aufleben, um mit ihnen zugleich für lange zu verschwinden. Darum sind die beiden nun längst verstorbenen und kaum noch genannten Poeten und deren dramatische Leistungen besonders ausführlich gewürdigt. Sie haben gerechten Anspruch auf Nachruhm. Freilich traten dann und wann Nachfolger auf und stritten um die Erbschaft; allein Diesem fehlte es an der Gemüthstiefe Bärmanns, an Davids Humor Jenem. Unter Allen gebührt Julius Stinde der Preis: ein Name, welcher uns später auf dem Karl Schultze-Theater vielfach begegnet.

Die Zahl der unter Maurice gegebenen, ganz oder theilweise plattdeutschen Stücke ist groß. Gleich Kaleidoskop-bildern mögen die Titel der beliebtesten vor dem Auge des Lesers vorüberfliegen. So enthalten recht gelungene platt-

deutſche Charaktere und Volkstypen Heinrich Volgemanns
„Die kleinen Debütanten oder Fröhlich und ſein
Liebchen en miniature" (zuerſt aufgeführt den 30. Juli
1837), „De Regenrock" (30. Juni 1839), „Der Spe-
kulant und der Sprützenmann oder Tivoli und
Omnibuslinie" (30. Juli 1840), „Der Neujahrstag
eines Hamburgers" (1. Januar 1841), „Bündelabend"
(23. November 1842), „Das Nachweiſungs-Komptoir"
(Mitte Januar 1846), „Ein Stündchen auf der Diele
oder Was der Himmel zuſammenfügt, kann die
Prätur nicht ſcheiden" (28. Januar 1847); Wollheims (pſeudonym A. G. Fallmer) Parodie auf Halévys
Oper Guido und Ginevra: „Quitten in Genever oder
Die Wandsbecker Influenza" (23. März 1839),
„Koſak, Franzoſe und Vierländerin" (1. April 1846);
Auguſt Meyers „Die Ausfahrt nach Eppendorf"
(16. Auguſt 1838), „Einundſechszig Minuten unter
einem Thorwege oder Dat lett ſick opp'n Stutz
nich ännern!" (27. Auguſt 1840), „Wohnungen zu
vermiethen oder Wanderung durch Hamburg oder
Holl Di jo nich op!" (16. September 1841), „Abenteuer
nach Mitternacht" (13. März 1842), „Hamburg in
Bergedorf" (8. September 1842), „Herr Fiſcher! oder
Kleine Widerwärtigkeiten im menſchlichen Leben"
(29. April 1844), „Eiſenbahn-Abenteuer oder Liebe-
leien in Hamburg, Neckereien in Pinneberg und
Foppereien in Bergedorf" (20. Februar 1845), „Ma-
leriſche Zimmerreiſe oder Das Antiken-, Kunſt-
und Raritäten-Kabinet", „Herr Knieper! Die
Kunſt mit Reſpekt zu fahren", „Ein Abenteuer
auf dem Zeughausmarkt oder Da lett ſick veel
vun vertellen"; W. Hockers „Die Opfer der Thor-
ſperre" (27. Auguſt 1840); Dunkels „Herr Krakehl

oder Wanderungen nach einer Frau"; endlich anonym
„Berliner Wachsfiguren in Hamburg" (18. Juni
1844), „Hamburger Skizzen", „Fritz und Hänschen
oder Die Milchbrüder", „Jungfrau von Jerusalem",
„Mynherr van Schimmel", „Recruten. Een Burenspill in plattdütschen Rymeln un in een Uptog" und —
„Kuddelmuddel!" Mancher Hamburger erinnert sich wohl
noch des einen oder anderen Stückes mit Vergnügen. In
all diesen dramatischen Kleinigkeiten, welche weidlich belacht und beklatscht wurden und in der That meistens einen
gediegeneren Inhalt bieten, als die oft burlesken, ja ab-
geschmackten Titel ahnen lassen, haben sich als plattdeutsche
Darsteller hervorgethan die Herren Hechner, Landt, Meyer,
Schönberg und Vorsmann, sowie die Damen Fabricius,
Hechner, Herrmann, Reinhardt, geborene Cludius, Vorsmann Mutter, geborene Behncke, und Tochter. Von August
Meyers Gelegenheitsstücken erschien im Buchhandel nur der
Scherz mit Gesang in einem Akt „Einundsechszig Minuten
unter einem Thorwege" (Hamburg 1840. Bei Tramburg's
Erben). Der Verfasser hat für sich zum Benefiz die flotte
Rolle des Munter geschrieben, dessen Trostwort „Dat lett
sick opp'n Stutz nich ännern!" die Runde durch Hamburg
machte. Eine echt plattdeutsche Charakterstudie ist der Leih-
bibliotheksbesitzer Kunterbunt. Von Volgemanns Lokalpossen
wurde zum Besten der durch die Feuersbrunst in St. Georg
gänzlich verarmten Unglücklichen im Mai 1838 das einaktige Versspiel „Die kleinen Debütanten" gedruckt, welches
eigens für das talentvolle Schwesternpaar Friederike und
Marie Fabricius gedichtet war. Höheren ethischen und
litterarischen Werth hat „De Regenrock. En Burenspill
in enem Uptog un in Rymeln van H. Volgemann (Hamborg, drückt by J. G. L. Wichers). Im plattdeutschen
Idiom und in Versen geschrieben, sind Sprache und Reim

fließend, Intrigue und Situationen beluſtigend, wenn auch nicht ſehr wahrſcheinlich, und die Perſonen richtige Vier- länder Geſtalten. Es weht hier Bärmanns Poeſie; in ſeiner ſchlichten und herzlichen Art zu dichten beſtrebte ſich Volge- mann. „Dee Saak geiht vöör ſick in Nydtgamm, van Morgens tydig bet Awends." Jochen Peter iſt in Tryn- doortjen, die Tochter ſeines Nachbarn, des Förſters Lüders, verliebt und entdeckt, daß ein Herr aus der Stadt ſich ſeit einigen Tagen in zudringlicher Weiſe heranſchlängelt.

Och, Nawer, He was jümmers ſpaßig un ſnurrig,
Un ick müggd woll weenen hyr lyks enem Göör.

Hans Lüders.

Wat heſt Du denn, Jochen? w'räm büſt Du ſo knurrig?
Du maakſt en Geſichd ja wie'n räukerten Stöör.

Jochen Peter.

Oh, He ſchull man wäten, wat ick hyr däd kyken!

Hans Lüders.

Wat dädſt Du denn kyken? wat is denn paſſeert?

Jochen Peter.

He kennt doch den Stadminſch, den fynen un ryken,
De bawen in'm Dörpen bym Amtmann logeert —?

Hans Lüders.

De Keerl mit den Kittel ſo ſtiev un ſo ſledig,
Van Gummi Elaſtibum, as ſe et nömt?
De verleevt wie'n Maikatt un öbermödig
In Küſſen un Häweln de Tyd hyr verdrömt?
Den hebbt unſe Burn ja all halwäg in Kyker,
Wyl he achter all jem ähr Deerens anloppt,
Un kummt he to my mal, de heelleege Slyker,
So ward, dat he't feul'n ſchall, de Rock em utkloppt.

Das geſchieht nach allerhand erheiternden Verwechſel- ungen. Nach dem eine wichtige Rolle als Verkleidungs-

gegenstand spielenden Regenrock des Stadtherrn ist der
Titel gewählt. Die Familie Vorsmann glänzte als Hans
Lüders, Förster un Eegendöömer van enem Wehrtshuus,
Anngretjen, syne Fruw, und Tryndoortjen, syne Dochder.
Demoiselle Fabricius die Ältere wußte sich mit ihrem länd-
lichen Dienstmädchen Maryken gut abzufinden, und Herr
Landt wird als Nawersföön Jochen Peter gerühmt. —
Dies Genre der naiv-drolligen Dorfidylle ist später auch
von Arnold Mansfeldt, dem bedeutenderen Nachahmer des
alten Magister Jürgen Niklaas, glücklich kultiviert worden.

Mit dem gewöhnlichen Maaßstabe der Kritik lassen sich
unter all jenen Stücken nur wenige messen. Es sind Bilder
aus dem vielgestaltigen Hamburgischen Volksleben, flüchtige
Skizzen, aber mit großer Liebe und Treue entworfen.
Ueberall hört man den herrlichen, warmen Ton der Wahrheit, die Schalkhaftigkeit und Naivetät des Herzens, welches
dem Pulsschlage des Volkes gelauscht hat. Wir glauben
ganz alltägliche platte Redensarten zu vernehmen, und
plötzlich müssen wir uns gestehen: Das ist Poesie, so spricht
das Volk! Darin eben liegt — und das kann nicht stark
genug hervorgehoben werden — der unendliche Zauber
und Reiz des niederdeutschen Schauspiels. Aus dem Volk
hervorsprießend, ist es, wie das Volk, prunklos, einfach, bescheiden und ehrlich, bald gemüthvoll, bald scherzhaft. Die
plattdeutsche Muse tritt nicht in Prachtgewändern auf und
blendet weder Ohr noch Auge. Sie ist eine schlicht erzogene,
etwas derbe, aber gutherzige, zutrauliche „söte Deeren",
welche keine Ansprüche erhebt und keine Koketterie kennt,
aber um so mehr gefällt, je weniger sie gefallen will. Sie
„snackt" in der Sprache des Herzens mit dem Herzen der
Zuschauer, sie wiederholt die längst verhallten Lieder der
Kindheit, sie lacht mit uns unter Thränen, sie weiß unsere
Sorgen, unser Glück und schildert Alles ohne Mißklang

auch nur einer einzigen Phrase. Sie reicht uns die Hand und sagt: „Kumm, lat uns mal so recht vun Harten mit eenanner vergnögt sin!" Es klingt paradox, aber es bleibt doch wahr: das plattdeutsche Theater spielt keine Komödie! Das Alles ist Natur, reine, unverfälschte Natur. Es ist anders, als die hochdeutsche Schaubühne; nichts an ihm ist gemacht, nichts künstlich, nichts unwahr. Anfangs klein und unbedeutend, rief der Schauplatz in der Steinstraße die plattdeutsche Muse zu Hilfe, und diese kam, ward gesehen und siegte. Sie hielt fest in ihrer ungeschwächten Urkraft und unerschütterlichen Treue und schuf aus dem primitiven Komödienspeicher eines engen Hofes ein weithin leuchtendes Volkstheater im besten Sinne des Wortes. Dramatische Autoren und Darsteller fanden sich, welche ihre angestammte Muttersprache nicht verleugneten, und das Bürgerthum der altehrwürdigen Hansestadt kehrte zu seiner ersten Liebe so massenweise zurück, daß die klassische Kunststätte in der Dammthorstraße oft leer und verlassen dastand. Die platt= deutsche Bühne der Steinstraße wurde allmälig reich und — wie es ja auch im menschlichen Leben bei Emporkömm= lingen sich ereignet — schämte sich, der Welt ferner zu zeigen, woraus und wodurch die Reichthümer entsprungen waren. Sie verbarg ihre simple Herkunft nach Kräften, wurde fein, gebildet und vornehm und sprach blos dann gelegentlich noch platt, wenn's lukrativ schien. Ein neues, prächtiges Haus wurde bezogen. In die Zeit dieser Me= tamorphose fallen die meisten der zuletzt genannten Stücke, welche bereits auf dem Thalia=Theater in Scene gingen.

Einige Wochen nach dem großen Hamburger Brande vom fünften bis achten Mai 1842 war die betagte Wittwe Handje gestorben, die Koncession erledigt und von einem Hohen Senate dem langjährigen verdienten Direktor Chéri Maurice übertragen. Das Lokal in der Steinstraße hörte auf zu existieren. Schon lange hatte sich der Raum des Parterres für das immer zahlreicher erscheinende Publikum und der Umfang der Bühne für die Inscenesetzung größerer Ausstattungsstücke als viel zu eng und beschränkt heraus= gestellt. Man sprach von einem Ankauf des Deutschen Hauses. Dagegen ließ Maurice, indem er der Forderung des Senates und zugleich seinen eigenen Wünschen Rechnung trug, auf einem sehr günstig im Herzen der Stadt gelegenen Platze, dem Pferdemarkt, am Alsterthore, gegenüber den Markthallen, einen ganz neuen Kunsttempel erbauen, der schon am neunten November 1843 eröffnet ward. Die ur= sprünglich beabsichtigte Benennung „Neues Theater" war von der Behörde nicht genehmigt worden; die Bezeichnung Thalia=Theater stieß auf keine Widersacher. Je mehr nun dieses sich nach und nach zu einer der ersten Bühnen heraus= bildete, desto junkerlicher verschloß es sich der plattdeutschen Sprache. Die alte plattdeutsche Schauspielergarde ergab sich nicht, aber sie starb. Unter den jüngeren Schriftstellern, welche sich dem Dialekte zuwandten, ist nur Johann Krüger nennenswerth. Davids Nummernstück erlebte hier noch sechszig Wiederholungen, seine Nacht auf Wache funfzig, sein „Heute!" vierzehn. Die Schlußvorstellung während der Vereinigung beider Bühnen, des Stadt= und Thaliatheaters unter Herrn Maurice, ward am 31. Juli 1854 durch „Eine Nacht auf Wache" beendigt. Heinrich Marr, Gloy und Holtz waren hier die letzten plattdeutschen Darsteller von Ruf. Als zwei Jahre später, den ersten Oktober 1856, Maurice sein fünf= undzwanzigjähriges Direktionsjubiläum beging, da ließ sich auch die alte Sassensprache zu seiner Huldigung vernehmen. „Kummedienmoaker" Krüger knüpfte in einem originellen Festgedichte Vergangenheit und Gegenwart aneinander.

Weurst as Direktor nich komod;
Vor Tieden in de lüttje Bood,

Doa in de Steenstroat weur dat all
Mit Dien Kumedi stets de Fall.

Fix gung dat ümmers, dat is woahr,
Wi wär dat noch noa so väl Joahr,
Wi scheun un flietig is doa spält,
Un dat Pläseer hett nümmers fehlt.

Un as dat groote Huus keum op,
Doa hest Du eerst mit klookem Kopp
Uns wiest, dat Du versteihst de Kunst
Un büst keen Fründ von blauem Dunst.

Ueberblicken wir den Zeitraum von 1843 bis 1883, so gewahren wir, daß die plattdeutsche Muse hier Aschenbrödel geworden. Anno 1849 wurden siebenmal aufgeführt „Hamburg. Dramatische Bilder aus der vaterstädtischen Chronik", worin Marr, Müller und Vorsmann sich des Idioms bedienten, 1859 sechsmal „Die Bummler von Hamburg" von Krüger, der folgen ließ „Cämmerabend eines armen Schneiders", „Die goldene Hochzeit eines Sprihenmannes", „Ein alter Seemann" und „Weihnachtsabend eines pensionierten Nachtwächters", lauter Gemälde mit charakteristischen plattdeutschen Scenen und Farbentönen; dazu dreimal wiederholt Bärmanns Kwatern, häufiger Wollheims Fröhlich und Angelys lokalisiertes Fest der Handwerker, — sonst Nichts von einiger Bedeutung! Am 27. Mai 1864 war das Abschiedsbenefiz des Herrn Holh als Hannes Himmelblau. Diese plattdeutsche Rolle sowie die des Snaakenkopp hatte er Jahre lang mit dem bekannten herzlichen Hamburger Volkston gespielt und den Ruhm der kleinen Stücke, welche an wirklichem Werth alle modernen Possen weit überragen, aufrecht erhalten. Mit ihm verschwand die Lokalposse vom Thalia-Theater. Wenn gleich

6*

bei Gelegenheit der Auflösung der Bürgergarde Wilhelm
Drost es versuchte, die „Nacht auf Wache" zu modernisieren,
so zeigte sich doch hierfür seine schöpferische Kraft dem
Willen nicht gewachsen. Vor allen Dingen fehlte es auch
an einem plattdeutschen Komiker.

Aber als nun Fritz Reuter erstand und in ihm das
unverfälschteste und bewunderungswürdigste Organ, durch
welches sich die fast schon entschlafene Mundart zu frischer
Betheiligung an der modernen Litteratur des Vaterlandes
überzeugungskräftig meldete, Reuter, der den vergessenen
Nibelungenschatz der altsächsischen Sprache aufs Neue hob,
der hinsichtlich seiner unübertrefflichen Lokalschilderung, in
seiner drastischen Situationsmalerei und durch die Schöpfung
seiner herrlichen Volkstypen von obotritischer Erde neben
den namhaftesten Realisten der gesammten Gegenwart ehrenvoll dasteht, da plötzlich wurde die plattdeutsche Muse,
mochte sie wollen oder nicht, wieder auf die ihr längst un-
gewohnt gewordenen Bretter geschleppt. Reuters Roman
„Ut mine Stromtid" ward bühnenfähig gemacht und
ein beliebter Komiker, Emil Thomas, beauftragt, Plattdeutsch zu lernen, wie man just eine fremde Sprache erlernt.
So präsentierte sich am 24. Februar 1870 „Inspektor
Bräsig", Charakterbild in fünf Aufzügen nach Reuter frei
bearbeitet von Th. Gaßmann und J. Krüger, dem erstaunten Publikum. Und wer gab den köstlichen mecklenburgischen emeritierten Gutsverwalter und Allerweltsonkel?
Der Berliner Thomas! Doch die Gerechtigkeit erfordert zu
sagen: in vorzüglicher Weise. Der Erfolg war über jede
Erwartung glänzend. Hätte sich aber auch ein lauterer,
edlerer Charakter finden lassen, als Bräsig, der Mann des
Deutschthums, der Feind alles Falschen, Fremden, Frechen,
Französischen? Bräsig, der auf dem Verbrüderungsball des
Rahnstädter Reformvereins aufs Schlagendste bewies, „daß

er nicht König von Frankreich werden wollte?" Bräfig,
der zum Empfange der gnädigen Herrschaft eine Fahne
mit den schwarz-weißen Farben herstellte und schwenkte
unter den Klängen des David Däselschen Nachtwächter-
hornes:

> Die Preußen haben Paris genommen,
> Es werden bald beffere Zeiten kommen!

Ja, Zacharias Bräfig war berufen wie kein Zweiter,
in jener großen, glorreichen Zeit des deutsch-französischen
Krieges auch von der Bühne herab zu wirken. Bei seinem
Auftreten lacht Einem das Herz im Leibe vor Freude: er
ist der verkörperte Fritz Reuter selbst, dieser wahrhaftige
Volks- und Vaterlandsfreund, auf den Alldeutschland ewig
stolz sein wird.

Noch in demselben Jahre am sechsten Oktober ging
eine zweite Dramatisierung nach Reuters Erzählung „Ut
de Franzosentid" in Scene. Das ernst-komische Zeitbild
rührt ebenfalls von Gaßmann und Krüger her. Görner
stellte den Amtshauptmann Weber dar, und Thomas war
Rathsherr Herse, jener wunderliche und thatkräftige Vertheidiger des heimischen Bodens, der Siegfried von Lindenberg unseres Jahrhunderts, welcher weiland 1814 die Hamburger zu patriotischer Begeisterung entflammte. — An ein
un densülwigen Dag gung dörch ganz Nedderdütschland von
de Weichsel bet tau de Elb, von de Ostsee bet nah Berlin
de Raup: De Franzosen kamen! — „Kennen Sei Jahnen?"
fragt Herse den Möller Voß. „Turn-Jahnen mein' ick, de
up Stunns in Berlin is? Def' Turn-Jahn geiht mal mit
en Studenten in Berlin de Strat entlang un kümmt nah't
Bramborgsch Dur un wif't dor baben 'ruppe, wo de Siegsgöttin süs stahn hett, de de Franzosen mitnamen hewwen,
un frögg den Studenten, wat hei sick dorbi denken deiht.
Nicks, seggt de. Swabb! haut hei em an den Hals. Musche

Müdling, dit is en Denkzettel för't Nicksdenken. Du haddst Di dorbi denken müßt, dat wi de Siegsgöttin uns ut Paris wedder halen möten. — Nu frag ick Sei, Möller Voß, wenn Sei sick dese Mähl so anseihn, wat denken Sei sick dorbi?" — Wie der Müller natürlich nicht die erwartete Antwort gibt, ruft Onkel Herse: „Sei möt ansticks warden. Wenn de Landstorm losbreckt, denn stek wi all de Mählen as Füerteiken an; en Fanal nennt Einer dat, un de beste Bewis, dat Ji nicks von den Krieg verstaht, is, dat Ji nich mal weit't, wat en Fanal is. Wenn ick henstellt wir, wo ick henhürt, denn stünn ick vör 'n König von Preußen un redt mit den Mann. — Majestät, säd ick, sünd woll en beten sihr in Verlegenheit? Wat wull ick nich, Herr Rathsherr, seggt hei, dat Geld is mi up Stunns hellschen knapp. Wider nicks? segg ick. Dat 's Kleinigkeit! Gewen S' mi blot' ne Vullmacht, dat ick dauhn kann, wat ick will, un ein Regiment Garde-Granedir. De sälen Sei hewwen, min leiw' Herr Rathsherr, seggt de König; un ick lat de ganze Judenschaft ut all sinen Staaten up den Sloßhof in Berlin tausamen kamen, besett dat Sloß mit min Gardegranedir un stell mi an de Spitz von ein Cumpani un marschir dormit in den Sloßhof. — Sid Ji nu all dor? frag ick de Juden. Ja, seggen sei. Will'n Ji nu friwillig, segg ick tau de Juden, de Hälft von Jug' Vermögen up den Altor des Vaterlandes opfern? Dat kän wi nich, seggt de Ein', denn sünd wi rungenirt. Will'n Ji oder will'n Ji nich? frag ick. Achtung! kummandir ick. Herr Rathsherr, seggt en Anner, nemen S' en Virtel. Keinen Gröschen unner de Hälft, segg ick. Macht Euch fertig! — Wi will'n jo! schrigen de Juden. Schön! segg ick. Denn gah nu Jeder enzeln 'ruppe nah den witten Saal, dor sitt des Königs Majestät up den Thron, un dor legg ein Jeder sin Geld vor die Stufen des Thrones. — Wenn sei All 'ruppe west

fünd, gah ick ok 'rup. Na, segg ick, Majeſtät, wo 's 't nu?
Wunderſchön, min leiw' Herr Rathsherr! ſeggt hei. Wenn't
Anner all ſo wir! Dat will wi woll krigen! ſegg ick. Gewen
S' mi blot en Stückener twintig Regimenter Jnfanterie, teihn
Regimenter Kavallerie un ſo vel Kanonen, as Sei up Städs
grad miſſen känen. De ſälen Sei hewwen, ſeggt hei. Schön,
ſegg ick. Nu ſmit ick mi up Hamborg; den Prinzen Eck-
mühl äwerfall ick, hei ward vör mi bröcht. Bugt mi mal en
rechten hogen Galgen! ſegg ick. Parduhn, ſeggt hei. Nicks
Parduhn, ſegg ick. — Bums! da hängt hei. Nu treck ick mi
linkſch un fall em ſülwſt, den Korſikan, in den Rüggen.
Dat Anner is all dumm Tüg; in'n Rüggen fallen is de
Hauptſak. — 'Ne grote Slacht! Föfteihnduſend Gefangen!
Hei ſchickt mi 'n Trumpeter: „Waffenſtillſtand!" Kann nicks
ut warden, ſegg ick, tau'm Spaß ſünd wi nich hir. Freden!
lett hei mi ſeggen. Schön! ſegg ick, Rheinland un Weſt-
phalen, ganz Elſaß un dreivirtel Cothringen. Kann ick
nich! ſeggt hei, ſei dreiht mi in Paris den Hals üm. Alſo
wedder vörwarts! Weit der Deubel! ſeggt hei. Dor hett
dat Unglück den facſermentſchen Rathsherrn wedder up
min Achterſid! Vörwarts, kummandir ick. Wupp! hewwen
wi em bi de Slafitten. Hir is min Degen! ſeggt hei.
Schön! ſegg ick un bring em an die Stufen des Thrones.
Majeſtät von Preußen, hir is 'e! — Dat is min Slacht-
plan, un de ward ſiegen, wenn ok eerſt nah föftig Johr!"
— — Un ſo was't. Min Herzenskindting, ne wat denn?

Ein Originalſtück von Fritz Reuter „Die drei Langhänſe" brachte der Winter 1877 auf 78; es wurde am
27. Januar 1878 zum erſten Male gegeben. Dieſes Luſtſpiel in drei Akten hatte ſchon eine Vergangenheit hinter
ſich. Bereits vor zwanzig Jahren fand die erſte Aufführung
in Berlin am Wallnertheater ſtatt. Franz Wallner, welchen
der Dichter eigens beſuchte, „um ihm ſeine Stücke (Cang-

hänſe; Onkel Jakob und Onkel Jochen; Fürſt Blücher in
Teterow), die er verbrochen habe, auf die Bruſt zu ſetzen",
urtheilte ſelbſt über das vorliegende: „es lege von einem
überſprudelnden Talent, aber gänzlichem Mangel an Bühnen=
kenntniß Zeugniß ab. Nicht um die Welt hätte der Autor
ſich eine Zeile davon ſtreichen laſſen; in der Beziehung
kannte der Dichter=Eigenſinn des vom Publikum verhätſchelten
Schoßkindes keine Grenzen. Ich mußte, mit voller Ueber=
zeugung, daß hier ein ſicher zu erzielender Erfolg ſelbſt=
mörderiſch zu Grabe getragen wurde, die drei Langhänſe
aufführen laſſen, wie ſie aus der Hand des Schöpfers her=
vorgegangen waren. Wie vorausſichtlich kam, was kommen
mußte. Trotz der ſorgfältigſten Darſtellung erzielte das
Stück nur einen Achtungserfolg. Reuter zog es zurück mit
dem feſten Verſprechen, es nach meinem beſten Rathe zu
bearbeiten. Er hat leider nicht Wort gehalten! Vielleicht
findet ſich das Manuſcript in dem Nachlaſſe des Ver=
blichenen." Es fand ſich, und Emil Pohl richtete dieſes
ſeinem inneren Kern nach durch und durch geſunde Luſt=
ſpiel für die Bühnenaufführung ſo trefflich ein, daß es im
Hamburger Thaliatheater und anderwärts z. B. in Olden=
burg großen und gerechten Beifall erntete. Auch Feodor
Wehl hat daſſelbe bearbeitet und in den dritten Band
ſeiner geſammelten dramatiſchen Werke aufgenommen. Die
Idee, daß Jemand, welcher Oberförſter, Rentmeiſter und
Juſtizamtmann in einer und derſelben Perſon iſt, für drei
verſchiedene Individuen gehalten wird, wodurch ſich eine
Reihe der ſpaßhafteſten und köſtlichſten Verwechſelungen er=
gibt, erweiſt ſich als höchſt originell und amüſant. Die
vielen Breiten, die ermüdenden Wiederholungen und un=
nützen Zuthaten haben einer raſch und intereſſant fort=
laufenden Entwickelung und einer flott ineinander greifenden
Handlung Platz gemacht, und die Plattdeutſch redende Fa=

milie Kluckhuhn verleiht Allem ein sehr charakteristisches und heiteres Kolorit. Namentlich wirkt Kluckhuhn selbst, als Polizeidiener, Steuerbote und Holzwärter, mit seinen drei übereinander gezogenen Uniformen ungemein belustigend. Ihm ist der Schreiber Zwippel gründlich verhaßt, der mit ihm, wie die folgende Scene zeigt, ein neckisches Spiel treibt.

Der Schauplatz ist ein Vorsaal im Schloß. Im Hintergrunde drei gleiche Thüren, die zu den drei Bureaus des Justiziars Langhans führen; rechts das Forstbureau mit der Ueberschrift „Forstamt“, in der Mitte Thür und Ueberschrift „Justizamt“, links „Rentamt.“ Es ist Abend.

Kluckhuhn. Na nu? Allens duster? Jetzt heww ick't 'rut kregen, de Dokter Zwiebel is gor keinen richt'gen Dokter nich, sondern 'n bloßen Avkatenschriwerbengel, Namens Zwippel. Macht mich das Elend mit dei Corlin, geiht mi mit Kometen- un Kulpaddenswänf' unner de Ogen; täuw, Di ward'ck ok unner de Ogen gahn!

Langhans (im braunen Rock, aus dem Justizamt). Steuerbote Kluckhuhn!

Kluckhuhn (zieht alle Röcke, bis auf den braunen, aus). Herr Rentmeister!

Langhans. Morgen ohne Gnade die Steuerreste eintreiben.

Kluckhuhn. Ahn Gnadigkeit, Herr Rentmeister!

Langhans. Warum brennt hier kein Licht?

Kluckhuhn. Ick weit mi de Bisterniß ok nich tau verkloren.

Langhans. Zünde Er Licht an.

Kluckhuhn. Tau Befehl, Herr Rentmeister, ich will mich die Lücht von de Del' halen. (Rechts ab, kommt gleich wieder mit einer sehr dunkel brennenden Laterne, welche er auf einen Tisch stellt.)

Langhans. Wird immer nachlässiger und confuser, der Kluckhuhn! (Ab ins Rentamt.)

Kluckhuhn (kommt zurück). Dat ward woll hüt wedder Nacht, bet ick nah Hus kam. Wenn'ck den Weg bi den Kirchhof vörbi

in de Dusterniß gah, denn heww'd ümmer 'n natur-
widriges Gruseln in de ollen Knaken, 't äwerlöppt mi 'ne
Ort Gaus'hut. Jd möt mi doch dat Bauk köpen, dat
gegen de Gespensterforcht schrewen is: die Philosophie
der Bewußtlosigkeit; dor steiht dat in, dat de minschliche
Cretur — so tau seggen — gor nich leben deiht, sondern dat ganze Daseind hir up Jrden wider nids is,
as 'ne dämliche Nachtwandelei.

Langhans (aus dem Rentbureau). Kludhuhn!

Kludhuhn. Herr Rentmeister!

Langhans. Es brennt ja hier noch kein Licht!

Kludhuhn (öffnet die Laterne). Jd wull't eben ansticken.

Langhans. So thu Er's und dann hole Er mir ein Glas Wasser.
(Ab ins Rentamt.)

Kludhuhn. Schön, Herr Rentmeister!

Zwippel (in Maske, Uniform und Haltung des Langhans als Oberförster, mit dem Hut auf dem Kopf, aus dem Forstamt.
Jm Tone des Langhans.) Holzwärter Kludhuhn!

Kludhuhn (erstaunt). Na nu? (Zieht den grünen Rock über.) Herr
Oberförster!

Zwippel. Was macht Er hier?

Kludhuhn. Licht will'd maken.

Zwippel. Unsinn. Finster soll es bleiben, ich befehl's!

Kludhuhn. Äwer Sei säden doch eben —

Zwippel. Halt Er's Maul!

Kludhuhn. Denn will'd Sei Water halen.

Zwippel. Verrückt! Bringe Er den Thee!

Kludhuhn. Äwer Sei säden doch eben —

Zwippel. Maul soll Er halten, Thee soll Er bringen, Rum soll
Er bringen, finster soll es bleiben, Donnerwetter! (Ab
ins Forstamt.)

Kludhuhn (ganz verdutzt). Na, dat 's gaud, nu wedder Thee. Na,
mi kann't recht sin. Jd ward tausehn, ob de oll' Sus'
den Thee farig hett. (Will gehen.)

Langhans (aus dem Rentamt in blauer Uniform). Polizeidiener
Kludhuhn!

Kluckhuhn (erschrickt). Alle guten Geister. (Wechselt die Röcke, bis
auf den blauen.)

Langhans. Hier brennt ja noch kein Licht?

Kluckhuhn. Un bei Fixigkeit bi't Ümtrecken, dorgegen kann'k nich
ankamen.

Langhans. Warum zündet Er kein Licht an?

Kluckhuhn. Sei hewwen jo seggt, ik süll nich.

Langhans. Verrückt! Und warum bringt Er kein Wasser?

Kluckhuhn. Nu wedder Water?! Hei smitt de Naturbegriffen dörch-
enanner. De Obrigkeit ward däsig. Wo sall dat warden, wo sall dat warden!

Sowohl dieses Reutersche Originalstück als auch die
beiden Bearbeitungen von Gaßmann und Krüger sind im
Druck erschienen; ersteres bei Hinstorff in Wismar 1878,
letztere im Altonaer Verlags-Bureau von A. Prinz 1870.
„Inspektor Bräsig" schied erst mit Thomas' Abgang 1880
zum Leidwesen aller Reuterfreunde. Der treffliche Komiker
hat auch neuerdings in G. v. Mosers Lustspiele „Onkel
Grogk" und in Jacobsons Posse „Die Lachtaube" seine
Partien in dem ihm geläufig gewordenen Platt gegeben,
in letztgenanntem Stücke den Lehmkuhl, eine Art Inspektor
Bräsig. Aber jene Originalfigur selber, werden wir sie
hier wiedersehen? Wer weiß es! Und die trauliche plattdeutsche Sprache, kehrt sie noch einmal und dauernd hierher zurück? Wer kann's beantworten!

Lange Zeit irrte die plattdeutsche Muse von Bühne zu
Bühne und bat um ein Plätzchen, allein nirgends wollte man
ihr die Pforten öffnen. Nachdem sie vom Thaliatheater verstoßen worden, hatte sie kein Haus mehr, nicht 'mal eine Schlaf-
stelle. Da bot ihr in der Vorstadt St. Pauli Karl Schultze
ein Heim, so warm und sicher, wie ehedem das in der Steinstraße gewesen, wo — seltsame Fügung des Schicksals — der
junge Künstler seine Laufbahn begonnen hatte. Eine seiner

erſten Dialektrollen war Hans Peter in Bärmanns „Kwatern.“ Mit ihm nun und unter ihm blühte eine neue und vielleicht die letzte Epoche des niederdeutſchen Schauſpiels.

Damit ſchließt unſere Schilderung der niederdeutſchen Theaterbewegung in der alten Reichs= und Hanſeſtadt unter der Bühnenleitung des Herrn Chéri Maurice. Am erſten Oktober 1881 feierte derſelbe ſein fünfzigjähriges Jubiläum als Lenker des aus dem Tivoli und Steinſtraßenſchauplatz entſtandenen Thalia=Theaters. Zu dieſem ſeltenen Ereigniß ſchrieb W. Droſt ein Feſtſpiel, das vorzüglich die zwei Richtungen Hochdeutſch und Niederdeutſch charakteriſiert. Fräulein Anna Roſſi als plattdeutſche Muſe im Koſtüm und Idiom einer Vierländerin und Fräulein Horn als Thalia ſtreiten um die Palme. Jede will die Bevorzugte ſein in der Gunſt des Direktors, und ſchwer wird es auch dem Publikum, zu entſcheiden, wer den Preis verdient. Doch, wie’s im Sprichworte heißt: Alte Liebe roſtet nicht. „Vör Johren in de Steenſtrat ſtunn ick noch in grote Gunſt“; und zuletzt das naive und, wie die Geſchichte beweiſt, wahre Geſtändniß: „Wenn ick ok de Stiefſchweſter bün, he hett mi doch von Harten leev. Mit mi füng he an! Ick weer Maurice ſine eerſte Leev.“

II.

Karl Schultze und die plattdeutsche Komödie der Gegenwart.

Die Belustigungen des Volks, und unter diesen am meisten
die Schaubühne für das gemeine Volk, sind für den Menschenfreund
Gegenstände, die wohl einer ernsthaften Betrachtung werth sind.
Die Schaubühne könnte sehr gut gebraucht werden, gewisse Wahr-
heiten vor das Volk zu bringen, wenn man sich nur recht dabei
nähme. Die lustige Person ist ein bequemeres Mittel dazu, als
man sich insgemein vorstellt. — Herr Nicolai giebt hier Vorschläge
die Rolle des Kasperl zu verbessern. Er sagt: man müste dem
Kasperl seine Jacke lassen, aber für ihn Volksstücke schreiben, wo-
rinn sein Charakter verfeinert und interessanter gemacht würde.
Man könnte dies schon dadurch bewirken, wenn man ihm die Gut-
herzigkeit beilegte, die einem etwas einfältigen Bauer so natürlich
und eigen zu seyn scheint. Nun würde Kasperl nicht ferner ein
blosser Possenreisser seyn. Ein geistvoller Schriftsteller würde einen
solchen einfältig gutherzigen und dabei drolligten Bauer sehr leicht,
in dazu ausdrücklich gemachten Stücken, in Situationen zeigen
können, wo er höchst anziehend würde. Wie wenn der Kasperl
über den Stolz und die Bedrückung des Gutsherrn, über das Ge-
schwätz und die Praktiken der Mauthner, über den dummen Aberglauben, über die Widersetzlichkeit der geistlichen Herren gegen Abschaffung schädlicher Pfaffereien, über die Faulheit reicher Rentenirer,
über die Ausschweifung in Wollust und Schmausen, über Spiel-
sucht, über Schuldenmachen, über die Gemächlichkeit, Sinnlichkeit,
und daher entstehende Armuth des gemeinen Mannes, und über
andre Landesgebrechen sich in seinen Stücken ausbreitete, würde
er nicht eine interessante Person seyn?

Karl Friedr. Flögel, Gesch. des Groteskekomischen 1788.

Man muß selbst in Hamburg gewesen sein, um sich einen
Begriff von dem Leben und Treiben des schon in der Vor-
zeit berühmten Hamburger Berges, dieses jetzt in Spielbudenplatz umgetauften Stadttheiles vor dem Millernthor,
machen zu können. Haus bei Haus ist eine Stätte, wo
Theater, Ballet, Kunstreiter, Seiltanz, Bänkelsänger, Taschen-
spieler, Marionetten in veredelter Form bis zur untersten

Stufe herab sich vom Nachmittage an bis zur erften Morgen=
ftunde ununterbrochen zeigen. Ein ewiger Wechfel, ein buntes
Allerlei. Die Scenen auf dem Markusplatz in Venedig und in
der foire de St. Germain in Paris find hier vergegenwärtigt.

Hier in der Langenreihe von St. Pauli, unmittelbar
an der Grenze der Nachbarftadt Altona belegen, wurde im
Jahre 1828 eine Gartenwirthfchaft „Joachimsthal“ er=
öffnet. Der Befitzer hieß J. J. Harten. Tanzmufik, Luft=
ballon, Polichinellen, Metamorphofen, englifche Pantomime
und andere Volksbeluftigungen ergötzten das nichts weniger
als verwöhnte Publikum. Vor allen übrigen Genüffen fand
das Puppen= und Kafperletheater Zulauf und Beifall.
Kafpar war der Held, welcher Alles konnte; da mochte der
Teufel oder der Schinder kommen, Kafpar wurde mit
Jedem fertig. Mifchen wir uns einmal unter die gaffende
Menge und hören wir, wie Kafpar und fein Herr zur
ungeheuerften Heiterkeit der Zufchauer agieren!

Wat heft du von Dag äten?

Meifter, ik heff Haafenbraden äten.

Ne, wat du feggft, Kafper! Wanem heft du den Haas herkregen?

Den heff ik grepen, Meifter.

Wanem denn?

Op unfen Böden.

Dat is ja fnaakfch, Kafper, op unfen Böden? Wat fäd de Haas
denn, as du em bi de Slafitten kreegft?

Ja, raad He mal!

Ne, fegg dat leewer, raaden kann ik dat doch ni.

Na, denn will'k Em dat man feggen, wiel He gar fo dummer=
haftig is, Meifter. De Haas fäd: Miau! Miau!

Kafper, was haft du gethan, dat weer ja min Fru ehr Kater!

Ne, Herr, dat weer en Haas!

Kafper, Kafper, dat weer en Kater!

Ne, Herr, fo gewiß as Se en bannig kloken Keerl fünd, dat weer
en Haas; min'twegen ok'n Ratt, awers en Kater weer't ganz gewiß nich.

Und so geht's noch ein Ende weiter: da hat Kaspar bald einen
Hund für ein Kalb angesehen, bald eine Schlange für einen
Aal gehalten und aufgegessen; aber er behält doch immer
das letzte Wort und läßt sich nichts abstreiten.

Das dankbare Auditorium klatscht und jauchzt; ja bei
einem anderen Stückchen lacht's unter Thränen: wie Kaspar
seine Frau todtschlägt und hingerichtet werden soll. Kaspar
weiß sich indessen zu helfen. Er bittet den Henker, er
möge ihm das doch erst einmal vormachen, denn er sei das
Hängen noch nicht gewöhnt, und es sei, er wolle es glauben
oder nicht, das erste Mal. Der dumme Scharfrichter läßt
sich anführen und denkt an nichts, wie er seinen Kopf durch
die Schnur steckt. Allein plötzlich zieht Kaspar dieselbe zu,
und sein Opfer baumelt am Galgen.

Nachdem das liebe Publikum auf diese Weise für
dramatische Darstellungen einigermaßen empfänglich gemacht, ja gleichsam herangebildet worden war, wagten der
bekannte Prinzipal und Mechanikus Louis Detgen und
dessen energische Ehehälfte sich an Goethe und Schiller
heran. Detgens Thespiskarren hatte vordem in einer Holz-
bretterbude auf dem Hamburger Berge gestanden. Da
ging noch Alles nach alter Mode zu. Wir finden hier die
deutsche Volksbühne in ihren frühesten Anfängen und Ent-
wickelungen veranschaulicht ohne Koulissen, Flugwerk und
Maschinen, ohne Tamtam und Souffleurkasten, ohne ein
zahlreiches Personal, aber dennoch eine große Wirkung auf
das Auditorium nicht verfehlend.

In erster Linie ist es der Doktor Faust, parodiert,
den Lokalbedürfnissen gemäß zugestutzt, in derb deutsche
Maulart — wie Heinrich Heine sich ausdrückt — übersetzt
und mit deutschen Hanswurstiaden verballhornt, der die
unteren Schichten des Volkes ergötzte. So erinnert sich
Heine selbst, daß er zweimal von herumziehenden Kunst-

vagabonden das Leben des Fauſt ſpielen ſah und zwar
nicht in der Bearbeitung neuerer Dichter, ſondern wahrſcheinlich nach Fragmenten alter, längſt verſchollener Schauſpiele. Das erſte dieſer Stücke ſah er in einem Winkeltheater
auf dem ſogenannten Hamburger Berge, das andere in
einem Hannöverſchen Flecken. Auch die Bearbeitung des
Marionettenſpielers E. Wiepking, der vorzugsweiſe das
Großherzogthum Oldenburg bereiſte, enthält — wie Karl
Engel in ſeinen deutſchen Puppenkomödien zeigt — Ausdrücke in plattdeutſcher Mundart und Anſpielungen auf
Lokalverhältniſſe.

Mancher ältere Hamburger gedenkt wohl noch der
grotesken Aufführungen von „Doktor Fauſts Leben,
Thaten und Höllenfahrt", und wie theilnahmsvoll
Alt und Jung mitſpielte. Die mächtige Stimme des Aus-
rufers erſchallt: „Kommen Sie 'rein, meine Herrſchaften!
Die Hölle wird mit bengaliſchem Feuer erleuchtet. Fauſt
kummt ganz elendig um ſin Leben. Erſter Platz vier,
zweiter Platz zwei und dritter Platz nur einen Schilling die
Perſon." Die Bude iſt gefüllt, die Ouverture verklungen,
der Vorhang geht in die Höhe. „Ruhig, Lüüd, weſt ruhig!"
Fauſt ſpricht mit ſich ſelber und ſchlägt mit den Armen in
der Luft herum, daß es gar luſtig anzuſehen iſt. Mit einem
Mal unterbricht Jemand von der Gallerie den Monolog:
„Din Bür is twei, Dokter Fauſt!" Der Komödiant läßt ſich
nicht verblüffen: „Dat's nich gut möglich, min Söte, Din
Vader hett ſe von Morgens eerſt flickt!" Nach dieſer die
allgemeinſte Lachluſt erweckenden Unterbrechung nimmt das
Stück ſeinen Fortgang. Fauſt citiert den Teufel. Beelzebub
kommt aus der Erde heraus mit Feuer und Flammen. Der
Doktor verſchreibt ſich demſelben. Nun beginnt der Lärm.
Fauſt charmiert mit allen Frauenzimmern und treibt nichts
als loſe Streiche. Die Zuſchauer werden zuletzt ordentlich

giftig auf ihn, und wie er Gretchen betrogen hat, ja noch
damit prahlt, da fliegen von allen Ecken und Kanten ver=
rottete Aepfel, Kartoffeln, Kautaback, Cigarrenstummel hin=
über. Der Schauspieler droht, nicht weiter zu spielen. Ein
Matrose verlangt: „He schull de söte Deern, den smucken
Pummel, de lütt Grethen Afbäd dohn, denn wull he dat
Smieten nalaten." Zuletzt schafft Mephistopheles Ruhe,
indem er verheißt: „Fauſt kreeg all ſinen Lohn, he keem
gliek in de Höll un schull dar noch mal so dull quält
warden as de Annern." Das hilft. Die Leute laſſen ſich
überreden, nur der Matroſe bleibt dabei, „dat Fauſt den
lütten Pummel Afbäd dohn schall." Er bekommt ſeinen
Willen. Gretchen tritt vor, Faust fällt vor ihr auf die
Kniee und ſagt: „Ick will dat ok min Dag nich wedder
dohn!" — Mit Rieſenschritten naht sich dann die Handlung
ihrem Ende. Der Teufel ergreift den Doktor Fauſt beim
Kragen und wirft ihn in die Hölle. Das verurſacht ein
Halloh. Die Zuschauer gönnen's ihm ſo recht von Herzen,
klatſchen, ſchreien Hurrah, werfen ihre Reſte von Kartoffeln
und Aepfeln auf die Bühne und finden das Stück „un=
bannig ſchön!" [1]
Nur eine halbe Stunde dauerte die Aufführung, welche
täglich wohl ein Dutzend mal wiederholt wurde. Auch
Schillers Räuber gelangten zur Darstellung, freilich nicht
nach der Originalausgabe im Urtext, ſondern in einer
eigenen Lokalbearbeitung. Das Perſonal war, wie bei
Doktor Fauſt, auf ein Minimum reducirt. Der alte Moor
muß zugleich den Spiegelberg ſpielen, Hermann erſcheint
blos, um dem Greiſe das Eſſen zu bringen, wobei er das=
ſelbe vorm Thurmgitter fallen läßt und ruhig ſagt: „Na,

[1] Vergl. De Reis naa'n Hamborger Dom. Von Th. Piening.
Achte Oplag. (Hamborg 1875).

7*

nu lett de oole Snöörmaker dat bitten Eten ok noch fallen!"
Der Chor der Räuber jedoch mag wohl nirgends voll-
töniger exekutiert worden sein als hier, indem das ganze
Publikum „Ein freies Leben führen wir" mitzusingen pflegte.
In dem Augenblicke, wie Karl Moor — den Louis Detgen
in höchst eigener Person gab — seinen vatermörderischen
Bruder verflucht, erheben mehrere Seeleute einen fürchter-
lichen Lärm. Rasch eilt die „Direktorin" mit einem Besen-
stiel bewaffnet herbei, den sie, wie die Königin das Scepter,
mit Würde handhabt, ruft ihrem Gatten zu: „Lutje, paß
du man op dine Bande da baben, hier ünnen mit de Keerls
will ik woll farbig warden!", schwingt dabei mit solcher
Wucht ihr Werkzeug auf die beiden Störenfriede, daß diese
sich ganz verdutzt angucken und sich schleunigst aus dem
Staube machen, und schreit dann triumphierend hinauf: „So,
Lutje, ik bün farbig, nu arbeit man wider!" Und, als ob
gar nichts vorgefallen sei, nimmt die Vorstellung ihren
weiteren Verlauf.

Neben dem unverwüstlichen Louis Detgen gastierte hier
der gewiß noch manchem Hamburger bekannte Warschau
mit seiner Truppe. O du gute alte Zeit seligen Ange-
denkens!

Decennien rauschten dahin. Just dreißig Jahre waren
verflossen. Aus dem im Garten des Joachimsthals ursprünglich unter Gottes freiem Himmel zwischen Bäumen
befindlichen Schauplatze war längst ein Zelt, eine Bretterbude geworden. Da — Anno 1858 — pachtete ein junger
Künstler, Karl Schultze, (geb. den ersten Juni 1829) Anfangs gemeinschaftlich mit einem Herrn Lange, die Wirthschaft und beschloß hier eine edlere Komödie zu pflegen.
Vor allen Dingen war er auf eine äußere Restaurierung,
Erweiterung und Verschönerung der sogenannten Bühne
bedacht, — bedacht im vollen Sinne des Wortes, indem

er auch für eine beſſere ſchützende Bedachung ſorgte. Der
Name „Joachimsthal“ iſt noch heutigen Tages im Munde
des Volkes unvergeſſen geblieben, aber die offizielle Be-
zeichnung lautete ſchon ſeit dem fünften Mai 1860 „St. Pauli
Tivoli und Volksgarten.“ Ein Jahr ſpäter trägt das
Etabliſſement den ſtolzeren Titel „St. Pauli Tivoli-
Theater“, vom dritten Mai 1863 an „Karl Schultzes
Sommertheater, früher St. Pauli Tivoli-Theater“
und bald darauf, nachdem es im Lenz 1865 durch einen
Neubau ebenfalls zu Wintervorſtellungen eingerichtet worden,
„Karl Schultzes Theater.“ Unter dieſer letzten Benennung hat das Inſtitut, man darf ſagen, eine Berühmtheit erlangt nicht nur innerhalb der Mauern der kleinen
Republik ſondern im ganzen deutſchen Vaterlande, in Nord
und Süd, beſonders durch das niederdeutſche Schauſpiel,
welches hier fortan mit dem größten Erfolge kultiviert
ward und obendrein mit einem Enſemble, das einzig in
ſeiner Art.

Karl Schultzes [1] theatraliſche Laufbahn reicht zurück bis
hinter die Kouliſſen oder bis auf den Schnürboden des
Muſentempels in der Steinſtraße: nicht nur als paſſionierter
kleiner Zuſchauer, ſondern auch ſchon als mitwirkender
Volontair in Poſſen und Pantomimen. Da fand ſich für
den kunſtbegeiſterten Knaben Gelegenheit genug, ſein Talent
zu entwickeln, und es wäre dies vielleicht noch ſchneller ge-

---

[1] Vergl. deſſen Autobiographie im „Hamburger Theater-Dekamerone.“
Herausgegeben von Adolf Philipp. Zweite Auflage (Hamburg 1881.
S. 311—319). Dies intereſſante Buch bietet eine liebenswürdige Lektüre.
Die Selbſtbekenntniſſe namhafter Künſtler ſind zum Theil von bleibendem
Werthe. Die zweite Auflage iſt durch einen Rückblick auf die Geſchichte
des Thalia-Theaters erweitert; in kurzer, charakteriſtiſcher Form wird hier
dem Bedeutendſten Rechnung getragen.

schehen, wenn er nicht vom dreizehnten Jahre ab gezwungen
gewesen wäre, selbstständig für seinen Unterhalt zu sorgen.
Im St. Georg-Theater, beim Direktor Bieler, legte er nun
manche wohl zahlungswürdige Proben seiner Begabung ab;
sie waren „klein aber nüdlich", wie seine Figur selbst bezeichnet wurde. Doch er war vorläufig zufrieden und sein
Direktor gleichfalls; Beweis dafür die auf zehn Thaler
normierte Monatsgage. Dann begann ein unstätes Wander-
leben unter dem Prinzipal Spiegelberger durch größere
und kleinere Städte, Hannover, Lüneburg, Osnabrück, Köln
und Lübeck. Von der Schwesterstadt an der Trave berief
Theodor Damm ihn nach Hamburg zurück. Hier spielte er
u. a. 1853 den Hans Peter in Bärmanns „Kwatern", worin
er schon früher aufgetreten war, und 1856 Ankertau in
Davids „Gustav oder der Maskenball." Seine Leistungen
im komischen Fache wurden bereits gelobt. Der rein menschliche Plan, einen eigenen Herd zu gründen, hatte seine
Kündigung zur Folge. Der jugendliche Streber pachtete
das Joachimsthal, anfänglich nur die im Erdgeschoß be-
triebene Gastwirthschaft, bald darauf 1858 das ganze Ge-
wese. Nach wenigen Jahren glückte ihm die Erfüllung
seines Lieblingswunsches, dem scheinbar auf den Aussterbeetat gesetzten volksthümlichen plattdeutschen Drama ein neues,
wenn auch vorab recht bescheidenes Heim zu bieten. Seitdem das alte Theater in der Steinstraße das Zeitliche gesegnet, war freilich durch Maurice und auf den verschiedenen
Winkelbühnen Hamburgs ein Stück im Dialekt mitunter in
guter Besetzung aufgeführt worden; regelmäßige konstante
Vorstellungen dieser von naturwüchsigem Humor sprudelnden
und einen tief sittlichen Kern in sich tragenden Volkskomödien
sind indeß erst durch Schultze wieder ins Leben gerufen.

In der Wintersaison 1859 auf 1860 hatte am Hamburger Stadttheater Meyerbeers Oper Dinorah einen

glänzenden Erfolg erzielt. Dieselbe veranlaßte mehrere
Parodieen, unter denen J. P. Th. Lysers „Linorah oder
die Wallfahrt nach der Oelmühle" Sonntag den zehnten
Juni 1860 im St. Pauli Tivoli geradezu sensationelles Aufsehen erregte. Seit David seinem Schaffen durch gewalt-
samen Tod ein Ende gesetzt, ist dies die erste Lokalparodie
von wirklich eminenter und für das Hamburgische Kultur-
leben historisch gewordener Bedeutung. Darum wird hier
ein längeres Verweilen gestattet sein.

Johann Peter Theodor Lyser, Sohn des Königlich
Sächsischen Hofschauspielers Baurmeister in Dresden, nahm den
Namen seines Pflegevaters Lyser an, der in Schwerin Schau-
spieldirektor war. Im Jahre 1805 zu Flensburg geboren,
erhielt er seine Jugenderziehung 1807—15 in Hamburg,
lebte dann in Köln, Schwerin und Rostock, 1823 in seinem
Geburtsorte als Zeichenlehrer und seit 1830 wieder in
Hamburg, wo er als Schriftsteller und Illustrator seinen
Erwerb fand. Später ist er hier gestorben, verdorben.
Trunksucht ergriff den genialen Mann, dessen Todesjahr
nicht einmal bekannt ist. So viel ich in Erfahrung bringen
konnte, starb er lange vor 1870, muthmaßlich schon zu Anfang der sechsziger Jahre. Die niedersächsische Litteratur
verdankt ihm manche Gabe von wenn auch nicht unvergäng-
lichem, doch von nicht ganz geringem Werthe. So schrieb
er zwei plattdeutsche Märchen „De dree Jungfern un de
dree Rathsherren oder dat groote Karkthorn-Knopp-Schüüern
to Altona" (Hamburg, B. S. Berendsohn 1855) und „De
Geschicht von de olle Frou Beerbomsch un eeren lütten
Swien-Peter" (Altona, Uflacker 1861). In weiteren Kreisen
wurde er durch seine Parodie der Meyerbeerschen Oper
bekannt. Der Titel lautet nach dem gedruckten, mit einer
den Melkmann Klas darstellenden Abbildung gezierten
Büchlein:

Linorah,

oder

Die Wallfahrt nach der Oelmühle.

Hamburger Localpoſſe in 2 Bildern. (Parodie der Oper: Dinorah.)

Wo kann't angahn!

Dem Humor liebenden
Publikum Hamburgs

iſt dieſer flüchtig hingeworfene Scherz gewidmet von dem Verfaſſer

J. P. Lyſer.

Altona im September 1860.

Preis 2 Schilling.

Druck und Verlag von H. Poppe & Co. in Altona.
1860.

Noch in demſelben Jahr erſchien in gleichem Verlage
eine zweite Auflage mit einem zweiten Vorworte von dem
Verfaſſer, als Erwiderung auf die „Warnung" des Herrn
K. Schultze in Nr. 236 der „Hamburger Nachrichten."
Preis 6 Schill. Rm.

Lyſer, dem ſelbſt ſeine Feinde weder Originalität noch
Genialität abſtreiten können, befolgte Goethes Spruch
„Greift nur hinein ins volle Menſchenleben" aufs Aeußerſte.
Es war ein kühner Griff, von dem wir nicht behaupten
wollen, daß er nicht hart an die Grenze des äſthetiſch
Schönen und theatraliſch Erlaubten ſtreifte. Doch Lyſer
kannte ſeine Pappenheimer. Bei der erſten Vorſtellung
wußte das Publikum nicht, wie es das Gebotene aufnehmen
ſollte. Es war verblüfft, es erſtaunte unbewußt über die
Keckheit, mit welcher ihm hier eine neue Speiſe aufgetiſcht
war. Sollte es ſich ärgern und ſein Mißfallen zu erkennen

geben? Nein, dazu hatte es sich zu gut amüsiert. Sollte
es applaudieren? Nein, dazu hatte es sich wieder zu sehr
geärgert. Es verzog sich also ganz ruhig, und Karl Schultze,
dem das Herz nicht wenig geklopft haben mag, sagte zu
seinem damaligen technischen Leiter Herrn Ferdinand Barte:
„Morgen gevt wi dat Stück wedder." Er gab es morgen,
gab es übermorgen und überübermorgen u. s. w., und so
vergingen wenige Wochen, bis Linorah zum Benefiz des
Melkmann Klas zum funfzigsten Male bei ausverkauftem
Hause gespielt wurde.

Da diese merkwürdigste aller Parodieen im Buchhandel
gänzlich vergriffen und kaum noch im Privatbesitze alter
Hamburgensien-Sammler zu finden ist (nicht einmal auf der
Hamburger Stadtbibliothek ist ein Exemplar vorhanden),
und da sie's verdient, vorm Vergessenwerden bewahrt zu
bleiben, so wird eine Analyse und, was die plattdeutschen
Episoden betrifft, ein wortgetreuer Abdruck willkommen sein.

Personen sind: Leinoel, früher Hausknecht, jetzt
Bummler; Klas, Milchmann und Natursänger; Linorah,
früher Dienstmädchen, Leinoels Geliebte; Anna und Trina,
Dienstmädchen; ein Müller, Konstabler, Laternenanzünder,
drei Hirtenknaben, Bürger und Bürgerfrauen, Gäste beiderlei
Geschlechts.

Die Handlung geht auf dem sogenannten Heiligengeistfelde vor, beginnt Abends und endet am anderen Morgen.

Das erste Bild „Der Abend und die Nacht" stellt das
Heiligengeistfeld auf St. Pauli vor, in der Mitte die
Oelmühle; in der Ferne der Wall, über welchem der
St. Michaelisthurm hoch emporragt. Sonnenuntergang.
Bürger mit ihren Frauen, junge Männer mit ihren Liebchen
kommen aus dem Schäferkamp. Die meisten Männer sind
etwas angetrunken und werden von den Frauen und Mädchen
bugsiert. Sie singen im Chor ein Trinklied.

Anna (den Abgehenden nachblickend). Na, de Mannslüd heft düssen Abend ok wedder good laden.

Trina. Jo, dat geiht nu eenmal nich anners, wenn se Geld hebbt un dat Wedder is schoin, so mööt se sick amüsörn, un wenn man sick amüsört, so is glick en lütten Haarbüdel da, man weet nich wie! Aber töv man eerst bit Morgen, da is Sündag un de groote Wallfahrt na de Oelmöhl.

Anna. Wallfahrt? Sünd wi denn katholsch wor'n?

Trina (lacht). Ne, Anna! wat Du doch vör en dumme Trien' bist! Du bist gewiß keen Hamborger Stadtkind, dat Du nich mal weest, wat dat mit unse Wallfahrt vör en Bewendniß hett.

Anna. Ne, ick bün ut Crempe, wo se de schoinen hatten Kringel backt. Aber vertell my, wie verhält sick dat mit de Wallfahrt?

Trina. Na sühst Du, dat is so: in Hamborg un op St. Pauli da giwwt dat bannig veel Duven-Narren, de veranstalten alle Jahr um düsse Tied hier en grootes „Tauben-Aufwerfen“, dato kamen nu de Lüd von nah un fern hertogeströmt un davon heet dat: „de Walfahrt na de Oelmöhl.“

Anna. Ah so! nu begriep ick. Da ward de Fischer morgen all wedder en schoin Stück Geld verdeenen.

Trina. Da kannst du op schwören! (Hinter der Scene ertönt eine Heerdenglocke.)

Anna. Awer kiek mal, wokeen kummt da?

Trina. Dat is de verrückte Lene mit eeren swarten Schaapbuck.

Anna. Ach Gott, dat arme Minsch! aber ick mag keen Verrückte nich sehn.

Trina. Na ick eben so wenig! laat uns gahn. (Beide ab.)

Ein schwarzer Schafbock läuft über die Bühne. Dinorah verfolgt ihn und singt:

Warte nur, böse Ziege!
Läufst du immer mir davon?
Wenn ich dich wieder kriege,
Kriegst du schon deinen Lohn.

Seit mich mein Leinoel verlassen
Irre ich trauernd umher,
Und oft ist es mir selber,
Als ob ich gescheidt nicht wär!

Kehrt er nicht wieder — werd ich
(weinerlich)
Noch eine alte Jungfer gar.
(lacht)
Denn ich zähle ja wirklich
(traurig)
Schon über sieben Jahr.

Sie steht einige Augenblicke betrübt da und tanzt plötzlich im Polkatempo ab. Milchmann Klas tritt auf.

Mein Lebenslauf ist Lieb' und Lust
Und lauter Liedersang.
Ein frohes Lied aus heiterer Brust
Macht leicht den Lebensgang!
(ruft)
Melk! Melk! Melk!
(singt)
Man geht Bergaus, man geht Bergein,
Heut grad und morgen krumm!
(ruft)
Melk! frische Melk! Dickmelk! Boddermelk!

Dat is all ganz good, wenn man de Tieden hüt to Dag nich so
slecht wär'n — da rop ick nu all von fröhen Morgen bit to de Sperr-
stund myn Melk ut, aber wer niy damit verdeent, dat is Klas von
Wilhelmsborg, denn bald is myn Melk den Lüden to dünn un bald
to dick, un wenn ick mal denk, ick har de rechte Mischung drapen, so
sind se, wenn ick kam, all lang mit Melk versorgt. Wo kann't angahn!
Ick bin egentlich nich tom Melkmann, sonnern tom Schönie bor'n un hef
von Jugend up en bannige Lust to singen un Cumedie to speelen hatt,
un wenn ick up de Straat an to singen fang, so loopen alle lütten
Jungens un Deerns tosam un freu'n sik, wie schoin ick singen kann.

Aber — wo kann't angahn! de verflixten Kunstablers heft gor keen
Kunstsinn, keen Geföhl vör dat Schoine un endlich gor keen Delikateß!
Se luurn my överall up, un wenn se my sing'n hörn, brecken se her-
vör, överfallen un aresteern my, un den annern Dag heet dat up'n
Stadthus: „fiev Mark Veertein!" Da helpt keen Gott vör. Wo kann't
angahn! Ick hef den Senador mit Thränen in den Ogen beden: Ver-
lauben Sie mir doch nur ein einziges Mal, daß ich Sie was vor-
singen darf. — (denn, dacht ick my, wenn he my man eerst hört het,
so lätt he my künftig up de Straat sing'n so veel ick kann un will).
Aber nix da! he wull my keen Gehör geben, obschon ick em segg: ick
kunn nich alleen singen wie en Minsch, sonnern ok kreihen wie en Hahn.
Wo kann't angahn! Alle Ogenblick in de Wacht sitten un fiev Mark
Veertein betahlen is doch unangenehm! Ick segg also to my: Klas, du
Döskopp, worum geihst nich to'n Theader? da dörffst du ungehinnert
sing'n, je mehr je beter, un kriegst noch en wahres Heidengeld davör.
— Ick gung also to Wollheim un segg, he schull my als Heldentenor
angascheern. Da seggt he: wie heißt Heldentenor! wissen Sie nicht,
daß mir alle sind durchgefallen die gekommen sind zu singen nach Wild?
und daß ich nächstens selber werde singen den Eleazar? Na, segg ick,
denn angascheern Se my as lyrischen Tenor, denn mit Garso is dat
ja ok nich wiet her. Nu, dato harr he Lust, aber nu fung he glick
an von „halbe Gasche" to snacken un so veel verdeen ick ok noch by de
Melk. Gaudelius in Altona segg, Lorrain schree em all mehr vör, as
ick singen kunn. Maurice darf ja keene grooten Opern geben. Wo kann't
angahn, dacht ick un gung to Schultze up St. Pauli, dat he my
wenigstens vör Gastrollen angascheert. Schultze segg: Gasteern doh
ick sülvst by my, aber wenn Du my en Stück schrieven wullt, wat ick
föftigmal geben kann, dat will ick Dy mit fiev Mark Courant honoreern.
— Do segg ick: Leg' doch noch Veertein Schilling to, Schultze, damit ick wenigstens, wenn se my wegen myn Singen arreteer'n, nich so
lang to brummen bruck! Dat wör em aber to veel. Wo kann't angahn? — Aber de Courage verleer ick nich un singen mutt un will
ick un harrn de Kunstablers noch so'n bannigen Pick up my.

> Wo Muth und Kraft in deutscher Kehle flammen,
> Fehlt nicht das blanke Schwert beim Becherklang.
> (ruft) Melk! Dickmelk!

Linorah lauscht, hat sich hinter ihn geschlichen und schlägt ihn auf die Schulter. Klas fällt erschrocken zu Boden.

Linorah. Bravo! singe immer zu!

Klas. Ick bin dod.

Linorah. Immer weiter! Auf! und singe! Tanz' mit mir!

Klas. Danzen schall ick mit Dy? (Er erhebt furchtsam den Kopf, erkennt Linorah.) Wat? Du büst keen Kunstabler? Dat is wat Anners! (Springt vergnügt auf, singt und tanzt mit Linorah, die nach dem Tanze entflieht, so daß er zu Boden taumelt.) Sackerlot, dat heet ick danzen, my is de Kopp ganz dösig. (Linorah nachrufend.) Loop man nich gar so meschuggen rum, myn Deern, sonst lätt dy Richter noch vör de Reform in Holt snieden, un in Hamborg bringt Dy Krohn glick in de neie Irrenstatschon. (Steht auf.) Egentlich is dat aber doch recht schlecht! so en meschuggen Deern kann hier ungehinnert rumlopen, während se my glick arristeern, wenn ick myn schoine Stimm mal hören lat. — Aber wer kummt denn da anbummelt? Ick glöv gar, dat is myn ollen Fründ Leinoel. Wo kann't angahn!

Leinoel, in sehr ärmlicher Kleidung aber höchst „gebildet", klagt dem Freunde sein Mißgeschick. Vor Jahr und Tag habe er sich mit Linorah verlobt. Die Hochzeit habe schon statt finden sollen, als plötzlich Linorahs Hab und Gut, auch ihr Häuschen, abbrannten. Er sei darauf zum Armenvorsteher gerannt, habe sein Unglück geschildert, in den rührendsten Tönen um Bewilligung der Kosten zur ersten häuslichen Einrichtung gebeten, sei indessen in die Hüttenwache geschleppt und, als er die übliche Strafe von „fiev Mark veertein Schilling" nicht bezahlen konnte, auf ein Jahr ins Werk- und Armenhaus gebracht worden. Heute wieder entlassen, sei Klas der erste Bekannte, dem er begegne. Ob er wisse, wie es Linorah gehe? wo sie lebe und wovon? Da vernimmt er, daß seine Geliebte verrückt geworden und Tag und Nacht auf dem Heiligengeistfeld herumirre in Begleitung eines alten schwarzen „Schaafs=kopp", den sie für eine weiße Ziege halte. — Inzwischen ist's Nacht geworden, der Mond hinter den durchsichtigen Windmühlenflügeln der Oelmühle aufgegangen; man hört Linorah wehmüthige Weisen singen von ihrer Ziege, die ihr entlief, von ihrem Verlobten, der sie verließ. Plötzlich bricht ein Gewitter los, der schwarze Schafbock rennt über die Bühne der Mühle zu, die Wahnsinnige hinterdrein, Leinoel wirft Klas, der ihn zurückhalten will, um und eilt ihr nach. Beide werden von den Flügeln der Windmühle erfaßt. Es donnert und blitzt. Klas liegt noch immer auf der Erde und ruft erschrocken: Wo kann't angahn!

Im zweiten Bilde graut der Morgen. Die Scenerie bleibt dieselbe. Ein Laternenanzünder löscht das Gas aus.

> Morgen is't, un alle Dhore
> Wedder apen stahn.
> Kummt de Sunn herup, so kann ick
> Ok to Bedde gahn.

Ein Konstabler singt sein Lied von den „Fiev Mark Veertein." Sie verschwinden, nachdem sie sich „gu'n Morgen" gewünscht. Klas kommt langsam und verdrossen:

> Melk! — ja so! ick heff jo düssen Morgen gar keen Melk by my, de ick verkoopen kann! Wo kann't angahn! — an de Nacht will ick denken. So mutt den König Bomba to Mohd weesen sien, as em de lezde Nadh an syn italiänschen Stewel platzt is un he dat Leed anstimm'n mußt: „Nach Gaêta, nach Gaêta!" — Myn armen Fründ Leinoel un syn Linorah deiht woll keen Than mehr weh. De heft dat överstahn un Beiden is wohl. Ick aber mutt Dröbsal blasen, denn ick bin doch keen Klotz, dat my eer truriges Schicksal nich to Harten gahn schull. Myn eenzigen Trost is man noch: dat keen Minsch vör Malheur kann, un also ick ok nich.

Einer hat ein Stück geschrieben,
Funfzigmal ward's aufgeführt;
Fragt ihr, wo der Lohn geblieben,
Der dem Autor doch gebührt?
Hm! „Bethalen" fällt oft schwer.
Wundert euch drum nicht zu sehr,
Wenn der Dichter vergessen wär'!
(spricht)
Wo kann't angahn?!
Ja — wer kann denn vor Malheur?

Wie er abgehen will, treten Leinoel in zerrissener durch-
nässter Kleidung und der Müller auf, welcher die ohn-
mächtige Linorah auf einem Schiebkarren aus der Mühle
fährt. Leinoel singt:

O bette sanft
Mir der Geliebten theure Hülle!

Aergerlich entgegnet der Müller: „Ach worum nich
gor. Von dat bitten Rumdreihn up de Windmöhl ward
so en robustes Minsch nich glick starb'n. Laat eer man eerst
den Brand, den se sick gestern Abend woll andrunken hett,
utslapen, da ward se so frisch un gesund upwaaken as myn
Möhlesel un Du sülvst." Damit kehrt er den Karren um,
so daß Linorah auf einen Rasenfleck zu liegen kommt.
Klas ruft voll Erstaunen: „Wo kann't angahn! Du levst?
Du bist nich dodt?" Leider nicht, seufzt Leinoel, o Linorah!
Linorah! — Allein diese lebt auch, wie Klas bemerkt:
„Aber hör' mal! de is ja gar nich dodt!" Er hat Recht,
die Schlummernde niest. „Un niesen kann se of! Gott help!"
Linorah erkennt und umarmt ihren Bräutigam. „Wo kann't
angahn!" Der Wahnsinn ist geschwunden, die Ziege rectius
der Schafbock todt und soll als Hochzeitsbraten trefflich
munden. „Da kannst Du seh'n", sagt Klas leise zu Leinoel,
„dat se nich mehr meschuggen is, se denkt all an Hochtid."

Aber woher das Geld dazu nehmen? Da nahen Bürger, Frauen, Mädchen und Kinder. Ein Gardist fragt, wer der Mann sei, der so nach Geld schreie? Klas kennt den Stadt- und Vaterlandsvertheidiger und fordert in schwungvoller Rede auf, dem Brautpaar zu helfen, „denn sie haben keinen Schilling Geld nich un sie lieben sich. Wo kann't angahn! Brauche ich noch mehr zu sagen, edler wohlthätiger Hamborger?" Im Handumdrehen ist eine Summe gesammelt. „So fründ! da is Geld! övernoog um Hochtid to maken. Nu kann't angahn! Hurrah de Bruudlüd!" Unter Gesang und Tanz schließt das Stück.

Dasselbe machte seiner Zeit gewaltiges Aufsehen und verursachte eine Menge von Nachahmungen und Fort- setzungen. Abgesehen von den beiden Parodieen „Trino-rah, oder: Die Wallfahrt nach der Uhlenhorst" und „Fi-Norah, oder die Wallfahrt nach dem Windmühlenberge" mögen erwähnt sein: „Linorah und Leinoel oder Schlafen Sie wohl, Herr Nachbar!" Lokalposse in einem Aufzuge, die am St. Pauli Tivoli den 11. Juli 1860 zum ersten Male auf- geführt ward; ferner „Klas Milchmann als Hülfsmann", Posse mit Gesang und Tanz in einem Akte, auf derselben Bühne den 23. August 1861 zuerst dargestellt; und aus Eysers Feder „Melkmann Klas sin Fastnach in Hamborg 1861. En bannigen Fastnachs-Spas mit Gesang" (Altona 1861. Druck und Verlag von H. Poppe & Comp.) sowie von demselben Verfasser und in gleichem Verlage „Die Leiden eines schwarzen Schafbocks." Zahllos waren die Aufführungen der Originalparodie; auch auf dem Altonaer Stadttheater fand sie den 28. April 1861 großen Beifall. In mancher späteren Saison wurde sie mit Glück wieder hervor- geholt, noch 1865, ja erlebte 1873, am 25. Februar, eine drastische Umarbeitung „Zur Nachfeier des großen Karneval-Festes. Letzte närrische Komödie, genannt: Klas

Melkmann oder: Die Kappenfahrt nach der Oelmühle."
Die Lektüre des Zettels dürfte selbst dem Prinzen Karneval
Spaß gemacht haben.

Leinoel, dem Bummlerthum fast nah,
 früherer Hausknecht . . . . Hr. Basta.
Linora, Regentin vom Kammerbesen, zart-
 fühlendes, heißliebendes Wesen,
 seufzt immer Weh! und Ach! . Frl. Bach.
Klas, Milchmann aber ein aufgewedter
 Wilhelmsburger . . . . . . Karl Schultze, Direkter.
Trina und) Zwei Küchen-Dragoner (Frl. Pusta und
Anna) (Frl. Schoner.
Ein knüller Windemüller, edel im Denken
 schwerfällig im Gange . . . Hr. Lange.
Ein Konstabulöhr, Namens Dickedör, nicht
 von Pappe, noch Heede . . . Hr. Wrede.
Dann: Der Bindfaden-Erfinder und Laternen-
 anzünder, wäscht in Unschuld seine
 Hände . . . . Hr. Mende.
Endlich noch zwei Schäferknaben, die freund-
 lichst übernommen haben, ohne
 Garantie indeß . . . . . . Frls. Claus und Jeß.
Vieles Volk, Menschen, Gründer und Gesindel.
Von der Sternschanze und vom Grindel.

Namentlich der Ausruf „Wo kann't angahn!" ist in
Hamburg sprichwörtlich geworden. So betitelt sich das
zweite Bild der Lokalposse „Der schöne August von Poppen-
büttel", am Nationaltheater auf dem Spielbudenplatz 1877
gegeben, „Wo kann't angahn!" So lesen wir oft in Hamburger Blättern bei Ankündigung von Ausverkäufen: Zu
solchen Spottpreisen, daß man verwundert ausruft „Wo
kann't angahn!"

Wer aber ist der Urheber dieser populären Phrase?
Eyser nimmt auf das Entschiedenste für sich die Autorschaft

in Anspruch, und eben so bestimmt schreibt Karl Schultze
sich alleiniges Anrecht darauf zu. Ein förmlicher Kampf
entbrannte zwischen Beiden. Mit spitzer Feder vertheidigt
Eyser sein Eigenthum in den Vorworten zur ersten und
zweiten Auflage seines Werkchens. Er hätte dasselbe nie
drucken lassen, sagt er, wenn man ihm nicht so arg mit=
spielte; denn nicht nur die Originalität der obigen Redens=
art, sondern auch die Posse selbst machte ihm Schultze mehr
oder minder streitig. Wir dürfen diese damals viel Staub
aufwirbelnde Angelegenheit nicht mit Stillschweigen über=
gehen; sie ist in mancher Beziehung lehrreich.

Thatsache war, daß Eyser für sein nach etlichen Wochen
schon zum funfzigsten Mal aufgeführtes Stück nicht weniger,
aber auch nicht mehr als 5 Mark Courant Honorar empfing,
daß er auf dem Theaterzettel nicht genannt ward, daß
Schultze sich, als man den Namen des Verfassers zu wissen
begehrte, Anfangs allein als solcher und auf Eysers Be=
schwerde als Mitverfasser in den öffentlichen Blättern be=
zeichnete. Dagegen protestierte Eyser: Plan, Gang der
Handlung, Wahl der Charaktere, Scenenfolge, Dialog,
Gesangstexte — kurz, die Dinorah, wie sie der Lesewelt
vorliege, sei sein ausschließliches Eigenthum; Herr Schultze
habe nur ein Kouplet im zweiten Akte, den Schlußtanz
(statt des Schlußgesanges) und einige Lokal=Impromptus
eingelegt, deren Autorschaft er, Eyser, durchaus nicht be=
anspruche, so wenig wie die Idee, das Original des Milch=
mannes als Gast auf die Bühne zu bringen, wodurch die
Parodie zur gemeinen Farce herabgewürdigt wurde.
„Das Publikum Hamburgs kennt mich seit 32 Jahren als
Schriftsteller, denn im Jahre 1828 erschienen meine ersten
litterarischen Arbeiten in der von dem verstorbenen Dr. Pappe
herausgegebenen Zeitschrift „Lesefrüchte" sowie in den
„Originalien" von Georg Lotze. Diese Arbeiten, so schwach

sie immer waren, erwarben mir die Theilnahme eines
Zimmermann, Bärmann, Lewald, Heinrich Heine, Maltitz
und anderer damals in Hamburg lebender geschätzter Schriftsteller. Das Hamburger Publikum, dem das, was ich später
schrieb, nicht unbekannt ist, wird mir zutrauen, daß es mir
nicht einfallen kann, mich mit fremden Federn zu schmücken,
allein ich finde auch keine Veranlassung, so ohne Weiteres
was ich geschrieben habe für das Geisteserzeugniß eines
Anderen ausposaunen zu lassen. Wie schlecht sich's mit
seinen eigenen geistigen Kälbern pflügt, erfuhr Herr
K. Schultze gelegentlich der ersten und letzten Aufführung
seiner Lokalposse „Hamburger Kinder." Er begnüge sich
daher gütigst mit dem pekuniären Gewinn, welchen ihm
meine funfzig Mal gegebene Linorah brachte, und dem
Bewußtsein, sie mit 5 Mark Courant honoriert zu haben."
    Als Entgegnung erließ Schultze in den Hamburger
Nachrichten Nr. 236 folgende „Zur Warnung!" über-
schriebene Annonce: „Ich zeige hiermit dem geehrten
Publikum an, daß die erschienene Brochüre, betitelt: Linorah,
oder die Wallfahrt nach der Oelmühle keineswegs diejenige Posse enthält, welche in St. Pauli Tivoli 50 Mal
mit so großem Beifall aufgeführt ist." Diese recht proble-
matische Erklärung, deren Ueberschrift einigermaßen räthsel-
haft erscheint, mußte den Autor Lyser, wenn er wirklich ein
gutes Gewissen in der streitigen Sache hatte, zu einer Erwiderung veranlassen. Und eine solche ließ nicht lange auf
sich warten. Innerhalb drei Tagen war die zweitausend
Exemplare starke Auflage seines Stückes vollständig vergriffen; die Nachfrage steigerte sich so sehr, daß ein Neudruck nöthig wurde. Derselbe erschien noch Anfang Oktober
1860. Das zweite Vorwort bezieht sich auf obige Annonce:
„Herr Schultze erklärt mit unbegreiflicher Naivetät, die im
Druck erschienene Brochüre „Linorah" enthalte keines-

wegs die auf seiner Bühne funfzig Mal mit dem größten
Beifall aufgeführte Posse. Da, so viel mir bekannt, bis
jetzt keine Brochüre unter demselben Titel in Hamburg
oder Altona noch sonst wo im Druck erschien, so muß ich
allerdings die „Warnung" auf meine Cinorah beziehen,
und da kann mich nur das tiefste Mitleiden mit der geistigen
Unzurechnungsfähigkeit des Herrn Schultze erfassen. Seiner
„Warnung" nach scheint er das Hamburger und Altonaer
Publikum (zum Dank dafür, daß es sich die Cinorah auf
seiner Bühne bei dem schlechtesten Sommerwetter funfzig
Mal ansah) mit der unglücklichen Cinorah zu verwechseln,
welche ihrem schwarzen „Schafskopp" glaubte, was er sich
einbildete, nämlich daß er eine schneeweiße Ziege sei. Wer
ums Himmelswillen, der nur eine der ersten der funfzig
Vorstellungen der Cinorah im Tivoli-Theater der Herren
Lange und Schultze mit ansah und meine Posse las oder
noch lieset, wird der Behauptung des Herrn Schultze nur
den mindesten Glauben mit dem besten Willen schenken
können? Herr Schultze hat ganz und gar vergessen, daß
er selbst mich in den Hamburger Nachrichten als Verfasser
der Cinorah genannt hat, — allerdings nicht freiwillig,
aber wie der Russe sagt: „der Bien mussen" — und wenn
ich gutmüthig während der Dauer der Sommersaison dazu
schwieg, daß Herr Schultze sich neben mir als Mitverfasser in den Annoncen nannte, so veranlaßte mich
doch seine spätere Handlungsweise, in meinem ersten Vorworte gegen jede Mitarbeiterschaft des Herrn Schultze
entschieden zu protestieren, denn „Verböserungen", wie Herr
Schultze sie nach der sechsten oder siebenten Vorstellung
wider mein Wissen und wider meinen Willen vornahm,
berechtigen ihn durchaus nicht zu der Anmaßung, sich als
Mitverfasser meiner Posse zu nennen. Herr Schultze ist
litterarisch zu ungebildet, um dies einzusehen, mithin auch

unzurechnungsfähig, fonft würde ich wahrlich ganz anders
mit ihm dafür verfahren, daß er fich unterstanden hat,
mich in feinem „Zur Warnung" dem Publikum als einen
litterarifchen Falfarius hinftellen zu wollen. Wäre der
Prozeßgang in Hamburg ein anderer, als er befonders für
einen Ausländer einem Hamburger gegenüber ift, ich würde
fofort eine gerichtliche Klage eingereicht haben, allein ich
habe weder Geld noch Zeit wegzuwerfen, und fo begnüge
ich mich damit, an den Rechtsfinn des Hamburger und
Altonaer Publikums zu appellieren. Es wird die Handlungs-
weife des Herrn Schultze nach Verdienft würdigen." Eyfers
Sprache trägt alle Spuren der Erregtheit, aber auch den
Stempel der Aufrichtigkeit und Wahrheit.

Audiatur et altera pars. In der Bibliothek von Karl
Schultzes Theater ift leider die Linorah, wie fie aufgeführt
wurde, nicht mehr zu entdecken, fondern nur die voll-
ftändige Korrepetitionsftimme und einige Rollen. Soweit
fich aus diefem dürftigen Funde fchließen läßt, ift Eyfers
Schöpfung nicht wefentlich umgeftaltet; einzelne „Ver-
böferungen" läugnet Eyfer ja nicht. Durch gütige Ver-
mittelung eines geachteten Hamburger Dramatikers erfahre
ich folgende von Schultze felbft herrührende Ausfage: „Das
Original war in der von Eyfer eingereichten Form unaufführbar, weil ohne jede Bühnenwirkung. Die Jdee war
jedoch nett, und Schultze kaufte das Stück mit dem Vor-
behalt, es umzuarbeiten. Schultze hat die Bearbeitung felbft
vorgenommen, Pointen hineingebracht und vor Allem die
Redensart „Wo kann't angahn!", die das Stück populär
machte, hinzugethan. Als er nämlich eines Morgens in
einer Laube feines Theatergartens mit der Bearbeitung
befchäftigt war, trat ein bekannter Hamburger, Nicolas
Wülfen, zu ihm und rief: „Schultze, Du fittft hier un fchriffft!
Wo kann't angahn?" worauf diefer die letztere Redensart

aufgriff und durch das Stück ziehen ließ. Als das Letztere
später in der umgearbeiteten Form Aufsehen erregte, machte
Lyser neue Honoraransprüche, die ihm noch einmal bewilligt, dann aber abgeschlagen wurden, denn Schultze
hatte das Stück als sein Eigenthum von vornherein erworben. Darauf wandte sich Lyser an die Oeffentlichkeit
mit seinen Ansprüchen an Schultze und ließ sein Original
im Druck erscheinen. Das aufgeführte Stück ist jedoch niemals im Druck erschienen." Und doch, meine ich, wäre dies
das beste und untrüglichste Mittel gewesen, sich unumstöß-
liche Gewißheit zu verschaffen, auf wessen Seite das Recht
stand, und damit wäre Lysers Anklagen, vorausgesetzt daß
er im Unrecht befindlich, ein für alle Mal die Spitze ab-
gebrochen. Das ist nicht geschehen und wirft auf die
gegnerische Partei eben kein vortheilhaftes Licht. Ob das
gedruckte Stück unaufführbar und ohne Bühnenwirksam-
keit, ist nach dem mitgetheilten Auszuge unschwer zu entscheiden. Daß Schultze Lysers Geistesprodukt mit dem Vor-
behalt einer Umarbeitung kaufte, ist an und für sich kein
Ding der Unmöglichkeit. Da indessen Lyser so energisch
öffentlich dagegen protestiert, ohne widerlegt zu werden,
neigt sich die Wagschale sehr zu seinen Gunsten. Was
vollends das „Wo kann't angahn!" anbelangt, so hat Lyser
dasselbe in seiner Buchausgabe wiederholt angewandt.
Warum schwieg Schultze hierzu, wenn er in Wahrheit, wie
er behauptet, dies Bonmot erst hineingebracht hat? Uebrigens
existiert hinsichtlich der Genesis jener Phrase noch eine
andere Version, die Karl Wilhelm Holländer in der Hamburger Zwischenakt-Zeitung vom 11. September 1866 aus
der Erinnerung erzählt: „Ein bekannter St. Paulianer,
einer der näheren Freunde und Verehrer des Tivoli-Theaters,
der obige Redensart mitunter im Munde führte, befand
sich während der Vorstellung in der Nähe der Bühne.

Schultze wurde, wie gewöhnlich, bei seinem Auftreten mit
so anhaltendem Jubel empfangen, daß er nicht zu Worte
kommen konnte; wie sprachlos starrt er ins Publikum, sein
Blick trifft den erwähnten St. Paulianer, unwillkürlich ent-
schwebt es seinen Lippen: „Wo kann't angahn!" Ein neuer
Beifall brach los, und die unbedeutenden Worte wurden
stereotyp, der Parodie noch manche Aufführung sichernd,
sowie dem damals noch so jungen Institut eine Zukunft
gründend. Es gehörte bald zum guten Ton, die Parodie
gesehen zu haben, beschäftigte sich doch sogar die Börse
mit Schultze=Klas Melkmann." —Diese Schöpfungsgeschichte
lautet nun anders als Schultzes eigene Angabe. Unwillkürlich rufen auch wir aus: „Wo kann't angahn!" Hie
Lyser, hie Schultze, hie Holländer! Eines spricht auch hier
wieder für den Ersteren, Holländers Geständniß, daß Schultze
als Klas Melkmann von vornherein mit endlosem Applaus
empfangen zu werden pflegte, daß also von vornherein die
aus dem Volk herausgegriffene Figur allgemein gefiel. Denn
bis dahin galt Karl Schultze noch für keine Kapazität. Erst
durch diese Posse erlangte er, wie der Vater dieses schalkhaften Kindes voll Humor und Satyre ganz richtig bemerkt,
eine Art wirklicher Berühmtheit als Komiker. Früher ist
es thatsächlich keinem Bildner eingefallen, ihn in irgend
einer Rolle zu photographieren, lithographieren, in Holz
zu schneiden und in Tragant zu formen. Derartige Aus-
zeichnung widerfuhr ihm erst in der Rolle des Milch-
mannes Klas.

So war das bisher fast unbekannte Theater mit einem
Schlage der Wallfahrtsort aller Klassen von Hamburgs
Einwohnerschaft geworden. Fröhliche Auferstehung feierten
hier nach einander Davids Nummernstück, Nacht auf Wache
und Gustav oder der Maskenball, Angelys Fest der Handwerker, Lewalds Hamburger in Wien, Bärmanns Kwatern

und Stadtminschen un Buurenlüüd. Doch in Bärmanns
Burenspillen fand sich auf die Dauer keine befriedigende
Beschäftigung für Schultze; sie enthalten mehr den Typus
des Ditmarscher Bauern, worin der Holsteiner Heinrich
Kinder seit Anfang der funfziger Jahre Mustergiltiges
leistete. Schultze blieb immer von Kopf bis zu Fuß Hamburger in Maske, Charakter und durch die Fertigkeit, womit er sein prononciert vaterstädtisches Platt in allen Nüancen
zur Geltung zu bringen weiß. In weiblichen Rollen glänzte
als seine ebenbürtige Partnerin Fräulein Luise Müller,
nachmalige Gattin des kürzlich verstorbenen Schauspielers
Louis Mende, die unter dem Namen Lotte Mende als
plattdeutsche Darstellerin Hamburgischer Lokalfiguren, vorzüglich komischer Alten, unerreicht dasteht; aber in Stücken, die
auf spezifisch mecklenburgischem oder schleswig-holsteinischem
Grund und Boden gewachsen sind, wie namentlich in den
Dramatisierungen von Reuters Werken, kann sie dem Dialekt-
kenner kein unbedingtes Lob abgewinnen.

Eine Reihe neuer Lokalpossen, unter denen Krügers
„Ein alter Seemann" und „Is beter in Gooden
oder Ein Feuerwerk in Rainvilles Garten" von
A. B. mit der ergötzlichen Rolle des Klas Snaakenkopp die
beliebtesten gewesen, fallen in die Zeit bis zum Juni 1862.
Hier darf auch Volgemanns Einakter „Was der Himmel
zusammenfügt, kann die Prätur nicht scheiden"
nicht übergangen werden. Diese Bluette hatte zuerst am
28. Januar 1847 auf dem Thalia-Theater unter dem Titel
„Ein Stündchen auf der Diele" angesprochen und fand jetzt
mit Schultze als ungetreuem Hausknechte und Frl. Lange
als Hamburger Köchin nachhaltigen Anklang. Das kleine
Kabinettstück spielt auf der Präturdiele, ähnlich wie Louis
Grupes lokales Bild „Ein Hamburger Nante" (Hamburg,
L. W. Dütschke. 1863) und neuerdings der Schwank des

geschätzten nordalbingischen Dialektdichters Johann Meyer
von Kiel „Op'n Amtsgericht" (Hamburg, J. F. Richter.
1879), worin Lotte Mende als Rentiere Schmidt auftrat.
Die beste Gestalt ist der Tischler Hobelmann, dessen Gesänge der niedersächsischen Litteratur zur Zierde gereichen.
Nach der Melodie des bekannten Hobelliedes tönt's uns
entgegen:

1.

As Börger un as Handwarksmann
Ik stolz mi Discher nenn,
Denn wi schafft ja von Anfang an
De Saken bet to Enn.
Kum dat wi in de Welt rin lopt,
Is ok de Discher da —
Dat eerste, wat wi bruken doht,
Dat makt de Discher ja.

2.

Toeerst makt wi ut blanken Holt
De Weeg so schlank un schön;
So lang wi darin ruhen doht,
Lacht uns de Welt so grön.
Da liggt wi denn so sanft un god
Von Mutterog bewacht —
De lullt uns, wenn wi slapen doht,
En Weegenleed ganz sacht.

3.

Un wenn de Jung un wenn de Deern
Jüngling un Jungfru sünd,
Denn kummt bi jem, wer will't verwehrn,
De Leev oft gar geswind.
Denn sünd wi wedder gar nich slecht,
To schaffen Freid un Glück;
Wi makt de Bettstell jüm torecht,
As schönstes Ehstandsstück.

4.

Un wenn wi starwt na Gotts Gebot,
Is ok de Discher da,
Dat Letzte, wat wi bruken doht,
He makt de Ruhkist ja.
Da ruht wi denn so still un sanft,
Glikvel ob Christ ob Jud,
Na manchen swaren hatten Kampf
Von unse Arbeit ut!

Im Walzertakt erklingt ein zweites Lied, das recht lustig die Lauge seines Witzes über Hamburgs Straßennamen ergießt. „Dat weer ok recht god", meint die Köchin, „wenn Jeder da to wahnen keem, wo he hengehört."

1.

Bin Kugelsort un Pulverdik
Wahn passend de Soldat,
Un jede Mucker muß mi glik
Hen na de Düsternstrat.
De Grimm de weer vor Fro un Mann,
De left in Zorn un Zank,
Un jede Waschfro hier de wahn
In Amidammaker-Gang.

2.

En Landmann, de starrköppig was,
De muß glik na'n Burstah,
Un Bredergang un Holtdamm paß
Woll vor de Discher da.
De Pickhuben doch sin woll muß
Na'n Schoster ehr Gesmack,
Un jede Broer broen muß
Woll in den Hoppensack.

3.

De Rosenstrat as Lebensbahn
De paß vor jede Brut,

Un wer keen Geld hett, de muß gahn
Na'n Sülbersack herut!
De Drinker in de Watertwiet
Genog to picheln kreeg —
Un ick wahn geern vor Lebenstied
Hier op de Langenreeg!

Noch eine andere Lokalposse in zwei Aufzügen
von Volgemann „Leiden und Freuden eines Hülfs=
mannes" wurde sehr günstig aufgenommen. Damals
war gerade das praktische Institut der Hülfs= oder Dienst=
männer ins Leben gerufen. Schultze hatte hierin als August
Munter am St. Georg Theater in den Monaten Oktober
und November 1861 gastiert und in der Sommersaison 1862
dies Kassenstück nach seinem St. Pauli Tivoli hinüberver=
pflanzt. Er war der „Träger" der Posse und wußte auch
dieser Last gerecht zu werden wie jeder übrigen, die er für
„dree Sößling" zornglühenden Antlitzes vom Steinthor bis
zum Brookthor schleppen muß. Volgemann hat mit seiner
dramatischen Gabe das Hamburgische Element gepackt und
in dem Kouplet „Ick bün en echt Hamborger Kind" dem
Nationalstolze seiner Landsleute geschmeichelt. Das dritte
Bild „Nu warr ick eerst kloof" erregte besondere Heiterkeit
und veranlaßte sogar einen Hypochonder zu folgendem
poetischen Erguß:

Wer lachen will mal so recht luut,
— Schriev ick vor Grot un Kleen —
Mutt vor St. Pauli gahn herut
Un da den Hülpsmann sehn.

Ick hev to Hus en böse Olsch;
Wokeen kann vor Mallör?
Daröber worr ick melankolsch
Un gar nicks frei mi mehr.

Doch seit ick hört in Tivoli,
  Wie sehr dat Stück gefull,
Wör all mien Mißmoth snell vorbi,
  Un lacht hev ick wie dull!

Als ick hev Schultze spelen sehn
  Un dabi danzen ook,
Reup ick luut: Bravo, dat is schön!
  Un dacht: Nu warr ick eerst klook!

Die litterarische Thätigkeit Heinrich Volgemanns (geb.
den sechsten December 1815 in Hamburg, ursprünglich
Lehrer, noch jetzt ausschließlich als Schriftsteller wirksam)
ist eine äußerst fruchtbare. Mit glücklichem Griffe weiß er
jedes vaterstädtische Ereigniß von irgend welcher Bedeutung
dramatisch zu beleben. In den funfziger und sechsziger
Jahren unseres Säkulums schwanden die Ueberbleibsel
mittelalterlicher Zustände in der alten Hansestadt mehr und
mehr. So war schon 1852 das Korps der viel verlachten
„Nacht-Uhlen“ zeit- und zweckgemäß reorganisiert, so waren
bald darauf die „Reitendiener“, welche längst nur noch den
Spott des Volkes erweckten, abgeschafft, und vor allen
Dingen wurde am letzten December 1860 die verhaßte
Thorsperre aufgehoben.

  Freu di, mien stolz Hammonia,
    Breet steihst du ahn' de Thorsperr da!

lautet der Refrain eines damals populären Liedes. Volgemanns Lokalposse „Der letzte Schilling Thorsperre“,
am ersten Januar 1861 auf dem St. Georg Theater in
Scene gesetzt, kam daher höchst gelegen und trug der frohen
Stimmung des Publikums vollauf Rechnung. Einige Jahre
später, 1865, bei Einführung der Gewerbefreiheit, rief
ebenfalls sein Schwank „Vor und nach der Gewerbefreiheit“ lauten Jubel hervor.

Karl Schultze hatte inzwischen am achten Juni 1862, Pfingstsonntag, den zweiten großen Glückswurf gethan mit einer neuen Parodie in vier Akten und sieben Bildern „Fauſt und Margarethe", welche eine unverwüſtliche Lebenskraft bekundete. Der Verfaſſer heißt Louis Schöbel, ein Breslauer von Geburt. Karl Schultze war ihm behülf- lich, den eigentlichen Hamburger Humor hineinzulegen und den von ihm ſelbſt darzuſtellenden „Deubel" als „Reiten- diener" mit zündenden Kouplets und Pointen auszuſtatten. Trotz mangelhafter Form und Konception traf die friſche Urſprünglichkeit des plattdeutſchen Mutterwitzes auch hier die Achillesferſe des zu parodierenden Tonwerkes mit vielem Geſchick. Gounods am Stadttheater enthuſiaſtiſch begrüßte Oper gab noch zu zwei anderen Traveſtieen von J. Roſen- farben und Ch. Caßmann Anlaß, die auf dem Aktien- ſowie auf dem Varieté-Theater in St. Pauli geſpielt worden ſind.

Damals bildete die Abſchaffung der „berittenen" Ma- giſtratsdiener den Geſprächsſtoff in Hamburg. Dieſe Reiten- diener formierten eine aus ſechszehn Mitgliedern beſtehende privilegierte Brüderſchaft: aber nicht etwa eine fromme, wie die della misericordia in italieniſchen Städten, berufen und pflichtig, Verunglückten zu Hülfe zu eilen, Todte der Erde zu überliefern. Von der Hamburgiſchen — urſprünglich zur Bedienung des Senates, beſonders der Bürgermeiſter beſtimmt — ward dieſer letztere Liebesdienſt nur für die Gebühr geleiſtet, worauf ſie, bei dem ſchweren Ankauf der Brüderſchaft von 12, 16 bis 20,000 Mark, von der Stadt- kämmerei angewieſen waren, und gegen einen Theil der Bürger hierin, wie bei der Hochzeitaufwartung, ein ge- wiſſes Zwangsrecht übten. Der Reitendiener war in ſeinen zwölffältigen Funktionen ein wahrer Proteus von ſich immer umwandelnder Geſtalt und Form. An zwei Tagen des alten

Herkommens, wo ein feierlicher Umritt gehalten wurde, —
ferner als Eilboten des Raths zum Rapport bei Vorfällen
in der Stadt, — als Eskorte von Rathsdeputationen
außer derselben, — als Begleiter eines Verbrechers zum
Tode, sah man ihn als Kavallerist — daher sein Name
reitender Diener — von martialischem Aussehen, im
ledernen Koller, mit Karabiner, Pistolen und Degen bewaffnet. Am Rathhause erschien er zur Aufwartung des
Senates und als Trabant der Bürgermeister in einem langen
blauen, reich mit Silber galonierten Mantel, den Degen
an der Seite. Als Hochzeitbitter, Vorschneider und Auf-
wärter trug er ein nicht minder reich verbrämtes Kleid.
Als Leichenbitter und Trauermann beim Leichenzuge trat er
ihm voran, wohl frisiert, Chapeaubas, im langen schwarzen
Mantel. Als Leichenträger endlich sah man ihn mit seinen
Kollegen dem Leichenwagen paarweise folgen, in einer
Stutzperücke, mit schwarzem tuchnen breitgeründeten Hut,
breitem krausgefalteten weißen Halskragen, sehr kurzem
faltigen schwarzen Mantel, weiten schlotternden Hosen und
umgürtetem Degen. — Nun ist sie nicht mehr, diese den
Zopf repräsentierende Zunft! Sie gehört der Geschichte an
und die aus Altspanischem, Altschweizerischem und Alt-
holländischem gemischte burleske Tracht der Kostümkunde.

Mephistopheles als pensionierter Reitendiener —
ein genialer Gedanke, eine unvergleichliche Figur! Das
unverfälschteste Hamburger Platt erhöhte nur noch die
Wirkung. Augen und Ohren des Publikums geriethen
gleich sehr in Extase. Wenn Deubel dem Faust rieth:
„Man ümmer ruhig Bloot, Anton! Laat Di man nich verblüffen! Wi beseukt Grethen morgen in ehre Wahnung;
ehre Herrschaft is nich to Hus, un de Hushöllersch kenn ick
sehr genau, dat heet — oberflächlich. Ick maak Di mit ehr
bekannt; un sünd wi eerst alleen, ünner söß Ogen, denn

ward se sick nich länger sträuben, dat kannst Du mi sicher
gläuben" und Faust erwiderte: „Seelensfreund! Wenn
Grete nicht die Meine wird, kannst Du mir gleich ein
Grab bestellen und mir einen Denkstein setzen, auf dem geschrieben steht: —" dann brach bei Deubels Worten „Da
liggt de Hund begraben!"[1] stets ein unbeschreiblicher
Jubel aus.

„Ein Faustkampf auf dem Heiligengeistfelde" betitelt
sich das zweite Bild. Wir wollen uns diese Katastrophe
mit ansehen. Liegt uns doch daran, eine klare Vorstellung
zu gewinnen, in welcher Art das uralte Thema hier behandelt ist. Wir glauben uns in die Zeit des Puppen-
spiels zurückversetzt. Aber es geht hier doch, so zu sagen,
raffinierter zu.

Der „Hanseat" Valentin stellt Faust darüber zur Rede,
daß er seiner Schwester nachschleiche.

Deubel (leise zu Faust). Si man nich ängstlich!
Faust.   Ich habe ordentliche Absichten, ich will Ihre Schwester
                heirathen.
Valentin.   Sie sehen darnach aus! Wer sind Sie denn?
Faust.   Faust, Barbier und Wundarzt vierter Klasse.
Valentin.   Was? ein Bartkratzer?!
Faust.   Herr, ich habe noch Niemanden gekratzt, aber Ihnen
                möchte ich für diese Beleidigung die Augen auskratzen.
Deubel (für sich). Wenn de Geschicht to bunt ward, kratz ik noch ut.
                (Laut zu Faust.) Ick stah Di mit bi!
Faust.   Ich hau' ihm eins aufs Auge, daß er den großen
                Michaelisthurm für einen Spickaal ansehen soll!
Deubel.   Herrjehs, Dokter, wat maakst denn? Dat is ja to fröh,
                de Klopperei kummt ja eerst im veerten Akt!

_____

[1] Zur Entstehung dieser Redensart gibt Ludwig Bechstein im
zweiten Theile seines Sagenschatzes des Thüringerlandes (Hildburg-
hausen 1836) einen anschaulichen Bericht.

Fauſt.	So lange kann ich meinen Zorn nicht bändigen; ich schlage ihm schon im zweiten Akt eins hinter die Ohren. (Valentin fällt nieder.)
Deubel.	Et is zwar keen Muſik dabi, aber dat gifft doch Prügel na Noten!
Fauſt.	Ich glaube, er iſt todt.
Deubel.	Faat em mal eben mit an! (Tragen ihn in die Kouliſſe.) So, da liggt de Hund begraben!

Am achten Juni 1862 fand die erſte Aufführung ſtatt, am zwölften Auguſt 1864 die hundertſte. Noch bis vor Kurzem ſtand das Stück auf den Komödienzetteln. Am zwölften Januar 1880 war die dreihundertſte Wiederholung. Unter den lokalen Parodieen hat Fauſt und Margarethe immer einen hervorragenden Rang behauptet. Es wird aber auch ſchwerlich ein zweiter Stoff exiſtieren, der dazu ſeiner Volksthümlichkeit wegen in gleichem Grade ſich eignet. Wenn der Bearbeiter ſich auch direkt die damals das Repertoire beherrſchende Oper Gounods zum Vorwurf genommen hat, ſo iſt doch deren Bekanntſchaft zum Verſtändniß um ſo weniger nöthig, als es wohl Keinen ſelbſt aus dem niederen Stande gibt, der nicht die Fauſtſage kennt. Ihre Litteratur iſt faſt unabſehbar.[1] Können wir doch vom gigantiſchen Werke Goethes auf Klingemann und bis auf die Puppentheater und Kaſperleſpiele zurückgreifen.

Ein Jahr darauf, am 24. Mai 1863, ließ Schöbel „Die Roſe von Schwerin“, Parodie der Oper „Die

[1] Karl Engels Bibliotheca Faustiana (Oldenburg 1874) verzeichnet die Litteratur der Fauſtſage von 1510 bis 1873, enthält aber weder Schöbels noch Roſenfarbens noch Caßmanns Parodieen. Allerdings ſind ſie nicht gedruckt worden, alſo keine Bücher; und doch gehören ſie, gleich wie Detgens Hamburger Puppenſpiel, das auch von ſämmtlichen Fauſt-Gelehrten unbeachtet geblieben zu ſein ſcheint, der Litteraturgeſchichte an.

Rose von Erin", folgen, worin Schultze als Kornmakler
den stadtbekannten Antiquariatsbuchhändler J. S. Meyer
kopierte. Das Machwerk erlebte gegen fünfundzwanzig
Wiederholungen und wurde den 28. Juni durch Volge=
manns „Hamburger Spiegelbilder" abgelöst, welche
schon auf dem St. Georg Theater im Winter Kasse ge=
macht hatten. Dieses Stück, obwohl weder eine Neuigkeit
noch Originalarbeit, sondern nach einer älteren Wiener
Posse lokalisiert, erwies sich als Haupttreffer. Es ist aus
dem Borne wahren Volkslebens geschöpft. Die durch August
Meyer in Umlauf gesetzte Redensart „Dat lett sick op'n
Stutz nich ännern" ist auch Schuster Strippes Wahlspruch,
und sein „Sand in de Ogen" machte nicht müde sondern
munter.

Dem Bemühen Schultzes, eine echt Hamburgische Volks=
bühne zu begründen und das Gebiet vaterstädtischen Humors,
der so lange brach lag, mit Erfolg zu kultivieren, ver=
dankt eine drastische Burleske ihre Entstehung: „Wilhelm
Keenich und Fritze Fischmarkt aus Berlin auf der
Reise zur Ausstellung in Hamburg", Lokalposse mit
Gesang in einem Akte von Volgemann und Wilken.
Hier treten eine Anzahl sehr interessanter Persönlichkeiten
auf, die durch ihre Maske an jene Gesichter erinnern,
welche wir am liebsten auf landesüblichen Münzen von
möglichst großem Format uns anlächeln sehen. Spitzige
Stachelreden auf aufgelöste Kammern, Budget = Ueber=
raschungen, Rheingrenze und sonstige politische Anspielungen
werden mit solch urwüchsiger Laune vom Hausknecht Buttje
vorgetragen, daß bei der ersten Aufführung am fünften
Juli 1863 selbst der anwesende gestrenge Polizeiherr, wie
Fama meldet, ein Schmunzeln nicht unterdrücken konnte.
Wenn Wilhelm Keenich auf die Frage des Gütermaklers
Louis: „Gehn Sie nach Frankfurt?" entgegnet: „Nein,

Karl Schultze will es nicht haben, denn sonst müßte er sein Repertoire ändern" und dieser als Buttje ganz trocken versichert: „In Frankfurt hefft se ja ook all mennigmal ehr Repertoahr ännert, un de Dütschen hefft ehr Antreh nich wedder kregen", entstand jedesmal Heiterkeit. Am Schlusse stürzt Fischmarkt herein und sagt zu Wilhelm: „Machen Sie rasch! Hier ist Ihr Dampfschiffsbillet nach England", worauf Buttje dem davon Eilenden höchst gemüthlich nachruft: „Ohle Snöörenmaaker, ward man nich seekrank!" Aber es fehlen auch nicht scherzhafte unpolitische Episoden, die offenbar aus Volgemanns Feder herrühren. Hannes Buttje, Hausknecht in Streits Hôtel, hat ein Verhältniß mit der Vierländerin Anmyken. „Ick weet Bescheed!" lautet seine Devise, womit er, der biedere Stiefelputzer und Naturphilosoph, den gordischen Knoten der verwickeltsten Staats- und sozialen Fragen durchschneidet. Man höre ihn nur!

Hannes Buttje. Ick weet Bescheed! Mi makt man so licht keen X för'n U. Vör tein Jahr weer Humboldt mal veertein Dag bi uns up Nummer soß, — de hett mi manchmal seggt: „Buttje, es ist schade, daß Ihr Hausknecht seid! Ihr scheint Anlage für die Philosophie zu haben." Min damalige Brut Sophie Meyer ut de Reeperbahn meen aber: „Wozu brauchst Du viele Sophie's? Ich denke, Du hast schon an Einer genug!" Un se hett Recht hatt, — oh, ick weet Bescheed! Nu bün ick all siet en paar Jahr Brögam von'n Veerlannersch, un wenn wi man eerst so'n soßhunnert Dahler tosam hebbt, denn pacht wi uns en Keller. Bildung heff ick genog, um mit de Gäst umtogahn — ick weet Bescheed — aber ick glöf, ick kann et mit min Gemöth nich vereenbarn, denn noch sülvst wat to dohn. Dat Beste ward woll sin, ick öberlat Anmyken dat Geschäft.

Anmyken (als Vierländerin mit einem Korb voll Blumen, noch in der
    Thür). Büst alleen, Hannes?

Hannes Buttje. Jawoll, min seute Zuckerpopp. Kumm man her!

Anmyken. Och, ick heff Angst. De Oberkellner hett mi streng
    verbaden, wedder hertokamen. He seggt, ick holl Di
    von de Arbeit af.

Hannes Buttje. Dummen Snack! Als wenn ick jemals arbeid'n däd!

Anmyken. Dat heff ick ok seggt! Aber ick weet woll, warum he
    so fünsch is. He will jümmer soßunsoßtig mit mi
    spälen, un wiel ick et nich doh, schall ick hier nich
    mehr Blomen verkeupen.

Hannes Buttje. Ick weet Bescheed! Aber sei nur ruhig! Ich hoffe in
    diesen Tagen auch meinen Rabbes zu machen, und
    wenn's gelingt, werden wir bald Mann und Frau sein.

Anmyken. Och, Hannes, geiht et denn nich gliek? Mi ward de
    Tied so lang!

Hannes Buttje. Ne, Anmyken, die 600 Thaler müssen erst komplet
    sein. Keine Uebereilung! „Zuvorgethan und nach-
    bedacht, hat Manchen ins Mallör gebracht!" sagt
    Körner, der mal vierzehn Tage bei uns logiert hat.

Anmyken. Segg mi mal: Warum sprickst Du hüt gar nich so
    wie sünst? Hannes, ick bidd Di um Allns in de Welt,
    snack Plattdütsch mit mi! (Lied.)

> In Veerlann wurd'ck baren,
> Min Oellern spräkt platt,
> In Veerlann wurd'ck tagen,
> Kann schimpen mi dat?
> Min Modersprak Plattdütsch
> Nich laat ick von di!
> Hans Buttje, drüm bidd ick:
> Snack Plattdütsch mit mi!
>
> Kumm't Wort nich von Harten,
> Tom Harten 't nich geiht,
> Ob nägentig Spraken
> Den Kopp Di verdreiht.

9*

Sprick Hochdütsch ut'n Kopp rut,
Man denn sprick mit Di —
Von Leev aber, Hannes,
Snack Plattdütsch mit mi!

Up Hochdütsch to lewen
Mögt Annre verstahn,
Ick däd't nich versöken,
. Un nümmers würd't gahn.
Künn'ck Hochdütsch woll seggen:
„Min Hart puckt för Di?"
Ne, Hannes, ick bidd Di,
Snack Plattdütsch mit mi!

Dies hübsche von Hermann Berens komponierte Liedchen hat den alten Jürgen Niklaas Bärmann zum Verfasser,
dessen Schöpfungen Karl Braun-Wiesbaden dichterischen
Werth absprechen will.[1] Man findet den Originaltext in
„Dat sülwern Book."

---

[1] Braun sagt in seinem schon citierten Aufsatze (Unsere Zeit. 1883):
„Es sind etwa sechszig Jahre her, daß J. E. Flörcke mitten in platt-
deutschem Land, und zwar auf jenem mecklenburger Boden, welchem wir
den bewundernswürdigen Dialektdichter Fritz Reuter verdanken, aufge-
reten ist mit einem catonischen „Ceterum censeo" wider das Plattdeutsche. Am 24. Oct. 1824 hielt er nämlich in der Philomatischen Gesellschaft in Rostock einen später auch im Druck erschienenen Vortrag über
die Unvollkommenheit der plattdeutschen Sprache und über die wünschens-
werthe gänzliche Verbannung dieser Mundart, wenigstens aus allen
Cirkeln gebildet sein wollender Menschen. — Auch erhoben sich damals
schon, d. h. kurz nach der Attake Flörckes auf die plattdeutsche Sprache,
Vertheidiger derselben, namentlich 1826 E. N. Bärmann und 1834
Ludwig Wienburg. Bärmann focht pro domo. Denn unmittelbar
vor dem Verdammungsurtheil von Flörcke hatte er einige Bände plattdeutscher Dichtungen veröffentlicht. Was ich davon gelesen habe, ist
„Rymels un Dichtels" betitelt." — Darauf ist Mehreres zu erwidern.

Das Stück wurde bald so populär, daß Schöbel im August 1863 einen Einakter „Wilhelmine Keenich oder die Frau setzt das Geschäft fort" schrieb, und daß die liebe Hamburger Jugend, wenn sie den Schauspieler Jean Müller, den Darsteller des „Wilhelm", auf der Straße traf, rief: „Willem, Du hest jo Din Kron' nich opp'n Kopp!" Da ward plötzlich eines schönen Tages die lustige Burleske polizeilich verboten; wie es hieß, auf dringende Requisition der preußischen Gesandtschaft. Vor der Aufführung war das Manuskript dem Patronat von St. Pauli überreicht und mit dem Bemerk freigegeben worden, daß sich nichts darin fände, was die Ruhe Europas irgendwie gefährden könnte. Jetzt aber schien das diplomatische Andringen so stark geworden zu sein, daß die Behörde nicht länger wider= stehen konnte, und so verschwand die Posse von der Bild= fläche. Die Hauptakteure haben sich zur Erinnerung in einer wohlgelungenen Gruppe photographieren lassen, welche den rührenden Moment veranschaulicht, wo Buttje dem Ausstellungsgast Wilhelm Keenich auseinandersetzt, was ein Budget ist, nämlich: „Süh mal, dat is ganz simpel, ick be= tahl un holl dat Muul dabi, un Se geben mi noch Släg to!" Jedenfalls hat die kleine Dichtung ihre Schuldigkeit

Erstens erschien im Jahre 1826 kein plattdeutsches Buch von Bärmann, zweitens darf man über einen Poeten nicht nach der Lektüre nur eines Werkes aburtheilen, drittens gilt Wienbarg (nicht Wienburg) nicht als Verfechter sondern als Verächter des Niederdeutschen. Er gab 1834 bei Hoffmann und Campe in Hamburg seine bekannte Schrift heraus: „Soll die plattdeutsche Sprache gepflegt oder ausgerottet werden? Gegen Ersteres und für Letzteres beantwortet." Wienbarg wurde wegen seines Hasses gegen das Plattdeutsche niemals besser und feiner verspottet, als durch jene Frage eines witzigen Kopfes: warum er denn seinen plattdeutschen Namen Wienbarg nicht in den hochdeutschen Weinberg umwandele?! — Vergl. hierzu S. 7.

gethan, denn sie ward zweiundvierzig Mal hinter einander aufgeführt und erzielte stets volle Häuser.

Damit schloß die Sommersaison 1863. Die ungebundene Lachlust, welche sich weder um die ästhetischen Prinzipien eines Aristoteles noch um die dramaturgischen Vorschriften eines Lessing kümmert, begann ihren Winterschlaf.

Die Politik schien um diese Zeit auch auf den weltbedeutenden Brettern der plattdeutschen Bühne immer größeren Spielraum gewinnen zu wollen. Der deutschdänische Krieg brach aus. Die Siege der deutschen Waffen weckten die lebhafteste Begeisterung in den Herzen der Hamburger; nur — das Stadttheater ließ die Spur davon nicht erkennen. Unbekümmert um die Ereignisse, welche sich in nächster Nähe vollzogen, ging es einsam seine Bahn; daß dieses Institut ein nationales war, hat es damals weniger denn je bewiesen. Dagegen fand auf den Vorstadttheatern die Stimmung der Besucher ein Echo im dramatischen Spiele. Unter verschiedenen Stücken aus der Zeit und für die Zeit machte am neunzehnten Juni 1864 Schöbels Burleske „Christian oder Friedrich? oder Hannes Buttje im Lager der Alliierten" geradezu Furore. Zugleich begann Ernst Rethwisch seine Triumphe als gefangener Däne Sören Sörensen mit dem berühmten Liede seines Bruders Theodor „Die Löwe ihm is död."

Daß ebenfalls unpolitische plattdeutsche Komödieen nach wie vor gepflegt wurden, zeigen Wilkens „GlückSchultze oder Berliner in Hamburg" (zum ersten Male den 23. August 1864) sowie die beiden, manche poetische Schönheiten bergenden Zauberpossen „Die ElbNixe" von Schöbel (3. December 1864) und „Das Geisterschiff oder der fliegende Holländer" von Wollheim (28. December 1864). Gleich friedlich, wenn schon mit einigem kriegerischen Gepränge, sind die zum

Gedächtniß an das funfzigjährige Bestehen der Hamburger
Bürgermiliz im Januar 1865 aufgeführten Genrebilder
„Ein Bürgergardist von 1815“ von A. Schreiber
und „Hamburgs Bürgermilitair 1865“ von Volgemann.

Von Monat zu Monat steigert sich jetzt die Fruchtbar-
keit der Lokalpossendichter, denen zum größeren Theile das
Studium Holbergs anzuempfehlen gewesen wäre. Es wird
schier unmöglich, allen Kindern ihrer schalkhaften Muse ein
Wort mit auf den Weg zu geben. Viele sind offenbar in
einer Hast geschrieben, die ein verständiges Durcharbeiten
verhinderte. Vortreffliche plattdeutsche Künstler wie Andresen,[1]
Borchers, Caßmann, Krilling, Mansfeldt, Jean Müller,
Reuther[2], Schmithof[3] und die Damen Ahlfeldt, Heyland,
Kanzler, Lange, Monhaupt, Rathe, Schatz, Wagener, denen
das Dreigestirn Heinrich Kinder, Lotte Mende, Karl Schultze
mit glänzendem Beispiel voranleuchtete, hielten gar manches
Stück über Wasser, das sonst unrettbar in der dramatischen
Hochfluth ertrunken wäre, und über welches sich die Wellen
der Gleichgültigkeit und des Vergessens erbarmungslos zu-
sammengeschlagen hätten. Dahin gehören „Der Lore
Leiden und Freuden“, Parodie der Mendelssohnschen
Oper „Loreley“ von Emanuel Geibel, (8. März 1865) und

---

[1] [2] Beide sind 1882 in Hamburg gestorben. Hermann Andresen
ist auch Verfasser eines plattdeutschen Schwanks „En Hambörger Spieß-
börger oder He blivt de Kloofe“, der am Nationaltheater auf St. Pauli
zuerst den 16. Januar 1878 in Scene ging.

[3] Eduard Schmithof hat eine Reihe zum Theil recht ansprechender
Dialektstücke geschrieben, vor Allem „Lotte Bullrich oder En Köksch opp
St. Pauli“, „Mutter Wohlgemuth oder Der 70ste Geburtstag“ und
„Nach vierzig Jahren“, die bei J. C. Richter und Emil Richter in
Hamburg erschienen sind.

„Neuerwall und Mattentwiete" (16. Juli 1865).
Höchst drastisch wirkte in L. Simons „Serafino Pelizioni"
(31. März) die Figur des Flickschneiders Krischan Peliz,
dessen stereotype Redensart „Wo sall ick dat wedder mit
god maken?" noch heute als geflügeltes Wort gilt.
J. E. Mands lebenswahre Lokalposse „Im Gänge=
viertel" (7. Mai) behandelte ein damals Aller Gemüther
bewegendes Thema. Kurz vorher war eine Skizze von
Dr. H. Asher „Das Gängeviertel und die Möglichkeit, das=
selbe zu durchbrechen" bei Herm. Grüning erschienen. Ueber
das vom mittleren Bürgerstande bewohnte Quartier, gegen
und für dessen Weiterbestehen, brachen heftige Streitigkeiten
aus. Eine Deputation, die unter den einfachen Leuten den
Schreckensruf: „Se kamt! se kamt! Holl di jo nich op!"
verursachte, zog herum von Haus zu Haus, von Saal zu
Saal, von Bude zu Bude, um alle Schattenseiten und
Scheußlichkeiten dieses ungesunden Stadttheils, dieses Sodom
und Gomorrha, aufzudecken. Natürlich steht der Verfasser
auf dem Standpunkt der zufriedenen Gängeviertelbewohner,
von denen der Zuckerbäcker Grodweg und sein Nachbar
Hannes Klookkopp ergötzliche Repräsentanten sind. Ein
anderes, mit dem tiers état sich beschäftigende Stück, welches
der Anlage nach an das Fest der Handwerker erinnert,
„Arbeiter=Strikes oder Wat nich is, kann warden"
von Johannes Meyer, (22. Juni 1865) soll hier nur
deshalb genannt sein, weil eine Person „Dabelstein" heißt,
ein Name, der jüngst eine gewisse lokale Berühmtheit er=
langt hat. Bedeutende Anziehungskraft übten dagegen zwei
dramatische Sittengemälde nach Sagen aus Hamburgs Vor=
zeit von einem Anonymus „Die Kartenlegerin von
St. Pauli" und „Das rothe Haus in der großen
Reichenstraße" (23. Juli 1865 und 21. Januar 1866).
Dieselben stammen aus der Feder von Johann Krüger,

der den Stoff in seinen vaterstädtischen Novellen behandelte
und dann für die Bühne bearbeitete. Frau Müller-
Mende war unnachahmlich als Wahrseggersch Barbara
Spüraal, die für den „scheunen" Kopf ihres Adalbert
schwärmt, und Krilling zeigte das Prototyp eines Schuhmachers und Hamburger Spießbürgers aus der guten
alten Zeit.

Weit gediegener als alle zuletzt aufgezählten Stücke ist
das Charakterbild „Kaufmann und Seefahrer" von
Ernst Rethwisch aus Rendsburg. Am St. Georg Theater
den vierzehnten December 1865 zum ersten Male gegeben,
machte es die Runde über fast sämmtliche Hamburger
Bühnen und wurde auch in den meisten Städten Schleswig-
Holsteins mit Wärme aufgenommen. Die plattdeutsche Rolle
des Klas Ehlers, eines alten in der Nähe Hamburgs ge-
borenen Holsteinischen Schiffszimmermannes, veranlaßte den
großen Erfolg. Rethwisch schrieb diese Rolle für sich, nachdem er sorgsame Studien in dem schlichten Seemannsleben
gemacht hatte, und nie ist sie durch einen anderen Darsteller auf die Bretter gebracht. Welchen Schatz trefflicher
Kernsprüche und echter Volksweisheit finden wir hier auf-
gespeichert! Meisterhaft erscheint der Gegensatz zwischen
dem reichen Rheder und dem einfachen Seemann durchgeführt.
Gern hören wir zu, wenn Letzterer seine Ansicht über die
vornehmen Handelsherren ausspricht. „Dat Schipp? —
Ja! de Brigg? — Ja, de Emma, de ward kalfatert un
dit un dat. Wi hefft ja Orders kregen, dat se hastig klar
makt warden schall op'n Art un so. Wat ick man seggen
wull, hett dat Schipp all'n Kaptain? Ja? — De is ok
so'n Klooksnut, meent Se? Ne, he's en fixen Keerl, de
hett dat nich alleen in de Terie, de hett dat ok in de Prakka
un dit un dat. Mi is en gebildten Kaptain leewer as
mennigen Döskopp. Aber dat gifft welk Koplüd, de meent,

dat se den Seemann mit Bildung nich mehr för so'n lüttje
Hüür kriggt, as wo se so'n Jan Maat von de Gewürzinseln
för anklascheern köönt. Da sitt de Knütten! Ja, mi köönt
Se nix vertelln, ick bün 'n ohlen Seemann. De Koplüd
muggen geern Allns, wat'n Schipp verdeent, alleen in-
striken; un wenn se fiefuntwintig un dörtig Persent mit
ehr Geld makt, süh denn süh so, is dat noch jümmers nich
genog. Mittags in Hotel de bell werder da eet se Tabel
di dodt; denn gaht se in'n Alsterpavillion, da drinkt se
Kaffi un speelt Dummejung, — ne Dominjo. Des Abends
in de Oper, dat se mitsnacken köönt, un denn schimpt se
den annern Dag öber de Sängers, abers verstahn doht se
dar nix von. Na dat Tiater gaht se in en fines Winhus,
da sitt se denn bi Schimpani un Stehjulie un Schattel-
dodelafidde bet de Klock een un twee los, un wenn se
denn en lüttjen Dundje hebbt, denn süh so, gaht se noch
en beten wider. Ja ick weet Bescheed! Un kummt so'n
Seemann na en sware Reis' wedder gesund torügg an'n
Wall, un he drinkt sick denn in sin Hartensfreid mal en
lüttjen Haarbüdel un is fidel, denn seggt de Herrn Con-
toristen: „Die Kerdels die saufen." Ja, aber uns' Haarbüdel de kost nich veel, de is von Lütt un Lütt. Abers
wenn de Herrn sick mal en Aap köfft hebbt, denn is he
von Schimpani, un so'n Aap is dühr." — Der Ruhm des
Dramas wurde, wenn möglich, noch durch das Nachspiel
„Ein Seemannsjubiläum" gehoben. Im Sommer 1867
gastierte Rethwisch auf dem Karl Schultze Theater. Gleich-
wie sein Sören Sörensen, der „tappere Landsoldat", weit
außerhalb Hamburgs bekannt geworden ist, so auch sein
Klas Ehlers, der biedere Seemann. In den Vereinigten
Staaten von Nordamerika hat der glückliche Dichter und
tüchtige Schauspieler von 1868 bis 1874 mit beiden Rollen
Furore gemacht. Sein Landsmann Karl Schurz, der nach-

malige Minister des Innern, damals noch Redakteur der
erften deutfchen Zeitung in St. Couis, Miffouri, urtheilte
in feiner Kritik: „Beim Anfehen des Klas Ehlers von
Rethwifch glaubt man fich vor einem alten, farbenfatten,
niederländifchen Bilde zu befinden. Figur, Maske, jede Be=
wegung, Alles ist wahr, derb und kräftig gemalt, dem
Leben und der Natur in den feinften Nüancen abgelaufcht.
Eine folche Wiedergabe verfetzt uns in die Wirklichkeit und
läßt uns vergeffen, daß wir im Apollo=Theater zu St. Louis
find." Nach Beendigung feines fechsjährigen Gaftfpiels —
des erften plattdeutfchen, das in der neuen Welt unter=
nommen ward, — durch alle größeren Städte der Union
kehrte der Gefeierte wieder ins Vaterland zurück, ftolz in
dem Bewußtfein, drüben jenfeits des Waffers für die alte
Saffenfprache taufend und aber taufend Herzen gewonnen
und manchen dort anfäffigen Hanfeaten und Holfteinern die
Heimat vor die Seele gezaubert und ihnen Thränen der
Freude und Sehnfucht entlockt zu haben. Ja, es liegt eine
elementare Gewalt in den füßen Lauten der Mutterfprache,
vorzüglich der plattdeutfchen. Das erfährt Jeder an fich
felbft in der Fremde, im Ausland.

> Mag gliek fien, ob'k „Lieb Vater",
> Ob'k „leewe Vader" fegg,
> Doch klingt dat letzt mi föter,
> As fünn't ehr fienen Weg.

> Mi is't, as künn mien Herrgott
> Mi beter denn verftahn,
> As würd mien Bidd fo neger
> Em an dat Hart 'ran gahn. —

> Süh, Fründ, mi will de Heimat
> Noch gar nich ut den Sinn,
> So old ik ok all worden,
> So lang ik weg ok bin.

Un is en Fröhjahr wedder
Mal kamen up de Eer,
Denn trecken de Gedanken
Noch jümmer öwer't Meer.

Denn brickt dat ole Füer
Noch jümmer wedder ut;
Denn pukkert in de Bost mi
Dat Hart so wild, so lud.

Mi is et, as wenn lise
Von öwer't wide Meer
'ne söte Stimme lockde:
Kumm her, min Kind, kumm her!

Er weilt nicht mehr unter den Lebenden, der viel-
bewunderte Darsteller des Sören Sörensen und Klas Ehlers.
Den sechsten Oktober 1879 starb Ernst Rethwisch, Mitglied
des Thalia-Theaters, in der Garderobe kurz vor Beginn
der Vorstellung in Folge eines Herzschlages.

Seit längerer Zeit hatte der plattdeutsche Musentempel auf St. Pauli eines Kassenstückes entbehrt. „Die
Afrikanerin" schaffte den vierten Februar 1866 Abhülfe.
Kurz vorher war Meyerbeers gleichnamige Oper am Stadttheater in Scene gegangen. Das große romantisch-historische
Land- und Seegemälde in fünf Aufzügen von S. C. Riebe
ist eine Parodie, wie sie burlesker und grotesker kaum ersonnen werden kann: Die Handlung stark lokalisiert, die
Figur des Steuermanns Hannes Bumsstaken überaus lustig,
der Witz, mit dem die bühnenkundige Feder des Autors
die fehlerhaften Stellen des Opernlibrettos geißelt, köstlich.
Man möchte fast glauben, Jacob Heinrich David sei wieder
erstanden. Alles erinnert an diesen Meister Hamburgischer
Travestieen. Schon der Komödienzettel verdient als Beitrag zur Komik der Theaterankündigungen aufbewahrt zu
werden.

Erster Aufzug: Eine Lissabonner Sitzung mit Chikane.

Zweiter Aufzug: Auf der Wache.

Dritter Aufzug: Schwimmende Leute — schwankende Seelen.

Vierter Aufzug: Die Zahmen bei den Wilden.

Fünfter Aufzug: Erstes Bild: 'Raus vor's Ganze! Zweites Bild: Die Verklärung unterm Baum.

Personen.

Dumm Peter, Vorsitzender der Bürgerschaft, von Charakter hinterlistig und boshaft.

Dumm Dickthu, Vice-Nachsitzender, nebenbei grausamer Vater.

Jenes, seine Tochter, verliebt und Hellseherin.

Anna, ihre Begleiterin, eine heimlich verheirathete Amme.

Klas von Hamm, genannt Waschkohl de Gamma, Ewerführer und schwankender Held.

Hannes Bumsstaken, sein Steuermann, Naturphilosoph.

Dumm Trichinus, Schlachter und blutiger Demokrat.

Zwiebel, Thürsitzer im Bürgerschaftslokal.

Seeligja, }
Nelustke, } unentdeckte Sklaven.

Labienus, ein marinierter Offizier.

Oberpriester Brahmas, ein ganz uralter Greis, Minister des geistlichen Unterrichts für Brahma, Schiwa und Wischnu.

Bückling, Kammerdiener.

Auerochs, Staatsminister.

Nimmsweg, Finanzminister.

Mama, }
Meme, } Seeligjas Gespielinnen; junge in Wildniß aufgewachsene
Mimi, } und unerzogene unwissende Backfische.
Momo, }

Ein Hülfsmann; zwei Affen-Pagen; Bürger; Portugallöser ꝛc.

Ort der Handlung. Im ersten und zweiten Akt: Lissabon in Portugal,

im dritten: auf einem unbekannten Meer-
busen in der Gegend nahender Klippen,
im vierten und fünften: auf einer unentdeckten
Insel.

Zeit: ist durchaus nicht anzugeben.

Die neuen Kostüme sind aus alten Stoffen gearbeitet,
die Dekorationen auf Leinewand nach zweifelhaften Skizzen
gemalt. Der Wellenschlag ist der Natur abgelauscht, die
Insel sowie der Baum der Verklärung thatsächlich festge-
stellt, die Beleuchtung, vom dritten Akte an, durchweg
transatlantisch.

Waschkohl de Gamma und sein Steuermann Hannes
Bumsstaken gelten für verschollen. Da erscheint Letzterer
in der Lissabonner Bürgerschaftssitzung.

Hannes.   Goden Morgen, mine Herrens.
Alle (stehen auf). Wer da?
Hannes.   Ick. — All opstahn? Wünsche wohl geruht zu haben.
Dumm Peter.   Wer ist man, und was will man?
Hannes.   Beides köönt Se genießen. Ick bün Stüermann bi
               Waschkohl — weeten Se — bi Klas von Hamm un
               stah hier in sinen Namen un Person.
Alle.   Was? Er ist nicht todt?
Hannes.   Markst du Müs? — Im gegentheiligen Contrariduum
               — he is frisch un gesund un lett veelmals greuten.
Dumm Peter.   Ich hörte doch, er sei gescheitert und ertrunken?
Hannes.   Gescheitert? Ja! Versapen? Ne! Wi hebbt uns mit
               Swimmblasen rett. Junge, dat weur en bannige Fahrt!
               Söben Dag un veertein Nächt' meerumschlungen, toletzt
               ant Land speult, un nu eet, drinkt un slapt wi ganz
               vergneugt. Mine Herrens, de Naturgeschicht is noch
               lang nich ut. De See is dull; averst man mutt se
               man to nehmen weeten.
Dumm Peter.   Und Gama?
Hannes.   Is hier in Lissabunn.

Dumm Peter. Unmöglich!

Hannes. Warum dat?

Dumm Peter. Weil ich ihn in allen Zeitungen offiziell sterben ließ.

Hannes. J — da fünd Se ja en Mörder up Druckpapier.

Dumm Peter. Es kann sein Geist nur sein.

Hannes. Geist hett he nie hatt! Ne, min Jung, he kummt ohne Geist torüch, un Se warden Ogen maken, wenn Se em sehn doht. He is en strammen Keerl. Dat Seewater hett em nix dahn, un Se köönt em nich as natte Waar annunkschiren, op hochdütsch: verauktschioniren laten. Ick hal em, damit Se sick von seiner Gegenwärtlichkeit öbertügen köönt. Wat hängen sall, mine Herrens, dat versupt nich. Man mutt Allens in de Welt man to nehmen weeten, wie dat is, un nich wie dat sin kunn! —

Gama (keck eintretend). Portugallöser! Hohe, höchst ehrbedürftige Versammlung, hier bin ich.

Alle (reißen ihren Mund auf). Ah!

Hannes. Je! nu spartt se dat Mulwark apen. Et sünd fixe Keerls, unse Volksvertreders; aber manchmal kriggt man se doch still.

Dumm Peter (sehr freundlich). Seien Sie mir und uns herzlich willkommen, Waschkohl de Gamma! (leise.) Ich könnte ihn vergiften.

Gama. Dank für den freudigen Empfang!

Hannes. Hüt Abend hefft wi Illumnatschion.

Dumm Peter. Die frohe Kunde drang zu unsern Ohren, Sie wären ertrunken.

Gama. Die Kunde log, wenn ich mich nicht irre.

Hannes. Man kann nich jeden Kunden troen. Dat gifft veel slechte Kun'n.

Dumm Peter. Und wo kommen Sie her?

Gama. Aus dem Wasser.

Hannes. Un doch ganz dreug.

Dumm Peter. Ihr Schiff?

Gama. Zerschellt. Doch erlauben Sie mir, daß ich Ihnen

eine geographische Pauke halte, damit Sie erfahren, was ein Mensch Alles durchmachen kann.

Hannes. Un dorchbringen! —

Dumm Peter. Sie liefen aus, ein neues Land zu finden. Wie steht's damit?

Gama. Es ist da!

Alle (haftig). Wo?

Hannes. Markst Müs? Dat müchen se geern weeten. Vorläufig behollt wi dat för uns.

Dumm Peter. Erklären Sie sich deutlicher!

Gama. Das kann ich nicht. Es sei Ihnen genug, daß ich gestrandet bin, auf einer Klippe gesessen habe und Land wittere. Ja, Land ist da — da — wo jetzt noch Wasser. (gibt ihm eine Karte.) Nehmen Sie diese von mir eigenhändig entworfene Karte. Sie werden daraus ersehen, daß noch viel unentdecktes Land auf Erden ist.

Dumm Peter (hat die Karte geöffnet und zeigt sie. Sie ist ganz blau). Hier seh' ich weiter nichts, als eine große blaue Fläche.

Hannes. Dat is de grote Ocean, worin dat Land noch liggen deiht.

Dumm Peter. Aber ich finde es auf dieser Karte nicht angegeben.

Hannes. Dat is ganz in Ordnung! Dat kann doch nich ehr potographirt warden, as bet et da is? Dat wi aber up de richtige Spur sünd, beweise Ihnen düses! (gibt ihm die Weidenruthe.)

Dumm Peter. Was ist das?

Hannes. Uns' Reiseroute.

Dumm Peter. Und warum kehrten Sie wieder heim, Gama?

Gama. Ich verlange, daß man mir ein neues Schiff ausrüste und mit Proviant reichlich versehe. Dann verpflichte ich mich, alle Klippen zu besiegen und eine neue Welt zu entdecken, die Ihr beherrschen sollt.

Dumm Peter (ironisch). Und was soll Ihnen diese Expedition einbringen?

Gama (singt enthusiastisch, wie in der Oper, mit Orchesterbegleitung). Mir? — die Unsterblichkeit! (Alle prallen zurück.)

Hannes. Un en Köhm! — Dat weur de scheunste Gedanke seines Daseins; aber — wenn he em nich sungen harr, he harr nich half so veel Defekt makt. Konfekt wull ik seggen.

Dumm Peter (der mit der Bürgerschaft sprach). Waschkohl, wir werden Ihren Antrag berathen. Treten Sie bei Seite!

Hannes (leise). Se wöölt Di beseitigen.

Gama (leise). Fürchte nichts, ich bin versichert. (Laut.) Eh' Ihr beschließt, erlaubt, daß ich Euch zwei Menschen zeige, die ich in Afrika auf einem Sklavenmarkt kaufte.

Hannes. Un schrecklich billig! Et weur von de Kuleur veel am Platz.

Dumm Peter. Und wozu sollen diese Sklaven dienen?

Gama. Euch beweisen, daß noch unbekannte Völker existieren die nicht aus Asien stammen.

Hannes. Ne — asig sünd se nich.

Gama (zu Hannes). Rufe sie!

Hannes. De kahmt ungeropen. Dat sünd wille Völker. (Selika und Nelusko treten auf.)

Alle (rufen erstaunt). Ha!

Hannes. Wie gefällt Ihnen düt Muster?

Alle (durcheinander). Diese Gestalten — diese Gesichter — diese Kouleur — braungelb — gelbbraun — chokoladenfarbig — kaffeesatzartig!

Hannes. Un dat is noch gar nix. Dat gifft Minschen dar, de so swatt sünd, dat man se am helllichten Dag nich süht.

Dumm Peter. Wer ist von diesen Geschöpfen der Er und wer die Sie?

Gama (deutet auf Selika). Hier steht das Weiblein.

Hannes. Un dat is de Muschü!

Dumm Peter. Sie ist mir lieber als Er.

Dumm Dickthu. Er sieht wie ein Affe aus.

Trichinus. Am Ende ist's auch einer.

Hannes. Am Ende? Ne! He is en Minsch wie wi.

Dumm Peter. Können sie sprechen?

Gama. So gut wie wir.

Hannes. Veel beter!

Dumm Dickthu. Von wannen stammt Ihr?

Dumm Peter. Wer brachte Euch hierher?

Dumm Dickthu (zu Nelusko). Antworte!

Nelusko (wild). Ich will nicht!

Hannes. He hett sick mitünner wat in'n Kopp sett un is tückisch, aber — man mutt em man to nehmen weeten, denn deiht he't.

Dumm Peter. Weiber sind in der Regel schwatzhaft.

Hannes. Ja, de köönt den Snabel nich holln!

Dumm Peter (zu Selika). Deshalb beantworte Du unsere Fragen.

Selika (schwatzhaft). Mit dem größten Vergnügen!

Auf ihre Aussagen hin lehnt die Bürgerschaft es ab, dem Entdecker ein Schiff auszurüsten, denn „es gebe nicht mehr Land auf Erden, als da sei."

Hannes. Dat is klar.

Dumm Peter. Und wenn Ihr noch neues Land entdecken wollt, so erklären wir in corpore Euch für verrückt.

Gama (wild). Für verrückt?

Hannes. Dat lätst Du Di gefallen? Junge, hau to! (Krämpelt sich die Aermel auf.)

Gama. Verrückt seid Ihr!

Alle (entsetzt). Was?!

Hannes. Se möt Alle in de separatige Irrenanstalt brocht warden.

Gama. Ihr seid die Dümmsten, die je auf Erden lebten.

Hannes. So is't recht!

Gama. Seid blind, voll Eifersucht und Neid. Was man Euch nicht unter die Nase reibt —

Hannes. Dat rükt se nich.

Dumm Peter. Rebell!

Gama. Ihr scheut das Licht —

Hannes. Un krupt in'n Düstern.

Alle.   Nehmt ihn gefangen! (Stürmen auf Gama ein. Zwiebel
                    schreit: Nachtwächter!)
Hannes.   Hau to! Jung, hau to!
Dumm Peter.   Hülfe, ich kriege die meisten Prügel!
Hannes.   Dat is nich mehr wie billig. Se sünd Perfident —
                    Ehre dem Ehre gebührt!
                    (Nachtwächter treten auf und binden Gama.)
Dumm Peter (triumphierend). Er ist besiegt! (Reibt sich den Rücken.)
Hannes.   Un he hett de Keile weg!
Dumm Peter.   Fort mit ihm in die Rabolsenwache!
Hannes (jammernd). Dat kost em sveo Mark veertein!

In der Wache finden wir — im zweiten Akte —
Waschkohl de Gamma auf der Bank liegen und schlafen.
Seeligja schüttet Kaffee in die Kaffeemaschine und singt
ihm eine Schlummerarie. Nelusko kommt. Sie versteckt
sich. Wie Nelusko seinen Dolch zieht, den Schlafenden zu
tödten, springt sie hervor. Waschkohl erwacht und umarmt
die Sklavin: Meine Retterin!

Hannes (für sich). Er fühlt was vor ihr. Man mutt em man to
                    nehmen weeten.
Gama.   Seeligja, ich bin jetzt so selig! Mir fehlt nichts mehr
                    zu meinem Glücke als — Land!
Hannes.   Ja, denn weurn wi ut den ganzen Swindel rut.
                    Aber neu mutt dat sin, denn mit dat ohle is nix
                    mehr antofangen.
Gama (ist zum Tisch geeilt und hat Stielers Atlas aufgeschlagen).
                    Sieh her, mein süßes Kind!
Selika (setzt sich zu ihm). Was ist das für ein Buch?
Gama.   Der kleine Stieler. Landkarten, worauf alle entdeckten
                    Länder angegeben sind. Nur Deines find' ich nicht.
Hannes.   Wahrscheinlich kennt Stieler dat gar nich oder hett dat
                    ok vergeten, denn sünst muß dat ja dar sin.
Gama.   Du allein kannst mir dies unentdeckte Land zeigen, ob
                    es hier, ob es da, ob es wo anders liegt.

10*

Selika. Ich?

Hannes. Natürlich! Se möten doch am Besten weeten, ünner wat vor'n breeden Grad Se liggen?

Gama (berührt mit dem Messer die Karte). In diesem großen Wasser muß Deine Heimat sein.

Hannes. Ne, Klas, Du mußt deeper rünner! Hier mutt se sin. (Sticht.)

Gama. Oder auch hier. (Sticht.) Von hier laufe ich aus bis hierher. (Sticht.)

Hannes. Un nu steft wi in de See. (Sticht.)

Gama. Und hier (Sticht.) mußt Du geboren sein.

Hannes (eifrig). Mehr rünner, Klas, mehr rünner! (Sticht.) Hier — von de gode Hoffnung lopst Du ut — geihst achter 'rum (Sticht.) — hier lopst Du na rechts — denn grad ut — denn segelst Du na links — un findst ehr Vaderland — hier! (Sticht.) Junge, dat is en Fahrt!

Selika. Ihr irrt Euch Alle Beide. Meine Insel liegt (Indem sie in die Mitte der Karte ein Loch sticht und dabei mit dem ganzen Arm durch die Karte fährt.) hier!

Gama (freudig). Da?

Hannes (hinter der Karte, den Kopf durch das Loch steckend). Hier?

Selika. Ja!

Hannes. Daß Dich das Mäuslein beiß! Hebben Se aber en grote Insel! Klas — kiek mal hier den lütten Umfang!

Gama (freudig). Irrst Du Dich auch nicht, Seeligja?

Selika. J Gott bewahre! (Auf die Karte deutend.) Ich kenne ja ganz genau alle umliegenden Wellen.

Hannes. Wat seggen Se dato? Ene wille unentdeckte Person, de von de Geographie gar keen Ahnung hett, kennt de Landkort, de hunnert Jahr na ehren Dood utkamen ward, so genau!

Gama (zärtlich). Und willst Du mir den Weg zu Deiner Insel zeigen?

Selika. Mit Wonne!

Hannes. De Naturgeschicht blifft sick öberall glick.

Gama. Ist sie stark bevölkert?

Selika.   Ungeheuer! Doch gibt es viel mehr Weiber als Männer
            dort.

Hannes.   Grad wie bi uns. Na de neeste Zählung kahmt nu
            op jeden Mann tweeuntwintig Jungfern — de Witt-
            froon nich mit ingerekent.

Gama.   Und die Luft auf Deiner Insel?

Selika.   Likör!

Hannes.   Da legg ick mi vor Anker.

Gama.   Ist sie reich an Schätzen?

Hannes.   He meent von wegen Huttje-Puttje!

Selika.   Gold — Edelsteine findest Du so viel, daß Du ganz
            Portugal damit bepflastern kannst.

Gama (entzückt).   Ich trenne mich nicht mehr von Dir!

Selika.   Nie?

Hannes.   Se hett Em!

Gama.   Und Du bleibst auch immer bei mir?

Hannes.   Snack! Dat versteiht sick ja von sülwst, dat se ümmer
            bi Di is, wenn Du ümmer bi ehr blifst.

Gama (zu Hannes).   Ich finde sie gar nicht mehr braun.

Hannes.   Se is sneewitt — de reine Puder de Ritz — man
            mutt se man to nehmen weeten!

Die sich Umarmenden überrascht Ines, welche in Begleitung ihres Vaters, Neluskos und der Bürgerschaftsmit-
glieder auftritt, ihrem heißgeliebten Vasko die Freiheit zu
bringen. Sie erstarrt bei dem Anblicke, der sich ihr darbietet.

Gama.   O Ines, kannst Du glauben, daß ich — (Sieht Selika
            an; für sich.) Sie ist mir doch zu braun. (Laut.) Daß
            ich eine solche Person lieben könnte?

Selika (die Alles mit funkelnden Augen beobachtet hat; grimmig).   Ich
            bin eine Person?

Gama.   Dich hab' ich geliebt, Dich liebe ich und werde Dich
            ewig lieben! Zum Beweis schenk' ich Dir diese Sklavin.

Ines (freudig).   Du schenkst sie mir?

Gama.   Ja!

Hannes.	Se köönt se faten laten un as Broſche drägen.
Nelusko.	Und wo bleib' ich?
Gama.	Auch dieſen Sklaven geb' ich Dir noch als Rabatt zu.
Hannes.	Groten Ausverkauf wegen Veränderung von't Ge= ſchäftslokal.
Ines (ſchreit).	Er blieb mir treu? O glückſeliger Unglückstag!
Dumm Peter.	Genug! Der Handel gilt, ich kaufe Ihnen die Sklaven ab. Was Sie dafür gegeben, werde ich nebſt Speſen zurückerſtatten. Hier haben Sie fünf Thaler auf Abſchlag.
Gama.	Mit welchem Rechte miſchen Sie ſich in meine Geſchenke?
Dumm Peter.	Weil ſie keine Geſchenke annehmen ſoll. Sie iſt meine Braut.
Gama, Selika und Hannes.	Braut?!
Dumm Dickthu (ernſt und feierlich).	Er heirathet ihr.
Dumm Peter.	In einer Stunde.
Selika.	Ich hoffe wieder.
Gama (bitter).	Schön! ſehr ſchön! Iſt das das Opfer, welches Du meiner Freiheit brachteſt?
Ines.	Ja!
Gama.	O hätteſt Du mich ewig ſitzen laſſen!
Hannes.	Dat deiht ſe ja ok.
Dumm Peter.	Noch mehr! Ich bin Admiral und werde das Land entdecken, das Sie nicht finden konnten. (Auf Nelusko zeigend.) Mit deſſen Hülfe! Er ſoll mein Führer und Steuermann ſein.
Nelusko (jubelnd).	Recht! Ich lenke Dein Schiff, und der Ruhm iſt Dein, dummer Peter!
Dumm Peter.	Dumm — nicht dummer Peter.
Nelusko.	Verſteh, dummer Peter, dumm.
Dumm Peter (prahleriſch).	Noch mehr! Der König hat mich jetzt ſchon zum Gouverneur über alle zu entdeckenden Länder ernannt.
Gama (höhniſch).	Das geht ja Schlag auf Schlag!
Hannes.	Natürlich! Woto wulln wi uns ok noch lang opholln? Ümmer druff! Je mehr Unwahrſcheinlichkeiten de Afri= kanerin bringt, je gröter is de Defekt!

Gama (wild). Ihr Bürger Portugals!

Hannes. Nu geiht't los! (Ruft.) Portugallöser!

Gama. Gebt diese schwarze That nicht zu! Er will mir meine Unsterblichkeit rauben — ist mein Feind — und wißt Ihr, warum?

Hannes. He hett ümmer mit Waschkohl Soß un Soßtig speelt un jedes Mal verlaren. Kloppt em den Häwlock ut!

Dumm Peter (rasch). Komm, Jenes! Sklaven, folgt!

Gama. Seeligja! Du bleibst bei mir! Ich muß unsterblich werden!

Selika (stürzt zu ihm). Gern!

Ines (Gama drohend). Na warte! — Sie schenkten mir die Sklavin, Waschkohl de Gamma. (Verächtlich.) Gehören Sie auch zu jenen Männern, die, wenn aus der Partie nichts wird, ihre Cadeaus zurückfordern?

Gama (läßt Selikas Hand los). Nehmen Sie sie mit! (Sie geht mit ihr ab.)

Hannes. Un vertehren Se se mit Appetit! Vor fiev Dohler köönt Se nich mehr verlangen.

Gama (wüthend zu Peter). Du bleibst! Ich fühle das Bedürfniß, Dich zu zermalmen —

Hannes. To Karbonad to hacken.

Alle Bürger (decken Peter, indem sie Stöcke hervorziehen, die sie Gama entgegenhalten). Zurück!

Hannes. So veel Knüppel gegen twee Mann?

Gama. Sie sind entlassen! — (Alle lachen höhnisch und entfernen sich.) Verhöhnt, verbannt, verstoßen! Die Weiße verloren, die Kaffeebraune verschenkt!

Hannes. Ja, dat hest Du Di wedder nett utklamüsert. Döskopp, gifft de Seeligja weg! Womit wullt Du denn nu (Schlägt sich die Karte über den Kopf, so daß der Kopf durch das große Loch fährt und die Karte um seinen Hals einen förmlichen Kragen bildet.) düsse Insel entdecken? He ward se nu opsnückern, un Du kannst em nasleiten!

Gama. Wahr! wahr! Ruhm — Ehre — Alles — Alles ist (Rasch zu Hannes.) Wie heißt verloren auf französisch?

Hannes.   Perdutto!

Gama (mit tiefem Schmerz). Alles ist perdutto! (Fällt auf die Erde.)

Hannes.   Da liggt he nu platt op de Eer, wie en Steenbütt in
               de Köt op de fliefen. (Kniet nieder.) Du warst doch
               nich starben? (Schüttelt ihn.) He, Junge, sie doch ver-
               nünftig, mak keen dumm Tüg!

Gama (springt auf). Ich bin gefaßt! Mein Plan ist reif.

Hannes.   Wat wullt Du dohn?

Gama.   Das weiß ich selber noch nicht; doch sei gewiß, es wird
               was Großes! (Geht stolz ab.)

Hannes (nachrufend). Dat is recht, min Jung, lat Di nich ünnerkrigen!
               Uemmer grad ut! — 't is en bannigen Keerl! Aber
               wie dat mit de Afrikanerin un Em noch warden sall,
               da is noch gar keen Enn von aftosehn. So veel is
               gewiß, dat ward noch kunterbunt hergahn — mi ahnt
               so wat! Aber dat deiht nix. De Naturgeschicht lett
               sick nich torügholln, un man mutt jedes Ding man to
               nehmen weeten, wie dat egentlich nahmen warden mutt.

In gleich burlesk komischer Weise sind auch die übrigen
Akte parodiert. Originell ist der Schluß. Selika, die Herrscherin
ihres Stammes, ist unter dem Manzanillabaum eingeschlafen.
Oberpriester und Volk eilen herbei mit dem Ruf: Wo ist
die Königin?

Hannes (deutet auf Selika). Bi Wischnu!

Alle.   Rettet sie!

Hannes.   Hett Nüms Hofmarschallstropf — (Sich verbessernd.)
               Hoffmannsdruppen, wull ik seggen, bi sick?

Oberpriester. Hier helfen keine Tropfen mehr.

Hannes.   Och Du ohle Brahmin, wat versteihst Du von de Natur-
               geschicht! (Geht zu Selika.) Du — Seeligja —

Oberpriester. Zurück vom Baum, sonst bist auch Du verloren!

Hannes.   Mi deiht he nix, dat is en ohlen Bekannten von mi.
               (Kniet bei Selika.) Seeligja! — aha — se ver-
               ßnufft sick — man mutt se man to nehmen weeten —
               Seeligja!

Selika (erhebt den Kopf). Ja?

Hannes.   Kumm, stah op!

Selika (läßt den Kopf sinken). Ich liege hier ganz gut.

Hannes.   Dat weur ehr letztes Wort. (Streicht ihre Wangen.) Armer brauner Backfisch Du — (Besieht seine Hand und schreit.) Herrjees!

Alle.   Was ist?

Hannes.   Se lett farw! Dat is nich de echte Afrikanerin!

Selika (springt auf). Ich bin erkannt! (Musik hinter der Scene. Alle sehen nach oben.)

Oberpriester.   Hört den Gesang der schwarzen Gesellen!

Hannes.   Dat sünd de Schosteenfeger.

Selika.   Es naht ein Wolkenwagen.

Hannes.   Dat's ja en Luftballon.

(Ein Luftballon läßt sich nieder. Theaterdirektoren mit herunterhängenden Flügeln stehen darin.)

Oberpriester.   Die Königin zu empfangen, steigen heilige Engel nieder.

Hannes.   Heilige Engel? Döskopp! Dat sünd Theaterdirektoren mit lahmen Flünken. (Zu den Direktoren, die ausgestiegen sind.) Mine Herrens, wat wöölt Se?

Die Direktoren (indem sie nach Selika die Hände ausstrecken). Die Afrikanerin!

Hannes.   Nehmen Se sick in Acht, se is nich echt!

Ein Direktor.   Thut nichts, wenn sie nur Kasse macht. (Führen Selika zum Ballon.)

Hannes.   De Naturgeschicht blifft sick öberall gliek. (Singt, während sich der Ballon hebt.)

> Da fahren se nu in'n Luftballon
> De Afrikanerin davon,
> Egal ob tamm se oder wild,
> Wenn se man blot de Kaß recht füllt.
> „Erhöhte Preise stören nicht",
> Is de Moral von de Geschicht.
>   (Zum Publikum.)
> De echte gung verlaren mi,
> Drum krieg ick se as Parodie,

Un wenn Se dat Wort nich vergeten,
Ward'n Se se ok to nehmen weeten!

Das Publikum wußte die Parodie „zu nehmen" und war enthusiasmiert. Es forschte voll Neugier nach dem Verfasser. Welcher Schriftsteller hielt sich hinter dem Pseudonym Riebe versteckt? Als Autor wurde, trotz des Nimbus des Geheimnisses, der durch zahlreiche Bühnenstücke rühmlichst bekannte Görner,[1] der hochverehrte Schauspielerveteran und Oberregisseur am Thaliatheater, so allgemein genannt, daß wir uns nicht scheuen, ein Gleiches zu thun. Was nun die Travestie selbst betrifft, so könnte man sie die in Scene gesetzte Kritik der Oper nennen, eine Kritik, die mit Witz, Schärfe, Laune und Humor geübt wird und mit der Geißel der Satyre ihre Schwächen ans Licht zieht und eine Narrenkappe darüber deckt. Karl Schultze als Hannes Bumsstaken, für den sich freilich in der Oper keine Originalfigur findet, machte lange von sich reden. In Hamburg erinnert man sich noch heute mit Vergnügen der falschen Afrikanerin. Sie ist die letzte Parodie, der eine gewisse Berechtigung und Bedeutung nicht abgesprochen werden kann, und welche sich eines unbestrittenen Erfolges zu er-

---

[1] Er ist nicht mehr! Mittwoch den neunten April 1884 entschlief Karl August Görner im neunundsiebenzigsten Lebensjahre. Obwohl ein echtes Berliner Kind, geb. den 29. Januar 1806, liebte und beherrschte er doch die plattdeutsche Sprache. Fast dreißig Jahre hat er in Hamburg gelebt, seit 1858, als Maurice ihn ans Thaliatheater berief. Bis zu seinem Tode war er hier thätig als Schauspieler, Regisseur und Bühnendichter. Seine dramatischen Arbeiten, über hundertundfunfzig an der Zahl, sind nicht eigentlich in der Erfindung und im Aufbau der Handlung hervorragend, aber von großem technischen Geschick, voll Humor und reich an originellen komischen Figuren. Davon legt seine Parodie „Die Afrikanerin" ein glänzendes Zeugniß ab. Mit dem alten Görner ist ein gutes Stück deutscher Theatergeschichte zu Grabe getragen.

freuen hatte. Darum wird der Leser das längere Verweilen bei diesem tollkühnen Stück entschuldigen, um so
mehr, als für die nächste Zeit wenig wahre Komik und
echt niederdeutscher Humor von den weltbedeutenden Brettern
herab sich vernehmen läßt.

Die freie Reichs- und Hansestadt war inzwischen durch
den Ausbruch des deutsch-österreichischen Krieges in Aufregung versetzt worden. Nachdem Hamburg gegen Ende
des Monats Juni 1866 auf das von Preußen angebotene
Bündniß unter den von letzterem gestellten Bedingungen
eingegangen war, wonach das Hamburgische Kontingent
in Verbindung der Oldenburgisch-Hanseatischen Brigade
kriegsbereit und mobil zu seiner Verfügung stehen sollte,
wurde hierzu durch Senatsbeschluß die sofortige Mobilmachung zum Kriegsausmarsch befohlen. Naturgemäß er-
litt Thalia dadurch Einbuße. Inter arma silent musae. Aber
es fehlte doch nicht an kleineren Tendenzstücken, welche der
herrschenden Stimmung angemessen und voll politischer Anspielungen waren. Allen voran präsentierten sich „Hannes
Buttje und Fritze Fischmarkt im Hôtel zur deutschen
Einigkeit" den Besuchern der plattdeutschen Volksbühne als
gute Freunde. Louis Schöbel, der Verfertiger dieser
Burleske, brachte am zweiundzwanzigsten Juli eine andere
Lokalposse „Hamburg mobil" zur Aufführung. In seiner
bekannten Manier hat er die ernsten Fragen der Zeit im
leichten Gewande des Schalkes behandelt und beleuchtet.
Wir lernen in der Kaserne das Hamburgische Kontingent
in einigen seiner Mitglieder kennen, die zum Theil nieder-
geschlagen sind, daß sie nun, vielleicht auf ewig, von Allem,
was ihnen lieb und werth, Abschied nehmen müssen, zum
Theil froh, weil das Garnisonleben ein Ende nimmt.
Darin jedoch sind sie sammt und sonders einig, daß es ein
erdrückendes Gefühl ist, daß Deutsche gegen Deutsche

kämpfen. Nur Lehmann meint, die Oesterreicher seien keine
Deutschen, sondern Magyaren, Slowaken, Kroaten, Czechen,
Haiducken, Rußniaken, Zigeuner. Schließlich wird im Hause
des Schuhmachers Fortschritt die Verlobung des Hanseaten
Franz Redlich gefeiert, woran mehrere Kameraden sich be-
theiligen. Den scheidenden Truppen werden die herzlichsten
Wünsche nachgesendet, und ein baldiges Wiedersehen wird in
Aussicht gestellt. Meister Fortschritt nämlich, aus dem
Schultzes drastische Komik eine wirkliche Volksfigur schuf,
tröstet: „Unse Senat de is klook, de schickt unse Jungens
nich eher hen, as bit he weet, nu is de Geschicht vörbi,
nu doht se jem nix mehr!" Seine Frau äußert sogar, es
seien beim Militair ja auch ganz gebildete Leute, die gewiß nicht hinschießen, wo Menschen stehen. — Die Zuschauer konnten sich der Lachlust mit um so größerer Berechtigung überlassen, da die Hamburgische Infanterie nicht
ins Gefecht kam und der ernste Zweck der Mobilmachung
nach Kurzem schwand, wodurch manche Pointe, mancher
Scherz erst zur vollen Geltung gelangte. In den Reigen
der Kriegsstücke flocht Schöbel am 26. August 1866 ein
drittes heiteres Zeitgemälde „Hamburger in Baiern
oder der Hanseat in Feindesland."

Auch im nächsten Jahre trieb die plattdeutsche Komödie
reiche Knospen und Blüthen. Galt es doch, einem Institut
einen Nachruf zu widmen, das für die Vaterstadt von
historischer Bedeutung gewesen. Das Bürgermilitair hörte
auf zu existieren. Nach Begründung der Hanseatischen
Legion in der schweren Zeit von 1813 hatte sich auf Betrieb
des Generals Tettenborn die Bürgergarde gebildet, eine
Reorganisierung der alten Bürgerwache. Seele, bewegendes
und treibendes Prinzip derselben waren Jonas Ludwig
von Heß, Friedrich Perthes, der Schwiegersohn des Wandsbecker Boten Claudius, und der nachmalige Chef Oberst-

lieutenant David Chriſtoph Mettlerkamp. Die Bürger=
bewaffnung zählte bald 3000 Freiwillige. Sechs Bataillone
wurden eingetheilt, Muſterung gehalten, die Poſten beſetzt,
um vornehmlich den Hamburger Berg, die Wälle, den
Stadt= und Elbdeich zu ſchützen. Nie kam der Patriotismus
zu ſchönerer Bethätigung. Nach der Befreiung Hamburgs
vom franzöſiſchen Joch war ihre Aufgabe erfüllt. Durch
Raths= und Bürgerſchaftsbeſchluß wurde dagegen 1814 eine
allgemeine Dienſtpflicht beſtimmt und das Bürgermilitair
errichtet. Im Januar 1815 fand die erſte Parade auf dem
Gänſemarkt ſtatt und wurden zuerſt die Wachen bezogen.
Im Laufe der Decennien hatte das Bürgermilitair mehr=
mals Gelegenheit, ſeine Tüchtigkeit zu bekunden, bis es
durch die politiſche Neugeſtaltung und die Kriegsverfaſſung
des norddeutſchen Bundes überflüſſig und hinfällig ward.
Wie ſehr der echte Hamburger mit ſeiner Wachtmannſchaft
verwachſen und auf dieſelbe ſtolz war, zeigte ſich oft, und
ſämmtliche vaterſtädtiſchen Bühnen haben es nicht an wieder=
holten dramatiſchen Zugeſtändniſſen und Beweiſen dieſer
Geſinnung fehlen laſſen. Als endlich die Todesſtunde der
Bürgermiliz ſchlug, ihre Auflöſung 1868 eintrat, da war es
wieder in erſter Linie das plattdeutſche Theater, welches
ſich am dritten Mai 1868 zum Dollmetſch der Gefühle
Aller machte durch Vorführung eines gemüthvollen Lebens=
bildes „Der letzte Bürgergardiſt“ von Arnold Mans=
feldt. Es iſt ein Seitenſtück zu „Der letzte Hanſeat“,
jenem Gelegenheitsſchwank deſſelben Verfaſſers zum An=
denken an das Hamburgiſche Kontingent bei der Auf=
löſung 1867. Schultze ſelbſt hatte damals den Kampfge=
noſſen Chriſtoph Martens gegeben. Als ſolcher erſchien er
auch jetzt und neben ihm Heinrich Kinder als Kamerad
Puhvagel. Beide Künſtler verſtanden es, tiefe Akkorde in
den Herzen der alten Hamburger anzuſchlagen. „Wat mi

am meiften weh deiht, dat is", fagt der tapfere Veteran, „dat nu of unfe Borgergard fpringen mutt. De jeßige Generatfchon freelich fann et nich infehn, wat wi damit verleert, wiel fe nich weet, wat fe uns wefen is. Jd aber, id weet et! id bün Eener von de Eerften wefen, un id will of de Leße fin. Da fitt fe — mien Medaille — mien Orden! Umfünft hefft wi fe nich fregen. Wi hefft fe fuhr verdeent un würdlich verdeent. Damals muß man doch noch, woför man eenen freeg." „Ja", ftimmt ihm fein Waffengefährte Puhvagel aus Rißebüttel bei, „damals! Weeft noch? Am eenundortigften Mai achtteinhunnert un veertein, Middags Klock twolf, marfchiert wi un noch twolf= hunnert un foßtig Mann Borgergardiften — de brave Mettlerfamp feuhrt uns an — as Mitbefreer Hamborgs von de franzofen na'n Millerndohr herin. De Klocfen de lüden un de Kanonen de brummten datwifchen, dat et man fon Luft weur. Wi, Hamborger Jungs, wi weurn de Eerften de rinmarfchierten! Wiel wi ümmer de Eerften vör den feind wefen fünd. Un wi harrn feen Zündnadel un feen gezogene Kanonen, ne — man blot en dummerhaftiges Pannenßlott! — Dreehunnert Jungfern ganz in Witt ge= fleedt marfchierten vör uns vörop. Us wi op'n Domplaß anfömen, ungefähr da, wo nu dat Johanneum fteiht, wurr Halt mafft; wi wurrn opftellt un von de lütten witten Jungfern mit Blomen befränzt. Un hüt? Hüt fall de ohle Borgergard ophaben warden!"

Neben verfchiedenen anderen Stücken verherrlichte noch 1873 friedrich Willibald Wulff „Unf Borgergard leßte Parad" (Hamburg, J. f. Richter. 1874) in einem militairifchen Scherz, der, zuerft dargeftellt den 25. December am Karl Schulße Theater, fich eng an Wallenfteins Lager von Schiller anfchließt und aus Davids Nacht auf Wache die Haupthelden Snaafenfopp, Swebel, Sladropp entlehnt.

Diese wollen der jüngeren Generation erzählen, was sie einst als Gardisten geleistet haben in den Stunden der Noth und Gefahr, im Kampfe mit äußeren und inneren Feinden ihrer theuren Vaterstadt, und wir lauschen aufmerksam dem Bericht ihrer Thaten. Rückt näger ran! sagt Swebel.

Ick will jo vertellen von dat grote Füer,
Do weer ick noch Gemeener wie düsse hier.
Dat weer en trurige, trurige Tied.
Ick bün all ohlt, doch mien Oog dat süht
De Flammen noch hüt, noch klingt in mien Ohrn
Dat letzte Lüden von'n Nicolaithorn.
Ick weer kommandeert to strenge Wach,
Stünn toeerst in de Korbmachertwiet den Dag
Vör de lütten Hüüs op de rechte Kant,
Um de Straat aftosperrn. Dorch den Brand
Weer obdachlos worden Grot un Lütt,
Denn statt Water gäben de Sprütten Spriet.
Se harrn mi to Bewachung in dat Rathhus kommandeert.
De Englänners, so heet dat, wulln et ansteeken,
De Wänn wurrn schützt mit natte Deeken.
Da stunn ick denn mit mien Kamraden
In Sicherheit, de Gewehr'n wurrn scharp laden.
Do — nu slag Gott den Dübel dood! —
Ick full op de Näs, ick wuß nich wie,
Dat däh Major Burmester un de Artillerie.
De spreng'n de Hüüs, un kort un god,
Ick läg en ganze Tied wie dood.
Dat Rathhus weer rett, as ick to mi kam,
Un ick weer ok rett un all de Kram.
Wat bien Füer wi dahn hefft, dat vergitt man nie,
Wi Borgers to Foot wie de Kavallerie.
Drum segg ick, keen Steen weer op'nanner bleben,
Wenn't damals keen Borgermilitair harr geben.

Snaakenkopp. De Judenlarm un de Kantüffelslacht!
Da weer dat grote Füer wat anners.
Doch weern in Noth kam'n de Veerlanners,
Wenn se ok harrn veel Schuld dabi,
Wenn nich wesen weer de Infanterie.
Ok den Waterdrinkers-Krawall
Heff ick mitmakt sowie den Skandal,
As se dem Borgermeister de Finsters insmeeten,
Hein Swebel, dat mußt Du ja ok noch weeten.
Ick stunn in de Ferdinandstraat op Wach
Un beschütz den Borgermeister — he seet op'n Dach —.
Se smeet in'n Millerndohr in'n Wagen en Uhl.
Heitmann, da hett't blitzt! In de swatte Kuhl
Säh ick manchen fallen to jene Tied,
Da hett manch Hamborger sien Leben laten.
Mi hefft se in de Schuller rin schaten.
Denn weer ick op'n hangen Haar
Ok to Schaden kam'n in dat dulle Jahr,
Achteinhunnert un achtunveertig ick meen,
Do flög mi an'n Kopp en Muersteen.
Da hefft se bood en Barrikad
Mitten op'n Swienmarkt grad.
Et weer narrsch, mitten op'n Markt so'n Ding to boon.

Swebel. Wi Hamborger möt ümmer wat Extras dohn.

Snaakenkopp. Ick wüß nich, ob ick sull booen helpen
Oder se terstörn, so dwatsch weer mi de Kopp.
Hier röpen Kamraden: kumm rop! kumm rop!
Un annre wedder: hau se, Snaakenkopp!
Do flüggt so'n Muersteen op mi to,
Smeet mi to Eer. Da läg ick do.
Man broch mi na Hus ut den Tumult rut.
Acht Dag läg ick to Bett, da weer de Swindel ut.
De Ordnung harr kregen ehr ohles Recht,
Weer Allens wie fröher, good oder slecht,
De grötste Deel abers von düsse Ehr
Geböhrt ok wedder dem Borgermilitair.

Swebel.	So manches Füer, groot oder lütt,
	Weer ut, hört et blot unse Schritt.
Snaakenkopp.	Wie manchen Dag, wie manche Nacht
	Hevt wi Hamborg un sien Borgers bewacht!
	Wenn wi exerceert mit de Kumpanie,
	Wie hefft wi uns vergneugt!
Swebel.	Duhn weern wi nie!
	Wi hefft daför sorgt, dat de Pulverthorn op'n Wall
	Nich opflegen is.
Snaakenkopp.	Wie manchen Skandal
	In St. Georg, St. Pauli oder in de Stadt
	Hefft wi friedlich flicht! Wie manche Parad,
	Wie manche Revue hett Dusende freit!
	Un unf' Musik. Wat för Fröhlichkeit!
Swebel.	Stolt hefft unf' Frooen op uns blickt,
	Wie hefft se fründlich uns tonickt!
	Un käm'n wi to Hus, kum kunn'n wi uns retten,
	Unf' Kinners wulln de Käppis opsetten.
	Ick sülvst, ick kunn't nich genog ansehn,
	Wenn mit mien Säbel speelt mien lüttste Söhn.
Snaakenkopp.	Un wat för Witze hört man riten,
	Wenn Hannes inspiceert, de Hamborgsche Ziethen,
	Un wi op de Wach so'n lütt Vergnögen harrn!
	Un nu, nu sööll wi oplöst warrn!
Swebel.	Dat will waraftig nich rin in mien Kopp.
	Doch is et gewiß, denn, Snaakenkopp,
	Denn givt en Mallör, en grot Mallör.
	Wo blivt Hamborg ohn sien Borgermilitair?!

Doch schließlich trösten sich die Braven:

Wi stift en „Verein von de Borgerwehr"!
Dat kann uns keen Minsch, keen Senat verwehrn.
As Erinnrung lat wi in Oniform uns photographeern!

Das Andenken an die ehemalige Bürgerbewaffnung in Hamburg wird sich von Geschlecht zu Geschlecht fort-erben.

In der Geschichte des niederdeutschen Schauspiels wird Mansfeldt, aus dessen Feder auch zwei größere Volksstücke „Hamburger Leben" und „Ein Hamburger Aschenbrödel" namentlich durch die Figuren des Thürmers Christian Puttfarken und des Käsehökers Gottlieb Hundertmark Erfolg erzielten, besonders durch ein kleines ländliches Genrebild einen Platz behaupten. Es ist dies sein Burenspill mit Singsang in eenem Uptog „De Leev in Veerlann", welches zum ersten Male den 23. April 1869 bei Karl Schultze in Scene ging und seitdem bis auf den heutigen Tag unzählige Wiederholungen auf fast sämmtlichen vaterstädtischen Bühnen sowie in der Nachbarstadt Altona und auswärts im Reich verzeichnen kann. Der Kuriosität halber sei erwähnt, daß es 1878 sogar von einer umherziehenden plattdeutschen Kindergesellschaft dargestellt wurde. Das Arkadien der Hamburger, die Vierlanden, woher sich früher Jürgen Niklaas Bärmann manchen glücklichen Stoff holte, bildet den Schauplatz der Handlung. Hier nun erweist sich Mansfeldt als gelehriger Schüler des alten Doctor und Magister. In seiner Manier ist das Ganze erfunden, in seinem Geiste, in seiner Sprache gedichtet. Eine höchst einfache Dorfgeschichte wickelt sich ab, ein Idyll in naturfrischen Farben, das aber den Zauber eines duftigen Liebesromans ausübt. Der Bauer ist durchaus nicht der ideale der landläufigen Singspiele, seine Tochter keine Grisette, der Knecht kein Salonliebhaber, wie wir sie gewöhnlich sehen: es sind gesunde, rechtschaffene Menschen und nicht gebildeter oder besser, als Bauersleute zu sein pflegen. Die alte Geschichte von der echten Eltern- und Kindesliebe wird in rührender, Herz und Gemüth ergreifender Weise geschildert.

Der reiche Klas Grothe hat für sein Trynlieschen einen Mann bestimmt, der Geld besitzt, aber nichts als ein

Gimpel und Geck ift. Trynlieschen mag ihn nicht; sie will
den Knecht Hans freien, fürchtet indeß, daß sie ihr Köpfchen
nicht durchsetzt, daß Hans für sie verloren ift. Der junge
Bursche kann's nicht glauben:

Verlaar'n för Dy?! God mag't verhöden!
Denn bün ik't för de ganze Weld —
Den Dag, woans'd von Dy müßd scheeden,
Weern myne letzten Stünn woll tellt.
Ween nich! un mag de Ool ok grullen,
Myn Hart doch vuller Hoffnung sleit;
Dyn Vader harr woll jüst en Dullen,
Denn wät he sülvst nich, wat he kreit.
Wat gäwt wy up syn Woordgetüder?
Myn sööte Deern, glöv my förwiß,
En dwatsch Geklöön is't un nix wyder,
Vergäten gauw, wie't spraaken is.

Trynlieschen.

Ne, Hans, laat Dy Dyn Hart nich dregen —

Hans.

Is't Herrgods Will, ward wy een Paar!

Trynlieschen.

Myn Vader lett sik nich bewegen.

Hans.

Is't hüüt nich, is et öwer't Jahr!

Trynlieschen.

Nich hüüt, nich morgen, nie im Läwen
Warst Du myn Mann un ik Dyn Fruw.
Myn Vader hett my all vergäwen —

Hans.

Vergäwen?!

Trynlieschen (in Thränen ausbrechend).

Ja. — Wat segst Du nu?

11*

Hans.

Vergäwen! — An wen? Wokeen is de Köter,
De my myn Lieschen nehmen will?

Trynlieschen.

Du kennst em, Heitmann is't, myn Vetter —

Hans.

Wat? De Jan Fummel mit de Brill?
De Fuulbrass, de nig deiht as lungert,
Den leewen God den Dag afstält?
De längst weer achter'n Tuun verhungert,
Läw' he nich von syn's Vaders Geld? —
Trynlieschen, myn Juweel, myn Läwen!
Höör, deihst Du na Dyn's Vaders Will
Un wullt as Bruud Dyn Hand äm gäwen,
Schast sehn, denn spring ick in de Bill!
(Drückt seinen Kopf an ihre Schulter.)

Trynlieschen (schluchzend).

Myn Hans, wie kannst woll so wat glöwen,
Dat ick von Dy je laaten schull —
Du leewe God im hogen Häwen,
Wie is myn Hart so vull, so vull!
Gehorsam bün'ck myn'n Vader schuldi,
Doch dat, myn Hans, law ick Dy hier:
Mütt ick äm nehm'n, denn sy geduldi,
Is de Köstfyr glieks myn Liekenfyr.

Der Alte läßt nicht mit sich reden. Er, der reiche
Vollhufner, soll einem armen Knechte sein einzig Kind zum
Weibe geben?

Hör'ck recht? Spökt et by Em im Gäwel?
Was't nich so fröh, so schull'ck fast meen'n,
He harr upstünds all'n scheewen Stäwel —
Wat? He will um myn Dochder freen?
Wat rötelt He my dar to Ohren?
— Et dreiht sick Allns mit my im Krink! —

Dat glöw'ck, en Happen was't, en roren,
De rykst Deern von de holten Klink!
Wat Wunner ja, dat kunn Em passen,
Man god, uns' Herrgod stüürt de Bööm,
Dat se nich köönt in'n Häwen wassen!
Ne, ne, myn Jung, laat Dy nix drööm
Von Köstfyr mit Klas Groth syn Lieschen,
Da kiekt ganz anner Lüüd na ut
Un mööt sick doch den Snabel wischen,
Denn, dat He't wät — se is all Bruud.

Hans.

Ja, Bruud is se von'n schönen Freier!
En Geck is't heel von Kopp to Fööt!

Klas.

Schaad nix — he sitt in Fett un Eier.

Hans (für sich).

Wull'ck doch, dat he up'n Blocksbarg fäät!

Klas.

Mußt weeten, myn Swygersöhn syn Vader
Dat is en Keerel by de Sprütt,
De by Borgemeister un Senader
As eerst Mann an de Tafel sitt.
Da kummt myn Deern mank sine Lüüer,
Geiht jeden Dag in Sammt un Syd —

Hans.

Ho! Sammt un Syd blaast ut dat Füüer
Un roopt in't Huus man Stank un Stryd.

Klas.

Dat mag woll syn, dat hett man vaken,
Dat et so hergeiht in de Welt.
Myn Swygersöhn kann't aber maken,
De kriggt to'r Uutstüür 'n Hupen Geld.
't is Allens afmakt, All'ns steiht schräwen,
Un Sünndag is Verlawungsfyr.

Darup hev ik myn Handslag gäwen —
Kummt nix Besonners in de Kyr.
Düt Jahr noch, is de Sommer rünner,
Verkööp ik hier myn Stääd un Kath
Un tüh na myne beiden Kinner
Na Hamborg in de Esplinad.

Hans.

He ward doch woll keen Hochmoth drywen?
De Stääd verkööpen un de Kath?
Föör'n Buurn is't Land, da schall he blywen,
Un föör de Stadtherrn is de Stadt!

Diese muthige Sprache klingt dem Alten gerade
nicht wie Musik in die Ohren. Er geräth so sehr in
Zorn, daß er dem Knecht befiehlt, sofort sein Bündel zu
schnüren.

Dat was ja dütlich nog gespraken.
Et schall so syn — drum sog ik my.
Myn schönste Hoffnung is verslagen —
Na laat! Vöörby is mal vöörby!
       (Zu Klas, indem er sich zum Gehen wendet.)
Doch by de Sünn am Häwen bawen,
De up uns schynt, bün ik eerst fort,
Dat will ik heilig Em gelawen,
Denkt He mit Gräsen an myn Wort.
He nich, my jagt en annern Drywer,
Un strafen ward de leewe Gott
Den, de ut heelem Hochmothsywer
Syn Kind un Knecht in't Unglück stott!

Doch Trynlieschen weiß ihren Vater zur Sinnesänderung
zu bewegen. Sie erinnert ihn daran, daß eben heute der
Sterbetag der seligen Mutter sei, daß die Verstorbene in
ihrer Todesstunde ihm das heilige Versprechen abgenommen habe, dem Glück ihres einzigen Kindes nie hinder-

lich, sondern nur förderlich zu werden, ihre letzten Worte
seien gewesen:

> „Wullt Du myn'n Segen Dy erwarwen --
> Dat is dat Eenz'ge wat my quält —
> Myn Klas, ick bidd Dy drum im Starwen,
> Laat ähr den Mann, den se sick wählt.
> Giw my Dyn Woort!" — — un lys un lyser
> Wurr ähr de Stimm, de Luft so kott —
> Halw twolf wyf up de Uhr de Wyser —
> Un uns' leew Mudder stunn vöör Gott.

Klas (sehr ergriffen).

Un wat dähd ick?

Trynlieschen.

Du hest verspraken,

> Du wullst blot sorgen vöör myn Glück.

(Ergreift seine Hand.)

> Dyn Woort hest Du noch niemals braken,
> O Vader, segg my —!

Das Herz des stolzen Bauern ist erweicht. Diese Erinnerung wirkt und bringt ihn zur Umkehr und Einkehr,
so daß seine Tochter nun nach ihrer Neigung freien kann.
So stehen die Sachen, als Hans mit geschnürtem Bündel
zu Trynlieschen kommt, um Abschied von ihr zu nehmen
und — Einjährig-Freiwilliger zu werden. Klas Grothe
muß selbst intervenieren, um ihn von diesem Entschluß ab-
zubringen, und er thut dies in einer Philippika, worin er
ihm besonders zu Gemüthe führt, wieviel ihm an seiner
Ausbildung fehle, um der Ehre theilhaftig werden zu
können, als Einjährig-Freiwilliger zum Kanonenfutter zu
dienen.

> Sprickst Span'sch, Latinsch un annre Spraken?
> Weeßt wat von Sünn un Mand un Steern?
> Kannst schriew'n, wa? Dat bruukst Du faken,
> Dat's anners, as röppst: Eerdbeern! Eerdbeern!

Wat mööt se upstünds nich Allens weeten,
Wat mööt de Oellern lehrn dat Kind,
Dat s' ja naher tom Doodtoscheeten
Ok nich to dummerhaftig fünd!

Hans.

Läw woll, Trynliesken! (Will fort.)

Klas.

Wullt mal blywen!
Da hest ähr! — nu makt, wat Jy wöölt!

Hans.

Klas Groth!

Trynliesken.

Myn Vader?

Klas.

Kann'd my strüwen,
Wenn Se son Dööntjes my vertellt? —
Wat hevt Jy denn noch to besinnen?
Na? Wullt ähr oder wullt ähr nich?

Hans.

Ik kann my in myn Glück nich sinnen —

Trynliesken.

O segg my, Vader, dräum ik nich?

Klas.

Fragt nich eerst lang un laat dat Quäsen,
De Saak is richtig un steiht fast.
Nächst Sünndag kann de Hochtyd wäsen
Von Liesken Grothe un Hans Quast.

Hans (Klas die Hand reichend).

Klas Groth, dat will ik Em gelawen,
He kriggt an my en brawen Söhn!

Trynliesken.

O Mudder Du im Häwen bawen,
Kunnst Du Dyn glücklich Kind doch sehn!

Mit einem luftigen Trio endet das Bauernfpiel, dem neben vielen ernften und rührenden Stellen auch humoriftifch wirkfame Pointen nicht fehlen. Wie fehr Sprache, Reim und Rythmus an Bärmanns Poefie mahnen, braucht nicht erft genauer unterfucht zu werden. Die Proben veranfchaulichen die Nachahmung fchon genügend. Sogar die alterthümliche Schreibart ift durchweg beibehalten. Die Rolle des Klas war eine Mufterleiftung von Heinrich Kinder, welcher hier alle Vorzüge feiner Darftellungsweife zur Geltung brachte, die dem Leben und der Natur ihre Nüancen, feine und derbe, abgelaufcht hat und fie mit realiftifcher Treue und Wahrheit wiedergibt. Als Meifter in diefer Kunft wird Kinder, deffen Snaakenkopp in Davids Nacht auf Wache neuerdings am Stadttheater das Entzücken des Publikums ift, immer gepriefen fein.

Das kleine Stück erfchien 1874 in der Meyerfchen Hofbuchdruckerei zu Detmold. Mansfeldt hat eine große Fruchtbarkeit als plattdeutfcher Dramatiker bewiefen, aber dichterifchen Werth befitzt blos „De Leev in Veerlann." Nur einmal noch, und zwar mit dem Burenfpill mit Singfang in eenem Uptog „Um de Utftüür oder Wat dat Geld nich deiht" (Hamburg, J. G. L. Wichers. 1879), bereicherte er wenigftens indirekt die niederfächfifche Litteratur, indem er Bärmanns reizendes Lied „Lütj Pypvagels kaamt doch" einflocht und fo aufs Neue bekannt machte.

„Eenjährig will ik deenen,
Warr bi de Preußen nu Soldat."

Den Entfchluß hat der Knecht Hans gefaßt. Ja, das deutfche Vaterland brauchte feine Söhne, denn wie der Blitz aus heiterem Himmel brach ein neuer gewaltiger Krieg aus, der deutfch=franzöfifche von 1870 und 1871. Allen Zeitgenoffen und Mitkämpfern find die beiden ewig denkwürdigen Jahre noch frifch im Gedächtniß.

Dat „Kamerad kumm" klung hell un lud
Von Barg bet lang an't Haff.
Adjüs, leew Oellern! adjüs, föt Brut!
Un fort gung dat in Draff
Na Frankrik rin; de Schelmfranzos
Harr uns to dull tom Spott.
De Krieg bröcht Sieg, wi flogn drup los,
Uemmer weer mit uns Gott.

Dat weer en Tid, so herrlich grot,
As man een wesen kann!
All weern wi Bröder, un Got un Blot
Dat setten wi geern dran.
Nu hefft wi'n Kaiser un en Rik —
Kamrad kumm! giv mi de Hand,
Holl fast un sing mit mi toglik
Von't dütsche Vaderland!

Min Vaderland, min dütsches Land,
Wat ik di leewen doh!
Von Ostsee- bet am Nordseestrand
Un deep na Süden to,
Wo Elsaß-Lothring wedder uns —
Wer harr dat fröher dacht?
Oll Vader Rhin de höllt upstunns
för Dütschland dor de Wacht. [1]

Deutschland war auferstanden, die Einigkeit, das Kaiser-
thum neu begründet. Welchen Antheil die Hanseaten und
speziell Hamburgs Heldensöhne an den Siegen der deutschen
Waffen gehabt, das bleibt in den Annalen der vaterstädtischen Geschichte unvergessen. Die große Zeit von 1870
und 1871 fand in der alten freien Reichsstadt den lautesten,

[1] Dies Gedicht veröffentlichte ich zuerst gleichzeitig in der „Garten-
laube" und in der „Officiellen Festzeitung für das erste allgemeine
deutsche Krieger-Fest zu Hamburg", Juli 1883.

freudigsten Widerhall. Auch die Schaubühne spiegelte die
ruhmreichen Ereignisse und Thaten ab, vornehmlich das
plattdeutsche Volkstheater. Gleich wie in Eisenach Fritz
Reuter zwei wunderherrliche Gedichte „Ok 'ne lütte Gaw'
för Dütschland" und „Großmutting, hei is dod!" für die
Lieder zu Schutz und Trutz beisteuerte, so wetteiferten in
Hamburg seine plattdeutschen Sangesbrüder, von den
Brettern herab der Begeisterung der Einwohnerschaft im
dramatischen Spiel ein Genüge zu thun. Abermals war
es Karl Schultzes Theater, das den Reigen der patriotischen
Stücke eröffnete. „Deutschland mobil oder Germania
auf der Wacht am Rhein" gelangte am 19. Juli zur
Darstellung. Schultze selbst gab den aus dem Jahre 1866
bekannten Schuster Fortschritt, und seine zeitgemäßen poli=
tischen Aussprüche, die im unverfälschtesten Platt vorge=
tragen wurden, waren der Stimmung des Publikums an=
gemessen. Zum Abschiede der Einberufenen schrieb Karl
Wilhelm Holländer ein versifiziertes Familiengemälde
„Inropen oder Adjüs von Oellernhuus! Eene
hüüsliche Scen' ut de Jetztid in een Uptog", worin die
vier Personen, de Vadder, Mudder, Söhn un Brut, die
Empfindungen sowohl der ausrückenden Soldaten als auch
der daheim bleibenden Eltern und Bräute in schlichter
Sprache und herzlichem Ton zum Ausdruck zu bringen wußten.
Und als nun eine Siegesbotschaft nach der andern eintraf,
Sedan gefallen, der Kaiser gefangen war, da erregte
Lindners Genrebild „Hamborger in Frankrik oder
Ick heff Napoljon kregen!" unbeschreiblichen Jubel.
Auch die Satyre schwieg nicht. Holländers Scherz „Bis=
marck und Louis im deutschen Hause oder Kreetler
friggt sin Lohn" trug der Lachlust des Publikums vollauf
Rechnung. Von den gefangenen Franzosen, welche in Ham=
burg untergebracht wurden, riefen die Turkos besonderes

Interesse hervor. Mit welchem Nimbus von Unwiderstehlichkeit im Kampfe waren diese Afrikaner umgeben, welche Bilder von ihrer zügellosen Grausamkeit hatte man sich von ihnen entworfen! Der Tapferkeit der deutschen Heere gelang es, die rohen Horden, welche an der Spitze der französischen Armee marschieren mußten, um mit ihrem wüthenden Kriegsgeschrei und Geheul, ihrer schauerlichen Katzenmusik beim Vorgehen Schrecken und Entsetzen zu verbreiten, durch Gefangennehmung unschädlich zu machen. Ein gewisses ritterliches Wesen war ihnen jedoch nicht abzusprechen, der Korpsgeist that auch das Seine, und weil das Kostüm ein malerisches, so sind viele in Wort und Bild gefeiert worden. So konnte es denn nicht fehlen, daß ein Lokalstück mit Gesang in einem Akt „Ein verwundeter Turko in Hamburg“ am zweiten Oktober sehr gefiel und gegen dreißig Wiederholungen erlebte. Die handelnden Personen bedienen sich des heimischen Idioms, wogegen das Kauderwelsch des Arabers köstlich absticht. Als Verfasser las man auf den Zetteln den fingierten Namen Julius Ernst. Hinter diesem Pseudonym hielt sich Julius Stinde verborgen, ein Holsteiner von Geburt, der mit dem kleinen, sinnig erfundenen mundartlichen Schwank zum ersten Mal unter die Reihe der Dramatiker trat und berufen war, die plattdeutsche Komödie zu einer bisher ungeahnten Blüthe zu bringen.

Ueberhaupt ist das Jahr 1870 als eines der wichtigsten für die Geschichte des niederdeutschen Schauspiels zu betrachten. Nicht nur Stinde hat als plattdeutscher Bühnendichter damals sich das erste Lorbeerreis gepflückt, welches nach einem Lustrum schon als voller Kranz seine Stirn umwand, sondern auch J. D. F. Brünner. Noch vor Ausbruch des Krieges, am sechsten Februar, erzielte dessen aus dem Born des Volkslebens geschöpftes Charakterstück „Hamburger Pillen“ einen außerordentlichen Erfolg.

Dasselbe ist zwar kein Original, sondern eine lokalisierte Bearbeitung der früher in Wien oft und gern gesehenen Friedrich Kaiserschen „Posse als Medizin", aber die Handlung ist sehr zusammengeschrumpft, um Platz für eine Reihe ins feinste Detail gearbeiteter Genrebilder zu schaffen. Es bevorzugt namentlich die Rollen des achtzigjährigen, ehrwürdigen und gottesfürchtigen Quartiersmannes Peter Bostelmann, seines funfzigjährigen Sohnes Christian, eines reichen Schlachters, und dessen Ehehälfte Auguste, die einige der besagten Pillen zu schlucken bekommt. Der Erfolg dieser Kur ist gleichsam der Angelpunkt, um den sich Alles dreht. Ganz einfache, harmlose Züge sind's, welche uns vorgeführt werden, aber mit einer Liebe und Treuherzigkeit geschildert, die sofort vertraut machen und uns bald zum Lachen zwingen, bald in Rührung versetzen; gediegene Charaktertypen aus dem eigenthümlichen, noch in voller Ursprünglichkeit sich in seinem Mikrokosmos nach Väter Art bewegenden althamburgischen Volksstamme. Des Alten vergnügte Stimmung bei der Geburtstagfeier, welche von der Trauerbotschaft unterbrochen wird, die drastische Abkanzelung des widersprechenden Sohnes, die des schwindlerischen Brautwerbers, Großvaters goldene Hochzeit mit dem Hochzeitstänzchen sind von humorvoll sympathischer Wirkung.

„Tachentig Jahr! — man sull't kuum glöben", sagt er selbst. „Je, ja, wie de Tied löpt! Wie lang ward et duern, noch en dree bit veer Maand, denn fier ick mit mien ohld Mütjen de goldne Hochtied. Mien sööt Ohlsch hett sick doch ok tapper holln, un wat de Hauptsak is, wi hefft uns hüüt noch so leev wie fröher, un en Kuß smeckt grad noch so, as vor föftig Jahr, un dat köhnt wenig Ehelüd seggen. — Wenn man eerst ohld ward, denn meent man ümmer, nu is et bald vorbi, un doch köhnt wi tachentig

Jahr, wi köhnt nägentig, ja wi köhnt hunnert ohld warrn,
un wenn't sien sall, denn is't licht dahn." Und nun singt
der greise Bostelmann:

So lang de Minsch hier lävt,
He ümmer vorwarts strävt;
Ob krupt he oder flücht,
Dat Ziel erreicht he nicht.
Eerst geiht et frisch bargop
In Draff un in Galopp, —
He is noch half in Droom —
Da is et ut in Doom.
Denn ob uns' Weg kort oder wiet,
Uns' Herrgott weet de rechte Tied.

Mit tein Jahr noch en Kind —
Dat Leben eerst beginnt;
Mit twintig Jüngling denn,
Wie is de Welt da schön!
Mit dortig Jahr en Mann,
Da wiest he, wat he kann.
Mit veertig wolgedahn!
Mit föftig stillestahn!
Un wat nu kummt, ob't all so wiet, —
Uns' Herrgott weet de rechte Tied.

Sößtig geiht't Oller an,
Da kniept't all dann un wann;
Mit söbentig en Greis,
Mit tachentig sneeweiß, —
Da süht den Himmel man
All halfweg apen stahn.
Mit nägentig Kinnerspott;
Doch hunnert: Gnad bi Gott!
Dücht uns de Weg ok rieklich wiet,
Uns' Herrgott weet de rechte Tied.

Sünd ok all tachentig,
Dat ik herüm hier stieg;
Kreeg manchen Puff dabi,
Gott aber weer bi mi.

Doch wenn'k ok hüüt noch stramm
Un frisch bün op den Damm,
Wer weet, von ungefähr
Kloppt't bald ok an mien Döhr:
Kumm, Ohltje, kumm, et is so wiet!
Uns' Herrgott weet de rechte Tied.

Trotz seines hohen Alters hat sich der würdige Quartiersmann einen freien Blick und ein klares Auge für alle
Wandelungen und Veränderungen bewahrt. „All de veelen
Neerungen un Inrichtungen, de se nu heft, da mag Manches
vellicht ganz good von sien," meint er, „aber Veeles, dat
kann mi stahlen warrn." Zur Bekräftigung dieses Urtheils
hören wir aus seinem Munde folgendes Lied:

Wat weer vor'n scheune Tied wolehr!
    Güng Sündags man to Kroog
Un drünk sien Sluck un sien Kroos Beer,
    Harr man vullop genoog.
        Köfft man sick nu en Lütten,
        Blifft he in'n Hals een sitten.
De Gläs de sünd so lütt opstünd,
As wenn se vor'n Piepvagel sünd.
    So'n Fingerhööd, Jy Narrn,
    De köhnt mi stahlen warrn!

Wie lütt is nich dat leebe Brod!
    Et bringt uns von de Been;
Von Semmel stickt man sick to Noth
    In jede Kuus all een.
        De Slachters kennt den Rummel,
        So'n Knackwurst, wat vor'n Stummel!

Kantüffel krank, dat Fleesch so dür,
As geef et gar keen Ossen hier.
        So'n Tieden as wi harrn,
        De köhnt mi stahlen warrn!

En godes Leed dat hör ick geern,
        Wenn't recht fidel man is;
Doch fangt se thranig an to tweern,
        Da ward mi ornlich mies.
                Un nu eerst in Kummedie,
                Da quiekt se, ach Herrjedi!
As Een, de Lief= un Tähnpien hett,
Oder'n Kater, den se'n Steert afpett.
        So'n Singen un Tralarrn
        Dat kann mi stahlen warrn.

En bitten deftig klingt dat Platt,
        Doch is't nich bös gemeent;
Ick doh gewiß keen Minschen wat,
        Wenn he et nich verdeent.
                Doch Spaß geiht öber Alles,
                Heff ick ok sünst en Dalles.
Un de keen Spaß verdrägen kann,
De Allns eerst faat mit Hanschen an,
        So Een, na, miene Harrn,
        De kann mi stahlen warrn!

Die Schwiegertochter Frau Auguste setzt eigentlich die
Komödie in Gang. Sie ist die „feine Dame von niederer
Herkunft", die hoch hinaus will, welche eine so gemeine
Mundart, wie nach ihrer Ansicht das Plattdeutsche ist, in
ihrem Hause nicht duldet, die selber elegantes Messingsch
redet, z. B. „Geh'n Sie ein bischen neben mich sitzen", eine
Dame, die ihren Eheherrn vollständig unterjocht hat, sich
über seine gewöhnliche Sprache ärgert und über die alt=
modische Jacke mit Silberknöpfen ihres greisen Schwieger=

vaters. In einem Theaterstücke sieht sie plötzlich ihr leib=
haftiges Konterfei mit all seinen Schwächen dargestellt und
geht nun mit einem jungen Poeten, dem Bewerber um ihre
Tochter, zu Rathe, wie dem bösen Verfasser am besten bei=
zukommen sei. Ihr Vertrauter räth ihr, der Satyre da=
durch den Stachel abzubrechen, daß sie sich nicht durch sie
getroffen zeige, zugleich aber jene Schwächen durch die That
zu verleugnen und sich ganz in ihrer Sphäre zu halten.
Frau Auguste ist eine zu gescheidte Frau, um diesen Wink
nicht zu befolgen. Der Poet ist zwar selbst jener Attentäter,
doch, indem er seine Autorschaft auf die Schultern eines
geckenhaften und betrügerischen Nebenbuhlers wälzt, gewinnt
er sich die Tochter.

Als Verfasser nannten sich Schindler und Bruno.
Louis Schindler, als Oberregisseur und Schauspieler sieben
Jahre hindurch am Karl Schultze=Theater engagiert und
jetzt Direktor in Chemnitz, ist der eigentliche Verfertiger des
Stückes an sich. Der wahre Name seines Mitarbeiters
lautet Brünner. Von ihm, einem Hamburger, der im
bürgerlichen Leben als Steuerbeamter wirkt, rührt die
spezifisch plattdeutsche Lokalfärbung her. Beide zeigen ge=
sunden, urwüchsigen Volkshumor und eine reiche Tiefe des
Gemüths, sowie das Bestreben, sich von der Herrschaft der
Berliner Posse zu befreien. Daß Hamburg dazu gerade
der rechte Ort ist, daß es in seinen mannigfaltigen Be=
völkerungsschichten Charaktere, Momente und Situationen
bietet, die erheiternd und drastisch wirken, ohne zur Farce
zu werden, noch der Moral ein Schnippchen zu schlagen,
dafür legt diese Schöpfung vollgültiges Zeugniß ab. Wer
das Glück gehabt hat, Fräulein Heyland oder Lotte Mende,
Karl Schultze und Heinrich Kinder in den Hauptrollen
spielen zu sehen, wird mit vielem Behagen an „Hamburger
Pillen" zurückdenken. Sie sind wohl fast ein halb tausend

Mal verabreicht, in Dresden sogar auf allerhöchsten Befehl des Sächsischen Königshauses, und überall, auch in Berlin und Wien, schmackhaft befunden worden. Die vierhundertste Aufführung fand den 29. April 1878 im Tivoli-Theater zu Bremen statt.

Noch um einer dritten Ursache willen erscheint das Jahr 1870 für die niederdeutsche Komödie von besonderer Bedeutung. Im Februar hielt auf dem Thalia-Theater Emil Thomas als Onkel Bräsig seinen Einzug. Thomas, der mit Spreewasser Getaufte, hatte erst den mecklenburgischen Dialekt erlernen müssen; auch kehrte er nur die lebensfrohe, joviale, spaßhafte Seite des berühmten Inspektors heraus, indeß nicht das Gemüthvolle, er bewährte sich als Komiker κατ' ἐξοχήν. Wer wollte ihn darum tadeln? Allein „so'n beten för't Hart" — wer nähme die Mitgift nicht gern zugleich in Empfang? Da bereitete Karl Schultze seinem Kollegen am Pferdemarkt eine empfindliche Konkurrenz. Ein Landsmann Reuters hatte sich nämlich seit einiger Zeit als plattdeutscher Schauspieler in Stralsund, Neustrelitz und Stettin ausgezeichnet. Theodor Schelper[1] hieß dieser Künstler. „De richtige Entspekter Zacharias Bräsig is Thedur Schelper, den hahl ick mi!" — und Schultze reiste nach Berlin, wo jener gastierte, und engagierte ihn für die Rolle. Er hatte den echten ollen meckelnbörgschen Entspekter herausgefunden! Der Erfolg bei seinem ersten Auftreten am 22. Mai war geradezu ein sensationeller. Von da ab hat Schelper (geb. den

---

[1] In einem Cyklus von Reuter-Vorträgen, die der Verfasser im Berliner Rathhaus Winter 1882 auf 1883 hielt und zum Theil in Friedrich Bodenstedts Täglicher Rundschau veröffentlichte, ist die künstlerische Individualität dieses neben dem jüngst verstorbenen Karl Kräpelin ersten und vorzüglichsten Reuterinterpreten eingehender gewürdigt.

15. August 1817 in Rostock) seine ganze Kraft auf die Verkörperung Reuterscher Gestalten — nach den Dramatisierungen von Fritz Harnack — gelegt und darin Unüber-
treffliches geleistet. In ihm ist der plattdeutsche Ekhof
wieder erstanden. Er liefert uns den Beweis, daß die
Sprache mit dem menschlichen Wesen unzertrennlich, daß
Jeder aus seinem Herzen heraus nur in seinen ureigensten
Mutterlauten reden kann. Wer je den niedersächsischen
Volksschlag kennen gelernt hat, wem seine Sitten, Gebräuche
und Anschauungen bekannt sind, dem muß es klar geworden sein, daß zu „düsse plattdütsch Ort" auch „düsse
plattdütsch Sprak" gehört, von der Fritz Reuter in Hanne
Nüte den Helden dieses Gedichtes singen und sagen läßt:

> Ick weit einen Eikbom, de steiht an de See,
> Te Nurdstorm de brust in sin Knäst;
> Stolz reckt hei de mächtige Kron' in de Höh,
> So is dat all dusend Johr west.
> Kein Minschenhand
> De hett em plant't;
> Hei reckt sick von Pommern bet Nedderland.

Reuter hat mit seinem Roman „Ut mine Stromtid"
diese Frage ein für alle Mal entschieden. Das Schelpersche
Gastspiel, das sich 1876 erneuerte, war ein überaus be-
deutsames, denn durch die Interpretation dieses tiefen
Kenners der Reuterschen Werke und des niederdeutschen
Volksstammes, durch die bis in die kleinsten psychologischen
Züge lebenswahre Darstellung seiner Charaktertypen, ist
sehr viel dazu beigetragen worden, die Liebe für Reuter
zu wecken und ein größeres, allgemeineres Verständniß für
die niederdeutsche Mundart und für das ganze eigenartige
Volksleben anzubahnen und zu befördern.

Nach Beendigung des deutsch-französischen Krieges
führte das plattdeutsche Genrebild „Rückblicke oder Von

12*

Hamburg nach Orleans", eine Lokalisierung einer damals in Berlin viel gegebenen Jacobsonschen Posse,
bunte Scenen aus dem Feldzuge vor Augen. Es ward
zum ersten Male am 23. März 1871 bei Karl Schultze
dargestellt und zur Feier des Einzuges der heimkehrenden
Soldaten vom 76. Regiment am 19. Juni neu einstudiert.
Zwei Tage darauf folgte „Die Ulanenbraut" von
Ludolf Waldmann, ein anmuthiges patriotisches Stück
in zwei Akten, das, theilweise recht sentimental, aber auch
wieder, da es unter Soldaten und Bauern sich bewegt,
sehr lustig, Gemüth und Humor zu lebendigster Wechsel-
wirkung vereint. Heinrich Bösch, Ulanensergeant, kommt
aus dem Kriege heim, findet seine Mutter todt, sein Mädchen
im Begriffe, sich in seinen Freund, den Wachtmeister Stade,
zu verlieben; dieser führt sie wieder in die Arme Heinrichs
zurück — das ist kurz der Inhalt des von bühnenkundiger
Hand entworfenen und ausgeführten Liederspiels. Das
Genre der Liederspiele ist leider den Operetten unterlegen.
Die Sirene von der Seine, die aus Paris stammende Bac-
chantin, hat das einfache, mehr das Herz erfrischende, als
den Sinnen schmeichelnde Singspiel vom deutschen Repertoire verdrängt. Waldmanns Werk darf aber als gelungener Verjüngungsversuch betrachtet werden. Die bald
ernsten, bald komischen Situationen, die Rückkunft der Helden
in die Hamburger Heimat, das freudige und zugleich traurige
Wiedersehen, die Erzählung der Märsche und Kämpfe und
wie die Franzosen zu Paaren getrieben wurden, die An-
knüpfung alter und neuer Herzensbande erhalten ihren
besonderen Reiz durch Einflechtung feuriger oder em-
pfindungsvoller Soldaten- und Liebeslieder. Klänge aus
längstverflossener Vergangenheit, Strahlen aus dem Jugend-
paradies werden in uns wach und füllen unsere Seele mit
froher Rührung. Wer hätte nicht früher schon einmal auf

dem platten Lande solche Liese getroffen, die durch das
Alter und vielleicht auch durch etwas Gicht gebeugt auf
dem Stuhle hinter ihrem Fenster hockt und von da aus
Theil nimmt an den Händeln des Dorfes, ihrer Welt? Da
ist vor Allem der Holsteinische Pächter Keller, der uns eine
Gestalt aus Immermanns Oberhof ins Gedächtniß ruft,
den biedern, schlichten, auf seinen Stand stolzen Freischulzen.
Heinrich Kinder hat in dieser Rolle eine Berühmtheit erlangt. Wie mitleidig und treuherzig klingt der Ton seiner
Stimme, wenn er seiner Tochter Anweisung gibt, den als
Ulan aus Frankreich in das durch den Tod der Mutter
verödete Elternhaus heimgekehrten Nachbarssohn zu sich
hinüber zu bitten und mit einem starken Kaffee zu trösten!
Wie energisch weiß er sich mit seinem im Bauerncharakter
tief begründeten Argwohn der Angriffe des Liebesgaben
sammelnden Notars auf seinen Geldbeutel zu erwehren!
Und wie köstlich kann sich der alte Bursche freuen! Man
muß es gehört und gesehen haben, wie er auf die Neckereien
des Wachtmeisters, doch ja nicht seinen etwas größeren
Bierkrug mit dem eines Anderen zu verwechseln, seinen
Krug in die Höhe hebt, mit der freien Hand zärtlich darüber streicht und die Worte spricht: „Ick kenn em!" Eine
tiefe, tiefe Retrospektion öffnet sich in diesen drei Worten.
Sehr, sehr oft hat er den alten Freund schon leer getrunken!
Und nicht nur, wo er zu reden, auch wo er zu schweigen
hat, ist Kinder vortrefflich. Seine stumme Begleitung der
Gesänge und Erzählungen Anderer ist zum Theil deren
beste Würze.

Ludolf Waldmann, als Direktor, Schauspieler, Dichter
und Komponist in gleichem Maße geschickt, bereicherte bald
darauf das niedersächsische Drama noch durch zwei weitere,
ebenfalls oft aufgeführte Schöpfungen „Hamburg an
der Elbe" und „Soldatenliese oder Eine Dorf-

geschichte", die am 25. December 1871 resp. am 17. November 1872 zuerst am Karl Schultze-Theater in Scene gingen. Namentlich das letztgenannte Originalschauspiel in vier Aufzügen, welches zur Zeit des deutsch-französischen Krieges spielt, ist nicht ohne poetischen Werth. Es ist ein Volksstück im guten Sinne des Wortes. Darum passen auch innerhalb seines Rahmens die plattdeutsch redenden Personen mit einer gewissen natürlichen Nothwendigkeit. Die Sprache stört nicht nur nicht, sondern erhebt eben durch ihr reales Wesen die „Dorfgeschichte" zur idealen Wahrheit. Denn im Grunde wirkt der Realismus, sofern er nicht ins Breite und Gemeine gezogen, vielmehr künstlerisch verwendet wird, gleich dem Idealismus befreiend und reinigend. In diesem Sinne ergötzen uns ja auch Reuters Werke und erheben trotz ihrer derben Realistik über das Alltägliche des Lebens. Waldmanns Arbeit ist eine Art von Pendant zu Anzengrubers Dramen, zu dessen Meineidbauer und Pfarrer von Kirchfeld, gleich diesen weitaus glücklicher durch scharf geschlossene Charakteristik wirkend als durch befriedigenden Austrag der Konflikte, weitaus glücklicher durch pikante Dialogpointen als durch Phantasiereichthum in der Fabelerfindung; gleich diesen richtet sich das Plaidoyer wider Orthodoxie und Pietismus ganz direkt an den Bauernstand und kleinen Mann. Hinsichtlich der Technik freilich steht der plattdeutsche Poet dem österreichischen nach. Als Hauptfehler des in den ersten Akten planvoll aufgebauten Stückes tritt der Mangel an den richtigen Gegensätzen in den Charakteren hervor. Die bösen Elemente, der bigotte Pastor und der Aktienschwindler, treiben nur hinter den Koulissen ihr Unwesen, und der an Unwahrscheinlichkeit leidende Schluß vollzieht sich mit einer Naivetät, welche zu der Physiognomie des Uebrigen nicht wohl paßt. Trotzdem behält das Schauspiel durch das eigenthümliche Grund-

kolorit und die frische Urfprünglichkeit des Dialekts einen
großen Reiz. Frau Grube, das hochbetagte und am Alt-
hergebrachten hangende Großmütterchen, der ungeachtet
bitterer in der Schule des Lebens gemachter Erfahrungen
und harter Schickfalsschläge allzeit vergnügte Kesselflicker
Pfannenschmidt und besonders der Bauer Walter sind
Menschen von Fleisch und Blut. Auch hier hat Heinrich
Kinder als Bauer Triumphe gefeiert. Rekonstruiert man
sich das Bild des gutmüthigen, weichherzigen, fast willen-
losen Landmannes mit der gesunden Gradheit seiner Natur,
mit seiner rührenden Kindesliebe, mit seiner liebenswürdigen
Einfalt in der Phantasie, so kann man dasselbe nur in der
Zeichnung und Farbengebung dieses Künstlers vor sich hin-
zaubern; so unvergeßlich tief prägt sich dessen Meisterleistung
dem Zuschauer ein, so überzeugungsstark wirkt sie auf sein
Gemüth.

Damit sind die Stücke patriotisch-kriegerischer Tendenz
zu Ende. In das friedliche Hamburger Volksleben versetzt
uns wieder ein Dramatiker, welcher bereits 1870 eine
Probe seines Talentes abgelegt hatte, Julius Ernst Wilhelm
Stinde. Derselbe, geb. den 28. August 1841 zu Kirch-
Nüchel in Holstein, Sohn des Pastoren Stinde, des nach-
maligen Probst in Lensahn unweit Cismar, ist der einzige,
der in diesem Decennium die heimische Mundart auf der
Bühne mit großem Erfolge gepflegt hat. Seine Schöpfungen
haben aufs Neue und Glänzendste den Beweis geliefert,
wie einerseits das lokale Volksstück die eigentliche und berechtigte Domaine des Karl Schultze-Theaters ist, und andererseits, welch eine Fülle von Poesie im niedersächsischen
Idiom steckt. Stinde anempfindelt nicht, sein Platt ist kein
gemachtes, kein angelerntes. Aufgewachsen im Dorfe, im
Verkehr mit der bäuerlichen Jugend, wie es bei Land-
pfarrerssöhnen nicht anders der Fall, hat er die Sprache

des gemeinen Mannes von Kindesbeinen an gehört und
geredet. Wenn er seine Figuren trotzdem nicht aus dem
Bauernstande genommen, so liegt das in seiner späteren
Laufbahn wohl begründet, die ihn — ehe er sich· dauernd
in Berlin niederließ — nach Hamburg führte, wo er als
naturwissenschaftlicher Schriftsteller, Feuilletonist und Dichter
eine fruchtbare und vielseitige Thätigkeit entfaltete. Das
Leben und Treiben dieser Großstadt mit seinen tausend
wechselnden Bildern, seinen verschiedenartigen Bevölkerungs-
schichten, seinen merkwürdigen sozialen Zuständen machten
auf den jungen Mann gewaltigen Eindruck. Der scharfe
Beobachter, der feine Satyriker, der gemüthvolle Poet
·mußte gar bald die bunten Kaleidoscopbilder künstlerisch
zu fixieren und ihnen neue originelle Seiten abzugewinnen.
Sein Schauspiel in drei Aufzügen „Die Nachtigall aus
dem Bäckergang" legte am 28. Mai 1871 davon das
erste Zeugniß ab. Dasselbe besitzt große Vorzüge vor den
meisten ähnlichen Erscheinungen älteren Datums. Das
Feld für dies Genre ist ein eng begrenztes. Die wichtigste
Mission, welche diese Richtung hat, ist, das wackere und
gesunde Bürgerthum auf den Schild zu heben und es gegen
all die Misere, welche sich unter dem Glanz und Flitter
birgt, hoch zu halten.

Hier handelt es sich um das Lebensglück eines jungen
hübschen Mädchens, des „Singvögelchens" aus dem Hamburger Bäckergang. Die sonst grundgute und verständige
Pflegemutter Waschfrau Brauern will Mary durchaus in
vornehme Gesellschaft bringen und· von ihrem Anbeter
Bernhard Mollmann, einem talentvollen Musiklehrer oder,
wie sie sagt, „Muskant", nichts wissen. Da gibt der alte
treue Nachbar Gottfried Weber beherzigenswerthe moralische
Lehren, die bei dem vortrefflichen Gemüth seiner Freundin
durchdringen. Diese beiden Leutchen haben nämlich den

kleinen, ausgesetzten Findling Mary vor sechszehn Jahren
adoptiert und gemeinschaftlich erzogen. Die Reminiscenzen
an dies bedeutsamste Ereigniß ihres Lebens, welche sie
gegenseitig austauschen, bilden den Anfang des ersten Aktes,
der mit einer Einladung der einfachen Familie in eine
aristokratische Gesellschaft schließt. Denn Marys schöne
Stimme hat sich längst in der Stadt einen Ruf erworben.
Das Auftreten der beiden geputzten Alten in dem fashionablen
Kreise erwartet man mit vieler Spannung. In der That
stechen sie sehr ab von den Salondamen, unter denen be=
sonders die Dichterin der einsam auf blumenreicher Au ver=
lassenen „Brombeerblüthe" auffällt. Hier erfahren wir nun,
daß die Herrin des Hauses, Frau Helene von Hirschfeld,
die rechte Mutter der Nachtigall ist. Sie hatte das kleine
Geschöpf von sich gestoßen, weil sie ihren verstorbenen Ge=
mahl nicht leiden konnte. Jetzt bereut sie diese That und
will ihre Tochter zu sich nehmen. Es entsteht ein harter
Kampf in Marys Brust, aber entscheidet sich zu Gunsten
des guten Pflegemütterchens. Frau von Hirschfeld kann
und will jedoch auch nicht weichen, und so umschließt eine
trauliche Gemeinschaft die glücklichen Menschen, natürlich
mit Hinzuziehung des anfänglich abgewiesenen Liebhabers.

Schon aus dieser kurzen Analyse ersieht man, daß der
Inhalt des Stückes kein bedeutender ist. Die locker ge=
fügten Scenen dienen der Hauptrolle, Jungfrau Brauern,
zum Relief. In ihr muß man Lotte Mende sehen, wie sie
als eifrige Wäscherin mit dem Plätteisen hantiert, mit dem
Nachbarn kordial verkehrt, in der Gesellschaft eine so drollig
treuherzige Figur spielt und später die gemüthvolle Natur offen=
bart. Später, wie sie zur Einsicht gelangt, daß Reichthum
nicht glücklich macht und Armuth keine Schande ist, nach=
dem sie den Hochmuth überwunden, der sich ihrer seit dem
Umgange mit den Vornehmen bemächtigt hatte. Noch er=

füllt die Erinnerung an die Gesellschaft ihre ganze Seele.
Lassen wir die alte Waschfrau selbst reden!

Brauern. Mein Gott, wat lewt so'n rieke Lüüd doch sien, un all
dat schöne Eeten un Drinken! Mi liggt dat noch wie Blee
in'n Magen.

Weber. Se hebbt sik ook nix afgahn laaten.

Brauern. Gott du bewahr een! Wat sull'n de Lüüd woll dacht
hebben, wenn mi dat nich smeckt harr? Ne, noch weet ik,
wat Bildung is. Aber dat will ik Jhnen seggen, gefulln
hett mi dat sehr.

Weber. Mi gar nich. Jck heff genog davun; glöwen Se mi, Fro
Nachbarn, bi all den Glanz un all de Pracht sünd de
Lüüd doch nich glücklich. Hebben Se dat nich sehn, wie
de hübsche Fro verstört utsehn deh, as se nahher wedder
in den Saal köhm? Jck heff dat woll bemarkt, wie se
dat Taschendook nöhm un sik ganz heemlich de Oogen
utwisch. Wenn de Minsch sien Thranen eerst verbargen
mutt, dat Nüms se sehn droff, denn steiht et trurig mit
em to.

Brauern. Wat Jhnen nich Allens opfallt! Davun heff ik nix hört
un sehn. Na, en annermal will ik da beter oppassen.

Weber. En annermal? Jck gah nich wedder da hen. Man markt
doch an alle Ecken un Kanten, dat man da nich mit
datohört.

Brauern. O bewahre, de Lüüd sünd sehr niederträchtig un nett
gegen uns wesen. — Aber uns' Mary de is hüt ganz
merkwürdig. Se hett noch gar nich sungen. Se spickt
nich, un se seggt nix.

Weber. Se hett ok woll all markt, dat nich Allens Gold is, wat
glänzt.

Brauern. Ja, wiel se to dumm is. Kann se nich ehr Glück da
maken? Kann sik nich een von de rieken Herrns in ehr
verleewen un ehr heiraden? Denn is uns Allen holpen,
denn bruk ik nich mehr an de Waschbalj to stahn un mi
an de glönigen Plättisens to brenn'n.

Weber.	Hebben Se denn all vergeten, dat uns' Mary den jungen Mollmann geern hett?
Brauern.	Och wat, dat giwt sick. Wat sall se mit so'n Muskant? Sin Vigelin kann he nich braden, un vun't Singen ward keen Minsch satt. Bliewt mi mit den vun'n Liew!
Weber.	Se sünd verblendt! Gew Gott, dat Se nich to spät tor Insicht kahmt!
Brauern.	Hören Se mal, Herr Nachbar, ick lat mi Manches gefallen, aber toletzt ward dat to veel. Uemmer un ewig hebbt Se wat to seggen. Dat lat ick mi nich mehr gefallen, dat mutt vun hüüt an en Enn' nehmen. Ick bün ohld genog, dat ick weet, wat ick doh.
Weber.	So lange Jahr'n hebbt wi in Freeden leewt — un nu sall dat mit eenmal vorbie sien?
Brauern.	Wer hett denn Schuld? Ick doch gewiß nich. Wenn ick dat Kind sien Glück will, wokeen geiht dat wat an?
Weber.	Mi dünkt, ick heff doch ok en Recht daran.
Brauern.	Wenn se mal in Riekdohm un Würden is, sall se Jhnen Allens wedder betahlen, wat se Jhnen kost hett. Dafor sorg ick.
Weber.	Ick will't nich wedder hebben un gew mien Recht nich op. Dat segg ick Jhnen, wenn mal en Unglück kummt, wenn Mary mal elend ward dorch Se un Ehren Hochmood, denn bün ick noch da; so lang düt Oog noch apen is, so lang düsse Hand sick noch röhren kann, so will ick öwer ehr waaken. Dat Kind sall nich wedder hen na so'n Art Lüüd, as dar gestern Abend tosahm wörn, se sall nich hören, wat dar spraaken ward. Denn wat de Lüüd sick seggt — sünd luter Lögen. Aber Se, Fro Nachbarn, Se seht nich un hört nich. Jhnen is de Hochmood to Kopp stegen, awer bedenken Se: Hochmood kummt to Fall, de kummt to Fall! (ab.)
Brauern.	Wenn Lüüd ohld ward, ward se wunnerlich. Ick sall hochmödig sien? Gott bewahre noch eenmal, dat fallt mi ja doch gar nich in! Wenn man natürlich feinen Uemgang hebben kann, warum nich? Ick paß ganz good to

jem, un wenn Mary eerst mal ehr Glück maakt hett, un
ick ok so'n schöne sieden Kleeder anheff un goldne Ring
op de Fingern un Weihbänner an de Mütz, denn will ick
mal sehn, ob ick da nich eben so good henhör, as de
Annern. Wenn man herinkummt, mutt man fründlich sien,
se grient sick all to, wenn se kahmt. Gegen de jungen
Herrn is man gnädig un gegen de ohlen nett. Wenn een
wat seggen deiht, roppt man: „Scheinant!“ oder „Gött-
lich!“ Och, ick weet dat ganz good, un wiel he dat nich
kann, — dat is em eenmal nich gewen — will he nich,
dat unsereens nah Höheres strewt. Ne, ne, mien leewe
Nachbar, wi ward ok noch ohn Di fertig, wi brukt
Di nich.

Aber ihr großes edles Herz kommt zum Durchbruch,
wie die reiche Frau von Hirschfeld ihr Mutterrecht auf
Mary geltend machen will: Mi brickt ja dat Hart, wenn
ick ehr verleer!

Frau v. H. Ich gebe Ihnen die Hälfte meines Vermögens.

Brauern. Bet dahen heff ick nich mehr hatt, as ick ton Lewen bruken
deh. Awer dabi bün ick doch riek wesen wie keen Annere
op Erden. Mien Kind, dat wör mien Riekdohm, gew ick
dat weg, denn bün ick arm — so arm, wie Se mit all
Ehr Geld, mit all Ehr Glanz. Wat doh ick denn mit
feine Meubel, mit düüre Bilder an de Wänn, mit sieden
Gardins for't Finster, wenn ick alleen datwischen sitt? Se
wöhlt Ehr Geld mit mi deelen, — ick kann't nich an-
nehm'n; wie söhlt wi uns in de Leev vun dat Kind deelen?
De mutt ick alleen hebben. Twee Mutters to en Kind, dat
geiht nich.

Frau v. H. Es gibt noch ein Mittel. Das Kind soll selbst entscheiden.
Rufen Sie's!

Brauern. Wenn se Ja seggen deh — ne, ne, dat is nich möglich
— Wenn se't aber doch deh? Se kann't ja nich! (Ruft.)
Mary! Mary!

Mary tritt auf. Frau von Hirschfeld sieht sie still ent=
zückt an und eilt mit offenen Armen auf sie zu. Brauern
rasch dazwischen:

> Noch is se mien! Mary, mien Kind, mien goodes Kind!
> Ick dach, Du sullst dat eerst to weeten kriegen, wenn ick
> dood wör, wenn Du mi de Oogen todrückt harst, de so
> lang öwer Di waakt hebbt, aber dat mutt nu all sien. (Auf
> Frau von Hirschfeld deutend.) De, de da will dat hebben.

Mary. Wie soll ich das verstehen?

Brauern. Hör to! Süh, Du hest immer meent, Du wörst mien Dochter,
un hest mi for Dien rechte Mutter hollen. Awer Du büst
mien Dochter nich, ick bün Dien Mutter nich, de da steiht, de
rieke Fro da, dat is Dien Mutter!

Mary. Sie meine Mutter?

Frau v. H. Ja, Du bist meine Tochter. Komm zu mir, sei mein eigen!

Mary. Und ich soll meine Mutter verlassen?

Frau v. H. Gehöre ganz mir an! Alles was Du bisher entbehrt hast,
will ich Dir doppelt, dreifach ersetzen. Keiner Deiner Wünsche
soll unerfüllt bleiben.

Mary (zu Brauern). Mutter, das ist ja das Glück, von dem Du mir
immer gesagt hast. Soll ich es annehmen?

Brauern. Du warst doch nich.

Mary (zu Frau v. H.) Alle Wünsche, sagen Sie? Darf ich Bernhard
dann heirathen?

Frau v. H. Gewiß, nur werde mein!

Mary (zu Brauern). O Mutter, sie ist gut, die schöne reiche Frau,
sie hat nichts gegen Bernhard.

Brauern. Gah hen, gah hen! Ick bün nich mehr Dien Mutter. Gah
hen in Riekdohm, gah hen in Glanz un mi lat starwen!
(Sinkt auf einen Stuhl.)

Frau v. H. (mit trockenen Augen). Nun komm! Was sollen wir noch
hier? Komm zu mir, ich bin ja Deine Mutter.

Mary. Sie meine Mutter? O nein, nein! Meine Mutter weint
um mich. (Sinkt zu Brauerns Füßen.) Mutter, weine nicht,
ich bleibe bei Dir!

Brauern. Mary, Mary, nu is ja Allens wedder good! Sehn Se, Madam, se is doch mien, se bliwt bi mi. O, segg't noch eenmal! Is't ok würklich wahr?

Mary. Ich bleibe bei Dir und dem Nachbarn! (Mollmann tritt auf.)

Mollmann. Ich störe —

Brauern. Ne, ne, kahmen Se man herin, Se stören gar nich.

Mollmann. Meine Komposition hat den Preis erhalten!

Mary. Wie schön! Ich wußte es ja vorher, das Lied mußte ihn bekommen. Hast Du nicht Deine ganze Seele hineingelegt, und bist Du nicht so gut?

Brauern. Kinners, Kinners, wer hett Jo denn de Erlaubniß gewen, hier in Liebe to maaken? Hefft Ji all mien Bewilligung?

Mary. Meine Mutter hat gesagt, ich sollte Bernhard haben.

Frau v. H. Wenn Du mein Kind sein willst.

Mary. Ich nehme ihn auch so. (Ruft.) Herr Nachbar, Herr Nachbar! Er hat auch ein Wort mit zu sprechen. (Weber kommt.)

Weber. Nimm Du em hen! Wer will wat gegen de Leev? De sinn't ehrn Weg öber Land un Meer, dorch de ganze Welt, wat will en Minsch dagegen? Twee Harten, de sik leevt, de kahmt tosahm! Sied glücklich, Kinner, un sied brav!

Brauern. Herr Nachbar, ick bün vorhen en bitten brott un pedal wesen, dat lööp mi mit eenmal so öwer. Se hebbt Recht hatt, ick wör verblend't, de Hochmood harr mi in de Fingern. Ick heff ja nie daran dacht, wat dat heet, uns' Mary weg to gewen, so dat se uns ganz fremd warden kunn. Könt Se mi dat vergewen?

Weber. Warum denn nich, fro Nachbarn? Se wören noch en bitten angrepen vun gestern un nich ganz klar im Kopp. Wenn Se mit free'n Harten inwilligt, dat de Beiden sik hebben söhlt, denn heff ick eerst nig hört.

Brauern. Nu ja denn! Hier is mien Hand. Dat is de letzte Stried twischen uns wesen.

Frau v. H. Ihr Alle seid jetzt glücklich, nur ich allein trage mein Elend mit mir durchs Leben. (Zu Mary.) Wüßte ich, daß Du

mir verzeihen könnteſt, das wäre Segen für mich. (Umarmt ſie.) In Eurem Glücke laßt mich Troſt finden. Nur
einen Strahl der Liebe ſchenke mir!

Mary. Arme Frau. — Ich will Sie lieb haben!
Frau v. H. Dank für dies eine Wort!
Weber. So recht, mien Mary! Gew Du Dien Leev, Du warſt nich
arm davun! (Zu Brauern.) Uns winkt de Abend, Fro
Nachbarn, good dat Freed is. (Zu Mary und Mollmann.)
Ji ſtaht an'n Lewensmorgen, wer weet, wann wi uns for
immer trennt. Awer eens, dat bliwt uns alltomal: Unſ'
lütte frohe Nachtigal!

Das gemüthvolle Charaktergemälde erſchien im Buchhandel als 34. Bändchen des von Görner herausgegebenen Deutſchen Theaters (Altona. Verlags-Bureau
von A. Prinz). Es iſt auch auswärts, u. a. in Berlin,
Bremen, Kiel, Lübeck, Roſtock, Stettin mit Erfolg aufgeführt. Stinde ſchrieb ſowohl dieſes als auch alle übrigen
Stücke bis auf eins unter dem Pſeudonym Julius Ernſt;
es ſind dies ſeine Vornamen. Aber es war in Hamburg
bald ein öffentliches Geheimniß, daß er und kein anderer
der Verfaſſer. Als in verſchiedenen vaterſtädtiſchen Blättern
eine Sammlung der dramatiſchen „Hamburgenſien" im Druck
befürwortet wurde, auf daß ſie der Litteratur nicht verloren gingen, da hielt auch Stinde nicht länger mit ſeiner
Autorſchaft hinterm Berge.

Weniger Glück machte am erſten September 1871 ſein
Volksſtück „Die Blumenhändlerin auf St. Pauli."

Als Parodiſt unter dem fingierten Namen David Herſch
fand er nicht ſonderlichen Anklang; vielleicht mit Unrecht.
Richard Wagners Oper Lohengrin wurde damals am
Stadttheater unter unbeſchreiblichem Beifall der Muſikkenner
gegeben. Da brachte die plattdeutſche Bühne am 18. Februar 1872 eine Traveſtie „Lohengrün oder Elſche
von Veerland." Wenn wir bedenken, daß gerade die

Lokalparodie es war, welche diesem Musentempel seine
Popularität verlieh, so müssen wir jede neue Schöpfung
auf dem Gebiete freudig begrüßen, vorausgesetzt, daß sie
die Aesthetik nirgends verletzt. Der Autor packte das
Publikum bei seiner patriotischen Seite, indem er
die entschlafene Bürgergarde wieder zum Leben erweckt
und zu Gunsten seines, vom Jollenführer Schwan an das
Land gebrachten Sprützenmannes Lohengrün ins Treffen
schickt. Wenn er sich außerdem noch mit der importierten
Vierländerin Elsche verbündet, so geschieht das nur als
Gegengewicht gegen das Tellermundpaar, welches eigentlich
wegen der Behauptung, daß Elsche ihre Zöpfe, diesen
höchsten Schmuck einer Vierländerin, mit Unrecht trägt,
Injurien halber vors Polizeigericht müßte. Lohengrün tritt
als Retter auf, nachdem er seiner Elsche das Versprechen
abgenommen hat, ihn nie zu fragen, wo das Feuer brennt;
und als sie dies in der Hochzeitsnacht doch thut, da ist das
Band zerrissen: — denn hat das schon je ein Hamburger
Sprützenmann gewußt, es sei denn, daß es zufällig nebenan
brennt?! Die geistreiche Arbeit fand trotz des echt volksthümlichen Tones, trotz der althamburgischen Typen und
Reminiscenzen kein rechtes Verständniß. Den Ausspruch
Hector Berlioz: „Es genügt nicht blos, daß der Künstler
sich für das Publikum hinlänglich vorbereite, sondern das
Publikum muß seinerseits auch auf diejenigen Werke vor-
bereitet sein, welche es hören soll", könnte man namentlich
auf Parodieen anwenden. Im vorliegenden Falle waren
die Stammgäste der plattdeutschen Volksbühne nicht hin-
reichend mit dem Stoffe vertraut. Die Wagnersche Oper
hatte vorzugsweise nur die kunstbegeisterten vornehmeren
Stände interessiert. Das mittlere Bürgerthum stand dem
Musikreformator damals noch fremd gegenüber.

Mannigfaltige Hamburgische Volksfiguren in ihren

eigenthümlichen Gebräuchen und Trachten haben wir
kennen gelernt: die reitenden Diener in ihren verschiedenen
Kostümen, die Hanseaten und Bürgergardisten in ihren
oft abgeänderten Uniformen, die Milchmänner mit ihren
kurzen dunkelen Jacken, engen Hosen, hohen Hüten und den
rothen Blecheimern, die Quartiersleute, jene privilegierten
Arbeiter, in der schwarzen Tuchkleidung, kurzen Jacken,
Cylinder und ledernem Schurzfell, an dem die Schlüssel der
Lagerräume hängen, die Vierländerinnen in ihrem welt-
bekannten malerischen Anzuge. Nur ein Stand war bisher
auf den Brettern nicht besonders verherrlicht worden, nämlich die Dienstmädchen, die „Kökschen.“ Sie sehen gar
appetitlich aus diese frischen Gesichter und schlanken Gestalten in den sauberen, eigengemachten, roth oder grün
gestreiften Beierwandröcken, ausgeschnittenen Kleidchen,
weißen Tüllhauben, den Korb unterm Arme. Den 27. Oktober 1872 feierte diese dienende Klasse in Stindes fünf-
aktigem lokalen Charakterbild „Eine Hamburger Köchin“
Triumphe der Tugend und Ehrlichkeit. Der Verfasser führt,
wenn wir nicht irren nach einer Glaßbrennerschen Idee,
ein Stück des gewöhnlichsten Menschenlebens vor, meidet
jede Zuthat und Ausschmückung, hält sich nur auf realem
Boden und weiß dennoch große Wirkung zu erzielen. Die
Heldin, welche von ihrer Herrschaft des Diebstahls eines
dem Sohne des Hauses gehörenden kostbaren Ringes be-
schuldigt und ins Gefängniß gebracht wird, besteht siegreich
den bösen Schein und die Verläumdung; in den tragischen
Konflikt mischt sich gerade so viel Humor, um einem leicht
gerührten Publikum die Thränen unter Lächeln abtrocknen
zu helfen. Die ungekünstelten Laute des Volkes, unsere
kernige Muttersprache, gehen hier tief zu Herzen.

Zwei Monate darauf, am achten December, überraschte der schnell beliebt gewordene Dichter zum Heilchrist

die Befucher des Karl Schultze-Theaters mit einem lokalen
Weihnachtsmärchen in fünf Bildern: „Die Jagd nach
dem Glücke oder Wör ick doch man in Hamborg
bleben." Er ging offenbar davon aus, der Kinderwelt
im dramatischen Gewande gute Lehren einzuprägen, als
deren vorzüglichste wir den Kern der Handlung heraus-
nehmen dürfen, daß nur blinder Unverstand, und meistens
vergeblich, dem Glücke nacheilt, das in der Heimat, im
Vaterhause, im Arme der Liebe so nahe liegt. Die letzte,
sinnigste und gemüthvollste Abtheilung, welche in sich ein
abgeschlossenes Ganzes bildet, „Die Familie Carstens",
erschien später als selbstständiges Stückchen (Deutsches
Theater. 41. Bändchen) und wurde zum ersten Male den
23. September 1877 allein dargestellt.

Das alte Ehepaar Carstens feiert Heiligabend. Der einzige
Sohn, Georg, wanderte vor Jahren nach Amerika aus, dort
sein Glück zu versuchen, und immer um diese Zeit überkommt
die Eltern das Gefühl der Traurigkeit und des Schmerzes
doppelt. Ihr Georg ließ ja nie etwas von sich hören,
kein Brief, kein Gruß traf je von ihm ein. Aber sie haben
wenigstens an seiner verlassenen Braut Christine einen Trost
und eine treue Stütze. Frau Carstens ist beschäftigt, den
Tannenbaum aufzuputzen und den Tisch zu arrangieren.

Siso, hierher kahmt de Geschenken for Vatter. En
nee Tass mit de Inschrift „Dem Hausherrn", von de ohle
hett Doris dat Oehrt afstott. En Poor neee Winter-
hanschen — to lütt ward se doch woll nich sien, he hett
tämliche Hann'. Na, ick heff se op Umtuschen kofft.
Christine hett em en Rüggenküssen stickt — ick will den
Dook lewer doröwer laten — he kann selbst nahsehn,
wat dat is. 't gifft denn noch mehr Freid. 'n neee
Plip, de ohle rükt all en bitten streng na Smok, wenn
he se in'n Gang hett. Un denn heff ick mi afpotogra-

pheeren laten! He wull dat ja geern. De Potograph
seggt, dat wör sehr good worden, awer ick weet nich,
ick mag mi den ganzen Dag nich op dat Bild sehn.
Ick meen ümmer, ick mutt en Knix maken un fragen:
„Gon Dag, Madam Carstens, Se sült woll Gevadder
stahn?" Mal sehn, wat de Ohl seggt! — Christine
kriggt en neee Muff, en siden Schört, en witte Klapp
un en Book, wat se sick all ümmer wünscht hett:
„Wilhelmine Buchholz, Wasser und Seife oder das
Ganze der Wäscherei." Na, as ick noch jung wör,
da wuschen wi ahn Böker un ahn son Gelehrigkeit
un kreegen dat Tüg ok rein. Awer Knaken gehören
dato, de hebbt de niemodschen Fräuleins ja nich mehr.
— Doris, hal mal de lütte Kist ut de Achterstuv!

Doris.   De lütte oder de grote?

Frau Carstens. Doris, wo heft Du Dien Kopp? — Du wullt sehn,
wat Du kriggst? Ne, mien Deern! Hal de Kist un
dammel hier nich rum! Doris, Dien Gedanken sünd
mannigmal ok nich länger as von hier bit öwer de
Straat.

Doris.   Ick will de Kist woll finn'n, Madam. (ab.)

Frau Carstens. Nimm Licht mit, awer kumm nich damit an de
Gardin! — In de Kist sünd all de Geschenken von
all de Wienachends, da Georg nich hier wör, un an
de he uns vergeten hett. Ne, wer weet, vellicht denkt
he mehr an uns, as wi an em, awer nich hier op
de Eer — ne da, wo wi uns alle drapt! — Nu
mutt ick mi spoden, sünst kummt Vadder, eh Allns
in de Reeg is. Hier, mien Georg, wenn Du da
wörst, ick glöw, düsse Cigarrntasch wörr Di freien,
den Namen hett Christine mit mien Haar stickt. Un
nu mutt ick de Lichter ansteken. (Steigt auf einen
Tritt und zündet die Lichter an.) Man seggt, je
mehr Lichter, je mehr Freid; och, ick wull tofreden sien
mit een Licht, wenn mien Wünsche nich verflogen
wören wie en Drom. (Georg tritt ein, will auf seine

13*

Mutter zuſtürzen, hält inne, bedeckt das Geſicht mit beiden Händen, hält ſich dann an einem Stuhl. Frau Carſtens, ohne ſich umzuſehen:) Ne kumm, Carſtens, noch ſünd wi nich ſo wiet, de Vettelſtunn is noch nich um. Ick heff de Lichter ja noch nich all anſteken. Segg mal, ick meen, Du heſt noch en Kleenigkeit för Georg. Hal ſe her, ick will ſe op ſien Platz leggen! Awer, Carſtens, wat heſt Du denn, Du antwortſt mi nich mal? (Dreht ſich um.) Wer is da? Ne — ne, 't is nich möglich — mien Söhn, mien Söhn, mien Georg, mien Söhn! (Umarmt ihn.) Büſt Du da? Heff ick Di wedder, mien Kind, mien lewes Kind?! Ach, wie lang hebbt wi op Di töwt — mien Georg, mien Söhn!

Georg. Mutter! Lebt Vater noch? Was macht Chriſtine?

Frau Carſtens. Se ſünd beide woll un munter, un Chriſtine, dat ſegg ick Di, Georg, de hett en Hart ſo tru wie Gold. Ja, ſe ſünd beide friſch un woll.

Georg. So treu wie Gold. — O Mutter, gute Mutter, das Glück, das ich ſuchte, ich hab' es nicht gefunden — ich hab' es auf immerdar verloren.

Frau Carſtens. Georg, Du büſt wedder bi uns, dat is ja dat Glück mehr wölt wi ja nich hebben. Ach, wat ick mi frei, un wat de Annern ſick freien ward! Awer hör mal, Vadder kann dat nich verdregen, wenn he Di ſüht, ick will em vorbereiden, dat Du dar büſt, ſo ganz langſam. Mien Georg, wullt Du ſo lang in de Achterſtuv töben? Inbött is, warm is ſe. Awer ſie froh, nich trurig hüt! — Hüt is ja Wienachtabend!

Wir ahnen, wie ſich Alles zum Guten wendet. Chriſtine umfängt voll Zärtlichkeit den Verlorengeglaubten. Der alte Vater verzeiht und ſpricht zum Schluß die wahren und ſchönen Worte: „Dor brennt de Lichter an den Bom, Dien Mudder hett em ſmückt. Weeſt Du, mien Söhn, wat Glück is, wo dat wahnt? In Minſchenharten wahnt dat Glück, nich buten in de Welt. All Glanz un Pracht, Riekdohm un Ehren vergeiht, blot Lew de bliwt, un Mudderlew, mien Söhn, — dat is de grötste Schatz op Erden!"

Das kleine rührende Genrebild erinnert lebhaft an Raimund. Auch dem Humor wird Rechnung getragen durch ein Geschenk, womit die einzelnen Familienglieder den alten Carstens überraschen wollen und er sich selbst, ohne gegenseitig davon zu wissen: auf diese Weise kommen drei Stiefelknechte zum Vorschein.

Christine. Ich hab' eine kleine Ueberraschung für Euch! (Nimmt ihr Packet.)

Carstens. Dat is ja wohr! (Nimmt sein Packet.) Seh mal, Mudder, Du heft in de letzte Tid öfters Gelegenheit to'n Quesen hatt, weeft Du, Du heft ümmer schulln dat de Stewelknecht twei wör, un ick bi dat Stewel-uttrecken ümmer de Hacken an dat Foottüg affchüern deh. Um den lütten gemüthlichen Strit nu en Enn to maken, schenk ick Di hier — en neeen Stewel-knecht.

Christine. } Ach Herrjeh!
Frau Carstens. }

Carstens. Wat hebbt Ji denn?

Christine. Ach, ich habe in der letzten Zeit manchmal gehört wie Ihr Euch über den Stiefelknecht neckt und da —

Frau Carstens. Un da büst Du ok woll na Difcher Meier wesen un heft ebenso wie ick forn Oeberrafchung forgt. (Holt ihr Packet.) Hier is Nummer dree!

Carstens. Ja, wat schall ick nu awer mit dree Stewelknechten — ick heff doch man twee Been!

Frau Carstens (ärgerlich). Dafor is't ok'n Oeberrafchung!

Carstens. Ach, Mudder, warr doch nich bös! Ick lach Di ja nich ut. Ick frei mi — ganz gewiß, ick frei mi.

Frau Carstens. Ach, Carstens, dat finn ick nich nett, Du heft bi Difcher Meier spioniert, Du heft weeten, wat ick wull. De Dinger fünd fick ok to egal!

Diefer reizende Spaß findet fich fchon bei Fritz Reuter in der köftlichen Erzählung „Wat bi 'ne Aewerrafchung rute kamen kann." Senator Zarnekow in Güftrow hat nämlich feinen Wagenbock verloren. Um Frau und Kindern, die auf dem Jagdwagen fpazieren zu fahren pflegen, eine Freude zu bereiten, fchenkt er ihnen zum Heilchrift einen neuen, wird jedoch von ihnen mit demfelben Angebinde überrafcht. Einen dritten Bock befcheert der Schwager und Numero vier, den verlorenen und wiedergefundenen, der Kutfcher. So find in Geftalt von Julklapp glücklich vier Böcke beifammen, und die „Ueberrafchung" ift eine all= gemeine!

Stindes Fleiß hielt mit feinen Erfolgen gleichen Schritt. Schon am 23. Mai 1873 erfreute er das Publikum mit dem plattdeutfchen Luftfpiel in einem Aufzuge: „Tante Lotte." Diefe der Hamburgifchen kleinbürgerlichen Sphäre entnommene Skizze ift in der Erfindung gar nicht übel und in der Auffaffung und Ausführung muftergiltig. Um ein widerfpenftiges Dienftmädchen und einen unfügfamen ver= waiften Neffen, welche fie beide nicht felbft im Zaume halten kann, die kräftig leitende und züchtigende Hand eines Hausherrn fühlen zu laffen, befchließt Lotte Wilmfen, dem ledigen Stande zu entfagen. Man darf ihr diefen heroifchen Entfchluß nicht verargen. Ihre Doris ift wirk= lich zu patzig und fcheint obendrein mit dem jugendlichen Neffen Zärtlichkeiten auszutaufchen.

Lotte. Wat'n Wirthfchaft! Wat'n Wirthfchaft! Da fteihft Du nu un lättft Di von den Sleef — mien Sweterföhn, wull ick feggen — en Kuß geben un fchreeft nich mal un dreihft den Kopp nich mal weg?

Doris. Gott, Madam, wat kann ick daför? De junge Herr köm hier herinftort', faat mi um de Taille un küß mi. Dat kann ick doch nix bi maken?

Lotte. Nich? Gornich? Wenn he Di von achtern umfaat, denn mußt
Du den Kopp doch herumdreihn, wenn he op den Mund
küffen kann. Also heft Du Di rumdreiht, denn de Mund sitt
vör an'n Kopp un nich achter.

Doris. Madam, id heff mi ok nich so veel dreiht!

Lotte. Nich? Gornich? Nich so veel? Jck much mal sehn, wenn he
Di harr Semp in den Mund smeeren wullt, wo Du denn
woll mit dat Gesicht bleben wörst?

Doris. Ach, so wat warb de junge Herr doch nich dohn!

Lotte. Segg dat nich! Segg dat nich! Hett he vor'n paar Daag
dat sewigte Experiment nich mit mien Katt opstellt?! Dat
ohle goode Thier — von den scharpen engelschen Semp.
Un as de arme Katt so'n schreckliches Gesicht maken deh, da
wull he sick halw dodlachen!

Doris. Gott, Madam! 'n Katt is doch keen Minsch!

Lotte. Bedenk, wat Du seggst! Bedenk, wat Du seggst! Jck heff
letzt noch en Geschicht lesen vun Een, de in sien Kinnerjahren
de Fleegen de Been utreten hett, un de is naher an'n
Galgen un in de Bläder kamen.

Doris. Denn hett em de Thierquälerverein woll anzeigt?

Lotte. Ne, de nich, de nich! He hett naher en ohlen Mann in en
düsteres Holt half dod schlagen un berowt. (Doris schaudert.)
Deshalb segg ick, Eduward end't ok noch mal op'n schreck-
liche Wies; dar is nix mit em optostellen, un he argert
Minschen un Veeh.

Doris. Manchmal kann he doch ok sehr nett sien!

Lotte. Dat glöw ick! Jawoll, sehr nett! Jck verbitt mi awer so'n
Art „Nettsien" in mien Hus. Versteihst Du mi? Seh ick
sowat, wie eben, noch eenmal, denn binn ick Di un em en
Muulkorw um.

Doris. Ne, Madam, so wat heff ick nich nödig, mi gefallen to laten.
Madam meent woll, wi lewt noch in de ohlen Tiden. Ne,
de sünd Gott sei Dank vorbi! Wi Deenstmamsellen hebbt ok
unse Minschenrechte; un Freiheit un Gleichheit regiert de
Welt. Madam kann den Muulkorw man för sick sülbst be=
holln, un hier is de Beffen! (Drückt ihr den Besen in die

Hand.) Sündag gah ick af, un hüt Abend gah ick to
Danz! (ab.)

Lotte.   Kiek! Kiek! Kiek! Is dat de Minschenmöglichkeit! So'n
impertinente Cretur! Smitt mi de Arbeit vor de Fööt un
geiht to Danz. Un dat is noch de beste von de letzten fiev
de ick hatt heff. Düsse Verdruß un düsse Arger! Man ward
sien Leben nich froh. Un düsse Eduward — de lewe Gott
hett mi woll en Extrarood binnen wullt, as he dat so inricht hett, dat ick den Jung to mi nehmen muß. Ja, wen
de lewe Gott strafen will, den gifft he unbannige Gören. —
Du lieber Gott, un manche hebbt nu en Stücker söß, söben
von dat Slag! — He hett keen Vadder, de de Hand baben
em holl'n kann, dat is de Fehler. Ja, wenn ick en Mann
hatt harr, de em recht streng harr nehmen kunnt — — —
Harjeses, dat lett sick ja am Ende noch inrichten! Ick ver-
helrad mi. (Ruft.) Doris! Doris! — Na, wo blivt se denn
nu? -- Doris, kummst Du, oder kummst Du nich?

Doris (hinter der Scene). Ne, Madam, ick kam nich!

Lotte.   Da, da, da hebbt wi't! Se kummt nich. Ne, se kummt
nich. Na, töw man, wenn hier eerst en Herr in't Hus is
denn ward dat anners. Mien Mann sall Di wisen, wat
en Hark is. Wenn ick man en rechten bösen Mann krieger
kunn, de glick Allns kort un kleen sleit, wenn he in Wutt
gerath, den kunn ick grad in düsse Wirthschaft bruken. Sier
ohlen Anbeders hett man ja noch. Dar liggt noch en ganzer
Barg Breef ut frööhere Tiden!

Sie sucht nun ihre alten „Anträge" hervor, um Den
jenigen der Briefschreiber mit einem Ja zu beglücken
welche sie für den Geeignetsten zur Führung eines strenger
Hausregiments hält. Aber über dem Schreiben wird ih
der Entschluß leid, und es bliebe beim Alten, wenn nich
das Dienstmädchen den Plan belauscht und der Neffe, un
sich an den Kaffeemakler Wildberg zu rächen, der ihm sein
Tochter vorenthalten und ihn hinausgeworfen hat, diesen
im Namen der Tante ein Billetdoux geschrieben hätte mi

zarten Andeutungen auf die Trostlosigkeit seines Wittwer-
standes. Wildberg, ein gutmüthiger Polterer, versteht
und beachtet die Anspielungen, tritt als Werber vor die
Nichtsahnende, gewinnt ihr Herz und ihre Hand und schafft
sofort Wandel, wodurch die beiden Verschworenen in ihre
eigene Grube fallen.

Wir halten es nicht für möglich, ein lieblicheres Bild
hinzuzaubern, als dasjenige ist, welches Frau Mende als
altjüngferliche, verschämte, schwache, herzensgute Tante gibt.
Die Art und Weise, wie Heinrich Kinder als Makler Wildberg um „Vertrauen gegen Vertrauen" bittet und höchst
gravitätisch und doch gemüthvoll auf eine Verbindung mit
Lotte Wilmsen lossteuert, wie diese den ehrbaren Freier
zum Kaffee einladet, ihm kleine Aufmerksamkeiten bezeigt,
wie sie sich verstohlene Blicke zuwerfen und die fatalen
Mißverständnisse sich in die beste Herzensharmonie auflösen,
der Moment, wie Kinder vom Sie plötzlich nach dem Jawort der Tante in das trauliche Du übergeht, gehören
zum Entzückendsten, was wir auf der Bühne sehen können.
Man spürt von vornherein, daß die beiden alten Leute für
einander passen, und wir gönnen ihnen ihr gegenseitiges
Glück von ganzer Seele.

Den ersten Impuls zu ihrer Verständigung gibt der
Umstand, daß der Wittwer Wildberg für seine Tochter so
herzensgern eine zweite Mutter hätte. Ja, sagt er, de Fro,
de sick mien Kind annehmen deh — ick wull ehr op Hann'
drägen, ick wull se achten un ehren un ehr lew hebben so
recht von Harten. Un dor baben in'n Himmel is ok een,
de wörr de Stunn seg'n, de ehr Kind en Mudder wedder
geew. Ja, se wörr dat dohn un sick trösten, dat se davon
muß un ehr Kind alleen laten.

Lotte. So ganz alleen? Un se hett Niemand op de Welt, de se
      Allns, Allns seggen kann? Ne, en Kind ohne Mudder is

	to trurig. Da! Hier is mien Hand, se schall mien Dochder sien, mien lüttje lewe Dochder.
Wildberg.	Gott seg'n dat Woord, wie ick dat seg'n; ick weet, mien Kind kummt in goode Hann'. Ja, mi is woll un licht umt Hart. De Fröhjahrstid treckt wedder hier in. Dat Lewen lacht mi wedder fründlich to. Ja, mi is, as muß ick alle Welt umarmen un en Kuß geben. (Umarmt Lotte und küßt sie.)
Lotte.	Och ne, och ne! Dat hört dar nich mit to.
Wildberg.	Man nich scheneern! Wi fünd nu ja Brutlüd, un en Kuß in Ehren —. Aber segg mal, worum heft Du mi denn so'n sonnerbaren Breef schrewen?
Lotte (erstaunt).	Ick en Breef?
Wildberg.	Nu, stell Di man nich an! 'n Breef mit'n lütten Hund baben in de Eck.
Lotte.	Wat? Mit'n lütten Hund baben in de Eck?
Wildberg.	Ja! Vertrauen gegen Vertrauen.
Lotte.	Wat is dat? Ne, dat is to veel! Dat is to schändlich! Ne, dat is to gräßlich!
Wildberg.	Na, wat is denn?
Lotte.	O düsse schändlichen Minschen! Dar hett Doris ehr Hann' twüschen. Mi in solches Licht to setten! (Ruft.) Doris! — An den Dag mutt Allns! (Ruft.) Doris!
Doris.	Madam hett all wedder mal ropen?
Lotte.	Jawoll, dat hew ick. — Doris, giff mi mal den Breefbagen wedder, den ick Di eerst'n gewen heff. — Na, Du besinnst Di noch? Hal em mal her, ick will em bruken.
Doris.	Ach, Madam, wat schenkt is, is schenkt.
Lotte.	Hal den Bagen mal her!
Doris.	Ick weet ja garnich, wat Madam will.
Wildberg.	Wullt Du glick dohn, wat Di seggt is, oder wullt Du Bekanntschaft mit de Polizei maken? Een, twee, dree, wonem is de Bagen?
Doris.	Ick heff em nich mehr, de junge Herr hett da en Breef op schrewen.
Lotte.	Wat is dat? Wat is dit? Eduward? Mien Eduward?

Wildberg. Wer is dat, de junge Herr?

Lotte. Mien Swesterföhn, awer en Daugenix. He is mi öwer den Kopp wussen, ick kann em nich mehr regiern. Ick bün ümmer to good mit em wesen. To good un nu —! Wo is he?

Doris. Dor in sin Stuw. Schall ick em ropen? (Will sich aus dem Staube machen.)

Lotte. Ne, bliev man hier! De mutt mit List fung'n warrn. (Schenkt Kaffee ein und ruft.) Eduward, Eduward! Kumm her, Dien Kaffee ward kold! (Eduard kommt sorglos, erschrickt aber, als er Wildberg sieht.)

Wildberg. Dat is de Moschü? Süh! Süh! Dat is ja deselbe, de mien Clara allerlei Dummheiten in'n Kopp sett hett.

Lotte. Ok dat noch! Eduward, wat hest Du mit den Breef- bagen makt?

Doris. He hett dor'n wunnerschönen Liebesbreef op schrewen: ordentlich mit'n fühlendes Herz un Vertrauen.

Wildberg. — gegen Vertrauen.

Doris. Ja.

Wildberg (zu Lotte). Denn is de Breef woll gornich von Di?

Lotte. Von mi? O Gott, von mi? — Ick vergah vor Schimp un Schann.

Wildberg. Na, dat is nich nödig. De Breef hett ja grad keen Schaden dahn.

Lotte. Ne, dat hett he nich.

Eduard. Dann ist ja Alles gut, liebe Lottetante.

Lotte. Ach wat, ick bün Dien Lottetante nich mehr — dar steiht Dien Lotteonkel! Ja, de sall Dien dummen Streich en Enn maken.

Eduard. Und Clara?

Wildberg. De slag Di man eerst ut'n Sinn! Ick will daför sorgen, dat Du wat lehrst un vernünftig warst. Wenn Du en respektabeln Minschen worrn büst, denn kannst Du mal wedder vörfragen. (Zu Doris.) Un Se, Mamsell, deiht good, sick na'n annern Deenst umtosehn.

Doris.   Dat hett mi hier all lang nich mehr gefull'n. 'n annern
           Deenst! Tein för een! (ab.)
Lotte.   Segg mal, Eduward, schaamst Du Di gornich?
Eduard.   Tante, ich habe es nicht böse gemeint.
Lotte.   Dat harr ok noch fehlt. Na, 't is noch beter utfull'n,
           as Du in Dien Dummheit woll dacht hest. Kumm, drink
           Dien Kaffee un itt Dien Rundstück! Dien gooden Daag
           sünd nu vorbi, awer mien gooden Daag — —
Wildberg (zieht Lotte an sich, weich und traulich). Ja, de fangt nu
           eerst an!

Dies kleine Lustspiel (Deutsches Theater. 32. Bändchen)
ist geradezu klassisch zu nennen und jedenfalls das beste,
was die plattdeutsche Komödie der Neuzeit aufzuweisen hat.
Selbst Stindes noch in demselben Jahr erschienenes und
berühmtestes Stück „Hamburger Leiden" tritt sowohl
hinsichtlich der Originalität als auch in der Komposition
dagegen in den Hintergrund.

Wer hat die „Hamburger Leiden" nicht gesehen? Sie
machten ihre Siegesbahn durch ganz Deutschland. Sie
zeigen aufs Neue, daß der Born, aus welchem der Dichter
schöpft, frisch und klar sprudelt. Die Erfindung ist nicht
eben groß, der Stoff nicht original, sondern nach einer älteren
Idee von dem namhaften dänischen Schriftsteller Johann
Ludwig Heiberg („Die Unzertrennlichen"). [1] Es sind ledig-

---

[1] Dieser Polyhistor (1791—1860), gleich ausgezeichnet als Gelehrter
wie Dichter, verdient auch in Deutschland mehr gekannt zu werden. Nach
strengen wissenschaftlichen Studien suchte er Erholung in der Poesie, und
sein elastischer Geist wandte sich von Hegel zum Vaudeville. Er hatte
dieses an seiner Quelle in Paris und später in Hamburg auf deutschen
Boden verpflanzt kennen gelernt und wollte es nun auch in Dänemark
acclimatisieren. Die burleske Farce „König Salomon und Hutmacher
Jörgen", mit der er im Winter 1825 — ein Jahrhundert nach den
Holbergschen Komödien — der neuen Form des komischen Elementes

lich eine Reihe harmlos-heiterer Skizzen, die im Boden des
Hamburger Volkslebens wurzeln; aber die Detailmalerei,
die Portraitierung von Typen aus der kleinbürgerlichen
Gesellschaft, ist meisterhaft und jeder, auch der scheinbar
unbedeutendste Zug mit einer Naturwahrheit wiedergegeben,
die ein unwiderstehliches Interesse einflößt. Das Stück
geißelt den Hamburger Prokuratoren- und Polizeizopf, das
aus alten Traditionen Hamburgischer Jurisdiktion herrührende Verfahren gegen faule Schuldner in drastischer
Art und zieht mit wirksamer Komik gegen die Abrichtung
der Kunstnovizen in gewissen Theaterakademieen zu Felde.
Die Polizisten Gätchens und Heinsen sind Prototypen einer
anachronistischen Hermandad, wie sie nur noch in der freien
Republik an der Elbe existieren; und Doktor Salzstengel ist
die leibhaftige Parodie eines jüngst verstorbenen vaterstädtischen Dramaturgen, welcher in grauester Theorie be-
fangen die Darstellungskunst ebenso anlernen zu können
vermeinte, wie weiland Professor Gottsched und in unseren
Tagen Konrad Beyer die Poetik.

Der Kern der Handlung ist kurz folgender. Einem
unreellen Banquier droht der Bankerott. Seine Gläubiger
bringen Universalarrest auf ihn aus; dies bedeutet, daß
zwei Polizeibeamte den Mann auf Schritt und Tritt be-

Bahn brach, wurde mit jauchzendem Beifall begrüßt. Er bereicherte die
Bühne mit vielen, meist vortrefflichen Vaudevillen. Als Antwort auf
die Opposition einer Partei gegen diese dramatische Form schrieb er die
geistreiche dramaturgische Untersuchung „Ueber das Vaudeville als dramatische Dichtungsart und ihre Bedeutung für die dänische Bühne.“
Das Studium dieser Schrift dürfte besonders Denjenigen Belehrung
bieten, die geneigt sind, mir Vorwürfe zu machen, weil ich dem guten
und doch vielfach verachteten Volksstücke im Allgemeinen einen hohen
Werth beimesse. Vergl. F. A. Leos Vorwort zu Heibergs „Eine Seele
nach dem Tode“ (Berlin 1861).

gleiten, mit ihm wohnen, essen, trinken, bis er zahlt oder
— Konkurs anmeldet. Aus diesem thatsächlichen Verhältniß
erwachsen die komischen Situationen des Possenspiels, als
deren Träger hauptsächlich der Polizist Gätchens, beauftragt
mit Vollzug des Arrestmandates, und eine altjüngferliche
Tante des Arrestierten erscheinen.

Neben der plattdeutschen Sprache kommt das Messingsch
trefflich zur Geltung. Die erste vertritt am ausgeprägtesten
Herr Gätchens, dessen eigenthümliche Betrachtungen über
Prätur und Prokuratoren, Universalarrest und Quernacht
eben so ergötzlich wie lehrreich und kulturgeschichtlich in=
teressant sind. Denn nicht blos ein Stück Hamburger Volks=
leben sondern auch Hamburger Vergangenheit verkörpert
sich in ihm, und wie bald wird es sein, daß die Gegen=
wart einem Geschlechte gehört, welches für Polizeidiener
von der ehrenwerthen Sorte des Gätchens, für Instruktionen
der Prätur und Quernächte durchaus kein Verständniß mehr
hat! Messingsch spricht Therese Grünstein, die Tante
des unglücklichen Börsenspekulanten. Wie das Messing
eine Legierung von Kupfer und Zink, so ist das also be=
nannte Idiom ein mixtum compositum aus Hoch= und Platt=
deutsch, welches von Leuten der unteren Gesellschaftsschichten
meist aus Koketterie mit einer ihnen von Haus fremden
Bildung geradebrecht, stellenweise aber auch dann zur An=
wendung gebracht wird, wenn der gemeine Mann mit
einem Hochdeutschen „des besseren Verständnisses wegen"
in der ihm nicht geläufigen Mundart redet. Die Figur der
Tante Grünstein steckt voll origineller Charakteristik; man
glaubt, der einfachen, gutherzigen, fürs Theater schwärmen=
den, unverheiratheten Dame schon einmal im Leben be=
gegnet zu sein. Vornehmlich liebt sie den Kaffeeklatsch mit
„Syrupskringeln." Der köstliche Auftritt der drei „Läster=
mäuler" wirkt unbeschreiblich komisch. Alle drei tuscheln

und zischeln sich so angelegentlich und voll Erregung in die Ohren, daß gar kein Zweifel obwaltet: hier wird in aller Freundschaft einem guten Ruf der Garaus bereitet. Zu den ergötzlichen lokalgefärbten Gestalten darf auch der Bürger Pehling gerechnet werden. Er bringt eigentlich nichts mehr hervor als die stereotypen Worte: „Sehn Se mal, as mien Swager mien Swiegerin kennen lehr, da säh mien Swager" — weiter kommt er kaum, ähnlich wie Jung Jochen Nüßler in Reuters Stromtid, dessen „Je wat sall Einer darbi dauhn? Dat's all so as dat Ledder is" das Alpha und Omega seines negativen Redeflusses sind. Solche Rolle muß allerdings sich in den Händen eines vorzüglichen Künstlers befinden, der es versteht, aus seinem kurzen Texte die verschiedensten Varianten herauszulesen. Denn genau genommen besagt dessen Text nicht viel mehr als jenes unbeschriebene Blatt, welches der alte Fritz einem Kandidaten zur Grundlage seiner Probepredigt gab, und das er mit den Worten definierte: „Hier ist nichts, und da ist nichts, und aus nichts hat Gott die Welt erschaffen."

Eine kleine Episode aus „Hamburger Leiden" wird Demjenigen, der etwa das Stück nicht gesehen, einen Begriff von der feinen Detailmalerei und lebenswahren Schilderung geben, Demjenigen aber, der es gesehen und vielleicht öfters, die angenehmsten Erinnerungen wach rufen. Herr Gätchens hat sich bei dem mit Universalarrest bedrohten Banquier Adolf Grünstein häuslich eingerichtet und ihm angekündigt, daß er ihn nicht mehr verlasse, ihm überall hin folge, „bit Allns in de Reeg is", bis er seine Gläubiger befriedigt oder seinen Konkurs erklärt habe. Er macht es sich recht gemüthlich in der Wohnung seines Arrestanten, dessen Frau von dem wahren Zweck des „Besuches" keine Ahnung hat, denn ihr Gatte stellt ihr den Herrn als seinen Freund vor. Zwei alte Bekannte, Frau

Heimfeld und Möller, sind zum Kaffee eingeladen. Auch
Tante Therese erscheint.

Na, liebe Kinder, nu drückt mich man nich dod!
All zu viel Liebe is nir werth. Guten Dag, Madame
Möllern, wie geht's, wie steht's, immer munter und
wohl? Herrjees, Madame Heimfeldten! Sie werden
ja jeden Tag nüdlicher — ja, nich wahr, da kann
kein Mensch was davor? (Sieht Gätchens.)

Grünstein (vorstellend). Ein intimer Freund von mir, Herr Gätchens!

Therese. Herr Gätchens — (Zu den Anderen.) Das is mal
ein netten Mann. (Hat ihre Sachen abgelegt, setzt
sich zum Kaffeetisch; Grünstein bringt ihr eine Fuß-
bank.) Das is recht, mein süßen Adolf, die kann ich
brauchen. Meine Damen, ich rutsche nämlich vom
Stuhl, das macht, ich habe en'n bischen kurze Beine.
— Aber sagt mir mal, wie kommt es denn, daß mich
Euer Johann die Thüre heute gar nicht aufgemacht?
Er steht da doch sonst immer 'rum zu faullenzen!

Emilie. Ach, liebe Tante, wir haben ihn entlassen, er —

Grünstein. Es ist zu kostspielig mit einem Bedienten.

Therese. Ja, seht Ihr das nu ein? Ich sage das immer, zu
viel Diensten sind nir werth, denn se eet to veel. Ji
sünd Beide jung un köhnt selbst arbeiten. So'n
Bedienters de mööt manchmal mehr uppaßt warren,
as de Herrschaft selbst. Un denn is dat ok ümmer
en tämlich düres Stück Möbel.

Grünstein. Wir stehen überhaupt im Begriff, uns etwas mehr
einzuschränken, liebe Tante!

Gätchens (für sich). Dat glöw ik woll.

Therese. Dat mag ik lieden! Sparsamkeit erhält das Haus,
und mit wenig da kommt man auch aus. — Nich
wahr, Herr Gätchens?

Gätchens. Gewiß, das thut sie.

Therese. Wenn ik nich von jeher op dat Minige paßt harr,
wo harr ik denn woll mien paar Schillings her-

kregen? Un ik heff welke! Wer den Dreiling nich
ehrt, der is den Mark nich werth! Nich wahr, Herr
Gätchens?

Gätchens. Jawoll, dagegen lett sik nix hebben. Wenn aber all
de Lüüd so denken wulln, denn wörr Unsereens toletzt
ganz unnödig sien.

Grünstein. Herr, bedenken Sie doch, was Sie sagen!

Therese. Wie meinen Sie das, Herr Gätchens?

Gätchens. Oh nein, ich meine eigentlich garnix.

Frau Möller. Ein komischer Mann!

Frau Heimfeld. Ja, sehr komisch!

Emilie. Die Damen entschuldigen mich wohl einen Moment,
ich werde den Kaffee besorgen.

Therese. Emilie, Kind! bleib' doch hier! Deine Anna kann ihn
ja man trechtern.

Emilie. Liebe Tante, er ist schon getrichtert.

Grünstein. Anna macht ihn nicht gut genug für Sie, liebe Tante.

Therese. Sünd se nich good? Sünd se nich nett gegen mi, de
Kinner?

Grünstein. Wir kennen ja kein größeres Vergnügen, als Ihnen
das Leben so angenehm wie möglich zu machen!

Therese. Dat mag ik lieden. Du weißt auch, mein Adolf, den
alten asigen Hochmuth kann ik nich utstahn. Immer
bescheiden! Bescheidenheit ziert den Jüngling wie den
Greis. Nich wahr, Herr Gätchens?

Gätchens. Jawoll, das thut sie. (Emilie kommt mit Kaffee und
schenkt ein.)

Therese. Nu sag mal, Emilie, ist das immer noch Mode, mit
so'n Zuckerzange? Das is mal umständlich. Mit der
Hand, so, das is doch bequemer. Was hast Du einmal für schönen Rahm, wo kriegst Du den her?

Emilie. Den bringt der Milchmann.

Therese. Wie heißt denn Dein Milchmann?

Emilie. Meier!

Therese. Was ein komischen Namen für'n Milchmann! Sonst
heißen die Milchmänner für gewöhnlich immer Harms

oder Swärtau. Aber es kommt auch vor, daß ein Milchmann einen außergewöhnlichen Namen hat. So habe ich seit kurzer Zeit einen Milchmann, der heißt Major. Wenn der nu des Morgens kommt un bringt mich die Milch, denn sage ich so'n bischen hochtrabend: Guten Morgen, Herr Major! Denn klingt das grade, as wenn so'n großen Soldaten mir die Milch bringt. Er grient denn auch immer ganz smirig über das ganze Gesicht.

Frau Möller. Herrlicher Kaffee!

Frau Heimfeld. Mich ist er beinah en bischen zu stärk.

Therese. Sag mal, Emilie, bei welchen Canditer hast Du das Gebäck bestellt?

Emilie. Ach, liebe Tante.

Therese. Meinst Du, ich möchte keine Syrupskringel? Die sind billig und gut.

Grünstein. Das wußten wir, liebe Tante; Emilie wollte Jhnen gern eine kleine Freude machen.

Therese. Ji denkt doch ümmer an mi. Na, ick mak Ju mal wedder en Freid. Man muß immer Gleiches mit Gleichem vergelten. Nich wahr, Herr Gätchens?

Gätchens. Jawoll, dat mutt man; dat segg ick ok ümmer to mien Arrestanten.

Therese. Wie meinen Sie das, Herr Gätchens?

Gätchens. Oh nein, ich meine eigentlich garnig.

Therese. Sehn Sie mal, meine Damens, was man nich Alles belebt! Neulich bin ich bei meiner Freundin — auch so zum Kaffee — da kommt ihr kleiner Eduward herein und hinkt. J, sagt meine Freundin, was ist das mit das Kind, das Kind das hinkt. Jch sage, Eduward, geh mal so'n bischen auf und nieder, un richtig, das Kind das hinkt. Gott nein, sagt meine Freundin, was ist das einmal mit das Kind, das Kind das hinkt. Da nehmen wir das Kind her, setzen es auf einen Stuhl und ziehen ihm die Stiefel aus; und denken Sie sich, was war das mit das

Kind? Hatte das Kind die ganzen Stiefel voll Steine! Denn is das ja auch kein Wunder, wenn das Kind hinkt.

Frau Möller. Ja, ja, son'ne Kinner!

Frau Heimfeld. Dat arme Göhr!

Grünstein. Liebe Tante, Sie wissen immer so interessant zu erzählen.

Therese. Gott, man weiß ja seine Geschichten und kennt ja auch die Menschen. (Leise flüsternd zu den Damen.) Wissen Sie die Geschichte mit dem Flickschneider Meier seine Tochter? — Ja, und das ist noch nicht Alles. — Und dann zuletzt!

(Gätchens läßt sich von Grünstein eine Cigarre geben und zündet sie an.)

Therese. Un dat is gewiß un wahrhaftig wahr!

Frau Heimfeld. 't is doch en Schande werth, so'n grote Deern!

Frau Möller. Ja, und die Eltern, die Eltern! Man sagt, die sollen gar nichts taugen.

Therese. De Mudder, de Mudder! Ick segg Jhnen, dat is de Rechte. Hebben Se dat damals nich hört — vor twee Jahr? (Flüstert.)

Emilie. Aber, lieber Adolf, Du weißt doch, daß ich den Tabacksrauch nicht vertragen kann!

Gätchens. Dat söhlt woll Spitzen sien, Madam? ick rook, wo ick will.

Emilie. Ach so? Ich wußte nicht, daß mein Mann Freunde hat, die unter dem Deckmantel der Freundschaft die Regeln der Höflichkeit zu umgehen suchen.

Gätchens. Madam, ick heff gar nich nödig, mi von Jhnen brüden to laten. Ich meinte, ich hätte nicht nöthig, mich von Jhnen brüten zu lassen.

Grünstein (zieht Emilie nach vorn). Ich bitte Dich um Alles in der Welt, bezwinge Dich! Der Mann hat mich ganz in seinen Händen. Er ist ein Polizist, der mich bewacht.

Emilie (schreit auf und alle Damen zugleich mit). Ach!!

Therese. Och Gott, was hab' ich mich verschrocken! Was ist das mit das Kind? Was ist das mit Emilie?

14*

Frau Heimfeld. Hat sie Nerven gekriegt?

Frau Möller. Hat sie wohl einen Schreck gehabt?

Therese. Emilie, Kind, komm zu Dich!

Grünstein. Es ist nichts, liebe Tante, Emilie ist in der letzten Zeit überhaupt etwas leidend.

Emilie. Ach ja, liebe Tante, ich habe in der letzten Zeit viel im Hausstande gearbeitet, da Sie meinten, eine junge Frau müßte selbst mit anfassen.

Therese. Mein Gott, nein, überarbeiten sollst Du Dir aber nich, das kann ja meine Meinung nich sein, das bin ich ja gar nich verlangt. Ihr wißt ja auch, am Ende hat Tante Therese immer noch ein paar verschimmelte Thalers für Euch. Ich habe ja Deinen Mann auch schon gesagt, wenn er gut vorwärts kommt, dann schieße ich auch noch etwas in seinem Geschäfte ein. Denn wo Tauben sind, da fliegen Tauben zu. Nich wahr, Herr Gätchens?

Gätchens. Ja, un wo nix is, da hett de Kaiser sien Recht verlaren. Da weet se op'n Stadthus en Leed von to singen.

Therese. Wie meinen Sie das, Herr Gätchens?

Gätchens Oh nein, ich meine eigentlich garnix.

Grünstein. Ach, liebe Tante, wie sind Sie doch gut!

Therese. Nich wahr? Ja so, das hätte ich bald vergessen. Heute Abend ist große Theatervorstellung in Doktor Salzstummel seine Theater-Akademie, und er hat mich en Dutzend Biljetters für'n hälften Preis angeschnackt. Da gehen wir hin, da geht es sehr fein und gebildet zu, und denn dauert es da auch so scheun lange, beinahe bis 12 Uhr. Da gehen nu so viele nach Kärl Schultze sein Theater, das kann ich gar nich begreifen. Da geht es so ungebildet zu, da sprechen sie sogar Plattdeutsch auf das Theater, und das gehört doch eigentlich gar nich dahin.

Frau Heimfeld. Bei Kärl Schultze spielt ja wohl auch die Mende-Müller?

Therese. Hören Sie, das is für mich eine eklige Person. Wenn ich die sehen will, brauch ich mir ja zu Hause nur vor dem Spiegel zu stellen. Nein, wir gehen nach Doktor Salzstummel seine Akademie, da arbeiten blos Anfängers, die sind noch nich auf das Theater verdorben.

Man kann sich denken, daß diese Selbstkritik der Tante Therese-Lotte Mende jedes Mal die Lachlust erhöhte. Welche Anziehungskraft „Hamburger Leiden" in der alten Hanse= stadt ausgeübt haben und noch ausüben, davon macht sich der „Butenminsch" nur schwer eine Vorstellung. Beim guten Mittelstande genoß das Karl Schultze=Theater schon lange hohe Gunst. Es war nachgerade zu einer Wiege und Pflanz= stätte der plattdeutschen Lokalkomödie geworden, welche in Bezug auf kulturhistorisches wie im engeren Sinne bühnen= geschichtliches Interesse den Podien der alten Wiener Leopold= stadt oder Berliner Königstadt kaum nachstand. Hier fand die Saffensprache vortreffliche, zum Theil unübertreffliche Interpreten, welche in ihr die tiefsten Töne der Trauer nicht minder wahr und zu Herzen dringend auszudrücken wußten, als die ergötzlichen Wendungen und Einfälle, welche dem gesunden Volkswitze seine unverwüstliche Frische verleihen. Hier wurden gleichsam die Trümmer wirklichen Volkslebens und Volksgeistes, merkwürdiger Sitten und Einrichtungen geborgen, die Theilnahme und das Ver= ständniß für die kleinbürgerlichen Existenzen im großen Weltgetriebe wachgehalten. Dies verdienstliche Bestreben erfreute sich in immer weiteren Kreisen dankbarer Be= achtung. „Hamburger Leiden" lockten zuerst auch die vor= nehmeren Klassen in das plattdeutsche Komödienhaus, wie weiland „Gustav oder der Maskenball" ins Steinstraßen= theater. Jeden Abend hielt in der „Langenreihe" eine lange Reihe von Equipagen der Hamburger wie Altonaer

Ariſtokratie. Es dürfte wohl keinen Hamburger, keine Hamburgerin geben, welche ſich dieſes Stück nicht angeſehen hätten.

Die erſte Aufführung geſchah am ſiebenten Oktober 1873, die hundertſte am vierzehnten März 1874. Im Laufe der Jahre haben gegen tauſend Wiederholungen ſtattgefunden. Und das mit Fug und Recht. Denn dieſes lokale Schauſpiel hält ſich gänzlich frei von ſentimentalen Beimiſchungen und weiſt zahlreichere, prägnantere Volkstypen auf. Es erweitert förmlich den knappen Raum, welcher hinſichtlich des Stoffes dem plattdeutſchen Drama angewieſen zu ſein ſchien, und bringt es zu den komiſchſten Schwankſituationen. Mit ſenſationellem Erfolge ward es auch in Berlin, Bremen, Breslau, Dresden, Kiel, Jena, Lübeck, Magdeburg, Schwerin, Stettin und anderwärts gegeben. Speziell in Hamburg gewannen einzelne Redensarten die Eigenſchaft und Kraft von geflügelten Worten, z. B. „nich wahr, Herr Gätchens?" und „das Kind das hinkt." Wenn ein langſamer Menſch, ein ſogenannter Nölpeter, zu ſprechen begann, pflegte man ihn mit der Sentenz zu unterbrechen: „Ja, ſehn Se mal, as mien Swager mien Swigerin." Die Buchausgabe erſchien 1875 (Deutſches Theater. 31. Bändchen) mit einem bunten Titelbilde, das Herrn Kinder als Poliziſt Gätchens und Frau Mende als Tante Thereſe darſtellt.

Die ſchönſte und werthvollſte Huldigung, welche der Künſtlerin zu Theil wurde, iſt wohl folgendes Gedicht von Johann Meyer-Kiel, worin dieſer ſinnige und gemüthvolle Poet, den ſeine Landsleute nicht mit Unrecht den plattdeutſchen Hebel nennen, ſeine Empfindung über Lotte Mendes Spiel zum Ausdruck bringt:

> Wer Di mal ſeeg, Du lüttje Deern,
> De hett Di ſeker alltid geern!
> He fluchohrt, wenn Du Afſcheed nimmſt,

Un freut sick, wenn Du wedder kummst, —
Un ick schull Di min Leed nich singn
Un Di nich min Willkamen bringn?!

Dunt Summer, dar bi Schick in'n Gaarn,
Heff ick ja all min Hart verlar'n;
Din Plättkabüs' in'n Bäckergang
Verget ick nich min Lebenlang.
So'n Plättfru lat ick mi gefalln,
De hett en Steen in't Brett bi Alln!

Un in de lüttje Heckenros[1]
Dar weer eerst recht de Deuwel los,
Wenn Du dar so to knütten seetst
Un all Din Mulwark rätern leetst,
Du mit Klas Hinnerk ganz alleen,
Dat mutt man hör'n un mutt man sehn!

Un denn as Tante Grünstein, o!
Mit so'n Herr Bätchens noch darto!
Du lüttje dicke Plappersnut!
Man keem ut't Lachen gar nich 'rut.
Un dochen — merrn in all den Larm
Wa tog Een dat in't Hart so warm!

Dat keem Een richtig, as in'n Drom,
As ünner'n Kinnerwihnachtsbom!
Un as en Märken, ganz vun Widn
Ut ole, ach so ole Tidn, — —
Dat man bischurns in Lust un Weh
Mit natte Ogen lachen deh.

---

[1] De lütt Heckenros. En gemüthlichen plattdütschen Snack in
1 Akt von Auguste Danne. (Eduard Blochs Dilettanten-Bühne Nr. 43.
Berlin.) Das anspruchslose kleine Stimmungsbild enthält in der Buur-
fru Klähn eine Rolle, welche von Lotte Mende oft und gern gespielt wird.

Ick weet ock wull, wakeen dat mak,
Dat mak uns' oll leev Modersprak! —
Weckt Een, — se weckt den Kinnersinn.
Grippt Een, — se grippt in't Leben 'rin,
In't Leben 'rin mit vulle Hand,
Un — „wo se grippt, is't intresant."

Un is dar Een, de't sünst noch kann
So recht mit beide vulle Hann,
Dat wi darbi uns' Thran vergeet
Un rein dat blaue Wunner seht
Vun Lust un Leben, — süh, ick meen:
Du, Lotte Mende, büst so Een!

O, Lotte, wat för'n Deern büst Du!
Un würr Herr Mende nich schalu
Un reep darmank: De Deern is min! —
Den Kräpelin, den schullst Du frien! —
Ick wull man seggn: Wo sünd so'n Twee
Noch mehr to findn as Du un Hee?!

Dat wull ick man! — o, Lotte, Du,
Ganz affehn vun Herr Mende nu,
Du findst ja likers all Din Mann.
Herr Gätchens treckt de Handschen an,
„Nich wahr, Herr Gätchens?" Denn is't gut,
De Vörhang fallt, — dat Stück is ut.

Dat Stück is ut? — noch lang nich ut!
Noch heel veel mehr hebbt Di to'n Brut,
En Brut, de uns dat Hart mal rakt
In uns' oll leeve Modersprak. —
Ick küß den Tun Di um Din Tähn
Un much wull ock Din Frier we'n!

Neben Lotte Mende hat auch die leider zu früh verstorbene geniale Schauspielerin Fräulein Heyland in dieser
Rolle Triumphe gefeiert. Beide haben das alte Wort

„Si duo faciunt idem, non est idem" gründlich Lügen ge=
ftraft, indem sie mit gleich mustergiltiger Vollendung die=
selben Plattdeutsch oder Messingsch redenden Charaktere ver=
körperten. Dem Mimen flicht die Nachwelt keine Kränze,
und nirgends mehr als auf den weltbedeutenden Brettern
wird der Erscheinung des Tages gehuldigt und die ge=
schwundene Größe vergessen. Darum sei Fräulein Heyland
als ausgezeichnete Vertreterin der alten Liese, Tante Lotte,
Tante Therese, Auguste Bostelmann und anderer Lokal=
figuren rühmend genannt. Ehre ihrem Andenken!

Mehr noch als „Hamburger Leiden" beschäftigte sich
ein anderes Volksstück ausschließlich mit der heiteren Außen=
seite des Lebens, ohne den ernsteren Gegensatz in sein Be=
reich zu ziehen, nämlich: „Klipp und Klapp oder Ham=
burger Wohnungsleiden", die einige Monate früher,
den vierten Mai 1873, in Scene gingen. Das Motiv ist
einer Frankfurter Hampelmanniade von Karl Malß „Herr
Hampelmann sucht ein Logis" entnommen. Doch auch diese
war kein Original, sondern dem französischen „Appartements
à louer" nachgebildet. Schon Angely hatte dasselbe unter
dem Titel „Wohnungen zu vermiethen" übersetzt. Ein
moderner Berliner Possendichter hat das Sujet als „Ber=
liner Wohnungssucher" noch einmal bühnenwirksam um=
gewandelt. Wir sehen also, daß der Stoff ein zäher ist
und auf einer festen und gesunden Grundlage beruht. Der
Einfall, ein komisches Ehepaar Wohnungen besichtigen zu
lassen und es dadurch zum Mitwisser und unbewußten
Mitwirker in verschiedenen Intriguen zu machen, ist gar
nicht schlecht. Die Wohnungsleiden sind so alt wie die
Welt. Diogenes hätte sich vielleicht nicht mit einer Tonne
begnügt, sondern Hochparterre sein Heim aufgeschlagen,
aber er hatte keine „Bürgen." Und daß unser Herrgott
gleich das erste Menschenpaar aussetzen ließ, gibt noch

heutigen Tages den Hauswirthen eine günstige Ausrede
für dasselbe Verfahren zahlungsunfähigen oder unbequemen,
mit Kindern reich gesegneten Miethern gegenüber. Klipp
und Klapp befinden sich nun glücklicherweise nicht in so
tragischer Lage. Sie wandern eben überall hin, wo ein
Zettel aushängt mit der Notiz, daß eine Etage frei steht,
steigen viele Treppen auf und nieder, gucken dabei unwillkürlich in manchen Haushalt, in manche Familienangelegen-
heiten, erleben allerlei lustige Abenteuer und Liebesge-
schichten — kurz, es entrollt sich ein überaus scherzhaftes
und buntes Stück des wirklichen Lebens vor unseren Augen.

Die pseudonymen Bearbeiter Fidelio und Bruno, Otto
Schreyer aus Frankfurt am Main und J. D. F. Brünner,
ein geborener Hamburger, dessen Bekanntschaft wir bereits
machten, haben wohl am gelungensten diese Ideen verwerthet. Während Malß nur die Hauptrolle im Lokalton
hielt und absichtlich vermied, mehrere Dialektpartieen ein-
zufügen, was er ganz gut hätte thun können, verlegten sie
die Handlung völlig auf Hamburgischen Boden. Hier
können solche Abenteuer auch leichter und mit größerer
innerer Wahrscheinlichkeit vorkommen als im kleineren Frankfurt. Amadeus Klipp und Adelheid Klapp haben einen
Tropfen echt Hamburger Blutes in den Adern, und ihre
plattdeutsche Sprache resp. das Messingsch ist recht dazu
angethan, die Illusion noch zu erhöhen. Der fünfaktige
Schwank hat gegen hundert Aufführungen erlebt und wurde
noch Ostern 1879 unter dem veränderten Titel „Amadeus
und Adelheid oder Die Reise durch Hamburg in
acht Stunden" sehr beifällig aufgeführt. Uns haftet
besonders die Adelheid der Lotte Mende frisch im Gedächtniß. Diese behäbige, mit ansehnlichem Embonpoint
begabte Bürgerin, die „nur noch der Schatten von dem ist,
was sie war", wir sehen sie noch täglich, es ist die lebendige

Photographie einer Frau aus dem Volke. Wie unabsicht-
lich klingen ihre an ihren phlegmatischen Mann gerichteten
Bemerkungen; wie natürlich erscheint uns das Radebrechen
der Fremdwörter aus diesem Munde, und dennoch, wie
zündend, wie zwerchfellerschütternd ist dies Alles! Das
Gleiche gilt auch von dem Klipp Karl Schultzes. Beide
bilden ein Künstlerpaar, das im Duett der Komik sich
gegenseitig hebt und ergänzt. Schultze gab das getreueste
Konterfei eines jener biederen Hamburgischen Rentiers,
die als ruhige Familienväter von ihren Zinsen leben, bei
Gelegenheit aber immer noch gern den „ollen Snöörenmaaker" und den „kleinen Vokativus" herausbeißen.

Dieselben pseudonymen Verfasser traten am Neujahrs-
abend 1874 mit einem zweiten lokalen Schwank in fünf
Aufzügen hervor: „Christian Hummer." Schreyer bekundet hier abermals sein bedeutendes Talent für Situations-
komik. Die Arbeit ist reich an spaßhaften Scenen, deren
Ergötzlichkeit etwas Unwahrscheinlichkeit gern in den Kauf
nehmen läßt, zumal ein sittlich ernster Grundgedanke, eine
Bethätigung des Sprichwortes „Wer Anderen eine Grube
gräbt, fällt selbst hinein", zur Unterlage dient. Ein junger
Mann sucht seinen Freund dadurch zu mystificieren, daß er
ihm durch selbstgeschriebene Briefe Zusammenkünfte mit
Damen in Aussicht stellt. Durch unvorhergesehene Zu-
fälligkeiten führt er ihn jedoch mit seiner eigenen Braut
zusammen. Der Gefoppte hat das Glück, daß diese sich in
ihn verliebt und ihrem Bräutigam den Laufpaß gibt. Das
Liebesverhältniß wird durch die rastlosen Bemühungen des
Heirathsagenten Hummer eingefädelt, aus dem Schultzes
drastischer Humor eine wirkungsvolle Figur schuf. Auch
Lotte Mende als seine Frau Cordula und Heinrich Kinder
als Hannis Ehlers boten in Auffassung und Idiom zwei
charakteristische Kopien aus dem Spießbürgerthum. Jeden-

falls brachte die Burleske eine Abwechselung in die Aera
der chronisch gewordenen „Hamburger Leiden".

Diese selbst erlebten am 5. Mai 1874 eine Fortsetzung
in dem lokalen Scherz in vier Akten von S. Behrend
„Aus Tante Grünsteins und Herrn Gätchens Ehe." Auf
dem fruchtbar gemachten Boden fortschaffend, ist es dem
Verfasser gelungen, dem etwas spröden und einseitigen
Stoff komische Momente und Situationen abzugewinnen.
Wer möchte nicht gern wissen, wie das allbekannte
Paar sich in seinem jungen Hausstande eingerichtet hat
und mit einander lebt?! Wir freuen uns über das Glück
der guten Tante, des braven und originellen Polizisten
und lachen herzlich über die kleinen Ehestreitigkeiten der
beiden prächtigen alten Leute, die so trefflich zu einander
passen.

In demselben Jahre feierte Karl Schultze sein silbernes
Künstlerjubiläum unter allgemeiner Betheiligung der Hamburger Bevölkerung. Er hatte in der That der plattdeutschen Komödie eine neue Pflanzstätte bereitet. Ein solch'
herrliches Wiederaufblühen der alten Sassensprache haben
sich wohl selbst ihre eifrigsten Verfechter nicht träumen
lassen. Die erfolgreiche plattdeutsche Theaterbewegung in
der Gegenwart bildet ein Seitenstück zu Fritz Reuters ebenso wohlverdienten wie in unserer Litteratur einzig da-
stehenden Errungenschaften. Mit Recht durfte daher Schultze
es wagen, eine Gastspielreise mit seinen Mitgliedern durch
Deutschland zu unternehmen, die ihn über Berlin, Dresden,
Magdeburg, Weimar, Breslau bis nach Wien führte und
ihm überall Ruhm und Ehren einbrachte.

Zumal in Berlin kannte der Enthusiasmus keine
Grenzen. Es waren dort gerade die Franzosen im Königlichen Koncerthause aufgetreten; italienische Sänger ließen
in der Königlichen Oper ihre Stimme ertönen; Rossi inter-

pretierte Shakespeare im Viktoriatheater; Dresden sandte
seine Hoffchauspieler, Meiningen seine „Muster"tragöden;
und in die Königstadt zogen unter dem siegreichen Banner
des feurigen Humors und bestrickender Liebenswürdigkeit
die Wiener. Zuletzt erschien die Hamburger Gesellschaft,
the last but not the least. Julius Stettenheim, der geistvolle Kopf, hieß damals in der Tribüne begeistert seine
Landsleute willkommen, und die gesammte Berliner Presse
ahmte mit seltener Einmüthigkeit seinem Beispiele nach.
Berlin hat die niedersächsische Mundart Fritz Reuters in
ihrer ganzen Poesie, in ihrem unvergleichlichen Humor
durch Kräpelin kennen und lieben gelernt. „Nun erscheint
plötzlich", sagt Stettenheim, „bauend auf diese vom Vor-
leser vermittelte Bekanntschaft, anspruchslos, ohne den
Trommelschlag der Reklame, ein plattdeutsches Theater,
bisher gar nicht genannt, die einzige und leider auch die
letzte plattdeutsche Bühne Deutschlands, vor dem kritischen
Publikum Berlins, dessen Ohr sich erst wieder gewöhnen
soll an die weichen, breiten, gemüthvollen Töne einer hier
nicht gesprochenen, auf dem Aussterbeetat stehenden Sprache,
— es ist eine so kühne, als interessante Erscheinung! Das
freudig überraschte Publikum des Woltersdorffschen Musentempels folgte den Leistungen mit stürmischem Beifall. Und
dieser hat ja laut genug zum Besuch eingeladen. So reich
Berlin mit Bühnen gesegnet sein mag, keine hat so viel
Neues und Originelles darzubieten als das plattdeutsche
Theater." Auch darin waren alle Stimmen einig, daß die
Stücke sittig, gesund, herzig, kraftvoll und volksthümlich
seien, daß sie sich vor den Berliner und Wiener Lokalpossen vortheilhaft auszeichnen durch das Fehlen aller
Kalauer, aller Obscönitäten, aller zweifelhaften Zuthaten.
Lotte Mende ward als plattdeutsche Fried-Blumauer, Hein-
rich Kinder als plattdeutscher Döring gepriesen. Die Di-

rektion des Residenztheaters engagierte sogar erstere als
ständiges Mitglied. „Wir glauben", schrieb ein Kritiker,
„daß, wenn es gelingt, um Frau Mende einen Kreis von
Schauspielern zu gruppieren, welche mit dem Idiom ge=
läufig umzugehen wissen, das plattdeutsche Volksstück hier
zu schöner Blüthe kommen kann. Wir würden uns dessen
schon aus dem wichtigen Grunde freuen, weil dadurch der
Geschmack an dem Einfachen, Edeln und Natürlichen, an
dem Harmlosen und Frischen, welches unbedingt diese platt=
deutschen Komödien als Signatur an sich tragen, gesteigert
würde und die durch schlechte Possen und raffinierte Kouplets
zum Theil blasierte, zum Theil sogar verwilderte Geschmacks=
richtung in unserer Großstadt einer Verbesserung entgegen=
geführt werden könnte." Dieser Versuch scheiterte, mußte
nach unserer Ueberzeugung scheitern. Eine stehende platt=
deutsche Bühne ist nur in Hamburg möglich. Nur da sind,
wie wir nachgewiesen haben, alle Vorbedingungen vor=
handen. Keine Bühne ist geeigneter, dies Genre zu kul=
tivieren, als Karl Schultzes. Sie ist die Stätte geworden
für plattdeutsche Volksstücke. Schauspieler und Schau=
spielerinnen, welche Befähigung für das Lokale haben, ge=
hören naturgemäß dorthin, wie einst ein Vorsmann, Landt,
August Meyer und andere auf die Bretter des ehemaligen
Steinstraßentheaters unter Maurice.

Ja, gäbe es in Berlin, wie es in Paris der Fall, eine
allgemeine Nationalbühne! In deren Rahmen fänden auch
Lotte Mende und Heinrich Kinder ihre Stellen. Das aber
sind Zukunftsgedanken, die wohl ebensowenig in Erfüllung
gehen, wie die Begründung eines solchen theatralischen und
künstlerischen Mittelpunktes.

Und jetzt? Jetzt ist die plattdeutsche Komödie ver=
schwunden aus der Bühnenwelt! Die kleine Schaar der
Darsteller wurde nach ihren Berliner Triumphen noch einige

Zeit von ihrem Leiter zusammengehalten, und hier und
dort errang sie neue Lorbeeren; dann löste sich das Band,
und das unvergleichliche Ensemble fiel auseinander. Da=
mit schwand eine starke Hoffnung für die Freunde und Ver=
ehrer der Sassensprache. Es hatte dem Unternehmen der
Mann gefehlt, den auch ein ideales Interesse an dasselbe
fesselte. Karl Schultze ist ein tüchtiger Künstler und fleißiger
Direktor, aber mit vielen seiner Kollegen theilt er die
Unlust, Opfer zu bringen. Das soll kein Vorwurf sein, —
die Zeit ist eine materielle geworden, der Thespiskarren,
welcher mit Mühe und Sorgen durch die ungepflasterten
Straßen der Kunst geschoben wurde, ruht in der Rumpel=
kammer. Die Frage: was bringt das Unternehmen ein?
entscheidet über seine Existenz. An Anhängern hat es dem
plattdeutschen Theater nicht gefehlt, in Berlin erregte es
sogar Enthusiasmus und bezahlte sich auch gut. Nun ist's
geschlossen! Lotte Mende hatte sich schon früher davon ge=
trennt, ohne am Residenztheater die richtige Stellung zu
finden. Heinrich Kinder, dieser Meister in der Zeichnung
der Natur, welcher das Entzücken von Döring erweckte,
Berlins Liebling geworden war, ging ans Hamburger
Stadttheater. Wo mögen die anderen Plattdeutschen ge=
blieben sein? — Schade, eben da das Genre wieder anfing,
herrliche Knospen und Blüthen zu treiben! War es das
letzte Aufflackern aller Lebensgeister in der Todesstunde?
Ist die niedersächsische Sprache von den weltbedeutenden
Brettern für immerdar verbannt? Soll sie zehren von ihrer
reichen und großen Vergangenheit, die wir auf diesen Blättern
geschildert? nur in der Theatergeschichte fortleben und in der
Litteratur? Genug, es gibt keine plattdeutsche Komödie mehr!

Doch wir wollen nicht ganz die Zuversicht auf eine neue
Epoche fahren lassen. Reuter ist erstanden, ungeahnt, und
hat Herzenstöne angeschlagen voll gewaltiger Tragik und in

uns die Ueberzeugung wach gerufen, daß die Saſſenſprache
noch ein Gebiet ſich erobern kann, nämlich die Tragödie
höheren Styles. Jahrzehnte mögen darüber vergehen, aber
der Rechte kommt: ein niederdeutſcher Shakeſpeare!

Das Vorurtheil, daß ſich das Plattdeutſche nur fürs
Humoriſtiſche eigne, iſt im Schwinden, und der enge Kreis
deſſen, was ſich Plattdeutſch darſtellen läßt, hat ſich erweitert.
Guſtav Dannehl ſagt in ſeiner Abhandlung „Ueber nieder=
deutſche Sprache und Litteratur" (Berlin 1875): „Soll deshalb,
weil eine durchſchlagende Tragödie in niederdeutſcher Sprache
noch nicht geſchrieben iſt, dieſer die Fähigkeit abgeſprochen
werden, etwas Derartiges auszudrücken? Ich kann mir z. B.
Heinrich Kruſes Trauerſpiele ‚Die Gräfin‘ und ‚Wullenwever‘,
die ganz auf niederdeutſchem Gebiet ſpielen und nieder=
deutſchen Geiſt athmen, recht wohl in der Sprache ausge=
führt denken, in welcher die darin auftretenden Perſonen
in der hiſtoriſchen Wirklichkeit geſprochen haben. Wenn es
nur Einer, der es vermag, verſuchen wollte!"

Die Zeit wird's lehren. Möge es uns vergönnt ſein, den
ſich gewiß noch dereinſt vollziehenden Aufſchwung zu erleben!

Begraben läßt ſich das Plattdeutſche nicht. Schon vor
einem Jahrhundert prophezeite man ſeinen Tod; und ge=
ſunder, kräftiger, blühender denn je ſteht es in unſeren Tagen
da, umworben und geliebt wie der verlorene Sohn.

Wieder dringen aus Hamburg Nachrichten von Siegen,
die unſere Mutterſprache auf der Bühne errungen. „Die
letzten Jahre" betitelt ſich der Abſchnitt; doch nicht die
„allerletzten", nicht die „unwiderruflich letzten." Dieſe mögen
einem künftigen Hiſtoriker Stoff zu einer erweiterten Ge=
ſchichte des niederdeutſchen Schauſpiels gewähren!

III.

Die letzten Jahre.

Aus den Kreisen der Anhänger des Plattdeutschen werden früher oder später wieder Anregungen entstehen, die plattdeutsche Bühne von Neuem aufzurichten. Sie würden sich ein ganz besonderes Verdienst erwerben, wenn Sie Ihr Buch gleichzeitig zu einer Mahnung an alle Gleichgesinnten benutzten, hier fördernd einzugreifen. Hamburg wäre der Ort für ein selbstständiges plattdeutsches Theater.

Wollen Sie nicht dadurch Ihrer wissenschaftlichen Arbeit zugleich einen eminent praktischen Werth verleihen? Natürlich! hier würde nur die erste leise Anregung gegeben werden, die Vorbereitung für einen näher zu ventilierenden Plan.

Wenn wir die heutigen Bedürfnisse, den „unbewußten Drang", ins Auge fassen, finden wir auf allen Gebieten der Kunst, der dramatischen Produktion und des litterarischen Schaffens, die Sehnsucht nach dem Natürlichen, Wahren. — Die realistische Richtung ist doch nichts anderes, als der gewaltige Drang, von der durch eine sentimentale Poesie oder durch traurige Nachahmung der hergebrachten Verlogenheit unterstützten Unwahrheit befreit zu werden! Und das ist ja eben das Köstliche an der plattdeutschen Sprache. Sie gestattet mit ihrer frommen Naivetät keine Ziererei, ja sie schließt den Versuch sogar aus.

Und schon deshalb wäre es eine wahrhaft „religiöse That", die plattdeutsche Litteratur, vornehmlich aber die plattdeutsche Bühne, kräftig zu unterstützen. Die Thräne der Rührung, fast möchte man sagen, die lachende Thräne, die man weinen muß, wenn diese einfachen, unschuldigen, oft derben, oft zarten Laute unser Ohr treffen, wirken seltsam auf unsere Gedanken und Herzen, und ein gutes plattdeutsches Stück wirkt durch den Zauber der Sprache wie ein Kirchgang. — Ich zweifele nicht an der Unverwüstlichkeit dieses großen Schatzes.

Was gebiert nicht plötzlich die Zeit?! — Unerwartet wird eine neue Sonne wieder auftauchen, vielleicht ein großer plattdeutscher Dramatiker. — — —

Hermann Heiberg an den Verfasser, in einem Briefe vom 17. April 1884.

Nach mehreren Jahren, in denen die leichtgeschürzte Operette geherrscht hatte, öffneten sich ganz unerwartet

wieder die Pforten des Karl Schultze-Theaters dem ver-
stoßenen Schooßkinde, der niederdeutschen Komödie. Um
ihren alten Direktor schaarte sich ein neuer Stamm tüchtiger,
des Dialekts kundiger Künstler, unter welchen namentlich
Frau Ahlfeldt und Fräulein Ottilie Eckermann sowie Martin
Reuther Hervorragendes leisteten. Noch einmal erstand hier
in der Winterfaison 1879, 1880 und 1882 das plattdeutsche
Schauspiel herrlicher denn je. Alle Welt wollte noch einmal die Züge des geliebten Aschenbrödel sehen, noch einmal ihre trauliche Herzenssprache hören. Wohl nie, selbst
nicht als Stindes Hamburger Leiden Epoche machten, ist
der Musentempel auf St. Pauli andauernd so stark besucht
worden, wie in dieser Zeit. Die ganze Einwohnerschaft,
bei den vornehmen Patrizier- und Senatorengeschlechtern
angefangen bis hinunter zum schlichten Handwerker, nahm
Abschied vom plattdeutschen Volksdrama, gleichsam in der
Vorahnung von dessen baldiger Auflösung, und erwies
ihm vollzählig die letzte Ehre. Ja, in der Vorahnung
baldiger Auflösung! Denn auch in jenem kurzen Zeitraum
trieb dort während der Sommermonate die lustige Operette
ihr Wesen, und jetzt regiert sie unumschränkt auf denselben
Brettern, die das verkannte Plattdeutsch aufbauen half,
und welche ihren Besitzer zum wohlhabenden Manne machten.
Wir sehen, es hat sich hier das gleiche tragische Schicksal für
die niederdeutsche Komödie abgespielt, wie einst bei Schließung
der Steinstraßenbühne, nur daß es damals motiviert war,
indem Maurice höhere künstlerische Ziele verfolgte und zu
glänzender Verwirklichung brachte. Maurice mußte das
alte Fahrwasser verlassen und konnte es blos ab und an
wieder aufsuchen, wollte er anders seine Idee, die ihm bei
der Schöpfung seines Thaliatheaters vorschwebte, ausführen.

Verschiedene ältere, immer noch gern gesehene Stücke
wie „Hamburg an der Elbe", „Hamburger Pillen" und

„Hamburger Leiden" wurden von Neuem hervorgeholt.
An den beiden Ostertagen 13. und 14. April 1879 ward
eine fünfaktige Lokalposse „Amadeus und Adelheid oder
Die Reise durch Hamburg in acht Stunden" gegeben.
Dieselbe entpuppte sich freilich als bloße Titelauflage von
Schreyers „Klipp und Klapp", aber das Publikum schien
nicht ungehalten darüber; und in der That, wer Gelegen=
heit hatte, Lotte Mende als Frau Adelheid zu sehen, ihr köst=
liches Messingsch zu hören und die unnachahmliche Betonung,
womit sie z. B. den Namen ihres Ehegatten Amadeus aus=
sprach, der mußte in den Jubel des Auditoriums einstimmen,
er mochte wollen oder nicht. Als „Vorkost" gab's ein
plattdeutsches Lebensbild in een Optog „Se wull'n
ehrn Nachtwächter nich begraben." Der Verfasser,
Amtsgerichtsrath Franz Rehder in Preetz, bietet eine sehr
unbedeutende Geschichte im dramatischen Gewande; allein
die Art und Weise, wie er seine Bauern handeln und reden
läßt, ist so wahr und echt und der Volkston so richtig ge=
troffen, daß eine freundliche Aufnahme um so weniger aus=
bleiben konnte, als Lotte Mende die Figur der „Fru Busch"
spielte. Rehder, welcher früher Jahrelang in Ditmarschen
lebte, hat aus dem dortigen kräftigen Menschenschlage seine
Typen entnommen und auch die weiblichen Hauptrollen
seiner anderen Dialektstücke „De forsche Peter oder Wort
mutt man hol'n" und „Um so'n ol' Petroleum=
lamp!" für Frau Mende geschrieben.

Als im September 1879 abermals der Lokalposse
Quartier gegeben wurde, kam bei Gelegenheit des Auf=
tretens des kleinen 5³⁄₄ jährigen Rechenkünstlers Moritz Frankl
das berühmte Nummernstück von J. H. David, „No. 23,
oder 9, 12, 47" zu neuen Ehren, bis am 12. Oktober
M. Wilhelmis beifällig begrüßtes, vaterstädtisches Lebens=
bild in drei Akten „An de Waterkant" in Scene ging und

viele Wiederholungen fand. Die Gestalten sind hier mit
geschicktem Griff aus dem Volksleben genommen und be=
sonders jene kernigen, biederen Figuren, wie sie Hamburgs
Hafen mit seinem bunt bewegten Treiben in den Vorsetzen
und auf Steinwärder im reichen Maaße aufzuweisen hat,
vorzüglich in der Charakteristik gelungen. Schultze als Ships=
chandler Christian Möller, Frau Ahlfeldt als dessen Weib
Johanna und Reuther als Jollenführer Jochen brachten
die vertrauten Klänge ihres volksthümlichen Jdioms zur
schönsten Geltung.

Den 31. Januar 1880 gelangte eine andere platt=
deutsche Novität, das ländliche Gemälde „Fleitenkrischan
oder Die beiden Heirathskandidaten" von P. Hak zur
ersten Aufführung. Aus dem unruhigen Seemannsleben tritt
der Zuschauer in die idyllischen Verhältnisse des Dorfes. So
einfach und klar das Sujet in „An de Waterkant", so
drastisch zumal der Moment der in den Keller herein=
brechenden Hochfluth, ebenso unwahrscheinlich und un=
dramatisch erwies sich das neue Stück. Ein junger, gesunder
und hübscher Bauerssohn, Erbe eines bedeutenden Hof=
gutes, läßt sich als Trotzkopf und blöder Knabe durch sechs
Bilder hindurchziehen, bis er endlich den Entschluß fassen
kann, auf die Mahnung seiner Erbtante und die Be=
mühungen der heirathsfähigen Dorfschönen, in den Ehe=
stand zu treten. Aber der Dorfmusikant Fleitenkrischan (Karl
Schultze) und Fiken Möller, Besitzerin des Bauerngehöftes,
(Frau Ahlfeldt) erzielten durch eine Reihe humorvoller Si=
tuationen ziemlichen Erfolg, und das „söte Platt" bewährte
auch hier, wie schon so oft bei noch schwächeren Lustspielen,
seine alte Anziehungskraft.

Eigenthümlich und fremdartig berührte am achten
Februar desselben Jahres eine lokale Fastnachtsburleske
„1880 oder Träume eines Hamburgers" von Anton

Edmund Wollheim da Fonseca, geb. den zwölften Februar
1810 zu Hamburg. Dieser Polyhistor, als Gelehrter, Litterat,
Diplomat und Theaterdirektor von vielfach erprobten Ta=
lenten, hat sich, wie wir mehrmals gesehen, auch um die
plattdeutsche Komödie verdient gemacht. Die Handlung
spielt in Hamburg, im Feenreiche und im Orient, und
dreht sich um eine Liebesaffaire. Michel Tüt liebt Hermione,
die Tochter einer Wittwe von den Pickhuben, ist jedoch
nicht dazu zu bringen, die Kleine zu ehelichen, indem er
als Sozialist und Kommunist behauptet, es habe früher
bessere Zeiten gegeben und das Leben sei jetzt so kläglich,
daß man nicht heirathen dürfe. In dem Vorspiele wird
von der Oberfee Hedeia der Hermione ein Zauberfächer,
womit sie ihren Michel Tüt in jede beliebige Zeitepoche
und nach den entferntesten Gegenden zu versetzen im Stande
ist, überreicht. Sie benachrichtigt hiervon ihren ersehnten
Rentier Tüt, und Beide schließen die Wette ab, daß Tüt
sie heirathen wolle, wenn er sich überzeugt, daß es zu allen
Zeiten und aller Orten auch nicht anders gewesen, als nun.
Der Zauber beginnt. Tüt entschlummert und befindet sich
in Jerusalem. Er erfährt, daß er der assyrische Feld=
herr Holofernes sei und die Stadt belagere. Man befindet
sich also im Jahre 588 v. Chr. Die verhängnißvolle
Episode mit Judith fehlt nicht, sie verläuft aber harmloser.
Judith ist die kleine Hermione von den Pickhuben und
deren Dajah ihre Mutter. Als er nach der Säbel=Katastrophe
im Zelt energisch wieder nach seinem Kopfe verlangt, setzt
man ihm einen — Schafskopf auf und führt ihn im Tri=
umphe von dannen. Wir erblicken ihn später auf der
Burg des Gaugrafen Kuno von der Uhlenhorst. Er ver=
schmäht die Hand des Burgfräuleins. Grimm des alten
Ritters und Turnier. Da es zu Roß nicht recht gehen will,
kämpfen sie zu Fuß, doch hat Michel Tüt, der jetzt Ritter

Tüt von Hütentüt heißt, schon am erſten Gange genug,
und nur der Dazwiſchenkunft eines jungen Prieſters (Hermione und Kunigunde in einer Perſon) verdankt er ſeine
Rettung. Man fährt nach Hauſe. Michel erwacht wieder
in dem Bette, worin er eingeſchlafen, und wird nun an
die Löſung ſeines Verſprechens erinnert. Jetzt will er durch
die von ihm bei Schluß der Wette errichtete, für untrüglich
gehaltene Hinterthür entſchlüpfen, daß die Heirath zwiſchen
dem 28. Februar und 1. März erfolgen müſſe, — allein,
er hat ſeine Rechnung ohne den Kalender gemacht; denn
lächelnd zeigt Hermione auf eine glänzende Tafel, die vom
Himmel herabſchwebt, und auf der geſchrieben ſteht: „1880,
Dienſtag den 29. Februar!“ Durch eine Verwandlung befinden wir uns im Feenſtandesamte, wo Hedeia die Trauung
vollzieht. — Es fehlt alſo dem Stücke nicht an Abwechſelung
von komiſchen Scenen. Die plattdeutſche Hauptfigur des
Tüt erregte Intereſſe, indeß hatte das Publikum ſich ſolch'
ſchnurrige Träume eines Hamburgers nicht träumen laſſen,
und die Folge davon waren nur wenige Wiederholungen.

Der 22. Februar 1880 war der Tag, an welchem das
Karl Schultze-Theater einen Glückstreffer zog, wie ein ſolcher
lange nicht mehr vorgekommen war.

Zwei Schriftſteller hatten ſich vereinigt, Otto Schreyer
und Hermann Hirſchel, denen es gelang, noch einmal
die ſchon verwelkende plattdeutſche Komödie zur Blüthe zu
bringen. Der Erſtere, geboren den 25. December 1831 zu
Frankfurt am Main, Bruder des berühmten Schlachten-
und Pferdemalers Adolf Schreyer in Paris, iſt uns bereits
wiederholt begegnet. Seit mehreren Decennien in Hamburg
als Redakteur der „Jahreszeiten“, „Leſefrüchte“, „Mode“,
„Börſenhalle“ und „Nachrichten“, von 1876 bis 1879 auch
als Dramaturg am Stadttheater thätig, hat derſelbe, als
Litterat und Menſch gleich liebenswürdig und geſchätzt, die

sozialen Zustände von Hamburg, das, wenn auch nicht seine
Stammburg, doch ihm zweite Vaterstadt geworden, kennen
gelernt und mit scharfem Auge und glücklichem Griff erfaßt. Zahlreich sind seine mit Erfolg aufgeführten hochdeutschen Stücke. In Hermann Hirschel fand er nun
einen Mitarbeiter für die plattdeutsche Schaubühne, wie er
sich einen geschickteren, begabteren und Dialektkundigeren
nicht wünschen konnte. Hirschel erblickte im März 1848 zu
Hamburg das Licht der Welt, wurde für den Kaufmanns-
stand bestimmt, ging jedoch 1870 zum Theater und lebt
gegenwärtig als Bühnendichter und Regisseur in seinem
Heimatsorte. Schon 1873 hatte er für die plattdeutsche
Komödie eine dreiaktige Gesangsposse „Onkel Tedje und
Tante Antigone", welche oft gegeben ward, geschrieben,
und in seinem nach J. H. Byrons „Our boys" bearbeiteten
Volksstücke „Die Herren Eltern" spielte Karl Schultze die
Rolle des Butterhändlers Schliemann sehr häufig in messing-
scher Mundart. Auch Hirschels hochdeutsche Schauspiele sind
zahlreich und bekannt. Allein volksthümlich ist sein Name
erst geworden, seitdem er sich mit Otto Schreyer verband.
Gleich ihre erste gemeinsame Arbeit hat Anspruch auf Nachruhm, nämlich „Ein Hamburger Nestküken."
    Wie deutlich steht noch dieses fünfaktige Volksstück im
Gedächtniß Aller! „Mensch, ärgere Dich nicht!" lautet
der Nebentitel. Dieser kategorische Imperativ ist populär geworden, sogar in der Reichshauptstadt, und wurde das
Losungswort bei jedem Anlaß, auch für die Berliner.
Schreyer hatte schon 1874 eine Posse „Christian Hummer
oder Arger Du Di!" geschrieben. Nun drehte er einfach den Spieß um: „Arger Du Di nich!" oder Hochdeutsch: „Mensch, ärgere Dich nicht!" und siehe da!
sein freundlicher Rath fand überall ein Echo. So übte
denn das Nestküken eine unverwüstliche Zugkraft aus und

erzielte Kasseneinnahmen, um die manche Bühne ersten
Ranges das prunklose plattdeutsche Komödienhaus beneiden
durfte. Das Stück, welches bis zum Schluß der Saison,
Ende April, ununterbrochen gegeben wurde, gehört zu den
gediegensten Erzeugnissen des modernen Volksdramas. Den
Autoren, die sich anfangs hinter den Pseudonymen O. Fidelio
und H. Hermann versteckt hielten, ist der große Wurf gelungen, im schönsten Sinne des Wortes ein Hamburger
Volksstück zu liefern, das in jeder Scene, in jeder Figur
anheimelt. Das Nestküken ist eigentlich ein weiblicher „Mein
Leopold", ohne daß jedoch die Verfasser sich irgendwie an
L'Arronge angelehnt haben; ihre Arbeit steht vollkommen
selbstständig und original da.

Marie heißt der vergötterte und verzärtelte Liebling
der reichen Brauerswittwe Grönwald, die, obgleich selbst
ungebildet, ihrer Tochter eine glänzende Erziehung hat
geben lassen, der sie auch den extravagantesten Wunsch
nicht versagt, während sie ihren Sohn Eduard, einen braven,
tüchtigen Bierbrauer, zurücksetzt, trotz aller Ermahnungen
ihres Bruders, des Kaffeemaklers Dabelstein. In der Reit-
stunde macht Marie die Bekanntschaft der jungen, reichen
Wittwe Stevenson, einer früheren Operettensängerin, und
in deren Hause diejenige eines zweifelhaften Barons, dem
es gelingt, das unerfahrene Mädchen zu bethören. Sie
schlägt die Hand eines geachteten Handwerkers, Günther,
aus und entflieht mit dem Baron nach England, just in dem
Augenblicke, wo die schwache Mutter durch das Fallissement·
ihres Banquiers ihr ganzes Vermögen verliert. Arm und
elend, von ihrem Gatten schmählich verlassen, kehrt Marie
nach sechs Jahren in die Vaterstadt zurück und trifft in
einer Volksküche ihren Onkel. Derselbe bringt sie zu ihrem
verheiratheten Bruder. Die alte Mutter, welche bislang
jede Annäherung und jede Unterstützung ihrer Verwandten

hartnäckig zurückgewiesen hat, wird mit List in das Haus ihres Sohnes gelockt, und Liebe und Friede eint schließlich eine glückliche Familie. Die Verfasser haben es verstanden, mit kleinen Mitteln große Wirkungen zu erzielen. Da sind keine Unwahrschein= lichkeiten, keine bei den Haaren herbeigezogene Verzerrtheiten, da ist Alles selbstverständlich und natürlich; die heiteren wie die ernsten Scenen sind eine nothwendige Folge der fort= schreitenden, einfachen und doch fortwährend interessierenden Handlung. Die Figuren sind keine Karrikaturen, sondern wirkliche Menschen, Meisterstücke feiner Charakteristik, durch= weg psychologisch wahr und bis auf die kleinsten Züge mit Fleiß und Sorgfalt ausgearbeitet. In dem Stücke waltet der echte, kernige Hamburger Volkshumor vor, und nirgends wird das ästhetische Gefühl durch eine Rohheit oder Zwei= deutigkeit beleidigt.

Wer erinnert sich nicht noch mit Vergnügen des mit blauen Probedüten bewaffneten, gemüthvollen und witzigen Kaffeemaklers Dabelstein, der geschwätzigen, ewig „klöhnen= den“, herzensguten Frau Kohlmeyer, der alten hartgeprüften Wittwe Grönwald? Wie herzlich und herrlich klang die niedersächsische Muttersprache in dem Munde von Karl Schultze, Ottilie Eckermann und Frau Ahlfeldt! Während der letzten ergreifenden Scene des Wiederfindens und der Versöhnung sah man kein Auge thränenleer. Im Allgemeinen erhält die düstere Wirkung der rührenden Episoden in dem köstlichen Humor, in dem treffenden Witz, der sich immer an geeigneter Stelle geltend macht, einen wohlthuenden Gegensatz. Wie Licht und Schatten in diesem ansprechen= den Bilde Hamburgischen Kleinbürgerthums auf wahrhaft künstlerische Weise vertheilt sind, mögen einige Auszüge beweisen.

Das Nestküken feiert Geburtstag und ist eben mit der

Freundin Adelma Stevenson ausgefahren. Onkel Dabelstein,
der gratulieren will, tritt darüber ärgerlich auf.

> Dat bläht sik un dreiht sik so stolt wie en Pfau,
> Dat levt un dat swevt Allns so lustig un gau,
> De Näs in de Luft hoch, — so suust se dorch't Leben,
> Vergnögen un Dickdohn is eenzig ehr Streben.
> Ick günnt jem von Harten, doch ward ick man blos
> Bi't Ansehn den ew'gen Gedanken nich los:
> Wenn't man good geiht! wenn't man good geiht!

Frau Grönwald.	Na, Karl, wat hest Du to min Marie seggt? Wie süht se ut?
Dabelstein.	As wenn se sik in'n Circus Renz engagieren laten will.
Frau Grönwald.	Du kannst nix, as Unsinn maken. Alle Minschen sünd förmlich verleevt in Marie.
Dabelstein.	Jawoll, ehr eegen Mudder am meisten.
Frau Grönwald.	Blot Du hest ümmer wat an ehr uttosetten!
Dabelstein.	An ehr veel weniger, as an Di.
Frau Grönwald.	Ick weet, wat ick to dohn heb.
Dabelstein.	Ja, wenn't man good geiht!
Frau Grönwald.	Wat denn?
Dabelstein.	Ick meen, dat Du ehr in alle Saken den Willen deihst. Dat Mäken is all so verwöhnt, dat ehr bald nix mehr good genog is.
Frau Grönwald.	't kost ja nich Din Geld!
Dabelstein.	Ne, Gott si Dank, denn so veel fallt bi de Kaffeemakleree nich af.
Frau Grönwald.	Na ja, Jeder levt na sin Verhältnissen.
Dabelstein.	Wenn dat man Jeder dohn much!
Frau Grönwald.	Marie hett en fine un gebildete Erziehung hatt, nu mutt se ok darnah leben.
Dabelstein.	Wenn't man good geiht!
Frau Grönwald.	Du mit Din ewig „Wenn't man good geiht!" Min Marie weet, wat sik schickt, un darvon hest Du keen Idee, denn Du hest so wat nie mitmakt.

Du geihſt ümmer in Din Börſenrock un brukſt keen Morgen-, Promenaden- un Salontoiletten.

Dabelſtein. Ick heb gar keen Tid, mi ſo oft umtotrecken.

Frau Grönwald. Du reiſt in'n Sommer nich in't Bad.

Dabelſtein. Ne, et fehlt mi ja nix.

Frau Grönwald. Dat is doch nich vor de Geſundheit! Marie ſeggt, da möt wi hen, um uns ſehn to laten.

Dabelſtein. Haha! Ick much doch weeten, wer Geld utgifft, um Di to ſehn.

Frau Grönwald (ärgerlich). Karl —!

Dabelſtein (lachend). Man ruhig, min Deern, et is doch Geld werth! Du harrſt Di blot ſehn mußt, wie Du neulich bi de Patti in'n eerſten Rang vor twintig Mark mit Din fin ſiedene Schaberack utſehn heſt.

Frau Grönwald. Weerſt Du denn ok da?

Dabelſtein. Jawoll, op de Gallerie!

Frau Grönwald. Pfui! Op de Gallerie!

Dabelſtein. Pfui? Meenſt Du, dat de Patti darum vor mi ſchlechter ſungen hett, as vor Di?

Frau Grönwald (verlegen). Dat nich — aber — ſüh, Karl, hev ick't denn mintwegen dahn? Du kennſt mi doch, frag ick denn wat nah all den Luxus, de uns nu umgifft? Ick doh't ja blot vor min Marie, vor min leewes Kind.

Dabelſtein. Un bedenkſt nich, dat Du dardorch Din eegen Fleeſch un Bloot verdarſt un vergifſt!

Frau Grönwald (auffahrend). Du wullt doch nich ſeggen, dat Marie verdorben is?

Dabelſtein. Wenn't nich is, kann't woll warden, wenn Du ehr ſo veel Freiheit lettſt.

Frau Grönwald. Du kannſt ſe nu mal nich liden!

Dabelſtein. Grad, weil ick ſe liden mag, geiht mi dat to nah, un ick hev mi all lang vornahmen, en ernſtlich Wort mit Di daröber to ſpreeken; denn Du heſt ja keen'n to Tid, de Di Din Swäche vorholl'n kunn. Ja, wenn Din brave Mann noch lev, denn weer hier

Allens anners in'n Huus! Heſt Du ok all mal
bedacht, dat dat Vermögen, wat he Di hinnerlaten
hett, mal all warden kann? Heſt Du all mal bedacht, dat dat Allens mit Möh un Arbeit erworben
is, wat Du an Din putzſüchtig Neſtküken von
Dochder verſwennſt? Heſt Du all mal bedacht,
wat Du darmit vor en Unrecht an Din Söhn
deihſt, um den Du Di kum kümmerſt?

Frau Grönwald (höhniſch). Ach ſo! — Eduard hett ſick woll bi Di
beklagt?

Dabelſtein. He is en veel to prächtigen Jung, as dat he wat
vör ſick verlangt; aber dat lichte Leben von ſin
Sweſter kann em allerdings nich gefalln, dit Op-
geſlier, dat de Lüd de Ogen oprieten, dit Heickdelop,
wie kriggt wi't op!

Frau Grönwald. He argert ſick blot, dat he nich ſo gebildet is,
wie ſin Sweſter.

Dabelſtein. He is gebildet genog, um en vernünftig Glas
Beer to broen, un ſlitig un ehrlich is he, wie —
wie — eenſt ſin Vadder weer. Harrſt Du nich
de ſchöne Broeree verkofft, um as Rentiere to leben,
denn bruk Din Söhn jetzt nich bi anner Lüd in
Deenſt to ſtahn!

Frau Grönwald. Nu ward mi de Queſeree aber to veel, un ick ſegg
Di een vor alle Mal —

Dabelſtein. Na, wat denn, wat denn?

Frau Grönwald. Dat ick mi dat verbidd, un dat Du —

Vorige. Frau Kohlmeyer.

Frau Kohlmeyer. Gooden Dag, Fro Grönwald! — Ach, Herr
Dabelſtein, auch 'n bischen hier? Dat is nett!
Ich mag es zu gern, wenn Geſwiſter recht in
Freundſchaft und Frieden leben. Mit mein Bruder
— Gott hab' ihm ſelig! — bin ich auch immer
ein Herz und eine Seele geweſen. Wenn Sie er-
lauben, denn platz ich mir ein bischen — — Gott,
ſtöre ich vielleicht?

Dabelſtein. Mi nich, aber ick glöv, min Sweſter wull grad wat ſeggen.

Frau Grönwald. Ach ne! Wi hevt von min Marie ſpraken.

Frau Kohlmeyer. Ach, von den reizenden Engel! — Eben hab' ich ihr wegfahren geſehen. Wie ſüht ſie wieder in das Reitkleid puppig aus, as wenn ſie drin geboren wär! Die muß mal'n Prinzen oder'n Grafen zu'n Mann kriegen.

Dabelſtein. Jawoll! 'n Photograph oder 'n Lithograph.

Frau Kohlmeyer. Haha! — Herr Dabelſtein macht doch immer Witze! — Aber, Fro Nachbarin, weshalb ich eigentlich mal eben 'rum gewutſcht bin, — (Ein Packet hervorziehend.) legen Sie das bitte von mir auf Mariechen ihr Geburtstagstiſch! Es is zwar man'n Kleinigkeit, aber ich hab' die Bänder ſelbſt geſtickt

Frau Grönwald. Armbänder —? (Will das Packet öffnen.)

Frau Kohlmeyer (es verhindernd). Ach ne! — Herr Dabelſtein is ja hier.

Dabelſtein (lachend). Als wenn ick noch nie 'n paar Strumpbänner ſehn harr!

Frau Kohlmeyer. Was ſchenken Sie denn ihrer Nichte?

Dabelſtein (zieht ein Buch aus der Taſche). Richtig! Dat harr ick bald ganz vergeten, ick hev ja ok wat mitbrocht.

Frau Kohlmeyer (lieſt den Titel). Davidis Kochbuch?!

Dabelſtein. Ja, ſo veel ick weet, fehlt dat Bok noch in Marie ehr Bibeljothek.

Frau Grönwald (ärgerlich). Dank' ok veelmals!

Dabelſtein (unerſchütterlich). Bitte! Dat nich vör.

Frau Kohlmeyer. Wie wird ſie ſich über alle die Geſchenke freuen! Sie is aber wirklich 'n wahres Prachtmädchen.

Dabelſtein (ironiſch). Un Se ſünd 'n wahres Prachtexemplar von'n Fro!

Frau Kohlmeyer (verſchämt). Sie machen auch immer Witze, Herr Dabelſtein.

Dabelſtein. Schad, dat Se nich ok ſo'n Dochder hevt, de Se vertreden könt!

Frau Kohlmeyer (seufzend). Der Himmel hat es nich gewollt!

Dabelstein. Dat weer ok schön von'n Himmel. Na, wat nich is, kann veellicht noch warden.

Frau Kohlmeyer. Gott, Herr Dabelstein, Sie machen auch immer Witze — ich — ich muß auch wieder laufen — ich hab' Kohl auf'n Feuer, der könnt' leicht anbrennen.

Dabelstein. Na ja, denn gahn Se man leewer! Anbrennen mutt man nix laten.

Frau Kohlmeyer. Adjüs, Fro Grönwald, heut Abend komm' ich noch mal wieder. — Adjüs, Herr Dabelstein!

Dabelstein. Adjüs! vergeten Se man nich Ehrn Kohl, Fro Kohlmeyer!

Frau Kohlmeyer. Ne! Sie machen doch immer Witze. (ab.)

Nach sechs Jahren, in der Volksküche, worin Frau Kohlmeyer als Wirthschafterin schaltet und waltet, erscheint ein junges, abgehärmtes, hungriges Weib: es ist das unglückliche Nestküken, welches, von seinem Gatten, dem Baron, treulos in England verlassen, sich mühsam durch Handarbeit das tägliche Brot verdient hat, bis die Sehnsucht zur Mutter es wieder in die Heimat, nach Hamburg, treibt. Dabelstein ist gerade anwesend und erkennt in der Aermsten seine Nichte, deren Leidensgeschichte er mit tiefer Bewegung vernimmt. Arme Marie, sagt er, Du büst hart genog straft! Du sallst Din Mudder weddersehn — aber nich so — wie mak ick dat man? — Du mußt Di eerst noch erholen, de ohle Fro verschreckt sick ja sünst — un Din Hänn fünd so kold, 'n bitten dünn antrocken büst Du ok — Fro Kohlmeyer, hebben Se nich 'n Mantel, den Se mi bit morgen leehn könt?

Frau Kohlmeyer. Versteht sich! — un das Essen is auch fertig. Aber wenn Se so kold fünd, denn kamen Se man leewer hier in de lüttje Stuv achter den Herd, da föln Se bald wärm warden. Wärten Sie!

Dabelstein.   Nu weet ick, wat ick doh! (Zu Frau Kohlmeyer.)
                   Ick bring se na ehrn Broder Eduard; de Mudder
                   dahen to bringen, is Ehr Saak.

Frau Kohlmeyer (leise zu Dabelstein).   Nu will ich all was finden!
                   (Zu Marie.) Kommen Se man, stärken Se sick,
                   un denn bringt Ihn'n Onkel Dabelstein dahin, wo
                   Sie in Liebe erwärtet werden.

Dabelstein.   Fro Kohlmeyer, Se sünd doch'n lüttje fixe Fro.
                   Ick heb fröher ümmer dacht, Se kunnen blot
                   fludern, aber ick seh in, Se hevt dat Hart op'n
                   rechten Fleck. Darum nehmen Se mi dat von
                   fröher nich öbel, — so'n lüttje Uzeree, na, de
                   makt ja de Katt keen Buckel!

Frau Kohlmeyer.   Gott, ich kenn' Sie ja, Sie machen ja immer
                   Witze, Herr Dabelstein! (Mit Marie ab.)

Dabelstein.   Je, je, de ohle Gott levt doch noch un föhrt
                   Mudder un Dochder wedder tosam. Ick hev't ja
                   ümmer seggt, man sall niemals vertwiveln:

                   Wenn Sorg un Kummer
                   Di stört den Slummer,
                   Wenn Allns vergeiht
                   Vor Trurigkeit, —
                   Brukst nich to beben
                   Un Di vor't Leben
                   Gliek to ergeben
                   Den Gram un Leid.

                   Glöv driest drop los, dat Allns sick änner,
                   Vertroo de Regel frisch un kühn,
                   De steiht in Gottes ew'gen K'lenner:
                   Op Regen folgt ja Sünnenschin!

Die alte Wittwe Grönwald hat inzwischen in äußerster
Noth fern von den Ihrigen, deren Unterstützung sie stolz
zurückwies, gelebt. Es will mit ihr, der einst so reichen
und hochmüthigen Frau, nicht mehr gehen. Die Schicksals-
schläge haben sie geknickt, das Alter macht sich bei ihr

fühlbar, und die bitterste Armuth gestattet ihrem Körper keine kräftige Nahrung, denn die Nähterei bringt gar wenig ein. Von Frau Kohlmeyer, der einzigen Freundin, welche sie aus früheren glücklichen Zeiten noch gern sieht, wird sie nun — auf heimliche Verabredung mit Dabelstein — zu einer Familie gebracht, die eine Nähterin braucht. Es ist die Familie ihres eigenen Sohnes Eduard. Onkel Dabelstein hat sich dort schon eingefunden. Später erscheint auch Günther, dessen Schwester Anna an Eduard verheirathet ist, und der Marie noch immer liebt.

Dabelstein.	Gooden Dag! Da bün ick, Kinner, mit wichtige Neeigkeiten.
Eduard.	Heft Du Mudder funn'n?
Dabelstein.	Stopp, stopp! — Ick seh, Ji sied grad bi'n Kaffee. Schenk mi eerst mal'n Tass in, — ick hev mi furchtbar in Sweet lopen. — Also de Saak ward woll in Ordnung kamen. — (Hat getrunken.) Aber seggt mal, wat hevt Ji denn da vorn Mokka? Dat is'n slechten Kaffee.
Anna.	Aber, Onkel, das ist ja von Deinem Kaffee, den Du uns besorgt hast.
Dabelstein (verdutzt).	Soo? — (Probiert wieder.) Merkwürdig, vor kaaften Kaffee hev ick so'n swetes Taxierungsvermögen. Nu smeck ick't aber, de Kaffee is doch good, dat mutt woll an mien Tung legen hebben.
Eduard.	Nu segg doch mal, wie un wo hest Du denn Mudder drapen?
Dabelstein.	Noch gar nich, — aber ehr Fründin, Fro Kohlmeyer, hev ick sehn.
Eduard.	De ohle Klöhnliese!
Dabelstein.	Du! De kann mehr as Klöhnen. Allen Respekt vor de, — na, davon spreekt wi später. Se seeg mi von'n ohle Fro, de ut neihen geiht un sick ehr Brod sur verdeenen mutt. Dat hev ick

dacht, wie Anna mi neulich klagt hett, dat de
Kinner so veel Tüch terriet, un dat se gar nich
dagegen anflicken kann: wie weer't nu, wenn Ji
de ohle Neihterin in't Hus nähmt?

Anna.   Aber, Onkel, wir wollen von unserer Mutter hören,
und nun sprichst Du von nichts als von Kaffee
und alten Nähterinnen.

Dabelstein.   Je, ick heb Fro Kohlmeyer seggt, se sull se man
hierher bringen.

Eduard.   Aber nu kam doch endlich mal op uns' Thema!

Dabelstein.   Nehmt mi dat nich öbel, Ji sied mit'n Dummbart
slan. Ick bün ja in eenem fort bi dat Thema,
— geiht Ju noch keen Licht op?

Anna.   Ich ahne —

Eduard.   Düsse Neihterin —

Dabelstein.   Is Din Mudder! — Versteihst Du nu?

Eduard (ihn umarmend).   Vullkamen! Dusend Dank!

Dabelstein.   Töv man, min Jung! De Saak is nu de, dat se
hierher kummt, ahn to weeten, to wem se kummt,
denn sünst harr Fro Kohlmeyer se gar nich herkregen.

Eduard.   Laat se kamen, wie se will, — wenn se man
eerst hier weer!

Anna.   Das muß ich Marie erzählen, die wird außer sich
vor Freude sein. (Ab.)

Eduard.   Min Mudder kummt to mi, torüg to ehrn Söhn,
— ach, Onkel, Du weetst nich, wie glücklich ick
daröber bün! Segg mal, wie süht se ut? — is
se denn gesund?

Dabelstein.   Ohld sall se worr'n sin, je, je, so'n Schicksals-
släg sett sick nich in de Kleeder, se hett veel entbehren möten, wiel se to stolt un eegensinnig
wesen is, unse Hülp antonehmen.

Eduard.   Eendohn, hier sall se all wedder jung warden.
Wi wölt ja vor se sorgen, dat se nix entbehren

fall, — wenn se man eerst hier weer! (Anna
und Marie treten mit den Kindern auf.)

Marie. Auch ich hege diesen Wunsch von ganzem Herzen,
wenn ich auch befürchten muß, daß sie es mir
noch nicht vergessen hat, wie tief ich sie einst
betrübte.

Dabelstein. Na, mit solke Vorwürf sall se Di man kamen! —
Du hest nich recht hannelt; aber ick will ehr denn
doch seggen, dat se mit ehr Swachheit un ehr
falsche Erziehung dat ganze Unglück anricht hett,
ick will ehr doch seggen, dat se ehr Nestküken
grade to up solke leichtsinnige Knep bröcht hett,
ick will ehr doch seggen —

Eduard. Onkel Dabelstein, Du warst ehr gar nix seggen,
wenigstens nich so wat!

Dabelstein (kleinlaut). So? — meenst Du? — na, denn ward ick
ehr dat nich seggen.

Eduard. Ne, wenigstens nich in min Hus. Dat sall min
ohle Mudder ahn een Wort des Vorwurfs apen
stahn, wie un wenn se kamen will.

Dabelstein. Un so'n Söhn hett de Fro nu torügsett un
verstott! — Na, is all good! — Aber dat droff
ick ehr doch seggen, dat uns' Marie good un brav
bleeven is? — Kiek! Da bögt se ja mit Fro
Kohlmeyer baben üm de Eck! Richtig, da is se!
Gott, wie kümmerlich se utsüht! (Zu den Kindern,)
So! Ihr bleibt nun hier und seid recht freundlich
mit der alten Frau, die gleich kommen wird,
hört Ihr? — — Dat is uns' Avantgarde.
Wenn de nix utrichten sull, denn rück wi mit
swerer Geschütz vor. (Alle ab.)

Frau Kohlmeyer (zu Frau Grönwald). Hier wird das woll schön
richtig sein, Fro Grönwald! Ich hab' ja allerdings die Kärte mit dem Namen verloren, aber
nach die Bezeichnung muß das doch die richtige
Adresse sein. — Süh, das sind gewiß schon die

Kinder, die genäht werden follen. Is Mama
nich zu Haufe?

Julius. Mama ift da drinnen.

Frau Kohlmeyer. Na, denn werd' ich mir man mal erkundigen. —
Nehmen Sie man fo lang ab un fetzen fich, Fro
Grönwald, Sie find gewiß von'n Laufen ange-
griffen. Ich bün gleich wieder da. (Ab.)

Frau Grönwald. Dat is würklich en Fründin in de Noth, — wenn
ick de nich harr! Ach, ick ward ohld, un dat
Arbeiden ward mi recht fur, aber wat helpt dat,
man mutt doch leben. (Hat fich gefetzt und eine
Nadelbüchfe in Form eines Fifches auf den Tifch
gelegt.)

Julius. Ach! was haft Du da für einen hübfchen Fifch.

Frau Grönwald. Das is'n Nadelbüchfe.

Julius. Kann die auch fchwimmen?

Frau Grönwald. Nein, mein Kind, dazu is der Fifch zu fchwer. —
Wie heißt Du denn?

Julius. Ich heiße Julius, und meine Schwefter Bertha,
und Du?

Frau Grönwald. Friederike. (Bertha liebevoll betrachtend.) Ick
hev en Kind hatt, dat hett grad fo utfehn, wie
Du, ok fo fcheune brune Haar, fo fründliche
Ogen un fo'n lüttjen rooden Mund.

Bertha. Hieß das auch Bertha?

Frau Grönwald. Ne! — Gott, wie mi dat Kind an min Marie
erinnert!

Julius. Warum bift Du denn fo traurig, thut Dir
'was weh?

Frau Grönwald (küßt Bertha mit Rührung). Min leewes, leewes
Kind, Gott fchütz un behöd Di!

Julius. Wie Du dem Bilde da ähnlich fiehft!

Frau Grönwald (fich erhebend und das Bild erkennend). Dat Bild!
— wie kummt dat hierher?

Julius. Papa fagt, er habe es vor langen Jahren auf
einer Auktion erkauft.

Frau Grönwald (für sich, erregt). As min Saaken verkofft wörrn. — Wat hett dat to bedüden?

Julius. Oh, Papa liebt es sehr und erzählt uns oft viel Gutes von der lieben alten Frau.

Frau Grönwald (unruhig). Wie heißt denn Dein Vater?

Julius. Papa!

Frau Grönwald. Nein, sein Name.

Julius. Eduard Grönwald.

Frau Grönwald. Allmächtiger Gott, min Ahnung! Ick mutt weg von hier. Adjüs, leewe, leewe Kinner! (Umarmt sie.)

Julius. Die arme Frau weint! Komm, Bertha, wir wollen Mama holen. (Ab.)

Frau Grönwald (nimmt Hut und Tuch und will fort). Gott, dat ick noch to rechter Tid entdeckt hev, wo ick eegentlich bün!

Eduard (tritt ihr in den Weg). Mudder! leewe Mudder! endlich seh ick Di wedder. (Umarmt sie.) Wie hev ick mi na düssen Oogenblick sehnt! Warum büst Du denn so lang nich bi uns wesen?

Frau Grönwald (mit unterdrücktem Weinen). Min Söhn! min Eduard!

Eduard. Nu laat wi Di nich mehr weg. Bi uns sallst Du den Freden un en sorgloses Leben finnen.

Frau Grönwald (gerührt). Ick dank, ick droff dat nich annehmen, ick hev't nich verdeent. Laat mi in min Eensamkeit torüg, denn dat ick't man grad 'rut segg, — Din Wolldaden würden mi weh dohn. Ick weet, dat Du glücklich büst, un dat is mi genog. Vor den gooden Willen dank ick Di, — aber nu lev woll!

Dabelstein (der bereits etwas früher aufgetreten). Holl stopp, Friederike, so hevt wi nich weit't, eben eerst infungen un nu wedder weglopen! Du sallst doch nu endlich mal vernünftig warden, ohld genog büst

Du ja darto; wenn Du nich hier bliben wullt,
denn möt wi Di to Din Glück twingen.

Eduard (ermahnend). Onkel, bedenk'! —

Dabelstein. Ach wat! Da verlüßt man de Geduld, wenn man
so'n Unvernunft süht. Sallst dat hier so good
wie möglich hebben un wullt wedder mit Din
eegensinnigen Kopp dör de Wand, um Di in Din
Eensamkeit to begraben!

Frau Grönwald (bittend). Laat mi gahn! — Ick will keen Gnaden-
brod hier eeten — ick bün unglücklich genog.

Dabelstein. Meschucken büst Du! Arbeiden willst Du noch in
Din ohle Daag? Na, Du kannst ja bi'n Beer-
broen helpen, de Kinner dat Tüg fliden un jem
ohle Döntjes vertellen.

Frau Grönwald. Laat mi to Hus! Ick weet, Ji meent et good, —
aber — aber — ick kann nich bliven!

Dabelstein (Eduard verstohlen mit der Hand zuwinkend). Darbi sall
man nu ruhig Bloot beholen! All min Kaffee-
proben makt mi nich so veel to schaffen, wie
düsse Fro, mine Swester. (Eduard hat sich still
entfernt.)

Frau Grönwald. Ick holl't nich ut, ick holl't nich ut!

Dabelstein (für sich). Denn möt wi also den letzten Trumpf utspelen.
Wenn't man good geiht!

(Eduard kommt zurück mit Marie; ihnen folgen Anna, Frau Kohlmeyer
und Günther.)

Marie (vorstürzend). Mutter, meine theure Mutter!

Frau Grönwald (aufschreiend). Marie! (Sinkt in einen Sessel.)

Marie (vor ihr niederknieend). Oh, liebe Mutter, — kannst Du mir
vergeben?

Frau Grönwald (in höchster Rührung Mariens Kopf zwischen ihre
Hände nehmend). Marie, min leewes Kind! —
büst Du da? — Kumm, kumm an min Hart!
(Will sie aufheben, starrt sie plötzlich an.) Aber
— ick hev ja — keen Dochder mehr! De een, de
ick hatt hev, — hett mi ja schmählich verlaaten —

	heit mi ja namenlos unglücklich makt! — — Weg, weg von mi!
Marie.	Mutter, hab' Erbarmen mit mir! Ich wurde für meinen Leichtsinn schwer bestraft. Ich bin unglücklich, aber nicht schlecht geworden.
Frau Grönwald (wieder weicher).	Ja, Du büst unglücklich worr'n, — unglücklich wie ick — wie fühlst Du elend ut! — wo fünd Din rosige Backen? — Ja, Du hest veel erduldet; op Din Gesicht kann ick't lesen.
Marie.	Du verzeihst mir?
Frau Grönwald (überwältigt).	Kumm in min Arm, min leewes, leewes Kind!

Marie (sinkt schluchzend in Frau Grönwalds Arme).

Frau Grönwald.	Ach, ick bün wie neegeboren, — nu bün ick wedder glücklich!
Dabelstein.	Hurrah, Friederike! Dat Wort sall gell'n!
Frau Grönwald (wie erwachend).	Herrgott! Ick hev Allns um mt vergeten.
Anna (ihre Hand ergreifend).	Nun werden Sie doch bei uns bleiben?
Eduard.	Na, nu versteiht sick dat von sülbst.
Frau Grönwald.	Ne, min goode Kinner, von nu an bliv ick mit min Marie tosamen, ick bün ja noch kräftig un kann vor ehr arbeiden! wi wöllt en nees Leben anfangen.
Dabelstein.	Is dat Din feste Willen?
Frau Grönwald.	Fest beslaaten! Ick trenn mi nich mehr von min wedder gefunn'ne Dochder!
Dabelstein.	Din Hand drop? (Sie gibt ihm die Hand.) — Süh so! mit Speck fangt man Müüs! — Din Dochder hett hier Opnahm funnen, nu mußt Du ok hier bliven. Ick hev Din Wort. Etsch!
Eduard. } Anna. }	Nu blivst hier, nich wahr? Bei Marie, bei uns!
Dabelstein (neckend).	Laat se doch man gahn! — aber Marie gevt wi nich wedder 'rut!
Frau Grönwald.	Ick bliv bi Ju.

Dabelſtein. Endlich! (Leiſe zu Günther.) Nu möt Se de
Swiegermudder öber kort oder lang ok mal mit-
nehmen. Je, ick weet Beſcheed! Hollen Se ſick
man an Fro Kohlmeyer, dat is'n lüttje fixe Fro!
De kann Allns ſo wat famos in Ordnung maken.

Frau Kohlmeyer. Wat kann ick?

Dabelſtein. Ne, ick meen man, — ſiet ick giſtern Ehr Kööl
pröbt heb, will mi min Eeten to Hus gar nich
mehr recht ſmecken.

Frau Kohlmeyer. Gott, Sie können ja gern alle Tage in die Volksküche eſſen!

Dabelſtein. Ne, ick mutt dat to Hus bequem hebben.

Frau Kohlmeyer. Denn laaten Se ſick dat doch halen.

Dabelſtein. Denn ward dat ja kold op de Straat.

Frau Kohlmeyer. Ja, wärm muß es ſein.

Dabelſtein (verſchmitzt). Wenn Se nu nächſtens in min Hus kaaken?

Frau Kohlmeyer (ihn verwundert und verſchämt anſehend). Gott,
Sie machen auch immer Witze, Herr Dabelſtein!

Dabelſtein. Schönen Witz, wenn ick mi noch verheiraden will.

Frau Kohlmeyer. Verheiraden? — mit wem denn?

Dabelſtein (ſieht ſie verliebt an und fährt ſich mit dem Aermel über
den Mund, verſtohlen). Dat ſegg ick nich! (Küßt ſie.)

Frau Kohlmeyer. Gott, Herr Dabelſtein! (Schmiegt ſich an ihn.)
Heirathen Sie mir denn aus Liebe?

Dabelſtein. Ne! aber alle Welt ſeggt, Se kaaken ſo ſchön.

Alle (lachend). Gratuliere! gratuliere!

Dabelſtein (vergnügt). Je, wat ſeggt Ji to mi ohlen Knaſt? —
Lacht ſo veel Ji wölt, dat makt de Katt keen
Buckel. Freit Ju, dat Allns ſo glücklich kamen
is, — ick heb't ja ok ümmer in'n Leiden ſeggt:
(Singt.)

Glövt drieſt drop los, dat Allns ſick änner,
Vertroot de Regel friſch un kühn,
De ſteiht in Gottes ew'gen K'lenner,
Op Regen folgt ja Sünnenſchin!

Wie unzulänglich diese Proben auch immer sein mögen, sie verschaffen dem Leser doch annähernd einen Begriff von dem Charakter des gesunden Volksstückes, welches seinen Weg über eine Reihe deutscher Bühnen mit so vielem Glücke gemacht hat, daß auch Derjenige von dem tiefen inneren Werthe überzeugt werden mußte, der den großen Erfolg in Hamburg vielleicht lokalen Einflüssen zugeschrieben hatte. In Berlin hat das „Nestküken", welches Heinrich Wilken unter dem Titel „Hopfenraths Erben" mit Berliner Blau firnißte, wo möglich ein noch durchschlagenderes Resultat erzielt; aber wir müssen trotzdem gestehen, daß das Original weitaus den Vorzug verdient. Namentlich die Poesie, welche wie feiner Blüthenstaub über den ergreifenden Scenen des letzten Aktes ausgebreitet liegt, ist mit rauher Hand abgewischt, und der Verlust der traulichen niedersächsischen Sprache ist eine Einbuße, die selbst durch den unverfälschtesten Berliner Jargon nicht ausgeglichen wird. Wer das „Nestküken" und dessen Ableger „Hopfenraths Erben" mit einander ver= gleicht, wird unserem Urtheil beistimmen. Schreyer und Hirschel haben hier auf das Glänzendste gezeigt, daß sie die Befähigung besitzen, das frisch pulsierende Volksleben mit seinen originellen Figuren, mit seinem urwüchsigen Humor, die Leiden und Freuden, welche in diesen Schichten die Herzen der Menschen bewegen und mit der ganzen ursprüng= lichen Tiefe eines von keiner Affektation angekränkelten Ge= müths empfunden werden, mit scharfer Beobachtungsgabe, feinem Gefühl und warmer Theilnahme dramatisch nach= zubilden.

Am 30. April 1880 wurde Karl Schultzes Theater für die Sommermonate geschlossen, im Herbst zog wieder die Operette ein. Die plattdeutsche Komödie war somit aber= mals für längere Zeit von ihrer alten Pflegestätte verbannt, um erst im Oktober 1881 von Neuem mit „Nestküken" ihren

Einzug zu halten. Die Gunst des Publikums blieb diesem
Lieblingsstücke treu, so daß ein vaterstädtisches Drama
„Leiden und Freuden eines Hamburger Seemannes"
von Wilhelm Biel, welches unter dem Titel „Der Jollenführer von Hamburg" in der Central-Halle bereits mit
Beifall gegeben worden war, verhältnißmäßig geringe Beachtung fand. Mehr Interesse erweckte und verdiente der
am 26. November zum ersten Mal dargestellte Schwank in
vier Aufzügen „Eine Hamburger Familie" von Emanuel
Gurlitt. Der Verfasser, Bürgermeister von Husum, hat
sich als Dialektdichter vortheilhaft bekannt gemacht und in
verschiedenen Lustspielen, darunter der plattdeutsche Einakter „Eerst en Näs' un denn en Brill", Bühnen-
geschick an den Tag gelegt. Der Inhalt seiner „Hamburger
Familie" läßt sich mit wenigen Worten skizziren.

Adam Schipelius, ein reich gewordener Kleinhändler,
und dessen Frau Lene haben einen einzigen Sohn Fritz, der
heimlich mit Elfride, einer verwaisten Professorstochter aus
Hannover, verlobt ist. Die Mutter verweigert ihre Einwilligung zur Heirath mit „so'n feine, gelehrte Dam'", und
Schipelius stimmt bei, weil er „mit das Innere, wozu das
Heirathen gehört" keine Befassung habe. Er hat es nämlich durchgesetzt, daß Fritz Hochdeutsch sprechen darf, und
dafür auf jede Einmischung in die „inneren Angelegen-
heiten" verzichtet. Tante Liese, eine alte gutmüthige Jungfer,
nimmt sich der jungen Leute an und schmuggelt, während
der Sohn auf einer Geschäftsreise begriffen, Elfride als
Dienstmädchen bei ihren Verwandten ein. Frau Schipelius
ist glücklich, ein so tüchtiges Dienstmädchen erhalten zu
haben, und wie dieses sich schließlich als die Professorstochter
zu erkennen gibt, löst sich Alles in Wohlgefallen auf.

Wir sehen hier wieder einmal die Einfachheit und
Harmlosigkeit des Stoffes, woran fast sämmtliche Schöpfungen

dieses Genres sich genügen lassen; sorgsame Charakterzeichnung und lokalgeschichtliche Schilderung müssen eben
das Beste thun. Dazu kommt als Würze die heimische
Mundart. Mit welch' liebenswürdiger Treue Gurlitt das
Kleinbürgerthum der alten Hansestadt zu portraitieren versteht, möge die folgende Episode beweisen.

Frau Lene feiert Geburtstag und überrascht ihren Mann,
wie er mit Elfride schön thut:

	Nanu? Dat ward ja ümmer beter! (Elfride eilig ab.)
	Schipelius, Mann! Wat geiht Di an?
Schipelius.	Mir? Garnichts!
Lene.	Dat nennt de Unmensch gar niy! O, de Mannslüd, de Mannslüd!
Schipelius.	Ich begreife Dich nicht, Mutter.
Lene.	Abers ick begriep min unglücklich Schicksal ümmer mehr! — Also darum plötzlich so inhüsig, darum ward nich mehr to Weerthshus gahn, darum kümmert man sick wedder to Hus um Putt un Pann!
Schipelius.	Jawohl, praeter propter justemang darum.
Lene.	Un dat magst Du Din Fru gradeto in't Gesicht to seggn?! Dat is ja prächtig, dat is ja nüdlich! — Ja, ja, de Vöß verleert de ohlen Haar, abers nich de ohlen Nücken. Scham Di wat!
Schipelius.	Du glaubst doch nicht praeter propter —?
Lene.	Wat ick mit eegen Ogen seh, bruk ick nich eerst to glöben. — O, ick kenn Di as en Schilling, Adam! Mit so'n junge Deern antobinnen, so'n unschuldig Kind den Kopp verdrehn to wölln! — De Geburtsdag fangt schön an. (Setzt sich erschöpft.) O, de Mannslüd!
Schipelius.	Ich wollte ihr ja man blos sagen --
Lene.	O, dat weet ick ohne Di! — Da heet dat: mein süßes Kind, mein nüdliches Pummel, was bist Du smuck, und was for'n kleine weiche Patsch Du hast, — un denn ward se strakelt un drückt un —
Schipelius.	Ich habe ihr ja man blos sagen wollen —

Lene (ſchluchzend). Dat — vergeet ick — Di — nie un nimmer.

Schipelius (will ſie umfaſſen). So nimm doch Raiſon an, Mutter!

Lene. Lat mi!

Tante Lieſe (tritt auf). So gefallt Jhr mir, ſo ſollte es ſtets zwiſchen
    Eheleuten ſein! Guten Morgen, lieber Bruder, — guten
    Morgen, liebe Schwägerin.

Lene (für ſich). De fehl blot noch!

Tante Lieſe. Jch ſtöre doch nicht?

Schipelius (verlegen). Au contraire, im Gegentheil, Schweſter.

Tante Lieſe. Jhr findet ſicher heute noch Zeit, das zärtliche tête à tête
    fortzuſetzen. (Ueberreicht Lene ein Bouquet.) Gottes
    reichſten Segen mit Dir, liebe Schwägerin; noch manches,
    manches Jahr in gleicher Liebe und Eintracht wie heute.

Lene (für ſich). En netten Wunſch dat! — (Laut.) Veeln Dank, Tante.
    Wat för prächtige Blomen, — wie dat rükt! So'n ſmucken
    Struß hev ick lang nich ſehn. Beters harr Tante mi
    gar nich ſchenken kunnt!

Tante Lieſe. Ja, Blumen ſind ſtets willkommen in Freud und Leid.

Lene (für ſich). Jck glöw, ſe will ſticheln! (Ruft.) Anna, kam mal
    rin! (Elfride kommt.) En Vaſ' mit Water, Kind! —
    Süh mal, wat för ſmucke Blomen Tante mi ſchenkt hett!

Elfride. Ein reizendes Bouquet.

Schipelius. Biſt Du noch immer bös, Mutter?

Lene. Lat mi tofreden! — (Elfride bringt die Vaſe.) So is't
    recht, min Deern! Nu verdrögt ſe nich ſo gau; künnſt
    uns nu man den Thee rinbringen. (Erblickt die Guir-
    landen über der Thür.) Herrje, wat en Staat! Ordlich
    Guirlanden to min Geburtsdag! Tante, wat en Ueber-
    raſchung!

Tante Lieſe. An der ich völlig unſchuldig bin.

Lene. Denn möt ick mi woll bi Di bedanken, Adam?

Schipelius. Nicht die Bohne. Du weißt ja — ich hatte ihr bei der
    Hand — ich wollte mir bedanken, daß —

Lene. Bi Anna? Du wuſt Di blot bi ehr bedanken?

Schipelius. Du glaubſt doch wohl nich praeter propter —?

Lene. Jck glöw warraftig, ick bün Di en Kuß ſchuldig, min

Ohl! — Tante, so'n Deern givt't keen Tweete! Wo in alle Welt hett Tante de opstakt?

Tante Liese. Purer Zufall, liebe Schwägerin.

Lene. Mi is't, as harr ick dat grote Lott wunnen, siet se in't Hus is. Alle Arbeit nimmt se mi vor de Hand weg, ümmer flietig un fründlich, un darbi so adrett, so proper, so todohnlich!

Schipelius. Und so pummelig und so smuck!

Lene. Schipelius?! Schipelius?!

Schipelius. Ich meinte ja man blos.

Tante Liese. Es freut mich, eine so glückliche Wahl getroffen zu haben. — Still, da kommt sie! (Elfride mit Theeservice, setzt dasselbe auf den Tisch, den sie vorher mit Blumen geschmückt und mit einer Serviette verdeckt hat.)

Schipelius. Donner und Doria, wie fein!

Lene. Wat is dat? — Kinnerslüd, dat geiht to wiet! Sowat heb ick mi nich drömen laten. De ganze Disch vull Blomen un Grön! Wo nüdlich! Un um min Teller gor en Kranz! Deern, Deern, daför mutt ick Di küssen.

Elfride (schluchzend). Mutter, meine Mutter!

Lene. Si ruhig, Kind! Ick weet, Din Mudder is dod, — lat doch dat Weenen — ick will Din tweete Mudder sin. Hol man tro to uns, et schall Din Schad nich sin, ick stühr Di ut.

Schipelius. Ich auch, ich auch.

Lene. Din Mudder is en düchdige Husfru wesen, min Deern. Woll de Mann, de Di mal sin Eegen nennen dörf. — Mi so'n Freud to maken! Deern, ick möt Di nochmal küssen!

Schipelius. Ich auch, ich auch.

Lene (lachend). Dat mügst woll! Ne, min Ohl, dat is min Departemang!

Schipelius. Na, denn nicht! (Elfride ab.)

Tante Liese (die Augen trocknend). Was zu rührend ist, ist zu rührend.

Lene. Kumm, Tante, — kumm, min Ohl, dat de Thee nich kold ward.

Schipelius. Ja, man darf das Leibliche praeter propter auch nicht
vernachläſſigen.

Lene (ſchenkt Thee ein). Wie glücklich kunnen wi ſin, wenn de ver-
dreihte Profeſſorsdochder nich weer! O, wenn ick an min
Fritz denk —

Schipelius. Der wird die volle Krippe ſchon wiederfinden, Mutter;
man keine Bange!

Lene (ſchluchzend). All veertein Dag, un keen Nahricht, keen Breef!

Schipelius. Er hat wahrſcheinlich keine Freimärken mitgenommen.

Lene. Un nich mal en Gratulatſchon! Dat is hart!

Tante Lieſe. Es wird ſicher heute noch Nachricht kommen; wer weiß,
ob er nicht ſelbſt kommt.

Lene. Wenn blot de Profeſſorſche nich weer!

Tante Lieſe. Das Beſte wäre, wenn er ſich in eine Andere verliebte.

Schipelius. Jawohl, das muß er praeter propter — in eine
ganz Andere. Ich habe heute Morgen ſchon ſo meine
Gedanken gehabt.

Lene. Du? Na, de ward ok darna ſin.

Schipelius. Na, als ich ſo die kleine nüdliche Patſch ſtreichelte —

Lene. Schipelius! Mann! Den Gedanken hett Di Gott in-
geben! De Anna mien Swiegerdochder?! Dat weer de
Himmel all op Eer!

Tante Lieſe. Die Anna? — Unmöglich! Fritz muß viel höher hinaus;
er kann doch kein armes Dienſtmädchen heirathen?

Lene. Will Tante mi vertöhrn? — Op de Deern lat ik nix
kamen. Arm, ſeggt Tante? Un ik ſegg: Se is duſend-
mal riker as Een, de an jede Hand en Goldklumpen
hett. Wenn Fritz keem un ſä: Mudder, de un keen
Annere — wat ſchull't en Jubel ward'n!

Schipelius (der ſeine Pfeife angezündet hat). Ich würde praeter
propter forts zwanzig Jahr jünger.

Lene. Ik ok, ik ok!

Schipelius. Ich würde vor Freuden die ganze Welt umarmen.

Lene. Ik ok, ik ok!

Schipelius. Die Pfeife würde mir nochmal ſo gut ſchmecken.

Lene. Mi ok! (Lachend.) Bald harr ik ſeggt: Mi ok, mi ok!

—· Ja, ja, min Ohl, de Freud stickt an. De Cen hägt sick öwer den Annern sin Freud, un de Anner freut sick öwer de sin Häg! So geiht't in een Tur los, ümmer höger rop!

Elfride (tritt aufgeregt ein). O, mein Gott!

Lene. Wat givt, Anna?

Schipelius. Ist der Braten angebrannt?

Tante Liese. So sprich doch, Kind!

Elfride. Tante, er ist da!

Lene. Er? — Wokeen?

Elfride. Mutter, ich könnte jubeln und weinen zu gleicher Zeit! (Ab.)

Schipelius. Mir steht der Verstand still. Mutter, Tante?! — Höchst sonderbar!

Lene. Wat mag passeert sin?

Fritz kehrt von der Reise zurück. Die Lösung vermag Jeder leicht zu errathen.

Mehr aber als all diese Stücke sollte am achten Januar 1882 ein neuer fünfaktiger Lokalschwank „Hamburg an der Alster" einen geradezu sensationellen Erfolg davontragen. Wieder waren Otto Schreyer und Hermann Hirschel die glücklichen Verfasser, Ersterer der eigentliche Dramatiker, während von Letzterem die lokale Färbung und das platt= deutsche Kolorit herrühren. So viel originelle Erfindung, wie sich hier offenbart, urtheilt Arnold Weisse, hätten wir Beiden nach dem Vielen, was sie schon geleistet, gar nicht zugetraut. Die humoristische Ader zumal fließt reich und nahezu unerschöpflich. Nirgend ein Nachlaß in der Situations= komik und in der humoristischen Charakteristik, im Gegentheil, eine fortwährende Steigerung der heiteren Effekte. Das Ganze ist mit Laune und schöpferischer Kraft begonnen und vollendet. Wie sollte es auch anders sein! Die Dichter wissen, daß sie für ihre Hauptrollen, für ihre vaterstädtischen Typen, Vertreter finden, wie kein zweites Theater, so weit die plattdeutſche Zunge klingt, ſie beſitzt. Was Wunder, daß ſie mit Luſt und Liebe arbeiteten und ihnen die Ge= ſtaltung ihrer Perſonen leicht wurde, da ſie die Rollen ja während der Konzeption in der Verkörperung der Bühne vor ſich ſahen! Wir freuen uns, daß das heimiſche Volks= leben, welches reich iſt an jenem innigen Humor, der mit einem Auge weint und dem anderen lacht, daß unſere gut= müthigen, vergnügten, lebenſtrotzenden Hamburger, dieſe Wiener im Norden Deutſchlands, ſolche Poeten und Inter= preten haben.

Karl Schultze kehrte als ehrſamer, ſtets gut gelaunter Buchbinder Kaſpar Wehnke den „Herrn vom Hauſe" heraus, während ſeine etwas tyranniſche, aber ſonſt kreuzbrave Ehehälfte Line in der That den Pantoffel ſchwingt. Der ernſte Theil der Handlung, welcher ſich an dieſe beiden Gatten und ihr junges Töchterpaar knüpft, läßt ſich kurz erzählen. Die luſtige Mathilde tritt uns als Verlobte eines wackeren Bodenmeiſters entgegen; die ſtillere Klara wird von dem Sohne des reichen Kaufmanns Lüdemann, Edmund, geliebt und liebt ihn wieder. Lüdemanns zweite Frau, eine geborene Adeliche, iſt der Verbindung entgegen, und ihr Bruder Kurt von Döhren ſtellt Klara in unehrenhafter Weiſe nach. Edmund ſchlägt ſich mit ihm, verwundet ihn und kann zum Schluß ſeine Braut heimführen, da mit Kurt, welcher abreiſt, der böſe Geiſt verſchwunden und der alte Lüdemann ſelbſt ein eben ſo beſcheidener als gediegener Hamburger iſt, der gegen die Meſalliance nicht das Mindeſte einzuwenden hat und, wie er lachend geſteht, niemals ver= gißt, daß ſein Vater Ewerführer und ſeine Vorfahren im Senat als — reitende Diener fungierten. So bleibt ſelbſt den ernſten Perſonen die Sentimentalität fern; ein geſunder, volksthümlicher Kern ſteckt in allen. Und nun die Handlung! In ihr leben und weben nur die Genien des Frohſinns.

Schon im erſten Akt weckt der nach Patſchouli duftende
Liebesbrief, den Edmund an Klara richtet, und der durch
ein Verſehen in den „Klöbenteig“ geräth, welchen der
biedere Buchbinder auf Befehl der ſtrengen Hausfrau um-
rühren muß, ſtürmiſche Heiterkeit. Keiner weiß, woher der
Kuchen ſo intenſiv riecht. Ein buntbewegtes Lebensbild,
draſtiſch-komiſch und doch wahr, bietet der dritte Akt, der auf
der Wandsbecker Rennbahn ſpielt, die bekannten typiſchen
Figuren derſelben zeigt und die ganze Aufregung treffend
ſchildert, welche ſich der „Volkstribunen“ kurz vor dem Siege
des erſten Pferdes bemächtigt. Die ergötzlichſte Wirkung
erſcheint im vierten Aufzuge, in welchem der in einer
Theaterſchule heimlich dramatiſchen Unterricht genießende
Wilhelm, Lüdemanns Laufburſche, die große Scene an der
Leiche Julius Cäſars auf dem Speicher ſeines Prinzipals
arrangiert, wobei ihm Wehnke, der einſt Choriſt am Stadttheater geweſen und ein eifriger Bewunderer Barnays iſt,
wacker hilft. Dieſe Scene, „Julius Zeſar von Schecksbier
frei nach die Meininger“, in welcher der Geſangklub Urania
und die Speicherarbeiter als Volk agieren, während der
Lehrling den Antonius im reinſten Meſſingſch ſpricht, gehört
zu dem burlesk Wirkſamſten, was man auf der Bühne
ſehen kann. Die Ueberraſchung durch den Prinzipal, wobei Cäſars Leiche — die ſchon vorher bei den Schlägen,
welche ihr der allzu feurige Antonius auf gewiſſe, beſonders empfindliche Stellen verſetzt, Lebenszeichen von
ſich gegeben — auf und davon läuft, bildet den Schluß.
Der letzte Akt bringt die Löſung des Liebesknotens in ſo
gemüthvoller und friſcher Art, daß keine Abſchwächung
fühlbar wird.

Dies alltägliche Thema, der Konflikt zwiſchen Herz und
Standesvorurtheilen, erſcheint beim erſten Blicke gar dürftig
für ein Stück von fünf Aufzügen. Daſſelbe gleicht einem

Buche, deſſen einfacher Inhalt durch künſtleriſche
Initialen, Vignetten und Zeichnungen einen erhöhten
Werth erhält. Die Verfaſſer haben ihren Stoff nicht
langweilend ausgedehnt, ſondern mit weiſer Technik
vertheilt und ſo dramatiſch geſchickt illuſtriert, daß dieſe
Illuſtrationen als die Hauptſache gelten, daß die Neben-
figur des Laufburſchen Wilhelm in den Vordergrund tritt.
So zieht eine Reihe von Situationen und Bildern mit über-
wältigender Komik an dem Zuſchauer vorüber, der ſich
mit Behagen dem Genuß hingibt und zum Schluß gar
nicht bemerkt, daß er ſich an Sauce geſättigt hat, weil
nicht genug Braten vorhanden war. Deshalb hält es
auch ſchwer, einzelne Proben mitzutheilen. Die fünfte Scene
des erſten Aktes dürfte vielleicht am geeignetſten ſein.
Kaſpar Wehnke ſingt:

Is dat en Fro! is dat en Fro!
Nu brennt ſe wedder lichterloh;
Ehr Bloot geiht dör glick in Galopp,
Geiht mal nich Allns na ehren Kopp.
Man ſull denn meenen, dat ſe weer
So'n recht infame Husmegär';
Doch nimmt man ſe, wie ick ſe nimm,
Is ja de Saak nich halv ſo ſlimm. —
Ick ſpeel mi nie op as den Starken,
Makt ok de Fro mal argen Sus,
Denn, wenn ick't ehr ok nie lat marken:
Ick bün ja doch de Herr vom Hus!

Ward Mudder ok vor Wuth oft rood,
In Harten is ſe brav un good,
Se hett ja Mann un Döchder geern,
Ick wull, dat alle Froon ſo weern.
Nich wahr, min Kind, heſt niemals ſehn
Mi gegen Dine Mudder ſchreen?

Drum fchient't, as ob fe kummandeert,
Un doch is't grade umgekehrt!
Denn nich ut Angſt — dat drofft nich glöben —
Ut Klookheit mak ick nich veel Smus,
De Stärkre mutt ja Naſicht öben,
Ick bün ja doch de Herr vom Hus!

(Man hört Line hinter der Scene „Klara! Klara!“ rufen, worauf Wehnke
plötzlich aus dem ſicheren Ton fällt und ganz kleinlaut den Refrain
wiederholt. Dann ſetzt er ſich und ſpricht: Na, nu goob Nacht!)

Line (zurückkommend). Klara! Sünd denn de paar Arfen noch nich
aftrocken? — et is großartig! Giv mi man lewer her; gah
na de Kök un forg for't Fleeſch!

Klara. Soll auch Bouillon davon gekocht werden?

Line. Na gewiß! Albers kummt ja to Diſch. Wenn nich genog
Fleeſch is, köönt wi en halv Pund Beeffteak to halen.
(Klara ab.)

Wehnke. Fleeſchfupp un Beeffteak! — Junge, 'n bitten fein!

Line. Dat glöw ick, dat paßt Di woll? Mann, Mann! ſegg mi
blot eenmal, wie kannſt Du nu wedder bit Klock veer
Morgens utbliven?

Wehnke. Et weer eerft dreeviertel —

Line. Rundgeſchlagen Klock veer weer't.

Wehnke. Irrſt Di ok nich?

Line. Wenn ick ſegg, 't weer veer —

Wehnke. Na ja, dat ſall woll ſin! Aber dat kummt, wiel in ganz
Hamborg de Thurmuhrens nich ſtimmt. Wenn de Een von
uns ut'n Jakobiviertel to Hus wull, denn weer de Anner na
Micheli ſin Uhr ümmer noch'n bitten fröher, un ſo bleewen
wi een Viertelſtunn na de annere ſitten.

Line. Ach wat! Du mußt ümmer de Letzte ſin in't Weerthshus.

Wehnke. Ja, Eener fall ja ok man de Letzte ſin.

Line. Mak nich ſo'n dummen Snack! Weer Vanſelow man da
weſen, de harr all oppaßt, dat Du to rechte Tid weggeihſt.

Wehnke. Vanſelow in de Urania? — Ne! Da ſünd wir blos Künſtlers
unter uns, lauter taktfeſte Sängers.

Line. Jck weet! noch welk von Din fröheren Kollegen. Js man en Glück, dat de Kummedjen-Narrenkram sit vorigt Jahr wenigstens to Enn is.

Wehnke. De Kummedje nennst Du Narrenkram? — na, denn good Nacht! — Seit zwanzig Jahren hab' ich am Stadttheater ehrenhaft meine Stellung als zweiter Chortenor ausgefüllt, — weißt Du, was das heißt?! Eine Direktschon is nach die andere um die Ecke gegangen, aber ich hab' mir glücklich auf die Tenorhöhe gehalten. Dat sall woll sin!

Line. Jck hev mi manchmal genog vor de Kinner schämt, wenn se Di in'n Theater in de bunte Apenjack rumlopen säh'n, un ümmer as siewte Rad an'n Wagen so mank de Annern. Jn'n „Fleegenden Helgoländer" oder in „Albert der Teufel" un „De Hottentotten" von Meyerbeer.

Wehnke (lacht). Hottentotten! — Dat sall woll sin. De Oper is ja öberhaupt nich min Feld wesen. Aber in Richard den Dritten hab' ich als Soldat mit Friedmann aus eine Feldflasche 'n Kleinen genommen, und in Wilhelm Tell hat mir der große (Sein Käppchen abnehmend; sobald Wehnke den Namen Barnay ausspricht, lüftet er stets respektvoll seine Kopfbedeckung.) Bärnai sogar die Hand gedrückt als Eidgenosse. Un denn de lüttje nüdliche Ellmenreich —

Line. Jawoll, de Froonslüd! — nu swieg man still! Heft Jahrlang genog in Geschäft versäumt.

Wehnke. Ne, min Popp, min Gag' weer'n ganz netten Toschoß, un is denn een Arbeit liggen bleeven? — Un nu hab' ich ja die Bühne entsagt un mir ganz auf den Kleister un Amidam gelegt!

Line. Un wer hett hier während all de Jahr de Wirthschaft föhrt? Du oder ick? — Wer hett op de Kinner paßt un davor sorgt, dat se düchdige Mätens worden sünd? Du oder ick? — Wer hett de mütterlichen Pflichten an jem erfüllt? Du oder ick? —

Wehnke (lacht.) De mütterlichen heft Du erfüllt, dat sall woll sin!

Line. Ob Du Di öber mi lustig makst oder nich, dat is ganz egal. Wenn ick ok nix von Kunst un Theater verstah, — hier in min Hus hev ick dat Kummando ümmer föhrt, un da duld' id feen Putſchinellenfram. Maaf Di dat, Kaſpar Wehnfe! (Ab.)

Wehnfe. Na, denn good Nacht! — Man good, dat 't feen Minſch hört hett. Putſchinellenfram! — is 'n hölliſche Fro, min Line, — aber id bün ja doch de Herr vom Hus.

Jn Einzelheiten und Kleinigkeiten iſt das Stück groß, und die eingeſtreuten Anekdoten, wenn auch zum Theil älteren Datums, erfreuen durch die Friſche der Bearbeitung. So der Scherz mit Herrn Puhvagel, welcher auf dem Rennplatz an den Quartiersmann Cordts höflich grüßend herantritt:

Nehmen Se't nich öbel, min Nam' is Puhvagel.
Cordts. Wat ſull id woll daran öbel nehmen?
Puhvagel. Hebben Se veellicht min Fro ehrn Peter ſehn?
Cordts. Hett Ehr Fro en Peter?
Puhvagel. Ja! 'n lüttjen grauen Teckel mit geele Been un en ſwatten Steert.
Cordts. Jd kümmer mi nich um Teckels.
Puhvagel. Droff id denn um'n bitten Füer bidden?
Cordts. Dat köönt Se kriegen.
Puhvagel. Na, id danf' of. Nehmen Se't nich öbel!

Als darauf Wehnfe, der ſich mit ſeiner Familie auch unter das Rennpublikum gemiſcht hat, zu ſeinem Nachbaren Cordts ſagt: „Jd hev of wett't. Jd harr of gewunnen, wenn dat eene Peerd nich bi de letzte Begung um twee Naſenlängen torüg bleeven weer, dat mit den ſwatten Steert", — da erſcheint Puhvagel, der die letzten Worte gehört hat, abermals:

Nehmen Se't nich öbel, min Nam' is Puhvagel. Wo hevt Se dat Thier ſehn?
Wehnfe. Meenen Se den Puhvagel?
Puhvagel. Ne, dat mit den ſwatten Steert.
Wehnfe. Na, op de Rennbahn.

Puhvagel. Dat is doch to merkwürdig! Min Fro harr em so goob
unner ehr Umflagebook verfteckt.

Wehnke (zu den Anderen). De is woll tickerig?

Puhvagel. So'n lüttjen grauen Teckel mit geele Been un'n fwatten
Steert, nich wahr? Peter heet he —

Wehnke. Ob he Peter heet, hett mi de Teckel nich feggt.

Puhvagel. Denn mutt ick man mal op de Rennbahn tofehn. Droff
ick Ihnen um'n bitten ,füer bidden? — Ach fo! Se rooken
nich, nehmen Se't nich öbel!

Bekannt ift auch der folgende Witz:

Line. Kiek, wat da for fchöne Sneeballen verkofft ward, köp
mi een davon!

Wehnke. Bi de Hitt 'n Sneeball! Du warft Di verköhlen.

Line. Wat full man nich!

Wehnke. Na, Willem, hal mal for Mudder 'n Sneeball! (Gibt
ihm Geld.) Un da heft noch'n Grofchen, kannft Di ok
een köpen.

Wilhelm. Dank veelmals! (Läuft fort.) — — —

Wehnke. Da kummt Willem mit Din Sneeball.

Wilhelm (mit vollen Backen kauend). Hier, Herr Wehnke, is dat
Geld; fünd keen mehr da!

Wehnke. Du ittft doch een!

Wilhelm. Ja, dat weer aber ok de letzte!

Diefen meift Meffingfch redenden Lehrburfchen Wilhelm
gab Fräulein Ottilie Eckermann. Perfönlichkeiten, die fich
in klaffifchen Citaten ergehen, find längft keine Neuheit auf
der Bühne mehr; fo aber, wie diefe jugendliche Künftlerin
die Worte unferer Geiftesheroen in klaffifches Meffingfch
überträgt, wird die Figur und die Sache wieder originell
und intereffant. In Aller Erinnerung fteht noch folgendes
Intermezzo. Auf der Rennbahn nähern fich zwei Jockeys,
ein ganz kleiner mit fehr langer Nafe, und ein großer und
fchlanker, dem Platze, wo Wehnkes fitzen.

Wilhelm.   Kiden Se blot, Herr Wehnke, den lüttjen Keerl! wie kann
de hier mit fo'n groten Gesichtsvorsprung 'rumlopen?

Wehnke.   Wer weet! veellicht sall he de Näs in de Mod
bringen.

Wilhelm (lachend).   De kann licht um'n Näslang siegen. Un sin
Kolleg —

Wehnke.   De is so dünn, dat he in'e Klarinett öbernachten kann.

Wilhelm (Beiden den Weg vertretend).   „Ja, wo das Stärke mit
dem Zarten, wo Langes sich und Kurzes paarten, da
gibt es einen guten Klang!" (Die Jockeys geben Wilhelm
einen klatschenden Streich mit ihrer Gerte über den Rücken
und sagen: O yes!)

Wehnke.   Du! Den Klang hest Du weg! Dat sall woll sin.
Von wem weern de Verse eegentlich?

Wilhelm.   Von Schiller.

Wehnke.   Ick heb meent, von Klopstock.

Wilhelm (sich den Rücken haltend, den Jockeys nachdrohend).   Du
stolzes England, schäme dich! Templer.

Fräulein Eckermann, die bisher in älteren Rollen Vor-
zügliches geleistet und den Ruhm einer zweiten Lotte Mende
sich erworben hatte, bildete bald das Tagesgespräch in
Hamburg, und selbst Karl Schultze als Kaspar Wehnke trat
dagegen in den Hintergrund. Nur dessen Redensarten
„Dat sall woll sin" und „Na, denn good Nacht!" liefen
von Mund zu Mund und wurden sprichwörtlich.

„Hamburg an der Alster", welches Heinrich Wilken für
Berlin lokalisierte, und das — wie auch „Nestküken" — ins
Schwedische übersetzt ward, hat die Bretter des plattdeutschen
Komödienhauses die letzte Saison hindurch Abend für Abend
beherrscht. Am 19. April — zur hundertsten Aufführung
— gab's eine förmliche Wallfahrt nach dem populären
Musenheim an der Langenreihe in der Vorstadt St. Pauli.
Wagen auf Wagen rollte heran, Menschenwoge auf

Menschenwoge ergoß sich in die Räume des reich geschmückten
Hauses. Hatten auch wohl die Meisten das treffliche, mit
volksthümlichem Humor in jeder Scene erfüllte Stück schon
gesehen, so waren sie gerade deshalb gekommen, um an
dem Festabend ihren Dank für den heiteren Genuß abzu=
statten, welchen ihnen diese Hamburgensie bereitete, und
sich das Vergnügen nochmals zu gewähren; denn „Ham=
burg an der Alster" zählt zu jenen Schauspielen, in denen
man immer wieder Neues und Hübsches im Dialog ent=
deckt. Darum erzielte es einen Erfolg, der bis jetzt in
der alten Hansestadt noch nicht dagewesen sein dürfte.
Weder Schütze noch Wollrabe oder Uhde wissen in ihren
Theaterchroniken einen Fall zu berichten, in welchem ein
Drama hundert Mal hinter einander ohne Unterbrechung
gegeben worden wäre. Selten ist also ein Bühnenjubiläum
mit vollerem Fug und Recht begangen. Allgemein heitere
Ueberraschung wurde dem Publikum beim Verlassen des
Theaters, als am Ausgange des Korridors ein Trans=
parent aufflammte mit der Inschrift: „Na, denn good
Nacht!"

Ein kleines Festspiel von Hermann Hirschel eröffnete
die Feier. In seiner bescheidenen Art hatte der Dichter es
vermieden, die Tendenz des Prologs auf sein Stück zuzu=
spitzen. Er huldigt darin nur der plattdeutschen Muse.
Wir sehen den Laufburschen Wilhelm vor einer Litfaß=
Säule stehen und den Zettel der Jubelvorstellung betrachten.
Er blickt mit Verachtung auf das plattdeutsche Stück. Da
erscheint Hammonia und macht ihm begreiflich, daß man
das klassische Drama und seine Meister verehren, nichts
desto weniger aber ein Anhänger des gesunden, kräftigen,
humorvollen Hamburger Volksgeistes sein könne, der hier
in diesem Hause ein dauerndes, von Erfolg gekröntes Heim
gefunden habe. Sie zeigt ihm die Gestalten der Schau=

spiele, die hier in halbvergangener und neuer Zeit durch
die theure Sassensprache Sieg auf Sieg errungen:

Schau, dort kommen Einige die Straße herauf,
Die auch man einst fing für das Volksstück auf.
(Die genannten Figuren erscheinen nach einander.)

Wilhelm. Der Quartiersmann Bostelmann!

Hammonia. In „Hamburger Pillen“
Mußte der Alte seine Mission erfüllen.

Wilhelm. O, da is ja Herr Bätchens, der Polizist,
Der nie seine Instruktschon vergißt!

Hammonia. Sieh, wie ihm dort Tante Grünstein winkt!

Wilhelm. Un wer is denn da das Kind, das hinkt?

Hammonia. Das ist ja Deubel aus „Faust und Gretchen.“

Wilhelm. Un dieses nette lüttje Mädchen?

Hammonia. Das ist Trynlieschen aus „De Leev in Veerlann.“

Wilhelm. Un düsse Beiden Hann' in Hann'?

Hammonia. Nestküken mit Onkel Dabelstein.
Sie Alle fing man allmälig ein.
Die allbekannten lieben Gestalten,
Die neben uns täglich schalten und walten,
Kopiert man mit Kunst, treu nach der Natur,
Fern von Künstelei, auf der Wahrheit Spur.

Wilhelm. Sie machen mir wirklich ganz perplex,
Mein Künstlergefühl geht beinah ex!
Die Leute hab' ich doch täglich geseh'n.
Doch das konnt' ich nu niemals versteh'n,
Daß so 'was auch auf der Bühne ergötzt,
Davon krieg ich eerst'n Animus jetzt.

Hammonia. Ja! Dieser Richtung das wahre Leben
Hat auch besonders ein Mann gegeben,
Der längst, eh so ein Dreikäsehoch
Wie Du geboren war, erwog
Mit scharfem Blick und aufgeweckt,
Wo der Humor in Hamburg steckt.
Er baut' ihm ein Heim und wirkt dort schon
Seit langen Jahren, — mein treuster Sohn.

Wilhelm.	Ihr Sohn?
Hammonia.	Ja, Du, und diese nicht minder

Sind allesammt meine lieben Kinder.

Wilhelm.	Das is ja komisch!
Hammonia.	O sieh! dort naht

Die erste Figur aus dem lustigen Staat,
Den jener Mann von Künstlerberuf
Für seine eigene Bühne schuf, —
Und wenn mich der Augenschein nicht neckt,
Sitzt der Schalk gar selbst darunter versteckt.

Wilhelm.	Ihr Lieblingssohn?
Hammonia.	Derselbe, ja!
Wilhelm.	Wer sind Sie denn, die mit so strahlendem Gesicht

Von Hamburgs gemüthvollem Volksstück spricht?

Hammonia. Ich bin's, die das Plattdeutsch voll holdem Laut
Als Familiensprache den Kindern vertraut,
Den Bürgern, die ich schütze fern und nah,
Bin Hamburgs Schutzgeist Hammonia!

(Bei den letzten Worten wirft sie Hut und Mantel ab und geht im
Gewande der Göttin mit der Mauerkrone hinter der Säule ab.
Alle Figuren folgen.)

Wilhelm (entzückt ihr nachblickend). Hammonia?! — wie komm' ich
mir vor?
(citierend.) „O das ist Höllenspuk!" Franz Moor.

Klas Melkmann (tritt auf und singt).

Wo Muth und Kraft in deutscher Kehle flammen,
Fehlt nicht das blanke Schwert beim Becherklang.
Melk! Melk!
Brause, du Freiheitssang,
Brause wie Wogendrang
Aus heller Brust.
Melk! Melk!
Trompeten erschallen, das Waldhorn ruft;
Auf, Schützen, zu Fuß und zu Pferde!
Melk! Boddermelk! Dickmelk!

Wilhelm (wendet sich zu Klas).

    Sie! denken Sie sich, Hammonia
    War eben höchst eigenhändig da!

Klas.   Wo kann't angahn!

Wilhelm.   Se hett mi ordnlich Moritzen lehrt
    Un to de plattdütsche Kummedje bekehrt.
    Se hett mi wiest, dat all de Lüd,
    De man hier op de Straten süht,
    Dat Volk in sinen echten Kern
    Grad so un mehr wie de groten Herrn
    Hegt un plegt un bringt in Flor
    En düchtige Portschon Poesie un Humor.

Klas.   Wo kann't angahn?!

Wilhelm.   Meinst nein? Commang?

Klas.   Min leewe Jung, dat weet ick all lang.

Wilhelm.   Wieso? wokeln? warum? wozu?

Klas.   Ick weer ja de Eerste, min Jung, — un Du,
    Du büst de Neeste, den se speelen laat,
    In „Hamburg an de Alster", da hevt se Di saat!

Wilhelm.   Ick, Wilhelm in „Hamburg an de Alster"? Hurrah!
    Denn bün ick ok to'm Jubiläum da;
    Ick ward von nu an bescheiden un schön
    Dat Volksstück mit annere Ogen besehn.
    Denn Hammonia sülvst brocht de Saak ja in Swung,
    Un ick bün en echten Hamborger Jung.

Unbeschreiblicher Jubel brach im Publikum los, als Karl Schultze in der Maske des Klas Melkmann aus Eysers „Wallfahrt nach der Oelmühle" auftrat, jener Parodie, welche weiland als das erste plattdeutsche Lokalstück hier siegreich einschlug. Als der Ruf „Melk! Boddermelk! Dickmelk!" hinter der Scene erscholl, da begann schon der Beifall, der sich zum Sturm steigerte, wie der Künstler erschien und sein Lied sang. Das Original des Melkmann Klas soll, wie Arnold Weisse versichert, noch unter den Lebenden weilen und jeden Morgen seinen „Lütten" in einer

St. Pauli-Weinstube einnehmen. Der Dichter der Figur
aber ist gestorben, verdorben. Er war, wie dies leider
häufig der Fall, aus einem Apollo- ein Bacchusjünger
geworden, und sein Genie wurde „ertränkt."

Das Festspiel schließt mit einer Gruppe: Hammonia,
die Genien des plattdeutschen Stückes und die Gestalten
desselben beschützend, Gätchens und Tante Grünstein aus
Stindes „Hamburger Leiden", Kaffeemakler Dabelstein aus
Schreyers und Hirschels „Nestküken", Bostelmann aus
Schindlers und Brünners „Pillen", Deubel aus Schöbels
„Faust und Gretchen", Trynlieschen aus Mansfeldts „Leev
in Veerlann." Immer wieder mußte sich der Vorhang
heben, um das liebe Bild den Hamburgern zu zeigen.

Vorüber! Was Karl Schultze an jenem festlichen Abend
in Aussicht stellte, auch in Zukunft treu zur plattdeutschen
Fahne zu schwören, ist nicht in Erfüllung gegangen. Eine
dauernde, sichere Stätte hat die plattdeutsche Komödie nicht
mehr, und nur so kann sie am Besten, kann sie wahrhaft
gedeihen. Wieder wandert sie von Thür zu Thür und
findet blos dann und wann Einlaß und Aufnahme bei
einem der kleineren Theater auf St. Pauli. Na, denn good
Nacht! — Soll wirklich die alte Sassensprache aussterben,
in der Litteratur wie im Leben, und da wo Beides, Kunst
und Natur, sich am Schönsten und Innigsten verbindet,
auf der Schaubühne? Dat sall woll sin. — — Wo kann't
angahn!

Verzeichniß

der

vorkommenden Stücke.

Verzeichniß
der
Eigennamen.

Ueberficht des Inhalts.

Erfter Abfchnitt.

Zweiter Abschnitt.

Dritter Abschnitt.

CPSIA information can be obtained
at www.ICGtesting.com
Printed in the USA
LVHW032011171022
730904LV00007B/220